Marco De Franchi
Das zweite Kind

AF178560

MARCO DE FRANCHI

DAS ZWEITE KIND

Thriller

Aus dem Italienischen
von Verena von Koskull

List

Besuchen Sie uns im Internet:
www.ullstein.de

Wir verpflichten uns zu Nachhaltigkeit
• Papiere aus nachhaltiger Waldwirtschaft
und anderen kontrollierten Quellen
• Druckfarben auf pflanzlicher Basis
• ullstein.de/nachhaltigkeit

Die Originalausgabe erschien 2022 unter dem Titel
La condanna dei viventi
bei Longanesi & C., Mailand

Die Übersetzung dieses Buches ist dank einer Förderung
des italienischen Ministeriums für Auswärtige Angelegenheiten
und Internationale Kooperation entstanden.
*Questo libro è stato tradotto grazie ad un contributo del Ministero degli Affari
Esteri e della Cooperazione Internazionale Italiano.*

List ist ein Verlag der Ullstein Buchverlage GmbH
ISBN: 978-3-471-36081-1
© 2022 by Longanesi & C.
© der deutschsprachigen Ausgabe 2024
by Ullstein Buchverlage GmbH, Berlin
Wir behalten uns die Nutzung unserer Inhalte für Text und Data Mining
im Sinne von § 44b UrhG ausdrücklich vor.
Gesetzt aus der Albertina by *pepyrus*.
Druck und Bindearbeiten: CPI books GmbH, Leck

Für Lorenzo und Matteo,
damit sie nicht vergessen,
dass nach den Albträumen
die Träume bleiben.

»Ich sehe in dir zwei Wölfe, die gegeneinander kämpfen
und sich in Stücke reißen müssen.«
»Welcher der beiden wird siegen?«
»Der, den du am besten gefüttert hast.«
Apokrypher Dialog zwischen dem heiligen Filippo Neri
und Caravaggio

»Darum siehe, es kommt die Zeit, spricht der Herr,
dass man's nicht mehr nennen wird
›Tofet‹ und ›Tal Ben-Hinnom‹,
sondern ›Würgetal‹.«
Jeremia 7,32

DER TOD IST NACKT

I

Das Kind lief am Straßenrand entlang wie ein flüchtendes Tier in der Nacht. Dem Mann im Auto kam das berühmte Foto von Kim in den Sinn, dem vietnamesischen Mädchen auf verzweifelter Flucht vor dem Napalm, das ihm den Rücken verbrennt. Doch das hier war die Regionalstraße 74, die sogenannte Maremmana, die auf diesem Abschnitt die schroffe Anhöhe eines im Abend flimmernden Dorfes namens Sorano streifte und sich durch die ringsum dunkelnde Landschaft der Provinz Grosseto zog.

Der Mann vergewisserte sich, dass er niemanden hinter sich hatte, bremste ab und brachte den Toyota Highlander dicht an der Böschung zum Stehen. Seine Scheinwerfer waren das einzige Licht, das die Umgebung erhellte. Der kleine Junge rannte weiter und verschwand in der Kurve, die der Fahrer soeben hinter sich gelassen hatte. Er stieg aus und folgte ihm. Er hatte keine Zeit gehabt, die obligatorische gelbe Warnweste herauszuholen, und hoffte inständig, es würden keine Autos kommen. An dieser Stelle verengte sich die Straße, und ein in der scharfen Biegung auftauchender Wagen würde nicht rechtzeitig bremsen können.

Der Junge hatte zutiefst verängstigt gewirkt, und der Mann befürchtete, ihm nachzulaufen, könnte ihn so sehr verschrecken, dass er sich ins Dickicht schlagen und im undurchdringlichen

Grün verschwinden würde. Aussichtslos, ihn darin wiederzufinden.

Offenbar war der Kleine erschöpft. In wenigen Minuten holte der Mann ihn ein und hielt ihn fest. »Bleib stehen!«, keuchte er.

Ehe er sich über die Magerkeit des eiskalten nackten Armes in seiner Hand wundern konnte, fuhr der Junge herum und biss ihm in die Hand. Der Mann schrie auf und unterdrückte den Impuls loszulassen. Stattdessen schlang er die Arme um den Kleinen, versuchte, den Wirbel aus Tritten und Fausthieben zu bändigen, und flüsterte: »Hör auf, beruhige dich doch. Ich will dir helfen. Ich will dir nur helfen.«

Der Junge brüllte unverständliche Sätze. Dann verdrehte er die Augen und wurde in seinen Armen bewusstlos.

In dem Moment hielt ein zweites Auto an und bannte die beiden im gnadenlosen Scheinwerferlicht. Der Mann rührte sich nicht und malte sich aus, welchen Eindruck die Szene auf den Fahrer machen musste: ein großer, kräftiger Unbekannter, der den leblosen Körper eines splitternackten zehn- oder zwölfjährigen Jungen an sich presste.

2

Der Wagen war ein dicker, pastellblauer Subaru, eine Lunge auf
vier Rädern, wie ihr Assistent Angelo Zucca befunden hatte, der
nun am Steuer saß. Valentina wäre etwas Dezenteres lieber gewesen. Aber man nimmt, was die Familie einem gibt, und ihre Familie war der Zentrale Operationsdienst der Staatspolizei SCO.

Die Fahrt war kurz. Keine zwei Stunden, trotz der dreißig Minuten, die sie gebraucht hatten, um den Verkehr auf der Großen
Ringautobahn hinter sich zu lassen. Valentina hatte die Zeit genutzt, um die Informationen durchzugehen, die sie vor der Abfahrt hastig auf ihren Laptop geladen hatte. Sie gaben kaum etwas
her. Womöglich nicht einmal genug für einen Einsatz des SCO.
Doch ihr Vorgesetzter Giuseppe Falcone war strikt gewesen:
»Darum wirst du dich selbst kümmern müssen, nicht einer deiner
Mitarbeiter. Ich traue dem Leiter der mobilen Einheit Grosseto
nicht. Könnte sein, dass er den Fall unterschätzt. Wir sollten möglichst schnell herausfinden, ob wir wirklich gebraucht werden.
Wenn nicht, sagst du Auf Wiedersehen, machst auf dem Absatz kehrt und kommst sofort wieder zurück.« Valentina hatte ge-
horcht. Wie immer.

Die junge Frau, die sie am Eingang des Polizeipräsidiums erwartete, war klein und zierlich, mit einem Wust schwarzer Locken. »Dottoressa Medici?«, fragte sie, drückte ihr die Hand und

ließ ihr keine Zeit zu antworten. »Ich bin Ispettore Blasi. Roberta Blasi. Freut mich, Sie kennenzulernen.«

Roberta Blasi hatte einen unvermutet kräftigen Händedruck. Ihre Augen funkelten.

Auf seine typisch maulfaule Art stellte Angelo Zucca sich ebenfalls vor, dann führte Blasi sie ins Polizeipräsidium.

»Für Straftaten gegen die Person bin ich nicht zuständig«, erklärte sie, während sie der Wache an der Pforte zu verstehen gab, dass ihre Besucher sich nicht ausweisen mussten. »Aber wenn Sie nichts dagegen haben, erläutere ich Ihnen die Situation.«

»Sie leiten die Ermittlung nicht?«, fragte Valentina überrascht, während sie die Büros der mobilen Einheit betraten.

Roberta Blasi wurde rot. »Diese Sache fällt eigentlich nicht in den Aufgabenbereich meiner Abteilung. Aber wir hatten gerade Dienst, als der Anruf kam, und wir waren die Ersten vor Ort … Wir wissen noch nicht genau, worum es sich handelt. Viele hier bezweifeln, dass wir es tatsächlich mit der Entführung eines Minderjährigen zu tun haben.«

»Sie auch?«

»Ich weiß noch nicht, was ich denken soll.«

»Na schön«, versetzte Valentina knapp, irritiert von der Schwammigkeit, mit der die Sache offenbar gehandhabt wurde. »Dann setzen Sie mich ins Bild, so gut Sie können.«

Angelo Zucca machte es sich derweil mit einem vielsagenden Grinsen hinter seinem dichten Bart auf einer Schreibtischkante bequem. Er war ein alter Hase des SCO, und seine lässige Haltung sollte ihr vermitteln: »Locker bleiben, Dottoressa, das sind Provinzbullen, was soll man erwarten.« Valentina wusste genau, wie die Kleinstadtkollegen ticken: Jedes Mal, wenn sich die Spezialisten des Zentralen Operationsdienstes in ihre Ermittlungen einmischten, reagierten sie mit Argwohn, und häufig entfachte eine

Art Wettstreit. Ihr war dieses Gerangel herzlich egal. Ihre Aufgabe bestand darin, sich auf Weisung einzuschalten, festzustellen, ob der Sachverhalt das Eingreifen des Operationsdienstes rechtfertigte, und so schnell wie möglich wieder zu verschwinden. Bei den Unmengen liegen gebliebener Arbeit, die auf sie warteten, hatte sie für taktisches Ermittler-Hickhack keine Zeit.

»Wie Sie wissen, heißt der Junge Fosco Agnelli«, erklärte Ispettore Blasi. »Im Dezember wird er zwölf. Ein aufgewecktes Kerlchen, wenn auch ein bisschen eigen. Kein einfacher Charakter. Er ist gestern Nachmittag aus Sorano verschwunden, einem kaum dreitausend Seelen großen Ort, da kennt jeder jeden. Er hat die Schule um Punkt dreizehn Uhr verlassen, ist aber nie zu Hause angekommen. Wir haben das überprüft, es sind rund sechshundert Meter. Unmöglich, sich da zu verlaufen, zumal als Einheimischer. Die Mutter, Luisa Marini, wartete mit dem Mittagessen auf ihn und hat ihn sofort als vermisst gemeldet. Der Vater, von dem sie getrennt ist, lebt in Frankreich. Er wurde umgehend kontaktiert, aber natürlich wusste er von nichts. Gestern Abend, kurz vor Mitternacht, wurde der Junge, wie wir Ihnen gemeldet haben, ein paar Kilometer außerhalb des Dorfes gefunden. Ein Handelsvertreter hat ihn entdeckt, als er auf der Maremmana nach Hause fuhr … das ist die Straße, die vom Bolsenasee zum Meer führt. Sie schlängelt sich durch die gesamte Region. Der Kleine war nackt, weder Kleidung noch Schuhe. Er rannte die Straße entlang und schrie wie am Spieß.«

Die Beamtin brach ab, und zu Valentinas Überraschung zeigte ihr Gesicht echte Rührung. Eine sonderbare Reaktion für eine erfahrene Polizistin, die bestimmt schon einiges erlebt hatte.

»Der arme Junge«, sagte Roberta Blasi, »wer weiß, was er durchgemacht hat! Er hatte Glück, dass er nicht überfahren wurde.«

Valentina nickte. Aus irgendeinem Grund ging ihr diese unerwartete Mitleidsbekundung gegen den Strich. »Das alles hatten Sie uns bereits mitgeteilt«, sagte sie. »Ich hoffe, es gibt noch mehr. Sie sagten, er sei ein schwieriges Kind?«

»Das ist der Punkt. Die Trennung der Eltern war kein Spaziergang, und sicher hat der Junge darunter gelitten. Er ist bei einem Psychiater in Behandlung und … er ist nicht das erste Mal von zu Hause weggelaufen.«

Valentina überlegte kurz. Vielleicht steckte kein großes Geheimnis hinter diesem Verschwinden, und ihre Reise hierher war umsonst gewesen. Auch wenn die Tatsache, dass der Junge unbekleidet gefunden worden war, zu denken gab.

»Ich nehme an, er wurde untersucht.«

»Sicher.« Ispettore Blasi griff nach ihren Notizen, die sie ganz offensichtlich nicht brauchte. »Abgesehen von dem Schock ist er in guter körperlicher Verfassung. Zu dieser Jahreszeit ist es nicht besonders kalt, also auch keine Anzeichen von Unterkühlung. Man geht davon aus, dass er sich an einem geschützten Ort befand, bevor er aufgefunden wurde. Kein Trauma, kein Zeichen von Gewalteinwirkung. Es wurden die üblichen Untersuchungen durchgeführt: Blut, Urin, EKG, alles, was nötig war, und jetzt warten wir auf das Ergebnis.«

»Keine Reizung im Rachenraum?«, fragte Valentina. »Äther hat diese Nebenwirkung, wussten Sie das?«

Die junge Frau nickte und sah Valentina aufmerksam an.

»Keine Auffälligkeiten im Rachen. Ich habe auch an Äther gedacht, Dottoressa«, sagte sie nachdrücklich. »Der Arzt hat es noch nicht ausgeschlossen. Ehe er sich festlegt, will er die Untersuchungsergebnisse abwarten. Er sagte, auf den ersten Blick gebe es keine Anzeichen, dass der Junge betäubt wurde. Tatsache ist, dass Fosco, wie gesagt, schon mehrmals von zu Hause weggelaufen ist, und niemand hier glaubt ernsthaft, dass etwas anderes dahintersteckt.«

»Aber er wurde nackt und verängstigt aufgefunden. War das die anderen Male auch so?«

»Natürlich nicht«, entgegnete Roberta Blasi und sah sie abschätzend an. Kein Zweifel, diese junge Frau wollte Antworten.

»Und bestimmt habt ihr den Mann, der ihn gefunden hat, gründlich vernommen.«

»Darum habe ich mich gekümmert, gleich in der Nacht noch. Wir haben ihn in die Mangel genommen, aber er hat gut reagiert. Er heißt Saverio Genovesi, ist Pharmavertreter und fuhr gerade nach Hause, als Fosco ihm über den Weg lief. Er ist ein redlicher Kerl, keine Vorstrafen. Er war noch verschreckter als der Junge.« Roberta Blasi warf einen Blick über die Schulter, wie um sicherzugehen, dass niemand zuhörte. »Die Angelegenheit ist nicht ohne, und mein Chef kommt nicht aus dem Knick. Er hält das Ganze für eine Lappalie und hat es dem SCO nur gemeldet, um das übliche Prozedere einzuhalten. Doch solange nichts auf Entführung oder sexuelle Gewalt hinweist, hat er nicht die Absicht, andere Leute einzusetzen. Außer mich, meine ich. Aber ...«

»Aber?«

»Aber ich glaube, dass Fosco Agnelli etwas zugestoßen ist. Und ich würde gerne herausfinden, was.«

Roberta Blasi wirkte entschlossen, doch Valentina wusste aus Erfahrung, dass Polizisten ihre Fälle gern aufbauschten, um sich hervorzutun. Mitunter taten das auch Frauen, wenn ihr Chef dazu neigte, ihnen nur übrig gebliebene Fälle oder leidige Scherereien zuzuschieben. Möglich, dass der Leiter dieser Einheit richtiglag, oder er unterschätzte die Sache. Sie seufzte. Also war es an ihr, Antworten zu finden.

»Mit Fosco habt ihr bereits gesprochen, nehme ich an?«

»Nur kurz. Mit der richtigen Vernehmung wollte ich auf Sie warten.«

Gut. Immerhin in dieser Hinsicht hatte Ispettore Blasi korrekt gehandelt. Auch im Fall eines Minderjährigen waren die ersten Aussagen häufig die entscheidenden. Und Valentina war sich sicher, dass die junge Ermittlerin versucht hatte, Fosco jedes noch so kleine Detail zu entlocken, um dahinterzukommen, was vorgefallen war. Doch etwas im Verhalten der Frau irritierte sie. Vielleicht war sie nur nervös, weil ihr Chef ihr eine ungewollte Verantwortung aufgebürdet hatte. Eine Fehleinschätzung, und er würde ihr die Schuld zuschieben. Eine Unbedachtheit, und er würde sie fertigmachen. Wenn aber jemand Fosco Agnelli befragte, der mehr zu sagen hatte als sie, wäre sie aus dem Schneider.

Aber da war noch etwas anderes.

Valentina musterte die Ermittlerin und kam zu dem Schluss, dass Roberta Blasi ihr nicht alles sagte. Etwas an der Unterhaltung mit dem Jungen hatte sie offenbar überrascht. Vielleicht hatte der Kleine ihr etwas Wichtiges offenbart, das ihr nun auf den Nägeln brannte und das sich Valentina unbedingt selbst anhören sollte. Etwas, das sie sich nicht auszusprechen traute.

»Na schön«, entschied sie, »dann wollen wir Fosco mal kennenlernen.«

3

Man hatte Fosco Agnelli in einem Krankenzimmer des Klinik-
komplexes vor den Toren Grossetos untergebracht. Er hatte das
Zweibettzimmer für sich allein. Nicht nur seine psychische Verfassung erforderte die Isolation, sondern auch die ungeklärte Frage,
was ihm zugestoßen war. Immerhin in diesem Punkt hatte man
sich an die Vorschriften gehalten. Das Verschwinden eines Kindes,
und sei es nur für wenige Stunden, hatte den *Codice Rosso* ausgelöst,
das Gesetz gegen Sexualverbrechen und Misshandlungen, das die
Jugendstaatsanwaltschaft Florenz und das Jugendamt auf den Plan
rief. Sollte man zu dem Schluss kommen, dass kein Verbrechen
vorlag, würden die Behörden den Vorfall umgehend zu den Akten
legen. Anderenfalls würde die Sache für alle kompliziert werden.

»Ehrlich gesagt«, erklärte Ispettore Blasi auf dem Weg in den
dritten Stock, »musste ich ein bisschen Druck machen, um ihn …
gesondert unterbringen zu lassen.«

Valentinas Erstaunen wuchs. »Was soll das heißen?«

Roberta Blasi blieb stehen. Ihre Wangen röteten sich, doch
diesmal offenbar nicht aus Verlegenheit, sondern aus Aufregung.

»Darf ich offen zu Ihnen sein?«

»Darfst du«, antwortete Valentina und betonte absichtlich das
»Du«, mit dem Roberta Blasi womöglich nicht gerechnet hatte. Im
Grunde gefiel ihr die Ermittlerin. Dieser vertrauliche Schritt war

ungewöhnlich, doch Valentina spürte in der jungen Frau eine Art positive Frustration. Wenn sie sie ermutigte, käme sie womöglich schneller an die erhofften Antworten.

Roberta Blasi nickte. »Wie ich bereits erwähnte, habe ich mit Fosco letzte Nacht ein paar Worte gewechselt.«

»Gut gemacht.« Na bitte, jetzt kam sie zum Punkt.

»Obwohl er fürchterlich geschluchzt hat, konnte Fosco mir etwas sagen. Etwas, das mich sprachlos machte … Ich habe sofort mit meinem Chef darüber gesprochen, doch er hat es kleingeredet. ›Bockigkeiten eines angeknacksten Jungen, der seiner Mutter eins auswischen wollte‹, meinte er. Wer den Jungen kennt, sagt, das sei typisch für ihn. Sie glauben nach wie vor, er sei aus einer Laune heraus abgehauen, obwohl er in diesem Zustand durch die Gegend lief.« Roberta Blasi schüttelte entrüstet den Kopf. »Nackt, verstehst du?«, setzte sie nach. »Als wäre es das Natürlichste der Welt.«

»Das ist es nicht, da hast du recht.«

»Eben. Sie sagen, um sich die Aufmerksamkeit der Erwachsenen zu sichern, seien Kinder zu allem fähig. Sogar dazu, sich auszuziehen und nachts durch den Wald zu irren. Aber was er mir gesagt hat … das klingt nicht nach den Flunkereien eines gestörten Kindes. Und sein Verhalten … na ja, solltest du das alles auch für Hirngespinste halten, dann finde ich mich damit ab. Ich werde die Meinung der Erfahreneren gelten lassen und die Klappe halten.«

Nein, jede Wette, das würde sie nicht.

»Was genau hat er gesagt? Was ist ihm zugestoßen?«

Roberta Blasi deutete mit dem Kinn auf die Zimmertür, vor der sie stehen geblieben waren. »Er ist hier drin. Entschuldige, aber das hörst du dir besser selbst an.«

4

Er lag im Bett, das Laken bis ans Kinn gezogen. Die Augen waren geschlossen, die gewölbten Brauen in einem unruhigen Traum gerunzelt. Ein Tropf versorgte seine Venen mit einer farblosen Flüssigkeit. Er hatte dichtes, schwarzes Haar, das anscheinend schwer zu bändigen war, und sah jünger aus als zwölf.

Die Frau, die neben ihm saß, war offenbar seine Mutter. Das verrieten das Profil, die schwarze Linie der Augenbrauen, das ebenso widerspenstige Haar und vor allem ihre Körperhaltung. Sie hatte einen Arm auf dem Laken über dem Jungen ausgestreckt, als wollte sie sich versichern, dass er nicht noch einmal verschwand. Die endlosen durchwachten Stunden und die Sorgen waren ihr anzusehen.

Im Zimmer war eine weitere Frau undefinierbaren Alters, das graue Haar zu einem langen Zopf gebunden, der Blick klar und ruhig. Vermutlich die in solch einem Fall unvermeidliche Jugendpsychologin.

Flüsternd stellte Roberta Blasi sie einander vor.

»Commissaria Medici, sie ist zusammen mit ihrem Assistenten Zucca aus Rom gekommen. Das ist Luisa, Foscos Mutter, und das ist Dottoressa Manigrasso. Sie ist Entwicklungspsychologin. Der Staatsanwalt hat darauf bestanden.«

Während Valentina und Zucca den beiden Frauen die Hand gaben, schlug der Junge die Augen auf. Der Schmerz und die Angst, die er durchgemacht hatte, waren förmlich zu spüren. Sie waren noch in ihm lebendig, versteckt in seinem verlorenen Blick.

»Ciao, Fosco, wie geht es dir?«, fragte Dottoressa Manigrasso, ohne sich ihm zu nähern.

Der Kleine rührte sich nicht. Nur seine schwarzen Augen sprachen, schossen hin und her, zuckten von einem zum Nächsten, huschten wieder los. Etwas Wildes lag darin.

Mit einer leichten Kopfbewegung forderte Valentina die Psychologin zum Weiterreden auf.

»Hast du gesehen, Fosco, deine Mama ist auch da. Freust du dich, dass sie hier ist?«

Fosco drehte sich zu seiner Mutter. Zum ersten Mal hielt sein Blick inne. Die Frau drückte seine Hand noch fester.

Valentina ahnte, was die Psychologin vorhatte. Sie wollte, dass der Junge sich ganz auf die Mutter konzentrierte. Nicht nur, um ihn zu beruhigen, sondern, um sich von der Beziehung der beiden ein Bild zu machen. Es war nicht ungewöhnlich, dass familiäre Gewalt der Auslöser für die Flucht eines Minderjährigen war, und häufig trugen die Mütter genauso viel Schuld wie die Väter.

Der Junge wurde ruhiger und löste sich kurz von den Augen der Mutter, um der Psychologin zuzunicken. Dottoressa Manigrasso lächelte. »Ich weiß, bei ihr fühlst du dich sicher, nicht wahr?«

Wieder ein Nicken.

»Diese Leute hier müssen dir ein paar Fragen stellen. Antworte nur, wenn du dich danach fühlst. In Ordnung?«

Fosco überlegte kurz, dann öffnete er den Mund. »Ja.«

Die Psychologin sah die Polizisten an und gab ihnen zu verstehen, dass sie anfangen konnten. Roberta Blasi wandte sich an Valentina: »Darf ich?«

Sie nickte. Die Ermittlerin hatte bereits einen Draht zu ihm, dort sollte man ansetzen.

»Fosco, erinnerst du dich an mich?«, fragte Ispettore Blasi. »Letzte Nacht habe ich dir ein paar Fragen gestellt. Und weil du mir so toll erzählt hast, was dir passiert ist, möchte ich, dass du den Leuten hier noch mal das Gleiche sagst. Das sind wichtige Polizisten, sie sind extra für dich aus Rom gekommen.«

Mit unverändertem Ausdruck wandte sich das blasse, kleine Gesicht den Neuankömmlingen zu.

»Schaffst du das, Fosco?«, fragte Roberta Blasi sacht. »Kannst du für sie wiederholen, was dir zugestoßen ist?«

Ein schüchternes Nicken.

Valentina machte einen Schritt auf ihn zu. Der Kleine zuckte zusammen und umklammerte den Saum des Lakens, als wollte er sich darunter verkriechen. Die Mutter erstarrte und warf ihr einen vernichtenden Blick zu. Valentina nahm das zur Kenntnis: eine Mutter, die bereit war, ihr Kind unter allen Umständen zu verteidigen. Nein, dort lag nicht das Problem.

»Keine Angst«, sagte Valentina und versuchte, so freundlich wie möglich zu klingen. »Deine Mama ist ja hier, um dich in den Arm zu nehmen und zu beschützen.«

Fosco nickte abwesend, als würde er bestätigen, wie überflüssig diese Aussage war. Doch seine in den Lakensaum gekrallten Finger entspannten sich.

»Was wollt ihr wissen?« Die Stimme zitterte nicht. Unter normalen Umständen war er bestimmt ein forsches Kerlchen, das sich womöglich auch gut zu verstellen verstand.

»Was dir gestern passiert ist. Was du schon meiner Kollegin gesagt hast. Alle haben sich große Sorgen um dich gemacht.«

»Ich weiß. Tut mir leid.«

»Das muss es nicht. Du bist wieder zu Hause, und wir alle

sind wahnsinnig froh. Aber kannst du uns helfen, deinen gestrigen Tag zu rekonstruieren? Meinst du, das schaffst du? Das wäre ganz wichtig für uns.«

»Na gut …« Er verzog den Mund.

»Fangen wir an, als du aus der Schule gekommen bist. Weißt du noch, um wie viel Uhr das war?«

»In der letzten Stunde hatten wir Mathe … nichts ist ausgefallen … Um eins. Ich komme immer um eins aus der Schule.«

»Bestimmt hast du dich von deinen Mitschülern verabschiedet.«

»Ja.«

»Und dann?«

»Dann habe ich mich auf den Heimweg gemacht. Mein Freund Marcello hat mich ein Stück begleitet. Er wohnt nicht weit von der Schule. Ab da bin ich alleine weitergegangen.«

»Wie immer?«

»Wie immer.«

»Und wann bist du zu Hause angekommen? Wie lange, nachdem du die Schule verlassen hattest?«

Fosco warf der Mutter einen Blick zu. »Das weiß ich nicht. Zehn Minuten?«

»Klingt einleuchtend«, sagte Valentina zustimmend. »Schön, das machst du wirklich prima. Und was ist dann passiert?«

»Da war dieser Mann. Der hat mir ein bisschen wehgetan …«

Ein eisiger Hauch. Valentina spürte ihn ganz deutlich. Es war ein so eindeutiges Gefühl, dass sie zum Fenster hinübersah, um sich zu vergewissern, dass es geschlossen war.

»Ein Mann …«, wiederholte Roberta Blasi, um ihn zum Weiterreden zu ermuntern.

Valentina wandte sich wieder Fosco zu.

»Der mit den weißen Haaren«, fügte er an die Kollegin gewandt hinzu. »Das habe ich dir doch gesagt.«

»Wer?«, fragte Valentina vorsichtig, doch der Junge sah weder sie noch die anderen an. Er musterte den Saum des Lakens, als suchte er es nach unsichtbaren Zeichen ab.

»Aber ich erinnere mich nicht mehr gut. Er stand vor dem Haus, mit einem Lieferwagen … einem großen … Komisch, dass du den nicht gesehen hast, Mama. Der parkte vor dem Gartenweg. Aus dem Küchenfenster hättest du ihn sehen müssen. Er war dunkelgrün. Als ich ankam, ist der Mann sofort ausgestiegen, als hätte er auf mich gewartet. Er hat was zu mir gesagt …«

»Hat er dich gegrüßt? Kanntest du ihn?«, fragte Valentina.

»Nein. Ich hatte ihn noch nie gesehen. Ich weiß nicht mehr, was er zu mir gesagt hat.«

»Hat er sich dir genähert?«, fasste Valentina nach. »Hast du sein Gesicht gesehen?«

»Ja. Aber daran erinnere ich mich auch nicht mehr. Nur an die Haare. Ganz, ganz weiß und lang … Und an sein Grinsen. Ein breites Grinsen, von einem Ohr zum anderen. Ein hässliches Grinsen. Dann muss ich eingeschlafen sein, aber ich weiß nicht, wie. Und dann bin ich in dem Lieferwagen aufgewacht … Alles war ganz still. Ich lag da und hatte Kopfwch und … und, Entschuldigung, Mama, aber ich war …« Er brach ab, und seine schwarzen Augen füllten sich mit Tränen.

»Es reicht«, flüsterte die Mutter leise.

»Du warst nackt«, vervollständigte Valentina den Satz. »Aber das ist nicht deine Schuld. Wir wissen, dass das nicht deine Schuld ist.«

»Ja?«, sagte er, überrascht von diesem Freispruch, und zog die Nase hoch. »Ich kann mich nicht erinnern, mich ausgezogen zu haben … Es war kalt, als ich aufgewacht bin.«

Foscos Mutter begann, mit den Zähnen zu knirschen. Valentina konnte es hören.

»Warst du noch immer in dem Lieferwagen, als du aufgewacht bist?«, fragte sie.

Er runzelte die Stirn. »Das war kein richtiger Lieferwagen. Nicht wie der von Ginetto fürs Altmetall ... Der war geschlossen, ohne Fenster.«

»Ein Transporter«, schaltete sich Roberta Blasi ein. »Ein geschlossener Transporter, stimmt's, Fosco? Ohne Fenster. Nachher zeige ich dir ein paar Fotos, dann erkennst du vielleicht das Modell ... Aber rede weiter. Sag, was du mir gesagt hast. Erzähl alles.«

»Ja. Ich bin in dem Transporter aufgewacht ... Ich lag auf einer Liege, weißt du, Mama? Wie die, auf der Tonino schläft, wenn er uns besuchen kommt, mit Beinen aus Eisen, die man einklappen kann ... Meine Füße hingen über den Rand.« Ein winziges Lächeln huschte über sein Gesicht, das die Mutter aufseufzen ließ.

»Kannst du noch etwas über den Transporter sagen?«, fragte Valentina. »Wie sah es dadrin aus? Gab es Licht?«

»Es war Nacht, aber es war auch nicht ganz dunkel, denn ich konnte was sehen. Und über mir ... um mich herum ...« Er schüttelte den Kopf, als wollte er den Nebel verscheuchen, der ihn noch immer umdrängte. »Waren ... waren Gesichter. Gesichter, die mich ansahen ...«

»Gesichter?«

»Stumme Gesichter. Ganz viele. Sie schauten mich an.« Ein heftiger Schauder erfasste ihn, und die Mutter fuhr abermals zusammen.

»Erklär das ein bisschen genauer, Fosco«, flüsterte Valentina, vermied es, die Mutter anzusehen, und hoffte, der Erinnerungsfaden würde nicht reißen. »Du meinst, an den Wänden des Transporters? Gesichter an den Wänden?«

»Ja. Überall.«

»Könnten es Fotos gewesen sein, Fosco? Fotografien von Gesichtern, mit denen der Transporter ausgekleidet war?«

Fosco nickte, als wäre er zu dem gleichen Schluss gekommen. »Ja, vielleicht waren es Fotos. Sie machten mir Angst. Sie hingen überall, sogar an der Decke. Mir wurde ganz schwindelig davon …«

»In Ordnung«, sagte Valentina und ließ die Information auf sich wirken. »Und was hast du dann gemacht?«

Foscos Blick wanderte wieder zu Roberta Blasi. Zwischen den beiden schien ein stummes Zwiegespräch stattzufinden, das die anderen ausschloss.

»Fosco, was hast du dann gemacht?«, wiederholte Valentina fragend.

»Ich bin weggelaufen.«

»Wie?«

»Die Tür des Transporters stand offen, deshalb kam Licht rein. Ich bin ausgestiegen. Wir waren in einem geschlossenen Raum … Es gab hohe Wände, und vor mir war eine große Tür, wie bei einem Stall … Von draußen kam Mondlicht herein. Ich konnte Bäume sehen …«

»Und was hast du genau gemacht? Du bist aus dem Transporter gestiegen und sofort weggelaufen?«

»Das wollte ich, ja … Aber dann habe ich ihn gesehen.«

»Wen?«

Jetzt war Foscos starrer Blick auf einen Ort gerichtet, den niemand von ihnen sehen konnte. »Er stand in einer Ecke des Stalls, mit dem Rücken zu mir. Ich konnte seine langen, weißen Haare sehen … Er hatte einen Pferdeschwanz.«

»Was machte er?«

»Weiß ich nicht. Er stand vor der Wand, mit dem Rücken zu

mir … Zuerst dachte ich, er würde pinkeln. Aber er sagte was, er flüsterte … Ich dachte, er würde beten. Ich weiß, das klingt komisch, aber ich musste daran denken, wie unser Reli-Lehrer uns erklärt hat, dass in Jerusalem Juden und Muslime gemeinsam beten, die Stirn gegen eine heilige Mauer gelehnt. So sah das aus … Aber er wiegte sich nicht vor und zurück. Er flüsterte, mit dem Gesicht zur Wand. Jedenfalls stand er mit dem Rücken zu mir und schaute nicht herüber. Also bin ich losgerannt. Dann war ich in diesem Wald … und ich bin weitergerannt … Ich rannte, obwohl mir die Füße wehtaten.«

Er schlug das Laken zur Seite und zeigte seine Füße. Sie waren verbunden, Jodtinktur sickerte durch den Verband.

Valentina blickte zu Angelo Zucca hinüber, der neben der Tür stand. Der Polizist bebte vor mühsam unterdrückter Wut. Manche Dinge blieben auch nach jahrzehntelangem Dienst unerträglich.

So gelassen wie möglich wandte sich Valentina wieder dem Jungen zu.

»Erinnerst du dich an noch etwas?«

Fosco schien zu überlegen. Es kostete ihn sichtlich Mühe, sich diese quälenden Momente wieder ins Gedächtnis zu rufen.

Und wieder dieser zuckende Blickwechsel mit Roberta Blasi. Dann drehte er sich zum Fenster, vor dem ein zweites Bett stand, das auf den nächsten Patienten wartete. Wie entrückt starrte der Junge auf das Kissen und die unberührten Laken.

»Ich erinnere mich an das Mondlicht …«, antwortete er nach einer Weile, ohne die Augen von dem leeren Bett loszureißen. »Und an den Wald … Und als ich mich umdrehte, um zu sehen, ob er mir folgte, habe ich Ruinen neben dem Stall gesehen, in dem der Transporter versteckt war … Sie sahen aus wie die Reste von einem Haus.«

»Sehr gut. Super Gedächtnis. Du bist wirklich prima, Fosco.«

Der Blick des Jungen wanderte vom Bett neben dem Fenster zu Valentina. Plötzlich wirkte er unruhig, nervös.

»Nein. Bin ich nicht.«

»Was denn?«

»Ich bin nicht prima ... Ich bin ein Feigling ...«

Er betrachtete seine Hände. In seinen kohlschwarzen Augen blitzte eine Träne auf.

Valentina sah zu Ispettore Blasi hinüber, die wie versteinert dastand. In diesem Schweigen hatte sich das Geheimnis verkrochen, das Fosco nur ihr gestanden hatte. Jetzt war sich Valentina sicher. Aber was war so entsetzlich, dass der Kleine es nicht sagen konnte?

Sie blickte ebenfalls zu dem leeren Bett hinüber. Ein Krankenzimmer auf der Kinderstation. Ein Bett für ein Kind wie Fosco. Das auf einen Patienten wie ihn wartete.

Da begriff Valentina.

Sie sah zu Roberta Blasi hinüber und bewegte nur die Lippen. *War es das, was du meintest?*

Die Kollegin nickte langsam.

Valentina wandte sich wieder Fosco zu.

»Da war noch ein Kind, stimmt's?«, fragte sie. »Außer dir war noch ein Kind im Transporter.«

Fosco Agnelli hob den Kopf. Jetzt rannen die Tränen haltlos über seine angströteten Wangen.

»Ja«, antwortete er. »Da war noch ein Junge. Und er ist dortgeblieben, ganz allein. Ich habe ihn im Stich gelassen ... Ich habe ihn bei dem Mann mit den weißen Haaren gelassen.«

5

Draußen, auf dem lichtdurchfluteten, von vertrauten Krankenhausgeräuschen erfüllten Flur mit den pastellfarbenen Wänden, ließen sich die Schatten, die sich im Zimmer zusammengebraut hatten, zumindest teilweise abschütteln. Doch Fosco Agnellis Worte und sein Tonfall hallten in Valentinas Kopf nach. Und auch in ihrem Herzen, musste sie sich eingestehen.

Ispettore Blasi und Zucca wirkten ebenfalls erschüttert.

Foscos letzte, unter Tränen gestammelte Sätze waren dennoch klar und unmissverständlich gewesen.

»Er lag neben mir. Zuerst habe ich ihn kaum gesehen, wegen der Gesichter, die mich anstarrten, und aus Angst und weil ich Kopfweh hatte … Aber dann bin ich von der Liege runtergestiegen und habe seine Fußspitze berührt. Sie war kalt. Und als ich mich zu ihm gebeugt habe, dachte ich, er schläft.«

»Hast du versucht, ihn zu wecken?«

»Ja. Nein. Nicht wirklich. Er machte mir Angst. Er war auch nackt und so still und ganz reglos. Ich wollte ihn rufen, aber ich hatte Angst, der Mann mit den weißen Haaren könnte mich hören. Dann habe ich ihn angefasst. Er war eiskalt … Er fühlte sich künstlich an.«

»Und dann?«

»Habe ich euch doch schon gesagt. Als ich gemerkt habe, dass er nicht aufwacht, bin ich weggelaufen. Der Junge ist dortgeblieben. Er war tot, oder?«

Seine restliche Schilderung hatte keine weiteren Details geliefert. Doch sie hatten ohnehin genug gehört. Mehr als genug.

Gerade wollte Valentina die anderen beiden nach ihren Eindrücken fragen, als sich die Tür des Zimmers abermals öffnete und Dottoressa Manigrasso herauskam. Sichtlich bewegt hielt sie Valentina etwas hin.

»Entschuldigen Sie, ich weiß nicht, ob das wichtig ist.« Sie reichte ihr ein zusammengeknülltes Stück Papier. Verdutzt faltete Valentina das Papier auseinander.

»Das hat Fosco fest in der Faust gehalten«, erklärte die Psychologin. »Ich habe ihn gefragt, woher er es hat und weshalb er es festhält. Er hat nur gesagt, auf einmal habe er es in der Hand gehabt. Ich habe herumgefragt, und ein paar Pfleger bestätigten mir, dass er es schon festgehalten hat, als er letzte Nacht eingeliefert wurde, und es auch während der Untersuchungen nicht loslassen wollte. Er hat es von einer Hand in die andere geschoben und nicht aus den Fingern gelassen. Niemand hat sich etwas dabei gedacht. Ich glaube, es war eine Art Schutzreflex ... ein Fetisch, um die Angst zu vertreiben. Was genau es bedeutet, kann ich nicht sagen, aber ich dachte, es könnte Ihnen nützlich sein.«

Roberta Blasi schüttelte den Kopf. »Himmel, das ist mir gar nicht aufgefallen ...«

Valentina betrachtete den zerknitterten Papierfetzen. Ein Farbdruck. Vielleicht ein Stück leuchtend blauer Himmel. Oder Meer. Völlig nichtssagend. Abgesehen von der Tatsache, dass Fosco ihn stundenlang in der Faust gehalten hatte.

6

Das Telefonat verlief wie erwartet. Falcone war mit ihrer Entscheidung, eine Nacht in Grosseto zu bleiben, nicht einverstanden, aber machte kein Drama daraus. Valentina legte ihm dar, weshalb sie beschlossen hatte, den Einsatz um mindestens einen Tag zu verlängern. Auf den ersten Blick mochte die Erzählung des kleinen Fosco klingen, als sei die Fantasie mit ihm durchgegangen. Der Transporter, das grottenartige Versteck, der zweite, vielleicht tote Junge. Der Mann, der ihn entkommen ließ. Alles war zu detailliert und zugleich verworren und schwer zu deuten.

Und doch sagte Valentinas Instinkt etwas anderes.

Die Angst in Foscos Augen war echt, seine Tränen aufrichtig. Der Junge mochte ein eigenwilliges Kerlchen sein, doch die Heftigkeit seiner Emotionen hatte auch sie getroffen. Ohnehin durfte man nichts dem Zufall überlassen, das war eine der ersten Regeln, die Valentina gelernt hatte. Zumindest sollten sie die ärztlichen Untersuchungsergebnisse abwarten.

»Aber häng dich nicht zu sehr rein«, mahnte ihr Chef mit dem gedehnten Akzent des Vollblut-Cataniers. »Sammele so viele Informationen, wie du willst, doch sollte sich daraus nichts Neues ergeben, überlass die Sache der örtlichen Kripo. Der Leiter ist ein oberflächlicher Schnösel, aber er macht Karriere und hat beim Polizeichef einen Stein im Brett. Sieh zu, dass du so schnell wie möglich wieder herkommst, hier wartet genug Arbeit auf dich.«

Valentina bedankte sich und jagte ihn innerlich zum Teufel. Sie hasste seine Art, sich aus der Affäre zu ziehen. Schließlich hatte er sie hierhergeschickt.

Sie arbeitete erst seit zwei Jahren für den Zentralen Operationsdienst und war für Straftaten gegen die Person zuständig. Vor allem gegen Kinder und Frauen. Sie hatte sich das nicht ausgesucht, aber ihr Chef hielt sie für prädestiniert, weil sie als junge Polizistin bei der Kripo Mailand den Fall eines Prostituiertenmörders aufgeklärt hatte, der die Presse, das Fernsehen und die sozialen Medien monatelang in Atem gehalten hatte. Seitdem war es mit ihrer Karriere steil bergauf gegangen. Im Licht des nationalen Femizid-Notstands hatten Belobigungen, Auszeichnungen, eine Beförderung und schließlich die Versetzung zum SCO nach Rom nicht auf sich warten lassen. Ihre Stadt und die angesehenste Polizeibehörde: zwei Fliegen mit einer Klappe. Kein Grund zu meckern also.

Einige hatte geargwöhnt, dieser Erfolg sei nicht zuletzt ihrem guten Aussehen geschuldet. Es brauchte ein weibliches Aushängeschild, das obendrein gute Polizeiarbeit leistete: Ihre grünen Augen und die lange, blonde Mähne hätten den Rest erledigt. Valentina versuchte, darauf zu pfeifen und auf ihr Können zu setzen. Auch wenn das Verhalten einiger Kollegen mitunter schwer zu ertragen war: Als müsste sie ihnen jeden Tag beweisen, dass sie den Job verdient hatte.

Die Arbeit nahm sie vollständig in Beschlag. Mit zweiunddreißig Jahren hatte sie eine gesicherte Laufbahn, eine strahlende Zukunft bei der Polizei und keine familiären Bindungen. Nicht einmal eine Liebe, die zu finden sie nicht die geringste Absicht hatte. Keine stabile Herzensbindung zu haben, bedeutete emotionale

Stabilität, und die war ihr mehr als recht. Ein Leben, das sich ausschließlich um den Job drehte und genau deshalb erfüllend war.

Sie versuchte zu schlafen, fest entschlossen, am Morgen einen Haken hinter die Sache zu machen, die womöglich den Aufwand nicht wert war, genau wie Falcone gesagt hatte.

Doch etwas ließ ihr keine Ruhe, etwas machte sich im Laufe der Nacht bemerkbar.

Sie hatte einen wirren Traum von Fosco. Er schrie, er sei ein Feigling, weil er den anderen Jungen habe sterben lassen. Er schrie, weil der Mann mit den weißen Haaren noch nicht mit ihm fertig war und nach ihm suchte. Er schrie, er habe Angst. Er schrie, Valentina habe ihm nicht geglaubt.

Sie erwachte mit dem Nachhall seiner herzzerreißenden Schreie, die ihr in den Ohren gellten, und konnte nicht wieder einschlafen.

7

Am Morgen, als Valentina und Zucca gerade beim Frühstück saßen, kam Ispettore Blasi ins Hotel.

»Wichtige Neuigkeiten«, rief sie so laut, dass die anderen Gäste sich umdrehten. Sie senkte die Stimme. »Wir haben den Ort ausfindig gemacht, an dem Fosco aufgewacht und weggelaufen ist. Schauen wir ihn uns an?«

Kurz darauf fuhren sie die schmale, gewundene Landstraße entlang, auf der Fosco gefunden worden war. Zucca hatte sich an den vorwegfahrenden Polizeiwagen geheftet und trat eine Spur zu verwegen aufs Gas.

»Es ist ein Heuschober«, erklärte Roberta Blasi. »Es gibt noch ein paar landwirtschaftliche Nebengebäude und ein verfallenes altes Bauernhaus. Aber Fosco hat den Heuschober beschrieben.«

»War sicher nicht einfach, den zu finden«, bemerkte Valentina.

»Ein Team des mobilen Einsatzkommandos hat die Gegend durchkämmt und den Ort entdeckt. Sie wussten, wonach sie suchen mussten.«

»Ohne deine Hilfe?«

»Na ja, die Teamleiterin des Einsatzkommandos ist meine Freundin«, antwortete Roberta Blasi leicht verlegen. »Ich habe ihr Foscos Beschreibung gegeben, und ihr ist sofort was eingefallen. Von dem Ort hatte sie schon gehört ... Die ist echt auf Zack.«

Zucca warf Valentina einen vielsagenden Blick zu. *Wusste ich doch, dass die lesbisch ist.* Am liebsten hätte sie ihm eine verpasst, doch der Kollege saß am Steuer – zu gefährlich. Sie verschob die Sache auf später.

»Aber es gibt eine weitere Neuigkeit, die noch wichtiger und ehrlich gesagt merkwürdig ist«, sagte die Ermittlerin vom Rücksitz des Subarus. »Wir haben Foscos Untersuchungsergebnisse. Der Arzt war ziemlich verblüfft.«

»Warum?«

»Er hat Spuren von Benzodiazepinen im Blut gefunden, in ziemlich großen Mengen. Also kein Äther, sondern ein Cocktail aus heftigen Psychopharmaka: Restoril, Xanax, Valium, solches Zeug. Womöglich hat Fosco sie über die Atemwege aufgenommen ... Chloroform hätte nicht so schnell gewirkt.«

Roberta Blasi zeigte sich völlig unbeeindruckt von der Rasanz, mit der sich Zucca schlingernd in die Kurven legte, während Valentina allmählich schlecht wurde.

»Also haben wir jetzt Gewissheit«, befand sie. »Fosco wurde betäubt. Er hat sich nichts ausgedacht.«

»Ganz genau.«

Valentina konnte die Befriedigung der Kollegin verstehen. Diese Erkenntnis bestätigte all ihre Vermutungen.

»Aber«, schaltete sich Zucca ein, der den Blick auf den vorwegfahrenden Wagen geheftet hatte und keine Anstalten machte abzubremsen, »wie konnte er mit so einer Medikamentenkeule so schnell wieder aufwachen? Der hätte eine ganze Weile weg sein müssen!«

»Wir müssen uns noch mal die Zeiten vornehmen«, überlegte Valentina. Die Tatsache, dass sich der Entführer seine Beute so leicht hatte durch die Lappen gehen lassen, passte nicht ins Bild. »Und warum war der Arzt verdutzt?«, fragte sie.

»Weil da noch was ist. Wie gesagt, die Benzodiazepine wurden womöglich über die Atemwege aufgenommen, aber heute Morgen hat eine Krankenschwester, die ein bisschen genauer hingesehen hat, an Foscos Nacken einen Einstich entdeckt. Er war fast unsichtbar, niemand hat ihn bemerkt. Er könnte auf die Injektion einer weiteren Substanz hinweisen, die im Blut und im Urin gefunden wurde und die sich der Arzt nicht erklären kann.«

»Nämlich welche?«, fragte Valentina.

»Warte, ich lese es vor, ein komplizierter Name … Glu-tar-al-de-hyd … Glutaraldehyd, zweiprozentig … Das ist tatsächlich ziemlich ungewöhnlich.«

»Inwiefern?«

»Der Arzt hat es mir erklärt. Das ist eine Verbindung, mit der Bakterien abgetötet werden, ein Desinfektionsmittel. Soweit ich es verstanden habe, ist das so etwas Ähnliches wie Formalin und ziemlich gefährlich, wenn man es schluckt. In höherer Konzentration wäre es für Fosco fatal gewesen.«

»Vielleicht war es im Betäubungscocktail enthalten.«

»Auf keinen Fall, das ist kein Psychopharmakon. Keinerlei betäubende Wirkung, meint der Arzt.«

Na bitte. Das war ungewöhnlich und somit ein wichtiger Anhaltspunkt. Etwas, bei dem sie ansetzen konnten. Um sich diese Substanzen zu beschaffen, musste der Entführer ärztliche Rezepte benutzt haben. Das engte das Feld zwar nicht sonderlich ein, aber man musste dem nachgehen. Vielleicht arbeitete er im Gesundheitswesen. Keine abwegige Vermutung.

Während sie sich dem Tatort näherten, wägte Valentina die bisherigen Erkenntnisse ab.

Dass Fosco Agnelli tatsächlich entführt worden war, schien inzwischen außer Frage zu stehen. Wer immer es getan hatte, hatte einen Plan verfolgt. Der Einsatz dieser Substanzen ließ vermuten, dass er Fosco nicht hatte umbringen wollen, zumindest nicht sofort. Doch wo wollte er mit ihm hin? Und der nackte, eiskalte Junge neben ihm? Selbst wenn er nicht Foscos Fantasie entsprungen war, ließen sich daraus kaum relevante Schlüsse ziehen. Doch ein Pädophiler, der sich nicht mit einem Kind zufriedengab und organisiert genug war, eine doppelte Entführung umzusetzen, war eine verstörende Hypothese.

Der Junge hatte gesagt, er sei aus dem Transporter geklettert und habe sich in einem Gebäude befunden, das seiner Beschreibung nach eine Scheune oder ein anderes verwaistes landwirtschaftliches Gebäude sein konnte. Ein großer, leerer Raum mit einem Fußboden aus gestampfter Erde. Vielleicht besagter gefundener Getreidespeicher. Sein Entführer hatte sich aus bislang unbekannten Gründen entfernt, und Fosco hatte die Gelegenheit zur Flucht genutzt. Sollten die Dinge tatsächlich so gelaufen sein, musste sich der Mann, der ihn betäubt hatte, ziemlich sicher gewesen sein, dass weder Fosco noch der andere Junge aufwachen würden. Aber überraschenderweise war Fosco früher als erwartet aus der Betäubung erwacht, und auch diesen Umstand galt es zu klären.

Von diesen Unstimmigkeiten abgesehen, waren Fosco Agnellis Aussagen trotz seiner kindlichen, durch den Schock verzerrten Wahrnehmung präzise und detailliert gewesen. Das Einzige, das Valentina Kopfschmerzen bereitete, war die Gegenwart des scheinbar toten Jungen. Am Abend zuvor hatte sie bei ihrer Abteilung eine landesweite Recherche in Auftrag gegeben, ob in den letzten Wochen Minderjährige unter ähnlichen Umständen verschwunden waren. Das Ergebnis war negativ. Aber das Verschwinden eines Minderjährigen ließ sich nicht vertuschen.

Dann war da noch das Stück Papier in der Hand des Jungen. Sie hatte keine Ahnung, was es bedeutete und ob es tatsächlich nützlich werden könnte, aber wenn es aus dem Transporter stammte, durfte sie es nicht außer Acht lassen. Valentina erstellte eine gedankliche To-do-Liste und kam zu dem Schluss, dass die Angelegenheit vertrackter war als ein ebenso grauenvoller wie banaler Fall von Pädophilie.

Sie spürte, dass sich unter der Oberfläche dieser Geschichte eine andere verbarg, die größer, finsterer und womöglich viel entsetzlicher war.

Jetzt ging es darum zu verhindern, dass der Fall unterschätzt und zu den Akten gelegt wurde. Sie wusste, dass all die offenen Fragen nach konkreten und vor allem raschen Antworten verlangten. Bei so einer verworrenen und unbestimmten Ausgangslage hätten sich die wenigsten Polizisten, die sie kannte, auf eingehende Ermittlungen eingelassen.

Aber sie war entschlossen, der Sache auf den Grund zu gehen. Fosco Agnellis Entführer war noch auf freiem Fuß und hatte womöglich ein weiteres Kind in seiner Gewalt.

»Wir sind da«, verkündete Roberta Blasi und unterbrach ihre Gedanken.

Der Wagen bog auf einen schlammigen Waldweg ein, der sich zwischen den Bäumen verlor. Wer ihn benutzte, musste die Gegend gut kennen, überlegte Valentina.

Jenseits des Dickichts aus Steineichen und Erdbeerbäumen war das blinkende Blaulicht des Streifenwagens zu sehen, der sie erwartete.

8

Vor ihnen öffnete sich eine halbrunde Lichtung, in deren Mitte zwei verlassene Gebäude standen. Das eine musste früher ein großer Heuschober gewesen sein. Hinter dem weit geöffneten Tor ließ sich ein hoher, leerer Innenraum erahnen. Daneben standen ein Brunnen und die Überreste einer kleineren Holzkonstruktion, vielleicht ein Geräteschuppen. Früher hatten diese verwaisten Gebäude offenbar zu einem Bauernhaus gehört, von dem nur noch Trümmer und verkohlte Balken übrig waren.

»Diese Ruine hat uns auf die richtige Spur gebracht«, sagte Roberta, als Zucca neben dem Streifenwagen hielt. »Foscos Beschreibung war sehr genau. Ohne sie hätten wir in dieser weitläufigen Gegend der Maremma wie nach der Nadel im Heuhaufen suchen müssen.«

Valentina stieg aus, winkte zu den Streifenbeamten hinüber und ging auf das Scheunentor zu. Diese Holzbauten waren einst typisch für die Gegend gewesen, um Stroh, Heu und landwirtschaftliches Gerät zu lagern. Hinter dem Gebäude lag ein Steineichenwäldchen, dahinter ehemaliges Ackerland, das sich in verkrautete Brachen verwandelt hatte.

Roberta Blasi hatte sich schlaugemacht: Dieser Ort war seit mindestens zwanzig Jahren verwaist. Früher hatten Sonnenblumenbauern den Hof betrieben. Ein Feuer hatte das Wohnhaus und

Teile der Nebengebäude zerstört, nur der Heuschober war verschont geblieben. Die Besitzer waren schon alt, und die Kinder hatten beschlossen, das Dorf und diesen unglückseligen Ort zu verlassen. Niemand hatte sich an einem Wiederaufbau versucht. Schon bald hatten die Einheimischen die wenigen Mauerreste vergessen. Nur das Gerücht, es wimmele dort von Gespenstern, hatte überlebt. Nicht einmal Junkies kamen hierher, um sich einen Schuss zu setzen. Zu weit weg vom Dorf, zu abgeschieden.

Das ideale Versteck. Dass dieser Mann es entdeckt und genutzt hatte, deutete auf Vorsatz und sorgfältige Planung hin.

Aus der gähnenden Öffnung des Heuschobers schlug ihr heftiger Muff entgegen. In der Dunkelheit waren keine Fahrzeuge auszumachen und nichts, was darauf hindeutete, dass in diesem Gebäude wenige Stunden zuvor ein Transporter gestanden hatte.

Auf den ersten Blick gab es nicht viel zu sehen. Während das Team der Spurensicherung anfing, Fotos zu machen und den Ort Zentimeter für Zentimeter unter die Lupe zu nehmen, kam Roberta Blasi zu ihr.

»Danke«, sagte sie einfach.

Valentina lächelte, ohne genau zu wissen, was sie meinte, doch ehe sie nachfragen konnte, schrillte das Handy in ihrer Tasche.

Falcones Stimme klang scharf, und noch ehe er seinen Satz beendet hatte, verspürte Valentina ein leises Kribbeln im Nacken.

»Es gibt noch einen«, sagte Falcone. »Es wurde ein weiterer Junge entführt. Und diesmal haben wir auch einen Toten.«

VERSCHWUNDEN

9

Jedes Mal, wenn sein Sohn zu Hause blieb, weil er sich nicht wohlfühlte oder Ferien hatte oder sonst etwas, wurde es mit dem Schreiben schwierig. Daran war nicht der Junge schuld, Andrea war groß genug, um sich allein zu beschäftigen.

Das Problem war reine Kopfsache, denn kaum hockte der Kleine allein in seinem Zimmer oder vor dem Fernseher oder in der Küche, überkam Gianni Venturi das dringende Bedürfnis sicherzugehen, dass es ihm gut ging.

Jedes Mal, wenn er sich vor den Bildschirm seines Macs setzte, musste er sich vergewissern, dass sein Sohn nicht in seinem Bett erstickte oder verzweifelt vor sich hin weinte und sich nicht traute, seinen Vater um Hilfe zu bitten. Dann hatte Gianni immer das Gefühl, seine Zeit mit Schreiben zu verplempern, statt seinen elterlichen Pflichten gerecht zu werden.

Vielleicht lag es daran, dass Andrea eine belastende Kindheit zwischen Krankenhäusern, Notaufnahmen und besorgniserregenden Diagnosen verbracht hatte. Mit fünf Jahren war bei ihm eine Fallot-Tetralogie diagnostiziert worden, eine genetisch bedingte Fehlbildung des Herzens, die, sofern in den ersten Lebensmonaten erkannt, gute Chancen auf Heilung hatte. Doch bei Andrea war sie erst nach einer Reihe von hypoxämischen Anfällen festgestellt worden, die wie durch ein Wunder nicht fatal gewesen waren. Die folgenden Jahre waren von chirurgischen Eingriffen und einer belastenden Therapie gezeichnet gewesen.

Endlich schien Andrea geheilt, doch seine krankheitsbedingte Schwäche überschattete jede Minute seines Lebens und hielt seine Eltern in ständiger Sorge, die Gianni zwanghaft dazu trieb, alle naselang nach Andrea zu sehen, wenn seine Frau Maria nicht zu Hause war.

Sobald Andrea zu Hause blieb und Maria im Krankenhaus Dienst hatte, lief Gianni mit dem Schreiben auf Grund. An diesem Tag schien das letzte Kapitel seines Romans dazu verdammt, eine weiße Seite auf dem Computerbildschirm zu bleiben.

Andrea war wegen eines Lehrerstreiks zu Hause geblieben, am Vorabend hatte er dem Vater hochzufrieden davon erzählt. Es war fast neun Uhr morgens, und der Junge lag noch im Bett. Gianni hatte erst vor fünf Minuten nach ihm gesehen und sich den Luxus gegönnt, ihn beim Schlafen zu betrachten, die dunklen Locken, die wie Tinte über den schneeweißen Kissenbezug flossen, die über den Deckensaum hervorlugende Nase, die wunderschönen Augen, die jetzt geschlossen waren, aber sich womöglich staunend in einem fantastischen Traum verloren.

Die Türklingel ließ ihn überrascht zusammenzucken. Während er zur Tür ging, sich fragte, wer um diese Uhrzeit stören mochte, und hoffte, das jähe Geräusch habe seinen Sohn nicht geweckt, kehrten Giannis Gedanken zu der weißen Seite zurück, die beharrlich auf ihn wartete.

10

Es war in Volterra passiert, kaum mehr als hundert Kilometer von Fosco Agnellis Dorf entfernt. Das hatte genügt, um die beiden Fälle miteinander in Verbindung zu bringen. Als Falcone sie darüber in Kenntnis setzte und ihr auftrug, sich auf dem schnellsten Weg dorthin zu begeben, durchschoss Valentina der Gedanke, das in der etruskischen Stadt entführte Kind könnte der Junge sein, den Fosco im Transporter gesehen hatte.

Er war tot, oder?

Doch zeitlich war das unmöglich. Andrea Venturis Verschwinden und der Mord an seinem Vater waren an diesem Morgen passiert.

Auf der Fahrt nach Volterra mit Angelo Zucca, der noch schweigsamer war als sonst, ging Valentina auf dem Tablet sämtliche Informationen durch, die der SCO ihr zukommen ließ.

Das Opfer hieß Gianni Venturi, war vierzig Jahre alt und, Ironie des Schicksals, Krimiautor. Am Morgen war jemand vor seiner Wohnungstür aufgetaucht und hatte ihn erstochen. Es hatte keinen Kampf gegeben. Fünf brutal gesetzte Hiebe. Der Mann war im Eingangsflur seiner Wohnung zusammengebrochen und sofort tot gewesen. Seine Frau, eine Krankenschwester, war zum Zeitpunkt des Mordes bei der Arbeit. Der einzige Sohn, Andrea, zwölf

Jahre alt, der wegen eines Lehrerstreiks zu Hause geblieben war, war verschwunden.

Andrea. Zwölf Jahre alt. Genau wie Fosco. Auf dem 8-Zoll-Bildschirm tauchte neben einem Bild des Vaters ein Foto des Jungen auf, dazu eine Reihe näherer Angaben.

Valentina betrachtete das Gesicht des Jungen und rief bei der Kollegin in Rom an, die ihr die Dateien zuschickte.

»Hör mal, ihr habt euch vertan. Ihr habt mir das Foto von Fosco Agnelli geschickt. Offenbar habt ihr die Akten verwechselt.«

Die Stimme der Beamtin war frostig. »Das Bild, das du von mir bekommen hast, zeigt Andrea Venturi. Ich habe es dir genau so weitergeleitet, wie ich es vom Kommissariat Volterra bekommen habe.«

Valentina besah sich das Foto erneut: schwarze Augen, dunkles Haar. Ein rundes, blasses, von weichen Locken gerahmtes Gesicht. Dichte, kräftige Augenbrauen.

Andrea Venturi, dessen Vater man ermordet und den selbst man vor wenigen Stunden seiner Familie entrissen hatte, war das Ebenbild seines Altersgenossen Fosco Agnelli.

II

Seit Valentina beim SCO arbeitete, hatte sie ihre ermittlerischen Fähigkeiten nur sehr selten unter Beweis stellen können. Ihr typischer Tag begann im Büro im vierten Stock des Gebäudes in der Via Tuscolana, in der die zweite Abteilung des Zentralen Operationsdienstes untergebracht war. Die erste Stunde verbrachte sie am Schreibtisch, wühlte sich durch Polizeiberichte, Info-Blätter, Meldungen der mobilen Einheiten, Mitteilungen des Ministeriums, Merkblätter und interne Rundschreiben, die zweite im Konferenzraum, um mit ihren Kollegen und dem Direktor an einem Briefing teilzunehmen. Dann ging die eigentliche Arbeit los. Hätte sie sie einem Außenstehenden erklären müssen, hätte sie nicht gewusst, wo sie anfangen sollte. »Wir lösen Rätsel«, hatte sie einen älteren Kollegen einmal sagen hören. »Wir analysieren laufende Ermittlungen, nehmen sie auseinander und setzen sie wieder zusammen. Wir suchen nach Bruchstellen. Legen den Finger auf Schwachpunkte. Tauschen uns zwecks Koordination mit den örtlichen Ermittlern aus. Geben Anregungen. Und manchmal greifen wir selbst ein.«

Valentina wusste, dass der SCO im Grunde nur dazu da war, den ermittelnden Polizisten auf die Nerven zu gehen, um sie zu besseren und schnelleren Ergebnissen anzutreiben, mit denen sie von allein nicht um die Ecke kamen. Ein ebenso hilfreiches wie müßiges Zutun. So lief die Maschine seit Jahren, und alles in allem fuhr Valentina gut damit.

Echte Ermittlungsarbeit war etwas ganz anderes.

Die machte man auf der Straße, auf Tuchfühlung mit den Opfern, auf blutigen Gehsteigen oder in Wohnungen, die zur Bühne der Gewalt geworden waren. Echte Ermittlungen vertrugen keine Bürokratie. Sie waren Knochenarbeit, Schweiß, Leidenschaft. Etwas, das Valentina seit allzu langer Zeit nicht mehr erlebt hatte.

An diesem Tag war es anders. Die Fälle der beiden verschwundenen Kinder zogen sie Hals über Kopf ins unmittelbare Geschehen, und sie fragte sich, ob sie der Sache gewachsen wäre oder sich nach dem Schützengraben zurücksehnen würde, der die Leidenschaft auf Abstand hielt.

Sie stand vor einem schlichten, zweistöckigen Einfamilienhaus mit gepflegtem Garten, durch den ein kleiner Weg vom frisch gestrichenen Eingangstor zur Haustür führte. Das rötliche Abendlicht mischte sich mit dem Blut auf den Granitplatten. Jemand war hineingetreten, vielleicht der Mörder oder nachlässige Polizisten und Sanitäter, und hatte es bis zur Straße getragen. Die Tür mit dem Messingschild VENTURI-SINAGRA stand sperrangelweit offen. Drinnen herrschte wattige, von den Blitzlichtern der Spurensicherung durchzuckte Dunkelheit. Die Männer in den weißen Papieroveralls bewegten sich schweigend und womöglich noch beklommener als an anderen blutigen Tatorten. Hier war ein Mann gestorben. Vor allem war hier ein Kind geraubt worden. Eine Entführung, die nicht viel Hoffnung zuließ, dessen waren sich alle bewusst.

Valentina hielt sich am Rand, ebenso wie Zucca, der die Ähnlichkeit zwischen den beiden Jungen ebenfalls gesehen hatte und noch finsterer geworden war.

Hinter ihnen sammelten sich Schaulustige, Presse- und Fernsehleute. Die Nachricht hatte sich in Windeseile verbreitet. Mehrere Autos blockierten die Straße, teils mit blinkendem Blaulicht, als könnte dessen fahles Aufleuchten weiteres Unheil abwehren.

Das leicht abseitsstehende Haus lag an einem nur teilweise asphaltierten Sträßchen, das sich nach Norden zu den flachen Hügeln fortsetzte, die die Landschaft prägten, und nach Osten zu der Landstraße, die sich in baumgesäumten Kurven rund zwei Kilometer bis nach Volterra schlängelte. Die Gegend hieß Zambra und war in Schatten und Stille getaucht, sofern der Tod nicht für unfreiwilliges Aufsehen sorgte.

In dem Moment traten eine Frau und ein älterer, untersetzter Mann aus dem Haus und redeten angespannt aufeinander ein. Beide trugen weiße Papieroveralls mit Polizeilogo, in denen sie sich sichtlich unwohl fühlten, und umrundeten im Vorbeigehen die große Blutlache, die im Dunkel kaum noch zu sehen war.

Das Stimmengewirr hinter Valentina schwoll an. Sie schnappte die Worte eines Journalisten auf, der zu seinem unsichtbaren Publikum sprach: » ... da ist sie, Dottoressa Lucchesi mit dem Staatsanwalt ...«

Valentina trat auf die Frau zu, die gerade das Gartentor hinter sich schloss.

»Siria Lucchesi? Ich bin Valentina Medici.«

Siria Lucchesi war die Leiterin der mobilen Einheit Pisa, in deren Zuständigkeitsbereich der Bezirk Volterra fiel. Sie war groß und dünn, mit raspelkurzem, an den Schläfen ergrautem Haar, das sie womöglich älter aussehen ließ, als sie tatsächlich war. Sie mochte kaum über vierzig sein.

»Ja, ich habe Sie schon erwartet. Wie ich sehe, haben Sie sich beeilt.«

»Unser Fahrer hat alles gegeben«, sagte Valentina und warf

Zucca hinter sich einen Blick zu, der ein Feixen andeutete. »Außerdem waren wir sowieso in der Gegend.«

Siria Lucchesi erkundigte sich nicht nach dem Grund. Valentina fragte sich, ob sie von Fosco Agnellis Verschwinden erfahren und die Fälle bereits miteinander verknüpft hatte. Vermutlich nicht. Wie sollte sie auch? Die Ähnlichkeit der beiden Jungen war noch nicht bekannt.

»Gut«, sagte die Frau. »Dann sollte ich Ihnen Dottor Giorgianni vorstellen, Staatsanwalt von Pisa.«

Der Mann drückte erst Valentina und dann Zucca die Hand.

»Ich freue mich, dass sich der SCO so schnell für den Fall interessiert«, sagte der Staatsanwalt. »Ich will Ihnen meine Besorgnis nicht verhehlen … Seit Jahren hat es in dieser Provinz keinen so brutalen Mord mehr gegeben. Und dann ist da der verschwundene Junge, den wir so schnell wie möglich wiederfinden müssen.«

»Der Staatsanwalt will fürs Erste nicht von Entführung sprechen«, erklärte Lucchesi. »Es wäre verfrüht und würde nur die Sensationsgier der Presse wecken. Tatsächlich könnte der Junge nach dem Mord an seinem Vater unter Schock fortgelaufen sein … Noch gibt es keinerlei Anhaltspunkte, die irgendeine Vermutung ausschließen lassen.«

»Ehe wir nicht mehr wissen, wollen wir keinen unnötigen Druck«, fügte Giorgianni unmissverständlich hinzu.

Valentina nickte. Sie verstand die Strategie, aber hielt sie für überflüssig. Es war sinnlos zu vermuten, der kleine Venturi sei nicht vom Mörder seines Vaters mitgenommen worden, und diesem Verdacht hätte man sofort nachgehen müssen. Allerdings war sie vom Fall Fosco Agnelli beeinflusst. Also behielt sie ihre Vermutung für sich und nahm sich vor, sie später zur Sprache zu bringen. Zunächst wollte sie begreifen, wie die »Örtlichen« tickten. Ehe man sich behutsam einmischte, musste man sich ein Bild von den ortsvertrauten Ermittlern machen. Giorgianni wirkte auf sie wie ein Staatsanwalt alten Schlags, der für bloße Vermutungen nichts übrighatte.

Falcone hatte sich am Telefon klar ausgedrückt: »Geht äußerst vorsichtig vor.«

»Aber wenn es eine Verbindung zu der Entführung von Fosco Agnelli gibt, dürfen wir keine Zeit verlieren.«

»Trotzdem, zieh keine voreiligen Schlüsse. Stell dich nicht quer, bevor du Klarheit hast.« Das war ein Befehl.

Der Staatsanwalt verabschiedete sich von den Polizisten, bat sie, ihn auf dem Laufenden zu halten, und fuhr in einem dunklen Auto davon, dem die kleine Journalistenschar ein kurzes Stück nachlief.

Siria Lucchesi musterte Valentina mit verschlossener Miene. Die stumme Botschaft war ziemlich eindeutig: Von ihrer Seite war nicht viel Zusammenarbeit zu erwarten.

»Was wollen wir machen?«, fragte Valentina gereizt. »Wollen Sie nach einem weggelaufenen Kind suchen oder …?«

»Der Staatsanwalt hat seine Ansichten«, erwiderte Lucchesi kühl, »und ich habe meine. Bei dem Blutbad, das der Mörder da-drinnen angerichtet hat …«

»Das heißt?«

»Das heißt, dass wir nach der Leiche des Jungen suchen.«

12

Pisa und Volterra trennen fast achtzig Kilometer. Wenn man für Kriminalität und Gebietskontrolle zuständig ist, ist das eine Menge. Die Landschaft um die beiden Städte ist sehr verschieden, flach und sanft um die Provinzhauptstadt, rau und malerisch zu Füßen des Etruskerstädtchens. Ihren ersten Dienstposten als blutjunge Polizistin hatte Valentina in einer ganz ähnlichen Gegend in Kalabrien angetreten und ihren Einstand mit einer Ermittlung zu einer Familienfehde gegeben: Morde, über Jahrzehnte angestauter Groll. Der Maresciallo, der sie in den Fall eingearbeitet und ihre Verstörung bemerkt hatte, hatte sie viel über die menschliche Natur gelehrt. Seine erste Lektion lautete, dass der Charakter einer Landschaft das Wesen ihrer Bewohner und somit ihrer Straftaten beeinflusst. Ein guter Ermittler muss vor allem das Umfeld kennen, in dem er agiert.

Während sie sich die steilen Serpentinen zur Altstadt von Volterra emporschlängelten, überlegte Valentina, dass die frostige Chefin der mobilen Einheit Pisa im letzten Jahr wohl nur selten einen Fuß in dieses entlegene Städtchen gesetzt hatte. Wenn dem so war, musste man sich auf die Polizisten vor Ort stützen, die in diesen Straßen lebten und arbeiteten und die Eigenheiten ihrer Bewohner kannten. Auf Polizisten wie den Maresciallo in Kalabrien, von dem sie mehr gelernt hatte als in jedem Weiterbildungs-

47

kurs. Allerdings wusste sie nicht, wer das örtliche Kommissariat leitete. Volterra war ein bezaubernder Flecken, doch karrieretechnisch das Hinterletzte. Bestimmt war der Leiter entweder ein Frischling auf seinem ersten Posten oder ein alter Hase kurz vor der Pensionierung.

Deshalb war sie erstaunt, als sie Fabio Costa kennenlernte.

Das Polizeirevier befand sich in einem Palazzo aus dem 14. Jahrhundert an der Piazza dei Priori im Herzen der Stadt. Es war bereits dunkel, als sie vor der von Rundbögen durchbrochenen roten Steinfassade ankamen und den verschlafenen Zauber des Ortes störten. Die malerische Stimmung der gekonnt platzierten Stadtbeleuchtung ließ Valentina den Grund ihres Kommens einen Moment lang vergessen. Wären die Wagen mit den blinkenden Blaulichtern nicht gewesen, die den mittelalterlichen Platz in Beschlag nahmen, hätte sie geglaubt, in der Zeit zurückgereist zu sein.

Der Kommissariatsleiter Vicequestore Fabio Costa wartete vor dem Eingang auf sie. Er war groß und hager, hatte kurzes, schwarzes Haar und einen Dreitagebart, der seine dunklen Augen betonte. Die Augen waren immer das Erste, worauf Valentina bei Männern achtete, um sich ein Urteil zu bilden. Diese Augen schienen gleichgültig gegenüber dem zu sein, was um sie herum geschah, und wäre nur ein bisschen Leben in ihnen gewesen, hätten sie durchaus interessant sein können.

Siria Lucchesi, die kurz vor ihnen eingetroffen war, stellte sie einander vor.

»Dottor Costa, Vicequestore von Volterra«, sagte sie knapp.

Valentina drückte ihm die Hand. Costa zeigte ein freudloses Lächeln.

»Unter den gegebenen Umständen kann ich nicht behaupten,

dass ich mich freue, Sie hier zu haben«, sagte er leise und höflich. »Aber ich stehe zu Ihrer Verfügung.«

»Schön«, kam Siria Lucchesi Valentina zuvor, »dann überlass uns bitte einen Besprechungsraum. Ich muss so schnell wie möglich zurück nach Pisa.«

Während Costa sie in die Wache führte, kam Valentina zu dem Schluss, dass die beiden offenbar nicht sonderlich gut aufeinander zu sprechen waren. Womöglich aus dem einfachen Grund, dass das Hereinplatzen der mobilen Einheit in den Zuständigkeitsbereich einer Dienststelle wie dieser die Regeln des friedlichen, verschlafenen Miteinanders durcheinanderbrachte und deren Leiter meist nicht sonderlich erpicht darauf waren, sich bei ihren Fällen hineinreden zu lassen. Allerdings wirkte Fabio Costa kein bisschen irritiert. Es war Lucchesi, die ihn mit leiser Herablassung behandelte. Offenbar ein Nachhall alter Unstimmigkeiten. Jedenfalls war es gut, davon Notiz zu nehmen.

Wenig später fanden sie sich in einem behelfsmäßigen Konferenzraum wieder, in dem ein 55-Zoll-Fernseher, ein Computer und eine Magnettafel herumstanden. Um den großen, ovalen Tisch saßen Valentina, Zucca, Siria Lucchesi und drei Ermittler der mobilen Einheit, die dabei waren, ein paar Laptops anzuschließen, sowie Fabio Costa und ein uniformierter Inspektor, der ihnen als sein Vize Aldo Martini vorgestellt wurde.

Siria Lucchesi warf Costa einen langen Blick zu.

»Wenn du nichts dagegen hast, würden wir gerne mitmachen«, sagte er zurückhaltend. »Vielleicht können wir etwas Nützliches beitragen.«

Die Frau ließ ein paar Sekunden verstreichen, dann nickte sie knapp.

Ein Mann und eine Frau in Zivil gesellten sich zu ihnen, die Valentina bereits am Tatort gesehen hatte. Das Team der Spurensicherung. Valentina nahm eine mühsam unterdrückte Anspannung wahr. Das war nicht nur das altbekannte Adrenalin einer beginnenden Ermittlung, sondern die Sorge, nicht viel Zeit zu haben.

Valentina wusste, dass viele ihrer Kollegen in diesem Moment bereits alles unternahmen, um jeden noch so kleinen Ansatzpunkt zu finden. Jemand setzte sich bereits mit den Justizbehörden ins Vernehmen, um die Herausgabe von Abhörprotokollen und Telefondaten zu erwirken, jemand nahm die Aussagen der Nachbarn zu Protokoll, andere suchten nach möglichen Zeugen, werteten die Überwachungskameras der Gegend und sämtliche am Einsatzort sichergestellte Spuren aus. Nur, dass in diesem Fall alles noch dringender und fataler erschien. Ein Kind war unter brutalen Umständen verschwunden, und seine Rettung war ein Wettlauf gegen die Zeit, der jedem den Atem nahm. Die Jagd war eröffnet, jedoch erschwert durch die bleierne Angst, es nicht zu schaffen.

Als Siria Lucchesi mit der Darlegung der Fakten begann, schien sie ihre Gedanken gelesen zu haben. »Zunächst einmal sollt ihr wissen, dass wir unser Möglichstes tun, um Andrea Venturi zu finden, und dabei kein Szenario ausschließen, von Menschenraub bis zum freiwilligen Verschwinden … leider auch Mord.« Sie machte eine Art Kunstpause, die Valentina auf die Nerven ging, und fuhr fort: »Eine ausgedehnte Suche ist bereits im Gange, unter Einsatz der Kollegen vom Militär und der Finanzpolizei sowie von Freiwilligen und Beamten der Provinzpolizei. Wir durchkämmen vor allem das Gebiet rund um das Wohnhaus des Jungen, das unwegsam und voller potenzieller Verstecke ist. Sollte der Mörder ihn mitgenommen haben, um sich die Flucht zu sichern, muss man davon ausgehen, dass er sich seiner mittlerweile entledigt hat. Also durchkämmen wir abgelegene Gebäude, Gruben, Bäche, die Ränder aller Land- und Regionalstraßen. Außerdem haben wir an sämtlichen Verkehrsadern Kontrollposten aufgestellt. Auch wenn wir nicht genau wissen, was wir eigentlich suchen.«

»Ein geeignetes Verkehrsmittel«, sagte Ispettore Martini.

»Geeignet wofür?«, fragte Siria Lucchesi.

»Na ja, um ein entführtes Kind zu transportieren.«

»Wenn es denn entführt wurde. Da kommt so gut wie jedes Fahrzeug infrage.« Sie wandte sich dem Kollegen der Spurensicherung zu, der nickte und ein großes, schwarzes Notizbuch aufschlug. An seinen Fingern klebte noch Talkum, mit dem die Latexhandschuhe ausgepudert waren. Offenbar hatte er sie bis vor wenigen Minuten getragen.

»Wie ihr wisst, ist der Mord in der ersten Tageshälfte erfolgt, zwischen acht und vierzehn Uhr, als Venturis Frau nach Hause kam und die Leiche ihres Mannes entdeckte. Laut Gerichtsmediziner höchstwahrscheinlich zwischen neun und zehn Uhr, aber es ist noch zu früh, um das mit Sicherheit zu sagen. Derweil können wir die unwahrscheinliche Vermutung, dass der Junge den Vater getötet hat, bereits ausschließen.«

Gemurmel erhob sich, und der Leiter der Spurensicherung schaute von seinem Notizbuch auf.

»Ich weiß«, sagte er und blickte herausfordernd in die Runde. »Aber auch diese entsetzliche Hypothese galt es, in Betracht zu ziehen. In diesem Punkt war der Gerichtsmediziner eindeutig, auch wenn wir die Autopsie abwarten müssen, um jeden Zweifel auszuschließen.«

Niemand hatte etwas einzuwenden.

»Fahren Sie fort«, forderte Siria Lucchesi ihn auf.

»Der äußeren Untersuchung nach wurde das Opfer von fünf Hieben in die Brust und in den Magen getroffen, Stichverlauf von oben nach unten, mit einer Kraft und in einem Winkel, die mit dem Alter und der Statur des Jungen nicht vereinbar sind. Die Rekonstruktionen brauchen noch Zeit, aber ich kann schon jetzt sagen, dass die Umstände des Mords nach unserem jetzigen Erkenntnisstand außerordentlich brutal waren.«

Valentina fiel auf, dass er beim Sprechen kaum Luft geholt hatte, wie um eine unbequeme Wahrheit möglichst schnell loszuwerden.

Der Mann machte eine Pause und blickte zum zweiten Mal von seinen Notizen auf. »Gianni Venturi ist nicht einfach getötet worden. Er wurde abgeschlachtet.«

13

Vielleicht hatte sein letzter Gedanke dem Jungen gegolten. Als der erste Messerstich Gianni Venturis Brustbein durchbohrte, Knochen und Weichgewebe durchtrennte, die Luftröhre mit Blut und den Verstand mit Grauen flutete, war Andrea dort, im Haus, und ihm musste klar gewesen sein, dass er ihn nicht mehr würde schützen können. Oder vielleicht stand der Junge direkt neben ihm. Sah schreiend zu. Und sein Vater konnte nichts weiter tun als sterben.

Dem ersten Stich (»ausgeführt mit erstaunlicher Kraft und unter Verwendung einer mindestens fünfzehn Zentimeter langen und drei Zentimeter breiten Klinge«, wiederholte der Leiter der Spurensicherung) waren vier weitere gefolgt. Einer hatte das Herz getroffen und es buchstäblich entzweigeteilt. Doch der Tod war nicht sofort eingetreten. Der Mörder hatte sich austoben können.

Laut vorläufiger Rekonstruktion des Tathergangs war der Killer über den Körper des Opfers hinweggestiegen, dabei achtlos in dessen warmes, dickflüssiges Blut getreten und ins Haus vorgedrungen.

»Die wegen des Bluts deutlichen Fußabdrücke des Mörders setzen sich hinter dem Opfer für einige Meter ins Innere des Hauses fort und enden dann. Die an dieser Stelle festgestellten Tropfspuren weisen darauf hin, dass er kurz stehen blieb. Vielleicht hatte er etwas gehört oder jemanden gesehen. Dann machte er kehrt, das zeigt eine zweite Folge von Abdrücken, die auf die Haustür zuführen. Sie lassen darauf schließen, dass er gerannt ist.«

»Gibt es Spuren von dem Jungen?«, fragte Siria Lucchesi.

»Keine sichtbaren. Wir können nicht mit Sicherheit sagen, wo er sich aufhielt, als der Unbekannte ins Haus eindrang. Doch wenn er sich in seinem Bett im ersten Stock befand, liegt nahe, dass er etwas gehört hat. Zweifellos hat der Vater geschrien. Wenn der Junge von selbst herunterkam und vom Mörder entführt wurde, dann wurde er getragen, denn es gibt keine Fußabdrücke von ihm. Ihr müsst bedenken, dass man diesen Flur unmöglich durchqueren konnte, ohne in Blut zu treten.« Der Mann blätterte in seinem Notizbuch. »Übrigens gibt es auch keine Kampfspuren«, sagte er. »Entweder hat sich Andrea Venturi nicht gewehrt, oder der Mann ist wirklich außerordentlich stark ... Oder der Junge ist, genau wie der Vater ...« Er beendete den Satz nicht.

»Oder Andrea ist auf einem anderen Weg geflohen. Vielleicht aus einem Fenster im Erdgeschoss, während der Mörder sich noch am Vater austobte«, gab ein Ermittler der mobilen Einheit zu bedenken.

»Möglich«, sagte der Leiter der Spurensicherung wenig überzeugt.

»Müssten die Fußabdrücke nicht stärker sein, wenn er den Jungen getragen hat?«, fragte Siria Lucchesi.

»Nicht unbedingt. Kommt darauf an, wie kräftig der Mann ist.«

»Können wir Gewicht und Größe bestimmen?«, fragte ein Polizist der mobilen Einheit, der jedes Detail in einem Heft notierte.

»Schuhgröße 42 bis 43. Weil der Täter seine Faust in der Brust des Opfers versenkt hat, ist das Blut in alle Richtungen gespritzt. Wir müssen die Flugbahn der Tropfen an den Wänden untersuchen, um etwas zu seiner Größe sagen zu können … Das braucht eine Weile.«

»Es gibt keine Kampfspuren«, wiederholte Valentina, und alle Blicke wandten sich ihr zu. »Ich möchte euch bitten, die Möglichkeit in Betracht zu ziehen, dass der Mann Andrea betäubt haben könnte, ehe er ihn fortbrachte.«

»Dafür gibt es keine Anhaltspunkte«, sagte Siria Lucchesi. »Das ließe an eine geplante Tat denken.«

»Glaubt ihr nicht, der Täter hat überlegt gehandelt?«

»Wie kommen Sie darauf?«, fragte Lucchesi ehrlich neugierig. »Für mich sieht das nach einem brutalen, chaotischen Mord aus. Ich kann da keinerlei Planung erkennen.«

»Weil ich glaube, dass der Junge das Ziel war.«

»Warum?«, bohrte Lucchesi nach.

Es war an der Zeit, dieser Versammlung reinen Wein einzuschenken.

»Vielleicht sollte ich genauer erklären, warum ich überhaupt hier bin«, sagte Valentina.

Sie erzählte ihnen, dass sie in Grosseto gewesen war, als sie über den Mord informiert wurde, setzte sie über den Fall Fosco Agnelli ins Bild, erläuterte die Einzelheiten und führte aus, welche Substanzen bei dem Jungen nachgewiesen worden waren, die womöglich über die Atemwege aufgenommenen Psychopharmaka und das injizierte Glutaraldehyd.

»Es ist möglich, dass wir es mit demselben Täter zu tun haben«, schloss sie. »Aus bislang unbekannten Gründen hat er es auf diese Jungen abgesehen. Und in Volterra hat er einen Mord begangen, um an sein Ziel zu gelangen. Gianni Venturis Tod wäre somit nur ein Mittel zum Zweck … so entsetzlich es auch ist.«

So viel zu Falcones dringender Mahnung, behutsam vorzugehen.

Doch niemand reagierte wie erwartet. Sie sah in verwirrte Gesichter. Womöglich hatte sie sich nicht klar genug ausgedrückt, dabei war ihre dargelegte Vermutung doch mehr als brisant.

»Ich war darüber im Bilde«, bemerkte Siria Lucchesi schließlich nach einer langen Pause und blickte in die Runde. »Ich wusste von dem Verschwinden des anderen Jungen. Doch der Meldung aus Grosseto zufolge scheint es sich nicht um eine Entführung gehandelt zu haben.«

»In den letzten Stunden gab es neue Erkenntnisse und …«

»Moment.«

Costa war ihr ins Wort gefallen. Alle schauten ihn an, als hätten sie seine Anwesenheit erst jetzt bemerkt. Seine Stimme klang sachlich, doch seine Augen waren auf Valentina geheftet, die sich seltsam befangen fühlte.

»Warum geben Sie uns diese Informationen erst jetzt?« fragte Costa. »Das scheinen mir wichtige Details zu sein«, sagte er an Siria Lucchesi gewandt.

»Vielleicht sollten –«, hob Lucchesi an, doch Costa richtete sich wieder an Valentina. Er wirkte nicht feindselig, eher neugierig.

»Das Glutaraldehyd beispielsweise«, bemerkte er. »Das ist seltsam. Ein ungewöhnliches Element. Wenn ich mich recht erinnere, kommt diese Substanz in der Gerichtsmedizin bei Autopsien zum Einsatz.«

Valentina nickte, ermutigt durch das Interesse des Kollegen. Trotz der gereizten Reaktion von Lucchesi hatte Costa sich nicht beirren lassen und war direkt auf den Punkt gekommen. Er hatte die ganze Zeit geschwiegen, doch jetzt funkelten seine Augen vor Wissensdrang. Valentina beschloss, sich die unverhoffte Solidarität zunutze zu machen.

Sie tippte auf ihr Tablet, öffnete die erhaltenen Informationen und sah ihn an. »Das scheint nicht viel Sinn zu ergeben, nicht wahr? Ich habe in Rom darum gebeten, ein paar Nachforschungen anzustellen, ob diese Substanz bei anderen Verbrechen zum Einsatz kam. Bisher hat sich nichts ergeben. Aber wenn wir dahinterkämen, warum sie Fosco gespritzt wurde, wären wir vielleicht einen Schritt weiter.«

Costa sagte nichts, schien aber einverstanden zu sein.

»Na schön«, schaltete sich Siria Lucchesi ein und versuchte, sich ihren Platz zurückzuerobern. »Aber jetzt würde ich gern zu unserem Fall zurückkehren. Abgesehen vom Alter der beiden Jungen scheint es keine weiteren Gemeinsamkeiten zu geben.«

»Eine schon.«

Valentina reichte ihr das Tablet, auf dem die Fotos zu sehen waren, die sie vom SCO erhalten hatte. Die Gesichter von Fosco Agnelli und Andrea Venturi nebeneinander.

Lucchesi betrachtete die beiden Bilder, ohne eine Miene zu verziehen. Dann reichte sie das Tablet weiter.

»Wann wollten Sie uns über diese Ähnlichkeit informieren?«, fragte sie und bemerkte zu spät, dass sie sich damit auf Fabio Costas Seite stellte.

»Ich informiere euch jetzt«, antwortete Valentina. »Ich habe Andreas Foto auf dem Weg hierher erhalten.« Sie machte eine Pause. »Ich kann verstehen, dass das womöglich überraschend ist.«

Das Tablet hatte die Runde gemacht und war zu ihr zurückgekehrt. Alle machten ratlose Gesichter. Nur Costa sah sie fragend an, als wollte er sich einen Reim auf sie machen.

»Was heißt das Ihrer Meinung nach?«, fragte Lucchesi.

»Halten Sie die Ähnlichkeit der beiden für unerheblich?«

»Sie sehen sich sehr ähnlich, das stimmt. Na und? Ich verstehe den Zusammenhang nicht. Oder was uns diese Erkenntnis bringen soll.«

Valentina ließ sich ihr Befremden nicht anmerken. Sah sie etwa

Gespenster? War denn wirklich niemand von den beiden Fotos verblüfft?

»Verstehen Sie das nicht?«

»Doch, ich sehe die Merkwürdigkeit. Aber was hat es für einen Sinn, zwei Kinder zu entführen, die sich ähnlich sehen? Wozu? Was, wenn es nur Zufall ist? Das können Sie nicht ausschließen.«

»Ich weiß noch nicht, worin die Verbindung besteht.« Valentina vertiefte sich wieder in die Gesichter von Fosco und Andrea. Auf beiden Fotos schauten die Jungen nicht direkt in die Kamera. Sie schienen sich auf einen Punkt hinter demjenigen zu konzentrieren, der sie aufgenommen hatte. Für einen flüchtigen Moment war ihr, als blickten sie zum selben Horizont.

»Ich kenne das Motiv dieses Täters nicht«, fuhr sie fort, ohne den Blick vom Bildschirm zu lösen. »Aber das dürfte ein wichtiges Detail sein. Keine hundert Kilometer von hier ist Fosco Agnelli vor zwei Tagen von zu Hause verschwunden. Er ist praktisch der Doppelgänger von Andrea Venturi. Im Gegensatz zu Andrea ist es Fosco gelungen, nach Hause zurückzukehren, und er hat seinen Entführer beschrieben. Nicht nur das: Er sagte, neben ihm habe ein anderer Junge gelegen. Womöglich bereits tot. Andrea konnte es nicht sein, das ist klar, aber Foscos Beschreibung war sehr genau. Wir haben Anhaltspunkte gefunden, die seine Schilderungen bestätigen. Also, ich glaube, das reicht aus, um der Sache nachzugehen.« Sie blickte die anderen an. »Oder nicht?«

Niemand sagte etwas.

»Eine interessante Theorie«, brach Lucchesi das Schweigen. »Aber bisher eben nur eine Theorie. Der Staatsanwalt hat sich ausbedungen, äußerst vorsichtig vorzugehen. Und ich bin seiner Meinung. Wir werden, genau wie Sie sagen, ausnahmslos jede Möglichkeit in Betracht ziehen. Und wir werden jedem Zufall auf den Grund gehen, in Ordnung?«

Es war offensichtlich, dass die Frau sich an das Drehbuch des Staatsanwalts hielt und nur schwerlich davon abweichen würde, wenn sie nicht jemand davon überzeugen konnte, dass der bequemste Weg nicht immer der beste war, zumal bei einer von vornherein vertrackten Ermittlung wie dieser. Valentina überlegte, ob sie etwas dazu sagen sollte, um klarzumachen, mit wem sie es zu tun hatten. Abermals erhaschte sie Fabio Costas Blick. Er sah sie eindringlich an, als wollte er ihr eine verschlüsselte Botschaft übermitteln. Als Einziger schien er der Ähnlichkeit der beiden Jungen eine Bedeutung beizumessen und wollte ihr offenbar bedeuten, dass sie nicht auf Siria Lucchesi hören sollte und diese Tatsache alles andere als ein Zufall war.

Valentina beschloss, den Mund zu halten und abzuwarten. Sie würde ihre Gedanken ordnen und auf eine bessere Gelegenheit hoffen. Ohne zu vergessen, dass die Zeit gegen sie arbeitete.

14

Das Telefonat mit Rom war kurz, Falcone hatte nur wenige, präzise Fragen. Valentina zeichnete ihm ein komplexeres Bild, als es die ersten Berichte hatten vermuten lassen. Die Tatsache, dass die Ähnlichkeit der beiden Jungen mehr Zweifel denn Gewissheiten brachte, ließ sie unerwähnt. Sicher, es würde noch weitere Beweise brauchen, aber sie war von einer Verbindung zwischen den beiden Fällen überzeugt.

»Wenn du recht hast«, sagte Falcone, »ist das ein riesiger Schlamassel. Ein serieller Kindesentführer und Mörder obendrein. Der Albtraum eines jeden Polizisten.«

Valentina versuchte, sich nicht von ihren Gefühlen überwältigen zu lassen. Die entsetzliche Wirklichkeit und das Grauen, das sie womöglich erwartete, waren ihr mehr als bewusst, doch sie lebte nun einmal dafür, solchen Menschen das Handwerk zu legen. Deshalb war sie zur Polizei gegangen. Und jetzt hatte sie die Chance, ihr Können unter Beweis zu stellen.

Schließlich ließ sich Falcone darauf ein, eine Taskforce zu schicken. Andrea Venturis Verschwinden und die brutale Ermordung seines Vaters beherrschten die Medien, von der Polizei wurde voller Einsatz gefordert. Wenn er nicht das Gesicht verlieren wollte, musste Falcone alle Hebel in Bewegung setzen. Bei aller Bärbeißigkeit war er ein anständiger Mensch. »Bleib dran, Valentina. Wir versuchen, diesen Jungen zu finden.« Als hätten sie eine Wahl.

Valentina hatte gerade aufgelegt, als Costa in der Tür auftauchte.

»Alles in Ordnung?«, fragte er.

»Sicher. Es ist spät. Wenn du nach Hause willst, können wir in ein anderes Büro umziehen.«

Sie hatte sich in Costas Zimmer ausgebreitet, der ihr angeboten hatte, es als Basis zu benutzen und einander zu duzen. Siria Lucchesi war nach Pisa zurückgekehrt. Im Kommissariat herrschte noch immer rege Geschäftigkeit.

Costa schüttelte den Kopf. »Die suchen da draußen nach dem Jungen. Ich glaube, ich schließe mich ihnen an.«

»Ja, klar. Du hast recht.«

Sie hätten sich darauf konzentrieren können, einen erstklassigen Ermittlungsapparat auf die Beine zu stellen, um den Mörder zu identifizieren, doch in diesem Augenblick kam es nicht darauf an, Gianni Venturi zu Gerechtigkeit zu verhelfen, sondern seinen Sohn wiederzufinden. Möglichst lebend. Und als Kommissariatsleiter trug Costa die Verantwortung für die Suche.

Aber er rührte sich nicht und sah sie noch immer an. Sein Blick war ihr nicht unangenehm, doch lag etwas Unausgesprochenes darin, das Fragen in ihr weckte. Allen voran, warum die Leiterin der mobilen Einheit Pisa so frostig zu ihm war.

Ein Beamter betrat Costas Büro und drückte ihm einen Stoß Papiere in die Hand. Er blätterte sie durch und reichte sie Valentina.

Es waren Fotos aus dem Haus der Venturis. Viele zeigten den kleinen Andrea. Die Ähnlichkeit mit Fosco war nicht zu übersehen. Man hätte die beiden für Brüder halten können, genauer gesagt, für Zwillinge. Je mehr sie über dieses Detail nachdachte, desto verstörender erschien es ihr. Im Grunde konnte sie die Ratlosigkeit der Kollegen verstehen. Die Ähnlichkeit der beiden Jungen stellte eine Art Verbindung zwischen den beiden Fällen her. Aber was bedeutete sie? Inwiefern hatte sie den potenziellen Entführer beeinflusst? Machte dieser Kerl etwa Jagd auf kleine Doppelgänger?

Sie gab Costa die Fotos zurück, der sie mit derselben ergründlichen Miene betrachtete, die er in der Sitzung gezeigt hatte.

»Wir sollten die besten Bilder rausgeben«, sagte Valentina. Costa nickte.

Angelo Zucca erschien in der Tür. »Endlich ein bisschen Licht …«, seufzte er.

»Was meinst du damit?«

Zucca trat ein und warf Costa ein neugieriges Lächeln zu, der es mit einem Nicken erwiderte.

»Ich habe gerade mit Roberta gesprochen … mit Ispettore Blasi aus Grosseto. Tüchtiges Mädel.«

Valentina schnaubte. Manchmal war Zucca mit seinem verschmitzten Grinsen und den platten Bemerkungen wirklich nervig. Er hatte die fünfzig gepackt und in seinen dreißig Jahren bei der Polizei einen schnodderigen Zynismus entwickelt, mit dem er sich dicketat. Doch Valentina wusste, dass sich hinter der rauen Schale des altgedienten Bullen ein hellwacher Verstand verbarg. Mehr als ein Mal hatte er ihr aus der Patsche geholfen.

»Jetzt wissen wir, warum Fosco Agnelli fliehen konnte. Immerhin bestätigt das seine ganze Geschichte.«

»Das musst du genauer erklären.«

Zucca schaute auf das Blatt in seiner Hand. »Die Betäubung mit den Benzodiazepinen konnte nicht vollständig wirken. Vor einer Woche wurde bei ihm eine Tonsillektomie durchgeführt. Und aus der Narkose geholt wurde er mit … Flumazenil. Ein Routineverfahren, um das Aufwachen zu beschleunigen. Roberta Blasi hat mit dem Arzt gesprochen und herausgefunden, dass Flumazenil ein Benzodiazepin-Antagonist ist. Jedenfalls hatte Fosco noch genug Antidot im Körper, um die Wirkung der Betäubungsmittel, die der Mistkerl ihm verabreicht hat, zumindest abzuschwächen. Deshalb ist er eher aufgewacht als geplant.«

»Und hat seinem Entführer ein Schnippchen geschlagen.« Valentina dachte nach. »Das beweist, dass Fosco nicht gelogen hat. Dieses vorzeitige Erwachen hätte er sich nicht ausdenken können.«

Zucca nickte eifrig, als wäre diese Entdeckung ihm zu verdanken.

»Also hat unser Mann einen Fehler gemacht«, bemerkte Costa. »Und wer einen macht …«

» … macht vielleicht noch einen«, beendete Valentina seinen Satz.

»Das sind die Details, denen ihr nachgehen solltet«, sagte Costa.

»Ich weiß«, versetzte Valentina, obwohl sie sich nicht sicher war, ob sie verstanden hatte, was er meinte.

»Im Ernst«, fuhr er fort, als hätte er ihre Verunsicherung bemerkt. »Ihr solltet euch auf die scheinbar unwichtigen Kleinigkeiten konzentrieren, auf die vermeintlichen Zufälle, die kleinen Dinge, die normalerweise unter den Tisch fallen. Wer nicht entdeckt werden will, gerät in diesem Unterholz gern ins Straucheln.«

Valentina musterte ihn. Costa schien sich seiner Sache sicher zu sein. Doch was verstand ein in dieses Provinzkommissariat verbannter Vicequestore schon davon? Hatte er je an bedeutenden Ermittlungen mitgewirkt?

»Das Glutaraldehyd«, fuhr Costa fort. »Abgesehen von den beiden Jungen, die Zwillinge sein könnten, gibt dieses Detail die meisten Rätsel auf.«

Es war das zweite Mal, dass Costa auf dieses Indiz pochte. Er hielt es also für wichtig, genau wie sie.

»Du hast recht«, stimmte Valentina zu. »Aber ich warte noch auf die Antworten vom SCO, und bisher wurden keine Präzedenzfälle gefunden.«

»Das ist ein starkes Desinfektionsmittel«, überlegte Costa. »Es wird bei Autopsien benutzt, um Gewebeproben oder Organe zu fixieren.« Er lächelte verhalten. »Na ja, du wirst schon herausfinden, was es damit auf sich hat. Da bin ich mir sicher.«

Er ging zur Tür, und Zucca, der die Unterhaltung mit eigentümlicher Miene verfolgt hatte, rückte ein Stück zur Seite.

»Ich schließe mich der Suche an«, sagte Costa im Hinausgehen.

»Morgen begleitest du uns zu der Mutter, richtig?«, fragte Valentina unvermittelt.

Während der Versammlung hatte Siria Lucchesi alle Anwesenden informiert, dass Andreas Mutter, Maria Sinagra, einen Zusammenbruch erlitten hatte und in das Krankenhaus eingeliefert worden war, in dem sie als Krankenschwester arbeitete. Sie hatte die Leiche ihres Ehemannes und das Verschwinden ihres Sohnes entdeckt und musste in einem entsetzlichen Zustand sein. Sie war noch nicht vernehmungsfähig, und man hatte ihr nur ein paar grundsätzliche Angaben zu dem Jungen entlocken können, zu seinem Herzleiden, und wo er sich versteckt haben könnte, sollte er auf eigene Faust verschwunden sein. Sie hatte wenige, unzusammenhängende Sätze von sich gegeben und war dann in eine Art Trance gefallen. Valentina hoffte, am nächsten Morgen ein paar Antworten von ihr zu bekommen.

»Wenn du glaubst, dass es was bringt«, sagte Costa überrascht.

»Das glaube ich.«

»Sie ist noch unter strenger medizinischer Aufsicht. Die Ärzte werden uns sagen, ob sie zu einer Befragung in der Lage ist.«

»Wir müssen so schnell wie möglich mit ihr sprechen. Wir dürfen keine Zeit verlieren.«

»Klar. Gleich morgen früh. Oder auch eher, sollte sich ihr Zustand bessern.«

Als Costa gegangen war, warf Valentina Zucca einen fragenden Blick zu.

»Was ist?«, fragte er argwöhnisch.

»Du kanntest ihn schon, stimmt's?«

»Wen? Dottor Costa?«

Sie legte den Kopf zur Seite und kniff die Lippen zusammen.

»Ich bin ihm ein paarmal begegnet«, gab Zucca achselzuckend zu. »Er hat früher beim SCO gearbeitet. Ein guter Polizist. Hervorragender Ermittler. Der Beste, wenn ich's mir recht überlege.«

Valentina spürte, dass noch mehr dahintersteckte. »Aber?«, fragte sie.

»Aber er schleppt eine üble Geschichte mit sich rum. Eine verdammt üble.«

15

Maria Sinagra lag im Santa-Maria-Maddalena-Krankenhaus von Volterra, einem überschaubaren Komplex mitten im Grünen. Die Klinikleitung hatte ihr eines der besten Zimmer gegeben, als Privileg für eine Mitarbeiterin, aber vor allem für das Opfer einer entsetzlichen Tragödie, dem kein Komfort der Welt hätte Linderung verschaffen können. Die Frau stand noch unter Schock, war medikamentös ruhiggestellt, doch der betreuende Arzt hatte Costa soeben bestätigt, dass man sie befragen könne. Sofort hatte er die anderen informiert. Andrea Venturi war seit weniger als vierundzwanzig Stunden verschwunden, die Vernehmung der Mutter war von größter Wichtigkeit.

Es war noch dunkel, als sie die Verbindungsgänge zwischen den einzelnen Gebäuden durchquerten, deren große, vielfarbige Glasfronten auf die Grünanlagen des Krankenhauses hinausgingen. Die wenigen Menschen, denen sie begegneten, warfen ihnen abweisende Blicke zu. Offenbar war die kleine Krankenhausgemeinschaft – Ärzte, Pfleger, Angestellte – grimmig entschlossen, sich um ihre Kollegin zu scharen und sie vor Eindringlingen zu schützen, und dieses Grüppchen Ermittler drohte den Frieden des Ortes durch die erdrückende Anwesenheit des Gesetzes zu stören.

Valentina und Siria Lucchesi wurden von einem Protokollführer begleitet, der die Aussagen per Aufnahmegerät und Laptop festhalten sollte. Als sie vor der Zimmertür eintrafen, erklärte Costa, er würde draußen warten. Lucchesi nickte zufrieden, was Valentina nicht entging.

Der bereits wartende Arzt ließ sie hinein und bat sie, behutsam vorzugehen: Signora Sinagra stehe unter Psychopharmaka, und er würde kein Verhalten dulden, das ihr zusätzlich schaden könnte. Siria Lucchesi beschwichtigte ihn mit einem Lächeln, dem nicht einmal ein Blinder geglaubt hätte.

Sie wollte gerade eintreten, als Valentina sich abrupt zu Costa umdrehte. »Ich möchte, dass du auch dabei bist.«

Die Kollegin an ihrer Seite erstarrte, machte jedoch keine Einwände. Costa zögerte kurz. Seine grauen Augen richteten sich auf Valentina und nahmen dann das Zimmer in den Blick, wo Maria Sinagra in einem kleinen Sessel neben dem großen Fenster saß und sie erwartete. Dann nickte er und folgte ihr hinein.

16

Maria Sinagra war ein Schatten. Ihre schwarzen Augen waren gläsern und stumpf, vielleicht noch lebloser als die ihres Mannes, der in diesem Moment auf einem Tisch im städtischen Leichenschauhaus lag und darauf wartete, dass ein Arzt seinem hingemetzelten Körper weitere Verletzungen zufügte.

Als sie die Ermittler eintreten sah, flackerte dennoch ein Funken des Lebens darin auf, das sie bis zum vorigen Morgen erfüllt hatte. Gerade lang genug, um »Andrea?« zu fragen und in den betretenen Mienen der Neuankömmlinge die Antwort zu lesen. Nein, Andrea war nicht nach Hause gekommen. Sogleich sank sie in graue Dumpfheit zurück, und jedes Licht verlosch.

»Wir müssen Ihnen einige Fragen stellen, das verstehen Sie, oder?«, sagte Siria Lucchesi unerwartet freundlich und nahm vor ihr Platz. Die anderen verteilten sich diskret im Zimmer.

Maria Sinagra sah die Frau an, die sie befragen wollte, doch in Wirklichkeit ging ihr Blick durch sie hindurch. Er war auf Dinge gerichtet, die sich niemand von ihnen vorstellen konnte oder wollte.

»Fragen, die Ihnen helfen, Andrea zu finden?«, fragte sie mit dünner Stimme.

»Und Gerechtigkeit für Gianni zu erlangen.«

»Gerechtigkeit? Gianni ist tot. Was nützt mir da noch Gerechtigkeit?« Ein trockenes Schluchzen erschütterte sie. Die vergangenen Stunden hatten all ihre Tränen aufgebraucht. Sie hatte so viele vergossen, dass ihre rot geweinten, plierigen Augen tief in die Höhlen gesunken waren. Und es mussten wunderschöne Augen gewesen sein. Groß und schwarz wie die ihres Sohnes, der ihr so ähnlich sah.

»Wollen Sie denn nicht, dass wir seinen Mörder finden?«, fragte Lucchesi. »Und, ja, natürlich geht es vor allem um Andrea. Wir müssen ihn nach Hause zurückbringen, zurück zu Ihnen, Maria. Und wir müssen uns beeilen. Aber wir brauchen dafür jede Hilfe, die Sie uns geben können.«

»Ich weiß nichts … Ich weiß nicht, warum Gianni tot ist und Andrea mir genommen wurde. Werden Sie ihn auch wirklich finden? Versprechen Sie mir das?«

Siria Lucchesi lächelte mitfühlend, doch diesmal wirkte es weniger überzeugend. »Ich hoffe es sehr, Maria. Das hoffe ich wirklich.«

Maria Sinagra presste die spröden, blutleeren Lippen aufeinander. »Sie sagten, Sie können ihn nach Hause zurückbringen, egal, wo er ist. Also, werden Sie das tun, werden Sie ihn mir wiedergeben? Ich muss ihm doch sagen, dass er keinen Vater mehr hat.«

»Deshalb müssen Sie uns helfen. Uns Einzelheiten nennen, Dinge über Ihren Sohn und Ihren Mann sagen, die wir noch nicht wissen.«

»Dinge über Gianni? Was für Dinge?« Ihr Tonfall hatte sich verändert.

»Alles, was Ihnen einfällt. Gianni liebte Andrea, nicht wahr?«

»Was ist das für eine Frage? Natürlich liebte er ihn. Wie denn auch nicht … er ist … *war* sein Vater.« Ihr Gesicht erstarrte zu einer Maske. »Ich habe schon gestern Abend alles gesagt, was ich weiß.« Ein Zittern lag in ihrer Stimme. »Was haben diese Fragen jetzt noch für einen Sinn? Er wurde umgebracht, und ich weiß nicht, warum. Ich weiß gar nichts. Ich hatte sie zusammen zu Hause gelassen, aber als ich zurückkam ...«

Sie fing auf eine Art zu weinen an, die manche der Anwesenden noch nie erlebt hatten. Sie krümmte sich von Schluchzern geschüttelt zusammen, mit einem heiseren, anhaltenden Heulen, wie ein Tier, dem man die Zunge herausgerissen hatte. Als könnte sie nicht begreifen, warum ausgerechnet sie all diesen Schmerz, diese entsetzliche Qual erleiden musste.

Siria Lucchesi blickte Hilfe suchend zu Valentina. Auf ihrem Gesicht lag nicht mehr die unterkühlte Selbstsicherheit, die sie so gern zur Schau trug, sondern eine Verlorenheit, die Valentina Angst machte.

Sie wollte gerade etwas sagen, als Costa, der abseits neben der Tür stehen geblieben war, als wollte er zeigen, dass er nicht dazugehörte, Marias Klagen mit lauter Stimme übertönte. »Denk nicht an das, was du gesehen hast, als du nach Hause kamst. Denk an Andrea. Nur an ihn.«

Die Frau verstummte. Ihr Winseln verlosch wie eine Flamme ohne Sauerstoff. Ihre blutunterlaufenen Augen richteten sich starr auf Costa.

»Maria, dein Sohn ist ein aufgewecktes Kerlchen. Du und ich wissen das, die anderen noch nicht. Aber um ihm zu helfen, müssen wir uns beeilen. Wir müssen schnell sein.«

Ohne einen Blick mit Lucchesi zu wechseln, ging Costa auf die Frau zu, und sein Auftreten verriet etwas, das Valentina bereits geahnt hatte. Costa strahlte eine gelassene und unerschütterliche Entschlossenheit aus, die auf jeden, der ihn sah, ansteckend wirkte. Mit einer Miene, in der so etwas wie Hoffnung lag, starrte Maria Sinagra ihn an.

»Wir kennen uns«, sagte Costa. »Erinnerst du dich?«

Etwas trübte den Blick der Frau. »Andrea und Luchetto … Sie sind Dottor Costa.«

Maria schien sich mühsam an eine Episode zu erinnern, die ausschließlich sie und diesen Polizisten mit dem Stoppelbart betraf. Valentina feuerte Costa stumm an: Es war ihm gelungen, einen winzigen Tunnel in das Herz von Andreas Mutter zu graben.

»Wo ist mein Junge?«, wimmerte die Frau, und zum ersten Mal schien sie bereit zu sein, ihnen wirklich zuzuhören. »Helfen Sie mir, meinen Jungen zu finden, ich bitte Sie.« Ihre Stimme brach.

Costa war ehrlich zu ihr. »Wir wissen es noch nicht, es tut mir leid. Wir tun alles, was in unserer Macht steht. Das schwöre ich dir. Aber du musst uns helfen.«

»Aber wie kann ich euch helfen, wenn ich nicht mal weiß, warum mein Gianni ermordet wurde?«, fragte Maria.

Costa sah zu Lucchesi hinüber, die seinen Blick zustimmend erwiderte. *Mach du weiter. Ist schon in Ordnung.*

Costa wandte sich wieder an die Mutter.

»Wer auch immer Andrea mitgenommen hat, tat das nicht aus einem plötzlichen Impuls heraus«, erklärte er. »Bei jemandem, dem man etwas antun will, platzt man nicht unvorbereitet herein. Das war keine improvisierte Tat, Maria. Wer immer das getan hat, wusste, wann und wie er deine Familie treffen konnte. Er wusste, dass Andrea nicht in der Schule war. Er wusste, dass Gianni mit ihm zu Hause war und du nicht da warst. Wer deinen Mann getötet hat, kennt euch, Maria, er kennt euch gut … Er hat euch beobachtet. Und das vielleicht schon lange.«

»Wer auch immer Gianni das angetan hat, wollte nur an meinen Jungen heran … wollen Sie das damit sagen?«

Siria Lucchesi rutschte unbehaglich auf ihrem Stuhl herum, doch Costa ignorierte sie. Valentina überlegte, dass man Maria nun reinen Wein einschenken musste. Sie anzulügen, wäre sinnlos.

»Wir glauben, ja«, sagte Costa denn auch.

Ein neues Grauen befiel den Blick der Frau, sie öffnete den Mund, um etwas zu sagen, doch Costa kam ihr zuvor. »Es kann nicht anders sein, Maria. Wer immer es war, hat euch womöglich tagelang im Blick gehabt. Ich glaube, er hat Andrea irgendwo gesehen und beschlossen, ihn sich zu holen. Er musste sich über die richtige Methode und den passenden Augenblick klar werden. Er fing an, euch nachzustellen, euch auszuspionieren. Doch wer immer es getan hat, konnte nicht ahnen, was für eine aufmerksame Mutter du bist … Weißt du noch, wie wir uns kennengelernt haben? Du hattest bemerkt, dass es Andrea schlecht ging, obwohl er nie ein Wort darüber verloren hatte. Dir sind all die Kleinigkeiten aufgefallen, von denen du mir berichtet hast. Und jetzt musst du genau das Gleiche tun. Also frage ich dich: Ist dir irgendetwas Merkwürdiges aufgefallen? Gestern. In den vergangenen Tagen, den letzten Wochen.«

Während er redete, bewunderte Valentina seine Fähigkeit, die rationale Seite der Frau zu bannen. Sein Tonfall war beruhigend, während er Dinge sagte, die jedem Angst gemacht hätten. Tatsächlich verriet Maria Sinagras angespannte Miene, dass sie sich zu erinnern versuchte. Sie war eher konzentriert denn verängstigt. Genau das wollte Costa erreichen: Er wollte ihr einen Grund geben, die Verzweiflung zumindest für einen Moment beiseitezuschieben und bei der Rettung ihres Sohnes zu helfen.

»Mir fällt nichts ein …«, murmelte sie. »Wir haben niemandem etwas zuleide getan. Gianni schrieb seine Bücher, ich arbeitete im Krankenhaus. Und Andrea ist nur ein Kind. Er hatte gesundheitliche Probleme, aber die hat er überwunden …«

»Wurde er regelmäßig ärztlich untersucht? Wo habt ihr ihn

hingebracht? Ins Krankenhaus von Pisa? Vielleicht hat sich dort jemand für euch und euren Fall interessiert.«

»Nein, nicht, dass ich wüsste. Die Ärzte und Krankenpfleger waren immer sehr hilfsbereit …« Ihre Stimme begann wieder gefährlich zu zittern.

»Ein Gesicht«, regte Costa an und wurde lauter, um ihre Aufmerksamkeit zu halten. »Eines, das du nicht kennst. Jemand vor dem Haus. Bei der Schule. Eine Begegnung, die dir zufällig erschien. Egal was, Maria. Mag es dir noch so nutzlos vorkommen.«

»Wäre uns jemand gefolgt, hätte ich das gemerkt.«

»Hat Andrea dir mal irgendetwas gesagt? Hat er sich je beklagt, dass sich ihm jemand genähert hat? Oder vielleicht hat er auch begeistert davon gesprochen. Ein neuer Freund, ein Spielkamerad …«

»Er hat nicht viele Freunde.« Ihre Stimme versagte erneut. »Aber …« Ihre Miene leuchtete auf. »Warten Sie. Ja, da war … Da war jemand, jetzt erinnere ich mich«, murmelte sie. »Aber das erschien mir so unbedeutend. Es war nur so ein Gefühl.«

Instinktiv beugten alle sich vor. Nur Costa blieb ruhig, fast entspannt, und rührte sich nicht. Als hätte er von vornherein gewusst, dass er diese Information früher oder später bekommen würde.

»Ein Mann«, sagte Maria Sinagra. »Ein seltsamer Typ. Jung, aber wie jung, könnte ich nicht sagen, jedenfalls nicht alt. Aber er hatte diese schlohweißen Haare. Sie sahen aus wie gefärbt, so weiß waren sie. Lang und glänzend. Und er sah uns an. Er sah Andrea an.«

17

Inzwischen war das Morgengrauen einem Tag gewichen, der besonders sonnig zu werden versprach. Doch das strahlende Licht, das in Maria Sinagras Zimmer flutete, wärmte nicht. Diese Sonnenstrahlen, die angenehm hätten sein sollen, waren nur ein weiteres Zeichen dafür, dass die Zeit verrann. Und dass die Hoffnung, Andrea zu finden, schwand.

Inzwischen hatte die Frau den Weg zu den kostbarsten und quälendsten Erinnerungen gefunden.

»Zuerst hatte ich ihn nicht bemerkt«, sagte sie mit halb geschlossenen Lidern, als versuchte sie, zu diesem Moment zurückzukehren. »Andrea machte mich auf ihn aufmerksam. Er war neugierig. Er sagte, er habe noch nie so weiße Haare gesehen. Und so lange obendrein. Sie waren zu einem Zopf gebunden. Ich wies ihn zurecht, weil er mit dem Finger auf den Mann zeigte und ich ihm beigebracht habe, dass man nicht auf Leute zeigt. Doch dann habe ich ihn auch gesehen und war baff. Er war seltsam, nicht unheimlich … aber er sah so eigenartig aus …«

»Wo, Maria?«, fragte Siria Lucchesi und drohte den Erinnerungsfluss abzuwürgen. Doch die Frau blieb gefasst. Sie hielt die Augen noch immer geschlossen.

»Wo waren wir … Wissen Sie, wo der Coop von Val di Cecina ist? Andrea macht es riesigen Spaß, mich zum Einkaufen zu begleiten. Zumindest glaube ich das. Er hat den Kopf immer in den Wolken. Manchmal fürchte ich, er könnte einfach verloren gehen.«

»Erzähl uns von diesem Mann«, unterbrach Costa ihre Abschweifung sanft.

»Ja, entschuldigt … Er sah uns nicht an, aber ich hatte das Gefühl, als hätte er es bis vor wenigen Sekunden getan. Wie wenn man sich abrupt nach jemandem umdreht und meint, ihn fast bei etwas ertappt zu haben. Der Weißhaarige stand an der Truhe mit den Tiefkühlprodukten, er hatte einen leeren Einkaufskorb in der Hand, und wir standen auf der anderen Seite der Truhe. Ich habe ihn einen Moment lang angesehen, aber er rührte sich nicht, war ganz versunken in das, was er sich gerade anguckte. Oder vielleicht sollte ich nur nicht merken, dass er uns beobachtete. Nach einer Weile sind wir weitergegangen. Vielleicht hätte ich mich nicht mehr daran erinnert, wenn ich ihn beim Hinausgehen nicht auf dem Parkplatz wiedergesehen hätte. Ich stellte gerade die Einkaufstüten in den Kofferraum. Andrea half mir und hob sie aus dem Einkaufswagen. Ich blickte auf und sah, dass er uns anstarrte. Dieser lange, weiße Zopf war unverkennbar. Als sich unsere Blicke trafen, schaute er weg. Dann stieg er in einen dunklen Transporter, ich glaube, er war grün, dreckig und klapprig. Er startete den Motor und fuhr davon. Seitdem habe ich nicht mehr daran gedacht. Es erschien mir unwichtig.«

»Alles kann wichtig sein«, sagte Costa.

»Erinnern Sie sich sonst noch an etwas?«, fragte Valentina. Sie fürchtete, der Kontakt mit Maria Sinagras rationalem Verstand könnte urplötzlich abreißen.

»Ja«, antwortete die Frau und blickte Valentina unvermutet an. »Ich erinnere mich, dass er lächelte. Zumindest sah es so aus. Ein breites Grinsen … mit hochgezogenen Mundwinkeln.«

Offenbar durchzuckte sie ein Gedanke, denn ihre Augen wurden plötzlich schwarz wie die Nacht. Das Weiß darin wurde fast gänzlich vom Dunkel verschluckt.

»Ist er der Mann, der meinen Jungen mitgenommen und Gianni getötet hat?«, fragte sie mit gebrochener Stimme. Sie schlug die Hände vor den Mund. Zitterte. »So ist es, nicht wahr? *Er* ist es?«

18

In den ersten Morgenstunden verließen sie das Krankenhaus. Siria Lucchesi verlor kein weiteres Wort. Trotz der erfolgreichen Befragung schien sich an ihrem Verhalten Costa gegenüber nichts geändert zu haben. Mit ihrem Mitarbeiter im Schlepptau machte sie sich unter einem Vorwand als Erste aus dem Staub.

Valentina, Costa und Zucca sprachen noch kurz mit Marias Arzt. Die Frau würde das Krankenhaus bald verlassen, doch noch war unklar, wo sie bleiben würde. Nach Hause zurückzukehren, kam nicht infrage, ohnehin war das Gebäude noch versiegelt.

Während Costa seinem Team noch ein paar letzte Anweisungen gab, ging Valentina mit Zucca zum Subaru vor. Valentina ließ das, was sich gerade in Marias Zimmer abgespielt hatte, noch einmal Revue passieren. Costa war verdammt gut gewesen. Die Befragung hatte ihr gezeigt, was für ein fähiger Polizist er war. Und er spielte sich damit nicht auf – das wollte was heißen. Trotzdem behandelte Lucchesi ihn wie einen Aussätzigen. Und Angelo Zucca hatte angedeutet, während seiner Zeit beim SCO sei Costa etwas Übles passiert. Wann war das gewesen? Bestimmt lange bevor sie dort angefangen hatte, denn sie hatte nie von ihm reden hören. Was zum Teufel war bloß vorgefallen?

»Verrat mir, was du über ihn weißt«, sagte sie unvermittelt und blickte zum Krankenhauseingang hinüber, wo Costa jeden Moment auftauchen würde.

Zucca fing an zu lachen. »Was ist? Hast du dich verliebt?«

Sie warf ihm einen vernichtenden Blick zu. »Ich arbeite mit einem Kollegen, über den ich nichts weiß, und du hast gesagt, er habe eine schwierige Vergangenheit. Was spricht dagegen, mir ein genaueres Bild zu machen?«

»Ich weiß nicht … Du bringst mich in Schwierigkeiten …«

»Was denn für Schwierigkeiten? Costa ist nicht mehr beim Operationsdienst. Du und ich schon. Ich muss wissen, was für ein Typ er ist.«

Zucca wurde mit einem Schlag ernst. »Hör mal, das ist eine ziemlich heikle Angelegenheit, und ich will nicht hintenrum schlecht über jemanden reden. Am Ende bin ich dann der Dumme. Ich kannte ihn, als er in Rom war, aber habe nie mit ihm zusammengearbeitet. Es hieß, er habe es echt drauf. Das ist alles. Und als er in Ungnade gefallen ist, war ich auf Einsatz in Sizilien. Ich weiß also nicht genau, was passiert ist. Und ehrlich gesagt, ist mir das auch schnuppe. Ich würde dir sowieso nur Tratsch erzählen, und das wäre unfair. Frag die Lucchesi. Oder den Chef. Das ist viel besser, echt.«

Valentina überlegte, ob sie weiterbohren sollte. Dann tauchte Costa auf, und sie nahm sich vor, Zucca später noch ein bisschen mehr aus der Nase zu ziehen.

Im Auto saß Costa schweigsam auf dem Rücksitz. Er blickte aus dem Fenster in die ihm fraglos vertraute Landschaft, und Valentina konnte förmlich hören, wie es in seinem Kopf rumorte.

»Was ist das für eine Geschichte zwischen dir und Andreas Mutter?«, unterbrach sie seine Gedanken und drehte sich halb zu ihm um. »Es war jedenfalls schlau von dir, das ins Spiel zu bringen.«

Costa winkte ab. »Nicht der Rede wert. Eine Kommissariatsgeschichte, wie sie in kleinen Käffern wie diesem nun mal vorkommt.«

Valentina lachte. »Und ist das Verschlusssache? Kannst du es mir nicht erzählen, weil du gegen das Dienstgeheimnis verstoßen würdest?«

»Es ist eine Bagatelle. Willst du sie wirklich hören?«

»Ja.«

Es sei im vorigen Jahr passiert, erzählte er. Maria Sinagra war wie eine Furie auf der Polizeiwache aufgekreuzt und hatte behauptet, ihr Sohn werde von einem Schulkameraden gemobbt, Luca Adinolfi, genannt Luchetto. Wie so häufig in Kleinstädten hatte niemand sie abgefangen, und die Frau war mit ihrem banalen Anliegen geradewegs in Costas Büro geplatzt. Anfangs hatte er versucht, ihr klarzumachen, dass bei Mobbing zwischen Kindern unter vierzehn Jahren die Lehrer und Eltern gefragt seien und das Eingreifen der Polizei die Sache eher noch verschlimmern würde.

»Aber Andreas Mutter ließ sich nicht davon abbringen. Du hast ja gesehen, wie sie ist. Ich habe nicht übertrieben, als ich sagte, sie sei eine aufmerksame Mutter. Maria ist eine einfache Frau mit einem starken Charakter und einem eisernen Willen. Für sie sind die Dinge entweder richtig oder falsch, und es ist unsere Aufgabe, sie in Ordnung zu bringen. Was den Rambo in Andreas Klasse betraf, hatte sie ins Schwarze getroffen.«

»War es so schlimm?«, fragte Valentina, die aus beruflicher Erfahrung wusste, wie fatal Mobbing für manche Kinder sein konnte, zumal, wenn ihre Eltern nicht mitbekamen, was los war.

»Nicht unbedingt«, sagte Costa. »Aber es hätte zu einem ernsten Problem werden können. Gianni Venturi war zu den Eltern des Großmauls gegangen, um die Sache selbst zu klären. Aber statt ein Einsehen zu haben und ihm zu helfen, hat Luchettos Vater, Tommaso Adinolfi, ihn fertiggemacht. Der arme Gianni kehrte heim wie ein geprügelter Hund, vor allem in den Augen seines vergötterten Sohnes. Deshalb verlangte Maria, dass die Polizei eingreifen sollte.«

Valentina wusste, wovon er redete. Als Polizist erlebte man häufig solche Fälle, in denen leider effiziente und eindeutige rechtliche Mittel fehlten, um der Arroganz und Dummheit der Menschen Herr zu werden. Es gab auch keine Rechtsvertreter, die bereit gewesen wären, sich wegen eines Familienstreits die Hände schmutzig zu machen. Maria Sinagra wollte, dass ihr Sohn in dem Glauben aufwuchs, in einer Gesellschaft zu leben, die die Schwachen verteidigt und die Großmäuler bestraft. Doch sie wusste nicht, wie sie es anstellen sollte. Die eigentliche Regelverletzung machte ihr weniger Angst als die Lektion fürs Leben, die Andrea daraus ziehen würde. Deshalb war sie zu Costa gegangen.

»Und was hast du gemacht?«

»Was sollte ich schon machen? Ich habe mit Tommaso Adinolfi geredet.«

Der Wagen nahm die letzte Kurve zum Kommissariat. Costa schien nichts weiter sagen zu wollen.

Valentina drehte sich zu ihm um. »Und dann?«, fragte sie leicht gereizt.

»Dann was?«

»Was hast du gemacht? Was hast du zu diesem Adinolfi gesagt?«

In Costas Augen zuckte ein stählernes Funkeln auf. Vielleicht die Sonne, die durch die Scheiben fiel, oder ein Splitter Erinnerung. Es hatte etwas Beunruhigendes.

»Ich habe getan, was ich tun musste«, sagte er schließlich. »Ich habe mit ihm geredet und das Problem gelöst. Am nächsten Tag habe ich erfahren, dass Luchetto zu Andrea gegangen ist, um sich zu entschuldigen. Er hat ihm sogar sein Pausenbrot angeboten. Es gab keine weiteren Mobbingvorfälle.«

Valentina schaute ihn noch immer an. Sie wollte mehr erfahren, ihn fragen, was er gesagt oder getan hatte, um den Vater des Stänkerers zum Eingreifen zu bewegen, doch plötzlich veränderte sich sein Gesichtsausdruck.

»Wie es scheint, wird jetzt ernst gemacht«, sagte Costa.

Valentina drehte sich um, blickte zum Palazzo der Polizeiwache Volterra hinüber und wusste sofort, was er meinte.

19

Im Vergleich zum Abend zuvor war das Kommissariat nicht wiederzuerkennen. Die friedliche Verschlafenheit war dem Chaos und der Hektik der Ermittlungen gewichen, und die von Falcone in Aussicht gestellte Verstärkung war eingetroffen. Nicht nur Beamte des SCO, sondern auch der Spurensicherung und der Spezialeinheit UACV zur Analyse von Gewaltverbrechen. Die Besten der Besten.

Die Piazza dei Priori wimmelte von Fahrzeugen, die den alten Zauber trübten. Außer den TV-Übertragungswagen parkten dort zahlreiche Polizeiautos und zwei große Transporter: ein unauffälliges Modell mit verräterischen Antennen und ein weiß-blauer Wagen mit dem Symbol der Spurensicherung.

Die Dienststelle wirkte wie ein kompliziertes Räderwerk, dessen Getriebe allmählich ineinandergriff, während sich die Frauen und Männer in den Büros mit ihren jeweiligen Aufgaben vertraut machten.

Als Costa eintrat, kam ihm sein Vize Aldo Martini entgegen. »Gute Neuigkeiten, Chef.«

Costa deutete mit dem Kinn auf Valentina, die neben ihm stand.

Martini musterte sie und übermittelte seine Botschaft mit unveränderter Miene an die neue Empfängerin. »Vielleicht haben wir das Fahrzeug gesichtet, mit dem der Junge entführt wurde.«

Inzwischen war es für alle eine Tatsache. Andrea Venturi war gekidnappt worden. Jede andere Vermutung war vom Tisch.

Er zeigte ihnen ein paar unscharfe Aufnahmen einer Überwachungskamera. »Leider ist das Nummernschild nicht zu erkennen«, fuhr er fort. »Aber wir geben nicht auf. Wir werten sämtliche Kameras aus, die allerdings sehr weitläufig verteilt sind. Weil wir nicht wissen, welchen Weg der Mörder genommen hat, ist die Suche vertrackt. Wir sind so gut wie sicher, dass es sich um dieses Modell handelt …«

Die Fotos zeigten einen grünen Transporter alter Bauart, der auf einer der Hauptverkehrsadern der Gegend unterwegs war. Das Gesicht des Fahrers war nur ein verschwommenes weißes Oval.

»Die Uhrzeit und die Richtung stimmen mit dem Mord überein. Er wurde aus verschiedenen Winkeln aufgenommen, aber das hier ist das beste. Wir haben die Bilder mit mehreren Modellen verglichen: Es scheint ein ziemlich alter Volkswagen California mit Heckklappe und geschlossenen Seiten zu sein. Also ohne Seitenfenster, abgesehen von denen der Fahrerkabine.«

»Ein seltenes Fahrzeug?«, fragte Valentina.

»Leider nein. Es ist zwar alt, aber davon sind noch immer viele unterwegs. Er könnte die Landstraße 68 zur Schnellstraße Florenz-Siena genommen haben, das ist der schnellste Weg, um wegzukommen. Aber wir schließen nichts aus. Und wir haben die Information an sämtliche Dienststellen der Verkehrspolizei weitergeleitet.«

»Gut«, sagte Costa, während Valentina sich die Fotos ansah und dachte, dass überhaupt nichts gut war. Seit Maria Sinagra den Mann mit den weißen Haaren beschrieben hatte, schlug ihr

Herz schneller. Es war derselbe, von dem Fosco Agnelli gesprochen hatte.

Jetzt stellte sich heraus, dass Andrea Venturis Entführer womöglich in einem grünen Transporter unterwegs war.

Das Fahrzeug, das auch Fosco beschrieben hatte.

Er stand vor dem Haus … Komisch, dass du den nicht gesehen hast, Mama. Er war dunkelgrün.

Die Verbindung zwischen den beiden Fällen stand fest. Andrea Venturi und Fosco Agnelli waren Altersgenossen und sahen einander verblüffend ähnlich. Die Beschreibung des mutmaßlichen Entführers war eindeutig: ein junger Mann mit langem, weißem, zu einem Zopf gebundenem Haar. Das verwendete Fahrzeug schien dasselbe zu sein. Ein Transporter. Ein grüner VW California. Es gab keine Zweifel mehr. Ein Krimineller machte in diesem Winkel der Welt Jagd auf kleine Jungen, lud sie in seinen Horrortransporter, setzte sie unter Drogen … und dann? Was war sein Ziel?

Costa musterte sie, und obwohl sie sich stets damit brüstete, ihre Gefühle bis ins Kleinste unter Kontrolle zu haben, machte seine Aufmerksamkeit sie abermals befangen.

»Was hast du?«, fragte er. »Geht es dir gut?«

Valentina nickte. »Ja, aber lass uns in dein Büro gehen, ich muss einen Moment nachdenken.«

Sein Blick verharrte noch ein paar Sekunden auf ihr, dann ging er voran.

»Du kannst dieses Büro benutzen, solange du hier bist. Ich ziehe ins Zimmer nebenan, das ist frei.«

Sie schüttelte den Kopf. »Nicht nötig. Das ist dein Arbeitsplatz, ich mache es mir bei den anderen bequem.«

»Nein, wirklich. Du kannst dich hier einrichten. Die Jungs da draußen sind auf Zack, aber sie brauchen klare Ansagen. Du leitest jetzt die Ermittlungen … also musst du dich an die Rolle gewöhnen. Dieses Zimmer ist dafür perfekt.«

»Eigentlich sitzt Lucchesi am Ruder. Ich bin nur hier, um zu helfen.«

Fabio lächelte, eine ansteckende Herzlichkeit lag darin. Wenn er sich entspannte, brachte dieses Lächeln sein Gesicht zum Strahlen und ließ ihn jünger und weniger grimmig aussehen. Und attraktiver, musste Valentina widerwillig zugeben.

»Die Ermittlungen lägen bei Siria Lucchesi und der Staatsanwaltschaft Pisa, wenn sie sich auf den Mord an Venturi und die Entführung des Sohnes beschränken würden«, sagte Costa und klang, als müsste er eine Selbstverständlichkeit klarstellen. »Aber inzwischen wissen wir, dass die Sache größer und komplexer ist. Bald wird eine landesweite Koordination nötig sein.«

Costa setzte sich auf einen der Besucherstühle statt in den Bürosessel hinter seinem Schreibtisch, als wollte er noch einmal klarmachen, dass sie von nun an am Ruder war.

Valentina zögerte kurz und ließ sich dann in den Sessel fallen.

»Glaubst du, Lucchesi stellt sich quer?«, fragte sie, obwohl dieser Gedanke ihre letzte Sorge sein sollte.

Costa zuckte mit den Schultern. »Es schmeckt ihr vielleicht nicht, aber sie ist nicht blöd. Sie weiß, dass so ein Fall nach einer zentralen Koordination verlangt. Vielleicht ist eher die Staatsanwaltschaft das Problem. Staatsanwälte neigen dazu, die Ermittlungen an sich zu ziehen. Bisher fällt der Mord an Venturi in die gerichtliche Zuständigkeit von Pisa, aber ich weiß nicht, wie lange das so bleibt. Unterm Strich liegt der Fall in deiner Hand, Valentina.«

Sie öffnete den Mund, um dagegenzuhalten, doch ihr ging auf, dass das zwecklos war.

Auf einmal wünschte sie sich, alles würde sofort aufhören.

Oder jemand würde kommen und ihr diese Last von den Schultern nehmen. Ganz gleich, wer: Lucchesi, Costa, Falcone. Sie war nicht die Richtige, um diese Ermittlung zu leiten. War es nie gewesen. Wie dumm von ihr, das je zu denken. Sie konnte es nicht schaffen.

Du kannst dein Büro wiederhaben, hätte sie am liebsten zu Costa gesagt. Ich brauche es nicht. Ich kann mich um den Fall nicht kümmern.

»Wirst du mir helfen?«, fragte sie stattdessen unsicher.

Costa schien sich über die Frage zu wundern. Vielleicht nahm er den verzweifelten Unterton darin wahr. »Du brauchst mich nicht. Der SCO hat dir seine besten Leute geschickt …«

»Ich weiß. Aber ich vertraue dir.«

»Du kennst mich doch gar nicht.«

»Das stimmt, aber es ist trotzdem so, was soll ich machen?«

Costa machte ein verdutztes Gesicht.

»Was ist zwischen dir und Siria Lucchesi los?«, fragte sie unvermittelt. Sie hätte ihn gern etwas anderes gefragt. Was war in seiner Zeit beim SCO passiert? Warum hatte er sich in diesem hinterwäldlerischen Kommissariat verkrochen? Wer zum Teufel war er wirklich?

Costa hörte nicht auf, sie anzusehen. Aber er antwortete nicht.

Hilf mir, flehte sie stumm. Und er schien ihre Gedanken zu lesen. Auch wenn seine Antwort ihr nicht gefiel.

»Ich kann dir nicht helfen«, sagte er. »Und du wirst bestens allein zurechtkommen. Aber wenn es dir etwas nützt, können wir gemeinsam über das nachdenken, was du in der Hand hast.«

Offenbar musste sie sich damit zufriedengeben.

»Was habe ich denn in der Hand?«, fragte sie.

Costa dachte nach.

»Überleg doch mal«, sagte er. »Eigentlich hast du viel. Die große

Ähnlichkeit zwischen den beiden Jungen ist ein starkes Indiz, so wenig belastbar es auch sein mag. Zugegeben, ein ungewöhnliches Element, das in die Irre führen könnte. Aber es könnte auch der Knackpunkt sein. Fragen wir uns, warum jemand zwei Kinder entführen sollte, die einander so sehr ähneln. Vielleicht war Foscos Entführung eine Verwechslung, und der Kidnapper hat gemerkt, dass Andrea Venturi das eigentliche Ziel war. Aber das ist unwahrscheinlich. Die beiden Jungen leben weit voneinander entfernt, in ganz verschiedenen Orten und Umfeldern. Schwer, sie zu verwechseln, von ihrem Äußeren einmal abgesehen. Nein. Wenn ihre Ähnlichkeit für unseren Mann eine Rolle spielt, dann müssen wir dort ansetzen. Dann musst *du* dort ansetzen. Und du darfst keine Zeit verlieren.«

»Warum? Möglich, dass seine Ziele ausschließlich Fosco und Andrea waren. Möglich, dass er das, was er getan hat, nicht wiederholen kann oder will …«

Costa sah sie an, reglos wie eine Statue. »Das glaubst du nicht wirklich«, murmelte er. »Und ich glaube es auch nicht. Er ist ein Raubtier, Valentina. Ganz gleich, was ihn treibt, er hat gerade erst angefangen.«

Das wusste sie. Und genau das erschreckte sie. Nein, es machte ihr eine Heidenangst.

20

Der große Fleck geronnenen Blutes hatte die Farbe von Bernstein angenommen und begann, mit dem dunklen Parkettfußboden zu verschmelzen. In der mondlosen Dunkelheit, die durch die Fenster sickerte, mochte er den Blick täuschen, aber den Geruchssinn nicht. Der Gestank ranzig werdenden Blutes in einem verrammelten Haus verpestete die Luft, legte sich wie ein traniges, stinkendes Leichentuch auf die Haut, kroch in die Nase und schien nie mehr wegzugehen.

Das wusste Costa, während er reglos im Eingang des nun leeren, stillen Einfamilienhauses stand, die Augen schloss und sich vorzustellen versuchte, wie dieser Flur und diese Zimmer noch vor wenigen Stunden ausgesehen haben mochten. Wie sie gewesen waren, sonnendurchflutet, von der fröhlichen Stimme eines Kindes und den Mahnungen eines Vaters erfüllt. All das hatte jäh geendet, als hätte der Schatten eines bedrohlichen Sturms jede Facette dieses Alltags mit einem Schlag zunichtegemacht.

Maria Sinagra war aus dem Krankenhaus entlassen worden. Die Ärzte waren der Ansicht, sie bedürfe nur noch psychologischer Hilfe, und sie war bei Verwandten außerhalb der Stadt untergekommen. Es war schwer vorstellbar, dass sie je wieder einen Fuß in dieses Haus setzen würde. Die kriminaltechnischen Beamten hatten am Ort des Verbrechens ihre Kriegsspuren hinterlassen: nummerierte Kärtchen, weißes Pulver für die Fingerabdrücke, Reste des weiß-roten Absperrbandes, das vor der Haustür flatterte. Dort, wo die Männer im weißen Overall auftauchten, hinterließen sie wie die Pestknechte längst vergangener Zeiten eine Mahnung. *Hier kam der Tod vorüber*, lautete sie. *Wenn ihr könnt, haltet euch fern.*

Eine Warnung für viele, dachte Costa, aber nicht für alle.

Bis vor wenigen Jahren hatte er tagtäglich gegen solche Kreaturen gekämpft. Bis das Schicksal entschieden hatte, dass er sich in ein Loch verkroch, um sich die Wunden zu lecken und sich möglichst nie mehr finden zu lassen.

Stattdessen hatte man ihn aufgestört. Und sosehr er sich wünschte, nichts damit zu tun zu haben, sich möglichst rauszuhalten, verschluckte ihn das Böse, das hier vorübergekommen war, wie ein Strudel. Es kannte ihn gut. Und es rief nach ihm.

Er öffnete die Augen.

Noch konnte er sich retten. Sich aus allem heraushalten. Sich tiefer in seinen Bau verkriechen, den er sich gebuddelt hatte, und sich im Kreis drehen wie ein Hund, der sich zum Schlafen niederlegt. Es sich auf seinem Lager möglichst bequem machen.

Stattdessen war er hier. Ohne einen wirklichen Grund. Nur, um herauszufinden, ob der Gestank und der Anblick von Blut noch etwas in ihm auslösten.

Er stieg über Gianni Venturis organische Überbleibsel. Versuchte, sich zu öffnen. Zu spüren, was es zu spüren gab.

Seit Andreas Verschwinden waren wenig mehr als dreißig Stunden vergangen. Seine Männer waren noch immer da draußen, um unermüdlich nach ihm zu suchen. Manche waren sich ausruhen gegangen, und sei es für wenige Minuten. Doch nur die wenigsten. Andere durchforsteten die Archive. Werteten die Funkzellendaten der gesamten Gegend aus, lasen alte Berichte zu ähnlichen Fällen (doch gab es ähnliche Fälle?), hängten sich in die

Telefonüberwachung, sichteten Hunderte Stunden Videoaufzeichnungen. Alles in der Hoffnung, auf eine noch so winzige Spur zu stoßen, auf den Hauch einer Fährte, das Bruchstück eines Gesichts oder einer Stimme.

Er hatte Valentina Medici überredet, ins Hotel zu gehen, um sich ein wenig auszuruhen, und ihr versprochen, sie umgehend zu benachrichtigen, sobald es etwas Neues gäbe. Als sie sich schließlich dazu durchgerungen hatte, war er endlich allein gewesen. Obwohl ihn nichts davon abhielt, schaffte er es nicht, ins Bett zu gehen. Er wusste schon, dass er auch in dieser zweiten Nacht keinen Schlaf finden würde.

Also hatte er sich die Schlüssel zum polizeilich versiegelten Haus der Venturis beschafft und war hingefahren. Beim Eintreten war ihm, als würde er ein Heiligtum schänden.

Es gab keinen konkreten Grund für diese einsame Begehung. Keine ermittlerische Ahnung, die seine Gegenwart dort rechtfertigte. Keinen sechsten Sinn. Nur einen Drang. Den Drang, hineinzugehen und die Beschaffenheit der Niedertracht auszuloten, die Dichte des Bösen zu bemessen, das diese Familie in wenigen Minuten dahingerafft hatte. Um zu verstehen. Um an die Gedanken anzuknüpfen, die er Jahre zuvor hatte abreißen lassen, als solche Düsternis sein tägliches Brot und Lebenszweck gewesen war. Auch damals hatte er immer nach dem Anstoß gesucht, der ihn auf die richtige Fährte brachte. Nach einer Motivation, die über die einfache berufliche Pflicht hinausging. Denn manche Ermittlungen hatten mit Dienst nach Vorschrift nichts zu tun. Und ganz gleich, wie professionell man war, es brauchte etwas anderes, um ans Ziel zu gelangen. Etwas, das alles andere erstickte, dein Leben und deine Seele auslöschte. Es brauchte absolute Hingabe. Den Antrieb.

Werden Sie ihn finden?

Maria Sinagra hatte ohne Tränen geweint, als sie sich an ihn klammerte.

Werden Sie meinen Andrea finden? Ich bitte Sie, ich bitte Sie ...

Es war nicht seine Aufgabe. Nicht mehr. Außerdem sagte ihm die Stimme der Erfahrung, dass es für Andrea nicht viel Hoffnung gab. Wer diese Gräueltat begangen hatte, war kein einfacher Entführer, kein kranker Geist, der unter dem Zwang litt, ein Kind missbrauchen zu müssen. Er war etwas Entsetzlicheres. Etwas, das Costa in seiner Laufbahn glücklicherweise nur wenige Male gestreift und stets dafür bezahlt hatte.

Ja. Es gab genug Gründe wegzuschauen. Zur Routine in seinem Bau zurückzukehren.

Warum war er dann hier? Weshalb dieser verdammte Drang, hierherzukommen und den Gestank des Blutes zu wittern?

Werden Sie meinen Jungen finden?

Vielleicht nicht, dachte Costa.

Aber etwas kann ich tun. Vielleicht kann ich aufhören, mich zu verstecken. Zumindest für eine Weile. Vielleicht kann ich den Antrieb wiederfinden.

Gianni Venturis Todesschrei durchdrang ihn. Der Blutgeruch wurde stärker.

Die Jagd hatte begonnen.

21

Das Klingeln des Telefons riss sie aus dem Albtraum, in dem sie sich verfangen hatte, und verwischte die Erinnerungen daran. Natürlich hatte er sich wieder um kleine Jungen gedreht, aber auch um etwas anderes, das sie nicht mehr zu fassen vermochte. Um eine bedrückende Präsenz.

Falcones Stimme am Handy holte sie vollends aus dem Schlaf.

»Hast du geschlafen?«

»Nein. Ja. Ich weiß nicht. Wie viel Uhr ist es?«

»Fast sieben … Zu früh für dich?« Der Direktor klang spöttisch, aber nicht bitter. Vielmehr schien er gut gelaunt zu sein.

Valentina setzte sich auf. »Nein. Entschuldige. Ich habe eher zu lange geschlafen.« Sie spürte die bleierne Müdigkeit auf der Zunge und hinter den Lidern. Ihr ging durch den Kopf, was alles zu tun war. Sie hatte ein schlechtes Gewissen, Fabio Costas Aufforderung, sich auszuruhen, gefolgt zu sein.

»Mach dir keinen Kopf«, sagte Falcone. »Ich kann mir denken, unter welchem Druck du stehst. Vergiss nicht, hin und wieder den Stecker zu ziehen.«

Sie hätte ihm gern geantwortet, dass Andrea Venturi, wo immer er sein mochte, diese Möglichkeit nicht hatte. Aber das wäre unfair gewesen, Falcone wollte sie nur aufbauen.

»Neuigkeiten?«, fragte er.

»Leider noch keine.«

»Tja, dann habe ich eine für dich. Angesichts der neuen Elemente, die den Fall Agnelli mit dem Fall Venturi verbinden, haben wir uns noch mal ein paar Aussagen vorgenommen. Laut den Schilderungen deines Fosco hat er beim Aufwachen im Transporter einen Altersgenossen neben sich wahrgenommen, der vielleicht tot war. Das klang nach einem ziemlich gewagten Hirngespinst oder nach dem Effekt des Betäubungsmittels. Und wir wissen, dass es sich nicht um Andrea Venturi handeln konnte, der noch gesund und munter zu Hause saß. Und wie du weißt, war uns zu dem Zeitpunkt kein Fall eines verschwundenen Kindes bekannt, auf das die Beschreibung gepasst hätte. Es hätte logischerweise in den Stunden zuvor passiert sein müssen. Deshalb waren wir zu dem Schluss gelangt, dass dieses Detail nicht ins Bild passt, aber … es ist tatsächlich ein Kind verschwunden, am 14. Oktober. Wenige Stunden, ehe Fosco das gleiche Schicksal ereilte.«

Valentina presste das Handy fest ans Ohr, um sich nicht die kleinste Silbe entgehen zu lassen.

»Wir hatten es nicht mitbekommen, weil die Mutter ihn erst ein paar Tage später als vermisst gemeldet hat. Es ist in Neapel passiert, im Parco Verde di Caivano, eine Gegend mit hoher Kriminalitätsrate. Die Frau dachte, ihr Sohn Salvatore Esposto, elf Jahre, sei mit seinem Bruder mitgegangen, einem Kleinkriminellen, der zu einem örtlichen Clan gehört. Aber so war es nicht. Tatsächlich hat sich niemand darum gekümmert, wo der Junge steckte, und schließlich war die Mutter gezwungen, ihn als vermisst zu melden. Sie erklärte, ihr Sohn sei zum Spielen mit Freunden auf die Straße gegangen und nicht mehr zurückgekommen. Dass sie sich an die Polizei wenden musste, schien ihr größere Magenschmerzen zu bereiten als das Schicksal ihres Sohnes.«

Valentina kannte diese Mentalität. Es war dieselbe Geisteshaltung, die eine Gemeinschaft dazu treiben konnte, den Wagen der Polizei einzukesseln, die gerade den Dealer des Viertels verhaftete, oder eine Mafiafrau, ihren eigenen Sohn zu verstoßen, der sich entschlossen hatte, mit der Justiz zusammenzuarbeiten.

»In Neapel wurde schon vermutet, das Verschwinden hätte etwas mit einer Familienfehde der Camorra zu tun«, fuhr Falcone fort. »Aber die Sache ist wohl am Nachmittag vor Foscos seltsamer Entführung passiert. Drei Tage vor dem Mord an Venturi und Andreas Verschwinden. Ein bisschen viele Zufälle, wenn du mich fragst. Vielleicht ist Salvatore Esposto der Junge, den Fosco Agnelli gesehen hat. Wir haben Fotos von ihm. Ich habe sie dir gerade geschickt.«

Valentina griff nach dem Tablet auf dem Nachttisch. Auf dem Display tauchten die Bilder auf. Die Enttäuschung, die sie bei ihrem Anblick empfand, machte ihr klar, wie absurd ihre Erwartung gewesen war. Hatte sie wirklich geglaubt, der kleine Salvatore sei ein dritter Doppelgänger?

Der neapolitanische Junge hatte langes, blondes Haar und ein rundes Gesicht. Er sah Fosco Agnelli und Andrea Venturi kein bisschen ähnlich. Die These eines Sammlers von Doppelgängern gesellte sich mit einem Schlag zu den zahlreichen abgedrehten und dennoch unabdingbaren Vermutungen.

Trotzdem untermauerte Salvatore Espostos Verschwinden einen Teil von Foscos Schilderungen.

»Du musst Fosco die Fotos von Salvatore zeigen«, sagte Falcone. »Aber denk daran, sollte deine Theorie auch nur ansatzweise zutreffen, stehen wir vor einem riesigen Problem. Der Typ ist ein Kindesentführer, der sich mühelos von Neapel in die Toskana und wer weiß wohin noch begibt. Er ist an keine Gegend gebunden, und das allein ist schon besorgniserregend. Er bringt es fertig, binnen weniger Tage drei Minderjährige zu kidnappen, ohne sich erwischen zu lassen, obwohl einer es schafft, ihm zu entwischen. Obendrein ist er eine grausame Bestie, die vor Mord nicht zurückschreckt, um an ihr Ziel zu kommen. Wobei uns das Ziel, nebenbei bemerkt, noch völlig schleierhaft ist. Also, das reinste Chaos.« Er machte eine Pause, und als er weiterredete, flüsterte er, als hätte er Angst vor seinen eigenen Worten. »Valentina ... du hattest recht. Von Anfang an. Deshalb bin ich froh, dass du dort bist. Stürz dich in diese Sache, mit aller Kraft, die wir haben. Wenn wir uns irren, dann Pech. Aber wenn auch nur die Hälfte unserer Vermutungen wahr ist, dürfen wir keine Zeit verlieren. Da tingelt ein Serienverbrecher fröhlich durchs Land, organisiert, skrupellos und gerissen ...«

Er brach ab. Dann wechselte er wieder in seinen üblichen, jovial autoritären Tonfall: »Wie auch immer, Dottoressa Medici, offenbar ist das deine Chance. Du hast freie Hand ... Natürlich wirst du mich über jeden Schritt auf dem Laufenden halten. Und, Valentina, nur, um das klarzustellen ... Bau keinen Scheiß, verstanden? Bau *keinen* Scheiß.«

Nein. Das würde sie nicht.

Sie sprang aus dem Bett und überlegte, ob sie rasch duschen sollte, ehe sie wieder an die Arbeit ging. Das Klingeln des Handys überraschte sie ein zweites Mal.

Sie erkannte die Stimme nicht sofort. Doch die Botschaft war unmissverständlich.

»Sie haben ihn gefunden ... Gerade gehen sie ihn holen.«

22

Als Valentina das Büro betrat, merkte sie sofort, dass sich etwas verändert hatte. Trotz des Einsatzes der Ermittler wäre die Energie der ersten Stunden früher oder später verpufft. Aber an diesem Morgen schien sie ungebrochen zu sein.

Ispettore Martini kam ihr entgegen und verriet ihr den Grund. Er war es auch gewesen, der sie kurz zuvor angerufen hatte.

»Vielleicht haben wir ihn!«, wiederholte er. »Wir sind gerade unterwegs, um ihn festzunehmen.«

»Wer ist es? Und warum wurde ich nicht früher informiert?«

Der Inspektor machte ein betretenes Gesicht. »Eigentlich kam die Nachricht eben erst rein ... Dottoressa Lucchesi ist mit ein paar Einsatzteams unterwegs zur Wohnung des Verdächtigen. Sie sagte, ich solle Ihnen Bescheid geben, und dass sie Sie anrufen und über alle Einzelheiten informieren würde, sobald sie des Mannes habhaft geworden sind. Er heißt Guido Marchesi ...«

»Wer zum Henker ist Guido Marchesi?« Valentina war sprachlos, dass die Sache schon so weit gediehen war und man sie nicht rechtzeitig informiert hatte.

»Nur ein Verdächtiger.« Fabio Costas Stimme überraschte sie von hinten. Streitlustig drehte sie sich um. Sofort konnte Costas Blick sie beruhigen. Er war nicht wirklich unbeschwert oder gelassen, das war er nie. Doch er schien die Wirklichkeit mit beneidenswerter Nüchternheit zu betrachten.

»Was soll das heißen?«, fragte sie fuchsig und nahm sich abermals vor, mehr über ihn herauszufinden. Sie würde Zuccas Rat befolgen und Falcone fragen. Ja, das würde sie tun.

Fabio führte sie zu einem Computer. Auf dem Bildschirm war das Bild eines Mannes mittleren Alters zu sehen, weißes Haar umrahmte sein Gesicht, auf dem ein unergründlicher Ausdruck lag.

»Guido Marchesi. Er ist Arzt, aber vor ein paar Jahren wurde ihm die Approbation entzogen. Vorstrafen wegen Kinderpornografie und eine verbüßte Strafe wegen sexueller Gewalt gegen Minderjährige. Er lebt in Piombino, allein. Das ist von Grosseto und von Volterra nicht weit weg.«

Valentina musterte das unbekannte Gesicht. Die vollen Lippen. Die scheinbar leeren, stumpfen Augen. Er sah nicht aus wie ein Monster oder wie jemand, der einem anderen Menschen fünf Messerstiche versetzen könnte. Doch sie wusste, dass solche Eindrücke nichts zur Sache taten.

»Wie seid ihr auf ihn gekommen? *Wer* ist auf ihn gekommen?« So leicht würde sie ihn nicht vom Haken lassen.

»Sirias Jungs haben ein paar Daten verglichen. Die übliche Fleißarbeit, nichts Weltbewegendes. Alte Berichte, Vorbestrafte aus der Region … Es kamen rund ein Dutzend Namen heraus, die auf die ganze Gegend verteilt sind. Sie haben jeden einzelnen überprüft. Aber er schien von vornherein der Interessanteste zu sein.«

Costa bediente die Tastatur und öffnete ein Fenster der polizeilichen Datenplattform mit den Angaben zu Marchesi.

»Hier. Besondere Vorstrafen, beruflicher Hintergrund und noch ein paar andere Dinge. Vor allem besitzt er einen alten California. Wir wissen noch nicht, welche Farbe er hat, aber das ist ein wichtiges Detail. Außerdem ist er Arzt. Ehemaliger Arzt, um genau zu sein. Anästhesist. Und wie du weißt, gibt es da diese Besonderheit mit dem Glutaraldehyd.«

»Ja ... Also hat Lucchesi meine Vermutungen ernst genommen.« Das kam ihr seltsam vor. Und es konnte ihre Wut nicht lindern. Dabei musste sie sich doch eigentlich freuen, sollte Marchesi tatsächlich der gesuchte Mann sein.

»Sieht ganz so aus. Aber da ist noch etwas«, sagte Fabio.

Das Klingeln von Valentinas Handy unterbrach sie. Es war Siria Lucchesi. Sie nahm den Anruf entgegen und blickte Costa weiterhin unverwandt an.

»Ich wurde schon über diesen Marchesi informiert«, hob sie in sachlichem Tonfall an. »Sie hätten mir Bescheid sagen können.«

»Dazu war keine Zeit. Als ich die Information bekommen habe, hielt ich es für besser, unverzüglich zu handeln. Wir dürfen schließlich nicht verschlafen, nicht wahr? Vielleicht ist Andrea noch am Leben.«

Ein Schlag unter die Gürtellinie. Aber das spielte keine Rolle. Über die Leitung der Ermittlungen würden sie sich später unterhalten. Im Grunde hatte die Kollegin recht. Immerhin war sie selbst ins Bett gegangen, während die anderen sich reingehängt hatten. Daraus konnte Valentina ihr keinen Vorwurf machen.

»Hat man Ihnen gesagt, dass Marchesi Gianni Venturi und somit vermutlich auch seinen Sohn Andrea gut kannte?«, fuhr Lucchesi fort.

Valentina runzelte die Stirn. Offensichtlich war Fabio nicht dazu gekommen, ihr die ganze Geschichte zu erzählen.

»Wie?«, fragte sie.

»Ah, wie Sie sehen, reicht Mitgefühl mit einer verzweifelten Mutter nicht aus, um einen Fall zu lösen. Ich fürchte, der Mann mit den langen weißen Haaren, von dem Signora Sinagra sprach, hat nichts mit dem Mord und Andreas Verschwinden zu tun. Guido

Marchesi war ein Bekannter von Gianni Venturi. Sie waren über Facebook befreundet, und vielleicht auch im wirklichen Leben. Vor ein paar Monaten gab es mehrmals Telefonkontakte. Auf den sozialen Medien teilten sie ihre Literaturbegeisterung. Marchesi war ein angehender Schriftsteller. Und offenbar ein Fan von Venturis Krimis.«

»Facebook?«, wiederholte Valentina verwirrt.

»Ja. Wir haben das überprüft. Gianni Venturi hatte ein paar Fotos seines Sohnes nach einem Basketballspiel gepostet. Sie wissen schon, glückliche, verschwitzte Jungs. Dieser Scheißkerl Marchesi hat die Fotos geteilt. Allerdings auch mit seinen nicht ganz so astreinen Kontakten … Meine Jungs gehen dem gerade nach. Er könnte sie auf eine kinderpornografische Seite gestellt haben. Wir wissen nicht, ob Gianni Venturi davon wusste, aber das werden wir klären. Wie dem auch sei, wir sollten diesen Marchesi unter die Lupe nehmen. Ich bin gerade auf dem Weg zu ihm. Ich habe telefonisch einen Durchsuchungsbefehl erwirkt. Sie sind doch einverstanden, oder?«

Wenn Lucchesi sich telefonisch eine Befugnis vom Staatsanwalt hatte geben lassen, hätte sie auch die Zeit gehabt, sie anzurufen, schoss es Valentina durch den Kopf.

Noch immer starrte sie Marchesis Foto auf dem Bildschirm an. Ja, im Augenblick schien das der beste Weg zu sein. Und das sollte sie allemal froh stimmen.

Dennoch fühlte sie sich seltsam entmutigt. Große Teile ihres hypothetischen Konstrukts, angefangen bei der Ähnlichkeit der Opfer, fielen in sich zusammen. Aber das war unwichtig. Jetzt ging es nur darum, Andrea Venturi zu finden. Und wenn Marchesi ihn entführt hatte, mussten sie sofort handeln.

»Schnappt ihn«, sagte sie schließlich. »Fabio und ich warten hier in Volterra auf euch.«

Die Stille am anderen Ende der Leitung war vielsagend. Im Hintergrund konnte Valentina das Quaken des Polizeifunks im fahrenden Auto hören.

»Valentina … Was den Kollegen anbelangt, der gerade bei Ihnen ist …« Siria Lucchesi klang jetzt zögerlich. »Haben sie Ihnen beim SCO nichts erzählt?«

Fabio Costa blickte sie noch immer an. Er regte keinen Muskel. Es war, als wüsste er, was Lucchesi gerade sagte.

»Ich weiß nicht, was Sie meinen.«

»Ja. Das dachte ich mir.« Lucchesi atmete langsam aus. »Checken Sie WhatsApp«, sagte sie schließlich und legte auf.

Valentina sah Fabio an.

»Scheint eine vielversprechende Spur zu sein.«

Er nickte. Doch seine Miene sagte etwas anderes.

Der Signalton einer WhatsApp-Nachricht ertönte und ließ Valentina zusammenfahren wie der Gong eines Boxkampfes.

»Entschuldige«, sagte sie und entfernte sich, um die Nachricht zu lesen.

Es war ein Zeitungsartikel von vor neun Jahren. Trotz des verschwommenen Fotos war Fabio Costa gut zu erkennen. In Uniform, jünger, die Miene weniger zerquält, ein strahlendes Lächeln auf dem Gesicht, das der Überschrift des Artikels völlig zuwiderlief.

POLIZIST WEGEN SEXUELLER GEWALT ANGEZEIGT.

Ein Vergewaltiger.

Fabio Costa hatte sich an einer Kollegin vergangen.

INCIPIT

23

Er wirkte nicht wie jemand, der fähig war, einen wehrlosen Menschen mit fünf Messerstichen in die Brust zu ermorden. Doch was hieß das schon.

Zusammengesackt wie ein nasser Lumpen saß Guido Marchesi auf einem Stuhl. Auch seine hellen Augen standen unter Wasser. Sein ganzer, zitternder Körper schien randvoll mit Wasser zu sein.

»Ich habe nichts damit zu tun«, wiederholte er zum zehnten Mal. »Ich habe wirklich nichts damit zu tun!«

»Und womit?«, brüllte der Polizist, der vor ihm stand. »Hurensohn! Womit hast du nichts zu tun? Na?«

»Mit was auch immer ihr glaubt! Ich tue keiner Fliege was zuleide. Das wisst ihr. Ich gucke nur.«

Er krümmte sich auf dem Stuhl zusammen und brach in Tränen aus.

»Du widerst mich an«, sagte der Bulle.

Valentina, Costa und Lucchesi verfolgten die Szene auf einem farbigen Monitor. In dem Raum, in den Marchesi gebracht worden war, gab es zwei Kameras, die ihn aus unterschiedlichen Winkeln aufnahmen. Sein Anwalt war auf dem Weg, und keine von Marchesis Aussagen würde vor Gericht verwendet werden können. Doch das war ihnen im Moment egal. Sie wollten nur wissen, wo er Andrea versteckt hielt. Und ob der Junge noch am Leben war. Um das herauszufinden, waren sie bereit, aufs Gas zu treten. Manche von ihnen hätten auch zu härteren Mitteln gegriffen. Doch das war unmöglich.

Kurz zuvor hatte Angelo Zucca Valentina gebeten, die informelle Vernehmung leiten zu dürfen. Etwas in seinem Blick hatte sie zu dem Schluss kommen lassen, dass es besser war, ihren Assistenten aus der Sache rauszuhalten. Seit die ganze Geschichte losgegangen war, hatte sie des Öfteren bemerkt, wie er sich seine heiße Wut verbiss.

»Als wir in seine Wohnung eingedrungen sind, haben wir ihn quasi mit heruntergelassenen Hosen erwischt«, sagte Siria Lucchesi gerade, ohne den Blick vom Monitor zu lösen. »Er hat es nicht einmal geschafft, den Computer auszuschalten. Und was er sich da gerade angesehen hat … mein Gott …«

Seit die Leiterin der mobilen Einheit Pisa wieder zurück war, legte sie ein anderes Verhalten an den Tag, sie wirkte weniger selbstsicher, zog die Mundwinkel noch etwas stärker hinab, als kämpfte sie mit einer heimlichen Übelkeit.

Guido Marchesi war während einer seiner sogenannten Sessions im Netz ertappt worden. Tatsächlich war er gerade zwischen Blogs und Webseiten unterwegs gewesen, auf denen kinderpornografisches Material verbreitet wurde. Es war ein Wunder, dass keiner der Beamten, die ihn in Handschellen gelegt und einen Blick in sein Archiv geworfen hatten, ihn grün und blau geprügelt hatte. Marchesi war sich dessen bewusst, während der gesamten Operation hatte er den Kopf in den Händen vergraben und immer wiederholt: »Ich habe nichts damit zu tun, ich habe nichts damit zu tun.«

Seit sie im Kommissariat eingetroffen waren, hatte er dem nichts weiter hinzugefügt. Trotz der Angst, hinter der er sich verkroch, war er offenbar schlau. Er wusste, dass er auf seinen Verteidiger warten musste, und versuchte, möglichst wenig herauszulassen.

»Der Transporter stand vor seinem Haus«, fuhr Lucchesi in sachlichem Tonfall fort. »Die Spurensicherung untersucht ihn gerade. Anscheinend gibt es keine brauchbaren Spuren. Und wir haben uns geirrt. Es ist zwar ein Volkswagen, aber nicht grün, sondern grau, und kein California, sondern das Nachfolgemodell. Aber wenn er den Jungen darin transportiert hat, finden wir das auf jeden Fall heraus.«

Valentina dachte an die Pritsche, die Fosco beschrieben hatte, an die Liege mit dem anderen Jungen, an die Fotos, mit denen die Wände des Transporters bedeckt gewesen waren. Schwierig, das alles spurlos zu beseitigen.

»Er wiederholt ständig, dass er nichts damit zu tun hat«, bemerkte Costa. »Hat ihm jemand erklärt, wie wir auf ihn gekommen sind?«

Siria Lucchesi sah ihn an. »Natürlich nicht«, sagte sie knapp. »Aber sein Schreibtisch war mit Artikeln zum Mord an Gianni Venturi und zu Andreas Verschwinden übersät. Schaut ...«

Sie zog ihr Smartphone hervor und startete ein Video, das sie in Marchesis Wohnung aufgenommen hatte. Man konnte eine vollgekramte, wiewohl saubere Junggesellenbude erahnen. Die Workstation, die er sich aufgebaut hatte, hätte jeden Internet-Crack vor Neid erblassen lassen. Ein riesiger HD-Bildschirm, ein fraglos leistungsstarker Prozessor, High-End-Kopfhörer und ein ergonomischer Schreibtischstuhl. Die Aufnahme verharrte auf den Zeitungsartikeln, die eine Ecke des Schreibtisches bedeckten, sich auf Stühlen und Möbeln häuften. Viele waren aus Zeitungen ausgeschnitten, andere aus dem Netz ausgedruckt. Alle drehten sich um das Verschwinden von Andrea Venturi. Die Gesichter des

Jungen und seines Vaters prangten überall. Valentina und Costa bemerkten, dass einige Ausschnitte zusammengeknüllt oder zerrissen waren, als hätte Guido Marchesi ihren Inhalt nicht ertragen.

»Gesehen?«, fragte Lucchesi und stoppte das Video. »Ist das etwa keine Obsession? Nicht nur das. Als Allererstes hat er zugegeben, ein Freund von Venturi zu sein, aber sofort klargestellt, er hätte den Sohn nie gesehen. Dabei hatte keiner von uns etwas in die Richtung gesagt. Aber bei dem Zeug, das für alle sichtbar herumlag, konnte er wohl schwerlich so tun, als würde er aus allen Wolken fallen. Vielleicht hat er damit gerechnet, dass wir früher oder später auf ihn kommen würden.« Sie wandte sich wieder dem Monitor zu, auf dem der mit Handschellen am Stuhl fixierte Guido Marchesi auf den Boden zwischen seinen Füßen starrte. »Abgesehen vom Computer mit diesen widerwärtigen Bildern und den Zeitungsartikeln war seine Wohnung so geleckt, als wäre gerade eine Putzkolonne durchgegangen … Für meine Leute ein weiterer Beweis, dass er etwas verbirgt.« Endlich sah sie Valentina in die Augen. »Aber wir wissen, dass das nicht reicht, stimmt's?« Dann wandte sie sich wieder dem Verdächtigen zu.

Costa machte Valentina ein Zeichen. *Lass uns rausgehen.* Sie musterte ihn. Seit Lucchesi ihr das Foto des Zeitungsartikels geschickt hatte, hatte sie nicht mehr den Mut gehabt, sich seinem Blick zu stellen. Im ersten Moment hätte sie ihm diese Geschichte am liebsten ins Gesicht geschleudert und eine Erklärung gefordert. Ihn zur Rede gestellt. Zu einer verdammten Reaktion gezwungen. Aber sie wusste noch zu wenig, abgesehen von dieser einen Pressemeldung, die Lucchesis Verhalten und so manches andere dennoch erklärte. Doch Valentina hatte keine Zeit, sich auch noch darum zu kümmern.

»Sagen Sie uns Bescheid, wenn der Anwalt eintrifft«, sagte sie zu der Kollegin. »Werden Sie ihn vernehmen?«

Lucchesi schüttelte den Kopf, ohne den Blick von Marchesi abzuwenden.

»Der Staatsanwalt will ihn selbst verhören«, sagte sie. »Womöglich wird das nichts bringen.«

Als Valentina und Costa den Raum verließen, drehte sich Lucchesi nicht einmal um.

»Was ist denn mit der los?«, fragte Valentina, als sie draußen waren.

»Sie hat die Fotos auf diesem Computer gesehen, die sind bestimmt nicht leicht zu verdauen«, erwiderte Costa. »Und abgesehen von der Bekanntschaft zwischen Marchesi und Gianni Venturi weist bisher nichts darauf hin, dass er etwas mit dem Mord und Andreas Verschwinden zu tun hat. Vielleicht hat Siria gehofft, den Jungen oder zumindest einen stichhaltigen Beweis zu finden und den Fall sofort abschließen zu können. Große Erwartungen münden häufig in Enttäuschung, und das ist gefährlich, weil man Gefahr läuft, nicht genau hinzusehen.«

»Aber die Indizien, die wir haben, sind doch schlagkräftig«, gab Valentina zurück. »Wenn es stimmt, dass Marchesi die Fotos von Andrea im Netz verbreitet und vielleicht mit einem anderen Pädophilen geteilt hat …«

»Genau da müssen wir weiterbohren. Wir müssen Marchesis Leben umkrempeln und ihn ausquetschen. Und wir müssen darauf bestehen, dass ein psychologisches Profil erstellt wird. Auf mich wirkt er nicht wie jemand, der im Laufe eines Wochenendes einen Mann niedermetzelt und drei Kinder entführt. Aber auszuschließen ist es nicht. Ebenso wenig können wir ausschließen, dass er auf irgendeiner anderen Ebene darin verwickelt ist. Wenn die Fotos von Andrea in die Hände unseres Mannes geraten sind, kennt Marchesi ihn vielleicht. Oder arbeitet mit ihm zusammen. Doch wenn Marchesi sich nicht entschließt, ein Geständnis abzulegen, brauchen wir Tage, um all das herauszufinden, Valentina. Und Zeit haben wir nun wirklich nicht.«

Sie gingen nach draußen. Ein weiterer Tag kam zum Ende. Costa hatte recht. Zwischen Vermutungen und ein paar winzigen Fortschritten zerrann die Zeit wie Sand in ihren Fingern. Der Junge war nicht gefunden worden, und jede vertane Minute ließ die Möglichkeit, Andrea lebend wiederzusehen, in weitere Ferne rücken. Vor ihnen türmten sich mehr Fragen als Antworten.

In der kalten Abendluft und unter der Last dieser Gedanken fand Valentina fast den Mut, Costa zu der Zeitungsschlagzeile zu befragen. Für einen Augenblick war sie kurz davor, ihn damit zu konfrontieren und sein Rätsel ein für alle Mal zu lösen. Um Missverständnisse aus dem Weg zu räumen und zu verstehen, ob sie ihm trauen konnte oder nicht. Sie wollte nicht in der Nähe eines Vergewaltigers sein, doch zugleich war ihr bewusst, wie wertvoll er für die Ermittlung und für sie selbst war.

Costa musterte sie, vielleicht ahnte er, dass diese heikle Frage kommen würde, als vor ihnen auf dem nur von gelben Straßenlaternen erleuchteten Platz eine Frau auftauchte. Wie dem Dunkel entwachsen, kam sie auf sie zu und starrte sie an. Maria Sinagras Augen loderten vor Zorn.

»Mein Gott …«, murmelte Valentina. Offenbar hatte Andreas Mutter von Guido Marchesis Verhaftung erfahren und kam nun her, um sich sagen zu lassen, dass sie ihre Hoffnungen begraben und ihren Schmerz ersticken musste, weil es noch keine Antworten gab.

Fabio Costa kam ihr zuvor, stieg stumm die Stufen hinunter und ging ihr entgegen. Sprach kurz mit ihr. Valentina konnte nicht hören, was er sagte, sie sah nur das ockerfarbene Licht der Laternen, das sich in ihren Augen spiegelte, die beim Gedanken an ihren Sohn schwarz wie tote Planeten geworden waren.

Kurz darauf fing Maria Sinagra an zu weinen. Zuerst verhalten, dann immer heftiger, bis sie von Schluchzern geschüttelt wurde. Sie fing an, mit den Fäusten auf Fabio Costas Brust einzuhämmern, immer schneller und härter. Faustschläge, die ebenso unbändig waren wie ihre Verzweiflung.

Er stand reglos da, mit hängenden Armen und gesenktem Kopf, und tat nichts. Es gab nichts, was er hätte tun können.

24

Die Erstvernehmung fand am folgenden Tag in einem gesonderten Raum des Don-Bosco-Gefängnisses in Pisa statt. Eigentlich hätte die Ermittlungsrichterin für diesen formalen Akt fünf Tage Zeit gehabt, doch sie hatten auf Tempo gedrängt. Der Junge war noch immer in den Händen seines Entführers, und jeder verlorene Moment konnte fatal sein. Auch weil Marchesi in der vergangenen Nacht sowohl vor den Polizisten als auch vor Staatsanwalt Giorgianni, der auf schnellstem Weg gekommen war, keinen Mucks getan hatte. Der Verteidiger hatte sich für die Antworten Bedenkzeit auserbeten, bis zum Treffen mit der Ermittlungsrichterin.

Der Staatsanwalt beauftragte daraufhin einen jungen Stellvertreter, weil er überzeugt war, dass sich Marchesi erneut auf sein Recht auf Aussageverweigerung berufen würde. Doch für den Fall, dass der Verdächtige beabsichtigte, Details preiszugeben, denen nur ein Insider der Ermittlungen auf den Grund gehen konnte, sollten Siria Lucchesi und Valentina ebenfalls anwesend sein.

Die Ermittlungsrichterin hieß Masi und war eine pragmatische, kurz angebundene Frau, die, als alle Platz genommen hatten, nicht mit unmissverständlichen Blicken an alle Beteiligten sparte. Die Botschaft lautete: Mit ihr würde eine Erstbefragung kein Duell zwischen zwei gegnerischen Fronten werden, ihre Rolle bestand lediglich darin festzustellen, ob die Anschuldigungen belastbar waren, und vor allem, ob eine längere Untersuchungshaft erforderlich war.

Masi saß am Kopfende eines Holztisches, der in einem kahlen Raum mit vergitterten Fenstern stand, auf den beiden Längsseiten hatten der Staatsanwalt und Lucchesi Platz genommen, ihnen gegenüber Marchesi und sein Anwalt, einer der besten am Gericht Pisa, in einem makellosen maßgeschneiderten Anzug. Valentina saß ein wenig abseits auf einem Stuhl hinter Siria Lucchesi, wie um die Ausnahme ihrer Anwesenheit zu unterstreichen.

Der Verteidiger des ehemaligen Anästhesisten kam sogleich auf den Punkt.

»Mit der Bitte, sie der Akte beizufügen, möchte ich einige eidesstattliche Versicherungen vorlegen, aus denen zweifelsfrei hervorgeht, dass Guido Marchesi am Abend des vergangenen 16. Oktober Hunderte Kilometer von Volterra und der Toskana entfernt war.« Er reichte der Richterin und dem Staatsanwalt zwei feuerrot gebundene Hefter. »Wie Sie feststellen können, war mein Mandant zu Gast bei Freunden in Mailand, bei denen er mit rund zehn weiteren Personen zu Abend aß und bis spät in die Nacht zusammen war. Signor Marchesi übernachtete dann bei seinen Bekannten … Hier, ich bitte Sie, die Aussagen auf den Seiten 5 und 6 zu lesen, die ich unterstrichen habe … Und er brach nach Zeugenaussagen erst am Nachmittag des 17. nach Piombino auf.«

Nachdem er die Unterlagen ausgehändigt hatte, warf er Lucchesi einen vielsagenden Blick zu, die sich hütete, etwas zu sagen.

Valentina und die anderen wussten bereits von diesem Alibi. Der Anwalt hatte ihnen die zweifelhafte Höflichkeit zuteilwerden lassen, sie an diesem Morgen vor der Vernehmung darüber in Kenntnis zu setzen. Als Siria Lucchesi die Befragungsprotokolle gelesen hatte, laut denen Marchesi zur Zeit des Mordes an Gianni Venturi über dreihundert Kilometer weit weg gewesen war, hatte sie wortlos die Lippen zusammengepresst. Valentina hatte sich darauf beschränkt, die Information zur Kenntnis zu nehmen. Sie hatte nie wirklich geglaubt, dass dieses zitternde Männchen die Kraft und das Wesen besaß, den Mord zu begehen und den Jungen mitzunehmen. Doch war das kein Grund zu jubeln. Festzustellen, dass man vollkommen danebengelegen hatte, war nie angenehm, und Schadenfreude gegen eine Kollegin war nicht ihre Art.

Der Staatsanwalt und die Ermittlungsrichterin überflogen die Aussageprotokolle. Die Zeugen erschienen glaubwürdig. Außerdem gehörten sie nicht zu Marchesis »speziellem« Freundeskreis, sondern waren aus allen Wolken gefallen, als sie von der Anschuldigung und seinen Vorstrafen erfuhren.

»Daraus geht hervor«, schloss der Verteidiger, »dass es meinem Mandanten unmöglich gewesen wäre, in das Haus der Venturis einzudringen, Gianni Venturi zu töten und den Sohn Andrea mitzunehmen. Vielleicht hätte die Kriminalpolizei das zuerst überprüfen müssen, ehe sie in die Wohnung und das friedliche und unbescholtene Leben von Signor Marchesi einbrach.« Er warf der Leiterin der mobilen Einheit ein honigsüßes Lächeln zu.

Masi schaute den jungen Stellvertreter an. »Der Staatsanwalt?«, fragte sie.

Der Staatsanwalt hatte gegen die Vorlage des Alibis nichts einzuwenden. Wie sollte er auch? »Wir behalten uns vor, die Glaubwürdigkeit dieser Aussagen zu überprüfen«, sagte er und blätterte weiter durch die schmale Akte der Verteidigung.

Während die Richterin die Aussagen auf ihrem Laptop protokollierte, bemerkte Valentina, dass Guido Marchesi sie ansah. Seit seiner Verhaftung hatte sich der Mann keinen Deut verändert. Er trug sogar dieselbe Kleidung. In seinem Blick hingen noch immer die Tränen der Verzweiflung, die er bereits gezeigt hatte, als er immer wieder den abstoßenden Satz wiederholt hatte: »Ich gucke nur!« Doch während er Valentina musterte, blitzte in seinen Pupillen ein Funken Verblüffung auf. Vielleicht Neugier. Plötzlich beugte er sich zu seinem Anwalt und flüsterte ihm etwas ins Ohr. Der füllige Verteidiger hörte ihm zu und konnte nicht umhin, Valentina ebenfalls einen langen Blick zuzuwerfen. Als ihm aufging, dass er sie vielleicht ein wenig zu lange angestarrt hatte, lächelte er. Dann flüsterte er Marchesi ebenfalls etwas ins Ohr. Der Pädophile schien darüber nachzudenken, und für einen winzigen Augenblick änderte sich sein Gesichtsausdruck. Die demütige Haltung, die zitternde Unterlippe, die tränennassen Augen waren verschwunden. Einen Wimpernschlag lang war Marchesi ein anderer. Dann senkte er erneut den Blick.

Die Richterin brach das Schweigen und wandte sich direkt an ihn.

»Haben Sie noch etwas hinzuzufügen, Signor Marchesi?«

Er öffnete den Mund, klappte ihn wieder zu und sah Masi direkt in die Augen.

»Ich kannte Gianni Venturi«, stammelte er, »das kann und will ich nicht abstreiten. Wir waren beide Basketballfans. Und als er die Fotos seines Sohnes auf Facebook stellte … Na ja, ich dachte, er würde sich freuen, wenn ich die Fotos teile …«

»Mit wem? Und wo?«, hakte der stellvertretende Staatsanwalt nach.

»Ich weiß nicht … auf meinen Social-Media-Profilen … Legale, harmlose Plattformen. Ich habe das ohne böse Absicht getan, das schwöre ich! Mit dem, was diesem armen Jungen passiert ist, habe ich nichts zu tun. Ich mag Kinder.«

Offenbar wurde ihm die Zweideutigkeit seiner Äußerung bewusst, denn er errötete heftig. Niemand sagte etwas.

Valentina wusste, dass sich weder die Richterin noch der Staatsanwalt von diesem Verhalten täuschen lassen würden, doch sie wusste auch, dass Marchesi ein starkes Alibi hatte und sie nur wenig gegen ihn in der Hand hatten. Diese Verhaftung war eine herbe Schlappe gewesen.

Lucchesi verfolgte dieses Theater, das ihr inzwischen sinnlos erscheinen mochte, mit versteinerter Miene. Valentina dachte genauso, doch die verstohlenen Blicke, die Marchesi ihr unablässig zuwarf, sobald er sich unbeobachtet glaubte, lenkten sie ab. Warum war er so interessiert an ihr? Vielleicht fühlte er sich durch die Anwesenheit einer Beamtin des Zentralen Operationsdienstes geschmeichelt. Oder zu Recht eingeschüchtert.

Unterdessen versuchte der stellvertretende Staatsanwalt, sich nicht beirren zu lassen. Er hielt dem Beschuldigten die Tausende auf der Festplatte seines Computers gefundenen Fotos von Kindern vor, die einige in, gelinde gesagt, erschreckenden Posen und Situationen zeigten, und wies auf Marchesis besondere Vorstrafen hin.

Wieder hob der Beschuldigte mit der üblichen Leier an. »Ich tue keiner Fliege was zuleide. Ich gucke. Ich gucke nur …«

Der Verteidiger wandte sich an Richterin Masi. »Ich muss mich gegen die letzten Fragen des Staatsanwaltes verwehren. Die Anschuldigungen, die zur Verhaftung meines Mandanten führten, betreffen Mord und Kindesentführung. Der Besitz kinderpornografischen Materials gehört nicht zu den Anklagepunkten der Staatsanwaltschaft und tut deshalb, mit Verlaub, nichts zur Sache.«

»Wie lauten also die Forderungen der Verteidigung?«, fragte Masi.

»Sofortige Haftentlassung meines Mandanten. Alternativ Hausarrest …«

Die Richterin wies den Einspruch ab. »Angesichts der Schwere der Vorwürfe«, sagte sie, »ordne ich den Verbleib in Untersuchungshaft an. Dies auch, um der Staatsanwaltschaft die Möglichkeit zu geben, weitere entscheidende Anhaltspunkte zu sammeln, bedenkt man die Notwendigkeit und Dringlichkeit, Andrea Venturi wiederzufinden … oder zumindest seine Leiche.« Dann wandte sie sich direkt an den Stellvertreter und an Lucchesi. »Aber ich möchte die Staatsanwaltschaft darauf hinweisen, dass Signor Marchesi bei mangelnder Beweislage unverzüglich auf freien Fuß gesetzt werden muss. Ich fordere Sie also auf, sich zu beeilen. Haben wir uns verstanden?«

Der Staatsanwalt nickte. Siria Lucchesi sagte kein Wort.

»Ich erwarte die offizielle Anklage wegen Besitz kinderpornografischen Materials«, schloss die Richterin. Dann stand sie auf. Die Anhörung war zu Ende.

Ein Beamter der Gefängnispolizei nahm Marchesi wieder in Handschellen und führte ihn nach einem kurzen Wortwechsel mit seinem Anwalt hinaus. Ehe Marchesi den Raum verließ, warf er Valentina einen letzten Blick zu, in dem abermals keine Spur Selbstmitleid lag.

Am nächsten Morgen bestellte Giorgianni Siria Lucchesi und Valentina in sein Büro und teilte ihnen mit, dass Marchesi nach der Rückkehr in seine Zelle darum gebeten hatte, mit einer Ermittlerin zu sprechen. Einen Grund hatte er nicht genannt. Der Anwalt, der das Anliegen übermittelt hatte, hatte lediglich durchblicken lassen, dass sein Mandant wertvolle Informationen besitze, die die Polizei und das Gericht interessieren könnten und die während der Erstvernehmung nicht preisgegeben werden konnten.

»Ein verzweifelter Versuch«, bemerkte Lucchesi. »Aber zur Sicherheit werde ich mir anhören, was er zu sagen hat.«

Giorgianni musterte sie prüfend. »Warum verzweifelt? Sein Alibi scheint mir wasserdicht zu sein, Dottoressa. Wie es aussieht, ist das Match gelaufen und er hat haushoch gewonnen. Und dass er noch nicht aus der Haft entlassen wurde, ist bestimmt nicht Ihr Verdienst.«

Lucchesis Miene verfinsterte sich, ihr Mund verwandelte sich in einen schmalen Schlitz. Eine knallharte Ansage, dachte Valentina, aber leider hatte Giorgianni recht. Dass Marchesi nicht Gianni Venturis Mörder und der Entführer seines Sohnes war, lag inzwischen auf der Hand. Es galt nur noch herauszufinden, ob er auf andere Weise in die Verbrechen verwickelt war, vielleicht als Mittäter. Das erschien ihr unwahrscheinlich, aber der Kerl bewegte sich in seltsamen Kreisen, und womöglich hatte er ihnen wirklich etwas zu sagen.

»Also, was machen wir?«, fragte Lucchesi, die sich wieder gefangen hatte und sich erneut kämpferisch gab.

»Sie machen nichts, Dottoressa«, sagte Giorgianni. »Dottoressa Medici wird zu diesem Ermittlungsgespräch gehen.«

»Ich?«, fragte Valentina überrascht.

»Marchesi hat ausdrücklich nach Ihnen verlangt«, bestätigte Giorgianni.

Lucchesi sah sie verärgert an. »Warum hat er nach Ihnen verlangt?«

»Das fragen Sie mich?«

»Ganz ruhig«, schaltete sich Giorgianni höflich lächelnd ein. »Was unser Verdächtiger vorhat, interessiert nicht. Vielleicht will er mit Dottoressa Medici sprechen, weil er weiß, dass sie vom SCO ist, und glaubt, es mit einem gewichtigeren Gegenüber zu tun zu haben. Uns kommt das allemal entgegen …«

Die beiden Frauen sahen einander an.

»Egal wie es läuft, die Staatsanwaltschaft Pisa ist unparteiisch. Sie, Dottoressa Medici, werden ihn im Gefängnis aufsuchen. Ihr vom SCO kennt euch mit Ermittlungsgesprächen doch aus. Das wird nur ein kleines Schwätzchen ohne Beweiskraft. Wenn der Mann wirklich etwas Nützliches zu sagen hat, werden wir alle davon profitieren. Wenn Ihr Besuch ein Schlag ins Wasser ist, wie Dottoressa Lucchesi glaubt, haben wir nur einen halben Arbeitstag verplempert.«

Ich habe diesen halben Arbeitstag verplempert, dachte Valentina, sagte aber nichts.

Auch Siria Lucchesi blieb stumm und sah sie nur merkwürdig an.

Es war ihr egal. Und Giorgiannis billige Tricks interessierten sie genauso wenig. Inzwischen wollte Valentina nur wissen, ob Marchesi wirklich etwas zu sagen hatte. Oder ob sie einen Schlussstrich unter dieses Kapitel ziehen und sich auf alles andere konzentrieren konnte.

25

»Das Gefängnis von Pisa ist eigentlich nicht für einen Häftling wie Guido Marchesi ausgelegt«, sagte der Direktor, als er sie zum Besuchsraum führte.

Er war ein hünenhafter Mann, der aussah, als müsste er bei jeder Tür den Kopf einziehen, und sprach mit Valentina, als wäre sie der Grund all seiner Probleme.

»Ich weiß, was Sie denken. Da reicht nicht mal eine Einzelzelle.«

»Eigentlich habe ich das gar nicht gedacht.«

»In einer Einrichtung wie dem Don Bosco«, fuhr der Mann fort, als hätte sie nichts gesagt, »die, wie Sie wissen, auf sozialen Kontakt zwischen den Häftlingen setzt, über ein hochmodernes Krankenzentrum verfügt und in der die meisten Insassen auf ihr Urteil warten und die wenigsten lebenslänglich einsitzen, ist es wirklich schwer, wenn nicht gar unmöglich, mit der Anwesenheit eines mutmaßlichen Kindesentführers umzugehen. Für Angeklagte wie ihn bräuchte es ein Hochsicherheitsgefängnis. Vielleicht sollte man ihn ins Sollicciano-Gefängnis bei Florenz verlegen. Dort wäre sein Leben weniger gefährdet als in diesen Mauern.« Er blieb stehen und sah sie an. »Was meinen Sie?«

»Tut mir leid, aber die Entscheidung über Marchesis Verbleib liegt nun einmal nicht bei mir.«

Der Direktor verzog bekümmert und ungläubig das Gesicht. »Richtig, richtig, niemand will Verantwortung übernehmen«, bemerkte er. Dann deutete er auf die gepanzerte Tür, vor der sie stehen geblieben waren.

»Er erwartet Sie dort drinnen«, sagte er unterkühlt und ging ohne ein weiteres Wort davon.

Valentina atmete kurz durch. Sie wusste nicht genau, wie sie auftreten, welche Haltung sie an den Tag legen sollte. Sie hatte etliche Vernehmungen von Leuten wie Marchesi durchgeführt. Normalerweise wusste sie, wie sie vorgehen musste. Wenn ein Triebtäter beschloss, ein Geständnis abzulegen, bestand die größte Schwierigkeit darin, beim Zuhören gelassen zu bleiben.

Doch etwas sagte ihr, dass es mit Marchesi anders laufen würde. Irgendetwas stimmte an dieser Bitte um ein Treffen nicht. Und das beunruhigte sie. Warum wollte er ausgerechnet mit ihr sprechen?

Noch einmal atmete sie tief durch. Wie auch immer es laufen würde, sie war hier, um ihre Pflicht zu tun.

Dann öffnete sie die Tür, die sie von Guido Marchesi trennte.

Er saß am einzigen Tisch des Raumes. Seine Hände in Handschellen lagen auf der Plastiktischplatte. Hinter ihm stand ein Strafvollzugsbeamter und bewachte ihn. Als Valentina eintrat, hob Marchesi den Kopf. Diesmal trug er einen Trainingsanzug. In seinen Augen lag noch immer der wässrige, scheinbar verzweifelte Blick.

Valentina nahm wortlos vor ihm Platz. Aus dem Ordner, den sie bei sich hatte, zog sie ein Blatt Papier und einen Füller hervor und legte beides auf den Tisch. Dann blickte sie dem Mann in die Augen.

Marchesi lächelte schüchtern. Ohne sich umzudrehen, hob er

die Hände und zeigte dem Beamten hinter sich die Handschellen. Der warf Valentina einen fragenden Blick zu, und sie nickte.

Guido Marchesi legte die befreiten Hände auf den Tisch. Er hatte lange, schmale, sehr gepflegte Finger. Valentina stellte sich diese Hände auf der Haut eines Kindes vor und erschauderte. Selbst wenn Marchesi nicht der gesuchte Mörder war, war er eine Ausgeburt derselben Finsternis. Eine Bestie, die es zu bändigen galt und vor der man sich schützen musste.

»Sie sagten, Sie wollen reden«, hob sie unterkühlt an. »Jetzt haben Sie die Gelegenheit dazu.«

Der Mann rückte auf dem Stuhl zurecht. »Danke. Ich möchte auch dem Staatsanwalt für diese Chance danken und …«

»Marchesi, ich habe nicht viel Zeit. Sie haben um dieses Gespräch gebeten. Machen Sie das Beste daraus.«

Die Unterbrechung schien ihm nicht zu schmecken. Er knetete seine Hände. Schüttelte den Kopf. »Also kommen wir direkt zum Punkt?«, fragte er. Sein Ton war kleinlaut, zögerlich, genau wie seine Haltung. Doch es war, als hätte sich etwas hinter seinen Worten verkrochen. Der Widerschein einer verborgenen Absicht, der sie in Alarmbereitschaft versetzte.

»So sieht es aus«, bestätigte sie. »Sollten Sie Informationen haben, wichtige und nachprüfbare Informationen, bin ich hier, um sie aufzunehmen. Sie können nicht gegen Sie verwendet werden, weil Ihr Anwalt nicht anwesend und dies keine Vernehmung ist. Sollten die Informationen jedoch Ihre Tatbeteiligung betreffen, werde ich sie an den Staatsanwalt weitergeben, der über das weitere Vorgehen entscheiden wird.«

»Ist das die obligatorische Belehrung, ehe man anfängt?« Er nickte beifällig. »Fragen Sie mich nicht, warum ich Ihnen helfen will?«

»Warum wollen Sie uns helfen?«

»Weil es richtig ist.«

»Und wie wollen Sie das tun? Sie haben noch nicht gesagt, worum sich Ihre Informationen drehen.«

Valentina vermied es, Andrea oder den Mord an Gianni Venturi zu erwähnen. Mit solchen wie Guido Marchesi kannte sie sich aus. Sobald er sich sicher war, dass man ihn allenfalls für den Besitz kinderpornografischen Materials drankriegen würde, konnte es ihm nur noch darum gehen, sich als »Kronzeuge« anzubieten, um Strafmilderung zu erlangen. Oder, schlimmer noch, um Einzelheiten und Details herauszukriegen, die seiner kranken Fantasie Nahrung boten. Ehe sie zum Gefängnis aufgebrochen war, hatte sie mit Costa darüber gesprochen.

»Mal abgesehen davon, ob er dafür verantwortlich ist oder nicht«, hatte Fabio gesagt, »zeigt die Tatsache, dass Marchesi all diese Artikel über die Ereignisse in Volterra in seiner Wohnung hatte, wie besessen er von dem Fall ist. Immerhin gehörten die Bilder von Andrea, die er in Umlauf gebracht hat, bereits zu seiner Sammlung. Er kannte ihn, wenn auch nur über den Vater. In gewisser Weise könnte er sogar Bewunderung für unseren Unbekannten empfinden, der den Mut hatte ›zu machen‹, statt nur ›zu gucken‹. Vielleicht hat er wirklich Informationen für uns. Oder er will spielen, sich in die Ermittlungen hineindrängen, um seinen Appetit zu befriedigen. Aber wir dürfen uns keine Möglichkeit entgehen lassen. Ich habe allerdings den Verdacht, dass in dem Mann mehr steckt, als man auf den ersten Blick vermutet. Lass dich nicht aufs Glatteis führen und mach sofort die Biege, sobald du glaubst, selbst das kleinste Ziel erreicht zu haben.«

Gute Ratschläge, die zwar willkommen, aber weitgehend überflüssig waren. Valentina hatte schon einige Pädophile kennengelernt. Sie wusste, wie man mit ihnen umgehen musste. Zumindest hoffte sie das. Marchesi würde keine Ausnahme sein. Auch wenn noch immer der Gedanke in ihrem Kopf herumspukte, in diesem Mann könnten Dinge schlummern, die sie nicht in Betracht gezogen hatten.

»Also?«, drängte sie. »Ich habe nicht den ganzen Tag Zeit.«

»Sie haben recht, Verzeihung«, sagte Marchesi in gekünsteltem Ton. »Aber ich glaube, ich habe das Recht zu erfahren, ob für die Informationen, die ich euch geben will, eine Belohnung vorgesehen ist.«

»Für die Zusammenarbeit mit der Justiz sieht das Gesetz Strafmilderung vor. In einem vorgegebenen Rahmen. Aber Sie haben mir noch gar nichts gesagt. Über so etwas zu sprechen, erscheint mir ein wenig verfrüht.«

»Zuerst möchte ich eine Garantie. So ein Geben und Nehmen braucht eine Basis.«

»Garantie? Wir sind nicht hier, um zu feilschen. Das ist kein Basar. Sie sagen mir, was Sie wissen oder zu wissen glauben. Ich wäge ab, ob es brauchbar ist. Punkt. Das ist alles.«

»Das ist aber nicht fair …«, quengelte Marchesi.

Valentina musterte ihn mit leiser Übelkeit. Dann stand sie auf und nahm das Blatt und den Stift vom Tisch.

»Was tun Sie da?«, fragte Marchesi verschreckt.

Mehr hatte dieser erbärmliche Kerl nicht drauf? Hatte er wirklich geglaubt, er mache die Regeln? So, wie die Dinge lagen, hatte sie nicht die Absicht, ihm noch mehr freies Spiel zu lassen.

»Ich gehe, Marchesi«, sagte sie beinahe angewidert. »Glaubst du wirklich, ich verplempere meine Zeit mit einem wie dir? Glaubst du, du könntest mit so einem entsetzlichen Vorfall spielen? Du bist dümmer, als ich dachte. Wenn du etwas zu sagen hast, dann spuck es aus. Sofort. Wenn nicht, dann wanderst du zurück in deine Zelle, und gut ist.«

Entschlossen, ihm keine Antwort zuzugestehen, wandte sie sich zum Gehen. Seine Stimme traf sie kalt wie Eis.

»Er ist nicht wie ich.«

Es war eher der Tonfall denn das Gesagte selbst, was sie kehrtmachen ließ. Einen Moment lang glaubte sie, es hätte ein anderer gesprochen. Sie empfand dasselbe Gefühl wie zu Beginn des Gesprächs. Diese verborgene Ahnung seiner wahren Natur. Als hätte er bis jetzt nur geschauspielert. Sie musste an den Blick denken, den er ihr während der Erstvernehmung zugeworfen hatte.

»Was soll das heißen?«, fragte sie.

»Er ist nicht wie ich. Der, den ihr sucht. Er ist nicht wie ich. Man kann sagen, dass er … die Unschuld nicht liebt.«

Der Mann, der ihr gegenübersaß, war wie ausgewechselt. Plötzlich schien er fast zu strahlen. Sein Blick war scharf, das Kinn herausfordernd erhoben. Bei keinem Menschen hatte Valentina je einen so unvermittelten Maskenwechsel erlebt wie bei dem, den sie vor sich hatte. Das war der wahre Guido Marchesi. Der Mann, dessen Wesen sich tags zuvor für einen winzigen Moment in seinen Augen gezeigt hatte. Jetzt war sie sich sicher.

Sie beschloss, ihm nicht auf den Leim zu gehen. »Von wem redest du?«, fragte sie sachlich.

»Kommen Sie! Nehmen Sie mich auf den Arm?« Marchesi blickte sich übertrieben um, als wollte er die Größe der Zelle ermessen. »Wissen Sie, warum ich darum gebeten habe, mit Ihnen zu sprechen und nicht mit der anderen, die mich verhört hat? Diese Nutte, die …«

Valentina machte erneut Anstalten zu gehen.

»Warten Sie!«

Marchesi schüttelte den Kopf, jetzt war seine Miene ernst. Er streckte eine Hand über den Tisch, als wollte er sie zu einer Berührung auffordern. Allein der Gedanke ließ sie erschaudern.

»Na schön, ich entschuldige mich. Das war ein bisschen viel. Ich werde Ihre Kollegin nicht mehr ›Nutte‹ nennen, versprochen. Auch wenn sie mich echt scheiße behandelt hat, und das war nicht fair …« Er starrte sie an. »Ich meine es ernst. Ich bin froh, dass Sie dabei sind. Als ich Sie gestern sah, war mir klar, dass ich Ihnen vertrauen kann.«

Valentina blieb stehen. Nein, sie glaubte ihm nicht. Das war nicht der einzige Grund, weshalb er nach ihr gefragt hatte. Doch fürs Erste würde sie sich darauf einlassen.

»Wie gesagt, ich habe keine Zeit zu verlieren.«

Marchesi grinste. Es war kein schöner Anblick. »Ich glaube nicht, dass die Zeit gerade Ihr Problem ist. Vielleicht eher das des armen Andrea, nicht wahr?«

Valentina blieb noch ein paar Sekunden lang reglos stehen. Der Schlag hatte gesessen. Sie setzte sich wieder. Blickte auf die Hand, die Marchesi noch immer über den Tisch streckte, bis er sie endlich zurückzog.

»Lass mich noch eines klarstellen«, sagte sie. »Wenn du mir falsche Informationen gibst, mich hinter die Fichte führst, mir kostbare Zeit raubst … dann lasse ich dich dafür bluten, das verspreche ich dir. Da fällt mir so einiges ein. Ich wette, das verstehst du nur zu genau. Ich werde mich für die wirksamste Methode entscheiden, die dir am meisten wehtut. Und jetzt sag mir, was du loswerden willst, damit wir hier fertig werden.«

Marchesi nickte. Er war etwas blass geworden, aber in seinen Augen lag noch immer ein herausforderndes Leuchten. Schließlich schien er eine Entscheidung getroffen zu haben.

»Na schön. Ich sage Ihnen, was ich weiß. Keine Spielchen. Aber ich will noch einmal betonen, dass ich Kindern nichts zuleide tue. Ich gucke nur … Und übrigens hat das, was vor sich geht, nichts mit mir zu tun … oder mit meinen Freunden.«

»Deine Freunde …«

Marchesi errötete unversehens. »Ja, Sie wissen schon, was ich meine. Menschen, die besondere Vorlieben haben, aber genauso harmlos sind wie ich. Nicht wie … der, den ihr sucht …«

Harmlose Menschen.

»Es stimmt, ich habe die Fotos von diesem Jungen verbreitet … aber das war eine arglose Sache. Ich wollte nicht, dass er leidet. Ich wollte nur seine Schönheit unter die Leute bringen. Aber ich glaube, einer von meinen Kontakten hat es zu weit getrieben. Vielleicht haben diese Bilder eine andere Art von Aufmerksamkeit erregt. Eine, die … versteckter und fordernder ist, verstehen Sie?«

»Nein«, sagte Valentina nur.

Ein boshaftes Funkeln blitzte in seinem Blick auf. »Sie wissen, dass Sie sehr schön sind, nicht wahr?«

Valentina wurde starr.

»Nein, verstehen Sie mich nicht falsch. Ich will Ihnen nur klarmachen, dass bestimmte Waren ihren Markt haben. Ihre Schönheit lässt mich an ein Gemälde denken. Ihr Haar, Ihr Gesicht. Sie könnten dem Porträt eines Präraffaeliten entstiegen sein … Ich könnte eine Menge Geld verdienen, wenn ich ein Foto von Ihnen in Umlauf brächte, wissen Sie? In gewissen Milieus sind Sie wahrscheinlich ziemlich begehrt …«

Die Anspielung widerte sie an.

»Okay, meine Geduld ist am Ende.« Doch in ihr war etwas aufgezuckt. Eine noch tiefere, geradezu unerklärliche Abscheu.

Statt zurückzurudern, schien er verärgert zu sein. »Was glauben Sie?«, haspelte er. »Ich habe die Regeln nicht gemacht. Und was ich Ihnen zu sagen habe, könnte mich das Leben kosten. Mit Ihnen zusammenzuarbeiten, war keine leichtherzige Entscheidung.«

»Sicher. Sie tun es aus Wahrheitsliebe.«

»Hören Sie, ich will Ihnen nichts vormachen. Ich weiß nicht, was mit Andrea Venturi passiert ist, und unter anderen Umständen wäre mir das völlig schnuppe. Aber inzwischen hoffe ich aufrichtig, dass er nicht tot ist. Auch weil ihr dann über mich herfallen würdet … Dabei müsstet ihr ganz woanders hinsehen.«

Valentina atmete tief durch. »Und wohin?«

»An Orte, von denen ihr keine Vorstellung habt.«

»Was für Orte?«

Marchesi blickte sich theatralisch um, als könnte außer ihnen und der Wache noch jemand im Raum sein. »Orte, an denen Kreaturen unterwegs sind, die wenig Menschliches an sich haben. Hungrige Raubtiere. Mit denen habe ich, wie gesagt, nichts zu tun. Sie schwimmen unter der Oberfläche, und wenn sie finden, wonach sie suchen … schnappen sie zu. Hin und wieder bin ich ihnen begegnet. Das kommt vor, wenn man sich in gewissen Kreisen herumtreibt. Ich habe keine Angst vor ihnen. Ich versuche nur, vorsichtig zu sein. Ich bin ihnen nur sehr flüchtig begegnet, habe nur ein paar Worte gewechselt …« Er schüttelte selbsttadelnd den Kopf. »Zugegeben, vielleicht ein paar zu viele. Sie haben Material, das ich mir gern ansehe … aber das ist alles. Ich gucke nur. Nur dass diese … *Personen* … etwas dafür verlangen. Das tun sie immer. Vielleicht sind die Fotos von Andrea in ihre Hände geraten.«

»Du hast sie ihnen gegeben!«

»Nicht bewusst. Oder vielleicht doch. Ich weiß es nicht mehr.« Er zuckte betont gleichgültig mit den Schultern. »Was ändert das schon? Es zählt doch nur, dass ich euch helfen kann. Im Ernst. Ich kann euch behilflich sein, denjenigen ausfindig zu machen, der diese Fotos haben wollte. Und vor allem kann ich euch helfen zu verstehen, warum. Denn die Beweggründe sind doch das Wichtigste, meinen Sie nicht?« Er nickte nachdrücklich. »Ich kann versuchen, wieder mit ihm Kontakt aufzunehmen. Sicher, zuerst müssten wir noch einmal darüber reden, was ich dafür bekomme.« Er beugte sich zu ihr und riss die Augen auf. »Die Frage ist doch nur eine, Dottoressa Medici ... Was bist du bereit, mir zu geben, um diesen Jungen zu retten?«

In dem Moment sah Valentina ihn zum ersten Mal. Zum ersten Mal begriff sie, aus welchem Holz Guido Marchesi geschnitzt war. Wie verdorben er war. Sie sah deutlich vor sich, wie er durch dunkle Gewässer glitt, unter seinesgleichen. Und dann sah sie, wie er größere und gefährlichere Tiere streifte und vor ihnen zurückzuckte, zugleich fasziniert und erschreckt vom Ausmaß des Bösen, das in diesen entsetzlichen Kreaturen lauerte. Denn trotz seiner zur Schau gestellten Selbstsicherheit hatte er Angst. Sie stellte sich vor, wie er hoffte, zu sein oder werden zu können wie sie. Wohl wissend, dass es niemals dazu kommen würde. Dass Guido Marchesi kein Mitgefühl besaß, lag auf der Hand, aber ihm fehlte der nötige Mut. Es war genauso, wie er sagte: Er schaute nur zu. Er beobachtete die Gräuel, die die wirklich Bösen verübten, und sonnte sich in deren Widerschein.

Und jetzt versuchte er, seine Kenntnis der Finsternis zu seinem Vorteil zu nutzen.

Er ekelte sie an. Doch der Punkt war: Konnte er wirklich nützlich sein? Und wenn ja, auf welche Weise?

»Ich kann euch helfen, ihn zu kriegen«, wiederholte Marchesi. »Ich kann euch dort runterbringen, wo sich solche wie er verstecken.«

26

Als Maria Sinagra in Begleitung eines schlanken, eleganten Mannes die Staatsanwaltschaft verließ und trotz des starken, eisigen Regens, der sie durchnässte, oben an der kurzen Freitreppe stehen blieb, wurde sie von Journalisten und Fotografen umlagert, die sie mit ihren Videoleuchten und Handyblitzlichtern anstrahlten und für immer in die erschütternde Berichterstattung jener Tage eingehen ließen.

Der Mann, der sie begleitete, ein renommierter Anwalt, machte allen ein Zeichen zu schweigen, und allmählich ebbte das Raunen ab. Dann überließ er ihr das Wort.

Maria war in den letzten Tagen rasant gealtert. Ihre Augen waren hart geworden wie Steine, die Haut war durchscheinend. Ihr Mund war wie zu einem stummen, ewigen Schrei verzogen, und als sie redete, klang sie wie ein Geist, der nach und nach in der Gruft verschwindet.

Trotzdem konnte das ganze Land ihre Worte deutlich hören.

»Mein Mann ist tot. Und mein Sohn ist nicht mehr nach Hause gekommen. Die Polizei hatte mir versichert, den Mann, der all das getan hat, gefunden zu haben, doch so ist es nicht. Sie hat Zeit verloren und am falschen Ort gesucht … und die Zeit verrann …« Sie machte eine Pause. »Und so ist derjenige, der mein Leben zerstört hat, noch immer irgendwo da draußen. An ihn wende ich mich.

An den Unbekannten, der jetzt über Andreas Schicksal bestimmt. Und über meins. Deshalb flehe ich ihn an … Ich flehe dich an. Ich beschwöre dich, tu ihm nichts an. Ich bitte dich nicht, ihn mir zurückzubringen, denn ich weiß, dass du das niemals tun wirst … Aber ich bitte dich, dich um ihn zu kümmern und für ihn zu sorgen, wie ich es getan hätte. Er braucht Pflege und Medikamente. Tu es nicht für mich und für meinen Schmerz. Ich zähle nicht. Aber denk an ihn und gib ihm vielleicht auch Liebe … wenn du kannst … und sag ihm, dass Mama und Papa ihn immer lieb hatten …« Dann sank sie, von der Schar umdrängt, auf den regennassen Stufen zusammen. So verschwand sie aus dem Blick von Millionen Menschen, die vor dem Fernseher saßen und diese Szene noch unzählige Male sehen sollten.

»Mein Gott …«, murmelte jemand neben Valentina. »Sie hat ihren Sohn praktisch dem Mörder übergeben.«

Valentina war anderer Meinung. So entsetzlich es war, hatte sich Maria Sinagra für das Letzte entschieden, das ihr noch blieb, das größte Opfer, das nur eine verzweifelte Mutter bringen konnte. Sie hatte auf die Aussicht verzichtet, Andrea wiederzusehen, in der winzigen Hoffnung, der »schwarze Mann« könnte sich um ihn kümmern. Sie hatte versucht, die Rettung ihres Sohnes gegen ihre eigene ewige Verdammnis und den größten Schmerz einzutauschen, den man ertragen konnte.

Und in ihrer herzzerreißenden Erklärung hatte Maria eine Wahrheit ausgesprochen. Die Polizei hatte Zeit verloren.

Am Ende war die Nachricht, dass Guido Marchesi für den Mord an Gianni Venturi und die Entführung von Andrea ein Alibi hatte, von seinem Anwalt geschickt durchgestochen worden, in der Hoffnung, ein bisschen Druck auf die Staatsanwaltschaft auszuüben, die seinen Mandanten noch immer nicht freigelassen hatte. In Wirklichkeit scherte sich niemand sonderlich um das

Schicksal eines Pädophilen, doch die Meldung war zu Maria Sinagra durchgedrungen und hatte sie gegen die Ermittler aufgebracht, die es nicht fertiggebracht hatten, ihren Sohn zu retten.

Und sie hatte recht. Valentina spürte die geballte Last dieser Verantwortung. Die Ermittlungen setzten sich fort, alle gaben ihr Bestes, die Nächte wurden immer kürzer, und die Tage schienen nicht enden zu wollen. Aber von Andrea Venturi keine Spur, und wer ihn mitgenommen hatte, war noch immer dort draußen, vielleicht schon auf der Suche nach dem nächsten Opfer. Denn inzwischen machte sich niemand mehr etwas vor: drei gekidnappte Kinder, eine Verbrechenshäufung, die für immer mehr Empörung sorgte. Unverhohlene Grausamkeit, explosive Gewalt. Alles wies auf einen Serientäter hin. Auf jemanden, der gerade erst angefangen hatte und nicht aufhören würde.

Die Nachrichten waren zu Ende, der Fernseher verstummt, jetzt kehrte das vertraute Grundrauschen der Ermittlungen zurück. Das Klappern der Tastaturen, das Klingeln der Telefone, das allgegenwärtige Murmeln der Beamten, die Meinungen und Informationen austauschten. Doch darüber hinaus lag eine vibrierende Spannung in der Luft, die das eigentliche Schmieröl des ermittlerischen Räderwerks war. Eine Energie, die am Rand der Tonspur knisterte und nur für diejenigen wahrnehmbar war, die an der Menschenjagd beteiligt waren.

Valentina blickte sich um. Costa stand neben einem aus Rom gekommenen Analysten, der an zwei Bildschirmen und einem Computer arbeitete, der direkt mit einem Server der Spezialeinheit zur Analyse von Gewaltverbrechen in Rom verbunden war. Er machte ihr ein Zeichen und kam zu ihr.

Während er sich näherte, dachte Valentina darüber nach, dass Fabios Blick sie häufig zu irgendeiner Antwort zu drängen schien. Ihr war nicht klar, ob er ahnte, dass sie von seiner Vergangenheit wusste, und sie dazu bewegen wollte, darüber zu sprechen, oder nur eine strategische Entscheidung von ihr erwartete.

»Gibt's was Neues von der Staatsanwaltschaft?«, fragte er.

Valentina schüttelte den Kopf.

Marchesis Hilfsangebot, wiewohl undurchschaubar und zwielichtig, lag seit zwei Tagen auf dem Tisch. Zu viele Tage in einem Fall wie diesem. Aber der Staatsanwalt glaubte nicht recht, dass der Pädophile wichtige Informationen besaß. Sonst, so hatte Giorgianni doziert, hätte er sie gleich bei seiner Verhaftung herausgelassen, und sei es nur, um nicht im Gefängnis zu landen. Deshalb zögerte er, einem weiteren Kontakt mit dem Verdächtigen zuzustimmen.

Costa verzog gereizt das Gesicht. Es war das erste Mal, dass er sich nervös zeigte.

»Wir verlieren wertvolle Zeit«, sagte er. »Vielleicht solltest du dem Staatsanwalt Dampf machen.«

»Das würde bei einem wie Giorgianni nichts bringen. Und ehrlich gesagt weiß ich nicht, inwiefern Marchesi uns nützlich sein könnte. Er ist ein Manipulant, Fabio. Ich habe ihm in die Augen gesehen und traue ihm nicht.«

»Vielleicht hast du recht«, gab Costa zu. »Und vielleicht ist Marchesi noch nicht einmal klar, welche Informationen er hat oder wie wichtig sie sind. Aber wenn er die Fotos von Andrea unter den falschen Leuten verbreitet hat, müssen wir auf dieser Spur weitermachen. Wahrscheinlich hat er nicht unrecht: Wer auch immer diesen Jungen gekidnappt hat, ist nicht einfach nur pädophil. Wie drückte er sich noch aus? So einer liebt die Unschuld nicht, richtig? Ich glaube, er wollte damit sagen, dass der Mann, den wir suchen, einem Kind gegenüber keinerlei Empfindungen hat. Sein Verhalten hat nichts mit Sexualität zu tun. Er ist auf etwas anderes aus. Womöglich auf etwas noch Entsetzlicheres.«

Das stimmte, dachte Valentina. Marchesi hatte behauptet, Andreas Entführer sei nicht wie er. Er folge keinem sexuellen Trieb. Aber was meinte Fabio? Was konnte es Schlimmeres geben als Gewalt gegen ein Kind?

Wieder einmal fragte sie sich, warum sie auf Costas Meinung so viel gab. Was sah sie in diesem Polizisten, das ihn so vertrauenswürdig erscheinen ließ, abgesehen von Angelo Zuccas vager Anspielung auf seine Fähigkeiten als Ermittler?

Fabio kehrte zu den Analysten zurück und redete mit dem Kollegen an der Computertastatur. Heute hatte Costa sich rasiert, und ohne diesen dunklen Bartschatten, der seine Züge dominierte, wirkte er viel jünger. Und harmlos. Unschuldig.

Sie beschloss, ihren Zweifeln endlich auf den Grund zu gehen. Der Zeitungsartikel, den Lucchesi ihr geschickt hatte, reichte ihr nicht.

Sie griff nach dem Handy und wählte eine Nummer, die sie schon lange nicht mehr angerufen hatte.

27

»Kaffee?«, fragte Costa den Mann vor den beiden nebeneinanderstehenden Bildschirmen, auf denen sich mehrere farbige Kurvendiagramme bewegten. Ein digitales Schauspiel, das Namen, Telefonnummern, Überwachungsdaten und Sachlagen miteinander verknüpfte.

Froh über diese Unterbrechung, blickte Loris Manna auf.

»Liebend gern, Dottore. Heute qualmt mir der Kopf.«

Lächelnd hielt Costa ihm einen dampfenden kleinen Pappbecher hin.

»Ohne Zucker, wie du ihn magst«, sagte er, und Loris griff danach, überrascht, dass der Vicequestore sich daran erinnerte.

Er trank den kochend heißen Kaffee, und die Welt erschien ihm erträglicher.

Der technische Inspektor Loris Manna war vom SCO nach Volterra geschickt worden. Er ging hin, wo der Operationsdienst ihn haben wollte, und bot den Kollegen landauf, landab seine Fachkenntnisse an, um Ermittlungen aufzudröseln und bei scheinbar unentwirrbaren Knäueln an den richtigen Fädchen zu ziehen. Er war ein sanftmütiger Mensch, niemand hatte ihn je laut werden hören. Doch die Entschlossenheit, mit der er seine Entscheidungen verteidigte, war einmalig. Und am Ende schien er immer recht zu behalten.

In seinem Selbstverständnis weniger bescheiden als in seinem Auftreten, hatte er das von ihm entwickelte System »Gott« genannt, und allein das verriet einiges über ihn.

»Gibt's was Neues?«, fragte Costa.

»Etwas haben wir gefunden«, antwortete Manna, »auch wenn es uns bisher wenig nützt. Wie Sie wissen, versuchen wir dahinterzukommen, wie unser Mann auf die Jungen gekommen ist und vor allem, wie er zwei so ähnliche finden konnte.« Er warf einen Blick zu Valentina hinüber, die in der anderen Ecke des Raumes stand. »Und da Dottoressa Medici darauf bestanden hat …« Er sah wieder Costa an, wie um zu sagen, dass er mit solchen Ermittlungsstrategien nichts zu tun hatte. »Wie auch immer, es ist nicht schwer, Kinderfotos im Netz zu finden. Das Problem ist, ihnen einen Namen und einen Nachnamen und, wenn möglich, eine Adresse zuzuordnen, wenn man an die Kinder herankommen will. Es sei denn, man verfügt über eine gute Quelle und geeignete Programme. Also sind wir bei Fosco Agnelli und Andrea Venturi einigen ikonografischen Anhaltspunkten nachgegangen. Von Andrea wissen wir bereits einiges. Der Vater hat die Fotos von ihm nach dem Spiel gepostet, und Marchesi hat sie gesehen und samt Vor- und Nachnamen weiterverbreitet. Das war nicht kompliziert.«

»Und was haben wir zu Fosco?«, fragte Costa. Er hatte immer stärker den Eindruck, dass sich in dieser ersten Entführung ein wichtiger Hinweis verbarg.

»Wir haben ein paar Bilder von einer Patronatsprozession letztes Jahr in Sorano«, antwortete Manna. »Auf ein paar Fotos ist Fosco im Vordergrund.«

»Für jemanden, der weiß, was er finden will und wie er suchen muss, ist es also nicht unmöglich, auf diese Jungs zu stoßen.«

»Ganz genau. Aber was mich stutzig macht, ist, wie er die beiden Doppelgänger zusammenbringen konnte. Womöglich hat er irgendein Gesichtswiedererkennungsprogramm verwendet, doch dann muss er von einem der beiden ausgegangen sein oder von einer dritten Option … Eine Art Originalmatrix, vielleicht ein Junge, den er bereits kannte, eine Art dritter Zwilling. Eine ziemlich faszinierende Vorstellung. Und wenn es so wäre, hätten wir vielleicht eine Möglichkeit mehr, ihn zu identifizieren. Wir arbeiten daran.« So war Manna: Er sprach im Plural, obwohl er der Einzige war, der die Recherche vorantrieb.

»Vielleicht haben wir noch zu wenig Material«, mutmaßte Costa.

»Ja, vom kriminologischen Standpunkt gesehen, ist das noch Stückwerk. Abgesehen von der Ähnlichkeit der beiden toskanischen Jungen haben wir nichts. Die Sache in Neapel scheint mit unseren Ermittlungen nichts zu tun zu haben, aber wir behalten sie im Auge. Der Hinweis auf einen grünen VW-Transporter hilft nicht weiter. Und die Beschreibung des weißhaarigen Unbekannten führt nirgendwohin.« Er blickte zu Costa auf. »Aber wir geben nicht auf, Dottore. Wir erhöhen die Systemkapazität und greifen nun auch auf soziale Netzwerke zu.«

»Und was kannst du mir zu Marchesi sagen?«

Mannas Miene verfinsterte sich. Er hatte ein gutmütiges Gesicht, das sich von dem zu analysierenden Grauen scheinbar nicht aus der Ruhe bringen ließ, doch die Erwähnung von Guido Marchesis Namen genügte, um jedes Licht daraus verschwinden zu lassen.

»Marchesi ist, wenn ich das so sagen darf, die Kirsche auf der Torte. Eine faule Kirsche wohlgemerkt. Dieser Mann könnte uns tatsächlich so einiges sagen.«

Costa dachte genau das Gleiche. Seit Valentina ihm von der Unterhaltung im Gefängnis berichtet hatte, gingen ihm die Anspielungen auf die Orte, an denen sie nach Andrea Venturi suchen mussten, nicht mehr aus dem Kopf. Schon mehrmals hatte er sie gebeten, Marchesis exakten Wortlaut zu wiederholen. Der Mann hatte von Orten gesprochen, an denen sich Raubtiere tummelten, und ihnen war sofort klar gewesen, dass er damit seine Kontakte im Netz meinte, auch wenn sie nicht ausschließen konnten, dass sich der Pädophile zudem an bestimmten physischen Orten mit ihnen traf. Um sicherzugehen, hatten sie angefangen, seine Kontakte und sämtliche Kreise zu durchforsten, in denen Marchesi sich bewegte, doch ohne Ergebnis.

»Leider können wir nicht wieder mit ihm sprechen, solange der Staatsanwalt uns nicht lässt«, sagte Costa. »Fürs Erste müssen wir uns selbst behelfen.«

»Genau das habe ich getan«, sagte Manna. Er zählte an den Fingern ab: »Telefondaten, Gebrauch der Kreditkarte, Orte, an denen er das Handyguthaben aufgeladen hat, Personen, mit denen er Kontakt hatte. Alle möglichen Bewegungsdaten und sämtliche denkbaren Begegnungsebenen. Bis jetzt nichts Brauchbares. Also …«

»Also fangen wir wieder im Netz an«, schloss Costa.

»Ganz genau. Ich habe mir seine Suchchronik angesehen.«

»Und?«

»Und auch da gibt's scheinbar nicht viel. Offensichtlich weiß Marchesi, wie man sich im Netz bewegt, ohne Spuren zu hinterlassen. Typisch für solche Leute. Aber ich musste nur ein bisschen graben, ein paar Hindernisse umschiffen, die ich Ihnen nicht näher erläutere, weil Sie sie eh nicht verstehen würden, und *bam!*, habe ich einen Haufen Zeug gefunden. Dinge, die ich am liebsten nie gesehen hätte. Vor allem ein paar Ausflüge ins Darknet … Sie wissen, was das ist, nicht wahr?«

»Sicher. Ein verborgenes Netzwerk.«

»Und am untersten Ende liegt das Deep Web, das man mit normalen Suchmaschinen nicht erreicht. Ins Darknet kommt man, wenn man wirklich was zu verstecken hat. Für uns ist es eine wertvolle Informationsquelle, wenn man weiß, wie man sich dort bewegen muss. Das eigentliche Problem ist nicht der Zugang, sondern die schadlose Verknüpfung mit unserem System … Wenn man ins Darknet geht, macht man sich für Hacker potenziell angreifbar.«

»Und Marchesi war dort unterwegs?«

»Regelmäßig. Wir haben Spuren von ein paar Chats gefunden, denen er vor Kurzem beigetreten ist. Aber sobald wir reinwollen, werden wir rausgeschmissen. Diese Leute sind vorsichtig. Und gefährlich.«

»Na klar, das ist es«, sagte Costa. »Das sind die Orte, von denen Marchesi gesprochen hat.«

Manna grinste, zufrieden, den Vicequestore auf seiner Seite zu wissen. »Genau das habe ich auch gedacht. Die Orte, an denen wir suchen müssen, sind dort, im Darknet. Dort sind die Personen, die Marchesi meint und denen er die Fotos von Andrea Venturi zugespielt hat.«

Costa wurde unruhig. »Hör mal, Loris, diese Sache ist wichtig. Wir wissen nicht, ob und wann wir Marchesi wieder befragen können oder ob er uns irgendwann verraten wird, was er meinte. Wir müssen irgendwie versuchen, von selbst draufzukommen.«

»Das ist mir klar, Dottore.« Manna schaute auf den Bildschirm, wo sich verführerisch leuchtende Kurven vor einem nachtschwarzen Hintergrund kreuzten und wieder trennten. Hin und wieder blitzten aus dem dunklen Nichts Gesichter auf, die das System aus jedem Winkel des Internets fischte. Es war nur die grafische Simulation der Verknüpfungen, nach denen »Gott« suchte. Doch sie war verstörend. Als wäre sie eine Tür zum digitalen Jenseits.

»Eines muss uns klar sein«, sagte Manna finster. »Wenn die

Identität dieses Jungen im Darknet gelandet ist, müssen wir mit dem Schlimmsten rechnen. Das ist wirklich eine Tiefsee, in der die entsetzlichsten Kreaturen schwimmen. Das sind Fresser. Nichts anderes als Fresser.«

28

Edoardo war der einzige Mann, den Valentina für eine kurze, aber intensive Zeit wirklich zu lieben geglaubt hatte. Es war ein Fehler gewesen, und sie hatte beschlossen, dass es ihr letzter sein sollte. Von dem Moment an war ihr Leben in ruhigeren Bahnen verlaufen. Keine Gefühle, abgesehen von denen, die ihr die Arbeit bescherte. Keine Bindung, die man früher oder später kappen musste.

Die Beziehung zu ihm hatte ein unglückliches Ende genommen, und deshalb war es nicht leicht, ihn nach zwei Jahren Funkstille anzurufen. Edoardo war Reporter beim *Messaggero* und der Einzige, der ihr etwas über Fabio Costa sagen konnte, ohne Falcone oder jemand anderen vom SCO zu fragen.

An dem Morgen zwang sie sich zu diesem gewagten Schritt, und nach einem zähen Gesprächsauftakt hatte sie das Gefühl, seinen anfänglichen Sarkasmus in den Griff zu bekommen.

»Also hast du jetzt beschlossen, dass du mir vertrauen kannst?«, fragte er.

Damit hätte sie rechnen müssen. Edoardo spielte auf ihren Trennungsgrund an. Während einer Ermittlung, an der sie beteiligt gewesen war, waren Nachrichten durchgesickert, die er sich zunutze gemacht hatte, um einen Scoop zu landen. Die Polizei wollte gerade eine auf Raub und Vergewaltigung spezialisierte

Bande dingfest machen, doch die Ankündigung der Blitzaktion in den Medien hatte es den beiden Verdächtigen erlaubt, sich in Luft aufzulösen. Valentina war gar nicht Edoardos Quelle gewesen, was ihn jedoch nicht davon abgehalten hatte, in seinen Artikeln auf die Verlässlichkeit der Informationen hinzuweisen. Als sie ihm vorwarf, es könnte so aussehen, als hätte sie ihm die Geheiminformationen zugespielt, erwiderte er, jeder müsse seinen Job machen und mit den Konsequenzen leben. Was sie so wütend gemacht hatte, war nicht nur, dass er sich nicht überlegt hatte, welche Konsequenzen das für sie haben mochte, sondern seine Gleichgültigkeit gegenüber dem Schaden, den seine Artikel für die Ermittlungen bedeuteten. In dem Moment hatte Valentina begriffen, dass sie ihre Wahl zwischen Leidenschaft und Liebe auf der einen und ihrer Arbeit auf der anderen Seite schon getroffen hatte. Und sich mit einem Journalisten einzulassen, war eine miese Idee gewesen.

Edoardo rief sie noch am selben Nachmittag zurück.

»Ich wusste gar nichts von dieser Geschichte«, hob er an. »Damals habe ich noch studiert … genau wie du. Aber in der Zeit war dein Fabio Costa bei der Polizei ein echter Star.«

»Angeblich war er ein guter Polizist«, bestätigte Valentina.

»Mehr als gut! Er hat ein paar Mordfälle geknackt, die für Schlagzeilen gesorgt haben. Die Abteilung hat ihn sogar eine Weile nach Quantico geschickt, um Profiling zu lernen. Jedenfalls ging es für ihn steil nach oben … Eine Zukunft in irgendeiner Führungsposition, wenn er nicht diesen üblen Mist gebaut hätte.«

»Du meinst die Vergewaltigung, richtig?«

»Genau. Vor fünfzehn Jahren leitete Costa die Abteilung, die du jetzt führst. Er kümmerte sich um ein paar besonders knifflige Fälle. Einer davon war der des Serienkillers namens ›der Schlächter‹, das war noch vor deiner Zeit bei der Polizei, aber bestimmt erinnerst du dich daran. Er hatte drei Kinder umgebracht, und Costa hat ihn praktisch allein geschnappt. Sogar gegen den Rat etlicher Spezialisten. Aber das ist nur ein Beispiel. Er hat hundert Prozent seiner Fälle gelöst. Dann kam die Klage wegen Vergewaltigung …«

»Einer Kollegin. Einer Polizistin.«

»Diana Marini. Sie war Inspektorin in seiner Abteilung, seine rechte Hand. Ich habe Fotos gesehen, sie war sehr hübsch. Angeblich hatten sie was miteinander, aber Costa war verheiratet und hatte einen kleinen Sohn. Hier wird die Geschichte ebenso banal wie trostlos. Man weiß nicht, wer von den beiden beschlossen hat, Schluss zu machen. Eines Nachmittags hat man Marini nach einem Streit völlig fertig und in Tränen aufgelöst aus Costas Zimmer kommen sehen. Sie stand total neben sich. Ihre Kleidung war zerrissen, sie hatte rote Flecken im Gesicht und eine noch heiße Pistole in der Hand. Diana Marini hatte mit ihrer Dienstwaffe auf ihn geschossen, ihn allerdings verfehlt. Sie sagte, sie habe sich verteidigen müssen, denn er habe sie vergewaltigt.«

In Valentinas Kopf gingen die widersprüchlichsten Gedanken und Gefühle durcheinander. Sie konnte das Drama förmlich vor sich sehen, aus verschiedenen Blickwinkeln zugleich. Sie spürte die Angst und Wut der verletzten Frau, die so weit gegangen war, auf den Mann, den sie geliebt hatte, zu schießen. Zugleich spürte sie seine Bestürzung und Wut. Das Entsetzen beider über eine Geschichte, die auf die denkbar grauenvollste Art endete.

»Und sie hat ihn angezeigt«, murmelte sie und dachte an den Artikel, den Siria Lucchesi ihr geschickt hatte.

»Ja, die Sache landete vor Gericht. Sie wurden beide suspendiert und aus dem SCO entfernt. Ein Skandal, der vor allem wegen Costas Bekanntheit ziemlich lange die Titelseiten beherrschte. Hier beim *Messaggero* haben sie eine Art Fortsetzungsgeschichte daraus gemacht. Jeden Tag etwas Neues, bis zum Prozess.«

»Und wie ging es aus?« Sie nahm an, dass Costa nicht verurteilt worden war, denn sonst wäre er aus dem Polizeidienst ausgeschlossen worden.

»Costas Verteidiger hat sich gut geschlagen«, bestätigte Edoardo. »Nicht zuletzt wegen ihrer Vorgeschichte gab es keine Beweise, dass der Sex nicht einvernehmlich gewesen war. Das Wort von Marini stand gegen seines. Außerdem sagten zahlreiche Kollegen aus, dass Costa die Beziehung beenden wollte, und nicht umgekehrt. Das stand im Widerspruch zu der angeblichen Vergewaltigung. Am Ende wurde er freigesprochen, auch wenn er natürlich nicht zum SCO zurückkehren konnte. Sein Anwalt hatte die hohen Tiere des Operationsdienstes aufmarschieren lassen, die zu seinen Gunsten aussagten, auch um die Ehre der Einheit zu retten, aber sie waren nicht mehr gut auf ihn zu sprechen. Jedenfalls schien seine brillante Karriere restlos am Ende zu sein, zumindest vorerst. Dafür scheint er es geschafft zu haben, sich wieder mit seiner Frau Marisa und dem kleinen Sohn Lorenzo zusammenzuraufen. Zumindest, wenn man den Zeitungen glauben darf.«

Valentina hörte gebannt zu, als hätte sie alles unmittelbar miterlebt.

»Vielleicht war er wirklich unschuldig«, sagte sie. Sie wollte mehr darüber wissen. Die Einzelheiten erfahren.

»Aber die Geschichte war mit dem Prozess nicht zu Ende … leider.«

Eine Vorahnung schlich sich in Valentinas Herz. Ja, da musste noch etwas sein. Die Last, die sie in Fabios Blick erahnte, wog sehr viel schwerer.

»Nach Costas Freispruch verschwand Diana Marini von der Bildfläche«, fuhr Edoardo fort. »Gleich nach dem Prozess verließ sie die Polizei. Freiwillig. Da war die Sache mit dem Schusswaffengebrauch, den sie als Unfall durchgehen ließen, aber beim SCO war kein Platz mehr für sie. Diana hat sich in Luft aufgelöst, aus

Scham oder Frust. Einige meiner Kollegen halten das für einen Beweis, dass sie sich alles nur ausgedacht hat. Costa schien beruflich am Ende zu sein, aber manche gingen wieder auf ihn zu. Sein Ruf als Ermittler zählte noch was.«

Valentina konnte ahnen, wie die Sache gelaufen war. Die Polizei war noch immer ein Macho-Verein, auch wenn die Zeiten sich geändert hatten. Und vor allem neigte die Verwaltung dazu, die besten Leute zu schonen. Ein Superbulle wie Fabio Costa hätte diesen Sturm schadlos überstehen können. Dafür hasste sie ihn ein bisschen. Abermals war sie von ihren widerstreitenden Gefühlen überrascht. Wäre es nicht einfacher gewesen, die Gedanken an Fabio dem Lauf der Dinge zu überlassen, die sie nichts angingen? Schließlich konnte sie auch ohne ihn weitermachen.

Aber Edoardo war noch nicht fertig. »Entgegen allen Erwartungen tauchte Diana Marini jedoch zwei Wochen später wieder auf«, sagte er. Er machte eine Pause und fuhr in einem Ton fort, als wollte er die Sache möglichst schnell loswerden. »Sie stand bei Costa und seiner Frau vor der Haustür, klingelte und bat darum, mit ihm zu sprechen. Für Costa war das womöglich ein Schock, aber er ließ sie in die Wohnung rauf. Seine Frau sagte später aus, sie habe beschlossen, an die Unschuld ihres Mannes zu glauben, und zusammen hätten sie über die Sache hinwegkommen können. Die Begegnung mit Diana wäre zwar unangenehm, hätte aber vielleicht helfen können. Also öffneten sie ihr. Diana Marini nahm den Aufzug, hielt aber nicht in ihrem Stockwerk. Sie fuhr bis ganz nach oben. Dann ging sie auf das Dach des Hauses, in dem Costa und seine Frau seit zehn Jahren lebten. Ein siebenstöckiges Wohnhaus. Sie suchte sich eine Ecke aus, die über dem Innenhof lag. Und stürzte sich runter.«

»Sie hat sich umgebracht …«, flüsterte Valentina ins Telefon.

»Ja.« Auch Edoardo hatte die Stimme gesenkt. »Sie war sofort tot.«

Praktisch vor Fabios Augen. *Wegen* Fabio.

»Sie hinterließ noch nicht einmal einen Zettel«, fuhr Edoardo fort und hatte wieder den unterkühlten Ton des Reporters. »Was die Sache noch anklagender machte. Jedenfalls waren die Hoffnungen auf Costas berufliche Rehabilitierung dahin. Der Selbstmord seiner ehemaligen Geliebten hinterließ zu viele dunkle Flecken. Und trotz des Freispruches kehrten viele zu der Ansicht zurück, er könnte sie vergewaltigt haben. Ein paar meiner Kollegen wiesen damals darauf hin, wie hart, fast gnadenlos, der Verteidiger mit Diana umgegangen war.« Er schwieg.

»Was hast du noch rausgefunden?«, fragte Valentina, um das Schweigen und die Befangenheit zu füllen, die sich plötzlich wieder zwischen sie schob.

Edoardo schwieg noch ein paar Sekunden. Dann, als hätte er einen Blick in seine Notizen geworfen, fuhr er fort: »Na ja, er wurde wieder in den Dienst aufgenommen. Auch weil die Staatsanwaltschaft nach dem Freispruch keine Rechtsmittel eingelegt hat. Formal hätte es nicht anders laufen können. Aber sie mussten ihn verstecken. Er war nicht mehr … vorzeigbar. Sie haben ihn in Volterra begraben, wohl in der Absicht, ihn dort bis zur Pensionierung hocken zu lassen. Soweit ich weiß, hat er auch mit seiner Frau und seinem Sohn gebrochen. Der Junge, der heute um die zwanzig sein muss, wollte ihn nicht mehr sehen. Ende der Geschichte.« Pause. »Das ist alles.« Noch eine Pause. »Wenn du willst, schicke ich dir die Artikel, die ich gefunden habe, dann kannst du dir ein eigenes Bild machen.«

Das war nicht nötig. Es war schon mehr als genug. Valentina fühlte sich völlig leer. Sie stellte sich Diana Marinis Ende vor. Das Grauen, das diese Frau im freien Fall empfunden haben musste.

Das Ende von allem. Sie stellte sich vor, was das für Fabio bedeutet haben musste. Sie schwankte zwischen Wogen des Mitgefühls für beide. Aber Diana war tot. Diana, die dieselben Flure entlanggegangen war, die sie nun durchquerte. Die in denselben Räumen gearbeitet hatte. In demselben Umfeld.

»Hör mal …«, sagte Edoardo, »hast du vor, nach Rom zurückzukommen? Ich meine, ich weiß, dass du viel um die Ohren hast … aber vielleicht können wir uns sehen, du könntest dich für meine Nettigkeit revanchieren … Gibt es was Neues bei den Ermittlungen?«

Valentina brauchte einen Moment, um zu begreifen. Sie war sprachlos.

»Fragst du mich das im Ernst?«

»Warum denn nicht? Du würdest mich doch so oder so als miesen Nachrichtengeier bezeichnen, oder nicht?« Sie war fassungslos und enttäuscht. Ihr Ex-Freund bat sie um ein Exklusivinterview zu ihrem aktuellen Fall. Genau deshalb hatten sie sich getrennt. Genau deshalb hatte sie beschlossen, sich auf niemanden mehr einzulassen, bis … bis wann? Bis sie fünfzig war? Bis sie sechzig war?

Sie suchte nach Worten. Stellte fest, dass es keine gab, machte es kurz und wimmelte ihn mit dem Versprechen ab, dass sie sich melden würde, wenn sie wieder in Rom sei. Keiner der beiden glaubte daran.

Sie verließ das Büro. Costa kam ihr entgegen und blickte finsterer drein denn je. Sie durchschoss der absurde Gedanke, er könnte von ihren bei Edoardo in Auftrag gegebenen Nachforschungen erfahren haben und auf sie losgehen wollen, weil sie in seiner Vergangenheit herumgewühlt hatte. Aber so war es nicht.

Es war schlimmer.

»Gerade ist die letzte Hoffnung zerplatzt, Andrea zu finden«, sagte Costa.

29

Man hatte ihn in den Duschen gefunden, erhängt mit einem Bademantelgürtel an den Gitterstäben des einzigen Fensters. Auch wenn er beim Betreten nichts weiter bei sich gehabt hatte als ein Handtuch und Duschgel. Und vor allem war seine Zunge noch dran gewesen. Sein Mörder hatte dafür gesorgt, sie abzuschneiden und ihm in den Rachen zu stecken. Eine präzise, wenn auch nicht ganz saubere Arbeit. Marchesi war bis zum Schambein mit Blut besudelt, und angesichts der Menge ging der Gerichtsmediziner davon aus, dass sie ihm bei lebendigem Leibe herausgeschnitten worden war.

Die umgehend eingeleiteten Ermittlungen führten zu keinem nennenswerten Ergebnis. Der Wachbeamte hatte sich wenige Minuten entfernt, lang genug, damit jemand in die Räumlichkeiten eindringen, seinen Job erledigen und sich das Blut abwaschen konnte, mit dem er sich fraglos besudelt hatte. Tatsächlich hätte jeder der Insassen des Don-Bosco-Gefängnisses ihn töten und an diesen Gitterstäben aufhängen können. Der Direktor hatte nachdrücklich betont, dass sein Gefängnis niemals einen Häftling wie ihn hätte aufnehmen dürfen. Der Gefängniskodex war Gesetz. Auch wenn das Symbol der abgeschnittenen Zunge nicht nach Vergeltung gegen einen Kinderschänder aussah. Eher nach einer Warnung an diejenigen, die zu viel redeten.

Für Valentina und ihr Team war das ein herber Schlag. Marchesi nahm die Geheimnisse seiner Darknet-Kontakte mit ins Grab. Vielleicht hätte seine Hilfe zu nichts geführt, vielleicht war er nur ein Angeber, der auf Strafmilderung spekuliert hatte.

»Aber jetzt werden wir es bestimmt nicht mehr erfahren!«, blaffte Fabio Costa mit einer Wut, die Valentina überraschte. Sein umsichtiges Auftreten, das ihn von Anfang an ausgezeichnet hatte, war verschwunden.

»Wir können nichts dafür«, bemerkte Lucchesi, die die Nachricht aus Volterra überbracht hatte.

Zum ersten Mal ließ Costa seine Zurückhaltung fahren, mit der er ihr sonst begegnete. Mehr noch als seine Worte war es sein Gesichtsausdruck, der sie zurückweichen ließ.

»Und ob wir etwas dafürkönnen«, sagte er schneidend. »Und das weißt du. Wir können etwas dafür, weil wir nicht wirklich daran geglaubt haben. Wir können etwas dafür, weil wir die Entscheidungen dieses Idioten Giorgianni einfach hingenommen haben. Weil wir die Beurteilung den Staatsanwälten überlassen haben, die noch immer nicht begriffen haben, was eigentlich los ist. Wir haben uns nicht richtig durchgesetzt! Marchesi hätte sofort ausgequetscht werden müssen, ohne die Fristen der Erstvernehmungen abzuwarten. Wir hätten ihm etwas anbieten sollen, auch wenn uns das gegen den Strich ging. Wir hätten uns auf sein Spiel einlassen und sofort handeln sollen. Ihn aus diesem Gefängnis holen und schützen sollen. Damit er sich wichtig fühlt. Wenn es eine Chance gab, von ihm Informationen zu bekommen, die Andrea Venturi retten konnten, hätten wir es versuchen müssen. Statt dazusitzen und die Entscheidungen irgendwelcher Sesselfurzer abzuwarten, die hinter ihrem Schreibtisch hocken, über unsere Ermittlungsführung klugscheißen und nicht den leisesten Schimmer haben, wie man bei einem Fall wie diesem vorgehen muss!«

Offenbar hatte er gemerkt, dass er zu viel gesagt hatte. Er presste die Lippen zusammen, als wollte er sich am Weiterreden hindern, und rauschte mit derselben Wut davon, mit der er auf die Kollegin losgegangen war. Zum ersten Mal wusste Siria Lucchesi nichts zu sagen. Ihre Blässe sprach für sich. Mit einem letzten warnenden Blick an Valentina ging sie davon.

Inzwischen war die Situation an einen toten Punkt gelangt. Die Suche nach dem Transporter war ergebnislos geblieben. Es waren keine neuen Anhaltspunkte aufgetaucht. Die Tage vergingen. Und Andrea war inzwischen ein Gespenst, das ihr Versagen anklagte.

Noch einmal anfangen. Etwas anderes konnten sie nicht tun. Aber wo?

Valentina blickte von den Unterlagen auf, die sie zum hundertsten Mal durchging, und hätte ihren Frust am liebsten hinausgeschrien. Abermals stand Costa in der Bürotür und schaute sie an. Er hatte wieder den Gesichtsausdruck, den sie inzwischen kannte und – ihren Empfindungen ihm gegenüber zum Trotz – mochte. Edoardos Enthüllungen hatten nur dafür gesorgt, sie in noch größere Verwirrung zu stürzen. Abgesehen von dem Wutausbruch kurz zuvor, trug Costa normalerweise eine Mischung aus Ernüchterung und Stärke zur Schau. Als ginge ihn von dem, was geschah, nichts etwas an, und als wäre er dennoch jederzeit bereit, seinen Beitrag zu leisten. Er musste wirklich ein hervorragender Polizist gewesen sein. Doch ob schuldig oder nicht, das, was ihm widerfahren war, hatte ihn ins Abseits gedrängt, und nun hatte er Mühe, wieder in den Ring zu steigen. Dennoch machte es sie stutzig, dass sie noch immer Mitgefühl mit ihm empfand. Es verwirrte sie.

»Was willst du?«, fragte sie schroffer als beabsichtigt.

»Verzeih, wenn ich störe«, sagte er. »Ich wollte mich wegen meines Ausbruchs vorhin entschuldigen. Außerdem schwirren mir ein paar Ideen durch den Kopf, die ich gern mit dir teilen würde … aber das können wir später besprechen, kein Problem.«

Im Grunde war es genau das, was sie wollte. Sie beschloss, ihre Gedanken zu seiner Vergangenheit fürs Erste beiseitezuschieben.

»Nein, wenn du willst, reden wir jetzt darüber. Komm ruhig rein.«

Costa setzte sich ihr gegenüber. Zwischen ihnen, auf dem Schreibtisch verteilt, lagen Polizeiberichte, die Fotos und der Autopsiebericht zu Gianni Venturi, die Bilder der verschwundenen Kinder.

Während er sprach, sah er ihr in die Augen. »Vor allem muss ich wissen, ob du meine Hilfe überhaupt wünschst. Ob du sie *wirklich* wünschst. Ich weiß, was sie beim SCO über mich denken. Wenn durchsickert, dass ich an den Ermittlungen beteiligt bin … Lucchesi ist auch schon auf dem Kriegsfuß.«

Nein, hätte sie antworten sollen. Ich will deine Hilfe nicht mehr. Nicht nach dem, was ich über dich herausgefunden habe. Und entschuldige, dass ich dich mit hineingezogen habe. Aber ich glaube, ich werde deine Mitarbeit nicht in Anspruch nehmen. In Rom würden sie auch sagen, dass das nicht geht. Dass du inzwischen nur ein Provinzbulle bist. Dass du weder mir noch irgendjemandem sonst nützlich sein kannst. Dass du gefährlich bist. Auch wenn diese letzte Feststellung zugegebenermaßen nicht die Arbeit betraf.

Stattdessen sagte sie: »Ja. Jede Hilfe ist mehr als willkommen.«

Fabio hörte nicht auf, sie anzusehen. »Sie werden dir nie die offizielle Genehmigung erteilen. Im Gegenteil, sie werden dich warnen. Wenn sie es nicht bereits getan haben.«

Valentina wurde rot und hoffte, er würde es im Halbdunkel des Zimmers nicht bemerken. »Haben sie.«

»Keine Sorge. Ich hab's gewusst. Dennoch werde ich mein

Möglichstes tun … Aber ich will nicht, dass du dich allzu sehr auf mich verlässt. Ich habe mich nie als ›Experten‹ gesehen, wie du es nennst. Und ich bin ein bisschen eingerostet.«

»Ich werde mich mit dem begnügen, was du mir gibst.«

Costa grinste, ohne den Schleier der Traurigkeit abzulegen.

»Wo können wir anfangen?«, fragte sie und setzte sich abwartend auf.

Er nickte. »Ich habe nachgedacht. Ich bin überzeugt, dass du von Anfang an recht hattest. Und gewissermaßen hat Guido Marchesi uns das bestätigt. Unser Mann ist kein dahergelaufener Pädophiler, der wahllos irgendwelche Kinder klaut. Er ist viel schlimmer. Er ist hellsichtig und wahnsinnig zugleich. Und er hat einen exakten Plan. Seine Opferjagd ist nicht sexuell motiviert. Zumindest nicht nur. Und er handelt nicht zufällig. Er sucht sie sehr genau aus. Fosco, Andrea, vielleicht Salvatore Esposto …«

»Bei ihm können wir uns nicht sicher sein«, wandte sie ein.

»Ich glaube schon. Und ich glaube auch, dass deine Idee, dass alles sich um die große Ähnlichkeit zwischen Fosco und Andrea dreht, der entscheidende Schlüssel ist. Das ist kein Zufall, Valentina. An dem Punkt müssen wir ansetzen. Ihm auf den Grund gehen.«

Valentina überlegte. »Das war die Idee … Aber wenn ich genauer darüber nachdenke, kommt sie mir ein wenig an den Haaren herbeigezogen vor. Und Salvatore sieht den anderen beiden nicht ähnlich. Also …«

»Foscos Entführung ist gescheitert, richtig?«, bemerkte Costa.

»Und?«

»Nichts. Ich habe nur nachgedacht. Fosco kann fliehen, und unserem Kidnapper bleibt nur noch ein Junge. Der, den Fosco erwähnt hat. Womöglich war er bereits tot. Vielleicht durch eine Injektion getötet, die auch Fosco verabreicht wurde. Vielleicht ist es

Salvatore Esposto, vielleicht auch nicht. Aber der Entführer ist darauf aus, zwei Jungen zur Verfügung zu haben, und einer ist ihm entwischt. Deshalb …«

»Muss er etwas dagegen unternehmen«, fuhr Valentina an seiner Stelle fort.

»Und das tut er und sucht sich Andrea Venturi.«

»Der der Zwilling von Fosco Agnelli sein könnte … Womit wir wieder bei der großen Ähnlichkeit der beiden wären.«

»Das wiederum bringt uns zu einem weiteren Gedanken. Wie ist es ihm gelungen, in so kurzer Zeit zwei so ähnliche Jungen ausfindig zu machen? Es ist, als hätten die beiden bereits auf einer Art Liste gestanden. Er wählt Fosco aus, die Sache geht schief, und er weicht sofort auf Andrea aus. Er ist gezwungen, den Vater zu töten, weil Andrea Venturi im Gegensatz zu dem Jungen aus Sorano, der allein von der Schule nach Hause geht, wegen eines Streiks zu Hause ist und er nicht an ihn herankommt, ohne ein Hindernis aus dem Weg zu räumen. Offenbar kann er nicht warten. Als er Fosco verliert, weiß er bereits, wo er zuschlagen muss.«

»Er hat recherchiert, das wissen wir«, sagte sie. »Es gibt keine andere Erklärung. Er hat die beiden Jungen im Netz gesucht … Ich weiß nicht, wie er die beiden miteinander vergleichen konnte, aber das ist die einzige Möglichkeit.«

»Ja, so ist es. Ich habe auch mit Loris Manna gesprochen. Für diese Art von Recherche braucht es ausgeklügelte Programme. Loris arbeitet daran. Insofern war Marchesis Verhaftung doch erhellend. Er hat die Fotos genommen, die Andreas Vater auf Facebook gestellt hatte, und sie auf kinderpornografischen Seiten in Umlauf gebracht. Dort muss unser Mann angesetzt haben. Bei Fosco Agnelli war es das Gleiche, auch wenn seine Fotos nicht im Darknet zirkulierten. Aber am Ende musste der Kidnapper seiner Beute näher kommen. Ihre Fotos reichten nicht.«

Costa deutete auf die Bilder der beiden Jungen, die Valentina vor sich hatte. Die beinahe identischen Gesichter. Zwei Fremde, die sich glichen wie ein Ei dem anderen.

»Das Aussehen dieser Jungen spielt im Plan unseres Mannes eine Rolle«, sagte er. »Es ist eine Gemeinsamkeit. Etwas, das er braucht. Ich weiß nicht, wozu, aber so ist es. Was treibt ihn dazu, sie auszuwählen und keine anderen? Wenn wir das herausfinden, wissen wir, wer er ist … Und das hoffentlich, bevor er das nächste Mal zuschlägt. Denn er wird nicht aufhören, Valentina. Da bin ich mir sicher. Dieser verdammte Dreckskerl wird nicht aufhören.«

Sie musterte seinen Mund, während er redete. Er hatte weiße, für einen Mann vielleicht ein wenig zu kleine, aber makellose Zähne, die aus dem dunkel nachsprießenden Bart hervorschimmerten.

»Und was können wir mehr tun als das, was wir bereits machen?«, murmelte Valentina, ohne den Blick von seinen Lippen zu lösen.

»Von vorn anfangen«, antwortete Fabio. »Ganz von vorn.«

Sie hatte genau das Gleiche gedacht. Etwas anderes blieb ihnen nicht übrig.

Vielleicht eine Spur zu hastig stand Costa auf. »Wenn du willst, fangen wir sofort an.«

»Und wo?«

»Bei dem einzigen Anfang, den wir haben. Beim ersten Jungen.«

30

Der Nebel verfolgte sie bis nach Sorano, das kleine Dorf in der Maremma, in dem Fosco lebte und aus dem er verschwunden war. Die ganze Gegend lag an diesem Morgen unter einem eisig grauen Schleier, der die perfekte Metapher für ihre Jagd nach dem Täter zu sein schien.

Bis auf den treuen Begleiter Angelo Zucca waren Fabio und Valentina allein unterwegs. Sie hatten niemandem Bescheid gesagt. Von vorn anfangen war ein wenig so, als würde man die gesamte bisherige Arbeit vom Tisch wischen. Sollten sie scheitern, würden sie diese Niederlage für sich behalten. Sie würden den laufenden Ermittlungen nicht weiteren Wind aus den Segeln nehmen.

Ihr Plan war einfach. Zuerst ein Besuch in Sorano. Dann im Polizeipräsidium, um zusammen mit Ispettore Blasi das bisher zusammengetragene Material noch einmal durchzugehen, in der Hoffnung, den roten Faden zu erhaschen, der ihnen entgangen war, den übersehenen dunklen Fleck.

Valentina war sich nicht sicher, ob die erste Etappe etwas bringen würde. Doch Costa hatte darauf bestanden. Der Polizist wollte sich umsehen, in den Ort eintauchen, wie es womöglich auch der Entführer getan hatte, um den kleinen Fosco zu verfolgen und auszuspionieren, ehe er zuschlug. Denn wie bei Andrea war auch bei Fosco eine gewisse Vorbereitung nötig gewesen. Und vielleicht hatte er während dieser Phase irgendeinen Fehler begangen. Eine Spur hinterlassen.

Valentina hatte begriffen, dass Costa seinen eigenen Denkmustern folgte, Schlussfolgerungen zog, die sie oder andere womöglich nie würden nachvollziehen können. Und vielleicht war es diese besondere Gabe, die ihm früher den Ruf eines großen Ermittlers eingebracht hatte.

Ehe er eine junge Frau, die ihn liebte, vergewaltigt und in den Tod getrieben hat, murmelte das altbekannte Stimmchen, dem sie sich diesmal jedoch widersetzte. Nein, Fabio ist freigesprochen worden. Er hat keine Straftat begangen. Das ist die Wahrheit. Auch wenn ihn diese Geschichte am Ende aus dem SCO verbannt hatte.

Sie erreichten den Dorfeingang, das Haupttor dessen, was einst eine unbezwingbare Festung gewesen war.

»Was soll ich machen?«, fragte Zucca. »Soll ich parken? Das sieht mir verdächtig nach steilen Sträßchen und engen Gassen aus.«

»Nein«, sagte Costa. »Ich steige aus. Ihr fahrt weiter.«

Valentina sah ihn an. »Willst du allein gehen?«

Er machte ein befangenes Gesicht, wie jedes Mal, wenn er eigentlich schon entschieden hatte, was zu tun war. Valentina wusste das und ließ sich darauf ein.

»Nur, wenn du nichts dagegen hast, natürlich«, sagte er. »Ihr könntet in der Zwischenzeit zum Polizeipräsidium von Grosseto fahren und ein bisschen Zeit wettmachen. Wenn wir uns aufteilen, sind wir schneller. Wir halten einander auf dem Laufenden, in Ordnung?«

Sie hatte nichts einzuwenden, und Costa stieg aus.

Während Zucca auf die steile Serpentinenstraße einbog, die vom Dorf abwärtsführte, beobachtete Valentina im Rückspiegel Costas Silhouette, die sich auf den Weg ins Dorf machte, ein Schatten, der nach und nach im Nebel verschwand und ein Teil von ihm wurde.

31

Roberta Blasi freute sich, sie zu sehen. Die junge Inspektorin hatte sich den Fall Fosco Agnelli zuteilen lassen und war die Einzige, die mit der Sache vertraut war und ihnen helfen konnte.

»Aber ich muss euch gestehen, dass ich kein bisschen vorangekommen bin«, sagte sie nach der Begrüßung. »Seit wir uns das letzte Mal gesehen haben, gibt es nichts Neues.«

Valentina konnte ihren Frust spüren. »Lass dich davon nicht fertigmachen. Wir fischen auch im Trüben und sehen kein Land. Wie geht es Fosco?«

»Gut, würde ich sagen. Er ist zu seinem alten Leben zurückgekehrt, auch wenn die Mutter ihn keinen Schritt mehr aus den Augen lässt. Vielleicht ein bisschen übertrieben, aber ich kann sie verstehen.«

»Keine traumatischen Nachwirkungen?«

»Na ja, er wird regelmäßig von einem Psychologen betreut. Und er ist nicht mehr so schwierig und widerborstig, wie er vorher angeblich war. Seltsamerweise scheint er sanfter geworden zu sein. Er ist weniger schweigsam und sucht die Gesellschaft anderer Kinder.«

»Das ist doch gut, oder?«, fragte Zucca, den die Unterhaltung ziemlich zu langweilen schien.

»Hoffen wir's …«, erwiderte Roberta Blasi. Valentina verstand sie. Fosco hatte ein heftiges Trauma erlitten, und der Umgang damit würde sein späteres Leben prägen. Ob im Guten oder im Schlechten, würde die Zeit zeigen. Womöglich würde das, was ihm widerfahren war, nach und nach aus seinem kindlichen Verstand verschwinden, weggesperrt im Schrank der Albträume und vielleicht vergessen. Doch sicher war das nicht.

»Hast du ihm die Fotos von Salvatore Esposto gezeigt? Dem Jungen, der in Neapel verschwunden ist?«, fragte Valentina.

»Klar, genau wie du wolltest. Ich habe den Bericht an dein Büro in Rom weitergeleitet. Fosco hat ihn nicht erkannt. Er wiederholte, an dem Jungen habe er nur die eiskalte Haut bemerkt, und dass er ebenfalls nackt war. Und dann sagte er noch, dass vielleicht alles ein Traum war … Aber ich glaube, da macht sich der Einfluss des Psychologen bemerkbar. Ist vielleicht besser so.«

Oder vielleicht war es wirklich ein Traum gewesen. Und ein Großteil ihrer Ermittlungsansätze löste sich auf wie der Nebel rund um Sorano.

»Ich habe nicht viel erwartet«, gab Valentina zu. Sie war dennoch enttäuscht. Wenn das ihre beste Idee gewesen war, konnten sie einpacken.

»Das ist alles, was wir haben«, sagte Blasi und hielt ihr eine kaum hundert Seiten starke Aktenmappe hin. Nach einem einverständigen Blickwechsel mit Valentina schlug Zucca sie auf und blätterte sie durch. Ganz vorn lag der Bildbericht der Spurensicherung aus der Scheune, in der Fosco erwacht war.

»Tut mir leid«, meinte die Inspektorin. »Ich hätte euch gern bessere Informationen gegeben.«

Valentina schüttelte den Kopf. »Du warst super, Roberta. Im Ernst. Nicht alle Polizisten, die ich kenne, hätten sich in einen solchen Fall reingehängt. Hättest du uns nicht sofort auf die richtige

Spur gebracht, hätten wir Foscos Verschwinden und den Fall in Volterra niemals in Verbindung gebracht.«

Roberta Blasi errötete. »So großartig war das nun auch wieder nicht.« Sie deutete auf Zucca, der in die Unterlagen vertieft war. »Aber glaubt ihr wirklich, was Fosco passiert ist, hat mit diesem anderen Jungen und dem Mord an dessen Vater zu tun? Allein der Gedanke erscheint mir unglaublich.«

»Ich weiß es nicht, Roberta. Ehrlich gesagt, weiß ich es nicht mehr.«

Auch das stimmte. Valentina fühlte sich plötzlich kraftlos und verzagt und hasste sich dafür. Ihr fehlte es nicht an Entschlossenheit, doch noch immer kam sie sich unfähig vor. Ganz gleich, welchen Fortschritt sie machten, jeder Fehler, der sie zurückwarf, war ganz allein ihre Schuld, das spürte sie. Ihr graute davor, der Sache nicht gewachsen zu sein. Und vor allem, dass jemand es bemerken könnte.

Deshalb brauchte sie Fabio. Er war unverzichtbar.

Sie musterte das angespannte Gesicht der Kollegin und dachte: Na bitte. Noch ein Schlag ins Wasser. Inzwischen bin ich daran gewöhnt.

Zucca hob die Hand, als würde er sich melden, ohne die Augen von den Unterlagen loszureißen.

»Was gibt's, Angelo?«

»Hier fehlt was …«

Blasi trat zu ihm und spähte ihm über die Schulter. »Das ist der Bericht der Ortsbegehung von der Spurensicherung …«, sagte sie. »Ich glaube, da ist alles drin.«

»Ja, da sind die Fotos des Gebäudes, in dem Fosco angeblich aufgewacht ist … Da sind die festgestellten Reifenspuren und ein Haufen hübscher Landschaftsbilder … Aber wo ist das Sicherstellungsprotokoll?«

Valentina horchte auf. »Welches Protokoll?«

Roberta las die Stelle, auf die Zucca tippte.

»Stimmt«, sagte sie. »Es fehlt das Protokoll der beschlagnahmten Gegenstände … Aber ich weiß, dass nichts gefunden wurde.«

»Aber das Protokoll wird erwähnt«, merkte Zucca an. »Hier, bei der Übermittlung der Akten an die Staatsanwaltschaft. Da steht: ›Anhang 11, Sicherstellungsprotokoll der im Inneren der Scheune beschlagnahmten Gegenstände‹ und so weiter und so fort. Wenn es ein Protokoll gibt, müssen sie wohl was gefunden haben, oder nicht?«

Blasi nickte. »Vielleicht hat die Spurensicherung noch eine Kopie. Soll ich sie besorgen?«

»Ja«, sagte Valentina. »Lass uns auf Nummer sicher gehen.«

Doch die Liste der im Heuschober gefundenen Gegenstände war so dürftig, dass ihre letzten Hoffnungen zerplatzten. Tatsächlich hatte die Spurensicherung zwar einen Haufen Fotos gemacht, aber so gut wie nichts sichergestellt. Ein paar verrostete Werkzeuge, Zigarettenstummel, die von jedem stammen konnten, der im Laufe der Jahre dort vorbeigekommen war, ein paar Lederriemen, die früher womöglich zum Anbinden des Viehs gedient hatten, und ein paar Papierfetzen. Sie waren wie folgt beschrieben: »Papierstücke und -fragmente mit farbigen Abbildungen«.

»Das haben wir alles hier«, sagte Blasi. »Das ganze Zeugs. Es ist im Asservatenschrank nebenan, außer die Zigarettenstummel, die verwahrt die Spurensicherung.«

Es würde nichts bringen, doch Valentina ging Fabios Stimme im Kopf herum, die sagte, nichts unversucht zu lassen. Die Regel eines guten Polizisten lautete, jeden Zweifel auszuräumen, selbst das dunkelste und unscheinbarste Eckchen zu erhellen.

Also breiteten sie rund ein Dutzend durchsichtige, mit Logo und Siegel der Spurensicherung versehene Plastikbeutel auf dem

Tisch aus. Valentina, Zucca und Roberta Blasi beugten sich über die mickerige Ausbeute.

Die Werkzeuge waren so rostzerfressen und verdreckt, dass sie ganz gewiss nicht von Foscos Entführer verwendet worden waren. Das Gleiche galt für das lederne Zaumzeug, das so hart geworden war, dass damit niemand etwas hätte anfangen können. Die Papierschnipsel waren rund ein Dutzend vergilbte Ausrisse aus Tageszeitungen, die womöglich seit Jahren in der Scheune gelegen hatten.

Dann gab es noch ein Papierstück, das anders war als die anderen.

Valentina nahm es in die Hand, ohne es aus der durchsichtigen Plastikhülle zu holen, und musterte es genauer.

»Das habe ich mir schon ganz genau angeschaut«, sagte Blasi. »Ich glaube nicht, dass es uns weiterhilft.«

Doch der Schnipsel weckte eine Erinnerung.

Es war die ausgerissene Ecke einer Seite, die geraden Kanten waren kaum fünf Zentimeter lang. Es sah aus wie ein Druck auf Hochglanzpapier, ob von einem Foto oder einem Gemälde, war nicht ganz klar. Man konnte einen Kopf erahnen, von einer Frau vielleicht, eine rötliche Mähne und ein Stück hohe Stirn. Helle Haut. Gesenkter Blick. Dunkle, sämige Farben. Sonst nichts.

»Fingerabdrücke?«, fragte Valentina.

»Fehlanzeige. Aber die Sicherstellung auf Papier ist schwierig.«

Valentina starrte noch immer auf den Schnipsel.

»Glaubst du, der ist wichtig?«

»Er ist anders«, sagte Valentina. »Die anderen waren seit Ewigkeiten dort. Dieser sieht neu aus.«

»Vielleicht war er nicht in der Scheune«, überlegte Zucca, der zeigte, was er draufhatte, wenn er einmal nicht den Clown gab. »Vielleicht war er in dem verdammten Transporter.«

»Und ist runtergefallen«, fügte Blasi hinzu.

»Aber klar!«, rief Valentina. »Erinnert ihr euch an das zusammengeknüllte Papier, das Fosco in der Hand hielt? Das war doch so ähnlich, oder nicht?«

Roberta Blasis Augen leuchteten auf. »Stimmt. Wir dachten, er hätte es sonst wo gefunden und wie einen Glücksbringer in der Faust behalten.«

»Und da ist noch etwas …« Valentina blätterte suchend durch die Aktenmappe. Sie fand das Protokoll mit den Aussagen, die der Junge an dem Tag im Krankenhaus gemacht hatte. Sie suchte die richtige Stelle und las vor: » …›da waren Gesichter, die mich ansahen, sie waren überall, auch an der Decke … sie machten mir Angst‹ … Versteht ihr?«

»Ja, wir hatten es für eine Verkleidung gehalten, damit man von außen nicht in den Transporter hineinsehen kann«, sagte Blasi. »Zeitungsseiten, um die Fenster zu verdunkeln.«

»Aber dieses Modell hat keine Fenster«, ergänzte Zucca.

»Und vielleicht«, fügte Valentina hinzu, »waren das nicht irgendwelche Ausschnitte. Fosco hat nicht von Textseiten gesprochen, nur von Gesichtern. Stumme Gesichter, die ihn anstarrten.«

Sie dachte nach. Als Fosco von der Liege aufstand, hatte er sich womöglich an der Wand abgestützt und, ohne es zu merken, ein Stück dieser Fotoauskleidung abgerissen und mitgenommen. Das Papier, das er in der Faust gehalten hatte, konnte tatsächlich aus dem California stammen. Und vielleicht war dieser im Heuschober gefundene Zeitschriftenschnipsel an seinem nackten Fuß kleben geblieben, als er floh. Das war ziemlich unwahrscheinlich, aber besser als nichts.

»Können wir eine Vergrößerung davon machen?«, fragte sie.

Roberta Blasi griff sich das Asservat und verließ das Zimmer.

Zucca sah Valentina an. »Ist das wirklich so wichtig?«

Valentina ertappte sich bei der Frage, was Costa sagen würde. Sie kam ihr einfach so, ganz spontan, und das irritierte sie. Doch zugleich war es beruhigend zu wissen, dass er dieses winzige neue Indiz gewiss positiv aufnehmen würde: Es wird nichts außer Acht gelassen.

32

Der Nebel hatte sich gelichtet, aber nicht gänzlich aufgelöst. Durch das Dorf zu gehen, war, als würde man sich in einem Aquarium bewegen, die Häuser, Gassen, Gebäudeecken und Plätze lagen in wässrigem Dämmer. Es schien, als wäre niemand dort. Vermutlich fuhren die meisten Bewohner morgens zur Arbeit nach Grosseto hinunter, die Kinder waren in der Schule, und die wenigen Verbliebenen hatten sich wegen der Kälte in ihren Häusern verschanzt.

Costa wanderte durch das verwaiste Dorf, strich an den steinernen Hauswänden entlang und vernahm ein Wispern, das aus den Fundamenten zu dringen schien. Er stellte sich vor, wie der Kindesentführer durch dieselben Straßen ging und demselben Flüstern lauschte. Er konnte ihn fast vor sich sehen, wie er sich umblickte, witternd die dünne Luft einsog und versuchte, nicht aufzufallen. Wie er der Spur folgte, die ihn zur Beute führte. Genau wie Costa jetzt.

Der Laden, den er suchte, lag am Ende einer engen, steilen Gasse, in der die Balkone der Häuser wegen der Steigung fast auf Augenhöhe lagen. Der Schriftzug über dem Eingang lautete BANTI FOTOGRAF. In den beiden Schaufenstern, die eine Reinigung nötig gehabt hätten, waren Fotografien unterschiedlicher Größe in Zinn-, Edelstahl- und Holzrahmen ausgestellt. Über den Fotos prangten zwei Großbilder, eines in jedem Schaufenster, die

als Blickfang dienen sollten. Eines zeigte die antike, felsige Schönheit von Sorano bei Nacht, aufgenommen aus einem stimmungs-
vollen Blickwinkel, aus den Fenstern strahlte warmes, farbiges
Licht wie bei einer Weihnachtskrippe. Darunter die geschwun-
gene Signatur des Fotografen.

Auf dem anderen Poster war die Schwarz-Weiß-Aufnahme einer feierlichen Prozession zu sehen, wie sie in Dörfern wie diesem
alljährlich abgehalten wurden und sämtliche Bewohner anzogen,
ob gläubig oder nicht. Eine interessante Aufnahme, befand Costa,
vielleicht ein wenig unterbelichtet. Die in schräger Vorderansicht
aufgenommenen Gesichter zeigten halb ergriffene, halb gelang-
weilte Mienen.

Er war nicht überrascht festzustellen, dass es dasselbe Foto war
wie das, das ihn hierhergebracht hatte. Eines der vielen, die Banti
auf seiner Facebook-Seite gepostet hatte. Das Bild, auf dem Fosco
Agnellis Gesicht wegen seiner Position und Schärfe und wegen des
Ausdrucks besonders hervorstach: in erster Reihe, den Blick in die
Kamera des Fotografen und virtuell auf alle gerichtet, die das Bild
in diesem Schaufenster oder auf der Website betrachteten.

Costa blieb vor dem Eingang stehen. Jenseits der noch tau-
feuchten Scheibe war ein Mann hinter einem Tresen zu sehen.

Also los, dachte Costa, jetzt greife ich nach der Klinke, trete ein
und spreche den Fotografen an, genau wie er es vermutlich getan
hat. Wie lange mag das her sein? Hier wurde ihm der Name des
Jungen verraten, der auf dem Foto zu sehen ist. Und weshalb? Welche Ausrede hatte er wohl parat?

Es gab nur einen Weg, das herauszufinden.

Costa trat ein. Ein Glöckchen über der Tür klingelte leise und
kündigte ihn an.

Der Mann hinter dem Tresen blickte auf, und für einen kurzen

Moment meinte Costa, Angst in seinen Augen aufblitzen zu sehen. Doch sogleich entspannte sich der betagte Fotograf.

Costa beschloss, keine Zeit zu verlieren. Er stellte sich vor und zeigte seinen roten Ausweis.

»Können Sie sich denken, weshalb ich hier bin?«, fragte er.

Der Mann machte ein halb verdutztes, halb trotziges Gesicht.

»Nein. Sollte ich?«

»Das hatte ich zumindest gehofft.«

»Wenn Sie selbst nicht wissen, weshalb Sie hier sind …«

»Sie haben recht. Aber ich weiß sehr gut, warum ich hier bin. Ich hatte lediglich gehofft, Sie wären ein vernünftiger Mann.«

Banti verschränkte die Arme vor der Brust und starrte Costa direkt ins Gesicht. »Darf man fragen, was Sie von mir wollen?«

»Kennen Sie Fosco?«

»Fosco wer? Hier gibt es etliche …« Doch er war blass geworden.

»Er ist ein kleiner Junge. Im Schaufenster ist ein Foto von ihm.« Costa zeigte darauf, ohne den wässrigen Blick des Alten aus den Augen zu lassen. »Das haben Sie gemacht, nicht wahr? Ziemlich schön.«

»Ah, ja, sicher. Danke. Ich bin recht zufrieden mit meiner Arbeit. Wollten Sie es kaufen?«

»Hat er das zu Ihnen gesagt? Dass er es kaufen will?«

Die Lider des Alten begannen zu zucken. Sie waren runzelig wie das ganze Gesicht, das nun zusammenzuschrumpfen schien.

»Von wem reden Sie?«

»Von dem Mann, der vor einiger Zeit hier in Ihrem Laden war und nach Fosco Agnelli gefragt hat. Der Junge, der angeblich entführt wurde und auf diesem Foto unwiderstehlich lächelt. Erinnern Sie sich jetzt?«

Der Zug um seinen Mund verhärtete sich, als wollte er zeigen, dass er sich nicht so leicht einschüchtern ließ.

»Ich weiß nichts«, sagte er. »Ich kenne Fosco Agnelli … und ich weiß, dass er behauptet, entführt worden zu sein. Das weiß jeder im Dorf. Aber wenn Sie das wirklich glauben, ist das Ihre Sache. Bestimmt hat der Junge sich das alles nur ausgedacht. Das glauben viele. Aber zu mir hat niemand etwas gesagt, und ich weiß nichts.«

»Es hat Sie also niemand nach ihm gefragt?«

»Niemand. Da können Sie Gift drauf nehmen.«

»Denn sonst hätten Sie es der Polizei gesagt, nicht wahr? Das ist eine wichtige Information, die niemand für sich behalten hätte.«

»Natürlich! Was glauben Sie denn!« Doch seine spröden Lippen zitterten. Vielleicht vor Wut. Vielleicht vor Angst.

»Denn wenn Fosco die Wahrheit sagt, ist dort draußen ein Mann unterwegs, der nach kleinen Jungen sucht, ein gefährlicher Mann, der wieder jemandem wehtun könnte … und Sie, Signor Banti, wären ein unkooperativer Zeuge. Verstehen Sie, was ich meine?«

Der Mann schwankte kurz. Er war ein Sonderling. Einsam, misstrauisch, verhärmt, voller Verachtung.

»Ich weiß das, was ich sage«, versetzte er.

Costa blickte ihn an. »Wissen Sie, was ich jetzt tun muss? Was meine Funktion als Polizist mir vorschreibt?«

»Was denn?«, fragte der Mann argwöhnisch.

»Ich muss entscheiden, ob ich Ihnen glauben soll oder nicht.« Er musterte ihn schweigend, und Banti begann, nervös vor und zurück zu schwanken.

»Das ist nicht leicht«, sagte Costa, »aber es ist mein Job. Das muss ich in neunzig Prozent der Fälle tun, wenn jemand mir sagt, dass er nichts weiß. Und in diesem Fall muss ich entscheiden, ob ich mich mit Ihren Antworten zufriedengebe und zu dieser Tür dort hinausspaziere oder ob ich weiterbohre. Sie vielleicht unter Druck setze. Es gibt da Methoden, wissen Sie?«

Banti antwortete nicht.

Costa nickte. »Ich werde Folgendes tun. Ich werde Ihnen glauben und zu dieser Tür hinausmarschieren.«

Banti schien sich zu entspannen.

»Dann«, fuhr Costa fort, »werde ich mit dem weitermachen, für das ich bezahlt werde und was ich ziemlich gut kann. Ich werde den Mann suchen, der diesen Jungen entführt hat. Der nicht in Ihren Laden gekommen ist, um sich nach Fosco Agnelli zu erkundigen. Von dem viele glauben, dass es ihn nie gegeben hat. Aber wenn es ihn gibt, und ich weiß, dass es ihn gibt, werde ich ihn finden. Ich werde ihn verhaften und danach ausgiebig verhören. Und mir alles sagen lassen. Im Grunde ist er nur ein armes Schwein. Er ist nicht der Teufel, nur ein Verbrecher. Und wenn dieser Mistkerl begreift, dass er keine Chance hat, dem Gefängnis zu entkommen, wird er reden und alles gestehen. Und dann werde ich ihn nach Ihnen fragen, Signor Banti. Ob es stimmt, dass er Ihren Laden nie betreten hat, um sich nach Fosco zu erkundigen. Und er wird mir antworten, da bin ich mir sicher. Er wird mir die Wahrheit sagen. Dann komme ich wieder zu Ihnen.«

»Um mich zu verhaften?«, fragte Banti matt.

»Wenn ich kann, ja. Aber auf jeden Fall werde ich reden. Ich werde das ganze Dorf wissen lassen, dass Sie mir hätten helfen können, dieses Monster zu finden, und es nicht getan haben. Dass niemand versucht hätte, Fosco Agnelli hier in Sorano zu kidnappen, wenn Sie seinen Namen und seine Adresse nicht dem erstbesten Fremden auf Durchreise verraten hätten … Ich werde Ihnen das Leben zur Hölle machen.« Er machte eine Pause. »Aber Sie haben mir die Wahrheit gesagt. Also müssen Sie sich keine Sorgen machen, richtig?« Er wandte sich zum Gehen.

»Warten Sie!«

Costa drehte sich wieder zu ihm um.

»Er hatte langes weißes Haar«, murmelte der Fotograf und blickte zu Boden. »Er grinste. Er hat die ganze Zeit gegrinst ...«

Banti begann zu reden. Inzwischen war er nichts weiter als ein verschreckter alter Mann, der seine Schuld eingestand.

Er sagte, der Mann sei ungefähr eins achtzig groß, habe breite Ringerschultern und lange Glieder. Soweit Banti es beurteilen konnte, hatte er keinen dialektalen Einschlag, doch er hatte sowieso kaum geredet. Er erinnerte sich nicht an seine Kleidung, etwas Dunkles, aber er war sich nicht sicher.

»Und er ist aus dem Nichts aufgetaucht?«, fragte Costa gleichbleibend unterkühlt.

»Ich habe nicht gesehen, wie er gekommen ist, das schwöre ich!«, flehte Banti. »Er betrat meinen Laden, und basta. Ich weiß nicht, ob er ein Auto hatte oder was.«

»Die Zeit, Banti«, beharrte Costa. »Wann ist das passiert?«

»Oh, Gott ... wenn ich das noch wüsste. Das muss im Oktober gewesen sein. Ja, im Oktober, bei der ersten Kälte.«

Der Mann hatte ein paar Fotos der Prozession gekauft. Banti hatte nicht nach dem Grund gefragt und geglaubt, er hätte ein Faible für Dorffeste. Dann hatte der Unbekannte auf das Bild von Fosco gezeigt und mit dem Finger auf das Engelsgesicht des Jungen getippt.

Costa horchte auf. »Was hat er genau gesagt?«

»Nur, dass ich diesen intensiven Gesichtsausdruck sehr gut verewigt hätte ... Genauso drückte er sich aus: ›verewigt‹. Und dann hat er mich nach seinem Namen gefragt.«

»Den Sie ihm nannten.« Das war keine Frage.

Banti zögerte, ehe er ein schwaches »ja« herausbrachte. Dann fügte er hinzu: »Ich dachte mir nichts dabei. Und außerdem habe ich ihm nur den Vornamen genannt, das schwöre ich! Weder den Nachnamen noch die Adresse. Ich habe ihm nur gesagt, dass er Fosco heißt …«

Er sah abermals zu Boden.

Er log, und Costa wusste es. Doch inzwischen war es zwecklos weiterzubohren. Banti würde niemals zugeben, Geld von dem Mann genommen zu haben.

Costa wollte gerade gehen, als der Fotograf ihn an der Tür zurückhielt.

»Er hat nie aufgehört zu grinsen«, sagte er. »Ich weiß nicht, was mit ihm los war, aber er war nervös. Er hatte Mühe zu sprechen, und hin und wieder kniff er die Augen zusammen. Das ist wirklich alles, ich schwöre …«

Während Costa endlich die Tür hinter sich zuzog, erhaschte er noch einen letzten Satz.

»Ich bin ein anständiger Mann.«

Aber vielleicht hatte er sich das nur eingebildet.

33

Die Rückfahrt nach Volterra verlief schweigend, bis Zucca das Radio einschaltete und die gedämpfte Musik anfing, ihre Gedanken zu streicheln. Als Jazz-Fan hatte er einen Jazz-Sender gewählt, ohne zu fragen, ob sie damit einverstanden waren. Aber weder Valentina noch Costa schienen es überhaupt mitbekommen zu haben. Beide starrten auf die Straße, die von der Nacht verschluckt wurde. Beide waren in das von den Autoscheinwerfern nur wenige Dutzend Meter weit erhellte Dunkel versunken.

Am Ende hatte diese Reise etwas gebracht.

Die Beschreibung des Mannes, der sich nach Fosco erkundigt hatte, stimmte mit ihren bisherigen Informationen überein, und das war entscheidend. Roberta Blasi war dabei, anhand von Bantis Beschreibung ein Phantombild erstellen zu lassen. Hätten sie den Entführer erst gefasst, würde der Fotograf bei einer Gegenüberstellung abermals nützlich sein.

Und dann war da noch das im Heuschober gefundene Stück Papier.

Die Vergrößerung hatte ergeben, dass es sich um die Abbildung eines Gemäldes handelte. Sowohl der neutral gehaltene Hintergrund als auch das Haar der dargestellten jungen Frau zeigten Pinselspuren. Soweit man es sagen konnte, schien es das Werk eines großen Malers zu sein. Doch das war schon alles.

»Das Papier stammt nicht aus einer Zeitschrift«, hatte Valentina festgestellt. »Es scheint dicker und hochwertiger zu sein. Vielleicht aus einem Kunstkatalog.«

Costa hatte das Plastiktütchen mit dem Papierstück zwischen den Fingern hin und her gedreht.

»Es gibt keinen Beweis, dass es tatsächlich aus dem Transporter kommt«, hatte er leise und mehr zu sich selbst gesagt. »Und selbst wenn, vielleicht hat es keine Bedeutung. Aber lass uns davon ausgehen, dass jedes neue Element wichtig ist.« Er hatte sie angesehen, als hätte er sie erst jetzt bemerkt. »Stimmst du mir zu?«

Eine Antwort war nicht nötig gewesen. Jetzt mussten sie sich nur darüber klar werden, wie sie diesen winzigen Anhaltspunkt nutzen konnten.

»Erst einmal müssen wir herausfinden, was darauf abgebildet ist«, war Costa fortgefahren. »Wenn es ein berühmtes Gemälde ist, dürfte das nicht unmöglich sein.«

»Wie sollen wir das anstellen?«

»Ich habe eine Idee. Ich kenne da jemanden. Er ist Kunstexperte, aber vor allem ein Mensch mit außerordentlich kreativem Verstand. Glaub mir, das ist der Mann, den wir brauchen.«

»Na schön … Kümmerst du dich darum?«

Costa hatte genickt. »Ich fahre so schnell wie möglich nach Rom.«

»Kannst du es nicht per Mail schicken?«

»Du kennst den Mann nicht, dem ich es zeigen muss«, hatte er mit einem zum ersten Mal belustigten Lächeln gesagt.

Dann waren sie in gedankenvolles Schweigen versunken, während Zucca den Wagen mit den heiseren Tönen von Miles Davis' Trompete erfüllt hatte, die sie bis zu ihrem Ziel begleiteten.

34

»Ich kannte sie.«

Siria Lucchesi stand in der Tür und sah Valentina ausdruckslos an. Nur ihre Hände zuckten leicht.

Valentina wusste, wen sie meinte, fragte aber trotzdem nach.

»Von wem reden Sie?«

»Von Diana Marini. Fabios Geliebter.«

Sie betrat das Büro, das Costa Valentina überlassen hatte. Zwischen den Unterlagen und Berichten auf dem Schreibtisch lag die Zeichnung eines Gesichts. Langes Haar, dunkle Augen, spitzes Kinn, die schmalen Lippen zu einer Grimasse verzogen, die vielleicht ein Lächeln sein sollte. Das wenngleich auch nur ungefähre Phantombild des Mannes, den sie suchten. Als Roberta Blasi ihr das Ergebnis der Beschreibung geschickt hatte, die Banti dem Zeichner der Spurensicherung von Grosseto gegeben hatte, war sie enttäuscht gewesen. Trotz Costas Zutun schien der alte Fotograf verwirrt und noch immer verängstigt zu sein. Es kam häufig vor, dass Zeugen nicht in der Lage waren, ein Gesicht oder eine Bekleidung zu beschreiben, und ein Bild lieferten, das kaum etwas mit der Wirklichkeit zu tun hatte. Die Erinnerung spielte ihnen einen Streich. Manna hatte sich sogleich an die Arbeit gemacht, um eine realistischere und dreidimensionale Version zu erstellen, die er jetzt mit der Datenbank für Straftäter abglich. Man tat, was man tun konnte, aber auch an dieser Front war nicht viel zu erwarten.

Siria Lucchesi setzte sich ihr gegenüber, nahm die Zeichnung zur Hand, betrachtete sie und legte sie wieder auf den Tisch. Natürlich hatte sie sie schon in Pisa erhalten und sofort ihre Zweifel geäußert, dass diese Spur zu etwas führen würde. Aber inzwischen hatte Valentina gelernt, ihre Kollegin zu durchschauen. Costas Wutausbruch tags zuvor hatte eher ihr denn dem Staatsanwalt gegolten. Lucchesi gehörte zu der Sorte Polizisten, die sich mit unpopulären Entscheidungen schwertaten. Das machte ihr Berufsleben zwar weniger gefährlich, doch lief sie Gefahr, den Kern der Ermittlungen aus dem Blick zu verlieren.

Womöglich hatten Costas Vorhaltungen ihr mehr zugesetzt als beabsichtigt, deshalb kam sie jetzt zu ihr, um über Diana zu reden. Oder vielleicht war es nur weibliche Solidarität, an die Valentina noch nie geglaubt hatte. Vor allem nicht bei Frauen wie Siria Lucchesi.

»Ich kannte sie ziemlich gut«, hob die wieder an und blickte vom Schreibtisch auf. »Vor Jahren haben wir im Polizeipräsidium von Neapel zusammengearbeitet. Wir standen am Anfang unserer Laufbahn. Sie war eine junge Polizeiinspektorin und ich Beamtin, beide frisch von der Polizeischule, Kopf und Herz voller Begeisterung. Wir haben schöne Sachen zusammen gemacht. Diana war auf Zack. Dann haben wir uns aus den Augen verloren, sie war beim SCO und ich unterwegs in Italien, um mir meine Sporen zu verdienen.« In ihren Augen lag ein neues Leuchten. Vielleicht war die unterkühlte Lucchesi tatsächlich gerührt. Doch Valentina hielt sich zurück.

»Diana hatte es drauf. Und sie war stark. Ich mochte sie. Um sie zu einer solchen Tat zu veranlassen, müssen sie sie zerstört haben … muss *er* sie zerstört haben.«

»Ich habe mich schlaugemacht, Siria. Costa wurde freigesprochen.«

»Ach, wirklich?« Sie verzog sarkastisch das Gesicht. »Und Sie finden alle Urteile richtig?«

»Er wurde freigesprochen«, wiederholte Valentina, als müsste das genügen.

Lucchesi schüttelte den Kopf. »Das zählt nicht. Was ihm vorgeworfen wurde, war nicht seine eigentliche Schuld. Er hat zugelassen, dass sie stirbt. Und vorher hat er ihr das Leben zur Hölle gemacht. Himmel, Valentina, Sie arbeiten in diesem Umfeld. Sie wissen, wie schwierig es bis heute für eine junge, hübsche und fähige Frau ist ... Und Diana war all das. Nach außen hin stark, aber innen ...«

Jetzt war Siria Lucchesis Rührung nicht mehr zu übersehen. Aber statt mit ihr mitzufühlen, wuchs Valentinas Unwille. Diese Frau maßte sich an, den Moralapostel zu spielen, ihr zu sagen, wie und was sie zu denken hatte, ohne sie überhaupt zu kennen. Glaubte sie etwa, sie müsste ihr beibringen, Kollegen zu misstrauen? Was für eine Neuigkeit. Ihr ganzes Leben hatte Valentina sich überfordert, unfähig und ängstlich gefühlt. Trotzdem hatte sie es aus eigener Kraft so weit geschafft, ganz egal, was die anderen dachten, und ohne Selbstmitleid. Sie wusste die anderen einzuschätzen. Sie wusste einen wie Fabio Costa einzuschätzen, mit all seinen Verantwortlichkeiten und Fehlern. Um ihr das Polizeileben zu erklären, brauchte es bestimmt nicht den Neid einer Siria Lucchesi.

»Warum erzählen Sie mir das?«, fragte sie.

»Vielleicht, weil Sie mich ein bisschen an sie erinnern.«

Ein Schlag unter die Gürtellinie, der sie härter traf als gedacht. Instinktiv hatte Valentina für Costa Partei ergriffen. Aber vielleicht hätte sie an Diana denken sollen. Vielleicht stimmte das, was Lucchesi gerade sagte.

»Ich will Sie damit nur vorwarnen, sonst nichts«, fuhr Siria Lucchesi fort. »Ich sehe doch, wie Sie ihm nachlaufen … das ist verständlich. Aber Sie machen einen Fehler. Er wird Sie auf einen Weg voller Fallstricke locken.«

»Kennen Sie ihn denn so gut? Ich meine, abgesehen von dem, was Diana passiert ist. Kennen Sie ihn wirklich durch und durch? Mal ehrlich, ich möchte es wissen.«

Siria Lucchesi sah sie lange an. Jetzt hatte sie wieder den gewohnt kalten, distanzierten Ausdruck. »Nein. Ich wollte ihn nie kennenlernen. Seit ich hier bin, hatte ich mit ihm nur sporadisch und rein beruflich zu tun. Ich kenne ihn nicht und habe nicht die geringste Lust, ihn kennenzulernen. Ich kannte Diana. Das reicht mir.«

Sie stand auf. Es würde sich nicht das Geringste ändern, das war beiden klar.

»Wo ist er jetzt?«, fragte Lucchesi.

»In Rom. Wir verfolgen eine Spur.«

»Ja, ich weiß, ich weiß. Ich habe den letzten Bericht gelesen. Sieht so aus, als würdet ihr Gespenstern nachjagen. Ich sage das nicht, weil ich Costa nicht traue, das glaube ich wirklich.«

»Andere Wege haben wir offenbar nicht. Nach Marchesi, meine ich.«

Valentina hatte den Schlag erwidert, doch sie hätte nicht sagen können, ob sie Lucchesi getroffen hatte. Deren Gesichtsausdruck blieb unverändert.

»Mit ihm fahren Sie gegen die Wand«, sagte sie noch. »Ich habe Sie gewarnt …« Sie öffnete die Tür, hielt inne und drehte sich noch einmal um. »Ah, ehe ich es vergesse, ich habe auch Falcone Bescheid gesagt. Es war meine Pflicht, ihm die Situation zu erklären … Die Ermittlung fällt unter die Gerichtsbarkeit von Pisa, und ich will nicht in eure absurden Vermutungen hineingezogen werden. Es gibt ein Kind zu retten. Und eure Luftnummern sind sein Todesurteil.«

Sie ging hinaus, und Valentina schluckte mühsam ihren Zorn hinunter, dem sie Luft gemacht hätte, wäre nicht Zucca hereingekommen und fast mit Lucchesi zusammengestoßen.

Er hielt ihr sein Handy hin. »Es ist Costa, aus Rom … Er sagt, er habe versucht, dich anzurufen, aber offenbar ist dein Telefon aus.«

Valentina griff nach Zuccas Handy und angelte mit der anderen Hand nach ihrem. Es war tatsächlich tot. Das passierte, wenn man tausend Sachen auf einmal machte. Sie hatte es nicht aufgeladen.

Verärgert über sich selbst und die ganze Welt, nahm sie Costas Anruf entgegen.

»Gib mir gute Neuigkeiten, oder ich platze«, blaffte sie.

»Du wirst nicht glauben, was ich dir jetzt sage«, erwiderte Costa schlicht.

35

Obwohl er sich aufs Schlimmste gefasst gemacht hatte, ließ es ihn völlig kalt, nach Rom zurückzukehren. Seit er sein Exil angetreten hatte, war er nur ein paarmal dort gewesen. Das letzte Mal vor zwei Jahren, um die Scheidungspapiere zu unterschreiben. Mit diesem formellen Akt hatte Costa auch unter die Beziehung mit der geliebten Stadt einen Schlussstrich gezogen. Und unter sein bisheriges Leben.

Wirklich schmerzlich war nur der Verlust des einzigen Menschen, der ihm nach wie vor entsetzlich fehlte: Lorenzo. Um die geistige und körperliche Gesundheit der Mutter zu schützen, hatte der Sohn beschlossen, seinen Vater zu vergessen und ihn gänzlich und endgültig aus seinem Leben zu streichen. Costa konnte es verstehen und nahm es hin. Sosehr er auch darunter litt, wusste er, dass er die Entscheidung seines Sohnes respektieren musste. Er konnte sich nur an die Hoffnung klammern, dass sich die Dinge mit der Zeit zumindest teilweise ändern würden. Er erwartete keine Vergebung, nur einen Funken Mitgefühl. Auf mehr durfte er nicht hoffen.

Und so war Rom zum Symbol seiner Niederlagen geworden. An diesem Tag dorthin zurückzukehren, löste nichts in ihm aus, bis auf das Gefühl, seinem Sohn ein wenig näher zu sein, auch wenn der Gedanke in einer Stadt mit drei Millionen Einwohnern absurd war.

Das Büro von Giampaolo D'Avanzo lag in der Via Tacito im Herzen der Stadt, einer Gegend voller Theater, Buchhandlungen, Kunstgalerien und Renaissance-Paläste, und Costa hatte ihn stets darum beneidet. Natürlich änderten sich auch dort die Dinge rasant. Neben dem Eingang des eleganten Hauses, in dem der Kritiker lebte und arbeitete, hatte ein pakistanischer Grill eröffnet, der einen penetranten Geruch nach Brathuhn und scharfem Öl verbreitete.

D'Avanzo war ein stets eleganter und gepflegter Herr um die sechzig, dem man sein Alter nicht ansah, mit grauem Haar und rahmengenähten englischen Schuhen. Vor einigen Jahren hatte er Costa bei einer kniffeligen Ermittlung geholfen, bei der es um eine Reihe meisterlich ausgeführter Morde ging, die mit illegalem Kunsthandel zu tun hatten. D'Avanzo, der anfangs zum Kreis der Verdächtigen gehörte, hatte sich indes als hervorragender Mitarbeiter herausgestellt. Costa hatte sein außerordentliches Wissen und seinen scharfen Verstand zu schätzen gelernt. Überdies besaß D'Avanzo ein besonderes Faible für Rätsel. In einem anderen Leben wäre er ein hervorragender Ermittler gewesen. Wenn es jemanden gab, der ihm helfen konnte, dann er.

D'Avanzo führte ihn ins Wohnzimmer, das auch als Arbeitszimmer diente. Der Raum platzte fast vor Kunstgegenständen: wertvolle Gemälde, Skulpturen, Antiquitäten. Ein buntes Durcheinander aller Stile und Formen, die zusammen jedoch ein harmonisches Ganzes bildeten. In D'Avanzos Wohnung war es keine Überraschung, eine polynesische Holzskulptur neben einer romanischen Büste zu sehen. Das Einzige, was in diesen vier Wänden fehlte und stets fehlen würde, waren technische Geräte. Kein Computer. Kein Internetanschluss. Keine Verbindung zum Fortschritt, trotz der Erschwernisse, die das für seine Arbeit bedeutete. Deshalb hatte Costa ihm das Foto des Papierschnipsels nicht mailen können. Das einzige Zugeständnis, das der Professor an die Annehmlichkeiten des einundzwanzigsten Jahrhunderts gemacht hatte, war ein altes Handy, das keine Fotos empfing.

D'Avanzo begrüßte ihn herzlich. Er ließ kein Wort über die hässliche Geschichte fallen, die Costa aus Rom vertrieben hatte, und umarmte ihn aufrichtig erfreut. Sein ansteckendes Lächeln zeugte von der Freundschaft, die er für Costa empfand.

Als sie sich gesetzt hatten und Costa nicht umhingekommen war, ein Glas Hennessy-Cognac anzunehmen, den D'Avanzo nur wahren Freunden anbot (»Glaub mir, wahre Freunde sind rar gesät«), kam er gleich zum Punkt. Kommentarlos reichte er dem Mann eine Farbkopie des vergrößerten Papierstücks.

Der Kunstkritiker betrachtete es eingehend durch eine Lupe, die er stets in seiner Jackentasche bei sich trug.

Dann blickte er den Polizisten an. »Ich glaube, ich weiß, was das ist«, sagte er sachlich, auch wenn das Funkeln in seinen Augen Stolz verriet.

Costa mimte einen Pfiff. »Nur zwei Minuten. Hut ab.«

»Dafür nicht. Aber ich will mich nicht zu früh freuen … Lass mich erst noch etwas nachschauen.«

Er stand auf und ging zum Bücherregal. Ohne suchen zu müssen, zog er einen Band heraus, legte ihn neben Costa auf ein Rauchertischchen im Louis-Philippe-Stil und schlug ihn auf.

»Caravaggio«, verkündete er.

Der Band enthielt die bedeutendsten Werke des Malers. Die Druckqualität brachte die Kraft der Farben und die eindrücklichen Motive zur Geltung. Die einfachen Gesichter, die Dynamik der Figuren und das für Michelangelo Merisi typische Chiaroscuro sprangen Costa wie ein Omen ins Auge: Wenn es einen Künstler gab, der die Furcht auszudrücken vermochte, die das Handeln ihres Täters auslöste, dann war es Caravaggio.

D'Avanzo blätterte durch die Seiten, hielt mit einem »Da haben wir's!« in der Mitte des Bandes inne und drehte ihn Costa hin.

»*Die Musiker* von 1597«, sagte er. »Öl auf Leinwand. Eines der Werke, mit dem Caravaggio in römischen Kreisen bekannt und erfolgreich wurde. Kennst du es?«

Gebannt betrachtete Costa das Bild. Ja, vielleicht hatte er schon mal eine Abbildung davon gesehen. Aber niemals hätte er es auf diesem Papierstückchen wiedererkannt. An die dargestellten Gesichter hätte er sich sowieso nicht erinnert.

Er war überwältigt.

Das Bild zeigte vier Figuren. Drei junge Musiker nebeneinander, einer von ihnen stimmte sein Instrument, einer war in ein Notenblatt vertieft. Links im Hintergrund ein vierter Junge, der sich von den anderen unterschied. Ein geflügelter Amor, erklärte D'Avanzo.

»Er hebt sich von den anderen ab und verkörpert den Eros, die sinnliche, allegorische Komponente. Es ist sein Haar, das du auf dem Papierstückchen siehst. Oben links im Bild. Nicht eine Frau, wie ihr vermutet habt, sondern eine pansexuelle, mythische Gestalt. Er wirft ein anderes Licht auf die drei Musiker. Die mittlere Figur ist übrigens Caravaggio selbst, der sich gern in seinen Bildern darstellte.«

Costa hörte ihm nicht mehr zu.

Nicht Caravaggios Selbstporträt faszinierte ihn. Auch nicht der Amor am Bildrand. Ebenso wenig die Sinnlichkeit, die Giampaolo D'Avanzo ins Schwärmen brachte.

Was ihn zutiefst verstörte und entsetzte, war das Gesicht des Musikers in der Bildmitte, dessen Blick auf einen unsichtbaren Horizont gerichtet war.

Es war das Gesicht von Fosco Agnelli. Und von Andrea Venturi.

Der Junge auf dem Gemälde war ihr Drilling.

DER GRINSENDE MANN

36

Sie konnte es noch immer nicht fassen. Dabei hatte sie als Allererste vermutet, dass die frappierende Ähnlichkeit der Jungen eine Rolle spielte. Warum sich also wundern? Vielmehr hatte die Erklärung ihre verblüffende Logik.

Es war schon Nacht, als Costa ihr seine Entdeckung mitteilte. Kaum hatte er D'Avanzos Wohnung verlassen, rief er sie an und klang leicht unschlüssig: Er wisse noch nicht, wie er diese Neuigkeit deuten solle, mache sich aber umgehend auf den Rückweg nach Volterra.

Gleich nach seinem Anruf machte sich Valentina im Netz auf die Suche nach dem Bild, das D'Avanzo erkannt hatte. Als das Gemälde auf dem Bildschirm auftauchte, war sie wie gelähmt.

Es schien, als würfe Caravaggios Chiaroscuro ein Schlaglicht auf den düsteren Wahnsinn des Mannes, der in Fosco und Andrea zwei Doppelgänger des bildbeherrschenden Lautenspielers gefunden hatte. Das Licht, das diesen kranken Geist hervorkehrte, war ebenso hell wie verdorben. Erst nach einer gefühlten Ewigkeit konnte Valentina die Augen von dem Bild losreißen, und es brauchte eine weitere Ewigkeit, bis sie wieder klar denken konnte. Doch genau das war jetzt zu tun. Nachdenken, bis der Kopf rauchte.

Loris Manna war gerade erst schlafen gegangen, als er aus dem

Bett geworfen wurde, um diesem Match einen wissenschaftlichen Anstrich zu verpassen. Dem Techniker genügte ein kurzer Blick auf das Gemälde. Seine Augen, die zwischen dem Bild und den Fotos der beiden Jungen hin und her sprangen, leuchteten. Dann machte er sich ohne ein weiteres Wort an die Arbeit, die die ganze Nacht dauern sollte.

Als Costa bei Tagesanbruch im Kommissariat ankam, saß Manna noch immer am Computer.

Er hatte das System mit sämtlichen Informationen gefüttert, die er über Caravaggio hatte finden können. Er hatte die Werke des frühbarocken Malers gescannt, sie mit den Fotos der beiden Jungen verglichen und auch die Fotos des verschwundenen Salvatore Esposto hinzugezogen.

Nun präsentierte er die Ergebnisse seiner fieberhaften Nachtarbeit.

Das von Giampaolo D'Avanzo genannte Gemälde zeigte vier Jünglinge, von denen zwei ihre Gesichter dem Betrachter zuwandten. Im Vordergrund war der Zwilling von Fosco und Andrea zu sehen. Hinter ihm eine zweite Figur, die, so hatte der Professor erklärt, vermutlich eines der zahlreichen Selbstporträts des jungen Caravaggio war. Der Maler liebte es, sich in seinen Nebenfiguren darzustellen. Das Gesicht des neapolitanischen Jungen passte jedoch nicht dazu. Allenfalls ähnelte er dem Musiker ganz vorn, der dem Betrachter den Rücken zuwandte und in ein Notenblatt vertieft war, sodass sein linkes Profil nur im Ansatz zu sehen war. Das genügte nicht, um Salvatore darin zu erkennen, auch wenn er als sein Doppelgänger herhalten mochte.

Die vierte Figur links im Bild stellte nach Auskunft des Experten einen geflügelten Armor mit Köcher dar, der trotz seiner rein mythologischen Bedeutung nicht weniger ausdrucksvoll als die anderen war.

»Wie ihr seht«, sagte Manna zu Valentina und Costa, »besteht zwischen Fosco und dem von Caravaggio vor fast fünfhundert Jahren gemalten Musiker die größte Ähnlichkeit. Man könnte fast meinen, der Maler habe ihn vor sich gehabt.« Er hatte recht. Die Ähnlichkeit war verblüffend. Die dichten Brauen, die mandelförmig geschnittenen Augen, die vollen Lippen. Die unnachahmliche Blässe der Haut. »Andrea Venturi weicht leicht vom Original ab«, sagte Manna. Doch man konnte sich fragen, wer der drei das Original war. Diese wunderbare Komposition aus Farben und Linien oder einer der Jungen aus Fleisch und Blut? Die Figur auf der Leinwand hatte einen dunkleren Teint und schmalere Lippen als Andrea, der etwas rosiger und weniger engelsgleich wirkte.

»Aber das konnte unser Unbekannter nicht wissen, ehe er ihn vor sich hatte«, murmelte Valentina.

»Und da konnte er womöglich nicht mehr zurück«, fügte Costa hinzu.

Manna tippte blitzschnell auf der Tastatur und legte ein neongrünes Gitter aus gleich großen Rechtecken über *Die Musiker*, die sich daraufhin einzeln herauslösen, zerlegen und analysieren ließen.

»Jetzt starte ich SARI«, erklärte er. »Ein automatisches Gesichtserkennungssystem. Natürlich auf meine Bedürfnisse angepasst. Und siehe da …«

Das Programm analysierte die Gesichter der beiden Jungen und das von Caravaggios Lautenspieler. Obwohl die Ähnlichkeit auf der Hand lag, war das Ergebnis unglaublich. Laut Software stimmte Foscos Gesicht zu 98 % mit dem des Musikers überein. Das von Andrea brachte es auf 82 %. Doch fütterte man sie mit dem Foto, das Marchesi im Darknet geteilt und das der Mörder dort vielleicht ausgegraben hatte, stieg die Übereinstimmung auf

94 %. Dennoch wurden diese Zahlen der Wucht ihrer Entdeckung nicht gerecht.

Zum hundertsten Mal musterten Valentina und Costa die Bilder auf dem Monitor. Vor ihren Augen begann sich ein Wahnsinn abzuzeichnen, den sie noch nicht zu fassen vermochten, doch war dies endlich ein erstes, ansatzweise greifbares Indiz. Nun galt es, Schlüsse daraus zu ziehen.

»Was tut er also?«, fragte Valentina. »Ich meine … was hat dieses Bild an sich, das den Kerl dazu treibt, nach Doppelgängern der dargestellten Figuren zu suchen? Was für eine psychische Störung ist das?«

»Das Bild«, erklärte Loris, der im Netz recherchiert hatte, »befindet sich heute im New Yorker Metropolitan Museum. Angeblich hat Caravaggio es zwischen 1594 und 1597 gemalt. Womöglich wurde es in Rom von Kardinal Francesco Maria del Monte in Auftrag gegeben, einem Förderer des Malers. Laut gängiger Meinung hielt der hohe Geistliche seine schützende Hand über Caravaggio, der zu jener Zeit in kriminelle Machenschaften verwickelt war … Der Maler frequentierte Spelunken, Zockerbuden, Puffs. Er war auch ein Mörder, wusstet ihr das? Vielleicht ist das die Verbindung zu unserem Fall.« Er dachte nach. »Nein, das erscheint mir absurd.«

Costa schüttelte den Kopf. »Ich glaube nicht, dass das Motiv unseres Mannes, sich Fosco und Andrea auszusuchen, etwas mit Caravaggios persönlicher Geschichte zu tun hat. Eher mit dem Bild … aber ich bin mir nicht sicher.«

»Selbst dein Experte war doch von der Ähnlichkeit verblüfft«, hielt Valentina dagegen. »Und der Abgleich mit der Gesichtserkennungssoftware sagt uns, dass wir richtiglagen.«

»Nein, nein, ich meine, vielleicht ist es nicht nur dieses Bild, das ihn dazu getrieben hat. Vielleicht ist er von Caravaggios Gesamtwerk besessen.«

»Ich verstehe nicht, was du meinst …«

»Ich habe lange mit meinem Freund D'Avanzo darüber gesprochen. Caravaggio suchte sich seine Modelle auf der Straße. Einfache Menschen, Prostituierte, Bettler, Kinder … Ganz gewöhnliche Leute. Dann malte er sie in den Rollen, die er ihnen gab. Er machte sie zu Ikonen, Heiligen, Christen, historischen Persönlichkeiten. Dafür hat man ihn aufs Heftigste angegriffen. Viele seiner Bilder wurden von ihren Auftraggebern abgelehnt. Aber er malte ausschließlich Menschen, die damals wirklich gelebt haben. Leute, die er kannte.«

»Und?«

»D'Avanzo sagt, wenn es einen Maler gibt, dessen Figuren man im wirklichen Leben wiederfinden kann, dann ist es Caravaggio. Dieses Bild ist wahrscheinlich eines der ersten, für das der Künstler sich seine Motive auf der Straße gesucht hat. Und zweifellos ist es am realen Vorbild entstanden, mit Modellen aus Fleisch und Blut. Sie saßen vor ihm.« Costa sah Valentina an. »Wenn wir die sexuelle Triebfeder ausschließen – was treibt unseren Mann, nach Doppelgängern von Gemälden zu suchen, die vor Hunderten von Jahren entstanden sind? Der Realismus ihrer Gesichter? Wenn ja, müssen wir den Fächer der Möglichkeiten weiter aufspannen. Vielleicht beschränkt er sich nicht auf kleine Jungen.«

»Warte«, schaltete sich Manna ein. »Worauf willst du hinaus? Wonach müssen wir suchen?«

»Caravaggio hat Unmengen von Bildern gemalt«, antwortete Costa. »Sein Markenzeichen war immer dasselbe. Die Authentizität der Gesichter. Das Licht, das sie erhellt. Der Realismus … Aber er hat unterschiedlichste Menschen jeden Alters gemalt.«

Langsam dämmerte es Valentina. »Unser Mann ist kein Pädophiler …«, murmelte sie.

»Tatsächlich gibt es nichts, das ihn als solchen ausweist«, bestätigte Costa. »Und Marchesi hat es mehrmals gesagt: Der Entführer ist nicht so wie er.« Er wandte sich an Loris. »Du sagtest, ›Gott‹ ist für jede beliebige Recherche geeignet, richtig?«

Manna errötete, doch man konnte sehen, dass er stolz auf seine Software war. »So gut wie jede«, bestätigte er.

»Dann weiten wir die Suche aus. Füttern wir das Programm mit sämtlichen Werken Caravaggios, die im Netz zu finden sind. Und dann gleichen wir sie mit der Datenbank des Ministeriums ab. Nicht nur Kinder. Lasst uns nach verschwundenen Personen suchen, nach Opfern ungelöster Mordfälle, lasst uns sämtliche Bildquellen nutzen, derer wir habhaft werden können. Mal sehen, ob was dabei herauskommt.«

Sie starrten das Bild an, das jetzt auf Mannas Monitoren leuchtete. Die dunklen Augen des verfemten Malers, die ihnen im Antlitz des vor über vier Jahrhunderten gemalten jungen Musikers entgegenblickten, schienen ihre Aufmerksamkeit zu erwidern. Ein schalkhaftes Funkeln lag darin, das ihn am lebendigsten von allen erscheinen ließ.

37

Das Hotel, in dem Valentina wohnte, lag dem Kommissariat direkt gegenüber, auf der anderen Seite des Platzes. Viel mehr hatte sie seit ihrer Ankunft nicht von der Stadt gesehen: ein paar Hundert Quadratmeter altes Pflaster, das sie jeden Tag mehrmals auf dem schnellsten Weg überquerte, während sie versuchte, sich nicht von der sie umgebenden Schönheit ablenken zu lassen.

Sie war in ihr Zimmer zurückgekehrt, um zu duschen. Costa hatte sie fast fortgejagt. Obwohl sie beide seit mindestens zwei Tagen nicht geschlafen hatten, hatte er darauf bestanden. »Wenn ich nicht ganz klar im Kopf bin, ist das nicht so schlimm«, hatte er gesagt. »Aber du musst allen gewachsen sein. Der Staatsanwaltschaft, Rom, den Jungs, die sich für diese Ermittlungen den Arsch aufreißen. Wenn du schlappmachst, Valentina, bricht alles zusammen.«

Natürlich hatte er recht. Sie hatte das Zeug dazu, doch allmählich wurde die Erschöpfung, die ihr in die Glieder kroch, unerträglich.

Unter der Bedingung, dass er sich danach ausruhen würde, hatte sie sich zu ein paar Stunden Pause überreden lassen. Fabio hatte ihr sein Wort gegeben und war zu Manna gegangen, um nach dem Stand der Recherche zu sehen. Er war überzeugt, dass nicht mehr viel fehlte, um das in Caravaggios Werken enthaltene Rätsel zu lösen.

Während Valentina sich nach der belebenden Dusche das Haar föhnte, begann das unerbittliche Gedankenkarussell erneut, sich um Fabios sperrige Gegenwart in ihrem Kopf zu drehen. Er gab ihr Sicherheit. Egal, was Siria Lucchesi oder sonst wer über ihn sagte oder was er getan hatte: Ihr Vertrauen in diesen Mann wuchs mit jedem Tag. Sie war ehrlich genug, sich eine gewisse körperliche Anziehung einzugestehen. Seine innere Verletztheit und seine freundliche Art verursachten ihr ein Kribbeln im Magen. Aber da war noch etwas anderes. Eine Art tiefes Mitgefühl, dessen Wurzeln bis in ihr Innerstes reichten. Es befreite und bestärkte Gedanken, die sie sogar vor sich selbst zu verbergen versuchte, beispielsweise die anmaßende Überzeugung, nur sie könne diesen Fall lösen. Sie, die so oft an sich selbst und ihren beruflichen Fähigkeiten gezweifelt hatte. Es war, als spornte Fabio sie an, besser zu sein und zu zeigen, was sie draufhatte.

Wenn er sich nur ein bisschen öffnen würde. Wenn er ihr nur die Möglichkeit gäbe, eine Bestätigung dafür zu finden, dass er in dieser persönlichen Tragödie nicht nur Täter, sondern auch Opfer war. Wenn er ihr nur erlauben würde, die letzten Zweifel zu zerstreuen, die wie windbewegte Zweige vor einem Fenster gegen ihr Gewissen klopften.

Als sie eine knappe Stunde später halbwegs erfrischt das Hotel verließ, hatte sich der Tagesanbruch in einen klaren, prickelnden Morgen verwandelt. In der Luft schien der Geruch des ersten Schnees zu liegen, der schon bald in den umliegenden Bergen niedergehen würde. Doch diese Reinheit war trügerisch. Alles wäre herrlich, würden sie nicht noch immer nach einem Jungen suchen, von dem inzwischen niemand mehr glaubte, dass er noch lebte. Und nach einem Mörder, der die Gesichter von Toten sammelte.

Am Zeitungskiosk neben dem Kommissariat ließ ein Plakat mit schreiend roter Schlagzeile sie wie angewurzelt stehen bleiben.

SERIENKIDNAPPER IN DER TOSKANA UNTERWEGS. MÖRDER VON VOLTERRA HAT ZWEITES ENTFÜHRUNGSOPFER. BEUTE SIND KINDER.

Mit angehaltenem Atem kaufte sie ein Exemplar des *Tirreno*. Die Tageszeitung brachte die Meldung kurz auf der Titelseite und widmete sich auf einer Doppelseite im Innenteil den Einzelheiten.

Der Journalist, der die Geschichte aufgedeckt hatte, wusste gut Bescheid. Er war der Erste, der die Fälle von Fosco Agnelli und Andrea Venturi miteinander in Verbindung brachte. Er beschrieb die Übereinstimmungen und erwähnte sogar das Detail der weißen Haare des Entführers. Der Artikel brachte auch ein Foto von Andrea, dessen Bilder sowieso seit nunmehr einer Woche in allen Medien kursierten. Foscos Foto fehlte, doch die Ähnlichkeit der beiden wurde ausführlich beschrieben. Zur Freude der Fans von Verbrechensmeldungen schossen die Vermutungen ins Kraut, und kurz fürchtete Valentina, die Theorie über Caravaggio könnte ebenfalls ans Licht gekommen sein. Dem war nicht so, doch zweifellos hatte es ein Nachrichtenleck gegeben, das nur noch größer werden konnte.

Wütend stürmte sie ins Kommissariat und geradewegs in das kleine Büro, in das Costa sich zurückgezogen hatte. Das Adrenalin pumpte durch ihre Glieder.

»Was ist los?«, fragte er alarmiert.

Valentina schleuderte ihm die Tageszeitung auf den Schreibtisch und ließ sich auf einen Stuhl fallen. »Lass mich bitte einen Moment hier sitzen, bis ich wieder klar denken kann. Ich will niemanden sehen. Nicht jetzt.«

Costa griff nach der Zeitung und überflog sie. Dann lehnte er sich zurück und musterte sie mit seinem typischen Blick.

»Früher oder später musste das passieren«, sagte er. »Das ändert nichts.«

»Im Ernst? Hast du vergessen, wie es bei Ermittlungen läuft? Der ganze Druck und alles?«

»Klar. Irgendjemand wird sich schon aufregen. Aber wie gesagt, das ändert nichts.«

Seine Ruhe irritierte sie nur noch mehr. »Willst du wissen, was passieren wird?«, sagte sie erregt. »Jemand hat ein bisschen zu viel mit den Journalisten geplaudert. Und jetzt landen wir auf sämtlichen Titelseiten und werden in allen Medien zur Top-Nachricht ... Die kommen mit dem Serientäter, mit dem Killer, der auf der Suche nach kleinen Jungs durchs Land tingelt. Himmel, Fabio, die machen uns fertig! Die machen *mich* fertig!«

»Reg dich nicht so auf. Nachrichtenlecks hat's immer gegeben ... Ehrlich gesagt habe ich schon viel früher damit gerechnet.«

»Und wie, bitte, soll ich mich nicht aufregen?«, sagte sie ungläubig. »Wir arbeiten an einer ziemlich haarsträubend klingenden Theorie. Und nebenbei bemerkt, haben wir noch niemanden über die Caravaggio-Hypothese informiert, weder die Staatsanwaltschaft noch Rom oder diese dumme Kuh von Lucchesi, die es gar nicht abwarten kann, mich bei Falcone anzuschwärzen. Wenn das auch in den Zeitungen landet, sind wir am Arsch. Ich sehe die Schlagzeilen schon vor mir: Das Monster, das sich den verfemten Maler zum Vorbild nimmt.«

»Na ja, aber so ist es.«

»Ein Monster ...«, murmelte sie. »Genau das tun wir im

Grunde, nicht wahr? Wir jagen ein Monster.« Sie schmeckte dem Wort nach.

Costa wollte gerade etwas sagen, als Loris Manna ins Zimmer platzte. Obwohl die Bürotür offen stand, stürzte der Analyst herein, als hätte er sie eintreten müssen.

»Ah, gut, Dottoressa, Sie sind hier. Sie sind beide hier. Umso besser, dann verlieren wir keine Zeit.«

Valentina starrte ihn entnervt an. Sie hatte den Ärger über die durchgesickerten Nachrichten noch nicht verdaut. Doch Mannas Gesicht zeigte die Begeisterung des Ermittlers, der etwas herausgefunden hat.

»Was ist? Ich hoffe, es ist wichtig!«

Manna nickte nachdrücklich. »Ich dachte, das sollten Sie sofort wissen. Wir haben etwas gefunden. Es stimmt, unser Freund entführt nicht nur Kinder. Und er ist schon eine ganze Weile zugange.«

38

»Wie das automatische Bilderkennungssystem funktioniert, wisst ihr ja bereits«, hob Loris Manna an. »Man kann ein Gesicht aus einem x-beliebigen Bild mit den sechzehn Millionen erkennungsdienstlichen Fotos in der Datenbank des Innenministeriums abgleichen. Es basiert auf ziemlich ausgeklügelten Algorithmen, die auf sogenannte künstliche neuronale Netze angewendet werden. Grob gesagt ist SARI wie ein menschliches Gehirn mit phänomenalem Gedächtnis. Wir haben das System erweitert und verbessert, nämlich mit unserem – ›Gott‹. Das heißt, wir verwenden nicht nur erkennungsdienstliche Fotos aus dem elektronischen Archiv der Polizei, sondern jede Bildquelle, die wir finden können. Dass der Vergleich der Gesichter der beiden Jungen mit dem Caravaggio-Gemälde zu einem Resultat geführt hat, liegt beispielsweise daran, dass wir das System mit dem Gesamtwerk des Malers und sämtlichen aus dem Internet gefischten Fotos der zwei gefüttert haben.«

Wieder standen Valentina und Costa vor Mannas Computern. Nur die leuchtenden Bildschirme erhellten ihre Gesichter.

»Ich bitte dich«, flehte Valentina, »komm zum Punkt.«

»Dottor Costas Idee hat mich auf die richtige Spur gebracht«, sagte Manna. »Das Kniffligste war, sämtliche Gesichter hochzuladen, die sich mit diesen Caravaggio-Bildern vergleichen lassen.

Wir haben losgelegt, auch wenn wir uns noch in der Beschaffungsphase befinden. In der Zwischenzeit haben wir auch alle Daten zu vermissten Personen aus der Datenbank des Innenministeriums mit dem System verknüpft und die Suche auf Erwachsene ausgeweitet. Und … tja, wir hatten Glück …«

Auf dem Bildschirm war jetzt ein weiteres Caravaggio-Gemälde zu sehen. Es trug den Namen *Judith und Holofernes* und stellte die biblische Geschichte der Enthauptung des grausamen Feldherrn Holofernes durch die Jüdin Judith dar, die den Aufstand ihres Volkes gegen die assyrischen Belagerer anführte. In der Darstellung war die Hauptfigur dabei, dem Feind die Kehle durchzuschneiden, dessen Furcht und Pein die Leinwand förmlich zu durchdringen schienen. Eine alte Dienerin an Judiths Seite fungierte als Gegenstück zur Todesszene. Für Aufsehen sorgte nicht die Kunstfertigkeit des Gemäldes, sondern das hass- und wutverzerrte Antlitz der Judith, das das Grauen der Täterin vor der eigenen Tat perfekt wiedergab.

Mit der Maus hob Manna eine Fotografie am unteren, rechten Bildschirmrand hervor und vergrößerte sie. Sie zeigte das von dichtem rotem Haar umrahmte Gesicht eines lächelnden Mädchens mit Grübchen. Ihr Schal flatterte im Wind.

Valentina und Fabio stockte der Atem.

Das Mädchen war das Ebenbild von Caravaggios Judith. Hätten sie nicht gewusst, dass dieses Bild Jahrhunderte zuvor gemalt worden war, hätten sie darauf gewettet, dass das im Wind lächelnde Mädchen dem Maler Modell gestanden hatte.

»Ihr Gesicht stimmt zu 96 % mit dem von Michelangelo Merisi gemalten überein«, sagte Loris Manna in oberlehrerhaftem Ton. »Mimik hin oder her. Eine fast vollkommene Deckung.«

»Wer ist sie?«, fragte Costa.

»Sie heißt … sie hieß Esther Kaimbacher. Zweiundzwanzig

Jahre alt, aus Bozen. Sie studierte in Bologna und ist vor einem Jahr von zu Hause verschwunden«, sagte Loris.

»Ist das Zufall?«, fragte Valentina, die noch immer hoffte, all das wäre nicht wahr.

»Nein«, sagte Manna. »Denn da ist noch etwas. Ihre Mitbewohnerin Mariella Masi wurde mit sieben Messerstichen getötet. Sie wurde im Wohnungsflur gefunden. Esther Kaimbacher hingegen ward nicht mehr gesehen.«

39

Der Beamte hieß Turchi und hatte sich nur mit Nachnamen vorgestellt, als sollte der genügen. Als Costa in Bologna angerufen hatte, um Informationen zum Fall Masi-Kaimbacher zu erhalten, war er an ihn verwiesen worden. Am Telefon hatte der junge Kerl einen aufgeweckten Eindruck gemacht und sich bereitwillig zur Verfügung gestellt. Er hatte sich von Anfang an um den Fall gekümmert, und seine Informationen konnten wertvoll sein. Sofort hatte er Costa und Valentina eine erste Rekonstruktion des Mordes geschickt.

Der Fall hatte sich Mitte Dezember des Vorjahres ereignet. Eine merkwürdige Geschichte.

Das Mordopfer hieß Mariella Masi, war einundzwanzig Jahre alt, stammte aus Brindisi und war zum Studium in Bologna gewesen. Sie hatte die Fakultät für Sprachen besucht und sich in der Via Indipendenza im Zentrum eine winzige Wohnung mit einer weiteren Studentin geteilt, Esther Kaimbacher aus Bozen, zweiundzwanzig, eingeschrieben für Jura. Sie hatten sich zufällig kennengelernt, in der trostlosen Studentenbude je ein Zimmer gemietet und waren allem Vernehmen nach beste Freundinnen geworden. Das war in Bologna nicht schwer.

An einem Morgen jenes Dezembers, den alle als einen der kältesten seit Jahren in Erinnerung hatten, schaute Mariellas Kommilitone Marco Fruzzetti bei ihr zu Hause vorbei, weil sie sich seit ein paar Tagen nicht in der Uni hatte blicken lassen und nicht ans Telefon ging. Die Tür war verschlossen, doch ein »übler Geruch«, der aus der Wohnung drang, so erklärte Fruzzetti später, ließ ihn Hilfe rufen. Eine Polizeistreife und eine Einheit der Feuerwehr rückten an und brachen die Tür auf.

Mariella Masi lag rücklings im Flur, mit aufgerissenen Augen und bedeckt von ihrem eigenen, halb geronnenen Blut. Die Autopsie stellte sieben Messerstiche mit einer überaus scharfen, langen Klinge fest. Die Schnittkanten waren glatt und sauber. Ein Hieb in die Brust war so heftig ausgeführt worden, dass er buchstäblich das Brustbein durchschlagen hatte. Die Trägheitskraft hatte offenbar dafür gesorgt, dass der Messergriff in den Körper eingedrungen war.

Ihre Mitbewohnerin Esther Kaimbacher war verschwunden. Abgesehen von den Blutlachen im Flur, war die Wohnung sauber und ordentlich, Kleidung und Habseligkeiten der beiden jungen Frauen waren an ihrem Platz.

Am Telefon nannte Turchi Costa weitere Details.

»Natürlich haben wir diesen Marco Fruzzetti gehörig ausgequetscht, und zwar lange, glauben Sie mir. Aber am Ende hatte er nichts damit zu tun.«

Costa konnte es sich vorstellen. Als Polizist wusste er, dass der Zeuge, der das Mordopfer »entdeckt«, in vielen Fällen der Mörder war. Mitunter half eine erste, harte Konfrontation mit der Polizei, um Klarheit zu schaffen und Geständnisse zu bekommen. Doch das war nicht immer so. Aus Mangel an Beweisen, so bestätigte Turchi, war Fruzzetti am Horizont der Ermittlungen verschwunden.

»Unsere Recherchen haben sich daraufhin auf Esther konzentriert«, erklärte er. »Einige hielten es für möglich, dass sie ihre Mitbewohnerin umgebracht hat. Vielleicht ein geistiger Kurzschluss. Die Messerhiebe waren mit großer Wucht ausgeführt worden, doch der Gerichtsmediziner sagte uns, theoretisch spräche nichts dagegen, dass eine Frau die Tat begangen haben könnte.«

Trotz der Suche in Bologna, Bozen und ganz Italien war Esther Kaimbacher nicht gefunden worden. Gegen sie wurde ein Haftbefehl erlassen, der nie vollstreckt wurde. Ihr Fall versandete mit denen zahlreicher anderer Flüchtiger. Dort endete die Geschichte.

»Verstehen Sie«, sagte Turchi, »die Ermittlung hatte einen miesen Start, einen noch aussichtsloseren Verlauf und wurde schließlich zu den Akten gelegt. Kommt vor.« Doch sein Tonfall verriet, dass er sich auf diese Schlappe noch immer keinen Reim gemacht hatte. Er war froh, dass es nun eine Chance gab, den Fall wieder aufzurollen.

Costa und Valentina gingen die Unterlagen durch, die ihnen der Kollege aus Bologna hatte zukommen lassen.

Obschon die Ermittlungen viele Fragen offenließen, hatten die Ermittler zahlreiche potenzielle Zeugen vernommen. Die Ergebnisse waren enttäuschend. Niemand hatte Mariella oder Esther kurz vor dem Mord gesehen. Niemand hatte interessante Details hinzuzufügen. Die beiden Frauen führten ein zurückgezogenes Leben, gingen nur selten aus, und wenn, dann mit derselben Freundesgruppe.

Doch ein summarisches Protokoll stach heraus. Vor allem, weil der Zeuge nicht wie die anderen war. Ein Beamter des Rauschgiftdezernats hatte ihn aufgetrieben; der Typ diente ihm gelegentlich als Informant. Er war ein Obdachloser, der mal hier, mal dort in den zahlreichen unterirdischen Gewölben der Stadt hauste. Frühmorgens lungerte er oft auf der Via Indipendenza herum, in der Hoffnung, die um Almosen angebettelten Bologneser würden sich vor Sonnenaufgang großzügiger zeigen und ihren Tag mit einer guten Tat beginnen wollen. Deshalb hatte er sich laut eigener Aussage an jenem Dezembermorgen unter dem Bogengang vor dem Haus befunden, in dem Mariella und Esther wohnten. Zwei Tage bevor Marco Fruzzetti die Leiche des Mädchens entdecken sollte.

Die Angaben des Bettlers waren ziemlich wirr. Bis auf ein Detail, das Costa und Valentina sofort ins Auge sprang.

»Ich sah den Mann aus dem Eingang der Nummer 22 kommen. Ich bin sicher, dass es diese Hausnummer war, weil ich mich normalerweise genau davorsetze, um die Passanten um Kleingeld anzuschnorren. Der Mann war jung, kräftig, hatte lange, schlohweiße Haare. Er hatte sie zusammengebunden. Er zog ein blondes, schlankes Mädchen mit sich, das aussah, als würde es schlafen, oder vielleicht war es betrunken, auch wenn es sieben Uhr morgens war. Sie konnte sich nicht auf den Beinen halten, und der Mann stützte sie unter den Achseln. Sie gingen zu einem verdreckten, vielleicht grünen Transporter, der direkt vor dem Haus parkte. Als der Mann die Tür mit dem Ellenbogen öffnete, sackte das Mädchen zu Boden. Aber er hat schnell reagiert und konnte sie gerade noch festhalten. Dann lud er sie auf den Rücksitz, setzte sich ans Steuer und fuhr weg. Nein, an das Nummernschild erinnere ich mich nicht. Nein, das Gesicht des Mannes könnte ich nicht beschreiben. Es war nichtssagend. Ich kann mich nur an die weißen Haare erinnern. Ich habe nichts weiter zu sagen.«

Diese Aussage war vernachlässigt worden. Das war normal: Der Zeuge war nicht glaubwürdig und seine Geschichte ziemlich abwegig. Für Valentina und Fabio hatte sie allerdings eine ganz andere Bedeutung.

Der grüne Transporter und die langen weißen Haare des Mannes, der Esther Kaimbacher mitgenommen hatte, lieferten die Verbindung zu ihrem Fall. Die Sache hatte sich ein Jahr vor der Entführung von Fosco und Andrea und dem Mord an Gianni Venturi ereignet. Opfer war nicht ein Kind, sondern eine erwachsene Frau. Ein weiteres Ebenbild einer Caravaggio-Figur.

Das war der Wendepunkt, nach dem sie gesucht hatten. Um ihre These zu erhärten, mussten sie bei dieser wiewohl wackeligen Zeugenaussage ansetzen. Von vorn anzufangen und sich noch einmal das vorzunehmen, was auf den ersten Blick ausgeschlossen worden war, wurde allmählich zu ihrem Markenzeichen. Und es funktionierte.

Sie beschlossen, dass Costa allein nach Bologna fahren würde. Valentina musste in Volterra bleiben und die Ermittlungen leiten, und fürs Erste war es besser, diese neue Verknüpfung auch vor den Kollegen unter dem Deckel zu halten. Sollte irgendjemand Wind davon bekommen, dass ihr Mann bereits seit mindestens einem Jahr mordete, konnte sich das bestehende Nachrichtenleck als fatal erweisen. Die Medien würden sich darauf stürzen und den hauchdünnen Vorsprung, den sie gewonnen zu haben hofften, zunichtemachen.

Wie lange schon war der Weißhaarige auf der Jagd? Wie viele Menschen hatten für ihre Ähnlichkeit mit den Figuren alter Gemälde bezahlen müssen? Wie viele waren seiner Obsession schon zum Opfer gefallen?

40

Sie hatten den alten Ford Fiesta im Schatten der großen Platanen geparkt und starrten seit über einer Stunde auf einen trostlosen Parkplatz. Turchi war mit dieser aus der polizeilichen Wagenremise herausgefischten Schrottkiste am Bahnhof aufgetaucht und mit Costa unverzüglich zum fraglichen Ort gefahren. Er hatte angemerkt, dass sie sich auf eine lange Wartezeit gefasst machen müssten, und Costa hatte sich darauf eingestellt. Früher waren solche Aktionen für ihn Routine gewesen, die gute und weniger gute Erinnerungen weckte.

Gerade fing er an, sich in das altvertraute Herumsitzen zu fügen, als sein Gefährte ihn mit dem Ellenbogen anstieß.

»Na bitte. Da ist er.«

Der Landstreicher schlappte über den asphaltierten Platz, schob einen mit Krempel vollgestopften Einkaufswagen vor sich her und sog an einer Zigarette, als wäre es die letzte seines Lebens.

Er hieß Diego Mancini, genannt Borbotto, und nun, da sie ihn aufgespürt hatten, blieb nur die Frage, wie sie sich ihm nähern sollten.

»Was sollen wir machen?«, fragte Turchi. »Sollen wir ihn anhalten?«

Costa beschloss, auf Freundlichkeit zu setzen. Häufig zahlte sich das aus.

Er stieg aus dem Wagen, ging ein paar Schritte auf den Penner zu und rief: »Guten Tag, Signor Mancini, darf ich Ihnen eine Frage stellen?«

Borbotto glotzte ihn überrascht an, ließ Zigarette und Einkaufswagen los und sprintete mit erstaunlicher Geschwindigkeit davon. Sein flatternder Mantel blähte sich und ließ ihn wie ein geflügeltes Fabelwesen aussehen.

»Verflixt, Dottore, ich wusste es!«, rief Turchi, sprang aus dem Auto und nahm die Verfolgung auf. Costa lief ihm nach und hoffte, nach so langer Zeit nicht völlig aus der Übung zu sein.

Nach rund einem Kilometer Verfolgungsjagd holten sie ihn mit hängender Zunge ein, inmitten des Straßenverkehrs, Autos, die mit quietschenden Reifen abbremsten, und fluchenden Passanten. Der Beamte warf ihn unsanft zu Boden, drückte seinen Kopf auf den Asphalt und hielt ihn fest. Costa machte ihm ein Zeichen, ihn wenigstens atmen zu lassen. Mit grimmigem Blick lockerte Turchi seinen Griff.

»Wo wolltest du denn so eilig hin?«, fragte Costa außer Atem und ging neben dem Stadtstreicher in die Hocke. Er war verdammt aus der Übung. Verfolgungsjagden zu Fuß gehörten definitiv einem anderen Leben an.

»Ich bin weggerannt, weil ihr mich verprügeln wolltet!«, beschwerte sich Borbotto, das Gesicht noch immer am Boden. »Und ich will keine Prügel beziehen!«

»Wer will dich verprügeln?«

»Er!« Mit einer mühsamen Kopfbewegung deutete er auf den Polizisten, der ihm noch immer das Knie ins Kreuz drückte.

Turchi grinste verlegen und ließ von dem Obdachlosen ab, der sich endlich aufsetzen konnte. Costa hockte sich neben ihn auf den Gehsteig, während Borbotto sich den Straßendreck vom schwarzen Mantel klopfte. Der Kollege drängte die Traube Schaulustiger zurück.

»Ich will dir nur ein paar Fragen stellen«, sagte Costa und musterte Mancini. Wie bei allen, die auf der Straße lebten, war sein Gesicht von der Stadt gezeichnet. In seinen blauen, arglosen Augen lag dennoch nüchterne Lebendigkeit, und Costa durchschoss der Gedanke, dass diese Augen dem Mörder von Gianni Venturi und Mariella Masi womöglich ins Gesicht gesehen hatten.

»Und was kriege ich dafür?«, fragte Borbotto mit zahnlosem Grinsen.

»Ein bisschen Seife«, bemerkte Turchi. Costa warf ihm einen vernichtenden Blick zu.

»Du bekommst auf jeden Fall was … Aber nur, wenn du mir etwas Interessantes zu sagen hast. Etwas Wahres.«

»Was Wahres … Wie wahr?«

»Die Wahrheit, Diego. Ohne etwas auszulassen.«

»Aber ihr dürft mich nicht verprügeln«, wiederholte Borbotto und hielt sich schützend eine Hand vors Gesicht.

»Was faselst du da?«, erwiderte Turchi nervös. »Wieso sollten wir dich verprügeln?«

»Weil ich nicht die Wahrheit sage. Weil ich mir alles ausgedacht habe. Weil ich ein Säufer bin.«

»Sehen Sie?«, rief der Beamte. »Ich hab's doch gesagt.«

»Und über das Mädchen, das vor einem Jahr ermordet wurde, hast du dir auch alles ausgedacht?«, fragte Costa.

Mancini verzog das Gesicht. Seine Falten verwandelten sich in tiefe Furchen. Mit der Hand wischte er sich die Nase. Blinzelte mehrmals. Dann blickten seine blauen Augen Costa herausfordernd an.

»Nein«, sagte er. »Ich sage nur, was ich gesehen habe. Aber das glaubt ja keiner. Ich kann's manchmal selbst nicht glauben!«

»Ich glaube dir«, sagte Costa. »Aber du musst versuchen, dich an alle Einzelheiten zu erinnern. Kanntest du dieses Mädchen?«

»Welches? Das tote oder das, das weggebracht wurde?«

Diese Frage war die Bestätigung, dass seine Erinnerung noch funktionierte. Ohne Aufforderung fuhr Borbotto fort.

»Ich kannte beide nicht wirklich, wenn du das wissen willst, Herr Oberpolizist. Ich habe sie hin und wieder aus dem Haus kommen sehen. Sie haben mir nie einen Cent gegeben, aber das ist normal … Die waren Studentinnen, ständig abgebrannt. Noch abgebrannter als ich. Aber sie haben immer freundlich gelächelt. Beide. Sie waren nett zu mir.« Er funkelte sie trotzig an. »Ich hatte gar keinen Grund zu lügen, nicht wahr? Was ich den Bullen gesagt habe, ist die reine Wahrheit. Ich schwöre. Zumindest das, was sie hören wollten. Denn dass der weißhaarige Mann grinste, hat ihnen nicht gefallen. Sie sagten, ich sei ein versoffener Tippelbruder … und dann gab's Prügel!«

Costas Lippen wurden schmal. Jedes Mal, wenn er von sinnloser Gewaltanwendung seiner Kollegen erfuhr, zumal gegen harmlose, kaputte Menschen wie Borbotto, überkam ihn dumpfe Wut.

»In der Vernehmung hast du von weißen, langen Haaren gesprochen. Dass der Mann grinste, hast du nicht gesagt. Und warum grinste er?«

»Und ob ich das gesagt habe. Aber als ich gesehen habe, dass sie mir nicht glaubten, habe ich die Sache wieder zurückgenommen. Ist doch nicht meine Schuld, wenn der grinst, während er das Mädchen mit sich schleift. Vielleicht fand er es lustig, was weiß ich? Auch als sie fast hingefallen ist und er sie hochgezogen hat … Da habe ich ihn sogar gefragt, ob er Hilfe braucht, und er hat abgewinkt. Er hat mich kurz angesehen, als wollte er noch etwas sagen oder so. Aber er grinste nur. Er hat nie aufgehört zu grinsen.

Auch als er in diesen alten Transporter gestiegen ist, der nach totem Fleisch stank … selbst da hat er andauernd gegrinst.«

»Andauernd?«

»Siehst du, du glaubst mir auch nicht!«

»Das ist es nicht. Es kommt mir nur seltsam vor, dass er während der Anstrengung, das Mädchen ins Auto zu hieven, gegrinst hat.«

»Aber das war kein normales Grinsen. Das war wie … eingefroren.«

»Eingefroren?«

»Ich kann's nicht erklären. Es war auf seinem Gesicht festgefroren. Als könnte er nicht aufhören. Eingefroren eben.« Wie ein Clown, der Grimassen übt, machte er ihn nach und verzog die blassen Lippen über den fauligen Zähnen.

Ein Gedanke durchschoss Costa. Ja, so musste es sein. Er schaute Turchi an, der zu demselben Schluss gekommen war.

»Klingt nach einem Krampf der Gesichtsmuskeln«, sagte der junge Polizist.

»Der Ansicht bin ich auch.«

Ihr Mann war eine ungewöhnliche Erscheinung. Weißes, langes Haar, das sich jedoch färben oder schneiden ließ. Und zu einem Dauerfeixen verzogene Lippen, ein unveränderliches physisches Merkmal. Vielleicht würden sie in der Polizei-Datenbank fündig werden. Normalerweise wurden solche Besonderheiten vom Erkennungsdienst vermerkt.

»Sind wir fertig?«, fragte der Bettler und blinzelte zu Turchi hinüber, als rechnete er mit einer unangenehmen Überraschung.

»Ich glaube, ja«, sagte Costa.

Sie begleiteten Borbotto zu seinen Habseligkeiten auf den Parkplatz zurück. Auf dem Weg warf er Turchi noch immer misstrauische Blicke zu, und Costa vermutete, dass die beiden sich bereits begegnet waren. Doch inzwischen wirkte der Bettler entspannt.

Als sie ankamen, warf sich Borbotto lachend und weinend über den Einkaufswagen und breitete die Arme über seinen lumpigen Plunder. Er wühlte darin herum und zog einen alten Fotoapparat hervor, eine Pentax 35 mm, die eindeutig bessere Tage gesehen hatte. Stolz und freudig hielt er sie an ihrem Lederriemen in die Höhe. »Sie ist noch da, sie ist noch da! Wenn die weg gewesen wäre, hätte ich mich vor den Schnellzug nach Modena geschmissen, ohne Scheiß!« Seine dreckstarrenden Finger streichelten den Apparat.

»Kannst du überhaupt damit umgehen?«, frotzelte Turchi, während Costa ein paar Fünfzigeuroscheine aus seiner Brieftasche zog. Er hätte ihm lieber ein Zimmer, eine Dusche und etwas Anständiges zu essen angeboten. Aber Menschen wie Borbotto hatten ihre eigenen Regeln. Geld würde er annehmen, das Almosen einer heißen Suppe nicht.

»Klar kann ich damit umgehen«, sagte der Penner. »Ich habe alles Mögliche fotografiert! Ich bin gut ... Ich habe ganz Bologna fotografiert! Ich glaube, dich habe ich auch fotografiert!«

Turchi streckte die Hand aus und riss ihm den Fotoapparat weg. »Ey!«, protestierte der Alte. »Gib den sofort wieder her!«

Costa drückte Borbotto die Scheine in die Hand, die er, behände wie ein Zauberer, in einer Manteltasche verschwinden ließ, während er mit der anderen Hand versuchte, sich die Pentax zurückzuholen.

»Film«, grunzte Turchi abfällig, nachdem er den Apparat in Augenschein genommen hatte, und gab ihn ihm zurück. »Wer benutzt denn heute noch Film?«

»Ich«, erwiderte Borbotto stolz und streichelte die Kamera wie ein Kaninchen.

Costa sah ihn an. Ihm kam eine Idee. Abwegig, aber …

»Seit wann hast du diesen Fotoapparat?«, fragte er.

»Ach, seit einer Ewigkeit!«

»Hattest du ihn auch an dem Tag?«

»An welchem Tag?«

»Du weißt schon.«

»Ich weiß schon. Klar. Meinen Fotoapparat habe ich immer bei mir.« Er tänzelte auf der Stelle.

»Du hast nicht zufällig auch den grinsenden Typen fotografiert?«

Borbotto hielt mit seinem Tänzchen inne. Musterte Costa mit verändertem, fragendem Blick. Sah die Pentax an. Dann wieder Costa.

»Stimmt«, antwortete er. »Ja, leck mich am Arsch … Das hatte ich ganz vergessen! Ich habe ihn fotografiert. Ihn und seinen Scheißtransporter!«

41

Er hauste nicht im Untergrund von Bologna, sondern über einem alten, verrammelten Sexkino, das seine Glanzzeit längst hinter sich hatte. In den Bildvitrinen neben dem Eingang waren noch verblichene Pin-up-Girls zu sehen, die inzwischen die siebzig gepackt haben mochten. Über eine Außentreppe, die aussah, als würde sie jeden Moment zusammenbrechen, gelangte man in Borbottos Behausung. Fluchend kraxelte Turchi dem Alten nach und klammerte sich an das rostzerfressene Geländer. Als sie eintraten, stieß er einen Laut aufrichtigen Entsetzens aus.

Wie viele Stadtstreicher, die eine vorübergehende Bleibe finden, war Borbotto zu einem zwanghaften Horter geworden. Seine behelfsmäßige Unterkunft – vermutlich das Büro des einstigen Sexkinos – war mit dem unterschiedlichsten Krempel vollgestopft, sodass man kaum hineinkam. Hausrat, Kleidung, Zeitungen, Flaschen, Dosen, Krimskrams aller Art und Größe stapelten sich neben und auf den Möbelstücken, bei denen man sich fragte, wie sie die einsturzgefährdete Treppe hinaufgekommen waren. An den schmutzigen Wänden reihten sich Einkaufswagen unterschiedlicher Supermärkte, die vor Lumpen und Schrott überquollen. Durch das einzige, verdreckte und zersplitterte Fensterchen sickerte ein Sonnenstrahl, der die Abermillionen Staubkörnchen in der stickigen Luft zum Flimmern brachte.

»Und jetzt?«, schnaubte Turchi ratlos und blickte sich angewidert um.

Borbotto hatte sich auf einem Krempelhaufen niedergelassen, unter dem sich womöglich ein durchgehangener Sessel verbarg. Freudig glotzte er seine beiden Gäste an.

»Wo sind sie?«, fragte Costa und fürchtete schon, der Alte könnte nicht die Wahrheit gesagt haben.

Trotz Turchis Protest, den stinkenden Penner ins Auto steigen zu lassen, hatten sie ihn in dieses elende Loch begleitet, weil er behauptete, den Film, auf den er den weißhaarigen Mann und seinen Transporter angeblich gebannt hatte, zu Hause aufzubewahren. Irgendwo.

»Lässt du deine Fotos nicht entwickeln?«, hatte Costa gefragt, der noch nicht wirklich an diesen unverhofften Glückstreffer glaubte.

»Von welchem Geld denn? Ich habe Tausende Filme ... Die hat mir einer geschenkt, der seinen Fotoladen dichtgemacht hat, um nach Australien auszuwandern. Oder nach Amerika, weiß ich nicht mehr. Und ich habe diesen Fotoapparat, der ist 'ne Wucht. Den benutze ich, sooft ich kann. Und dann hebe ich alle Filme auf ... Bei mir geht nichts verloren. Aber entwickeln tue ich die nicht. Wozu auch? Ich weiß ja, was drauf ist. Das ist alles dadrin, in diesen schwarzen Rollen und in meinem Kopf.« Er tippte sich mit einem Finger an die Stirn.

Wenn sie auf diese Filmrolle scharf seien, würde er sie ihnen liebend gern schenken. Gegen noch ein paar Fuffis vielleicht.

»Also, Diego«, sagte Costa und konnte den resignierten Unterton nicht ganz verbergen. »Wo sind diese vermaledeiten Filme?«

Borbotto schlug sich gegen die Stirn. »Deshalb sind wir hier!« Er stemmte sich aus dem Lumpenhaufen hoch und verschwand in einem Kabuff, das ebenfalls vor Gegenständen barst. Dann tauchte er mit strahlender Miene wieder auf. In den Händen hielt er eine große Schachtel, die bis zum Rand mit kleinen, zylinderförmigen und sorgfältig verschlossenen Behältern gefüllt war. Immerhin hatten die Filme kein Sonnenlicht abbekommen.

Turchi nahm ihm die Kiste ab und drehte sich verdattert zu Costa um. »Dottore, das sind Hunderte!«

»Aber er ist dabei«, sagte Borbotto stolz. »Ich weiß nicht, welcher es ist … aber auf einem dieser Filme ist das Foto von dem Typen, den ihr sucht!«

CARAVAGGIO

42

Die Zimmerwände hatten ihr Aussehen verändert. Anstelle der Kalender, Verordnungsblätter und in polizeilichen Amtsstuben zugelassenen Wanddekoration – nichtssagende Landschaften, offizielle Porträts – prangten dort nun rund ein Dutzend Reproduktionen von Caravaggio-Gemälden in allen Größen. Tag für Tag kamen weitere hinzu. Eine riesige *Grablegung* stach besonders hervor, doch jedes dieser Meisterwerke der Helldunkelmalerei hatte seinen Ehrenplatz. Inzwischen glich dieser Teil des Kommissariats einer düsteren, dem verfemten Maler gewidmeten Pinakothek. Caravaggios Farben und Sujets trugen nicht gerade dazu bei, die Atmosphäre aufzuheitern, doch irgendwie hielt die brutale Wucht seiner Werke die Dringlichkeit ihrer Mission aufrecht: der bisher noch vergebliche Kampf gegen das Böse, das dort draußen in der Wirklichkeit sein Unwesen trieb.

Ein Großteil des Raumes war Loris Manna und seinen Recherchen vorbehalten. Das bezeugten die neuen, miteinander vernetzten Computer, die leuchtenden Bildschirme und der Wust aus Unterlagen, Notizen, Diagrammen und Fotografien, der seinen Schreibtisch und einen Teil der Wände bedeckte. Neben seinem Stuhl stand ein zweiter für den Kunstkritiker Giampaolo D'Avanzo, der sich gerade zu dem größten Monitor beugte und auf einige Punkte deutete. Gebannt hörte Manna ihm zu, als säße er in einer Kunstgeschichtsvorlesung.

Valentina ging zu den beiden hinüber.

»Und, wie läuft's?«, fragte sie die in die *Opferung Isaaks* vertieften Männer. Die Gewalt des Sujets sprach aus dem Faltenwurf der Gewänder, den mimisch verzerrten Gesichtern, der Haltung der Körper: die um den Dolch geklammerte, zum Zustechen bereite Faust, das kurze Innehalten vor dem tödlichen Augenblick. Die in der Nacht aufblitzende Klinge, todbringend und scharf.

»Bestens«, antwortete Loris. »Der Professor leistet einen überaus wertvollen Beitrag.«

D'Avanzo ließ sich gegen die Rückenlehne fallen und massierte sich mit Daumen und Zeigefinger die Nasenwurzel, wo der Bügel seiner runden Brille eine alte, mit den Jahren gedunkelte Druckstelle hinterlassen hatte. Offenbar saßen sie schon seit Stunden dort.

»Danke für die Wertschätzung, Loris«, sagte er. »Es ist mir eine Freude, all diese Meisterwerke wiedersehen und analysieren zu dürfen … wenn auch aus traurigem Anlass. Und zu wissen, dass ich vielleicht einen Beitrag leisten kann, nun ja, das ist unbezahlbar.«

Manna tippte weiter auf der Tastatur und gab Daten ein. Auch über dem Bild von Isaak lag ein digitales Raster. Der von Loris bewegte Mauspfeil flitzte von einem Pixel zum nächsten.

»In diesem Fall«, erklärte der Techniker Valentina, ohne den Blick vom Bildschirm loszureißen, »stellt sich das Problem, sämtliche Abbildungen korrekt abzulegen. Im Gegensatz zu realen Gesichtern funktioniert die Gesichtserkennung bei einem Gemälde nicht automatisch.«

»Auch wenn Caravaggio uns hilft, nicht wahr?«, sagte D'Avanzo. »Loris hat mir ein bisschen erklärt, wie es funktioniert.

Und tatsächlich hätte die Zweidimensionalität der Gemälde ein Hindernis sein können. Aber unser Michelangelo Merisi war ein unübertroffener Meister der Tiefe. Seht euch an, wie das Licht aus der Dunkelheit des Hintergrundes bricht. Er bannt den Augenblick der Tat. Und häufig sind seine Gesichter realistischer als die Realität.«

»Deshalb hat *er* ihn sich ausgesucht«, sagte Valentina. D'Avanzos zufriedenes Lächeln schwand. Er deutete auf die Abbildung des Gemäldes.

»Wusstet ihr, dass fast alle von Caravaggio gemalten Personen im Laufe der Zeit identifiziert wurden?«, fragte er. »Der Jüngling, der Isaak darstellt, trägt beispielsweise die Züge eines gewissen Cecco Boneri, ein junger Maler und vielleicht Caravaggios Liebhaber.« Er sah Valentina an. »Die Judith mit dem Antlitz des in Bologna verschwundenen Mädchens ist ein Porträt von Filides, einer Edelprostituierten, von der der Maler ganz besessen war. Caravaggio hat nie ein Gesicht gemalt, das nicht jemandem gehörte, den er kannte … und häufig auch liebte.«

»Auch Foscos Doppelgänger hatte einen Namen«, fügte Manna hinzu und klapperte weiter auf der Tastatur herum. »Stimmt's, Giampaolo?«

»Der Lautenspieler hieß Mario Minniti«, bestätigte D'Avanzo nun ganz ernst. Vielleicht wurde ihm bewusst, dass sie in Wahrheit über ein verschwundenes Kind aus dem Hier und Jetzt sprachen. »Er war ebenfalls ein Freund Caravaggios und scheint in dem Bild zweimal aufzutauchen. Amor trägt ebenfalls seine Züge …«

»Wir haben weitere Doppelgänger von ihm gefunden«, sagte Manna. »Also, weitere Doppelgänger von Fosco Agnelli und Andrea Venturi … oder von diesem Mario Minniti, um genau zu sein. Und auch Übereinstimmungen mit Judith-Esther. Die Ähnlichkeit mit einigen Frauen ist sogar noch schockierender, allerdings sind sie in der ganzen Welt verstreut … Zum Beispiel gibt es eine neunundneunzigprozentige Übereinstimmung mit Caravaggios Judith. Als würde man ein Foto vom Modell des Malers ansehen. Allerdings stammt es von einem australischen Instagram-Account, deshalb haben wir es ausgeschlossen.«

»Verstehe«, sagte Valentina. Sie mussten davon ausgehen, dass sich die Suche des Täters auf Personen beschränkte, derer er habhaft werden konnte. Bis jetzt war er in Mittel- und Norditalien aktiv gewesen, mit Ausnahme des Jungen aus Neapel. Bei einer Ermittlung wie dieser war die örtliche Eingrenzung entscheidend. Doch auch andere Faktoren spielten eine Rolle. Zum Beispiel mussten sie davon ausgehen, dass der Entführer die Lebensumstände seiner potenziellen Opfer sorgfältig auslotete. Naheliegenderweise zog er einsame, verletzliche und ungeschützte Personen vor.

»Auch wenn er nicht davor zurückschreckt, jedwedes Hindernis aus dem Weg zu räumen«, bemerkte Manna.

Die Erkenntnisse aus seinen Analysen waren allemal wichtig. Der Unbekannte besaß die Fähigkeit, die Personen, auf die er ein Auge geworfen hatte, im Netz ausfindig zu machen. Doch das genügte nicht. Er musste an sie herankommen. Sie *berühren*. Das bedeutete Recherchen, Ortswechsel, Beschattungen auch über lange Zeiträume. Valentina musste versuchen, sich in ihn hineinzuversetzen, zu denken wie er. Sich auf die Jagd nach weiteren Doppelgängern begeben, die ihm aus Glück oder Zufall noch nicht ins Netz gegangen waren.

Schließlich war er nicht allmächtig. Ganz gleich, wer er war, er war ein Mensch. Nicht mehr und nicht weniger.

»Irgendwas aus dem Labor in Rom?«, fragte Valentina und kam wieder auf den Boden der Tatsachen zurück.

Loris schüttelte den Kopf.

Als Costa aus Bologna zurückgekehrt war, hatte er fast zweihundert Filmrollen Marke Agfa und Kodak mitgebracht. Sie hatten überschlagen, dass es mindestens siebentausend Fotos zu entwickeln gab. Auf einer dieser Filmrollen konnte der Schnappschuss sein, der ihren Mann und seinen Transporter zeigte. Oder auch nicht. Es war eine schwache Hoffnung, wenn man bedachte, was für ein Typ der Stadtstreicher war, der ihnen seinen Schatz überlassen hatte. Und es stand zu befürchten, dass die Filme in einem so schlechten Zustand waren, dass nur noch schwarze Flecken darauf zu sehen waren. Doch wie allen Spuren und Fährten der Ermittlung musste man auch dieser folgen. Das Material war in aller Eile nach Rom gebracht worden, und nun warteten sie auf die Entwicklung und Digitalisierung der Bilder, um sie Stück für Stück durchzugehen und auf das richtige Foto zu stoßen. Wenn sie Glück hatten.

Derweil verrann die Zeit, und Valentina machte ihren Leuten Druck.

»Macht denen Dampf«, sagte sie.

Loris nickte. »Das mache ich stündlich. Aber Filme zu entwickeln, braucht seine Zeit. Es war schon schwer genug, ein geeignetes Labor zu finden.«

Das war ihr klar. Mehr konnten sie nicht tun.

Loris Manna und Giampaolo D'Avanzo vertieften sich wieder in die Caravaggio-Bilder. Die Gesichter und Körper schienen aus den Gemälden hervorzuspringen, als wollten sie sich aus dem Gefängnis befreien, in das der Meister sie gezwängt hatte.

Sie überließ sie ihrer Arbeit, während der Frust sich wie eine Krankheit in ihre Gedanken fraß.

43

Sie fand Costa in seinem Kabuff. Im spärlichen Licht der Schreibtischlampe wirkte er blass und angespannt. Doch als er zu ihr aufblickte, vermochte er sie wie immer ohne ein einziges Wort zu beruhigen.

In diesen Momenten schien es ihr möglich, ihre Zweifel nicht auszuräumen, aber immerhin beiseitezuschieben. Irgendwann würde sie von ihm die erhoffte Antwort bekommen, die ihr Misstrauen für immer zerstreuen würde. Bis dahin genügte ihr die Hoffnung, dass Costa Diana Marini nicht vergewaltigt hatte, einfach deshalb, weil der Mann, den sie allmählich kennenlernte, nicht dazu fähig gewesen wäre. Ihr genügte die Feststellung, dass er alles andere als verloren wirkte. Vielmehr schien seine Beteiligung an den Ermittlungen ihm gutzutun. Das mochte zwar nicht viel sein, doch es war alles, was sie für ihn tun konnte.

In solche Gedanken versunken, stand sie in der Tür, bis er sie verdutzt hereinwinkte. Er stand auf, um den Stuhl vor dem Schreibtisch von seiner alten, zerfledderten Ledermappe zu befreien, die er »Satteltasche« nannte und von der er sich niemals trennte. In ihr schleppte er Akten, Notizen und einen Laptop mit sich herum und behauptete, sie sei die einzige würdige Hüterin seiner Geheimnisse und habe, wie er, tausend Leben gehabt. Er setzte sich wieder und deutete auf den freien Stuhl.

Valentina ließ sich seufzend darauffallen.

»Müde?«, fragte er. Wieder mit diesem tastenden Unterton, als versuchte er, ihre Gedanken zu lesen.

»Fix und fertig.«

»Blöde Frage. Wie lief das übliche Telefonat mit Rom?«

Ihr Blick sprach wohl Bände. Zu ihrer Überraschung fing Costa an zu lachen. »Das habe ich auch durchgemacht. Ich weiß, wie der Hase läuft.«

Nein, dachte sie, er hatte keine Ahnung. Falcone hatte sie zum x-ten Mal gewarnt, und sein Ton war unerbittlich gewesen. Lucchesi hatte ihn darüber informiert, dass Costa noch immer in die Ermittlungen involviert war, und er hatte eine Untersagung ausgesprochen, die Valentina zu ignorieren beschlossen hatte.

»Ich sage es dir noch einmal«, hatte ihr Chef sie zurechtgewiesen. »Du bist nicht die Einzige, die ihren Kopf riskiert, ich hänge genauso mit drin, weil ich dich als leitende Ermittlerin haben wollte. Bau bloß keinen Mist, sonst bist du schneller wieder hier, als du gucken kannst.«

Das war keine Drohung, sondern ein Versprechen.

Dann hatte er noch einen Satz gesagt, der ihr jetzt nachging. »Du kennst Fabio Costa nicht. Er ist nicht nur ein verletzter Mann. Er ist ein Verlorener. Und genau deshalb hochgefährlich.«

Jetzt verloren sich Falcones Warnungen wie Echo im Wind. Valentina hatte entschieden, wie sie sich Fabio gegenüber verhalten würde. Zumindest bis auf Weiteres.

»Und wie hast du diesem Druck standgehalten?«, fragte sie.

»Vielleicht war er mir nicht bewusst. Ich steckte so tief in der Arbeit, dass ich bei vielen Dingen nicht zimperlich war. Und bis zu einem gewissen Punkt haben sie mich einfach machen lassen.«

»Ja, davon habe ich gehört. Du hast Resultate geliefert.«

»Ich hatte hervorragende Mitarbeiter, und wir haben uns

mächtig reingehängt. Niemand hat einen Rückzieher gemacht. Ein gutes Team macht den entscheidenden Unterschied.«

»Mir wurde gesagt, du machtest den entscheidenden Unterschied.«

Costa erwiderte nichts. Etwas durchflackerte seinen Blick, und Valentina wusste, was es war. Damals war er ein hervorragender Polizist und ging seinen Weg. Dann hatte alles ein bestürzendes Ende gefunden.

»Wenn das hier vorbei ist …«, sagte sie tastend, »könntest du vielleicht wieder zur Ermittlungsarbeit zurückkehren …«

»Bitte, lass das.«

Valentina biss sich auf die Lippe. »War nur so eine Idee …«

Er blickte sie an. Sein Lächeln war verschwunden. »Vielleicht ist es an der Zeit, diese Sache zu klären«, sagte er.

»Wovon redest du?«

»Du weißt, was mir vor Jahren passiert ist, als ich in Rom gearbeitet habe.«

»Hör mal, das ist nicht …«, hob sie an, doch Costa fiel ihr ins Wort.

»Keine Sorge, ich werde dich nicht in Verlegenheit bringen und dem, was du zu wissen glaubst, nichts hinzufügen. Ich werde dir nichts erzählen. Ich werde mich nicht rechtfertigen. Nicht, weil du nicht die Wahrheit verdienst, sondern weil du jedwede Version, die ich dir erzählen würde, für eine Art Selbstverteidigung oder, schlimmer noch, eine Anklage halten könntest … Dabei schere ich mich schon lange nicht mehr darum, was andere von mir halten. Ich bin durch die Hölle gegangen, und irgendwie durchlebe ich sie immer noch. Aber das ist einzig und allein mein Problem. Meine Verantwortung. Das geht weder dich noch sonst wen etwas an. Vielleicht nicht einmal die Menschen, denen ich wehgetan habe. Meine Frau, meinen Sohn …« Er brach ab. »Aber das ist nicht der Punkt. Es hat nichts mit dem zu tun, wer ich war oder bin, sondern mit dem, was du von mir erwartest. Der Punkt ist zu wissen, wie sehr ich dir wirklich helfen kann. Wie sehr du diesen eingerosteten Bullen brauchst. Alles andere zählt nicht. Es gibt keine unfehlbaren Experten. Es gibt keine Formeln. Es gibt dich, vielleicht mich und diesen Kerl da draußen. Dieser Fall ist eine Prüfung, Valentina. Das ist dir klar, oder?«

Er blickte sie so eindringlich an, dass ihr flau wurde.

»Ich bitte dich um nichts, Fabio«, sagte sie. »Und ich verstehe nicht, worauf du hinauswillst.«

Es war, als hätte er sie nicht gehört. »Was ich dir sagen will«, fuhr er fort, »ist, dass du vorbereitet sein musst. Irgendwie wirst du aus dieser Geschichte wieder rauskommen. Aber egal, was passiert, egal, wie sie endet, sie wird dir eine Angst machen, die du dein Leben lang in dir tragen wirst. Glaub mir, Valentina. Und dann ist es egal, ob ich an deiner Seite war oder nicht. Oder warum du mir vertraut hast. Wenn du bis zum Grund dieser Geschichte vordringst, wirst du allein bleiben mit den Narben, die sie in dir zurücklassen wird. Und es gibt keinen Weg zurück. Du kannst niemandem die Schuld geben außer dir selbst.«

Sie war verwirrt. »Warum sagst du mir das? Wir wissen doch noch gar nicht, was passieren wird. Du machst mir Angst.«

Costa dachte nach. »Vielleicht hast du recht. Vielleicht übertreibe ich. Aber es ist nicht schlecht, ein bisschen Muffensausen zu haben. Tatsache ist, dass ich mit Männern und Frauen zu tun hatte, die nichts Menschliches mehr besaßen, vielleicht nie besessen hatten. Die Dinge getan hatten, bei denen es mich wundert, dass sie mich nicht Nacht für Nacht bis in den Schlaf verfolgen. Ich bin Kreaturen begegnet, die für unsägliche Qualen gesorgt haben, ohne einen Funken Reue, ohne irgendeine Gefühlsregung außer ihrer unmenschlichen Lust.«

Er fuhr sich mit der Hand durchs Haar. Es war das erste Mal, dass sie diese aufrichtige, verletzliche Geste an ihm sah. Und das erschreckte sie noch mehr.

»Wie dem auch sei«, fuhr er fort, »ich habe nie einen solchen Hunger nach Gewalt erlebt wie in diesem Fall. Frag mich nicht, warum, es ist nur eine Ahnung. Aber ich bin zu alt, um weiteren Schmerz zu ertragen. Vielleicht ist meine Zeit vorbei. Und wie gesagt, das hat nichts mit dem zu tun, was in Rom passiert ist. Ich bin nicht mehr der, der ich war, und werde es nie mehr sein. Das musst du bedenken. Ich könnte eine riesige Enttäuschung sein, und im entscheidenden Moment könntest du von mir eine Hilfe erwarten, die ich dir nicht geben kann.«

Er schwieg und senkte den Blick, als sei es ihm unangenehm, hier zu sein und noch immer den Polizisten spielen zu wollen.

»Trotzdem werde ich mein Bestes geben«, sagte er, als sie schon glaubte, er wollte dem nichts mehr hinzufügen. »Aber dafür muss ich alles andere hinter mir lassen. Du kannst mir das erlauben oder nicht. Die Entscheidung liegt ganz bei dir.«

Sie antwortete nicht. Eine Antwort erschien ihr überflüssig.

44

Am Nachmittag gingen sie sämtliche bisherigen Erkenntnisse noch einmal durch. Costa hatte zu diesem Schritt gedrängt, der Valentina mehr als naheliegend erschien. Jedes Detail mehrmals und aus verschiedenen Blickwinkeln unter die Lupe zu nehmen, war eine arbeitsintensive, aber wirksame Methode.

Natürlich standen Caravaggio und seine Werke dabei im Mittelpunkt.

»Kunst …«, überlegte Valentina zum hundertsten Mal. »Dahinterzukommen, was Caravaggios Gemälde mit all dem zu tun haben, wäre ein entscheidender Schritt nach vorn. Was, glaubst du, tut er? Ich meine, der grinsende Mann.«

»Der grinsende Mann?« Costa hob eine Augenbraue.

Valentina wurde rot. »Ja, ich weiß, ein grauenhafter Spitzname. Aber die Kollegen nennen ihn inzwischen alle so. Ich hoffe, das sickert nicht allzu schnell zur Presse durch.«

Costa überlegte. »Eigentlich ist er ganz treffend.«

Nach seiner Entdeckung in Bologna hatte sich dieser Beiname durchgesetzt. Eigentlich war das Detail schon seit geraumer Zeit bekannt gewesen, aber bis dahin hatten sie ihm kaum Beachtung geschenkt. Fosco hatte davon erzählt, und auch Maria Sinagra hatte einen weißhaarigen Unbekannten mit Dauergrinsen beschrieben.

Dank Borbotto hatten sie das Rätsel lösen können. Ihr Mann litt an einer besonderen Kontraktion der Lippen. Mit einem unfreiwilligen Lächeln, das ihm von der Natur ins Gesicht tätowiert war, verübte er seine Gräueltaten. Leider hatte die Durchsuchung der erkennungsdienstlichen Datenbank nichts Brauchbares ergeben. Einige Fotos zeigten missgebildete Gesichter, doch keines entsprach dem Mann, den sie suchten. Wenn er verhaftet worden war, hatte niemand diese Besonderheit in der Akte vermerkt.

»Warum die Figuren aus Caravaggios Bildern?«, grübelte Valentina weiter. »Abgesehen von ihrer realistischen Darstellung, die mir Gänsehaut bereitet.«

»Gefällt dir Caravaggio nicht?«

»Ist nicht mein Fall. Ich mag Maler wie Chagall, Modigliani … Ihre Art, sich über die physische Realität hinwegzusetzen, hat mich schon immer begeistert. Realismus ist nichts weiter als die Imitation der Wirklichkeit.«

»Hätte sich unser Mann Doppelgänger von Modigliani-Figuren suchen müssen, hätte er auch echte Schwierigkeiten gehabt.«

»Also hat er sich für Caravaggio entschieden, weil er so realistisch ist?«

»Ich glaube, das ist nicht alles. Er muss seine Leidenschaft mit der Zeit entwickelt haben. Giampaolo hat mir dazu einen erhellenden Hinweis gegeben. Es heißt, Caravaggio sei der Maler, der mehr als alle anderen die leidvollsten Momente menschlichen Seins zu bannen vermochte. Man nennt ihn den ›Meister der Halluzination‹, weil alles an ihm brutal, übersteigert, extrem ist. Wenn es einen Künstler gibt, der Schmerz auszudrücken vermag, dann ihn. Eine wahre Goldgrube für einen Serienkiller.«

»Was will er also wirklich? Was macht er mit den …« Sie brach ab. *Leichen.* Sie wollte »Leichen« sagen. Was bedeutete, dass sie die

Verschwundenen nicht mehr als lebendige Menschen sah. Das war entsetzlich.

Aber Costa hatte recht: Sie suchten nach einem Serienmörder.

»Ich glaube, er bringt seine Opfer um«, sagte er denn auch. »Da bin ich mir sicher. Erinnerst du dich an das Glutaraldehyd?«

Valentina nickte. Ja, daran hatte sie auch schon gedacht. Diese Substanz war eines der wichtigsten Puzzleteile. Sie wusste, worauf Costa hinauswollte, doch die Vorstellung entsetzte sie.

»Das Glutaraldehyd«, fuhr er fort, »kann nur dazu dienen, die Leichen möglichst lang zu konservieren. Das ist die einzige Erklärung. Spritzt man es, wenn das Opfer noch lebt, wie in Foscos Fall, führt das offenbar zu einer ganz bestimmten chemischen Reaktion. Aber es ist auch hochgiftig, und bestimmt weiß er, dass die Injektion zum Tod führt.«

»An dem Punkt müssen wir weitermachen«, murmelte Valentina. »Glutaraldehyd könnte der entscheidende Schlüssel sein.«

»Da ist noch etwas«, fügte Costa hinzu. »Es betrifft deine Frage zu Caravaggio.«

Er griff nach ein paar Blättern vor sich, die dicht mit seiner unordentlichen Handschrift bedeckt waren. »Vielleicht kann uns das auf die Sprünge helfen«, sagte er und ging durch die Seiten. »Ich habe mich ein bisschen dahintergeklemmt und ein paar alte Kollegen um Rat gefragt.«

Valentina beugte sich vor.

»Nur ein paar Anrufe bei Ermittlern, die Italien wie ihre Westentasche kennen und mit denen ich früher zusammengearbeitet habe«, stellte er klar. »Ich habe mir ihre Erfahrung ein wenig zunutze gemacht, um die Spinnweben in meinem Kopf zu lichten. Manchmal gibt es keine bessere Quelle als das Langzeitgedächtnis altgedienter Bullen.«

»Hast du was herausgefunden?«

»Nichts, das uns weiterhelfen könnte, nehme ich an. Aber etwas, das vielleicht illustriert, worauf wir uns gefasst machen müssen.« Er schob ihr den Ausdruck einer E-Mail hin. »Die hat mir ein Freund geschrieben. Inzwischen ist er Polizeipräsident in Palermo, aber er war an zahlreichen Präsidien im Norden und im Süden tätig. Als ich ihm unseren Fall geschildert und die Caravaggio-Bilder erwähnt habe, wirkte er überrascht. Er sagte, das erinnere ihn an einen alten Fall, als er Beamter der mobilen Einheit Verona war. Eine scheinbar recht unspektakuläre Sache, allerdings, so sagte er, mit einer grausigen Besonderheit, die ihm im Kopf geblieben ist.«

Valentina überflog die Mail. Der Fall hatte sich Anfang der Neunzigerjahre zugetragen, an das genaue Datum erinnerte sich der Kollege nicht. Ein Mann war aus einem Städtchen im Veroneser Hinterland verschwunden. Er war nicht nur ein Landstreicher, sondern, platt ausgedrückt, der durchgeknallte, ewig besoffene Dorftrottel. So ungewöhnlich sein Verschwinden sein mochte, hatte es doch keine große Besorgnis ausgelöst, und die Suche war im Sand verlaufen. Alle glaubten, er hätte sich irgendwo zu Tode gesoffen. Er war nie zurückgekehrt.

Einige Monate später war während einer Durchsuchung eine Videokassette mit ziemlich merkwürdigen Aufnahmen aufgetaucht. Es schien sich um Amateurpornos zu handeln. Eine Sequenz zeigte jedoch etwas, das nichts mit Sex zu tun hatte.

Drei Männer, die Gesichter von Kapuzen verdeckt, richteten ein hölzernes Kreuz vom Boden auf. Darauf, kopfunter, ein nackter Greis mit einem Tuch um die Lenden, der brüllte und sich wand wie ein Wahnsinniger.

Es mochte sich um ein historisches Laienspiel handeln, doch obwohl die Aufnahme ohne Ton war, hatten der Gesichtsausdruck und die Schreie des Mannes die Polizisten verstört. Alles wirkte echt. Die Handgelenke des Alten waren von dicken Nägeln durchbohrt, und das, was aus den Wunden spritzte, schien echtes Blut zu sein. Irgendwann wurde ein handgeschriebenes Schild vor die Kameralinse gehalten: DIE KREUZIGUNG VON CARAVAGGIO.

Einer der Beamten, der das Video gesehen hatte, hatte den Monate zuvor verschwundenen Obdachlosen zweifelsfrei wiedererkannt.

Leider erinnerte sich Costas Freund weder an den Namen des Opfers noch an das Örtchen, in dem sich der Fall ereignet hatte. Sie waren nicht dahintergekommen, ob der Film ein gut gemachter Fake oder echt war. Außerdem war ja nur ein Schwachsinniger verschwunden, den aufzugeben keinem ein schlechtes Gewissen bereitete.

Valentina starrte Costa verdattert an.

»Caravaggio! Das scheint unsere Geschichte zu sein!« Ihr Grauen wuchs. Die Sache von Verona bestätigte all ihre Ängste. Wenn das Verschwinden von Andrea und Esther Kaimbacher mit der Produktion irgendeines Snuff-Films zu tun hatte, dann war der Abgrund, in den sie hinabsteigen mussten, entsetzlicher, als sie sich vorzustellen vermochte.

»Ganz ruhig, Valentina«, mahnte Costa. »Das ist fast dreißig Jahre her. Unser Mann scheint nicht das passende Alter zu haben. Außerdem ist das der einzige Fall, der eine entfernte Ähnlichkeit mit unserem hat.«

»Aber wenn das alles wahr ist? Wir könnten es mit einem Nachahmer zu tun haben.«

»Die Geschichte ist nie an die Öffentlichkeit gelangt, das hat mir der Kollege versichert, und für gewöhnlich hält sich ein Nachahmer an krasse Kriminalfälle, die Wellen geschlagen haben. Sogenannte *Copycats* ahmen berühmte Verbrechen nach.«

»Aber der grinsende Mann könnte eine Kopie des Videos gesehen haben … Er könnte den, der es gemacht hat, kennen …«

»Das ja. Aber so oder so lässt es uns erahnen, worauf wir uns gefasst machen müssen.«

Er hatte recht. Das Grauen, das hinter dieser alten Geschichte lauerte, entsprang demselben Bösen, das Andrea und Esther mit sich gerissen hatte. Wer diese Tat verübt hatte, schwamm in derselben Finsternis, in der sich ihr Täter tummelte.

Als sie aufstand, schwankte sie leicht, getroffen von der Erkenntnis, dass die Welt ringsum weniger hell war, als sie immer gehofft hatte. Sogleich war Fabio bei ihr und hielt sie stützend fest.

»Geht es dir gut?« Er klang besorgt.

»Ich habe seit heute Morgen nichts gegessen«, gab sie zu. »Ich bin nur erschöpft. Ist gleich vorüber.« Doch als sie einen Schritt machen wollte, wurde ihr abermals schwindelig. Er legte die Arme um sie, und sie ließ den Kopf gegen seine Brust sinken.

»Lass mich kurz so stehen bleiben«, murmelte Valentina, die Wolle seines Pullovers an den Lippen. »Dann geht es mir gleich besser.«

Aber Fabio fasste sie unters Kinn, hob ihren Kopf und küsste sie.

Es war nur ein flüchtiger Moment, und sofort rückten sie voneinander ab. Jemand klopfte energisch an die Tür.

»Was gibt's?«, fragte Costa.

»Entschuldigt«, sagte Zucca. »Die Fotos von diesem Penner sind da. Und nebenan flippt Loris Manna aus.«

45

»Diese Volltrottel haben die Fotos in einem Schwung geschickt«, brüllte Loris und ließ die Hand so heftig auf die Schreibtischplatte niedersausen, dass der Monitor hochhüpfte, über den gerade endlose Dateiverzeichnisse flimmerten. »Ich hatte eindringlich darum gebeten, sie während des Entwickelns und Scannens nach und nach zu schicken. Jetzt ist der Server mit Unmengen Fotos verstopft, die wir alle gleichzeitig sichten müssen!«

Valentina legte ihm beruhigend eine Hand auf die Schulter.

»Das ist doch kein Drama«, sagte sie. »Wir müssen sie uns so oder so Stück für Stück ansehen.«

»Wir setzen uns alle dran«, schaltete sich Costa ein. »Wir teilen sie auf und gehen sie durch. Auch mehrmals, wenn es sein muss.«

»Dann lasst uns anfangen.«

Die folgenden Stunden brachten sie damit zu, Borbottos Fotos der letzten zwei Jahre unter die Lupe zu nehmen. Die meisten waren verrutscht, verwackelt, verwischt. Hunderte Gesichter, die ihm vors Objektiv geraten waren, Hände, Füße, die über das Straßenpflaster liefen, auf dem er sein Leben fristete. Dazu Tiere und Häuser, Autos, die durch die Stadt flitzten, Himmelsfetzen und andere Dinge, die nicht zu erkennen waren.

Sie mussten jedes Foto sorgfältig und häufig mehrmals betrachten, einen Ausschnitt hervorheben, ein Detail vergrößern, ohne sich in den bunten Farbwirbeln zu verlieren. Sobald sicher war, dass das Foto nichts hergab, gingen sie zum nächsten über.

Wenn Valentina vom Bildschirm aufblickte, traf sie immer wieder Costas Blick, in dem sie den flüchtigen Kuss zu erahnen meinte. Sogleich vertiefte er sich wieder in die Fotos, und vielleicht spielte ihr die wachsende Müdigkeit einen Streich.

Es war bereits tiefe Nacht, und sie hatten die Hoffnung fast aufgegeben, als Angelo Zuccas seelenruhige Stimme ertönte: »Vielleicht habe ich hier was.«

»Was denn?«, fragte Valentina zögerlich und ging zu ihm. Schon immer hatte sie Zucca um sein Wesen beneidet. Selbst unter Hochspannung bewahrte er vollkommene Ruhe. Doch jetzt machte er ein Gesicht, das sie noch nie bei ihm gesehen hatte.

Auf dem Bildschirm seines Computers war eines von Borbottos unzähligen unscharfen und leicht überbelichteten Fotos zu sehen. Das männliche Gesicht, das sie anblickte, war kaum mehr als ein verschwommener, weißer Fleck. Nur zwei schwarze Punkte anstelle der Augen waren zu sehen. Der überraschte Blick eines ertappten Gespenstes.

Doch das schlohweiße, lange Haar war nicht zu übersehen.

»Das da ist ein Transporter«, sagte Fabio, der sich zu ihnen gesellt hatte.

»Fast farblos«, bemerkte Zucca. »Das liegt an der miesen Filmqualität. Aber er könnte grün sein.«

»Ein California?«

Zucca zuckte mit den Schultern. Es war wirklich ein lausiger Schnappschuss.

Der Mann war neben der geöffneten Seitentür des Fahrzeugs gebannt worden.

Am unteren, rechten Bildrand war das Rechteck des Nummernschildes zu sehen, von dem nur die ersten beiden Buchstaben zu erkennen waren: AN. Der Rest war unleserlich.

Mit einem Seufzer stieß Valentina ihren geballten Frust aus.

Costa starrte auf den Bildschirm und schüttelte den Kopf. »Moment mal«, murmelte er. »Moment mal. Angelo, du suchst weiter. Es kann sein, dass Borbotto weitere Fotos von ihm geschossen hat. Loris kümmert sich um das hier. Wenn wir diesen Ausschnitt noch mehr vergrößern, lässt sich vielleicht etwas mehr vom Nummernschild entziffern.«

»Meinst du?«, fragte Valentina und musterte das unscharfe Fahrzeug undefinierbarer Farbe.

»Ich bin mir sicher.«

Manna machte sich gleich an die Arbeit.

Plötzlich stand die Zeit still. Es war, als existierte nur noch der Techniker, der an dem alten Foto arbeitete.

Er brauchte nur einen kurzen Moment, der ihnen wie eine entsetzliche Ewigkeit erschien.

»Ich hab's«, sagte Loris schlicht.

Valentina ging zu ihm. »Das Nummernschild? Konntest du es kenntlich machen?«

Der Techniker blickte sie ernst an. »Nicht nur das. Ich habe auch einen Namen.«

46

»Mehr war aus der Software nicht herauszukitzeln«, erklärte Manna. »So konnte ich einen Teil des Nummernschildes erkenntlich machen, AN 34. Den Rest mussten wir rekonstruieren.«

Alle wussten, dass es kein »wir« gab. Loris hatte alles allein gemacht.

»Aber das war kein großes Ding«, fuhr er fort. »Das komplette Nummernschild zu rekonstruieren und es einem California zuzuordnen, war zwar zeitintensiv, aber am Ende haben wir ein Ergebnis.«

»Was hast du herausgefunden?«, fragte Costa.

»Ihr müsst wissen, dass sämtliche Nummernschilder, die mit AN beginnen, im Jahr 2004 der Provinz Rom zugewiesen wurden. Alte Kisten. Die meisten sind als verschrottet gemeldet. Also habe ich die Suche auf die abgemeldeten Fahrzeuge ausgeweitet. Ich habe zwei Übereinstimmungen mit VW Californias gefunden, die jedoch laut zentralem Fahrzeugregister schon lange auf dem Schrott gelandet sind. Ich habe die Fahrgestellnummern überprüft, ein Irrtum ist ausgeschlossen. Die Kennzeichen waren auf zwei Halter zugelassen, die ich gründlich durchleuchtet habe. Leider ohne nennenswerte Ergebnisse.«

»Loris, bitte!«, rief Valentina.

»Ja, Sie haben recht. Entschuldigung. Ich habe mir gedacht,

dass unser Mann bestimmt kein totaler Anfänger ist. Womöglich benutzt er ein falsches oder kopiertes Kennzeichen. Vielleicht tatsächlich ein Nummernschild, das zu einem anderen California gehört. So würde ich es an seiner Stelle machen. Wie wir wissen, beschränken sich Verkehrskontrollen darauf, das Datenaustauschsystem SDI zu konsultieren, um festzustellen, ob ein Kennzeichen zu einem gestohlenen oder in eine Straftat verwickelten Fahrzeug gehört. Wenn kein konkreter Verdacht vorliegt, macht sich normalerweise kein Beamter die Mühe, die Daten des Automobilclubs ACI oder des zentralen Fahrzeugregisters zu überprüfen, aus denen hervorgehen würde, dass das fragliche Autokennzeichen zu einem abgewrackten Fahrzeug gehört. Bei einer allgemeinen Kontrolle würde so ein Datenabgleich zu lange dauern.«

»Also?«, fragte Costa.

»Kennt ihr das SCNTT, das nationale Zentralregister für Kennzeichen und Verkehr? Das ist ein landesweites, zentral gesteuertes Videoüberwachungsnetzwerk. Es wurde als Pilotprojekt in mehreren Städten gestartet und liefert bereits gute Ergebnisse. An einigen wichtigen Verkehrsknotenpunkten des Landes werden alle vorbeifahrenden Wagen und Motorräder registriert und auf einem Server gespeichert. Sobald man das Nummernschild kennt, lässt sich damit die jeweilige Fahrtroute der letzten vierundzwanzig Stunden rekonstruieren. Ich habe die beiden Kennzeichen eingegeben, die ich im System gefunden habe. Ich weiß nicht, ob ihr das wisst, aber was das Netz der an das SCNTT angeschlossenen Videokameras angeht, ist Neapel eine der am besten organisierten Städte. Es gibt Tausende Kameras. Am 14. Oktober, dem Tag von Salvatore Espostos Verschwinden, hat das System das Kennzeichen AN 346 NA dreimal registriert. In Caivano, genau dort, wo der Junge wohnte. Zu einer Uhrzeit, die mit seiner Entführung zusammenpasst. Überflüssig hinzuzufügen, dass das Nummernschild zu einem längst verschrotteten California gehört.«

»Himmel …«, flüsterte Valentina.

»Moment mal«, sagte Costa in sachlichem Ton. »Es ist ein gefälschtes Nummernschild, obendrein von einem verschrotteten Fahrzeug. Also bringt es uns nichts. Der Halter ist nicht unser Mann.«

Loris nickte. »So ist es. Aber das System erfasst nicht nur das Nummernschild. Es macht auch Fotos. Und von den drei am 14. Oktober aufgenommenen Durchfahrten des Kennzeichens AN 346 NA gibt es mindestens eine erstklassige Aufnahme. Der Fahrer ist von vorn zu sehen. Sein Gesicht ist gut zu erkennen, auch wenn wir mit ein paar Filtern arbeiten mussten, um es schärfer zu machen.«

Er tippte auf eine Taste, und auf dem Bildschirm tauchte das Foto der Vorderseite eines California auf, dessen Grün an kaltes Meer im Winter erinnerte. Hinter der Windschutzscheibe, erhellt von Neapels Sonne, das Gesicht des Fahrers. Starre Züge, tiefschwarze Augen und glattes, zu einem langen Pferdeschwanz gebundenes weißes Haar. Der Unbekannte von Borbottos Foto, hochaufgelöst.

Der grinsende Mann.

Valentina und Costa waren zu müde, um zu jubeln, aber das Adrenalin begann wieder, durch ihre Adern zu rieseln. Sie hatten ein Gesicht. Sie hatten *sein* Gesicht.

Doch Loris Manna war noch nicht fertig.

»Wir haben SARI mit der Analyse dieser hübschen Fratze betraut«, sagte er. »Es gab drei Ergebnisse mit einer ziemlich hohen Übereinstimmung. Leider hat der Aufnahmewinkel nicht mehr hergegeben. Von den drei Individuen sitzt einer gerade im Knast, und ein anderer ist wegen Finanzdelikten vorbestraft. Aber der Dritte ... tja, der Dritte ...«

Loris Manna betätigte ein paar Tasten, und auf dem Monitor erschien ein weiteres Bild. Es schien derselbe Mann zu sein, der den Transporter in Neapel gesteuert hatte, auch wenn die Jahre seine Züge verändert hatten.

Aus dem flachen Grau des alten Polizeifotos starrte ein schwarzes Augenpaar sie herausfordernd an.

»Er heißt Luca Sileri«, schloss Manna zufrieden, »und wird seit Jahren wegen Mordes an einem jungen Mädchen gesucht.«

47

Sein Bild ließ sie unbeeindruckt. Abgesehen von den Lippen, die auch in geschlossenem Zustand aussahen wie von einem Dauergrinsen verzerrt, war Luca Sileris Gesicht anonym, kalt, nichtssagend. Der Blick war nicht sonderlich klug, und das raspelkurze, spärliche Haar war schwarz. Nicht weiß.

»Das Foto ist ein bisschen alt, es wurde im Gefängnis gemacht, als er zwanzig war«, erklärte Manna. »Luca Sileri ist heute zweiunddreißig. Kleine Vorstrafen wegen unzüchtiger Handlungen und eine Verurteilung zu einem Jahr und acht Monaten wegen Raub, als er neunzehn war. Seit 2016 wird er gesucht. Gegen ihn liegt ein Haftbefehl wegen Mordes an einer gewissen Teresa Franceschi vor.«

Valentina überflog die Informationen aus dem Polizeiarchiv. Allen Anwesenden war bewusst, dass Sileri ihr Mann sein musste.

Der Gesuchte hatte das psychologische Profil eines klassischen Psychopathen. Eine Mutter, die ihn im frühen Kindesalter verlassen hatte, ein Vater, der entweder gewalttätig oder abwesend war. Eine mit kleinen Straftaten verbrachte Jugend. Laut den Erkenntnissen der Ermittler, die sich mit dem Mord an Teresa Franceschi befasst hatten, eine fehlgeleitete Persönlichkeit.

Im September 2016 hatte Sileri das Mädchen entführt, das bei einer Discounterkette arbeitete, für die er Waren auslieferte. Den

Recherchen nach hatten die beiden bis dahin nichts miteinander zu tun gehabt. Teresa Franceschi war eines Tages nach Feierabend verschwunden. Wie so häufig beim Verschwinden erwachsener Personen waren die Ermittlungen halbherzig und ergebnislos verlaufen. Niemand hatte eine Entführung vermutet, dazu gab es keinen Anlass. Und niemand hatte Sileri mit der armen Teresa in Zusammenhang gebracht.

Vier Wochen später war die Polizei von der Feuerwehr alarmiert worden, die wiederum von einigen Bewohnern einer Wohnkaserne in Tor Marancia am südlichen Stadtrand von Rom gerufen worden war. Aus einem Keller drang unerträglicher Gestank. Der Besitzer war nicht auffindbar, und die Feuerwehrleute hatten die Tür aufbrechen müssen. In dem Raum bot sich ein grausiger Anblick. Eine bereits in fortgeschrittenem Verwesungszustand befindliche Frauenleiche lag auf einer von Fäulnisflüssigkeiten durchtränkten Liege. Das Opfer war nackt und wies dem Gerichtsmediziner zufolge Spuren postmortalen Geschlechtsverkehrs auf. Die Brustwarzen und die Vagina waren von Bissspuren gezeichnet.

Der überraschendste Anblick war jedoch die neben dem Bett stehende Wanne aus rostfreiem Stahl. Der Behälter, in dem Teresa Franceschi womöglich noch lebendig gelegen hatte, war mit einer Spritzenpumpe verbunden. Drei Tropfe, die noch in den Armen des Opfers steckten, enthielten chemische Flüssigkeiten.

Der herbeigezogene Gerichtsmediziner hatte den Ermittlern erklärt, welche Funktion der Pumpmechanismus gehabt haben könnte. Der Mörder hatte versucht, der Leiche Blut und Fette zu entziehen und sie durch Silikon und andere künstliche Substanzen zu ersetzen. Vermutlich, um die Unversehrtheit und Elastizität der Leiche bis weit über den Tod hinaus zu erhalten. Eine Art Einbalsamierung, die den Leichnam laut Gerichtsmediziner »sexuell nutzbar« machen sollte.

Zudem wurde festgestellt, dass Teresa durch eine Lösung aus Formaldehyd und Azeton getötet und sofort zur Konservierung vorbereitet worden war. Nach Ansicht des Mediziners war der Tod jedoch nicht am Tag der Entführung eingetreten.

Ihr Mörder hatte sie noch eine Weile am Leben gelassen.

Der Keller, in dem sie gefunden worden war, gehörte Luca Sileri, auch wenn niemand sich erinnerte, ihn jemals dort gesehen zu haben. Einige Wochen zuvor hatten die Nachbarn bemerkt, dass der Transporter, mit dem er Waren für den Discounter auslieferte, vor dem Keller parkte, und hatten Geräusche gehört. Doch nichts hatte erahnen lassen, was dort unten vor sich ging. Außerdem kümmerte sich jeder um seine eigenen Angelegenheiten.

Die Ermittlung war schnell und relativ einfach. Bei der Durchsuchung von Sileris Wohnung hatte man seine DNA sicherstellen können, die vollständig mit der Samenflüssigkeit und dem Speichel an Teresas Leiche übereinstimmte. Die Staatsanwaltschaft erließ einen Haftbefehl wegen Menschenraubs, Mord, Verschleierung und Störung der Totenruhe. Doch in der Zwischenzeit war Sileri verschwunden. Ein paar Tage lang ging die Geschichte durch die lokalen und überregionalen Medien und wurde dann zu den Akten gelegt.

»Das Glutaraldehyd …«, murmelte Valentina. »Das ist die Erklärung. Er benutzt es, um die Leichen für eine Art Einbalsamierung zu präparieren. Mein Gott, Fabio, es ist genau, wie du gesagt hast.«

Costa runzelte die Stirn. »Ein paar Details passen noch nicht zusammen. Vor allem müssen wir an seine Akte rankommen.«

»Wir reden mit den zuständigen Ermittlern. Aber zuerst …?«

Costa wusste, was Valentina meinte. Sie hatten den grinsenden

Mann identifiziert. Und doch gab es noch vieles, das sie sich nicht erklären konnten. Außerdem brauchte es handfeste Beweise. Der unscharfe Schnappschuss eines Obdachlosen und die Aufnahme einer Verkehrskamera reichten nicht aus.

Die Feststellung der Identität des Gesuchten lieferte mehr Fragen als Antworten.

»Wir müssen nach Rom fahren«, beschloss Valentina. »Dort hat Sileri mit dem Morden angefangen. Und dort müssen auch wir anfangen.«

Costa war ihrer Meinung. Doch er ging noch weiter. Jetzt, da sie wussten, wer er war, mussten sie herausfinden, *wo* er war.

»Wir fahren morgen früh los«, sagte er. »Du musst deinen Vorgesetzten Bescheid geben. Wir können die Sache nicht mehr für uns behalten.«

»In Ordnung. Aber du begleitest mich, oder?«

Ihr erwartungsvoller Blick drängte auf eine schnelle, klare Antwort, und Costa fragte sich, ob der Kuss etwas damit zu tun hatte. Wenn dem so war, hatten sie ein Problem.

Nach langer Zeit verspürte er wieder die bange Unruhe, die ihn in seinem vorigen Leben begleitet hatte.

Doch betraf sie nicht ihn.

48

»Caravaggio hat viele Bewunderer. Und nicht alle ticken sauber.«

Loris Manna kippte den letzten Schluck Bier hinunter. Er blickte sich um, erhaschte den Blick einer Kellnerin und bestellte ein weiteres Pint. Giampaolo D'Avanzo schaute ihn neugierig an. Manna war ein seltsamer Polizist. Er war nicht der Schusswaffen-Typ und schien sich mit Algorithmen und Software pudelwohl zu fühlen. Und doch erzählten die lange, blonde Mähne, der struppige Bart und sein Habitus eine andere Geschichte. Er sei schwul, hatte man ihm gesagt, hinter vorgehaltener Hand, als wäre das ein schmutziges Geheimnis, und D'Avanzo dachte, dass das homophobe Klima bei der Polizei Leuten wie Manna das Leben weiterhin schwer machte. Doch Loris ließ seine Professionalität für sich sprechen.

Nach der Feststellung von Luca Sileris Identität und der Suche nach seinem Foto waren sie wieder zu Caravaggio zurückgekehrt. Loris war ein echter Bluthund und schien niemals müde zu werden.

Sie waren gerade mit dem wichtigsten Teil ihrer Arbeit fertig und hatten sämtliche Werke Caravaggios in das System eingespeist. Nun nahmen sie sich Gemälde anderer Meister vor. Sie hatten beschlossen, die Recherche auf die berühmtesten Porträtmaler der Renaissance auszuweiten, insbesondere auf solche, deren Figuren eine besondere Tiefe und Authentizität aufwiesen, die »Gott« scannen und erkennen konnte. Caravaggio hatte eine neue Art zu malen erfunden, und viele hatten ihn imitiert. Keine Gesichtserkennungssoftware hätte mit den Bildern von Giotto oder Cimabue etwas anfangen können, die zu zweidimensional waren, um verwertbare Anhaltspunkte zu liefern, doch nach der Renaissance waren Hunderte Porträts entstanden, deren Gesichter sich identifizieren ließen.

Aber je weiter ihre Suche fortschritt, desto mehr gelangten sie zu der Überzeugung, dass Costa recht hatte. Der grinsende Mann hatte sich Michelangelo Merisi nicht nur wegen seines realistischen Malstils ausgesucht. Er war der ideale Maler für diese wahnsinnige Suche.

Luca Sileris Identifizierung hatte an ihrer Vorgehensweise nichts geändert. In diesem Punkt war Costa kategorisch gewesen. Insbesondere, weil sie noch keinen sicheren Beweis hatten, dass er wirklich der Mann war, den sie suchten. Außerdem war Sileri einstweilen ein flüchtiger Schatten, der auf ihre Arbeit keinen Einfluss hatte. Ihre Aufgabe bestand weiterhin darin, die Ereignisse im Blick zu behalten und eventuelle Übereinstimmungen zwischen Entführungsopfern und den Werken des Malers zu finden, ohne sich ablenken zu lassen.

Auch wenn ein schnelles Bier nicht schaden konnte.

Die Kneipe, die sie sich ausgesucht hatten, hieß Al Cupo Vulture und war eine Hommage an die Vampirsaga *Twilight*, die Volterra weltberühmt gemacht hatte. Und sie war das einzige Lokal, das bis spät geöffnet hatte. Außerdem gab es dort verdammt gutes Craftbier vom Fass.

»Was meinst du?«, sagte Loris, und D'Avanzo, der glaubte, er meinte die dritte Runde Bier, stürzte seinen letzten Schluck hinunter.

»Ich rede von Caravaggios Bewunderern«, stellte Loris klar.

»Worauf willst du hinaus?«, fragte der Kunstkenner. »Dass Caravaggio-Fans verrückt sein müssen wie er?«

»War Caravaggio verrückt?«

»Mehr als das ... Er war ein ruheloser Geist. Du weißt doch ein bisschen was über sein Leben, oder nicht?«

Loris nickte und wäre fast vom Barhocker gerutscht. Dieses Bier hatte es wirklich in sich. »Ich weiß, dass er ein Mörder war«, sagte er leicht zernuschelt. »Wenn wir in der Zeit zurückreisen könnten, würden wir vielleicht ihn jagen!« Er prustete los.

D'Avanzo musste ebenfalls lachen. »Ja, gut möglich.«

»Eine schwarze Seele ...«

»Eine schwarze Seele. Ein Mann, der ständig auf der Flucht war und notgedrungen im Schatten leben musste. Vielleicht spielt das Licht deshalb eine so große Rolle in seinen Bildern. Wusstest du, dass fast alles, was über ihn bekannt ist, aus den damaligen Gerichtsakten stammt? Er war ein berüchtigter Verbrecher, sein Ruhm als Maler kam erst sehr viel später.«

»Das bestätigt meine Theorie«, sagte Loris behäbig.

»Die da wäre?«

»Die da wäre: Deshalb zieht er so viele Spinner an.«

Um sicherzugehen, hatten sie das Internet und die Polizeiarchive nach sämtlichen Hinweisen auf Caravaggio durchkämmt. Die Ergebnisse waren einigermaßen überraschend gewesen. Es gab Esoterikergruppen, die in seinen Bildern mahnende Symbole und Hinweise auf Initiationsriten sahen. Andere glaubten, Caravaggio sei in Wahrheit die Wiedergeburt eines Schwarzkünstlers, der die Seele seiner Modelle bannte. Es gab einen Verein namens »Bewunderer der Abgeschlagenen Köpfe«, die in Caravaggios manischer Darstellung historischer und mythologischer Köpfungen eine Aufforderung zur Nachahmung zwecks spiritueller Reinigung sahen. Seine Werke waren so suggestiv, dass sie die Leute zu den abseitigsten Fantasien trieben.

D'Avanzo musste zugeben, dass Caravaggio diese Wirkung haben konnte. Dass der Verstand des von ihnen gesuchten Mannes von der düsteren Meisterschaft des Künstlers angestachelt wurde, war deshalb kein abwegiger Gedanke.

»Übrigens, ich habe dir doch von Guido Marchesi erzählt, oder?«, fragte Loris plötzlich und zog einen zerknitterten Zettel aus der Tasche. »Vor seinem Tod hatte er uns zu verstehen gegeben, dass wir es nicht mit einem Fall von Pädophilie zu tun haben. Also habe ich angefangen, das Darknet zu sondieren. Tatsächlich hat Marchesi nur an der Oberfläche gekratzt, auch wenn er zweifellos etwas ahnte, das er uns nicht mehr sagen konnte. Ich glaube, er war verängstigt davon, was er entdeckt hat oder wem er dort begegnet ist. Aber ich bin noch weiter gegangen. Und das war nicht angenehm, glaub mir. Schau, heute habe ich das hier gefunden.«

Ungelenk wedelte er mit dem Zettel vor D'Avanzos Gesicht herum, der nicht hätte sagen können, ob Mannas Theatralik womöglich dem Alkohol geschuldet war.

»Es ist die Abschrift einer Unterhaltung zwischen zwei Personen, die ich aus einem verschlüsselten Chat gefischt habe«, fuhr Loris fort. »Er war auf Englisch, zur Sicherheit habe ich ihn vom Kommissariatsdolmetscher übersetzen lassen.«

Stammelnd las er vor:

ETERNAUT@: Angeblich sind David und Goliath
wunderschön.
NIGHTGAUNT@: Besser als Caravaggios
Original.
ETERNAUT@: Sinnlicher. Der abgeschnittene Kopf

des Riesen sieht ganz lebendig aus. Er hat volle
Lippen. Das Blut funkelt in der Nacht.
NIGHTGAUNT@: Was hast du damit vor?
ETERNAUT@: Ich habe ein paar Ideen. Ich weiß
nicht, ob er noch eine Zunge hat, das wäre
fantastisch.
NIGHTGAUNT@: Du machst mich geil.

D'Avanzo machte ein verdutztes, leicht angewidertes Gesicht. »Was ist das?«

Loris stierte in sein Bierglas. »Ich weiß es nicht. Wie gesagt, das System hat's aus dem Darknet gefischt … Ein Fenster in eine tiefere Schicht, das sich sofort wieder geschlossen hat und das ich nicht mehr wiedergefunden habe. Ein Ausschnitt aus einem Chat. Offenbar ist Marchesi über etwas in der Art gestolpert. Ich jedenfalls habe Gänsehaut gekriegt.«

Ja. Giampaolo D'Avanzo hatte das gleiche mulmige Gefühl.

»Kann es für unsere Ermittlung hilfreich sein?«, fragte er.

»Ich glaube nicht. Natürlich konnte ich die IP-Adresse der beiden User nicht zurückverfolgen, weil sie ein Friend-to-Friend-Netzwerk genutzt haben und die Nachrichten über verschiedene Onion-Router gingen …«

»Ich verstehe nur Bahnhof.«

»Außer von Kunst hast du wirklich von nichts eine Ahnung. Jedenfalls glaube ich, dass sie sogar von unterschiedlichen Kontinenten gechattet haben. Einer saß vielleicht in den Vereinigten Staaten, der andere irgendwo in Asien. Das hat nichts mit unserem Weißhaarigen zu tun. Ich wollte damit nur zeigen, dass Caravaggio einem überall begegnet … Und nicht alle Orte, an denen von ihm die Rede ist, sind angenehm.« Er trank seinen letzten Schluck Bier. »Hätten wir Marchesi bloß noch weiter befragen können …«

Auf Mannas Handy ging eine Nachricht ein.

»Das ist er«, sagte der Techniker plötzlich wieder nüchtern und blickte D'Avanzo alarmiert an.

»Er wer?«

»Der *Pre-Alert*, den wir auf dem System eingestellt haben«, sagte Loris. »›Gott‹ schickt uns eine Benachrichtigung!«

Gott mag auf viele Arten zu uns sprechen, durchschoss es D'Avanzo absurderweise, aber über eine Handynachricht?

Loris las den Text. Selbst im schummrigen Licht des Cupo Vulture war zu sehen, dass er blass wurde.

»Oh, Himmel«, murmelte er.

»Was ist? Was ist los?«

Loris starrte ihn ungläubig an.

»Das System hat ein Match gefunden. Ein weiteres Verschwinden, das mit Caravaggio zusammenhängt. Es ist in diesem Moment passiert … Unser Mann hat gerade eben zugeschlagen!«

49

Als das Handy summte, war sie wach, trotz der Uhrzeit. Als hätte sie darauf gewartet. Sie trat die Laken zur Seite, setzte sich im zerwühlten Bett auf und nahm den Anruf entgegen.

Nach einem kurzen Wortwechsel legte sie auf. Inzwischen kannte sie diese Schauder, die ihr durch die Glieder fuhren. Sie würde sich nie daran gewöhnen, und diese Geschichte würde sie bestimmt nicht vor weiteren verschonen.

Ihr Blick fiel auf die andere Bettseite mit dem fast unberührten Bettzeug. Am Abend zuvor hatte sie kurz erwogen, Fabio zu sich einzuladen. Der flüchtige Kuss hatte in ihrem Kopf und in ihrem Herzen für noch größere Verwirrung gesorgt, und sie hatte eine ganze Weile geschwankt.

Das Telefon klingelte erneut. Es war Fabio.

»Loris hat mich angerufen. Ein verschwundenes Mädchen. Gestern Abend. In einem Dorf am Trasimenischen See … Das ist nicht weit weg von hier.«

Fabio klang hellwach. Vielleicht hatte er auch nicht schlafen können.

»Er hat dir gesagt, wem sie ähnlich sieht, oder?«, fragte sie.

»Ihr Gesicht ist identisch mit Caravaggios *Heiliger Katharina von Alexandrien*. Das ist er, Valentina. Er ist noch hier.«

HAUT, FLEISCH, KNOCHEN

50

Das vom Wasser eingefangene Licht bricht sich in den großen Scheiben, und fast scheint es, als erstrecke sich der See an diesem wolkenlosen Abend bis weit über seine Grenzen, überschwemme die Häuser am Ufer und setze sich jenseits der leuchtenden Fenster fort.

Du bist so fasziniert von diesem Spiel der Reflexe, dass du den Blick nicht von dem Bild des großen, dunklen Wasserspiegels losreißen kannst, der in Wahrheit hinter dir liegt und von den Restaurantfenstern zurückgeworfen wird. Es sieht aus, als würden die wenigen Gäste im Lokal unter Wasser essen.

Und da ist auch sie.

Auch sie bewegt sich wie in Zeitlupe in dieser optischen Täuschung der sacht ans Ufer rollenden Wellen. Du kannst den Blick nicht von ihr losreißen.

Du kannst nicht fassen, wie schön sie ist. Du könntest nicht einmal sagen, *warum* sie so schön ist. Und du begreifst nicht, warum dir das nicht schon früher aufgefallen ist. Die Fotos werden der Wirklichkeit nie gerecht. Du hättest dir also denken können, welche Wirkung sie auf dich haben würde. Stattdessen hast du dich, genau wie die anderen Male, nichtsahnend auf die Suche nach ihr gemacht.

Es kam auch schon vor, dass ein Gesicht nicht dem finalen

Zweck entsprach. Ein abweichendes Detail genügt, die Nase ist nicht perfekt, der Ausdruck der Augen stimmt nicht mit dem Vorbild überein. Dann musstest du die Sache abblasen und von vorn anfangen. Andere Male war die Ähnlichkeit zwar nicht perfekt, aber akzeptabel, und du hast die Aufgabe zu Ende gebracht.

Doch dieses Mal hat etwas die gesamte Planung durcheinandergebracht.

Vielleicht, als du sie, versteckt in deinem Transporter auf der anderen Straßenseite, aus dem Haus kommen sahst. Vielleicht hat sich da ein erster Zweifel geregt. Du sahst ihren tänzerisch leichten Schritt, die strahlend helle Haut, das vom eisigen Seewind bewegte Haar, das Oval des Gesichts.

Dich überkam eine Regung, die du verloren glaubtest: Begehren. Sie besitzen, ganz und gar.

Das wäre möglich. Wenn du nur wolltest.

Während du ihr auf dem Weg von der Wohnung zum Restaurant mit Abstand gefolgt bist, fing dein Verstand bereits an, sämtliche Optionen durchzuspielen.

Zuallererst die Möglichkeit, sie nicht sofort umzubringen.

Wärst du dazu in der Lage? Und was würde dich diese Entscheidung kosten?

Du hast den Transporter bei dem kleinen Hafenbecken geparkt, vor einer Reihe Segelboote, die im bewegten Wasser wie betrunkene Klabautermänner aneinanderstoßen.

Das Mädchen hat das Restaurant betreten, ohne dich zu bemerken. Sie ist selbstsicher. Vielleicht ein bisschen naiv. Und du weißt, wie du dich unsichtbar machen kannst. Du kennst ihre Gewohnheiten bereits, ihre Ticks. Informationen zu sammeln, ehe man zur Tat schreitet, ist entscheidend.

Sie arbeitet als Kellnerin und Mädchen für alles in dieser Spelunke, in der es frittierten Aal, geschmorten Aal, gebratenen Aal gibt, und du fragst dich, wie sie diesen ständigen Gestank nach Süßwasserfisch erträgt, den übelkeitserregenden Mief nach Algen und Schlick, der aus der Küche bis zu dir nach draußen zieht, obwohl du ein ganzes Stück vom Eingang entfernt stehst. LA CORTE DEL LAGO steht auf dem Schild, das der billigen Kaschemme einen gehobenen Anstrich verpassen soll.

»Wollen Sie nicht hereinkommen?«

Ihre Stimme lässt dich zusammenfahren. Ganz in Gedanken, hast du nicht bemerkt, dass sie aus dem Restaurant auf dich zugekommen ist. Sie muss fast geflogen sein, so plötzlich ist sie vor dir aufgetaucht. Vielleicht ist sie doch nicht so naiv, und du bist nicht so unsichtbar.

»Was?«, stammelst du.

»Ich habe Sie unschlüssig vor der Tür stehen sehen und gedacht … Na ja, man isst hier gut, wenn Sie das wissen wollen.«

Du starrst sie verdattert an.

»Zu fairen Preisen«, fügt sie hinzu und missdeutet dein Zögern. »Bitte, kommen Sie rein. Ich werde Osvaldo sagen, er soll Ihnen den Sonderpreis für neue Gäste machen … Sie sind nicht von hier, stimmt's?«

Du zuckst zusammen, als sie dich sacht beim Ellenbogen fasst und zum Eintreten ermuntert.

»Nein, Sie sind nicht vom See.«

Warum zitterst du?

»Was ist? Kommen Sie?«

Du nickst. Was bleibt dir anderes übrig?

Fügsam folgst du ihr in das Lokal, tunlichst darauf bedacht, sie nicht zu berühren.

Nicht aufzufliegen.

51

Die Fahrt von Volterra in das kleine Dorf am Ufer des Trasimenischen Sees dauerte keine zwei Stunden, nicht zuletzt dank Zuccas Fahrstil, der den dicken Subaru bis an den Anschlag brachte. Ein weiterer Wagen mit zwei Beamten folgte ihnen. Sonst niemand.

Manna und D'Avanzo, die inzwischen Unzertrennlichen, waren im Kommissariat geblieben, um die Datenanalyse fortzusetzen. Die rasche, präzise Auswertung jedweder Informationen war entscheidend.

Das verschwundene Mädchen, Rosanna Bacci, war dreiundzwanzig Jahre alt und lebte in Passignano, einem Fünftausend-Seelen-Örtchen am Nordrand des Sees, halb Dorf, halb Touristenziel. Seit dem Tod der Mutter sechs Monate zuvor bewohnte sie allein ein Häuschen am Ufer. Es hieß, sie sei ein tüchtiges, besonnenes Mädchen. Sie war Single und hatte keine Verwandten mehr. Obwohl sie nach dem Ableben der Mutter in eine leichte Depression verfallen war, hatte sie im Restaurant La Corte del Lago, das auf Seespezialitäten und Hausmannskost spezialisiert war und in dem sie als Kellnerin arbeitete, keinen Tag gefehlt.

Tags zuvor war sie wie immer um Punkt achtzehn Uhr zur Abendschicht erschienen, hatte sich umgezogen, ein bisschen mit dem Koch Osvaldo geplaudert und den großen Gastraum, der auf den See hinausging, fertig eingedeckt. Wie in solchen Fällen üblich, hatte Osvaldo rückblickend gemeint, sie sei recht nervös und wenig gesprächig gewesen, doch seit sie allein war, sei das recht häufig vorgekommen. Rosanna war hinausgegangen, um einen großen Müllsack wegzubringen. Sie musste ihn mit einer Sackkarre bis ans Ende des Zugangsweges transportieren und dann rechts hinter der Gartenhecke in einen der großen Container werfen. Dazu brauchte man keine fünf Minuten.

Doch Rosanna war nicht wiedergekommen.

Zuerst hatten sie sich keine Gedanken gemacht. Mitunter nutzte einer der Angestellten die kurze Arbeitspause im Freien, um eine Zigarette zu rauchen oder zu telefonieren. Doch nach einer guten halben Stunde fingen sie an, sich Sorgen zu machen. Sie waren sie suchen gegangen, aber erfolglos. Unschlüssig hatten sie mindestens weitere zwanzig Minuten abgewartet und dann die Polizei verständigt.

Während Zucca aufs Gas trat, las Valentina zum zehnten Mal die ersten Berichte, die sie sich hatte zumailen lassen. Sie versprachen nichts Gutes.

»Ein Match, ein echter Volltreffer!«

Als sie ihn am Abend angerufen hatte, hatte Mannas Ton zwischen Enthusiasmus und Grauen geschwankt.

»Die Meldung kam vor einer knappen halben Stunde. Vielleicht freiwilliges Verschwinden, vielleicht Selbstmord. Aber das Mädchen ist das vollkommene Ebenbild von Caravaggios *Heiliger Katharina von Alexandrien*. Ihre Fotos bringen es auf 98 %. Kaum hatte das System die Vermisstenanzeige geladen, hat es das Gemälde ausgespuckt.«

Eine Viertelstunde später hatten sich Valentina und Fabio im Kommissariat getroffen. Zucca machte alles für die sofortige Abfahrt bereit.

Fabio war ihr noch gelassener als sonst erschienen.

»Fahr du«, hatte er zu ihr gesagt.

»Was soll das heißen? Kommst du nicht mit?«

»Ich tue das, was wir besprochen hatten. Ich werde nach Rom fahren, um herauszufinden, wer Luca Sileri ist, vorausgesetzt, er ist unser Mann.«

»In diesem verdammten Kaff wärst du mir nützlicher.«

Fabio hatte ihr über die Wange gestreichelt. Eine spontane, verhaltene Berührung, in der dieselbe Sanftheit lag wie in dem Kuss, der bereits Teil ihrer Erinnerungen war.

»Das glaube ich nicht. Du schaffst das hervorragend allein. Aber jemand muss nach Rom fahren. Ich hätte schon vor Stunden aufbrechen sollen. Vielleicht gelingt es mir herauszufinden, wo sich Sileri verkrochen hat.«

Valentina wusste, dass die Wahrscheinlichkeit, eine seit Jahren gesuchte und seit geraumer Zeit spurlos abgetauchte Person zu finden, gen null tendierte. Abermals fühlte sie sich der Herausforderung nicht gewachsen. Wieso sollte ausgerechnet ihr gelingen, woran andere Polizisten gescheitert waren?

Doch sie vertraute Fabio.

Während sie zum jüngsten Tatort des grinsenden Mannes fuhren, fragte sich Valentina, wie sehr Costa an sein Vorhaben glaubte. Luca Sileri zu finden, erschien ihr ein Ding der Unmöglichkeit.

52

Sie hatte große, neugierige Augen. Ihr Blick ging nach rechts, bis weit über den Bildrand hinaus. Auf ihren Lippen schien sich etwas anzudeuten. Sie waren sanft geschlossen, als wollten sie sich kräuseln, zu einem Lächeln vielleicht, das niemand je sehen würde.

Besonders ein Foto war fast deckungsgleich mit dem Gemälde der heiligen Katharina. Valentina nahm darin dieselbe verhaltene Heiterkeit wahr.

Während sie die Bilder auf dem Tablet durchscrollte, war sie fest davon überzeugt, dass das Monster genau dieses Foto gesehen hatte, das Rosanna nach einem Tag im Schwimmbad zeigte. Das Mädchen war keine Sportskanone, doch offenbar war sie stolz auf diesen von einem Freund gemachten Schnappschuss, denn sie hatte ihn sogleich auf Facebook gepostet. Das zusammengebundene, nasse Haar, der konzentrierte Gesichtsausdruck, ein angedeutetes Lächeln, all das machte sie zu einem perfekten Ebenbild von Michelangelo Merisis Heiliger. Diese Ähnlichkeit hatte ihren zukünftigen Entführer bestimmt fassungslos gemacht.

Sie sollte zu ihrem Verhängnis werden.

Als sie in Passignano eintrafen, hatte die Suche nach Rosanna gerade begonnen. Die Carabinieri waren zuerst vor Ort gewesen, doch dann hatte das Polizeipräsidium Perugia auf Anweisung des Zentralen Operationsdienstes ein Team der mobilen Einheit losgeschickt. Taucher der Provinzpolizei suchten den See ab, und in der ganzen Region waren Kontrollposten eingerichtet worden. Valentinas Team hatte den schlammgrünen VW California mit dem Kennzeichen AN 346 NA durchgegeben, doch die Hoffnung, ihn abzufangen, schwand mit jeder Sekunde.

Im Corte del Lago befragten die Polizisten mögliche Zeugen. Ein beleibter, grauhaariger Herr in einer unförmigen Jacke löste sich aus der Gruppe und kam auf Valentina zu.

»Ich bin Vizekommissar Leonardini, mobile Einheit«, stellte er sich vor.

»Valentina Medici, SCO.«

Leonardini drückte ihr die Hand.

»Sie waren ja blitzschnell hier, Dottoressa. Ich bringe Sie über das wenige, das wir bisher haben, auf den neuesten Stand.«

Er berichtete, sämtliche Angestellten des Restaurants hätten einhellig ausgesagt, das verschwundene Mädchen habe keine Feinde, pflege keine dubiosen Freundschaften, sei bodenständig, wenn auch recht schlichten Gemüts, und psychisch womöglich ein wenig angeschlagen. Seit sie mutterseelenallein lebte, ohne irgendeinen Verwandten, Freund oder Liebsten, an dem sie sich hätte festhalten können, sei ihr seelisches Gleichgewicht schwer angeschlagen. Ein Selbstmord konnte nicht ausgeschlossen werden, auch wenn sie auf niemanden dermaßen verzweifelt gewirkt hatte.

Doch in den letzten Tagen war sie wie ausgewechselt gewesen. Vielleicht hatte sie neue Zuversicht geschöpft. Dieser weißhaarige Typ schien ganz verknallt in sie zu sein.

Valentina fuhr zusammen.

Leonardini lächelte traurig. »Ja, ich weiß, was Sie denken, ich habe die Meldung gelesen, die ihr in den letzten Tagen rausgegeben habt. Doch leider haben wir von diesem Mann keine übereinstimmenden Beschreibungen … Manche hielten ihn für ihre neue Liebe, aber niemand konnte eine brauchbare Personenbeschreibung liefern.«

»Was soll das heißen?«

»Wir sind mit den Vernehmungen noch nicht ganz durch, aber bisher haben drei Kellner unterschiedliche Beschreibungen gegeben. Die Erinnerung schlägt uns gern ein Schnippchen. Zwei von ihnen sagen, er sei dünn und groß, der dritte sagt, er sei dick und klein. Laut dem einen war er nicht älter als dreißig, die anderen beiden sagen, er könnte um die fünfzig gewesen sein. Tatsache ist, dass niemand sein Gesicht aus der Nähe gesehen hat. Sie sagen, er sei vor zwei Tagen aufgetaucht und habe an dem Tisch neben dem Eingang Platz genommen, der am weitesten von der Küche entfernt ist. Rosanna habe ihn als Einzige bedient. Sie hat wohl eine klare Ansage gemacht: Das sei ein besonderer Gast, und sie würde sich um ihn kümmern. Die anderen hatten ihr liebend gern das Feld überlassen und gemunkelt, vielleicht hätte sie ja endlich jemanden gefunden, der sie auf andere Gedanken kommen ließ. Nur in einem stimmten die Aussagen überein: weißes Haar, das bis über die Schultern reichte. Einmal ist er mit Zopf aufgetaucht und einmal mit offenen Haaren.«

»Er war zweimal da?«

»Ja, vorgestern und gestern Abend. Immer zur Essenszeit. Er kam herein, setzte sich, aß hastig etwas und ging wieder. Rosanna war die Einzige, mit der er ein paar Worte gewechselt hat. Aber niemand hat sie gefragt, worüber sie geredet haben.«

Valentina nickte nachdenklich.

»Wir lassen euch ein Foto des Verdächtigen zukommen, das könnt ihr den Zeugen zeigen. Es ist allerdings schon einige Jahre alt. Wir arbeiten gerade an einer aktualisierten Version.«

»Gut. Aber versprechen Sie sich nicht zu viel. Die würden nicht einmal einen Elefanten erkennen.«

»Waren Sie schon in Rosannas Wohnung?«

»Ja, ich habe ein paar meiner Jungs vor Ort. Wir haben eine Zutrittsbefugnis des diensthabenden Staatsanwalts erwirkt, aber es scheint alles in Ordnung zu sein. Sie befragen gerade die Nachbarn.«

»Ich würde auch gern dort vorbeischauen.«

»Noch etwas«, sagte Leonardini. »Niemand hat das Fahrzeug bemerkt, mit dem der Mann gekommen und gefahren ist. Aber ich lasse die Gegend nach dem von euch gemeldeten Transporter durchkämmen. Wenn er tatsächlich seit mindestens drei Tagen hier herumgelungert hat, muss ihn irgendjemand gesehen haben. Ich lasse die Aufnahmen sämtlicher verfügbarer Überwachungskameras anfordern.«

»Und wir dürfen nicht vergessen, die städtische Polizei und die Verkehrspolizei der umliegenden Gemeinden zu kontaktieren. Wir müssen auch die Radarfallen und Ampelkameras auswerten.«

Ein Windstoß vom See ließ die großen Fensterscheiben erzittern. Beide drehten sich zu der weiten, dunklen Wasserfläche um. Fast meinte Valentina, hinter dem spiegelnden Glas Rosannas Schatten zu crahnen, der stumm um Hilfe rief.

53

Seit einer Stunde stehst du auf der Stelle. Und das ist nicht gut.

Du hast den Transporter wie immer abseits geparkt. Diesmal hinter einem alten, verfallenen Haus, von dem nur drei Mauern und ein Teil des Daches übrig sind, das perfekte Versteck, weit ab der Straße und umgeben von Gestrüpp und Brombeeren. Es hat dich einige Mühe gekostet, dir mit dem Transporter einen Weg zu bahnen, doch es hat sich gelohnt.

Aber es ist noch immer nicht gut.

Du hast das Mädchen betäubt, ohne seine Schönheit zu beeinträchtigen, seine körperliche Unversehrtheit ist gewahrt, und jetzt erscheint es dir noch anziehender als bei eurer ersten Begegnung.

Nur noch ein Schritt, und der Plan ist vollendet.

Was ist los mit dir?

Du drehst dich um, öffnest das Guckloch, um in den Laderaum des Transporters zu spähen. Es scheint alles in Ordnung zu sein. Die am Boden verschraubte Liege. Der gelegte Tropf. Die Heizdecke, die nur ihren Kopf frei lässt.

Und sie.

Sie hat die Augen geschlossen, liegt im künstlichen Schlaf, in den du sie versetzt hast. Selbst so totenblass, als würde die Hölle bereits nach ihr rufen, ist sie vollkommen. Dennoch hat sie etwas an sich, das du nicht begreifst und das dich aus der Fassung bringt.

Nicht ihr Tod zieht dich an, sondern ihre Lebendigkeit.

Und das ist nicht gut. Du hast schon zu viel riskiert. Sie hat dich gesehen. Mit dir gesprochen. Dich angelächelt.

Sie hat dich *wahrgenommen*.

Du schließt das Guckloch, drehst dich wieder um und legst die Hände auf das Lenkrad. Du musst ruhig bleiben. Dich an Zeiten und Regeln halten. Wie immer. Früher oder später wirst du schon wissen, was zu tun ist.

Du musst abwarten und durchhalten.

Früher oder später weißt du Bescheid.

54

Am Abend zuvor war es sehr spät geworden, und Giampaolo D'Avanzo war vollständig angezogen auf einer der im Kommissariat bereitstehenden Ruheliegen zusammengebrochen.

Der nicht minder erschöpfte Loris Manna war allein vor dem mit »Gott« verbundenen Computer sitzen geblieben, um das System mit weiteren Daten zu füttern und einen neuen Recherche-Algorithmus zu testen. Da ein Teil des Teams Hals über Kopf zum Ort des Verschwindens von Rosanna Bacci aufgebrochen war, mussten sie sich allein mit Caravaggio und seinen Figuren herumschlagen. Trotz der neuen Krisensituation blieb die Suche nach Übereinstimmungen und Verbindungen unerlässlich. Und sie gaben alles. Dies war die erste Pause seit Tagen, die D'Avanzo sich erlaubte.

Als er wieder aufwachte, war es noch dunkel. Er ging zu Loris, der mit einem Projektor hantierte. Im Licht der Monitore, an die er das Gerät anschloss, waren seine tiefen, dunklen Augenringe zu sehen.

»Was machst du?«

»An dieser Sache habe ich schon eine ganze Weile gearbeitet«, sagte Manna, jedoch ohne den zufriedenen Unterton, der sonst in seiner Stimme lag, sobald er etwas Neues entdeckte. »Das ist das Ergebnis.«

Auf der weißen Wand leuchteten auf der einen Seite die Fotos von fünf Personen auf, drei Frauen und zwei Männer. Auf der anderen Seite Ausschnitte aus ebenso vielen Caravaggio-Gemälden. Fünf Gesichter, die der Maler mit der üblichen Meisterschaft auf Leinwand gebannt hatte. Die lebendigen Augen, die bewegten Lippen. Sogar die Falten am Hals oder die Linienführung eines Ohrs wirkten verblüffend lebensecht. Beim Einfangen von Körpersprache und Bewegung stand Caravaggio einem Spitzenfotografen der Gegenwart in nichts nach.

Die fünf von Loris' SARI-System erfassten Personen waren fast perfekte, reale Kopien der gegenübergestellten Caravaggio-Figuren.

»Wer sind sie?«, fragte Giampaolo, doch er wusste es bereits.

»Menschen, die im Laufe des letzten Jahres verschwunden sind. Dieser Mistkerl mordet schon wer weiß wie lange, und niemand hat es mitgekriegt.«

Der Kunstkritiker kannte die fünf von »Gott« aus Caravaggios Gemälden herausgepickten Gesichter nur zu gut. Da war Holofernes und, aus demselben Bild, das Gesicht der greisen Dienerin, die bereitsteht, um den Kopf des enthaupteten Feldherrn entgegenzunehmen. Dann das ausgemergelte Gesicht und der lange Bart des *Heiligen Hieronymus*. Die *Wahrsagerin*, die dem Jüngling aus der Hand liest. Und schließlich das seraphische Antlitz der *Pilgermadonna*, eines seiner Lieblingsbilder.

Die Verschwundenen waren nahezu vollkommene Doppelgänger dieser Figuren. Ein bärtiger Mann, ein Alter, eine Greisin, das pausbäckige Gesicht einer Frau und das engelsgleiche Gesicht eines jungen Mädchens, das von seiner Ähnlichkeit mit einer barocken Madonna aus dem siebzehnten Jahrhundert wohl nie erfahren hatte.

Männer und Frauen, die eines Tages verschwunden waren. Von

zu Hause. Aus dem Büro. In der Straße, in der sie wohnten. Unerklärlich und scheinbar grundlos aus ihren Leben gerissen. Von einigen war in reißerischen Fernsehsendungen die Rede gewesen. Bei manchen wurde Selbstmord vermutet. Bei fast allen hatte man auf freiwilliges Verschwinden getippt. Immerhin waren es erwachsene Leute, die womöglich beschlossen hatten, sich in Luft aufzulösen, um irgendwo neu anzufangen. Die fühllosen Algorithmen von »Gott« erzählten andere Geschichten. Horrorgeschichten, die einem den Schlaf rauben konnten und die Albträume befeuerten.

»Und es gibt noch mehr«, murmelte Loris, der die Augen nicht von dem Ergebnis seiner Recherche losreißen konnte.

»Noch mehr?«

»Allmählich kommt ›Gott‹ auf Hochtouren«, sagte der Techniker grimmig. »Diese künstliche Intelligenz verfeinert ihre Fähigkeiten anhand der Informationen, die sie bekommt. Sie perfektioniert sich selbst und weiß, wo sie suchen muss. Sie zeigt mir Übereinstimmungen und Ähnlichkeiten an. Gütiger Himmel … Wie viele denn noch?«

Giampaolo wusste es nicht. Er dachte an Fabio und Valentina und an die anderen, die dort draußen auf der Suche waren.

»Wir müssen ihnen Bescheid geben«, sagte er. »Wir müssen ihnen klarmachen, mit wem sie es zu tun haben. Sie haben ja keine Ahnung.«

55

Rosanna bewohnte die Hälfte eines alten Zweifamilienhauses, ein paar Dutzend Quadratmeter auf zwei Etagen, die einer dringenden Sanierung bedurften. Doch alles war ordentlich und sauber, was dafürsprach, dass sie sich um ihr Zuhause kümmerte.

Die Einrichtung wirkte auf Valentina nichtssagend und unpersönlich. Von dem geblümten Stoff der Vorhänge und der billigen Tischdecke abgesehen, gab es keine Blumen. Außer den gerahmten Porträts ernst dreinblickender, längst verflossener Ahnen gab es kaum persönliche Fotos und keine sonstigen Bilder, die nicht die üblichen, in irgendeinem Einkaufszentrum erstandenen Seestücke und kitschigen Stillleben zeigten. Es gab weder Farben noch Licht. Es gab keine Fröhlichkeit.

Valentina fragte sich, wer Rosanna Bacci war. Sprach aus dem, was sie sah, nur fehlender Geschmack oder noch etwas anderes? Es war, als gehörte diese bescheidene Wohnung nicht wirklich ihr, als wäre sie dort nicht heimisch. Als wohnte sie dort wie in einem Hotel, auf unbestimmte Zeit in der Schwebe. Warum?

Auf einem Foto war Rosanna Arm in Arm mit einer älteren Frau zu sehen. Nur das Mädchen lachte. In der starren Strenge der Älteren, offenbar die Mutter, meinte Valentina die Beziehung der beiden zu erkennen. Eine autoritäre Mutter, die der Tochter verwehrte, ihren eigenen Weg zu gehen, vielleicht aus Sorge, sie könnte in der schlechten Welt dort draußen nicht überleben. Und eine Tochter, die sich damit abfand, im Schatten der anderen zu leben, froh, sich um nichts kümmern zu müssen.

Doch nun war die Mutter tot, und die Trübseligkeit dieser umso verwaisteren Wohnung war das Einzige, was noch von ihr erzählte. Rosanna hatte noch nicht gelernt, ohne sie zu existieren.

Nur eine Besonderheit stach heraus, ein persönlicher Touch, der Valentina überraschte und verstörte.

In Rosannas Schlafzimmer – ein äußerst bescheidenes Einzelbett, Zweite-Wahl-Möbel, keinerlei Behaglichkeit – sprang ihr ein ungerahmter Druck mit vergilbten Rändern ins Auge. Er hing kaum zehn Zentimeter über einer fleckigen Spiegelkommode und zeigte einen Ausschnitt aus Caravaggios *Heiliger Katharina*. Das Antlitz der Heiligen nahm das gesamte Bild ein, und wer das Original nicht kannte, hätte glauben können, Rosanna habe für das Porträt Modell gestanden. Das Mädchen hatte diesen billigen Druck – die frappierende Ähnlichkeit, auf die sie vielleicht jemand hingewiesen hatte, hatte sie fasziniert – womöglich aus Spaß aufgehängt, ohne zu ahnen, dass dieses Motiv sie in die Hände eines Mörders fallen lassen würde.

Bei ihrer vermutlich sinnlosen Ortsbegehung war Valentina allein. Während Zucca und die anderen Teammitglieder den Beamten der örtlichen Polizei halfen, hatte sie das Bedürfnis gehabt, sich ungestört und ohne Ablenkungen ein Bild von Rosanna zu machen. Bestimmt hatte der Grinsende es genauso gemacht. Drei, vielleicht vier Tage lang hatte er in der Gegend herumgelungert, alles ausgespäht und den passenden Moment abgewartet, um zuzuschlagen. Sie wussten, wie sorgfältig er jedes Detail vorbereitete. Also würde sie das Gleiche tun, um seine Beute besser kennenzulernen und ihm auf die Schliche zu kommen.

In der beklemmenden Stille wechselte sie langsam von einem Zimmer zum nächsten.

Sie erreichte das Fenster der kleinen Küche. Für einen kurzen Moment war sie vom Glitzern der bereits hoch stehenden Sonne auf dem kleinen Zipfel Seeoberfläche geblendet, der von hier aus zu sehen war. Die zurückgeworfenen Sonnenstrahlen verfingen sich in den Wipfeln einiger Platanen, die einen Teil des Schottersträßchens hinter dem Haus beschatteten, und warfen ihr flirrendes Licht auf ein Wegstück, das normalerweise im Dunkeln lag. Ein idealer Platz für Sileri und seinen VW California, um das Mädchen heimlich zu beobachten. Bestimmt hatte er genau dort geparkt, im Schutz der Bäume.

Eilig ging sie zur Tür, um ihrer Eingebung zu folgen. Jede noch so kleine Spur konnte nützlich sein, und obwohl die Leute von der Spurensicherung bereits dort gewesen waren, würde ein zweiter Blick nicht schaden.

Als sie aus dem Haus trat, schlugen ihr Blitzlichter und Rufe entgegen, eine Menschentraube drängte auf sie zu. Jemand erkannte sie und rief: »Das ist Valentina Medici! Das ist sie!«

Die Schar bestand aus Reportern und Kameraleuten, Senderlogos prangten auf Kameras und Mikrofonen. Die überregionalen Zeitungen waren da, und alle schienen sie zu kennen.

»Dottoressa, nur ein paar Fragen!«

»Dottoressa, stimmt es, dass es zwischen dem Verschwinden von Rosanna Bacci und Andrea Venturi eine Verbindung gibt?«

»Ist Rosanna schon tot? Oder rechnen Sie damit, sie noch lebend zu finden?«

»Sind Sie für die Ermittlungen zuständig? Leiten Sie das Team?«

»Werdet ihr die Suche nach ihr aufgeben, genau wie bei dem kleinen Andrea?«

Hinter der Wand aus Journalisten tauchte auf dem Stück

Straße, das sie als perfekten Beobachtungsposten für Sileri ausgemacht hatte, ein Kleinbus mit einer riesigen Parabolantenne auf. Schlitternd kam er auf dem Schotter zum Stehen, und ein vielköpfiges Fernsehteam stieg aus und zertrat die eventuell noch vorhandenen Spuren. Niemand hatte den Bereich abgesperrt, und die Journalisten um Vorsicht zu bitten, war aussichtslos. Das war ihre Schuld, sie hatte nicht daran gedacht.

»Ich habe nichts zu sagen«, sagte sie leise. Und dann lauter: »Kein Kommentar, danke.«

Eine stark geschminkte Journalistin, die ihr Mikro wie ein Messer in der Faust hielt, fiel ihr fast in die Arme. Valentina nahm ihren nach Erdbeere riechenden Atem wahr. »Was haben Sie vor, Dottoressa Medici? Andrea Venturi haben Sie nicht retten können, glauben Sie, es wird Ihnen wenigstens bei Rosanna Bacci gelingen?«

Valentina war kurz davor, ihr das Mikrofon aus der Hand zu reißen und es fortzuschleudern. Doch sie musste sich beherrschen.

»Kein Kommentar«, wiederholte sie. Womöglich eingeschüchtert von ihrem Gesichtsausdruck, wich die Reporterin einen Schritt zurück.

Als hätte ihn der Himmel geschickt, tauchte der Subaru auf. Zucca stieg aus, schob sich mit den Ellenbogen zwischen den Journalisten hindurch und half ihr zum Wagen. Kurz darauf sah Valentina die Reporterin mit dem Erdbeeratem in der von Zucca aufgewirbelten Staubwolke verschwinden. Während er sich zwischen den Autos hindurchschlängelte und die Menschentraube hinter sich ließ, starrte Valentina grimmig geradeaus und dachte an Fabio. Sie war sauer auf ihn, weil er nach Rom gefahren war. Sie hätte sich ihn an ihrer Seite gewünscht. Denn sie spürte, dass die Hyänen dort draußen recht hatten. Es ist meine Schuld, dass Andrea noch nicht wieder zu Hause ist, sagte sie sich. Und Rosanna drohte das gleiche Schicksal.

56

Du wartest die Nacht ab, und endlich ist sie da.

Beim ersten Mal gehst du nach hinten, um ihr noch eine Dosis Chloroform und Glutaraldehyd zu verabreichen und dich zu versichern, dass es ihr gut geht. Du weißt, dass ihr Herz diese Behandlung nicht mehr lange durchhält. Bei den anderen war dir das egal, bei ihr nicht.

Mitten in der Nacht gehst du ein zweites Mal zu ihr, weil … weil du sie sehen willst. Sonst nichts.

Du versuchst, in der Fahrerkabine des alten Transporters ein bisschen zu schlafen, doch vergeblich. Du hörst sie dort hinten atmen. Der Gedanke an ihre Augen unter den zarten Lidern treibt dich um.

Schließlich gibst du nach.

Du verlässt die Kabine und steigst in den Laderaum des VW, den du für deine Zwecke perfekt hergerichtet hast. Vorher denkst du noch daran, dir diese grauenvolle weißhaarige Perücke aufzusetzen. Trotz allem vergisst du nicht, dich an die Vorsichtsregeln zu halten.

Als du dich ihr näherst, stockt dir der Atem. Sie ist so schön, wie sie dort auf der Pritsche liegt. Doch ihre Schönheit reicht dir nicht mehr. Sie kann den Hunger nicht stillen.

Langsam ziehst du die Heizdecke weg, die sie warm hält. Betrachtest sie.

Und wieder überkommt dich die Lust.

Die Angst, die Kontrolle zu verlieren.

57

Der Polizist, der Luca Sileris Keller als Erster betreten hatte, hatte sich nicht mehr davon erholt. Noch immer suchte Teresa ihn in seinen Albträumen heim und warf ihm vor, das Monster, das sie so zugerichtet hatte, nicht gefasst zu haben. »Schau mich an«, sagte sie und zeigte auf ihre Wunden. »Schau, was er mir angetan hat.« Dann fuhr der Polizist mit einem erstickten Schrei aus dem Schlaf hoch.

Jetzt stand dieser Polizist vor Costa und sah ihm beim Durchgehen der Ermittlungsakte zu.

Je mehr Costa sich in die Berichte über den Mord an Teresa Franceschi vertiefte, desto stärker wurde das Gefühl, in eine düstere Parallelwelt einzudringen.

Zu den Unterlagen, die er sich hatte beschaffen können, gehörten auch die bei der Entdeckung des Mädchens gemachten Bilder. Leichenfotos, zumal bei einem grausamen Tod, hatten stets eine Art theatralische Plastizität, eine aseptische, dingliche Schärfe, doch zugleich machte ihr kaltes Schwarz-Weiß die Gewalt umso unerträglicher. Die Fotos von Sileris Opfer waren so grausam, dass man kaum hinsehen konnte.

»Als die arme Franceschi obduziert wurde«, erklärte Vicequestore Donato Forgione, der die Ermittlungen geleitet hatte und den Teresa regelmäßig in seinen Albträumen heimsuchte, »war der Gerichtsmediziner höchst überrascht. Man hatte dem Körper fast sämtliche organische Flüssigkeiten entzogen und durch Silikonkautschuk ersetzt. Das ist ein flüssiges Polymer, das zusammen mit anderen Substanzen den Gewebeverfall teilweise verhindert. Eine Art Einbalsamierung. Sileri hatte sich ein richtiges Labor eingerichtet, mit einer Wanne, angeschlossen an eine Pumpe, und zwei jeweils mit einem Tropf verbundenen Schläuchen. Mittels dieser Schläuche wurde der Körper des Mädchens mit Azeton gespült, um Fette aufzulösen und zu eliminieren, und Silikon ins Gewebe eingeleitet. Dieser Irre wollte aus seinem Opfer eine Art Plastikpuppe machen.«

»Das erfordert Wissen und Erfahrung«, bemerkte Costa. Allmählich wurde Luca Sileris grausiges Vorhaben immer klarer.

Forgione nickte. »Das ist das Absurdeste an der Geschichte. Sileri hat Chemie studiert, aber sofort hingeschmissen. Wir haben sogar mit seinen Professoren gesprochen. Der eine oder andere konnte sich an ihn erinnern und nannte ihn brillant, aber unbeständig. Er sei merkwürdig gewesen, konnte sich nicht konzentrieren. Doch zweifellos hat er sich ein Grundwissen angeeignet. Und dann, 2015, ein Jahr vor dem Mord an Teresa Franceschi, jobbte er für eine Ausstellung namens *Body Worlds* in Rom. Weißt du, was das ist?«

Costa sagte der Name etwas. Vor Jahren hätte er sich die Ausstellung in Mailand beinahe angesehen, die menschliche und tierische Körper mit offengelegten Muskeln in zumeist eindrücklichen Posen präsentierte. Für Kunst und Wissenschaft gespendete Leichname, die geschulte Pathologen besonderen Konservierungsverfahren unterzogen und sie dann in Bewegung oder in natürlichen Posen arrangierten, sitzend an einem Tisch oder schlafend zusammengekauert.

Der Tod im banalen Gewand des Lebens.

Solche Ausstellungen gab es seit Jahren rund um die Welt. Einige waren der Ansicht, man würde das Andenken der zur Schau gestellten Toten schänden, andere würdigten die künstlerische Wucht und die wissenschaftliche Innovation. Manchen bereitete der voyeuristische Blick auf die menschliche Natur in ihrer nacktesten und realistischsten Form schlichtweg Unwohlsein.

Auf einigen dieser Ausstellungen wurden mit den präparierten Körpern berühmte Kunstwerke nachgestellt. Bilder oder Skulpturen aus Leichen.

Das war das letzte Mosaiksteinchen des Grauens. Luca Sileri suchte passende Subjekte, um Caravaggios Bilder unter Verwendung dieser Einbalsamierungsmethode neu zu erschaffen. Sein Wahnsinn hatte den Punkt erreicht, an dem Kunst und Tod miteinander verschmolzen.

»Das Verfahren wird Plastination genannt«, erklärte Forgione. »Es wurde Ende der Siebzigerjahre von einem Deutschen namens Gunther von Hagens erfunden. Dabei werden Fett und Körperflüssigkeiten durch Polymere ersetzt, damit das Gewebe nicht verwest und der Körper weich und elastisch bleibt. Das ist was für Horrorfans, wenn Sie mich fragen. Von Hagens gilt je nachdem als Genie oder als Wahnsinniger, aber seine wissenschaftliche Methode ist revolutionär und findet in zahlreichen Ländern Anwendung, vor allem im anatomisch-pathologischen Bereich. Er betreibt Dutzende Labors in der ganzen Welt, und jedes Jahr stellt seine Organisation diese Wanderausstellungen auf die Beine. In Italien gab es mehrere. Unser Luca Sileri war wie gesagt Teil des Teams, das 2015 die *Body Worlds* in Rom organisierte. Offenbar hat er dort seine Technik verfeinert und dann versucht, sie an der armen Teresa Franceschi anzuwenden.«

»Aber er ist gescheitert«, bemerkte Costa, der sich in den Anblick sezierter und wieder zusammengesetzter Körper vertieft hatte. In Sileris Akte lagen mehrere Prospekte der von Forgione erwähnten Ausstellung mit detaillierten Beschreibungen der Plastination. Dazu gab es Erläuterungen zur Ausstattung eines Plastinationslabors sowie eine regelrechte Kostentabelle für chemische Substanzen und Gerätschaften wie beispielsweise große Stahlwannen.

»Ja, er ist gescheitert«, stimmte Forgione zu. »Die Leiche fing trotzdem an zu verwesen. Vielleicht fehlten Sileri die nötigen Instrumente.« Er deutete auf die Preisliste, die Costa vor sich hatte. »Damals gab es das perfekte Plastinations-Kit noch nicht zu kaufen.«

»Oder vielleicht war seine Methode nicht ausgefeilt genug.«

Forgione nickte. Beide mussten daran denken, dass Sileri seine Technik über die Jahre verfeinert haben konnte.

»Ist es möglich, dass er das alles allein gemacht hat?«, fragte Costa.

Forgione zuckte mit den Achseln. »Soweit wir wissen, ja. Zumindest zur Zeit des Mordes. Natürlich haben wir mit den Organisatoren der Ausstellung von 2015 gesprochen. Um so etwas auf die Beine zu stellen, braucht es Dutzende Leute und Hunderte Stunden Arbeit. Die Körper stammen von wer weiß woher und kommen bereits präpariert zur Ausstellung. Aber dann braucht es Techniker, die sie nach den Angaben der Organisatoren in Positur bringen. Sileri war einer von ihnen, ein einfacher Handlanger. Aber manche konnten sich an ihn erinnern. Sie meinten, er sei schweigsam und abweisend gewesen. Und unzuverlässig. Er machte Fehler. Am Ende haben sie ihn rausgeschmissen … Und er hat ein bisschen Material mitgehen lassen. Silikone, Azeton, sogar eine Injektionspumpe. Zumindest hatten sie den Verdacht, dass er es war. Aber um negative Presse zu vermeiden, haben sie ihn nicht angezeigt.«

»Material, das er dann in seinem Keller verwendete.«

»Das ist wahrscheinlich, zumindest teilweise. Aber wie du schon sagtest, es hat nicht funktioniert.«

»Warum ist es euch nicht gelungen, ihn zu schnappen?«

Forgione hielt seinem Blick stand. »Fabio, du weißt doch, wie solche Dinge laufen. Ich bin gewiss nicht stolz auf das, was uns *nicht* gelungen ist. Anfangs haben wir alles gegeben. Ich habe Sileri vom Staatsanwalt für flüchtig erklären lassen, so konnte ich ein paar Telefone anzapfen. Das Problem ist, dass Sileri ein Einzelgänger war. Womöglich ist er es noch. Keine lebenden Verwandten. Keine Freunde. Wir haben versucht, ein paar Bekannte aus dem Discounter abzuhören, für den er arbeitete, auch ein paar Kollegen von *Body Worlds*. Es gab da eine junge Frau, mit der er offenbar ein bisschen mehr zu tun hatte als mit den anderen. Aber nach ein paar Monaten mussten wir die Sache an den Nagel hängen. Anordnung vom Staatsanwalt. In den letzten drei Jahren hat keiner mehr zu ihm ermittelt.«

Und Luca Sileri hatte wieder angefangen. Er hatte sich irgendwo verkrochen, seine Fertigkeiten vervollkommnet und wieder zu morden begonnen. Costa verkniff es sich, darauf herumzureiten. Der Kollege hatte schon genug Albträume. Sie konnten leider nicht immer gewinnen. Es passierte sogar sehr häufig, dass die Schuldigen auf freiem Fuß blieben und ihre Gewalt auslebten.

Costa betrachtete eine Schwarz-Weiß-Aufnahme von Teresas geschundenem Körper; sie war dreiundzwanzig gewesen, das ganze Leben noch vor sich. Genau wie Rosanna Bacci und all die anderen Opfer, denen »Gott« auf die Spur kam. Jedoch immer zu spät.

»Was hast du jetzt vor?«, fragte Forgione. Es lag keinerlei Verbitterung in der Frage, vielmehr die Hoffnung, dass sich mit den neuen Ermittlungen eine Chance auftat, Sileri zu schnappen. Damals hatten sie ihr Möglichstes getan. Doch nun wussten sie, dass der Mörder weiterhin in Italien unterwegs war. Und dabei hinterließ er neue Spuren.

»Du kennst ihn in diesem Moment besser als alle anderen«, sagte Costa und war sich der Tüchtigkeit des Kollegen bewusst. »Du bist der Einzige, der mir weiterhelfen kann.«

Forgione verzog keine Miene, doch es war ihm anzusehen, dass er eine Idee hatte. Und dass er froh war, eine zweite Chance zu bekommen.

»Also, ich würde Folgendes tun«, sagte er. Und Costa hörte ihm zu.

58

Als Fabio sie anrief, joggte Valentina gerade einen nach Tau und frisch gemähtem Gras duftenden Spazierweg entlang. Seit dem Beginn der Ermittlungen hatte sie diese Gewohnheit vernachlässigen müssen. Es blieb keine Zeit dazu, und sie hätte sowieso das Gefühl gehabt, dass es Dringenderes zu tun gab.

Doch an diesem Morgen hatte sie es nicht mehr ausgehalten. Wenn sie schlappmachte, wäre keinem damit gedient.

Falcone hatte sie mitten in der Nacht angerufen, nachdem er einen Fernsehbeitrag gesehen hatte, in dem Valentina die Journalistenmeute vor Rosanna Baccis Haus mit ihrem »kein Kommentar« abspeiste.

»Wir sollten an einer Pressemitteilung arbeiten«, sagte ihr Chef kalt. »Du kannst den Medien nicht ewig etwas vormachen. Denk dran, die öffentliche Meinung ist für unsere Arbeit wichtig. Wir brauchen die Unterstützung aller.«

Ihr Vorgesetzter wirkte enttäuscht und frustriert. Er sagte, Luca Sileri sei nicht der einzige Mörder, den es zu verfolgen gelte. Und es bräuchte Beweise. Sollte sich ihre Annahme als haltlos erweisen, wäre es schwer, die verlorene Zeit wettzumachen. Auf die Zusammenarbeit mit Fabio Costa kam er nicht noch einmal zu sprechen. Das beunruhigte sie: Es schien, als hätte Falcone über das Schicksal dieser Ermittlungen bereits entschieden. Und natürlich über ihres.

Das Joggen konnte ihre Laune nicht bessern, aber immerhin fühlte sie sich mit ihrem Körper im Reinen. Die aus der Übung geratenen Muskeln begannen, wohltuend zu schmerzen.

Dann rief endlich Fabio an und brachte sie über Sileri auf den neuesten Stand. Keine Spur des Mörders, keine Ahnung, wie man ihn aufspüren sollte. Sie standen wieder am Anfang.

»Wir dürfen nicht lockerlassen, Valentina.«

Doch ganz gleich, aus welchem Winkel man die Situation betrachtete, sie schienen keinen Zentimeter vorangekommen zu sein. Weite Kreise, Spuren, die sich häuften, überlagerten und mitunter vermischten. Jedes Mal schien die Lösung zum Greifen nah. Und dann glitt ihnen wieder alles durch die Finger. Sie hatten zwar einen Namen, und das war entscheidend. Doch ihr Mann tingelte weiter mordend durchs Land und riss vor ihrer Nase Unschuldige aus ihren Leben.

»Bist du noch dran?«, fragte Costa.

»Ja … bin ich …« Keuchend war sie vor der Carabinieri-Kaserne in Passignano stehen geblieben, in der sie eine provisorische Basis eingerichtet hatten, denn wegen des Bacci-Falls würden sie noch eine Weile vor Ort bleiben müssen. Der Oberstleutnant hatte ihnen ein paar spartanische, aber zweckdienliche Räume zur Verfügung gestellt.

»Ich habe noch eine Hoffnung«, sagte Costa. »Eine Idee, die wir nicht außer Acht lassen sollten. Die junge Frau, mit der Sileri bei *Body Worlds* gearbeitet hat.«

»Du sagtest doch, die wurde bereits abgehört und so weiter. Was hoffst du, nach all den Jahren noch herauszufinden?«

»Noch einmal von vorn anfangen, wenn alles verloren scheint, weißt du noch? Außerdem kommt der Kollege, der zu Sileri ermittelte, einfach nicht darüber hinweg. Er ist überzeugt, dass die Frau nicht die ganze Wahrheit gesagt hat.«

Gerede, dachte Valentina. Das musste gar nichts heißen. Anfangs hatten sie Glück gehabt. Doch jetzt schien die Luft aus dieser Ermittlung ebenso raus zu sein wie in diesem Moment bei ihr.

Sie wollte es gerade sagen, als sie am Eingang des Gebäudes einen kleinen Tumult bemerkte. Angelo Zucca stürmte aus der Tür und schob ein paar uniformierte Carabinieri unsanft zur Seite.

Mehrere Soldaten hasteten mit Maschinengewehren und schusssicheren Westen heraus. Die Funkgeräte plärrten Anweisungen. Das ferne Jaulen von Sirenen zerriss die Stille des Sees.

»Irgendetwas passiert hier gerade …«, sagte Valentina und wischte sich mit dem Ärmel der Trainingsjacke den Schweiß fort.

Zucca kam aufgeregt auf sie zu. »Es wurde geschossen«, rief er. »Ganz in der Nähe … Angeblich war ein Transporter am Tatort. Er haut ab.«

»Beweg dich«, schrie Costa, der alles mitangehört hatte. »Das muss er sein, Valentina. Das ist er! Das ist Sileri!«

59

Beim ersten Tageslicht brichst du auf, ganz nach Plan. Keine Ausnahme. Keine Abweichung. Keine Schatten im Kopf. Keine Zwangshandlung. Bis zum Schluss.

Du hast ihr eine weitere Dosis verabreicht, nur um sicherzugehen. Sie ist nicht anders als die anderen. Wie dumm von dir, das zu denken. Trotz deiner Fickerigkeit warst du gestern gegenwärtig genug, dich rechtzeitig zu bremsen. Jetzt musst du dich nur auf den Zeitplan konzentrieren: die Route, die notwendigen Pausen, die Wochen im Voraus festgelegten Stopps. Alles ist bis ins Kleinste durchgeplant.

Keine Ausnahme. Nie mehr.

Doch als die ersten Sonnenstrahlen durch die Baumwipfel entlang der Straße hypnotisch flirrend auf die Windschutzscheibe fallen, beginnt etwas, dich wieder umzutreiben.

Du brüllst aus voller Kehle. Drischst mit den Fäusten aufs Lenkrad, aufs Armaturenbrett, sogar gegen die Fensterscheibe, die fast zerbirst. Du schreist und tobst, und der Transporter schlingert über die leere Fahrbahn. Sollte dir ein Auto entgegenkommen, wäre das kein Problem. Nicht für dich. Du würdest jeden umbringen, um dir ein wenig Erleichterung zu verschaffen. Du tätest es mit *Vergnügen*.

Am Rand der schmalen Fahrbahn ist eine Art Haltebucht zu

erkennen. Mit einer brüsken Bewegung lenkst du den Transporter darauf, hältst an, stellst den Motor ab und sitzt lauschend da.

Kein Geräusch. Nur dein pochendes Herz, dein rumorender Verstand. Keine Gefahr.

Jetzt bist du ganz ruhig. Steigst aus. Die kalte Morgenluft prickelt auf deinen schlecht rasierten Wangen. Du hast die Perücke in der Fahrerkabine gelassen. Sofort legt sich die Feuchtigkeit auf deinen glänzenden Schädel.

Trotz der Kälte spürst du die ungewollte Erregung. Du bist schwach. Allein bei der Vorstellung, sie noch einmal anzusehen, vergehst du vor Verlangen. Diesmal wird es schwer sein, dich zurückzuhalten. Aber du musst es versuchen. Um deiner selbst willen.

Du öffnest die hintere Tür und kletterst in den Laderaum.

Ihr Geruch ist noch intensiver geworden. Du begehrst sie. Jetzt. Es ist eine Art Liebe, die dich quält und dir Angst macht.

Ein plötzliches Klopfen. Ein forderndes, hässliches Geräusch.

»Ist jemand dadrin? Aufmachen!«

Das klingt nicht nach jemandem, der um einen Gefallen bitten will. Das ist der autoritäre Tonfall eines Menschen, der keinerlei Verständnis hätte und diesen einzigartigen, flüchtigen Moment der Ekstase stört. Und der dich vernichten wird, wenn du es zulässt.

Du drehst dich zur Hecktür um und bemerkst, dass sie nicht richtig eingerastet ist. Das ist noch nie vorgekommen. Schon versucht der Mann dort draußen, sie gewaltsam zu öffnen. Der Spalt, durch den das Tageslicht sickert, wird immer breiter.

»Wir kommen jetzt rein!«, ruft die feindselige Stimme.

Wir.

Deine Hände gleiten zu deinen Stiefeln. Du ziehst das Messer hervor und hältst es bereit. Selbst im schummrigen Licht kann man sich an seiner geschwungenen Kontur, dem dunklen Film geronnenen Blutes weiden. Es heißt, eine Klinge in einen menschlichen Körper zu rammen, würde das Metall stählen, es in der Glut des Schmerzes härten.

Die Tür öffnet sich. Das Licht blendet dich kurz, aber du hast Höhe und Stoßrichtung bereits kalkuliert.

Du springst hervor und stichst zu. Ein, zwei, drei, vier Mal. Schnell. Heftig. Du spürst, wie das Fleisch nachgibt, hörst das Geräusch der splitternden Knochen.

Und Schreie. Ein Geräusch, das von weit weg zu kommen scheint. Schmerz und Überraschung, wunderbar verflochten, wie eine Melodie in der kalten Morgenluft. Du magst das Gefühl. Du bist wieder du.

Blitzschnell landest du auf der Straße, während der Mann vor dir auf dem Asphalt zusammenbricht, bis zum Kopf mit seinem eigenen Blut besudelt.

Da ist noch ein Mann, die Angst hat ihn versteinert. Nur eine Hand, die rechte, zerrt unablässig am Knauf der Pistole, die im weißen Gürtel steckt. Er hat das Holster nicht geöffnet, und die Waffe denkt gar nicht daran, sich herausziehen zu lassen. Du stürzt dich auf ihn und genießt sein schrilles, kaum noch menschliches Winseln.

»Nein, nein, bitte, bitte!«

Mit einem Griff ziehst du seine Beretta aus dem Halfter, entsicherst sie mit einer geschmeidigen Bewegung und rammst ihm den Lauf in den Bauch. Dann drückst du ab.

FÄHRTEN

60

Auf einer der zahllosen kleinen Verkehrsadern, die durch den Apennin führen, war den beiden Beamten der Verkehrspolizei das Schicksal begegnet.

Noch ließ sich nicht mit Sicherheit sagen, ob der Hinterhalt dem grinsenden Mann zuzuschreiben war, aber Costa hatte keine Zweifel. Valentina war zurückhaltender. Wenn er es gewesen war, war er abermals vor ihren Augen entwischt.

»Es ist gut hundertfünfzig Kilometer von hier passiert«, erklärte Zucca, während er tat, was er am besten konnte: aufs Gas treten. »Angeblich haben die Beamten ein am Straßenrand parkendes Fahrzeug gesehen und eine Routinekontrolle vorgenommen. Die Beschreibung des Transporters, ehe die Verbindung abbrach, schien zu passen. Einer der beiden war sofort tot, auf ihn wurde brutal mit einem Messer eingestochen. Dem anderen hat der Angreifer die Dienstpistole entrissen und damit auf ihn geschossen. Er wird gerade ins nächste Krankenhaus gebracht.«

Vielleicht hatte das Ereignis nichts mit ihrem Fall zu tun. Vielleicht hatten die Beamten zufällig einen Drogenkurier abgefangen, und der hatte reagiert. In Rom ging man bereits davon aus. Der über die Ereignisse in Kenntnis gesetzte Falcone hatte ihr davon abgeraten, zum Tatort zu fahren. »Konzentrier dich auf das Mädchen vom See«, hatte er gemahnt. »Überlass diese Dinge den Leuten vor Ort. Wenn sie Hinweise auf eine Verbindung finden, werden sie es dir mitteilen. So läuft das nun mal. Man arbeitet zusammen. Du kannst nicht ziellos von einer Sache zur anderen springen. Und Hut ab für deine Verschwiegenheit bezüglich der Ermittlungen ... Darüber sprechen wir noch.«

Valentina verstand Falcones letzte Bemerkung nicht, in der keinerlei Ironie oder Wohlwollen mitschwang. Doch sie roch nach Ärger. Aber was spielte das noch für eine Rolle, schließlich tat sie gerade genau das Gegenteil dessen, was ihr Vorgesetzter ihr aufgetragen hatte. Sie begab sich mit fliegenden Fahnen an den Ort, wo der Schuss gefallen war.

Über die Dringlichkeit, sich dem von ihnen gesuchten Mann an die Fersen zu heften, war sie sich mit Fabio einig. Wenn dieses Blutbad ebenfalls Sileri zuzuschreiben war, bedeutete das, dass es ihm aus irgendeinem Grund nicht gelungen war, unbemerkt vom See zu verschwinden, wahrscheinlich wegen des Drucks, den sie in der gesamten Gegend aufgebaut hatten. Offenbar waren die Straßensperren und die zahlreichen Streifen ihm in die Quere gekommen.

Und wenn er noch auf der Flucht war und seinem Zeitplan womöglich hinterherhinkte, bestand auch die Chance, Rosanna Bacci zu finden.

Aber was, wenn sie falschlagen? Wenn es nicht Luca Sileri war? Wenn die Aufregung umsonst war und der Caravaggio-Killer in genau diesem Moment den Körper des Mädchens plastinierte?

»Wir sind fast da«, sagte Zucca.

»Gut. Fahr direkt ins Krankenhaus.«

»Ich glaube nicht, dass sie euch mit dem verletzten Beamten sprechen lassen«, sagte Zucca. »Anscheinend hat er eine Menge Blut verloren. Der Mistkerl hat ihm in den Bauch geschossen ... Ich glaube nicht, dass er durchkommt.«

»Ich will trotzdem hin.«

Als die schmucklose, graue Silhouette des Krankenhauses auftauchte, in dem der Kollege mit dem Tod rang, biss sich Valentina nervös auf die Lippen. Sie verspielte ihren letzten Kredit. Das wusste sie. Doch Fabio hatte recht: Eine Ermittlung wie diese veränderte einen, ob man wollte oder nicht. In einer Ermittlung wie dieser musste man alles geben. Sich mit Haut und Haaren hineinstürzen. Und Kopf und Kragen riskieren. Eine andere Möglichkeit gab es nicht. Hatte es nie gegeben.

61

»War er es?«, fragte der Kollege, ein Beamter der mobilen Einheit, den man blitzartig ins Krankenhaus geschickt hatte. Er war ein junger, blasser Polizeikommissar. Seine Vorgesetzten gaben gerade eine Pressekonferenz, in der sie an das Opfer der beiden getroffenen Beamten erinnern würden, um das Überleben des Verletzten beten und allen Anwesenden versichern, dass die Verantwortlichen bald gefasst wären. Leere Versprechungen. Valentina kannte das Prozedere.

»Wer denn?« Sie warf ihm einen flüchtigen Blick zu. Ja, der Kollege war eindeutig zu jung und am falschen Platz.

»Na, der Gesichtersammler.«

»Der *was*?«

Der Kommissar wurde rot bis zum Ansatz seiner stoppelkurzen Haare. »Entschuldigung ... Das stand heute Morgen in den Zeitungen. Es heißt, ihr seid hinter dem ›Gesichtersammler‹ her, der sich durch die Bilder von Caravaggio inspirieren lässt.«

Valentina war sprachlos. Wieder war etwas durchgesickert. Jemand arbeitete gegen sie, als hätten sie nicht schon genug Probleme. Und er musste aus dem engsten Umfeld sein, vielleicht sogar aus ihrem Team. Das erklärte Falcones Bemerkung am Telefon.

Der Gesichtersammler. Offenbar hatten die Medien ihm diesen Spitznamen verpasst. Das setzte dem ohnehin rund um die

Uhr laufenden Nachrichtenspektakel noch eins drauf. Die Ähnlichkeit der Opfer mit den Figuren aus Caravaggios Bildern hatte die Fantasie der Journalisten befeuert. Die Mutmaßungen trieben die wildesten Blüten. Keine kam der Wahrheit auch nur ansatzweise nahe.

»Wir nennen ihn nicht so«, knurrte Valentina.

Sie saßen im Wartesaal der Intensivstation. Jenseits einer abgetönten Glasscheibe lag der Schemen des angeschossenen Polizisten Claudio Colombo umgeben von Schläuchen und lebenserhaltenden Apparaten auf einem Bett. Vor ihrem Eintreffen war Colombo bereits ins Koma gefallen und würde womöglich nie mehr auf ihre Fragen antworten können. Vielleicht wären sie ohnehin sinnlos gewesen, auch wenn Valentina darauf gesetzt hatte. Der Blick eines erfahrenen Beamten registrierte mitunter Details, die einem normalen Menschen nicht auffielen. Mit unglaublicher Schnelligkeit und Brutalität war der Polizist entwaffnet und niedergeschossen worden. Doch zuvor hatte er die Tötung seines Streifenkollegen mitangesehen. Vielleicht war ihm etwas aufgefallen, irgendetwas, dachte Valentina verzweifelt.

»Eine Routinekontrolle«, wiederholte unterdessen der junge Beamte beflissen. »Vielleicht hat das nichts mit Ihrem Fall zu tun. Diese verdammte Landstraße ist so wenig befahren. Einer Streife zu begegnen, war Zufall und Pech zugleich. Und die beiden Beamten konnten nichts tun. Wenn es euer Gesichtersammler war, hat er sie in Sekundenschnelle allein überwältigt.«

Wie kommt er dazu, ihn so zu nennen?, fragte sich Valentina.

Euer Gesichtersammler.

In dem Moment trat ein Krankenpfleger aus dem Stationszimmer. Auf einem Wagen schob er Claudio Colombos Kleidung vor sich her. Die Uniform, die hohen Stiefel der Verkehrspolizei, der weiße Pistolengürtel. Alles war blutbefleckt.

Zucca ging zu ihm. »Da ist wenig zu machen«, sagte der Pfleger leise. »Die Ärzte sagen, es sei ein Wunder, dass er noch lebt.«

Auf der anderen Seite des Wartezimmers weinte jemand. Die allzu junge, künftige Witwe des ebenfalls allzu jungen Colombo.

Der Anblick des weiß-roten Pistolengurts ließ Valentina zusammenzucken. Sie schob Zucca beiseite und hielt den Krankenpfleger zurück, der die Kleidung gerade in einen großen grünen Sack stecken wollte.

»Haben Sie ihm die Sachen ausgezogen? Jetzt gerade?«, fragte sie.

Der Mann verstand nicht, was sie meinte. Unsicher schüttelte er den Kopf. In seinen großen Augen über der OP-Maske lag Rührung.

»Der Gürtel«, setzte sie hinzu. »Wer hat ihn angefasst?«

Der Pfleger schüttelte abermals den Kopf. »Ich weiß es nicht … Nur ich, glaube ich, als ich ihn losgemacht habe …«

Zucca begriff, worauf Valentina hinauswollte. Er machte dem Pfleger mit der blutigen Kleidung im Arm ein Zeichen, sich nicht zu rühren, streifte ein Paar Latexhandschuhe über, die er stets bei sich trug, griff den weißen Gürtel behutsam bei der Schnalle und hielt ihn hoch.

Auf dem zerkratzten ledernen Pistolenhalfter, auf dem die Dienstjahre ihre Spuren hinterlassen hatten, zogen sich lange Blutspuren vom Halteriemen bis zur Lasche mit dem Druckknopf, die die Waffe sicherte. Es war Colombos Blut. Doch wenn der rekonstruierte Tathergang zutraf, hatte der Mörder den Kollegen bereits niedergestochen, ehe er Colombo die Beretta entriss und auf ihn schoss. Er musste sich die Hand, die nach dem Pistolenknauf gegriffen und das weiße Leder von Colombos Halfter berührt hatte, mit Blut befleckt haben. Mit einer Menge Blut.

Die leuchtend roten Fingerabdrücke waren deutlich zu erkennen und ließen nicht viel Raum für Zweifel. Sie stammten von den Fingern des Mannes, der die beiden Polizisten niedergestreckt hatte.

62

Es ist nicht dein Blut, du bist unverletzt. Aber du bist von oben bis unten damit bedeckt. Blut an den Händen, auf den Kleidern. Du musterst dich im Rückspiegel: leuchtend rote Sprenkel auf den Wangen, auf der Stirn. Und du bist noch nicht aus dem Schneider. Vom Ziel deiner Reise weit entfernt.

Du hast schon etliche Stopps eingelegt und den Ort jedes Mal sorgfältig ausgewählt: keine Haltebuchten oder Parkplätze, nur abgeschiedene Winkel, unzugängliche Böschungen an kleinen Nebenstraßen, darauf bedacht, nicht in einem schlammigen Graben stecken zu bleiben. Du hast dich, so gut es ging, ausgeruht und bist zwischendurch sogar eingeschlafen. Das ist gefährlich. Sie haben dich schon einmal per Zufall erwischt. Es kann wieder passieren.

Du bist wütend auf dich selbst. Hättest du nicht angehalten, um nach ihr zu sehen, wäre nichts passiert. Vielleicht wärst du jetzt schon in Sicherheit.

Doch vor Wut muss man sich ebenfalls in Acht nehmen, Wut verleitet zu Dummheiten.

Also beruhigst du dich allmählich wieder.

Du bist fast am Ziel. Das Navi zeigt dir noch immer andere und schnellere Routen an, denen du am liebsten folgen würdest, so dringend willst du die Sache zu Ende bringen. Aber du reißt dich zusammen. Du bist gut. Ständig änderst du den Weg, näherst dich und entfernst dich wieder, vergewisserst dich, dass niemand dir folgt, und weichst eventuellen Straßensperren aus. Du weißt, dass sie dich suchen. Viel intensiver als vorher. Du hast zwei von ihnen umgebracht. Noch nie waren sie so dicht an dir dran. Deshalb kommt es nicht auf die benötigte Zeit, sondern auf die Route an. Nur sichere Wege. Länger und umständlicher, aber sicherer.

Auf diesem Zickzackkurs hast du dich endlich angenähert. Das Ende ist in Sichtweite.

Sicher, du hast eine Planänderung vornehmen müssen. Das jetzige Ziel ist nicht ideal und birgt einige Risiken. Aber zum ursprünglich vorgesehenen Ort zu gelangen, ist praktisch unmöglich. Manchmal muss man die Regeln ändern. Und am Ende liegt die Entscheidung bei dir.

Du bist fast da.

Du musst nur der Versuchung widerstehen, nach dem Mädchen zu sehen. Seit einer Weile schon hörst du sie nicht mehr wimmern. Vielleicht ist sie tot, und das wäre nicht gut, denn wenn das zu früh passiert, könnte alle Mühe umsonst gewesen sein. Du gehst davon aus, dass sie noch lebt. Wenn auch nicht mehr lange.

Du stellst dir vor, wie sie daliegt und auf dich wartet, und der Gedanke erregt dich. Stachelt dich zum Weiterfahren an.

Es fehlt nicht mehr viel. Dann bist du in Sicherheit. Und sie ist wirklich dein.

63

»Gibt es was Neues?«

Giampaolo D'Avanzo setzte sich neben Loris Manna. Man hatte sie über das Massaker an den beiden Verkehrspolizisten informiert, und am liebsten wäre Loris sofort aufgebrochen, um bei Valentina und den anderen zu sein. Doch er wusste, dass seine Aufgabe in dieser Geschichte eine andere war. Jeder musste seine Rolle spielen.

Er war in den Polizeidienst eingetreten, ohne zu wissen, ob er für den Job gemacht war. Es war ein langer, steiniger Weg gewesen, und am Ende hatte Loris sich eingestehen müssen, dass er für diese Berufung zwar ein Händchen hatte, aber arg in Mitleidenschaft gezogen wurde. Nicht nur, weil er dazu neigte, sich physisch und psychisch in die Verbrechensopfer hineinzuversetzen, mit denen er es zu tun hatte, sondern auch, weil all dieser Schmerz, dieses ungerechte und ungerechtfertigte Leid einen Geruch hatte, der ihm zusetzte, sich auf seine Haut, sein Gesicht, seine Zunge legte, in ihn eindrang, alles trüb und hoffnungslos machte und ihn in eine Depression stürzte, aus der er immer schwerer wieder herausfand. Solche Empathie, sagten ihm die älteren Kollegen, war bei Polizisten nicht ungewöhnlich, aber gefährlich. Wenn man sie nicht in den Griff bekam, konnte sie einen umbringen.

In Informatik war er schon immer ein Überflieger gewesen,

und als Autodidakt wusste er, dass er es in Sachen Internet und technologischer Fortschritt mit jedem Cyberkriminellen aufnehmen konnte. Also beschloss er, seine Ambitionen in der operativen Einheit an den Nagel zu hängen und sich einem neuen Bereich der Polizeiarbeit zuzuwenden.

2015 war Loris schließlich dem Zentralen Operationsdienst zugeteilt worden, und dort hatte sein wahrer Kampf gegen das Verbrechen begonnen, der aus virtuellen Berechnungen, Zahlen, Ortsbestimmungen, elektronischen Transaktionen, Reisen durchs Netz und sämtlichen Möglichkeiten bestand, die die Technologie zu bieten hatte.

So war er über die digitale Oberfläche der Ozeane des Verbrechens gesegelt und hatte seine Pflicht getan, ohne den tranigen Geruch des Todes ertragen zu müssen. Bis zu der Ermittlung zum grinsenden Mann, die ihn abermals zwang, die gefährliche Nähe des Bösen zu wittern. Diese Rückkehr veränderte ihn. Er wusste noch nicht, auf welche Weise. Doch etwas ging in ihm vor.

»Nichts Neues«, antwortete er. Noch immer starrte er auf den Computerbildschirm, der von einem Bild zum nächsten sprang. Das System surfte durch die Weiten des Internets, erreichte immer neue Ufer und streifte teils gefährliches Land, auf dem sich einer wie Sileri gewiss wohlfühlte.

»Und bei dir, alles gut?«, fragte D'Avanzo.

»Ja, ja, keine Sorge.« Manna machte eine wegwerfende Handbewegung. »Aber da ist was, das ich dir zeigen wollte.« Loris tippte blitzschnell auf der Tastatur. »Es geht um das Monitoring des Darknets nach Marchesis Verhaftung. Um es in einfachen Worten zu sagen … Ich habe ein paar Algorithmen festgelegt, die es uns erlauben, die über Tor erreichbaren Seiten auszuloten, ohne zu viel Zeit zu verlieren. Ich führe eine Art Schleppnetzfischerei mit ein paar Schlagworten wie ›Caravaggio‹ und Begriffen wie ›erregen, sich erregen‹ durch, so was in der Art ...«

»Und?« D'Avanzo verstand nicht viel von dem, was der Polizist sagte, er hatte sich ja kaum dazu durchringen können, sich ein Handy zuzulegen, doch es freute ihn, dass der Freund ihn an seinen Erkenntnissen teilhaben ließ. Er hatte immer mehr das Gefühl, zum Team zu gehören.

»Da ist dieser Chat, der mir immer wieder unterkommt, wenn auch nur bruchstückhaft. Er verwendet das übliche Friend-to-Friend-Netz, und ich kann die Nutzer-ID nicht feststellen ... Entschuldige, ich weiß, das ist Chinesisch für dich. Jedenfalls schnappe ich hin und wieder einen Teil der Unterhaltung auf, und es ist schon das zweite Mal, dass es eine Anspielung auf Caravaggio gibt. Ich glaube, es lohnt sich, dem auf den Grund zu gehen.«

Er zeigte ihm den Screenshot eines kurzen User-Austausches.

»Nightgaunt ist derselbe Nickname, den wir bereits erfasst hatten. Diesmal chattet er mit einem Nutzer, dessen Name italienisch klingt. Natürlich unterhalten sie sich auf Englisch.«

D'Avanzo las die Übersetzung. Es brauchte keine Wissenschaft, um den Geruch des Bösen wahrzunehmen.

NIGHTGAUNT@: *Ich habe die Fotos gesehen. Die sind wunderschön ... erregend ...*
PAPERINO@: *Ich versichere dir, die werden der Sache nicht ansatzweise gerecht.*
NIGHTGAUNT@: *Kann ich mir vorstellen. War das Subjekt mühsam zu finden?*
PAPERINO@: *Du willst zu viel wissen. In diesem Fall war der Ausdruck das Wichtigste.*
NIGHTGAUNT@: *Hut ab! Die Ekstase des heiligen*

Franziskus ist ein wunderbares Bild. Eine
wohlüberlegte Wahl.
PAPERINO@: Wie immer.
NIGHTGAUNT@: Wir müssen uns noch über die
Bezahlung einig werden.
PAPERINO@: Wie gesagt: drei. Zwei große und ein
kleiner. Zusammen. Wenn du mich überraschen
willst, gib mir ein Zitat.
NIGHTGAUNT@: Ich habe sie schon gefunden.
Starke Sache. Muss noch organisiert werden.
PAPERINO@: Halt mich auf dem Laufenden.
NIGHTGAUNT@: Mache ich. Und ob ich das
mache. Du wirst staunen. Töten macht frei!
PAPERINO@: Sehr gut, überrasch mich, und du
wirst es nicht bereuen.

»Die Anspielung auf *Die Ekstase des heiligen Franziskus* ist wohl klar. Aber worum sich die Unterhaltung dreht, ist ziemlich undurchsichtig. Ehrlich gesagt, habe ich keine Ahnung, von was für einem Austausch die Rede ist. Aber der Satz über das Töten ist mehr als vielsagend, meinst du nicht?«

Töten macht frei. D'Avanzo starrte auf den Bildschirm, als könnte ihnen aus diesen Worten die Antwort auf all ihre Fragen entgegenspringen. Da war etwas, eine Ahnung mühsam unterdrückter Bösartigkeit, eine unterschwellige Schlechtigkeit, die ihm Übelkeit bereitete.

»Hast du herausfinden können, von wo sie kommunizieren?«, fragte er.

»Der Nutzer Nightgaunt sitzt ziemlich sicher in Nordamerika. Vereinigte Staaten, würde ich tippen. Paperino kommt uns zum ersten Mal unter, und er verwendet ein recht ausgeklügeltes kryptografisches System. Die Idee, er könnte Italiener sein, liegt nur an seinem Nickname. Und außerdem, schau mal …« Er hatte die Icons neben den Nicknames der beiden User markiert. Nightgaunts Profilbild war eine schwarze, männliche Silhouette. Der andere Nutzer hatte sich für eine obszön verfremdete Version von Donald Duck entschieden, mit weißen Augen und einer prallen Zunge im weit aufgerissenen, dreist feixenden Schnabel, die nichts mit dem Disney-Original zu tun hatte. D'Avanzo fand die Karikatur fast noch abstoßender als alles andere.

»Eines ist sicher, sie reden nicht von Bildern. Caravaggio ist nur ein Vorwand.«

»Ja, der Meinung bin ich auch.«

Loris hatte bereits eine Entscheidung getroffen. Er würde den Verbindungsmann des SCO in Washington kontaktieren. Über ihn kam man sehr viel schneller an das FBI heran als über Interpol. Vielleicht steckte nichts dahinter, aber es war besser, auf Nummer sicher zu gehen.

Noch immer starrten sie auf das Fenster, das auf den Abgrund des Darknets hinausging, und fragten sich, was sie dort unten finden würden.

64

»Er ist es, Fabio. Luca Sileri ist der grinsende Mann.«

Valentina am Telefon war sich sicher. Costa hatte schon seit einer ganzen Weile keine Zweifel mehr.

Claudio Colombo war wenige Stunden zuvor gestorben. Das Opfer der beiden Verkehrspolizisten hätte vielleicht verhindert werden können. Aber in seiner Tragik hatte es jeden Zweifel restlos beiseitegeräumt: Luca Sileri war nach dem Mord an Teresa Franceschi nicht verschwunden. Er hatte sich nur jahrelang versteckt und seine grausamen Triebe gepflegt und weiterentwickelt. Er hatte das Tor zur Hölle, die in ihm schwelte, vollends aufgestoßen und kannte nun kein Halten mehr.

Als er aus dem Transporter gesprungen war und die beiden Beamten angegriffen hatte, hatte er auf dem Halfter des zweiten Polizisten Abdrücke seiner mit dem Blut des niedergestochenen Opfers befleckten Hand zurückgelassen. Die Papillarleisten des Zeigefingers waren ausreichend deutlich auf das Leder gestempelt. Luca Sileri war vorbestraft, und seine Fingerabdrücke waren im Identifizierungs-System AFIS gespeichert. Das Ergebnis war augenblicklich da gewesen.

»Es war richtig von dir, mich sofort an den Tatort zu schicken.«

»Einer von uns musste es tun.«

»Das Problem ist nur, dass wir jetzt zwar wissen, dass er es ist, aber noch immer im Trüben fischen. Wir haben die Durchsuchung der Gegend intensiviert. Und Falcone ist endlich zu dem Schluss gekommen, dass wir richtiggelegen haben. Sie haben ein Dutzend Suchtrupps aus Rom geschickt. Wir durchkämmen das Gebiet Meter für Meter. Er ist Richtung Norden unterwegs, doch je mehr Zeit vergeht, desto schwieriger wird es, ihn zu finden … und Rosanna.«

Costa saß im Auto und betrachtete das Gebäude vor ihm, sieben Stockwerke mit schmalen Balkonen, flatternde Wäsche, aufs Weltall gerichtete Parabolantennen. Er ließ seinen Blick darübergleiten und suchte nach einem Sinn, einem Ansatzpunkt. Würde er auch diesmal versagen, müssten sie abermals von vorn anfangen. Und er hatte keine Ahnung, wo.

»Bist du noch dran?«, fragte Valeria.

»Sicher. Ich denke nach.«

»Warst du bei dieser Frau? Der Freundin von Sileri?«

»Ich stehe vor ihrem Haus.«

In dieser Wohnburg am Stadtrand wohnte Loredana Talischer, die einzige Person, die ihres Wissens mit Luca Sileri zu tun gehabt hatte, wenn auch nur während der wenigen Wochen der *Body Worlds*-Ausstellung in Rom.

»Glaubst du wirklich, sie kann uns weiterhelfen?«

Costa wollte sie nicht enttäuschen, doch manchmal erschreckte ihn das Vertrauen, das Valentina ihm entgegenzubringen schien. Würde sie die Nerven bewahren?

»Hast du eine bessere Idee?«, fragte er. »Denn ich weiß nicht, was wir sonst tun sollen.«

»Ich wollte nicht …« Valentina brach ab, und in dieser Pause nahm er sämtliche Unsicherheiten wahr, die sie bedrängten, ihre Angst und Ratlosigkeit. Valentina hatte bereits viel Blut gesehen, und im Laufe des Lebens, das sie sich ausgesucht hatte, würde es noch sehr viel mehr werden. Sie musste lernen, damit klarzukommen und zu reagieren.

Wieder einmal fragte Costa sich, wie sehr das Verhältnis zwischen ihnen beiden die Ermittlungen beeinflusste.

»Entschuldige«, sagte er, um einen sanfteren Ton bemüht. Doch er konnte sie nicht beruhigen. Es zu versuchen, wäre scheinheilig gewesen. »Ich rufe dich an, sobald ich was Konkretes habe.«

Er legte auf, ehe sie noch etwas sagen oder sich bewusst werden konnte, dass er ihr und sich selbst etwas vormachte.

Er atmete tief durch. Dann wählte er eine Nummer auf seinem Handy. Forgione hatte sie ihm gegeben, und er hoffte, dass sie noch aktiv war.

Loredana Talischer meldete sich beim ersten Klingeln.

»Ja?« Eine vorsichtige Stimme.

»Signora Talischer?«

Schweigen.

»Hier ist Vicequestore Costa von der Staatspolizei. Wenn Sie zu Hause sind, würde ich mit Ihnen gern über Ihren Freund Luca Sileri sprechen.«

Das Schweigen am anderen Ende der Leitung wurde bleiern. Dann legte die Frau auf.

65

Als sie ihm öffnete, war er beinahe überrascht. Nachdem sie einfach aufgelegt hatte, hatte er damit gerechnet, dass es einiges an Einsatz erfordern würde, sie zum Reden zu bewegen.

Der Morgenmantel und die abgetragenen Pantoffeln ließen darauf schließen, dass Loredana nicht arbeiten ging, ohnehin sah sie aus, als hätte sie die Wohnung schon eine ganze Weile nicht mehr verlassen. Das von einem Wust zausiger schwarzer Haare umrahmte Gesicht war grau und welk wie die schmuddelige Tapete, die sämtliche Wände der Wohnung zu bedecken schien. Dennoch konnte sie nicht älter als dreißig sein.

»Wer sind Sie? Was wollen Sie?«, fragte sie weder freundlich noch feindselig und schob die Tür instinktiv ein paar Zentimeter zu, bereit, sie im nächsten Moment zuzuschlagen.

»Ich hatte Sie vor ein paar Minuten angerufen. Ich heiße Fabio Costa und bin Polizist. Ich bin wegen Luca Sileri hier ... Ich weiß, dass Sie ihn kennen.«

Loredana Talischers Miene blieb unverändert. Sie rührte sich nicht.

»Den habe ich schon seit Jahren nicht mehr gesehen.«

»Aber ist er ein Freund von Ihnen oder nicht?«

»Eher nicht.«

»Da habe ich etwas anderes gehört.«

Sie zuckte mit den mageren Schultern, machte jedoch keine Anstalten, in die Wohnung zurückzukehren oder die Tür zu schließen.

»Darf ich?« Costa deutete hinein. Die Frau blieb stehen.

Hinter ihm auf dem Treppenabsatz öffnete sich eine Tür. Es steckte wohl jemand den Kopf heraus, denn Costa sah, wie Loredanas Gesichtsausdruck sich veränderte. Hasserfüllt starrte sie den Jemand hinter seinem Rücken an.

Offenbar zwang der neugierige Nachbar sie zu einer Entscheidung. Sie trat zur Seite, forderte ihn mit einem Nicken zum Eintreten auf und warf ihrem Gegenüber vernichtende Blicke zu.

Kaum in der Wohnung, hatte Costa den Eindruck, in einen Unterschlupf einzudringen. Sicherlich hatte Signora Talischer schon lange keinen Besuch mehr gehabt. Und vielleicht war ihr das nur recht.

Er folgte ihr durch einen kurzen Flur mit mehreren Wandstrahlern, die nicht angeschaltet waren, in ein Wohnzimmer, das aussah, als hätte sich darin seit mindestens dreißig Jahren nichts verändert. Sogar der Fernseher, der auf einem Eckmöbel stand, war ein uraltes Modell mit Bildröhre.

In dem Vernehmungsprotokoll der Polizei hatte die Frau angegeben, Sileri 2015 bei der Ausstellung *Body Worlds* kennengelernt zu haben. Sie hatte nicht von einer Freundschaft gesprochen, aber zugegeben, dass sie in der Mittagspause häufig zusammen gegessen hätten. Sileri sei sehr zurückhaltend gewesen und habe offenbar nur mit ihr geredet. Sie hatte ihn nicht wiedergesehen und nichts mehr von ihm gehört.

Die damaligen Ermittler waren sich sicher, dass die Frau nicht die ganze Wahrheit gesagt hatte. Forgione hatte mehrfach betont, wenn es einen Punkt gäbe, bei dem man nachhaken sollte, dann sei sie es. Costa war seiner Meinung. Andere hatten ausgesagt, sie und Sileri hätten sehr viel Zeit miteinander verbracht, und es habe eine Art Vertrautheit zwischen den beiden geherrscht.

Aus der Überwachung ihres Telefons und den Anruflisten war jedoch kein Kontakt zwischen den beiden vor oder nach dem Mord an Teresa Franceschi hervorgegangen. Daraufhin hatten die Ermittler diese Spur fallen lassen.

»Wollen Sie einen Kaffee?«, fragte ihn die Frau lahm.

»Nein danke. Aber vielleicht habe ich Sie beim Mittagessen gestört.«

»Sie haben mich bei gar nichts gestört. Könnten wir uns bitte beeilen?«

Costa lächelte. Wartete. Dann nahm er unaufgefordert Platz. Loredana Talischer starrte ihn unentschlossen an. Widerwillig zog sie sich einen Stuhl heran und setzte sich schwerfällig. Unter dem ausgeblichenen Morgenmantel blitzte ein blaues Kleid mit großen rosa Blumen hervor.

Sie schwiegen eine Weile. Dann hielt es die Frau nicht mehr aus.

»Die haben mich schon damals zu diesen Dingen gefragt. Ich hatte seinerzeit nichts dazu zu sagen, und daran hat sich nichts geändert. Ich verstehe also nicht …«

»Zu diesen Dingen«, unterbrach er sie.

»Ja. Diese Dinge, wegen denen ihr nach ihm sucht.«

»Welche meinen Sie genau?«

Sie wurde rot. Doch nicht einmal dieser Hauch Farbe konnte sie beleben.

»Sie wissen ganz genau, was Luca vorgeworfen wird«, fuhr Costa fort, ohne sie aus den Augen zu lassen.

»Sicher, das wissen doch alle …«

»Was wissen Sie, Loredana? Dass ein junges Mädchen gestorben ist?«

»Ja …«

»Oder meinen Sie mit ›diesen Dingen‹ vielleicht die Art und Weise, auf die das Mädchen ums Leben gekommen ist?«

»Nein. Ich … ich weiß nicht …«

»Sie wissen nicht, wie sie gestorben ist? Oder Sie wissen nicht, was Sie meinen?«

Sie presste die Lippen so fest zusammen, dass sie nicht mehr zu sehen waren. In ihren Augen glomm ein Funke des Hasses auf, den er vorhin darin gesehen hatte.

»Hat Luca mit Ihnen je über seine Neigungen gesprochen?«

Die Röte wich aus ihrem Gesicht. Na bitte, dachte sie wohl, jetzt kommen wir wieder zu den üblichen Fragen. Sie entspannte sich. »Nein. Nie.«

»Wissen Sie, was ich meine?«

»Ihre Kollegen haben bei der Befragung so was angedeutet. Und im Fernsehen wurde berichtet, was passiert ist.«

»Richtig. Das Fernsehen.« Costa fügte nichts weiter hinzu und sah sie weiterhin an.

Sie knetete ihre Hände. »Aber hat er das wirklich getan?«, fragte sie und biss sich auf die Lippe.

»Was denn?«

»Im Fernsehen … Das verschwundene Mädchen, die beiden toten Polizisten …«

Er sagte nichts. Die Meldung von der blutigen Tat lief in sämtlichen Nachrichten. Unmittelbar nach Rosanna Baccis Verschwinden war es für die Journalisten ein Leichtes gewesen, eins und eins zusammenzuzählen. Inzwischen wussten alle, dass der sogenannte Gesichtersammler im Verdacht stand, zwei Polizeibeamte getötet zu haben. Und auch Luca Sileris Name war an die Zuschauer verfüttert worden. Aber der Schaden war nun einmal angerichtet und ließ sich nicht mehr rückgängig machen.

Offenbar hatte Loredana Talischer in Costas Blick etwas gesehen, das ihr nicht gefiel. »Hören Sie, Sie glauben doch nicht etwa
das Gleiche wie Ihre Kollegen? Dass Luca mir wer weiß was ge-
beichtet hat, nur weil er mit mir redete. Und selbst wenn, heißt das
noch lange nicht, dass ich so bin wie er! Aber das habt ihr euch in
den Kopf gesetzt, stimmt's?«

»Ich habe mir gar nichts in den Kopf gesetzt, Signora Talischer.
Ich kenne Sie nicht.«

»Aber ich kenne Sie. Und solche wie Sie. Immer ganz schnell
dabei, Leute zu verurteilen und euch ein falsches Bild zu machen.
Und dann lasst ihr nicht locker, und es kratzt euch kein bisschen,
wie sehr ihr einem mit eurem Verhalten schadet und wie gemein
und ungerecht das ist. Und ihr lasst nicht locker und verurteilt …
und lasst uns nicht in Ruhe. Lasst *mich* nicht in Ruhe!«

»Wenn Sie sagen, wir lassen euch nicht in Ruhe, wen meinen
Sie da? Doch nicht Luca, oder? Sie haben doch gesagt, Sie seien
völlig unterschiedlich. Er sei krank …«

Die Frau machte den Mund auf. Klappte ihn wieder zu. Öffnete
ihn wieder. Wie ein Fisch auf dem Trockenen.

»Ich bin nicht krank.«

»Nein, sicher nicht. Das habe ich auch nicht behauptet. Aber
ich glaube, Sie wissen, wie krank Luca ist. Das können Sie unmöglich nicht bemerkt haben, als Sie zusammen zu Mittag aßen.«

»Man konnte doch nicht sehen, was in seinem Kopf los war …«

»Loredana … Sie sind eine kluge Frau, haben einen Abschluss
in Pharmazie, soweit ich weiß … Jedenfalls halte ich Sie für eine
handfeste, gebildete Person, die mit beiden Beinen auf dem Boden
steht. Deshalb frage ich mich: Kann es sein, dass Sie nicht bemerkt
haben, wie krank Luca Sileris Geist und Seele waren?«

Sie zögerte. Dann murmelte sie: »Ja. Das stimmt wohl. Aber
am Anfang merkte man ihm das nicht an.«

»Sicher, wie hätten Sie das auch gleich merken sollen? Aber später? Wann haben Sie geahnt, aus welchem Holz er geschnitzt ist? Vielleicht, als er Ihnen einen seiner geheimen Gedanken anvertraute? Einen Wunsch, einen verbotenen Traum ...«

Loredana umklammerte ihre Hände. Immer wieder ging ihr Blick über Costas Schulter, als fürchtete sie, Luca Sileri wäre dort, versteckt hinter den Chintzvorhängen.

»Ich hätte nie gedacht, dass er so was tun könnte, diese Dinge ...«, sagte sie schließlich.

»Das konnte niemand ahnen.«

»Er schien nur einer zu sein, der ... das klingt vielleicht absurd ... der angeben wollte. Aber wer würde mit solchen Wünschen angeben?«

»Was hat er Ihnen gesagt?«

»Ich erinnere mich nicht genau an alles.«

»Natürlich. Aber haben Sie eine Ahnung, wie wichtig selbst das winzigste Indiz ist, um Luca aufzuspüren, Loredana? Haben Sie eine Ahnung, wie wertvoll Sie, Ihre Eindrücke, Ihre Erinnerungen für uns sind? Vielleicht ist Ihnen das nicht klar, aber womöglich gibt es eine Kleinigkeit, ein Detail, das Sie bemerkt haben und das jetzt, wer weiß ...?« Er ließ die Worte zwischen ihnen verharren.

»Sicher ... das verstehe ich ... aber ...«

»Dann bitte ich Sie, geben Sie sich einen Ruck.«

»Nun, ehrlich gesagt, ist es nur ein Mal passiert.«

Costa beschloss, sie nicht zu unterbrechen.

Sie sprach weiter. »Wie ich schon sagte, wir verbrachten nur die Mittagspausen zusammen. Die meiste Zeit waren wir mit der uns zugeteilten Arbeit beschäftigt. Die Plastination ist kein Kinderspiel. Es braucht Monate, um das Verfahren an einem menschlichen Körper abzuschließen. Die Stücke, so wurden sie genannt, kamen bereits teilpräpariert aus dem Zentrallabor des Plastinationsinstituts in Heidelberg. Mit riesigen Lastern, in großen Behältern, so ähnlich wie die Kisten für Instrumente und Boxen bei Konzerten. Aber wir mussten die Arbeit zu Ende führen. Sie säubern, beschädigte Teile ausbessern, die Posen nach Vorgabe fixieren. Um die Körper zu stützen, benutzten wir Klammern und Stahldraht und Metallgerüste, die in das plastinierte Fleisch gebohrt wurden. Halb Wissenschaft, halb Horror. Mir machte das nicht viel aus, ich habe auch Biologie studiert. Aber manche packten es nicht und wurden ersetzt.«

»Und Luca?«

»Na ja, der war auf einem anderen Level. Ich meine, er fand es nicht nur in Ordnung, mit plastinierten Leichen zu hantieren … Er war regelrecht begeistert. Und er war gut. Er interessierte sich für das Verfahren, das Professor von Hagens entwickelt hatte. Er sprach mit den Medizinern, die extra aus Deutschland angereist waren, um die Ausstellung zu beaufsichtigen. Ich weiß, dass er auch Verbesserungsvorschläge hatte. In Chemie war er gut. Er meinte, es wäre ideal, wenn man die Körper mit unversehrter Haut konservieren könnte, doch das ging nicht. Wenn man den Körper im Vakuum in Azeton taucht, geht die Haut als Erstes flöten. Dagegen konnte nicht mal von Hagens was tun. Aber Luca behauptete, es sei möglich. Die Organisatoren waren von seinen Anregungen so beeindruckt, dass sie ihn an einem Projekt teilnehmen lassen wollten. Sie meinten, sie würden nach Leuten suchen, die ein Labor in Rom auf die Beine stellen könnten. Aber er wollte nicht für sie arbeiten.«

»Bewunderten Sie ihn?«

Der Blick der Frau wurde wieder feindselig. »Ich sagte Ihnen doch, ich hatte keine Ahnung, was in ihm vorging.«

»Verstehen Sie mich nicht falsch, Loredana. Luca scheint ein brillanter Kopf zu sein. Selbst ich muss zugeben, dass seine Persönlichkeit mich fasziniert. Ich glaube, es braucht viel Einfühlungsvermögen, um einen Mann wie ihn zu verstehen. Und vielleicht hatten Sie das.«

Loredana rutschte auf ihrem Stuhl herum. »Na ja, ich hörte ihm zu, das stimmt. Und vielleicht, ich sage vielleicht, dachte er, ich würde verstehen, was er mir sagen wollte. Nicht, dass ich viele Freunde hätte … Und Sie haben recht, wissen Sie. Auf seine Art war er faszinierend.«

Sie schwieg, womöglich ging ihr auf, dass sie zu viel preisgab. Dieses Adjektiv »faszinierend« war ihr herausgerutscht. Doch sie verteidigte es mit der Miene eines Menschen, der sich nichts vorzuwerfen hat.

»Er konnte sehr nett sein, wissen Sie.« Sie lächelte fast.

»Inwiefern?«

»Na ja, er war selbstironisch. Wussten Sie zum Beispiel, dass er eine Perücke trug? Er war völlig besessen davon, dass er eine Glatze bekam. Er machte kein Drama draus, witzelte darüber, zumindest mir gegenüber. Aber er trug eine Perücke.«

»Eine Perücke?«

»Glauben Sie mir nicht?«

Doch, er glaubte ihr. Dieser Tick mit der Glatze erklärte auch die langen weißen Haare. Eine typische Eigenschaft soziopathischer Narzissten. Ein Markenzeichen, um sich selbst besser zu fühlen. Womöglich trug er diese Art Verkleidung nur, wenn er Jagd auf seine Opfer machte.

Doch Costa durfte den Draht zu Loredana nicht verlieren, sie nicht ablenken. Mit einem Kopfnicken und einem freundlichen Blick forderte er sie zum Weiterreden auf. »Wann hat er Ihnen gesagt, was er vorhatte?«

Sie fuhr fort. »Eigentlich hat er es mir nicht richtig gesagt. Aber als er anfing, mich komisch anzusehen, haben sich die Dinge geändert. Na schön, zugegeben, das habe ich Ihren Kollegen damals nicht erzählt. Es war eher so ein Gefühl von mir, und vielleicht lag ich völlig daneben. Ich wollte nicht, dass sie sich grundlos eine schlechte Meinung bildeten.«

»Sicher, das verstehe ich. Das war richtig von Ihnen.«

»Nicht wahr? Aber dann habe ich viel darüber nachgedacht, und ich bin mir sicher, dass Luca seine Meinung über mich irgendwann geändert hat. Vielleicht … vielleicht dachte er, wir seien uns ähnlich … Ich weiß es nicht, echt nicht. Und ich hoffe, ich liege falsch. Aber plötzlich hörte er auf, in seiner fröhlichen, unbeschwerten Art mit mir zu reden. Er wurde vertraulicher, aufmerksamer, als würde er meine Reaktionen testen.«

»Glauben Sie nicht, er könnte sich in Sie verliebt haben?«

Sie blickte ihn seltsam an. Es war, als wäre die Frau überrascht, etwas gesagt zu bekommen, das sie immer gewusst, für sich behalten und sich vermutlich niemals eingestanden hatte. Und das ihr im Grunde gefallen hatte. Ja, das Monster hatte sich in diese arme Frau verliebt, aber sie verstand nicht, warum, und das belastete sie. Hatte er wirklich geglaubt, sie sei ihm ähnlich?

»Ich weiß es nicht«, murmelte sie und senkte den Blick.

»Was wäre denn so schlimm daran?«, sagte Costa. »Luca Sileri war … ist trotz allem ein Mann.«

»Ja. Das habe ich auch gedacht. Aber …«

»Aber es war schwer, sich das einzugestehen. Verständlich. Das ist ja nicht Ihre Schuld. Was ist dann passiert?«

Loredana nahm sich mit ihrer Antwort Zeit. Vielleicht überdachte sie ihre Beziehung zu Luca. Vielleicht machte es ihr Angst, dass auch sie sich damals in ihn verliebt hatte. Sie hatte den Abgrund in Lucas Herzen nicht gesehen und verliebte sich in ihn.

»Dann hat er sich wieder verändert«, sagte sie. »Es war, als wäre etwas zwischen uns vorgefallen, aber ich weiß nicht, was. Mir kam es nicht so vor. Er war düster geworden, wirkte nervös, und eines Tages fragte er mich plötzlich, was ich von den ...«

Sie biss sich wieder auf die Lippe, heftig diesmal. Im Zimmer war es plötzlich dunkel geworden. Vielleicht war eine Wolke vor die Sonne gezogen. Auf einmal schien das Wohnzimmer von allzu vielen Schatten erfüllt.

Costa drängte sie nicht. Er wartete, bis sie sich entschieden hatte. Es war gewiss nicht einfach gewesen. Sileris Gesellschaft musste belastend gewesen sein. Vor allem im Bewusstsein dessen, was danach passiert war.

»Er fragte mich, was ich wirklich von den ausgestellten Körpern hielte«, sagte sie schließlich. »Anfangs missverstand ich die Frage. Ich antwortete, sie seien schrecklich und faszinierend zugleich. Sie seien gruselig, aber zeigten, wie wir von innen aussehen. Also irgendwie auch schön. Er schüttelte nervös den Kopf und sagte: ›Nein, das meine ich nicht. Erregen sie dich denn kein bisschen?‹ Ich verstand nicht sofort, was er meinte. Ich dachte, ich hätte mich verhört. Aber es erschreckte mich. Es war eher der Ton als das, was er sagte.«

Sie schwieg. Ihr Gesicht war wieder ausdruckslos geworden. Als hätte sie das Bekenntnis dieser Angst für jedes Gefühl unempfänglich gemacht. Doch Costa konnte ihr heftig schlagendes Herz unter dem verblichenen Morgenmantel förmlich hören.

»Aber ich hatte ihn nicht missverstanden. Denn als ich nicht wusste, was ich antworten sollte, ist er noch deutlicher geworden. Dann ist er verstummt, als hätte er gemerkt, dass er zu weit gegangen war.«

»Und wie haben Sie reagiert?«

Costa warf ihr einen Rettungsring zu, an den sie sich klammern konnte, um sich selbst zu beweisen, dass sie nicht wie der Psychopath war, der ihr seine Triebe offenbart hatte, dass es keinerlei Ähnlichkeit zwischen ihnen gab und dass Sileri zweifellos falschlag, wenn er geglaubt hatte, sie in seine perversen Hirngespinste hineinziehen zu können. Dass sie besser war. Und gesund.

Loredana holte tief Luft. »Ich sagte ihm, die Vorstellung ekele mich an! Wenn das ein Witz sein sollte, sei er abstoßend und widerlich. Dass mir manche dieser Fantasien nicht im Traum einfallen würden. Ich war ziemlich schroff. Ich zitterte und wollte nicht, dass er es merkte. Er ist noch finsterer geworden und hat sich sofort entschuldigt. Er sagte, er habe einen Witz gemacht, und gab zu, dass er übertrieben hatte. Er habe nur irgendeinen Blödsinn dahergeredet, um mir Angst einzujagen. Unsere Freundschaft bedeute ihm etwas … Fast habe ich mich für meine Reaktion geschämt. Aber er war nicht ehrlich. Inzwischen hatte ich das begriffen.« Sie machte eine Pause. Vielleicht dachte sie an die Reue, die sie tagelang empfunden hatte. An das Gefühl, sie sei diejenige, die einen Fehler gemacht hatte. An das, was irrwitzigerweise zwischen ihnen hätte sein können.

»Am nächsten Tag habe ich ihn nicht bei der Arbeit gesehen, und dann hörte ich, dass man ihm gekündigt hatte«, fuhr sie fort. »Es hieß, man habe ihn beim Klauen von Chemikalien erwischt. Ich weiß nicht, was wirklich passiert ist.« Sie machte noch eine Pause. Dann fügte sie hinzu: »Das ist alles.«

Costa dachte nach. Teilweise konnte er nachvollziehen, was diese arme Frau empfunden haben mochte und vielleicht noch immer empfand. Aber das war noch nicht alles. Das wusste er.

»Warum haben Sie das nicht der Polizei erzählt? Warum haben Sie es für sich behalten?«

Jetzt war auch Signora Talischer nur noch ein undeutlicher Schemen, der sich kaum von den Möbeln unterschied. Vielleicht war das ihr heimlicher Wunsch: im Nichts verschwinden.

Endlich antwortete sie. »Ich wollte nicht, dass sie glaubten, er hätte mir diese Dinge gesagt, weil … Schließlich hat er mir ja seine heimlichen Wünsche gestanden, nicht wahr? Und mich auszuwählen und an seinen Gedanken teilhaben zu lassen, war, als würde er sagen, er und ich wären …«

Sie beendete den Satz nicht. Costa bekam Mitleid. Bei allem, was danach passiert war, musste die Vorstellung, dass jemand wie Sileri etwas für sie empfand, ein Schock gewesen sein. Vor allem, weil sie geglaubt hatte, sie könnte seine Gefühle erwidern.

Dann kam ihm eine Art Erleuchtung. Oder eine blinde Eingebung. Er hätte es nicht sagen können. Er wusste nur, dass er diese letzte Frage stellen musste.

»Sie haben ihn wiedergesehen, stimmt's?«

Loredana öffnete den Mund. Doch sie antwortete nicht sofort.

»Wie kommen Sie denn darauf?« Doch etwas im Dunkeln verriet sie. Sie kniff die Lider zusammen, als hätte sie nicht den Mut, ihm ins Gesicht zu sehen.

»Haben Sie ihn wiedergesehen? Vielleicht ein letztes Mal? Sagen Sie es mir. Was macht das jetzt noch für einen Unterschied? Und wie gesagt, für uns wären Sie eine große Hilfe.«

»Ich wäre Ihnen eine große Hilfe …«

»Ja. Und ob.«

Sie zögerte. Aus lauter Furcht, den Moment zu verpassen, hielt Costa fast den Atem an.

»Ja … so ist es.«

Da. Sie hatte es gesagt.

»Sie haben ihn wirklich wiedergesehen.«

»Ja. Zumindest glaube ich, dass er es war. Nein. Er war es ganz sicher.«

Costa hakte nicht nach. Ließ ihr Zeit.

»Das war vor etwas mehr als einem Jahr«, murmelte sie. »Im Park hier gegenüber. Es war ein besonders lauer Tag, und ich hatte mich dort in die Sonne gesetzt. Der erste nach einem eiskalten Winter ... Erinnern Sie sich noch an diese lähmende Kälte? Ich saß auf meiner Lieblingsbank. Und da stand er vor mir. Ganz plötzlich. Jenseits des Weges. Die Hände in den Taschen. Er starrte mich an. Ich ... ich dachte, er würde mich einfach nur betrachten ... Seltsames Wort, oder? Aber genau das tat er. Er betrachtete mich. Und dann hat er sich umgedreht und ist gegangen. Ich habe noch stundenlang auf dieser Bank gesessen. Mir fehlte der Mut, aufzustehen und wegzugehen.«

Sie schwieg. Starrte auf ihre Füße. Auch sie schien etwas zu betrachten. Ihr eigenes Leben vielleicht.

Costa blieb stumm. Er hätte nicht sagen können, ob diese Erinnerung zutraf oder ob sie übertrieb. Das kam vor, wenn Zeugen sich endlich zum Reden durchrangen. Diese Information konnte wichtig sein. Doch es war seitdem viel Zeit vergangen.

»Gibt es sonst noch etwas?«, fragte er.

Loredana Talischer schwieg weiter.

Costa wartete. Er wollte es gerade dabei belassen, aufstehen und sich verabschieden, als sie sagte: »Er hat mir einen Zettel dagelassen.«

Ihm stockte der Atem.

»Als ich an dem Abend endlich den Mut fand, nach Hause zu gehen, fand ich ihn im Briefkasten. In einem unadressierten weißen Umschlag. Ich wusste sofort, dass er von ihm ist. Keine Ahnung, wie ich es geschafft habe, ihn an mich zu nehmen und zu öffnen. Ich hätte ihn sofort wegwerfen sollen. Aber ich habe ihn mit in die Wohnung genommen. Da war ein Foto von ihm drin. Und ein Zettel mit nur drei Worten: BIN BALD ZURÜCK. Verstehen Sie? Das würde ein Junge zu seiner Freundin sagen. *Bin bald zurück.* Vielleicht wollte er nur nett sein. Ich weiß es nicht. Aber ich wollte nur alles vergessen ... Ich *will* alles vergessen ...«

Costa erinnerte sie nicht daran, dass Luca schon damals wegen eines entsetzlichen Mordes gesucht wurde und Loredana die Pflicht gehabt hätte, die Polizei zu verständigen. So funktionierte der Verstand dieser Frau nicht. Und ihr Geständnis hatte ihr viel abverlangt.

»Dieses Foto ... den Zettel ... haben Sie sie noch?«, fragte er nur und sprach ein innerliches Stoßgebet.

Loredana hatte wieder ihre wächserne, verkniffene Maske aufgesetzt. Doch sie stand auf und sagte: »Nebenan. Ich gehe sie Ihnen holen.«

66

Valentina ging beim ersten Klingeln ran.

»Ich wollte dich gerade anrufen«, sagte sie. »Neuigkeiten? Bitte sag Ja.«

»Es gibt was, aber ich weiß noch nicht, was …« Fabio versuchte, seine Begeisterung zu zügeln. Er wollte weder ihr noch sich selbst falsche Hoffnungen machen.

Doch offenbar machte sein Unterton sie hellhörig. »Worum geht's?«

Er erzählte ihr von der Nachricht, die er von Loredana Talischer bekommen hatte. Tatsächlich ein nichtssagender Umschlag ohne Absender, ein gefalteter weißer Zettel mit dem handschriftlichen Satz »BIN BALD ZURÜCK« und ein schlechtes Foto. Offenbar ein Selfie, auf normalem Papier ausgedruckt, das die Farben verschluckt und verwischt hatte. Luca Sileri, glatzköpfig, in einem weißen, kurzärmeligen T-Shirt und schwarzer Hose, der feixend ins Objektiv glotzte. Vielleicht war das weder eine Drohung noch ein Versprechen, wie Loredana geglaubt hatte, aber freundlich war die Miene auch nicht. Das falsche Grinsen in seinem blassen Gesicht, das die eigenartige Form der Lippen hervorhob, sah aus wie ein waagerechter Schmiss. Er ähnelte einem seltsamen Fisch. Oder einem Scheusal aus Lovecrafts Erzählungen.

Doch es war der Hintergrund, der sofort Costas Aufmerksamkeit geweckt hatte. Es war kaum etwas zu sehen, und das war gewiss Absicht. Aber das wenige konnte vielleicht genügen.

Er hatte Signora Talischer nicht fragen müssen, ob er den Umschlag und seinen Inhalt behalten durfte. Nach ihrem Geständnis hatte die Frau die Arme vor der Brust verschränkt, und als er sich verabschiedete, konnte Costa ihr die Erleichterung anmerken.

Zurück im Auto, hatte er das Foto lange betrachtet. Sileri schien sich seines Blickes bewusst zu sein und ihn mit seinem verderbten Dauergrinsen herauszufordern.

»Hinter ihm ist etwas zu sehen«, sagte Fabio zu Valentina. »Es sieht aus wie ein Stück von einer Säule oder einem Gebäude … Ich weiß nicht, vielleicht eine Kirche. Ich schicke dir das Foto über WhatsApp. Loris hat es auch schon bekommen. Er sagte, er würde ›Gott‹ sofort daransetzen.«

»Warum sollte er ihr ein Foto von sich dalassen?«, fragte Valentina perplex. »Und einen Zettel … Dafür ist er sogar nach Rom zurückgekehrt. Das war riskant. Hat er nicht daran gedacht, dass sie ihn anzeigen könnte?«

Ja, darüber hatte Costa auch nachgegrübelt, während er auf das Foto starrte. »Du kannst dir nicht vorstellen, was die beiden für ein Verhältnis hatten«, sagte er. »Und ehrlich gesagt, habe ich es auch nicht ganz verstanden. Aber ich glaube, dass Sileri in Loredana verliebt war. Sie ähnelt ein bisschen dem Mädchen aus dem Supermarkt, das er umgebracht hat. Vielleicht entsprachen die beiden seinem bevorzugten Beuteschema. Vielleicht verliebt er sich in die Frauen, die er sich post mortem zu eigen zu machen versucht. Jedenfalls war Loredana Talischer eine Insel der Normalität in seinem von Grauen und kranken Trieben verdüsterten Leben. Und diese Verbindung hatte offenbar Bestand … Als er zurückkehrte, um ihr den Zettel dazulassen, hatte er womöglich Pläne mit ihr. Vor …«

»Vor der Caravaggio-Obsession«, beendete Valentina seinen Satz. »Denn sofort danach hat er Esther Kaimbacher entführt.«

»Diesen Aspekt sollten wir weiterverfolgen. Auf den ersten Blick gibt es nichts, das Sileri mit einer Obsession für Caravaggio oder für Kunst im Allgemeinen zusammenbringt ... Welcher Schalter hat sich in ihm umgelegt? Und wann?«

»Und was können wir ansonsten tun? Hoffst du wirklich, anhand dieses Fotos etwas rauszukriegen? Nachdem er es gemacht hat, könnte er sonst wohin verschwunden sein. Es könnte gar nichts bedeuten.« Wieder die Angst in ihrer Stimme.

»Es ist immerhin etwas. Vielleicht war es eine Botschaft an Loredana Talischer, in der sich ein wichtiger Hinweis verbirgt. Dann wäre es an uns, ihn zu entschlüsseln.«

»Hoffentlich hast du recht. Aber inzwischen wird das nichts mehr ändern. Das SCO hat mich einbestellt. Diesmal nehmen sie mir die Ermittlung weg, Fabio. Ich muss alles sausen lassen und nach Rom zurück.«

»Lass dich nicht kleinkriegen. Versuch, Zeit zu schinden. Ich komme zurück nach Volterra und mache den Jungs Dampf. Lass dich jetzt bloß nicht ausbooten. Stell dich dumm, streu Asche auf dein Haupt, wenn es sein muss. Aber lass nicht locker. Nicht jetzt.«

»Ich werd's versuchen ...« Sie legte nicht auf. Costa hörte sie leise ins Telefon atmen. Im Hintergrund dudelte das Autoradio. Er meinte *Knockin' On Heaven's Door* von Bob Dylan zu erkennen, aber ganz sicher war er sich nicht.

»Valentina ...?«

»Ich wünschte, du wärst jetzt hier bei mir«, flüsterte sie.

»Dafür werden wir auch Zeit finden.«

»In Ordnung.« Valentina wollte noch etwas sagen, Costa konnte es spüren. Doch dann brach Bob Dylans Flehen an der Himmelspforte jäh ab.

67

Giampaolo D'Avanzo grüßte den Wachbeamten herzlich, der ihn sofort erkannte und trotz der nächtlichen Stunde passieren ließ. In diesen eisigen Tagen war der normale Tagesrhythmus für alle aus dem Tritt geraten, und niemand wunderte sich, dass die Lichter des Kommissariats Volterra rund um die Uhr brannten. Der Kunstkritiker klopfte sich den Schnee von den Kleidern, der sie an diesem Morgen überrascht hatte und ihn nun bis auf die Knochen durchweichte, und ging zu Loris Manna. Fieberhafter Eifer hatte den Techniker gepackt, den D'Avanzo sofort zu deuten wusste: *Eine große Neuigkeit liegt in der Luft.*

Loris bestätigte seine Vermutung. Sie standen vor einer neuen Herausforderung, und diesmal musste es besonders schnell gehen.

Das Foto, an dem er arbeitete und das auf einem der Bildschirme zu sehen war, bot kaum Anhaltspunkte, um den Ort der Aufnahme zu bestimmen. Dennoch war Loris überzeugt, etwas herauskitzeln zu können.

Das Selfie des breit grinsenden Luca Sileri löste in dem Kunstkritiker ein ungutes Schaudern aus. Und einen eigentümlichen Eindruck. Im Gesicht des Mannes mit dem starren Grinsen und den tiefschwarzen Augen lag keinerlei Gefühlsregung. D'Avanzo wusste bereits, dass es sinnlos war, in diesem Blick eine Spur des Bösen entdecken zu wollen, das Sileri beseelte. Vielmehr schien es, als wollte er sie mit seinem Dauerfeixen allesamt verhöhnen. Und das bedrückende, wiewohl absurde Gefühl, er könnte sie vom Bildschirm aus ebenfalls sehen, ließ sich nicht leicht abschütteln. Das war der Teufel, und die Macht des Teufels kannte keine Grenzen.

Doch was ihn vor allem verblüffte, war, dass er ihn sich ganz anders vorgestellt hatte. Das Polizeifoto, auf dem er ihn das erste Mal gesehen hatte, war zweifellos vom Kontext beeinträchtigt und obendrein alt. Dieser Schnappschuss hingegen zeigte Sileri zum ersten Mal in einem scheinbar spontanen, authentischen Moment. D'Avanzo vermochte darin keine Spur der ihm innewohnenden Gewalt oder seiner psychotischen Triebe zu entdecken.

Konnte das ein Experte berühmter Gemälde sein? Ein perverser Liebhaber des göttlichen Caravaggio?

Das erschien ihm unmöglich. Auf diesem verzogenen Mund, in diesen lichtlosen Augen hätte sich zumindest ein Funken der Liebe zur Kunst erhaschen lassen müssen.

»He, bist du noch da?«, fragte Loris und knuffte seinen Arm.

Giampaolo fing sich wieder.

»Ich bin hier, ich bin hier. Was wolltest du mir sagen?«

»Was ich vorhabe«, antwortete Loris. »Ich möchte das Gleiche machen wie mit den Gemälden. Die Software ist bereits eingestellt, und die Algorithmen sind praktisch dieselben. Wir müssen ein paar Parameter ändern.«

»Da komme ich nicht mit«, sagte Giampaolo verwirrt. »Was in diesem Foto kannst du mit anderen Bildern vergleichen? Wonach kann man da suchen?«

Loris deutete auf einen Punkt hinter Sileris linker Schulter. Der Mann hatte versucht, die Umgebung durch den Bildausschnitt möglichst unkenntlich zu machen, aber das Handy hatte dennoch ein kleines Stück eines steinernen Gebäudes eingefangen.

»Wonach sieht das für dich aus?«

»Keine Ahnung. Vielleicht der Ansatz eines Bogens, einer Säule … oder ein Teil eines Portikus. Aber das lässt sich unmöglich sagen.«

»Vielleicht doch«, sagte Loris und hantierte mit Tastatur und Maus, um den Ausschnitt herauszulösen und zu vergrößern. »Jetzt werde ich ein wenig künstliche Intelligenz einsetzen, um es einem kläglichen Humanisten wie dir mit einfachen und verständlichen Worten zu sagen.«

»Vielen Dank.«

»Gern geschehen. Schließlich können nicht alle Genies sein … Hier, jetzt wird das System dieses Stück Bauwerk analysieren und eine Reihe von Vorschlägen machen, wie der Rest des dazugehörigen Gebäudes aussehen könnte.«

D'Avanzo war baff. »Wie ist das möglich?«

»Tja, das ist die Theorie«, sagte Loris, ohne seine Arbeit an dem Bild zu unterbrechen, das vor Giampaolos Augen die Perspektive wechselte, dreidimensional wurde und anfing, auf dem Bildschirm zu rotieren. »Aber ›Gott‹ braucht ein bisschen Hilfe. Er kann nicht alles allein machen. Er muss sämtliche Bilder von Bauwerken aus dem Netz ziehen, die Bögen und Säulen aufweisen, sie analysieren und dem Programm Lösungsvorschläge machen. Je mehr Material ihm zur Verfügung steht, desto besser sollte das annähernde Resultat ausfallen. Natürlich ist es das Ergebnis einer Vermutung. Aber immerhin haben wir eine Vergleichsmöglichkeit.«

»Das erscheint mir unmöglich … Sämtliche Gemälde von der Renaissance bis heute zu erfassen, ist nichts dagegen.«

»Und da kommst du wieder ins Spiel. Nenn mir Kirchen, Tempel, Bogengänge … Und wenn Sileri sich, wie es scheint, Richtung Norden bewegt, gehen wir als Erstes Kirchen, Gebäude und Denkmäler von der Toskana aufwärts durch.«

»Wie viel Zeit haben wir?«, fragte D'Avanzo, der die Antwort bereits ahnte.

Loris' Miene verdüsterte sich. »Es gibt nicht mehr viel Hoffnung, Rosanna Bacci lebend wiederzufinden, aber wir müssen uns trotzdem ins Zeug legen, als gäbe es sie. Unsere Aufgabe ist es also, ihn aufzuspüren, ehe er tut, was er tun muss. Schneller als sofort wäre ideal. Reicht dir das als zeitlicher Horizont?«

Giampaolo sah ihn an und dachte, dass es allem unangebrachten Enthusiasmus zum Trotz womöglich klug gewesen wäre, sehr viel früher aus der Sache auszusteigen. Aber natürlich kam das nicht infrage.

Er verdrängte jeden Zweifel aus seinem Kopf. Konzentrierte sich. »Los geht's«, sagte er.

68

Der Anruf erreichte ihn auf der Höhe von Grosseto. Es war Giampaolo D'Avanzo, auch wenn im Hintergrund Loris Mannas Stimme zu hören war, der nicht aufhörte zu reden.

»Was gibt's?«, fragte Costa.

»Dieser Junge ist völlig durchgeknallt. Aber er hat es geschafft!«

»Das ist dem Professor zu verdanken!«, rief Loris ins Telefon.

»Ach was«, wiegelte D'Avanzo ab. »Ich habe mitgeholfen, aber es war allein seine Idee. Wie wichtig ist dieses Foto von Sileri?«

»Ehrlich gesagt, weiß ich das nicht. Aber es ist die einzige Spur, die wir von ihm haben. Habt ihr etwas herausgefunden?«

»Vielleicht, ja. Es ist eine Palladio-Villa.«

»Was?« Costa meinte, sich verhört zu haben.

»Eine Palladio-Villa. Zu neunzig Prozent. Das Bogenstück hinter Sileri gehört laut ›Gott‹ zu einer der Villen, die Palladio im siebzehnten Jahrhundert im Veneto baute.«

»Ja, das habe ich begriffen. Ich weiß, was eine Palladio-Villa ist. Aber lässt sich sagen, welche? Soweit ich weiß, gibt es nicht so viele.«

Er hörte, wie D'Avanzo Manna etwas zumurmelte. Hinter dem Autofenster war bereits das Meer zu sehen, das ihn bis Livorno und Pisa begleiten würde. Er hatte es eilig, zurückzukommen, seine Gedanken zu ordnen.

»Wir haben es auf zwei eingegrenzt, aber wir sind uns noch nicht sicher«, sagte Giampaolo. »Hätten wir mehr Zeit, könnten wir vielleicht genauer sein.«

»Nein. Zwei Möglichkeiten reichen. Schickt mir die Ergebnisse. Und sag sofort Valentina Bescheid. Wenn die Möglichkeit besteht, dass Sileri sich an so einem Ort versteckt, müssen wir ihn sofort aufsuchen.«

»In Ordnung …«

Costa nahm die Unsicherheit in seiner Stimme wahr.

»Was ist, Giampaolo?«

»Ich weiß nicht. Aber ich habe den Lebenslauf von dem Kerl gelesen, sofern man es so nennen kann. Und selbst das dünne psychologische Profil, das man ihm bisher übergestülpt hat … Na ja, irgendetwas stimmt daran nicht.«

Costa hatte das gleiche Gefühl. »Was meinst du?«, fragte er.

»Abgesehen von seiner abnormen psychopathischen Störung, ist dieser Luca Sileri bestimmt ein heller Kopf. Und er ist gewalttätig und leicht reizbar. Aber ich finde keine Anhaltspunkte für eine Kunstleidenschaft. Wir sind davon ausgegangen, dass seine Opfer Doppelgänger von Caravaggio-Figuren sind. Wir sind davon ausgegangen, dass er in seinem Wahnsinn von einer Leidenschaft für die Gemälde Caravaggios und vielleicht einiger seiner Zeitgenossen getrieben ist. Wir haben uns sogar eine Parallele zwischen seinem Leben und dem des flüchtigen Künstlers ausgemalt. Aber ich sehe hier keinerlei Zusammenhänge … Vielmehr scheint sich dieser Sileri eher der Wissenschaft denn der Kunst verschrieben zu haben.«

»Womöglich hat ihn von Hagens' Plastination inspiriert. Auf den *Body Worlds*-Ausstellungen werden die Körper häufig nach berühmten Skulpturen oder Gemälden in Szene gesetzt. Das könnte ihn fasziniert haben.« Doch wirklich überzeugt war er davon nicht. Signora Talischer hatte nichts von einer solchen Leidenschaft gesagt. Ganz gleich, was Sileri auf diesen Weg getrieben hatte, es musste danach passiert sein.

»So wird es wohl sein«, sagte D'Avanzo. »Schließlich bin ich kein Psychologe.« Aber der Zweifel in seiner Stimme blieb.

Costas Handy piepte mehrmals.

»Das ist bestimmt Loris, der dir die Daten zu den Palladio-Villen geschickt hat«, sagte Giampaolo, der die Signale gehört hatte.

»Sagt Valentina Bescheid, wenn ihr es noch nicht getan habt. Wir sehen uns in Volterra.«

Nachdem er aufgelegt hatte, suchte er sich eine Haltebucht und sah sich die über WhatsApp erhaltenen Informationen an. Die Nachrichten enthielten Fotos der beiden Villen, ein paar Stichpunkte zu ihrer Geschichte und deren Standortdaten. Es handelte sich um zwei architektonische Meisterwerke, die im Besitz venetischer Familien waren.

Costa bezweifelte, dass Sileri sich an einem solchen Ort versteckte. Vermutlich war das eine Sackgasse.

Dennoch schickte er Valentina eine Voice-Nachricht. »Schick die Angaben und Fotos an die SCO-Dienststelle nach Venedig. Mach die Sache offiziell, aber erklär denen genau, worum es geht. Wir brauchen mehr Informationen, und das so schnell wie möglich. Wenn Sileri sich in einer dieser beiden Villen versteckt, müssen wir blitzschnell sein. Halt mich auf dem Laufenden.«

Er war kurz versucht, noch etwas Persönliches zu sagen. Doch er verkniff es sich. Er blickte auf die Straße und in das Dunkel vor sich. Fuhr wieder los. Trat aufs Gas. Das dringende Bedürfnis, ans Ziel zu kommen, war genauso stark wie das, dieser verdammten Geschichte endlich ein Ende zu setzen.

69

Angelo Zucca saß vor dem Computer und wartete auf eine Mail. Die Büros des SCO waren inzwischen verwaist. Nur noch wenige Kollegen saßen an ihren Schreibtischen oder hingen am Telefon. Jenseits der großen Fenster, die die Ermittlungs-Zitadelle vor der Außenwelt abschirmten, kleidete sich Rom in die Lichter der Nacht. Seit allzu langer Zeit hatte sich der Polizist keine Pause mehr gegönnt. Ein Bier mit Freunden, ein Abend mit der richtigen Frau, vielleicht eine neue Freundin, um die er sich kümmern konnte. Schon eine halbe Ewigkeit hetzten sie unablässig hinter diesem irren Mörder her. Allmählich wurde er müde.

Doch er spürte, dass sie kurz vor dem Ende standen, ganz gleich, ob Sieg oder Niederlage, und er war Bulle, kein Missionar. Er würde kein Drama draus machen, wenn sie ihn von dem Fall abzögen. Er hängte sich nie so leidenschaftlich rein wie die Medici.

Seit einer Stunde saß sie in Falcones Büro. Es sah nicht gut aus für sie, das lag auf der Hand. Obwohl sie Luca Sileri als Täter identifiziert hatte, war es ihr nicht gelungen, ihn dingfest zu machen, schlimmer noch, dieser Psychopath schien nach Herzenslust durchs Land zu touren. Und dafür musste jemand geradestehen. So ungerecht es war, Hauptkommissarin Medici schien das ideale Opferlamm zu sein. Und seit sie Fabio Costa mit ins Boot geholt hatte … Tja, damit war sie unhaltbar geworden.

Schade. Er mochte das Mädel. Aber sie war nicht die Erste und würde nicht die Letzte sein, die durch diese Büros ziehen würde. Er hingegen, einer der alten Hasen, hatte schon lange gelernt, den zahlreichen Fußangeln auszuweichen, die dieser Job auslegte.

In dem Moment traf die erwartete Nachricht auf dem Handy ein. Sie stammte von einem Kollegen aus Venedig und lautete: »Wir haben sie gefunden. Öffne die Mail!«

Trotz des Zynismus, mit dem er sich brüstete, war Zucca beim Öffnen der Mail leicht nervös. Weniger als eine Stunde zuvor waren Mannas Auswertungsergebnis von Sileris Foto sowie die Daten zu den beiden Palladio-Villen an die Kollegen der SCO-Abteilung Venedig geschickt und von diesen an sämtliche Dienststellen weitergeleitet worden, allen voran Padua und Vicenza.

Das von Manna rekonstruierte Bild war verblüffend detailreich. Es zeigte die Fassade eines großen Gebäudes samt Türmchen, Frontispiz und Bögen. Es gab auch eine 3-D-Version. Der Techniker und Giampaolo D'Avanzo hatten die Reproduktion mit einigen venetischen Bauwerken aus der fraglichen Zeit verglichen. Doch sie konnten nicht ausschließen, dass das Bild ein anderes, ihnen unbekanntes Bauwerk zeigte. Die Aufgabe der örtlichen Polizei bestand vor allem darin, die Villa ausfindig zu machen, die dem digitalen Modell am ehesten entsprach. Und festzustellen, ob Luca Sileri sich dort verstecken könnte. Das alles so schnell und unauffällig wie möglich.

Er war sprachlos. Die Mail aus Venedig enthielt ein Foto. Darauf eine stattliche Villa aus dem sechzehnten Jahrhundert, die exakte Kopie von Mannas Rekonstruktion. Darunter ein paar erläuternde Zeilen: »Es ist zweifellos diese Villa. Wir haben ein Team hingeschickt, das sich unauffällig dort umsehen soll. Sie scheint unbewohnt zu sein, doch im Innenhof wurde ein VW-California ausgemacht. Wir halten es für wahrscheinlich, dass der Gesuchte sich dort befindet. Warten auf Anweisungen.«

Er fiel fast vom Stuhl und sprang auf, um Medici und Falcone Bescheid zu sagen. Dann hielt er inne. Dachte kurz nach. Hinterher bliebe ihm bestimmt keine Zeit mehr. Hinterher erwarteten ihn Chaos und eine halsbrecherische Fahrt. Was er tun musste, musste er jetzt tun.

Er wählte eine Nummer auf seinem Handy. Es war immer dieselbe. Inzwischen kannte er sie auswendig. Der Journalist, der seine Anrufe zu jeder Tages- und Nachtzeit entgegennahm, war ein netter Kerl. Er arbeitete für eine große Tageszeitung und zahlte sehr gut für die Informationen, die Angelo Zucca ihm zukommen ließ.

70

Sie hieß Villa Zernich. Palladio hatte den stattlichen Bau 1568 unweit von Este errichten lassen, nur wenige Kilometer von Padua entfernt.

Das war Luca Sileris Versteck.

Nur eine Stunde später gab Valentina Costa die Bestätigung. Die Villa Zernich war im Besitz einer bedeutenden Winzerfamilie aus der Region. Sie war seit langer Zeit nicht mehr bewohnt, hatte wegen der wunderschönen Veronese-Fresken einige Zeit als Museum gedient, war dann geschlossen worden und stand nun in der Obhut eines Angestellten der Zernichs, der sich um alles kümmerte. Ihn hatten die Polizisten kontaktiert. Als man ihn aus dem Bett geklingelt und ihm das Foto von Luca Sileri gezeigt hatte, hatte das Faktotum den Mann erkannt, der sich seit vielen Monaten um kleinere Instandhaltungsarbeiten am Gebäude kümmerte. Er lebte in einem der beiden Taubenhäuser der Villa und war zurzeit ihr einziger Bewohner. Der Name, unter dem er ihn kannte, lautete Gianluca Simi, und er hatte den Polizisten versichert, dass sie sich irrten. Das konnte unmöglich der Mann sein, den sie suchten.

Valentinas Aufregung am Telefon war verständlich.

»Wir sind jetzt auf dem Weg dorthin. In Padua wird bereits der Zugriff organisiert, aber das wird nicht einfach. Die Villa ist riesig, wir werden eine Menge Leute brauchen … Und hier gibt es schon eine Art Wettlauf, wer als Erster da ist.«

»Das dachte ich mir«, sagte Costa. »Egal. Lass dich bloß nicht von deinem Platz drängen.«

»Das wird schwierig. Die sind alle völlig von der Rolle. Es ist nicht einmal klar, wer den Einsatz eigentlich leiten soll.« Sie machte eine Pause. »Komm doch auch her.«

»Ich glaube nicht, dass den Chefs das gefallen würde. Ich bin fast schon in Volterra.«

»Du bist trotzdem näher dran als wir. Wenn du in einem Rutsch durchfährst, könntest du in drei Stunden dort sein. Wir sind nicht vor Tagesanbruch da. Fabio, ich brauche dich.«

»Ihr seid viele. Halt dich an Zucca und lass dich nicht unterbuttern.«

»Verstehst du denn nicht? Es ist dir zu verdanken, dass wir auf Sileri gestoßen sind. Du musst auch dabei sein.«

Eine Reihe miteinander verschwimmender Gesichter zog vor seinem inneren Auge vorbei. Es waren die Gesichter von Sileris Opfern. Das letzte gehörte Rosanna Bacci. Auf den Lippen eines jeden ein stummer, flehender Schrei.

Auch Valentina flehte ihn an.

»Na schön«, sagte er unversehens. »Wir sehen uns dort.« Dann flüsterte er mehr zu sich selbst: »Man kann dem Schicksal wohl nicht entkommen.«

CHIAROSCURO

71

Als die sieben Wagen in Kolonne aus Padua aufbrachen, war der grauende Morgen kaum mehr als ein Versprechen. Über der Stadt und den umliegenden Hügeln hatte es die ganze Nacht geschneit, und all dem Weiß entstieg eine unnatürliche Stille, der nicht einmal das Geräusch der hochdrehenden Motoren etwas anhaben konnte.

Sie waren viele, um einen einzigen Mann zu schnappen. Doch dieser Mann war einer der übelsten Serienmörder, die ihnen je untergekommen waren, und sie wussten nicht genau, womit sie rechnen mussten. Es war ein Blindflug, und das machte alle nervös. Ihnen graute vor der Vorstellung, er könnte ihnen durch die Lappen gehen.

Valentina und die Gruppe aus Rom waren gerade rechtzeitig eingetroffen, um festzustellen, dass das Einsatzteam bereit und die Polizisten auf dem Sprung waren. Die Behörde hatte auf Tempo gedrängt. Sie hofften, Rosanna Bacci noch lebend zu finden. Armando Fazio, der SCO-Beamte, dem der Polizeichef die Leitung der Ermittlung übertragen hatte und der auch das Kommando der Blitzaktion für sich beanspruchte, war gerade mit einem Kollegen des Polizeipräsidiums Padua aneinandergeraten, der den Einsatz vorbereitet hatte. Das übliche territoriale Hickhack, auch wenn es diesmal um etwas Großes ging. Während die beiden hitzig über die Vorgehensweise diskutierten, fragte Valentina einen örtlichen Kollegen nach weiteren Details zur Villa Zernich. Der Mann verwies sie an das Faktotum Claudio Altieri, den Zeugen, der Sileris Anwesenheit im Haus bestätigt hatte. »Altieri begleitet euch, für den Fall, dass ihr seine Informationen braucht. Allerdings wird er sich auf Abstand halten«, erklärte der Beamte.

Valentina verließ sich zwar auf das, was die Kollegen bereits herausgefunden hatten, doch sie musste sich ein eigenes Bild machen. Sie wollte einen besseren Einblick gewinnen.

Altieri, ein stattlicher Mann mit starkem venetischen Akzent, hatte sich als vertrauenswürdiger Mitarbeiter von Federico Zernich vorgestellt, dem betagten Besitzer der Villa, der sich schon lange ins Privatleben zurückgezogen und den wunderschönen Palladio-Bau seiner Obhut überlassen hatte. Altieri wiederum beschäftigte weitere Leute, darunter auch Simi alias Sileri, den er als Hausmeister eingestellt hatte. Abgesehen von ein paar Gärtnern und einem Wachmann, war er einer der wenigen, die mit der Villa zu tun hatten, und der Einzige, der fest dort lebte.

»Ich kann belegen, dass er hervorragende Referenzen hatte«, beteuerte Altieri und machte ein konsterniertes Gesicht, als Valentina ihm kühl versicherte, diesen Punkt würden sie besonders unter die Lupe nehmen. Dann hatte sie ihn um genauere Informationen zu der Villa gebeten.

Als sie den verschneiten Bau nun in der Ferne aus dem Morgennebel auftauchen sah, begriff sie dessen Größe und unruhige Schönheit.

Wie bei allen in diesem schmalen Landzipfel versprengten Meisterwerken Palladios war der in drei gleiche Stockwerke unterteilte Mittelbau der imposanteste. Aus dieser Entfernung wirkte er wie eine aus dem Nichts aufgetauchte geisterhafte Kathedrale mit seinem kunstvollen Frontispiz und den schimmernden Säulen. Links und rechts erstreckten sich zwei um ein Stockwerk niedrigere Seitenflügel, sogenannte Loggien, mit großzügigen, zum weitläufigen Garten mit Springbrunnen geöffneten Bogengängen. Die beiden Gebäudeteile waren für die zahlreiche Dienerschaft konzipiert worden, die damals nötig war, um die Villa nicht nur als fürstliche Residenz, sondern als Handels- und Produktionszentrum am Laufen zu halten.

Jene Welt existierte nicht mehr. Jetzt sah es aus, als gäbe es dort keine lebende Seele mehr. Unter den Rundbögen, die Luca Sileris unvorsichtigem Selbstporträt als Hintergrund gedient hatten, sammelte sich das Dunkel und schien auf sie zu warten. An den äußeren Enden der beiden Loggien erhoben sich zwei rechteckige Taubenhäuser, und gegenüber, jenseits des Wasserbeckens mit dem von Statuen geschmückten Nymphäum, lag ein Wald, der das Haupthaus umfriedete und sich in der Landschaft verlor. Linkerseits stand ein heidnischer Tempel, eine Art Mini-Pantheon, laut Altieri die Kopie eines anderen berühmten Palladio-Bauwerkes. Darin befand sich die Familiengruft. Doch wegen des schlechten baulichen Zustands war der Tempel schon seit langer Zeit versiegelt und zugemauert.

Nicht der kleinste Lichtschimmer deutete darauf hin, dass in der Anlage jemand wohnte. Das beachtliche Aufgebot ihrer Einsatzkräfte erschien ihnen mit einem Mal unpassend. Sileri kannte den Ort gut, es würde schwierig werden, ihn aufzustöbern.

Auf Anweisung Fazios hielt der Autokonvoi mit abgeschalteten Scheinwerfern und ohne Sirenen in der breiten Haltebucht an der Landstraße, die zur Villa führte. Dreihundert Meter weiter vorn fing der Zufahrtsweg an, der sich fast einen halben Kilometer durch die Landschaft bis zur Villa zog. Das Eingangstor war geöffnet, flankiert von zwei funzeligen Laternen, die an erschöpfte Wachtposten erinnerten.

Die Polizisten stiegen aus den Fahrzeugen und versammelten sich lautlos um Fazio und den Beamten aus Padua, dem die Ehre des letzten Briefings zuteilwurde, das er leise und schnell durchführte. Eine Gruppe würde das Gebiet weitläufig umstellen und sich entlang der Landstraße und im Wäldchen hinter der Villa postieren. Die anderen würden sich in drei Teams aufteilen: eines für den Mittelbau und jeweils eines für die Loggien, deren zahlreiche Räume es ebenso schnell wie gründlich zu sichern galt. Das Team für den linken Flügel würde mit der Durchsuchung am Taubenhaus beginnen, in dem Gianluca Simi wohnte. Fazio, der die Leitung der Ermittlung für sich beanspruchte, führte diese Gruppe an. Dennoch war er klug genug, Valentina an seine Seite zu holen. Die anderen Teams wurden von Gruppenführern geleitet, die die Gegend bereits kannten. Außerdem waren ihnen ein paar Beamte der staatspolizeilichen Spezialeinheit UOPI zugeteilt, in Tarnkleidung, Schutzhelmen und vor allem mit Heckler & Koch UMP 9-Maschinenpistolen. Jedes Team erhielt von Altieri zur Verfügung gestellte Zugangsschlüssel.

Alle, auch die Beamten in Zivil, trugen schusssichere Westen. Alle wurden ermahnt, die Nerven zu behalten. Sileri hatte zwei Polizisten umgebracht, aber er musste lebend geschnappt werden.

»Wir haben gerade ein paar Informationen von der Überwachung bekommen«, sagte Grassi, der Beamte aus Padua. »Es gibt keinerlei Bewegungen. Niemand hat sich entfernt.«

Seit sie die Villa Zernich identifiziert hatten, hatten sich zwei Mannschaften der mobilen Einheit in ihrer unmittelbaren Nähe postiert. Schon bei der ersten Erkundung mit einer Drohne, die den weitläufigen Garten rund um das Gebäude überflog, hatten sie den alten VW California entdeckt. Er parkte unter den Bögen der südlichen Loggia, die früher einmal für die beladenen Fuhrwerke des Betriebs vorgesehen gewesen und von der Straße fast nicht ein-

sehbar war. Wegen der Dunkelheit und des nächtlichen Schnee-
falls waren die Aufnahmen nicht ganz scharf, aber der Transporter war eindeutig zu erkennen. Das war die Bestätigung, dass Sileri
zurückgekehrt war. Und wenn er gerade erst eingetroffen war, gab
es noch Hoffnung, seine Gefangene lebend zu finden.

Fazio versetzte der Motorhaube des Alfa, aus dem er gestiegen
war, einen zufriedenen Faustschlag. »Gut! Wie schnappen uns den
Dreckskerl!«

Während die Männer und Frauen sich in mehrere Einsatzteams aufteilten, ging Valentina noch einmal zu Claudio Altieri,
der im Abseits in einem der Autos saß und die Vorbereitungen
neugierig verfolgte. Er wollte sich gerade eine Zigarette anzünden,
doch der Beamte, der neben ihm saß, machte eine verneinende
Geste. Kein verräterisches Zeichen für eventuelle Beobachter. Lächelnd steckte Altieri das Zigarettenpäckchen in die Tasche seines
Anoraks zurück. Kaum sah er Valentina kommen, stieg er eilfertig
aus dem Wagen.

»Wann haben Sie Sileri … Simi zum letzten Mal gesehen?«,
fragte sie.

Altieri schaute zur Villa hinüber, als könnte er den Mann, den
er leichtfertigerweise eingestellt hatte, trotz Nebel und Schnee
ganz deutlich ausmachen. »Ich begegne ihm nicht oft, nur ein
paarmal im Monat, um zu besprechen, was anliegt, und dergleichen. Das letzte Mal war … pff … vor rund zehn Tagen?«

»Fragen Sie mich das?«

»Nein. Ja. Vor zehn Tagen.«

»Und glauben Sie, er ist jetzt da?«

»Na ja, ich denke schon. Aber ich kenne sein Privatleben nicht.«

»Darüber reden wir noch, da können Sie sicher sein. Und wo
haben Sie sich gesehen, in der Villa?«

Altieri musterte sie. Das Funkeln in seinem Blick gefiel ihr nicht.

»Ich habe seit Monaten keinen Fuß mehr in die Villa gesetzt. Normalerweise treffe ich mich mit allen Mitarbeitern in Padua, in den Geschäftsräumen der Firma.«

»Ah, stimmt. Winzer.«

»Prosecco. Der beste.«

»Valentina, gehen wir!«, befahl Fazio. Die Autokolonne setzte sich bereits in Bewegung. Der Beamte saß schon im Auto, einen Fuß auf dem Asphalt.

Valentina warf dem Faktotum einen letzten Blick zu und stieg in den von Angelo Zucca gesteuerten Wagen. Als sie losfuhren, spürte sie noch immer Altieris kalten Blick im Nacken.

Dann bogen sie auf den Zufahrtsweg der Villa ein, und ihr Herz begann unerwartet heftig zu schlagen. Während sie ihre Beretta lud, dachte sie: Da sind wir also und schnappen uns Luca Sileri. Wir haben es geschafft.

Sie drehte sich um und blickte auf die Straße, die hinter ihnen verschwand: Und du, Fabio Costa, wo bist du abgeblieben?

72

Als das letzte Auto jenseits des großen Tores verschwand, verließ der Volvo seinen Platz, an dem er mit ausgeschalteten Scheinwerfern geparkt hatte, und bog in die Zufahrt ein, die schnurgerade auf die blasse Fassade der Villa Zernich zuführte. Die Schneedecke war soeben von der Wagenkolonne zerfahren worden, die sich langsam und möglichst leise auf den Mittelbau des Hauses zubewegte. Wie Peitschenstriemen zogen sich zwei schlammgraue Reifenspuren durch das flaumige Weiß.

Costa stieg aus seinem Auto, in dem er das Vorbeifahren des Konvois abgewartet hatte. Er sah, wie die Wagen im Halbkreis vor dem Springbrunnen mit dem Nymphäum hielten. Die Polizisten stiegen aus und verteilten sich blitzschnell rund um das Haus. Auch auf diese Entfernung konnte er in der sich lichtenden Dunkelheit ihre Anspannung wahrnehmen.

Ein Hubschrauber begann, über der Villa zu kreisen. Ganz plötzlich war er im bleiernen Himmel aufgetaucht, und sein Knattern zerriss die bis eben noch vollkommene Stille. Er war nicht von der Polizei. Ein Helikopter dort, um diese Zeit, konnte nur eines bedeuten: Irgendein Journalist hatte Wind von der Sache bekommen und richtete jetzt von oben seine Kameras auf das Geschehen. Sein unerwartetes Auftauchen machte alles nur noch schwieriger und hatte das Überraschungsmoment ruiniert.

Dennoch: Der Augenblick war gekommen.

Er schlüpfte in die kurze Jacke mit der Aufschrift POLIZEI. Viele der Beamten kannten ihn nicht, es wäre dumm gewesen, ein Risiko einzugehen. Er setzte die Kopfhörer ein, hakte das damit verbundene Funkgerät an den Gürtel und stellte es auf den Kanal der Einsatzzentrale Padua. Das elektrische Knistern im Ohr bestätigte ihm, dass es einwandfrei funktionierte. Zuletzt entsicherte er seine Pistole und hielt sie mit zu Boden gerichtetem Lauf.

Er atmete die kalte Luft dieses neuen Morgens ein und ging langsam auf den Unterschlupf des grinsenden Mannes zu.

73

Der alte Transporter stand im Schutz der Loggia. Während sie sich ihm näherte, spürte Valentina, wie ihr das Adrenalin in die Glieder schoss. Es war Sileris California. Sie hatten ihn tatsächlich gefunden, und ihn aus der Nähe zu sehen, löste ein seltsames Gefühl in ihr aus.

Die Scheiben der Fahrerkabine waren verdunkelt, die Seitenwände fensterlos, die Hecktür war geschlossen. Der Polizist, der sie öffnete, während zwei Kollegen ihm Deckung gaben, die Waffen auf den sich öffnenden Metallschlund gerichtet, tat sich sichtlich schwer. Bestimmt dachte er an die beiden Verkehrspolizisten, die mit dem gleichen Handgriff Luca Sileris Wut entfacht und ihr Blut auf der Straße vergossen hatten. Er hatte ihr Ende im Kopf und einen Aufkleber mit einem wütenden Smiley vor Augen, der neben dem Türgriff klebte und die Aufschrift ICH LEBE IN EINER SADISTISCHEN WELT trug.

Valentina hielt den Atem an und wusste, dass die anderen Beamten das Gleiche taten.

Der Polizist öffnete und reckte die Waffe nach oben. Valentina stand hinter ihm, reglos und sprungbereit.

Das violette Licht der LED-Taschenlampen erhellte den Innenraum. Gleich darauf drehte sich der Beamte zu ihr und den vielen gebannt auf ihn gerichteten Augenpaaren um und machte mit der rechten Faust ein blitzschnelles Zeichen. *Leer!*

Das war das Signal. Jemand wisperte ins Funkgerät. »Wir gehen rein. Los, los, los!«

Die Polizisten brachen in das jahrhundertealte Herz der Villa ein.

74

Der Ort, den Luca Sileri in den letzten Monaten bewohnt hatte, war ein rechteckiger, zweistöckiger Bau am Ende der langen Loggia, die ihn mit dem Haupthaus der Villa verband. Ein geradliniges Gebäude, schmuckloser als der Rest der Anlage, mit einem mächtigen Architrav und zwei mephistophelisch dreinblickenden, steinernen Wasserspeiern über der Tür. Die behandschuhten Hände des Beamten der UOPI, der den Schlüssel im Schloss drehte, zitterten leicht. Valentina, die direkt hinter ihm stand, wunderte das nicht. Das waren Provinzbullen, die Schiss hatten und der Aufgabe, die sie erwartete, womöglich nicht gewachsen waren. Sileri glich den steinernen Dämonen, die über ihren Köpfen kauerten: Er war grausam und unberechenbar. Außerdem besaß er noch die Pistole, die er dem Kollegen der Verkehrspolizei entwendet hatte.

Valentina drehte sich um. Jenseits des Aufgebots angespannter Gesichter und hellwacher Blicke sah sie Fabio vorsichtig durch den Schnee näher kommen, die Aufschrift POLIZEI leuchtete auf seiner Brust. Unwillkürlich lächelte sie ihm zu. Sie wusste nicht, ob er es auf diese Entfernung bemerkte, doch seine Gegenwart erleichterte und beruhigte sie. Noch immer lächelnd, drehte sie sich wieder um.

Kaum öffnete der Kollege die Tür, schwappte die dahinter herrschende Wärme in die kalte Winterluft.

Die Beamten der UOPI stürzten hinein. Die Taschenlampen auf ihren Maschinenpistolen beleuchteten antike Möbel, eine Küche, einen Flur, der zu den Schlafzimmern auf der Rückseite führte.

Niemand war zu sehen.

Die anderen Polizisten folgten ihnen und verteilten sich blitzschnell in den Räumen. Die einzigen Lichtquellen waren die Strahlenbündel der LED-Taschenlampen, die jeden Winkel des Hauses ausleuchteten. Der Ort schien seit geraumer Zeit verlassen zu sein. Es roch nach Schimmel und verdorbenen Lebensmitteln.

Im ersten Durcheinander hatte Valentina Fazio aus den Augen verloren. Also musste sie selbst die erste Gruppe anführen, die an der Treppe zum oberen Stockwerk stand. Ohne zu zögern, ging sie ihnen voran.

Der Aufstieg erschien endlos, und schon bald hatte sie den Kontakt mit den anderen verloren. Sie waren noch da, neben und hinter ihr, aber sie nahm sie nicht mehr wahr. Sie waren zu Schatten in der Dunkelheit geworden. Sie spürte nur die Stufen unter ihren Füßen, das Dunkel über ihr, ihren gepressten Atem.

Als sie das oberste Stockwerk erreichten und die Taschenlampen die Dunkelheit zerrissen, stieß sie einen Schrei aus.

Der grinsende Mann starrte sie an, das Gesicht hassverzerrt.

75

Außer dem statischen Knistern drangen nun die ersten Ergebnisse der Villendurchsuchung aus den Kopfhörern. Bei jedem kontrollierten Raum riefen die Polizisten: »Leer!« Offenbar hatten sie noch niemanden gefunden.

Costa trat ein, blieb an der Schwelle des soeben gesicherten Gebäudes stehen und versuchte, in all der Dunkelheit etwas zu erkennen. In dem Moment ertönte von oben Valentinas Schrei.

Er stürzte die Treppe hinauf und biss sich auf die Lippen, um auf den Hilferuf nicht zu antworten. Für einen kurzen Augenblick ließ ihn der wirre Lärm, der von oben zu hören war, erstarren. Dann rief eine Stimme: »Hier ist niemand! Nichts passiert! Bleibt ruhig, geht wieder runter und seid leise!«

Als er bemüht gefasst zu Valentina stieß, lehnte sie mit dem Rücken an einem Türrahmen, die zu Boden gerichtete Pistole zwischen den Knien, als hätte sie Mühe, sie nicht fallen zu lassen. Ein uniformierter Beamter neben ihr machte ihm ein beschwichtigendes Zeichen. »Es ist nichts passiert«, wiederholte er. »Es ist nur ein Gemälde.«

Jetzt beleuchteten die Taschenlampen eine Wand, an der eine originalgetreue, ebenfalls auf ein Holzoval aufgezogene Reproduktion von Caravaggios *Medusa* prangte. Sie hing der Treppe direkt gegenüber. Das schreiende Gesicht der frisch geköpften Gorgone schien förmlich aus der Wand zu springen und sie verschlingen zu wollen. Die huschenden Lichtbalken ließen die Schlangen lebendig werden.

»Entschuldigt«, flüsterte Valentina.

Der UOPI-Beamte tätschelte ihre Schulter. »Ganz ruhig, Dottoressa. Wir sind alle ein bisschen angespannt.«

»Und?«, rief jemand von unten. »Können wir hier drinnen mal ein bisschen Licht machen?«

Ein paar Sekunden später fand jemand den Hauptschalter, und alle Lampen im Haus flammten gleichzeitig auf.

Wie versteinert standen Valentina, Costa und die anderen Polizisten in den Räumen, in denen der flüchtige Sileri die letzten Monate verbracht hatte.

76

»Was zum Henker machst du hier? Wer hat dir die Genehmigung erteilt?«

Armando Fazio schälte sich aus der schusssicheren Weste und starrte Valentina an, obwohl seine Worte Costa galten. Er hängte die Weste über einen Stuhl und machte einem Beamten ein Zeichen, sie mitzunehmen.

»Was ist los?«, fragte Costa und deutete ein Grinsen an. »Jagst du mich vom Platz? Wenn du willst, verziehe ich mich, kein Problem.«

Fazio schien ernsthaft darüber nachzudenken. Dann blaffte er: »Mach doch, was du willst. Hauptsache, du gehst mir nicht auf den Sack … Und fass bloß nichts an, wir lassen gerade die Spurensicherung kommen!«

»Heißt das, ihr seid mit eurer Suche schon durch?«

»Klar. Es liegt auf der Hand, dass Sileri nicht hier ist. Wir haben überall nachgesehen.«

»Aber sein California ist hier!«, rief Costa.

»Na und? Sileri nicht. Offenbar hat er sich kurz vor unserem Aufkreuzen aus dem Staub gemacht.«

»Die Villa ist riesig. Er könnte sich überall verstecken.«

Fazio ging auf ihn zu. »Hast du noch immer nicht kapiert, dass du dich raushalten sollst? Du hast deinen Teil zu den Ermittlungen beigetragen, keine Frage. Dafür ein herzliches Dankeschön im Namen der Polizei. Aber das war's dann auch. Es wird Zeit, dass du in deine mittelalterliche Wachstube zurückkehrst.« Er drehte sich um, ging die Treppe hinunter und sagte, ohne sie anzusehen: »Und mit dir, Valentina, rede ich später.« Er verschwand, verschluckt vom Gewusel der Polizisten, während endlich Sonnenlicht durch die Fenster sickerte.

»Lieben tut er dich nicht«, bemerkte Valentina.

»Alte Kamellen. Wir waren zusammen beim SCO, und bei manchen Ermittlungen waren wir nicht einer Meinung. Kommt vor.« Er sprach nicht weiter. Das war nicht nötig.

Sie standen noch immer in dem Zimmer im oberen Stock des Taubenhauses, das Luca Sileri offenbar zu seinem Unterschlupf erwählt hatte. Und noch immer kamen sie nicht über den Eindruck hinweg, den dieser Ort in ihnen auslöste.

Der Raum, in dem sie sich befanden, nahm fast die gesamte Grundfläche des Gebäudes ein und hatte zwei große Fenster, die auf den Garten hinausgingen, jedoch mit Brettern vernagelt waren. Wie es aussah, mochte sein Bewohner kein natürliches Licht. Außer einem Schlafsofa, das genau in der Mitte des Raumes stand, hatte Sileri sämtliche Möbel entfernt. Die Wände waren lückenlos mit Postern gepflastert, die ungefähr der Originalgröße der abgebildeten Caravaggio-Gemälde entsprechen mochten. Die Reproduktionen waren dicht gehängt und überlappten sich zuweilen, sodass es schien, als stünde man in einer chaotischen Bildergalerie, in der nicht Liebe zur Kunst, sondern Besessenheit den Ton angab. Aus diesem Sammelsurium sprach keine Leidenschaft für Caravaggio, dachte Valentina, sondern Raserei. Keine Hochachtung, sondern Unterjochung.

Viele Gesichter der dargestellten Figuren waren mit rotem Filzstift eingekreist. Bei manchen war der Kreis mit einer Heftigkeit nachgezogen worden, dass das Papier gerissen war. Bei anderen waren die Augen ausgestochen, vielleicht in einem Wutanfall. Ein paar Papierfetzen lagen auf dem Boden, zerrissen, zerknüllt, zertreten. Ihr kam der Schnipsel in den Sinn, den Fosco in der Faust gehabt hatte, und der, den sie im Heuschober gefunden hatten. Damit hatte alles angefangen.

Vor sich hatten sie den endgültigen Beweis, dass Luca Sileri bei seiner Opferjagd von diesen alten Gesichtern getrieben war. Doch ebenso offensichtlich war, dass es nicht nur krankhafte, sondern phobische Besessenheit war.

Der grinsende Mann bewunderte Caravaggio nicht. Er war von ihm geknechtet.

Weder Fabio noch Valentina waren Kunstexperten, doch sie kannten fast alle Bilder. Einige waren berühmt, andere hatten sie dank D'Avanzo in den vergangenen Tagen kennengelernt.

Sie erschauerten, als ihr Blick auf *Die Musiker* mit dem Lautenspieler fiel, der Andrea Venturi so ähnlich sah. Die Augen aller vier Figuren waren ausgestochen, und das Weiß der dahinterliegenden Wand verlieh ihnen ein eigentümlich lebendiges Leuchten.

Sie waren nicht überrascht, als sie in einer Ecke neben einem der Fenster eine Kopie von *Judith und Holofernes* entdeckten, auf der das Gesicht der Heldin, das Esther Kaimbacher zu gehören schien, rot umkringelt war. Auch Holofernes' abgetrennter Kopf war mit Filzstift eingekreist, ebenso das Gesicht der Greisin mit dem Tuch für das Haupt des Feldherrn in der Hand.

Diese blutroten Markierungen wiesen auf weitere Opfer hin. Männer, Frauen und Kinder, die von psychotischem Wahn zur Schlachtbank geführt wurden. Konnte das wirklich wahr sein? Wie viele Menschen hatte Sileri getötet? Laut D'Avanzos und Mannas Schätzungen vielleicht rund ein Dutzend, vielleicht mehr. Doch wo waren die Leichen? Wenn er darauf aus war, sie zu plastinieren, wo führte er das Verfahren durch, und wo verwahrte er das grausige Ergebnis dieses Unterfangens?

Mit dem Handy lichteten sie sämtliche Poster ab und schickten die Bilder D'Avanzo, der umgehend antwortete und schrieb: »Das ist das Grauen.« Dann zählte er die Bilder auf, die er auf dem Foto entdeckt hatte: den *Knaben mit Fruchtkorb,* die *Ekstase des heiligen Franziskus, David und Goliath, Amor als Sieger.*

Sileri musste sie wohl stundenlang studiert haben. Mit dem lustvollen Verlangen, diese Pinselstriche zu Fleisch und Blut werden zu lassen.

»Ich muss hier raus«, murmelte Valentina unvermittelt, während zwei Beamte der Spurensicherung in weißen Overalls die Treppe heraufkamen.

»Ich komme gleich nach«, sagte Costa. Er konnte sie verstehen. Diese verstörende Gemäldeausstellung schnürte auch ihm die Kehle zu.

Doch ein Gedanke ließ ihm keine Ruhe.

Während sich Valentina fast fluchtartig davonmachte, durchquerte Costa den Raum. Der Rest des Stockwerks bestand aus einem zweiten, kleineren Zimmer und einem Bad. Die Fenster darin waren nicht vernagelt, und man konnte auf den gesamten Gebäudekomplex und den eindrucksvollen Garten hinunterschauen, der unter dem gleißenden Weiß aussah wie die Oberfläche eines fremden Planeten, der nun von Erdenbewohnern erobert worden war.

Während sie auf die Ergebnisse der Spurensicherung warteten, wussten viele der Polizisten nicht recht, was sie machen sollten. Manche hatten sich bereits bei den Dienstwagen versammelt und warteten auf Anweisungen. Fazio stand im Garten, das Telefon am Ohr, die Füße tief im Schnee. Womöglich teilte er den zuständigen Stellen mit, dass Luca Sileri der Festnahme entkommen war. Ja, der Transporter war da, doch er schien eine kalte Spur zu sein.

Nein, die entführte Rosanna Bacci hatten sie ebenfalls nicht gefunden. Sie war vermutlich bereits tot und irgendwo verscharrt.

Costa betrat das zweite Zimmer. Augenscheinlich waren die Möbel aus dem größeren Raum von ihrem ursprünglichen Platz hierher verrückt worden, denn ein Schrank, eine Kommode und ein paar Stühle waren notdürftig in einer Ecke zusammengeschoben. Als hätte Sileri sämtliche Wände des großen Raumes freiräumen wollen, um die Reproduktionen der Caravaggios aufzuhängen. Er hatte eine Art Sinnesraum erschaffen, in den er eintauchen und in dem er seine kranken Fantasien nähren konnte.

Wegen der hineingestopften Möbel und der fehlenden Fenster war die Dunkelheit in dem Zimmerchen noch bedrückender. Hier schien es kein elektrisches Licht zu geben. Vielleicht hatte Sileri sämtliche Birnen herausgedreht, um keinerlei Beleuchtung zuzulassen. Costa wollte gerade hinausgehen, als ein Geräusch ihn innehalten ließ.

Ein Wimmern, schwach wie ein Windhauch.

Er fuhr herum.

Das Wimmern wiederholte sich, dehnte sich, als versuchte jemand, einen Gesang anzustimmen. Eine Schmerzensklage.

In dem Zimmer war niemand. Und dennoch, von irgendwo ertönte und verklang der Laut ein drittes Mal.

Der an die Wand geschobene Schrank war der einzige Ort, woher dieses Geräusch kommen konnte. Er umfasste eine Kante des Möbels und zog daran. Es war schwer, trotzdem gelang es ihm, es ein paar Zentimeter vorzuziehen. Die Schranktür fiel auf und schlug gegen die Wand, und Fabio spähte hinein. Er war leer. Der faulige Geruch, der ihm entgegenschlug, ließ ihn an Tod denken, doch da waren keine stinkenden Leichen.

Das Wimmern erklang ein viertes Mal. Und diesmal konnte er hören, dass es eine Frauenstimme war.

77

Er rannte die Treppe hinunter.

Die Polizisten hatten das Taubenhaus verlassen und warteten auf den Abzug. Die Kollegen von der Spurensicherung würden mindestens den ganzen Tag brauchen, um jeden Zentimeter des Gebäudes zu untersuchen. Doch der Einsatz war vorüber.

Noch immer kreiste der Hubschrauber über ihnen. Ein Beamter hatte Costa bestätigt, dass er das Logo eines Lokalsenders trug, der wer weiß wie von der Blitzaktion Wind bekommen hatte, und dass der »Poli 119« von der Hubschrauberstaffel Venedig auf dem Weg sei, um den Luftraum frei zu machen. Doch inzwischen war es dafür zu spät.

Im Esszimmer musterte Costa den großen Kamin aus dem siebzehnten Jahrhundert und die antiken Möbel zu beiden Seiten. In einer Ecke war eine kleine Küche mit einem Tisch und vier Stühlen eingerichtet worden, die moderner und behaglicher war als der Rest. Es sah nicht so aus, als hätte Sileri sie häufig benutzt.

Costa stand reglos da und lauschte.

Das Geräusch war ganz schwach, kaum hörbar. Doch es wiederholte sich. Ein Weinen. Vielleicht schluchzte jemand. Es schien von hinter der Mauer zu kommen.

Er ging zum Kamin. Die steinerne Verkleidung war schlicht,

das Innere rußgeschwärzt, aber geruchlos. Er war schon seit langer Zeit nicht mehr benutzt worden.

Es war, als käme das Weinen aus der Tiefe dieses schwarzen Schlundes.

Er versuchte, alle Sinne zu schärfen. Durch die Küchenfenster drang das Grollen der startenden und davonfahrenden Wagen. Seit es zu schneien aufgehört hatte, konnten sich die Geräusche wieder ungehindert entfalten. Der Stein des Kamins unter seinen Fingern war kalt. Unter seinen Füßen ein leichtes Vibrieren.

»Was ist los?«

Costa drehte sich um. Zucca stand in der Tür und blickte ihn fragend an. »Dottoressa Medici hat mich geschickt, um nachzusehen, was Sie machen«, erklärte er.

Das Wimmern wiederholte sich. Es wurde immer schwächer.

Zucca riss die Augen auf. »Scheiße! Wo kommt das her?«

Costa schüttelte den Kopf. Er hörte es also auch. »Nicht von hier«, sagte er. »In diesen Gemäuern verbergen sich zahllose Verbindungen, Gänge, Luftschächte ... Aber die Rückwand dieses Kamins geht nach Westen. Außer der Mauer ist nichts dahinter.«

Er spürte den starken Luftzug im Kamin, ein kalter Strom, der die Echos der Außenwelt hereintrug. Dann bemerkte er den Gitterrost am Boden. Auch aus ihm stieg eisige Luft. Vielleicht war darunter ein Hohlraum, der mit den Kellergewölben des Gebäudes verbunden war. Was war dort unten?

Costas Gesicht hellte sich auf.

»Nein. So ist es nicht«, rief er. »Es muss ein Untergeschoss geben, einen Keller vielleicht, einen Tunnel ... Was liegt hinter dieser Wand?«

Zucca glotzte ihn ungläubig an. »Da ist nichts. Nur diese Art Tempel, zehn Meter weit weg ...«

»Der Tempel! Der Gitterrost geht in diese Richtung. Es muss einen Tunnel geben, der zur Krypta führt.« Er stand auf. Jetzt wusste er, was zu tun war. »Such Altieri«, befahl er Zucca. »Frag ihn nach der Kapelle der Zernichs. Valentina hat mir gesagt, sie sei zugemauert, aber frag ihn, ob er etwas von anderen Zugängen weiß. Und gib Valentina Bescheid! Beeil dich!«

Beide rannten hinaus. Im Garten waren nur noch wenige Beamte. Ein paar standen um Sileris Transporter, den die Spurensicherung demnächst unter die Lupe nehmen würde.

»Lauf!«, drängte Fabio Costa ihn noch mal.

»Und wo gehen Sie hin?«, fragte Zucca.

»Ich suche diesen Dreckskerl. Denn er ist hier.«

78

Er war malerisch. Die Miniaturversion eines heidnischen Tempels samt Säulen und einem Tympanon, das mit Friesen und in Marmor gemeißelten Gesichtern verziert war. Der Grundriss war rund, das Eingangsportal bestand aus massivem Holz und wurde von zwei Dämonenstatuen mit aufgerissenen Mäulern flankiert, deren marmorne Zungen die sterbliche Natur des Menschen verhöhnten. Das Portal war mit einer dicken Stahlkette verriegelt.

Doch die Kette hing schlaff herab, und das Schloss war geöffnet. Bei ihrem Anblick durchfuhr ihn eine Erinnerung, die er sofort zu verdrängen versuchte.

Die Tür, die auf die Terrasse seines Wohnhauses führt. Sie ist offen und schlägt leicht im Wind. Diana ist eben hindurchgegangen.

Die Gruft war nicht zugemauert, wie das Faktotum der Zernichs behauptet hatte. Die Kette sah neu aus, und als Costa leicht gegen die Tür drückte, gab sie mühelos nach.

Er öffnet die Tür und ist draußen auf dem Dach. Die Sonne ist verschwunden. Und auch sie ist gerade verschwunden. Schreiend rennt er zur Dachkante.

Ihm schlug die gleiche Mischung aus Finsternis und Fäulnis entgegen, die sämtliche Räume hier zu beherrschen schien. Hinter ihrer prachtvollen Fassade barg die Villa Zernich eine verdorbene Seele, der ideale Ort für Sileri, um sich zu verkriechen.

Vorsichtig trat er ein, die Pistole gezückt. Während die gähnende Stille ihn verschluckte, wurden die Stimmen draußen immer leiser. Auch das Knistern der Kopfhörer verstummte. Hier unten gab es keinen Empfang. Die Verstärkung war auf dem Weg, doch er konnte nicht warten. Der Schmerzensschrei, den er hörte, bestätigte seinen Verdacht.

Diana ist nur noch ein unkenntliches Bündel, sieben Stockwerke unter ihm. Er schreit und weint. Etwas anderes kann er nicht mehr tun.

Der Schrei erklang erneut. Rosanna Bacci war noch am Leben. Und sie war irgendwo dort drinnen. Das Schicksal hatte es gewollt, dass Costa diesmal nicht zu spät kam.

Den Vorraum zu durchqueren, zum kleinen Altar und der Wand mit den in Dunkelheit getauchten Heiligenfresken vorzudringen, war, wie die Treppe hinaufzusteigen, die zum Dach seines früheren Wohnhauses führte.

Die Marmorstufen neben der Apsis zu entdecken, die zur Krypta hinunterführten, war, wie die geöffnete Tür aufs Dach und das ersterbende Abendlicht zu sehen.

Hinabzusteigen in die Tiefen des Tempels, war, wie auf die Terrasse zu treten und zu wissen, dass ihn dort das Grauen erwartete.

Er erreichte den Fuß der alten Steintreppe und sah sie, wie er damals Diana gesehen hatte, die Fußspitzen auf dem Saum zwischen Dachgesims und Leere, das Gesicht ihm zugewendet, die üppigen Locken vom Wind zerzaust.

Doch es war nicht Diana. Es war Rosanna Bacci. Und sie war nicht kurz davor, sich von seinem Wohnhaus zu stürzen und ihn endgültig zu Reue und bohrender Schuld zu verdammen, sondern lag auf einer Bahre, nackt und verdreckt, und starrte ihn an, mit den gleichen Augen, mit denen Diana Marini ihn zum letzten Mal angesehen hatte. Angstvolle Augen. Augen, aus denen jede Hoffnung gewichen war.

79

Sie zog die schusssichere Weste aus und lehnte sich gegen den Dienstwagen, um wieder zu Atem zu kommen und das Adrenalin loszuwerden, das ihr noch immer durch die Adern strömte. Am Ende der Straße hatte sich eine kleine Menschentraube versammelt, die von ein paar Beamten zurückgehalten wurde. Die Journalisten hatten den Eingang der Villa erreicht.

Mit rotem Gesicht kam Fazio zu ihr. »Für diesen Schlamassel seid du und dein Freund Costa verantwortlich!«

»Wovon redest du?«, fragte sie erschöpft.

Fazio ließ sie mit der Frage stehen und ging zu den Reportern hinüber, um ihnen die soeben mit Falcone abgesprochene Version der Fakten zu präsentieren. Valentina kam nicht umhin zu bemerken, dass er sich im Gehen die Krawatte gerade rückte und das Haar zurechtstrich. Ganz gleich, was er der sensationshungrigen Meute sagen würde, und ganz egal, wie er dabei aussah, an der Sache würde sich nichts ändern. Sie hatten Sileris Versteck gefunden, aber er war abermals verschwunden. Und mit ihm die Hoffnung, Rosanna Bacci zu retten. Fazio würde dennoch sein strahlendstes Lächeln zeigen.

Valentina war überzeugt, dass sie ihr Möglichstes getan hatten. Fabio hatte wie immer recht. Auch im Scheitern hatte er recht gehabt.

Sie sah Zucca atemlos auf sie zuhasten, stehen bleiben und etwas rufen, das sie zunächst nicht verstand. Es war wie in einem Film mit verzögerter Tonspur. Daran war das Chaos in ihrem Kopf schuld.

Dann erreichte die Bedeutung von Zuccas Rufen ihr Herz schneller als ihren Verstand.

Costa hatte ihn gefunden.

Er war im Tempel.

Costa war allein hineingegangen.

»Er ist hier!«, schrie sie und zog die Aufmerksamkeit der anderen Polizisten auf sich. »Sileri ist noch hier!«

Dann stürzte sie mit Zucca auf den Eingang der Krypta zu, von der Altieri hoch und heilig geschworen hatte, sie sei zugemauert. Sie rannten, und die wenigen Dutzend Meter kamen ihr endlos vor.

Sie sah den Eingang des Tempels, das weit geöffnete Portal. Die beiden Statuen an den Seiten verblüfften sie. Zwei Baphomets, Dämonen, die den Eingang zur Hölle bewachten und im frühen Sonnenlicht allzu lebendig aussahen.

Jemand schrie, und schon waren die Sirenen der hastig zurückkehrenden Wagen zu hören. Doch Valentina blieb nicht stehen. Dort drin war Fabio, allein. Und Luca Sileri. Eine düstere Ahnung schnürte ihr die Brust zusammen.

Sie überwand die beiden Steinstufen und lief hinein.

80

In Windeseile registrierte er alles um sich herum. Vier marmorne Grabmale, kreisförmig angeordnet, mit Büsten der edlen Verflossenen, die in seine Richtung starrten. Ein alter Tisch in der Mitte. Medizinische Instrumente auf der hölzernen Platte. Ein Defibrillator. Fläschchen mit chemischen Flüssigkeiten. Tropfständer an der Wand. Eine Wanne, offenbar aus Edelstahl, passend für einen menschlichen Körper. Ein Deckel, wohl um die Wanne zu schließen. Weitere Gerätschaften, die aussahen, als würden sie seit Jahrhunderten dort herumliegen.

Dann nahm er den Geruch wahr. Desinfektionsmittel. Säure. Fett und Blut. Der eisenartige Gestank von Blut.

Er verbannte jedes Detail in denselben Winkel seines Hirns, in den er die Erinnerung an Dianas Tod zu verdrängen versuchte.

Das Einzige, worum er sich kümmern musste, war das Mädchen.

Rosanna starrte ihn an, die Augen glasig wie Spiegel. Sie wimmerte nicht mehr, aber sie schien am Leben zu sein. Ein dreckstarrendes Laken lag über ihren Füßen. Womöglich hatte es sie ganz bedeckt und war langsam heruntergerutscht. Sie schien nicht gefesselt zu sein, dennoch rührte sie sich nicht, lag rücklings da, den Kopf ihm zugewendet im verzweifelten Versuch, ihm etwas mitzuteilen.

Costa näherte sich ihr stumm, um sie nicht zu erschrecken: Ein allzu heftiges Gefühl konnte ihr Herz zum Stillstand bringen. Als er ganz dicht bei ihr war, flüsterte er nur: »Rosanna …?«

Für einen winzigen Augenblick zeigte sich wieder das Gesicht, das Luca Sileri angezogen hatte. Das kindliche, lebhafte Antlitz von Caravaggios heiliger Katharina. Der sanfte Blick. Die weichen Züge von Rosanna Bacci. Doch lag darin nur eine Frage: Warum? Warum ich?

Costa griff den Saum des Lakens und zog es behutsam hoch. Er bedeckte den kleinen Busen und die dunklen Flecken auf den Armen, in die Sileri seine Nadeln wer weiß wie viele Male hineingebohrt hatte.

Rosanna schloss die Augen. Ihr Atem war leicht, fast sanft. Vielleicht dankte sie ihm.

Er spürte sie fortgehen, dem Grauen entschweben.

Nein, nein, ich bitte dich …

Ein Wimpernschlag.

Diana stürzte vom Dach.

Eine leise, hasserfüllte Stimme sagte: »Hände weg. Sie gehört mir!«

81

Er war nur ein Mensch. Das wusste Costa. Er hatte gewissenlose Mörder kennengelernt, die entsetzliche Verbrechen begangen hatten, aber keiner von ihnen hatte je einen Wesenszug gezeigt, der hätte erahnen lassen, wozu sie fähig waren. Sosehr man sich bemühte, es war unmöglich, im Kaleidoskop ihrer Blicke einen Funken des Grauens zu erhaschen, das sie begangen hatten oder begehen würden.

Doch Luca Sileris Erscheinung erzählte eine andere Geschichte. Sein offenbar frisch rasierter Schädel glänzte. Die Lippen waren starr verzogen. Er war nackt, die Haut von Dutzenden Schnitten geschunden, rote Narben, Tätowierungen von Blut und Entfleischung. Das Zeugnis seiner Hingabe an den Schmerz, ganz gleich, ob er sich diese Wunden selbst zugefügt oder einem anderen erlaubt hatte, es zu tun. Trotz des Grauens, das sein Anblick weckte, hätte dieser abgezehrte, zitternde Mann niemandem Angst gemacht. Mitleid wäre vielleicht angebrachter gewesen.

Doch Costa wusste, was er getan hatte. Die auf der Bahre liegende Rosanna war der handfeste Beweis. Er wusste, wozu er fähig war.

Er richtete die Pistole auf ihn.

Der Mörder stand im Schattenkegel eines der Marmorgräber. Er hatte sich hinter der Büste eines schnauzbärtigen Edelmannes versteckt, dessen sterbliche Überreste seit Jahrhunderten in dieser Gruft ruhten. Costa hatte ihn nicht bemerkt, der Anblick der leblosen Rosanna hatte ihn abgelenkt.

»Sie gehört mir«, wiederholte Sileri diesmal ruhiger und ließ es wie eine einfache und offensichtliche Feststellung klingen. »Lass sie mir. Ich werde ihr nichts tun.«

»Auf die Knie«, sagte Costa langsam und versuchte, sich seine Wut nicht anmerken zu lassen. Noch immer spürte er Rosannas letzten Atemzug auf dem Gesicht. »Knie dich gefälligst hin, sofort.«

Sileri sah ihn nicht einmal an, seine Augen waren auf das Mädchen geheftet. Und zu seiner Überraschung nahm Costa in seinem Blick etwas wahr, mit dem er niemals gerechnet hätte. Eine Art Wehmut. Vielleicht Schmerz?

»Sie gehört immer noch mir«, raunte der Mörder.

»Sie gehört nicht dir, sie gehört niemandem. Jetzt auf die Knie, Luca. Runter mit dir!«

»Ich habe auch Liebe mit ihr gemacht, weißt du. Sie wollte es auch, glaub mir. Glaubst du mir wenigstens?«

»Himmel! Runter mit dir, ehe ich abdrücke! Dann kannst du mir von ihr erzählen, und wie sehr du sie liebst.«

»Dann verstehst du es wirklich!«, sagte er und legte den Kopf zur Seite, auf dem Gesicht Überraschung und ... was noch? Dankbarkeit? Costa erschauderte, als hätte er den Hauch eines Gespensts auf der nackten Haut verspürt. »Wie merkwürdig. Ich dachte, niemand würde mich verstehen.«

Hinter ihm kam jemand die Stufen in die Krypta hinunter. Eine Stimme erscholl. »Polizei!«

Sileri erstarrte, wurde zu einer Statue aus Fleisch. Doch noch immer wandte er der Treppe den Rücken zu.

Costa umklammerte die Pistole. »Nein!«, schrie er.

Sileri war blitzschnell. Er murmelte: »Zu merkwürdig, um

wahr zu sein«, und stürzte sich auf ihn. In dem Moment nahm Costa am Fuß der Treppe die Schemen der ersten Beamten wahr. Im pudrigen Licht, das von oben herabsickerte, tauchte Valentina auf. Wenn Costa auf Sileri geschossen hätte, der zwischen ihnen stand, hätte er sie womöglich getroffen. Das Zögern dauerte einen Wimpernschlag, und schon war Sileri auf ihm.

Er drückte Costa an sich. Die Pupillen in seinen aufgerissenen Augen waren geweitet.

Costa wollte die Beretta heben, doch Sileris Klammergriff hinderte ihn daran. Sein nackter, geschundener Körper war schweißgebadet und barst vor Kraft.

Jemand schrie: »Costa, auf den Boden!«

Sileri grinste ihm aus wenigen Zentimetern Entfernung ins Gesicht. Dann ließ er seinen Kopf nach vorn schnellen und biss zu. Costa spürte deutlich, wie sich die scharfen Zähne in seinen Hals gruben. Dann die Wärme des eigenen Blutes. Ein feuriger Pfeil schoss ihm bis ins Hirn und riss ihn nieder.

Jaulend ging Sileri mit ihm zu Boden, ohne von ihm abzulassen. Costa gelang es, sich mit Armen und Oberkörper ein Stück von ihm wegzustemmen. Er versuchte, sich von Sileris Biss loszureißen, und für eine Sekunde wurde der Schmerz so gleißend, dass er fürchtete, bewusstlos zu werden. Er stieß noch heftiger, drückte die Arme durch. Endlich spürte er, wie Sileri locker ließ. Nur ganz leicht, doch das genügte.

Mit letzter Kraft riss Costa sich los. Sileri taumelte rückwärts, stieß gegen die Bahre mit dem Mädchen. Das Laken fiel zu Boden und gab ihren nackten, geschundenen Körper preis. Sie rührte sich nicht.

Jemand schrie: »Runter mit dir! Sofort!«

Costa sah, wie Rosanna zur Seite kippte. Mit einem Satz war er bei ihr und hielt sie fest. Er stürzte zu Boden, mitsamt dem trägen Gewicht des Mädchens, und ein stechender Schmerz fuhr ihm durch die rechte Schulter und gesellte sich zu dem an der Kehle. Er spürte, wie sein Bewusstsein schwand. Doch er ließ sie nicht los.

Ich habe dich aufgefangen, dachte er. Ich bin da, Rosanna, ich bin da.

Ich bin da, Diana.

Sileri war ebenfalls am Boden, sprang jedoch sogleich wieder auf.

Costa sah ihn über sich stehen. Er hatte nicht mehr die Kraft, sich zu wehren. Rosanna Baccis vollkommen regloser Körper wurde schwer. Ihr Kopf lag auf Costas Schulter, als wollte sie sich verkriechen, all diesem Grauen entfliehen. Ihr Gesicht war ihm zugewandt, nur wenige Zentimeter von seinem entfernt. Eine letzte Träne, dunkel wie das Blut, mit dem sie beschmiert war, rann über ihre Wange.

In dem alten Gewölbe explodierten Pistolenschüsse.

82

Rosanna schließt die Augen.

Diana stürzt vom siebenten Stock.

Maria Sinagra sagt zu ihm: »Bring mir meinen Sohn zurück.« Dann weint sie. Und brüllt ihn an. »Kannst du das verstehen?«

Sileri greint. »Sie gehört mir.«

Alle sehen ihn an und fragen: »Kannst du das verstehen? Wirklich?«

Wirklich?

Nein, ich glaube nicht.

Valentina küsst ihn, streichelt sein Gesicht, benetzt ihn mit Tränen. Dann sagt sie: »Es ist vorbei. Sileri ist tot.«

Mit einer Hand berührt er ihr Gesicht, beißt die Zähne vor Schmerz zusammen.

»Rosanna …?«

Valentina antwortet nicht. Das muss sie nicht.

Costa weiß, dass er sich nicht geirrt hat. Rosanna ist tot. Gestorben in seinen Armen. Ihre Seele ist mit dieser letzten, schmutzigen Träne entwichen.

Sie ist gestorben wie Diana. Wie Andrea Venturi. Wie der Junge auf der Liege neben Fosco Agnelli.

Und er kann nichts tun. Jetzt kann er nur schlafen.

Der Rest sind Traumsplitter. Flüchtig und sinnlos.

MAN LECKT SICH
NICHT DIE WUNDEN

83

Das Aufleuchten der Straßenlaternen in der Via Tuscolana signalisierte ihr, dass es Zeit war, nach Hause zu gehen. Sie konnte sie von ihrem Fenster aus sehen, jenseits der Absperrung aus Zement und Metall mit dem Schild HALT – POLIZEI, ebenso den dichten Verkehr und die Lichter der Gebäude von Cinecittà. Wenn sie am Ende eines ihrer anstrengenden, gleichförmigen Tage von den Unterlagen aufblickte und hinausschaute, wunderte sie sich jedes Mal, wie die leuchtende Welt sich gleichgültig weiterdrehte und auf Opfer und Täter, Schmerz und Grausamkeit ebenso pfiff wie auf ihre wirren und verzweifelten Versuche, in all das Chaos ein wenig Ordnung zu bringen. Als hätte all das, was sie und ihresgleichen taten, außerhalb dieser Mauern keinerlei Bedeutung. Und vielleicht war es auch so.

Sie machte sich zum Gehen bereit. Der Vorgang war einfach und erprobt. Das Büro verlassen, ohne sich die Mühe zu machen, sich von den wenigen noch arbeitenden Kollegen zu verabschieden, denen es sowieso völlig schnuppe war. Nach Hause fahren und dabei Radio hören. Zu Abend essen. Vielleicht fernsehen oder ein paar Seiten lesen. Einschlafen und hoffen, keinen der üblichen Albträume zu haben. Und am Morgen wieder von vorn anfangen. Als könnte niemals irgendetwas passieren.

Auch wenn das nicht stimmte. Sileri war seit fast einem Monat tot. Und mit ihm Rosanna Bacci, das letzte unglückselige Opfer, das sie nicht hatten retten können. Etwas war also passiert.

Der Fall war im Grunde abgeschlossen. Der Tod des Verdächtigen machte einen Prozess überflüssig. Luca Sileri wurde offiziell verdächtigt, mindestens drei Personen verschwinden lassen zu haben, von denen man keine Spuren gefunden hatte. Weder Leichen noch irgendwelche Anhaltspunkte zu Orten, an denen die Ermittler nach ihnen hätten suchen können. Valentina wusste, dass es sehr viel mehr Opfer waren. Doch es gab kaum noch Hoffnung herauszufinden, wie viele.

Dennoch hatten sie es nach der unseligen Blitzaktion versucht. Im Garten, auf dem Gelände rund um die Villa Zernich und sogar auf einigen angrenzenden Grundstücken war jeder Stein umgedreht worden. Experten mit Gaschromatografen und Spürhunden waren tagelang im Einsatz gewesen. Selbst der betagte Federico Zernich hatte kooperiert, jede Art von Grabung auf seinem Anwesen bewilligt und sogar einen Teil der kostspieligen Suche finanziert. In einem kurzen Fernsehinterview hatte er sich erschüttert und fassungslos gezeigt, ein Scheusal wie Luca Sileri unter seinem Dach beherbergt zu haben. Und er hatte für die Opfer gebetet.

Unterdessen hatten die Presse und die öffentliche Meinung kein Halten mehr gekannt. Nicht nur wegen der morbidesten Details des Falls, der die Fantasie der Medien befeuert hatte. Die Tötung des »Gesichtersammlers« und somit die Unmöglichkeit, ihn einer Vernehmung zu unterziehen, war der Tropfen gewesen, der das Fass der Anschuldigungen gegen die Polizei abermals zum Überlaufen brachte. Nicht nur seitens humanitärer Einrichtungen, die von einem kurzen Prozess sprachen, sondern auch seitens der Opferfamilien und der auf Kriminalfälle spezialisierten Fernsehsendungen. Alle waren sich darüber einig, dass die Blitzaktion in der Villa Zernich nicht so hätte enden dürfen. Rosanna Baccis Tod war die dramatischste Folge dieses Fehlers gewesen. Das Mädchen war beim Eindringen der Polizei noch am Leben gewesen, und vielleicht hätten mehr Tempo und eine bessere Organisation sie retten können. Außerdem machte es die Tötung des Killers unmöglich zu erfahren, was aus Andrea Venturi, Esther Kaimbacher und den anderen geworden war, die er mutmaßlich entführt und ermordet hatte.

Ganz zu schweigen von dem, was Fabio Costa passiert war.

Als Valentina endlich bei ihm gewesen war, hatte sie um sein Leben gefürchtet. Die Bisswunde am Hals schien sehr tief zu sein. Fabio war über und über mit Blut bedeckt gewesen, und einen Moment lang hatte Valentina geglaubt, er sei durch Eigenbeschuss getroffen worden.

Costa hatte das Leben in Rosannas Augen verlöschen sehen und es nicht geschafft zu verhindern, dass Sileri zusammen mit all seinen Geheimnissen getötet wurde. Sein Tod begrub sämtliche Antworten, nach denen sie suchten. Rosannas Tod begrub ihre Hoffnungen.

Später sollte Valentina erfahren, dass Fabio nicht nur sehr viel Blut verloren, sondern sich auch die Schulter ausgekugelt hatte. Sein Zustand war kritisch, aber stabil.

In der Abteilung war sofort das Verantwortungsflaschendrehen losgegangen, und Fazio war der Erste gewesen, der jede Schuld von sich wies. Er habe klipp und klar gesagt, Costas Anwesenheit verstoße gegen die Vorschriften, er habe sie nicht genehmigt, den Schuh müsse sich jemand anders anziehen. Dass die Polizisten die Villa verlassen hätten, ohne die Familiengruft zu inspizieren, und Sileri ein weiteres Mal davongekommen wäre, wenn Costa nicht gewesen wäre, ließ er unerwähnt. Jedenfalls war die ganze Sache ein Riesenschlamassel. Und Valentina sollte die erste sein, die dafür geradestehen musste. Obwohl bereits ein Monat vergangen war, wartete sie noch immer auf eine Entscheidung. In der Zwischenzeit war sie ins Gefängnis der üblichen, harmlosen Routine verbannt worden.

Zu dieser abendlichen Stunde war die Fahrt vom Büro zu ihrer Wohnung im Viertel Monteverde kurz. Es hatte seit Tagen nicht mehr geregnet, und die durchdringende Januarkälte machte sich bemerkbar. Kaum war sie zu Hause, drehte sie als Erstes die Heizung hoch. Ihre Wohnung war klein und würde sich in Nullkommanichts erwärmen. Doch das würde nicht reichen. Und auch der heiße Tee, den sie sich machte, würde nicht helfen.

Die Kälte steckte ihr so tief in den Knochen, dass nicht einmal ein Ausflug zur Sonne sie davon befreit hätte. Sie war ein Geschenk des grinsenden Mannes und seiner Todeswelt. Sie rührte von der Distanz, die Fabio zwischen sich und dem Rest des Universums aufgebaut hatte, zu dem auch sie gehörte. Sie rührte vom Scheitern ihrer ersten bedeutenden Ermittlung. Und womöglich der letzten.

Denn ein Puzzleteil fehlte noch. Vielleicht das wichtigste. Doch das schien niemanden zu interessieren.

84

Kaum war bekannt, dass der Serienmörder Luca Sileri von der Polizei getötet worden und bei der Aktion auch sein letztes Opfer gestorben war, hatten sich das Fernsehen und die Zeitungen auf Maria Sinagra gestürzt. Die Frage, die alle sich stellten, lautete, was aus den anderen Opfern geworden war. Wo war Andrea? Und was empfand seine Mutter?

Mehrere Tage lang war es den Journalisten lediglich gelungen, ein paar Bilder von ihr beim Betreten oder Verlassen ihres Hauses zu erhaschen. Kein Kommentar, keine Erklärung, obschon ihr Schmerz so offensichtlich war, dass es unverschämt erschien, sie nach dem Ausmaß zu fragen.

Doch vor zwei Tagen hatte die Staatsanwaltschaft Pisa Gianni Venturis Leichnam endlich zur Bestattung freigegeben. Da sein Mörder tot war, sprach nichts mehr dagegen. Mit dem Tod des Täters erlischt die Strafbarkeit, so das Gesetz.

Den Tag der Beisetzung im Dom von Volterra, in dem sich, wie auf dem Platz davor, die Menschen drängten, nutzten die Medien, um eine Geschichte wiederzubeleben, die allmählich von den Titelseiten verschwand. Maria Sinagra, die sich, wie schon damals beim Verlassen der Staatsanwaltschaft Pisa, den Fragen der Journalisten stellte, trug das Ihrige dazu bei. Nach der Trauerfeier, bei der sie sich von ihrem Mann verabschiedet hatte, sprach sie vor ihrer Haustür und gestützt von ihrem Anwalt mit leiser, aber fester Stimme.

»Was wollen Sie von mir wissen?«, fragte sie. »Was soll ich Ihnen sagen, jetzt, da ich meinen Mann beerdigt habe und meinen Sohn nicht beerdigen kann? Dass ich froh bin, dass dieser Mann tot ist? Oder dass ich ihm das Übel vergebe, das er mir und all den anderen angetan hat, und ihn der Gerechtigkeit Gottes überlasse? Darüber muss ich nicht nachdenken. Ja, ich bin froh, dass er tot ist. Ich hoffe, er hat gelitten, und es tut mir leid, dass sein Tod schnell erfolgt ist.« Aus dem Pulk der Fotografen und Journalisten erhob sich ein weiteres Dutzend Fragen, doch sie hob die Hand, und alle verstummten. »Aber wenn Sie mich fragen, was ich meinen Gefühlen zum Trotz denke«, fuhr sie fort, »dann glaube ich, dass sie einen Fehler gemacht haben. Sie hätten ihn nicht töten sollen. Zumindest nicht sofort. Erst hätte er gestehen sollen, was er mit meinem Jungen gemacht hat, er hätte sagen sollen, wie er ihn umgebracht hat. Er hätte mir sagen sollen, ob Andrea Angst hatte.«

Sie schwieg, unterdrückte ein Schluchzen, aus dem alle Tränen versiegt waren. Niemand der Anwesenden wagte es, sie zu unterbrechen.

Als sie fortfuhr, klang ihre Stimme wieder gefasst. »Ich hätte wenigstens gern einen Grabstein, an dem ich beten kann. Sie waren so viele. Wie konnten sie so unvorbereitet sein? Sie hätten ihn lebend schnappen, ihn gestehen lassen sollen, was er mit meinem Andrea gemacht hat. Sie hatten es versprochen. Sie hatten versprochen, ihn nach Hause zu bringen. Meinen geliebten Kleinen …« Dann fügte sie mit gesenktem Blick und zusammengebissenen Zähnen hinzu: »Fabio Costa hatte es mir versprochen. Er hatte mir versprochen, ihn zu retten.«

85

Valentina war ihn ein paarmal besuchen gegangen, am Tag nach der Stürmung und am Tag darauf. Doch sie hatten nicht miteinander reden können. Costa stand unter der Wirkung des Morphiums, und es war immer jemand im Zimmer. Als sie nach Rom zurückbeordert worden war, hatte sie sich vorgenommen, so bald wie möglich wieder zu ihm zu fahren. Doch das passierte nicht, und auch sonst gelang es ihr nicht, ihn zu kontaktieren.

Anfangs hatte sein Handy lange ins Leere geklingelt. Dann war es abgeschaltet. Auch sämtliche auf der Mailbox hinterlassenen Nachrichten schienen ins Nichts zu gehen. Weil sie fürchtete, sein Gesundheitszustand könnte sich verschlechtert haben, hatte sie Ispettore Martini in Volterra angerufen. Der Kollege freute sich, von ihr zu hören, und hatte ihr spürbar verlegen mitgeteilt, dass Costa sich auf eigenen Wunsch von allem zurückgezogen hatte.

»Die Verletzung am Hals war heftig«, hatte er erklärt. »Um ein Haar hätte es eine Blutvergiftung gegeben. Dottor Costa hat noch eine lange Rekonvaleszenz vor sich.«

Martini und die anderen Kommissariatskollegen hatten ihm sämtliche Hilfe angeboten, um die Genesungszeit so erträglich wie möglich zu machen, auch weil ihr Chef allein lebte und, bis auf eine Frau aus dem Dorf, die hin und wieder bei ihm sauber machte, niemanden hatte, der nach ihm sah. Freundlich, aber entschieden

hatte Costa jede Hilfe abgelehnt und ihnen durch seine Haushalts-
hilfe ausrichten lassen, dass er ihnen danke, aber nichts brauche.
Vielmehr wolle er eine Weile den Stecker ziehen und sich von seinen Verletzungen erholen. Laut Martini meinte er damit nicht nur
die körperlichen. Costa hatte ihnen versichert, wenn er wieder auf
dem Damm sei, würde er von sich hören lassen. Dann war er von
ihrem Radar verschwunden.

»Wir warten auf einen neuen Leiter«, hatte Martini ihr am Ende
gestanden. »Anscheinend wird Dottor Costa versetzt, sobald er
wieder in den Dienst zurückkehrt.«

Valentina hatte damit gerechnet. Die Abteilung hatte beschlossen, Costas angeschlagene Karriere noch ein bisschen mehr
bergab gehen zu lassen. Seine Gehorsamsverweigerung war bei
der Führungsebene nicht gut angekommen. Mit einem Quäntchen
Glück würde er in irgendeiner weltvergessenen Polizeidienststelle
in der tiefsten Provinz landen. Im schlimmsten Fall in einer staubigen Amtsstube, um dort aus freien Stücken in der Versenkung zu
verschwinden.

Was an Valentina nagte, war das Bewusstsein, dass auch sie ihn
ein wenig aufgegeben hatte. Anfangs hatte sie sich ernsthaft Sorgen um ihn gemacht, weil sie es ihm schuldig war. Schließlich war
sie es gewesen, die darauf bestanden hatte, dass Costa bei der Jagd
auf Sileri dabei war. Doch mit der Zeit hatte der gnadenlose Ar-
beitsalltag sie verschluckt, der Gedanke an ihn war immer ferner
und das schlechte Gewissen immer leichter geworden. Er wollte
sich schließlich abschotten, hatte sie sich gesagt, und im Grunde
war auch sie ein Opfer der Umstände. Sie hatte ihn in einem hinteren Winkel ihrer Gedanken und Gefühle geparkt und sich halbherzig vorgenommen, sich im passenden Moment darum zu kümmern. Dieser Moment war gekommen und gegangen, und inzwi-

schen schien Fabio Costa zu einem weiteren erfolglosen Kapitel ihres Lebens geworden zu sein.

Es war Giampaolo D'Avanzo, der sie daran erinnerte, dass dem vielleicht nicht so war. Eines Morgens rief er sie an und lud sie zum Mittagessen ein, um, wie er sagte, an einer schönen Freundschaft festzuhalten und ein wenig über das zu reden, was passiert war.

Als sie sich im Schatten des Palazzo della Civiltà Italiana, den die Römer den »löcherigen Palast« nannten, an den Tisch setzten, erschien ihr Giampaolo brillant wie immer. Er machte ihr sparsame, treffsichere Komplimente, die ebenso aufrichtig waren wie seine Umarmung. Zunächst sprachen sie über sich und ihr derzeitiges Leben und blieben diskret im Ungefähren, dann verlegte sich die Unterhaltung unweigerlich auf die Ermittlungen und die Rolle, die der Experte darin gespielt hatte.

»Ehrlich gesagt, war es wirklich interessant, euch zu helfen«, gestand er. »Besser gesagt, lehrreich. Schwierig, aber sehr lehrreich. Ich bin froh, dass ich nützlich sein konnte.«

»Und ob du das warst. Ich kann verstehen, dass es dich froh macht. Da ist diese positive Energie, die uns Kraft gibt, selbst wenn wir es mit entsetzlichen Fällen wie dem von Sileri zu tun haben. Es tut mir nur leid, dass wir unsere Vermutung über die Fantasien dieses Mannes nicht angemessen unter Beweis stellen konnten.«

»Was meinst du damit?«

»Dass unsere Entdeckung der Verbindung zwischen den Gesichtern der Caravaggio-Figuren und Sileris Opfern nichts gebracht hat. Manche halten sie sogar bis heute für ein Hirngespinst aus einem Kriminalroman, für eine haltlose Theorie.«

»Das ist absurd. Wir wissen, dass es nicht so ist.«

»Stimmt. Aber was bringt uns das? Sileri ist tot, und das war's.«

Giampaolo schien nicht überzeugt zu sein und musterte sie

fragend. Valentina flüchtete sich in den Weißwein und blickte den Freund über den Rand ihres Glases hinweg an.

Doch der hatte nicht die Absicht lockerzulassen. »Wenn du es so sagst, ergibt nichts daran einen Sinn«, sagte er. »Es gibt eine Million unbeantwortete Fragen.« Wie ein trotziges Kind, das sich mit einer Erklärung nicht abfinden will, nahm er zum Zählen die Finger zu Hilfe. »Warum entführte dieses Monster Frauen und Kinder? Was machte er mit ihnen? Wo sind die Leichen? Und dann der ganze Aufwand der Plastination … Wozu?«

»Tatsächlich gibt es auch dafür keine Beweise«, fiel sie ihm ins Wort und stellte das Glas ab. »Die Autopsie von Rosanna Bacci hat ergeben, dass Sileri ihr mehrere Dosen eines Medikamentencocktails gespritzt hat, in dem unter anderem das berüchtigte Glutaraldehyd enthalten war. Mehr oder weniger dieselbe Mischung, die wir in Fosco Agnellis Blut gefunden haben. Bei Rosanna Bacci hat sie zum Tod geführt. Die mehrfach verabreichte Injektion hätte sie auch dann nicht überlebt, wenn wir sie eher gefunden hätten. Und das sollte mir vielleicht eine Erleichterung sein. Aber am Ende ist nicht bewiesen, dass Sileri die Absicht hatte, ihren Körper für die Plastination oder irgendeine andere Art der Konservierung vorzubereiten. Glutaraldehyd hat auch andere Verwendungszwecke. Im Grunde ist es ein Desinfektionsmittel.«

»Ja, das habe ich gelesen, man kann damit auch Fußwarzen behandeln. Aber warum zum Teufel es in einen menschlichen Körper spritzen? Wenn er nur töten wollte, hätte es tausend andere Arten gegeben. Und reicht es nicht zu wissen, dass der Mann vor vier Jahren versucht hat, ein junges Mädchen einzubalsamieren? Und diese Metallwanne, die man in der Krypta gefunden hat, mit den Geräten, um den Opfern mit Unterdruck das Blut zu entziehen?« Sein Zeigefinger fuhr durch die Luft, um den in der Villa Zernich gefundenen Behälter nachzuzeichnen.

»Es gibt keine Beweise, dass er sie verwenden wollte, um Rosanna Baccis Leiche zu behandeln«, wiederholte Valentina müde. »Außerdem haben wir mit einem Fachmann für Plastination gesprochen und ihm das Material gezeigt. Er sagte, das in der Villa sichergestellte Gerät sei für das gewünschte Resultat nicht geeignet gewesen. Und da wir die anderen mutmaßlichen Opfer nicht gefunden haben, können wir nicht wissen, ob er sie der gleichen Behandlung unterziehen wollte.«

»Ja, eben! Die Opfer!« Vor Giampaolos innerem Auge tauchten die Fotos der Verschwundenen auf, die Loris und sein »Gott« entdeckt hatten.

»Es wurde alles umgegraben«, wandte Valentina wenig überzeugt ein. »Wäre irgendwo eine Leiche gewesen, hätte man sie gefunden. Und wir sind sogar von rund einem Dutzend Opfer ausgegangen! Du liebes bisschen, selbst die Verbindung mit Esther Kaimbacher und Salvatore Esposto, dem Jungen, der in Neapel verschwunden ist, ist schwach. Verfahrensrechtlich wäre sie sogar irrelevant. Das war alles Teil unserer Theorie, aber … Ohne Leichen kein Beweis.«

»Das klingt, als würdest du die Meinung anderer wiederholen. Überzeugt bist du nicht.«

»Wir hatten eine Vermutung angestellt, Giampaolo. Und am Anfang schien sie richtig zu sein. Aber sie war es nicht.«

»Und die anderen Gemälde?«, fragte er baff.

»Welche anderen Gemälde?«

»Die Reproduktionen, die ihr in seinem Bau gefunden habt, die rot eingekreisten Gesichter der Caravaggio-Figuren.«

Valentina zuckte mit den Schultern.

»Hirngespinste.«

»Wir können nach ihnen suchen.«

»Wonach?«

»Nach den anderen Opfern. ›Gott‹ und Loris zum Einsatz bringen, um nach Übereinstimmungen mit Vermissten aus den vergangenen Monaten zu suchen ... Das haben wir doch schon gemacht, weißt du noch? Zumindest hatten wir angefangen. Wir müssen die Sache nur vertiefen, uns Fall für Fall ansehen, nach Zeugen und Hinweisen suchen ... Genau das sollte die Polizei schließlich tun, oder nicht?«

Als er bemerkte, dass er laut geworden war, mäßigte er seinen Ton und setzte ein anderes Gesicht auf.

»Und wer?«, fragte sie. »Ich bin raus. Die Ermittlung ist beendet. Loris ist irgendwo nach Sizilien versetzt worden, wer weiß, wann er wiederkommt. Das Team gibt es nicht mehr. Zum Suchen ist keiner mehr da.«

»Aber all das ergibt keinen Sinn. Das ergibt überhaupt keinen Sinn ...« Der Kunstkritiker machte ein zutiefst frustriertes Gesicht.

Im Grunde hatte er recht, dachte Valentina. Es schien überhaupt keinen Sinn zu ergeben. Na und? Das war nicht mehr ihr Problem. Und auch von niemandem sonst. Es gab andere Dringlichkeiten, andere Prioritäten. Ihr Wahrheitshunger genügte nicht, um der ganzen Angelegenheit einen Sinn zu geben.

»Und Fabio?«, fragte Giampaolo plötzlich.

Sie zuckte fast zusammen. »Fabio?« Damit hatte sie nicht gerechnet.

»Weißt du, wie es ihm geht? Wie er damit fertiggeworden ist?« Giampaolos runde Brille verstärkte seinen forschenden Blick.

»Hast du mit ihm gesprochen?«, fragte Valentina fast kleinlaut.

Der Kritiker blinzelte hinter seinem eleganten Brillengestell.

»Leider ja«, sagte er.

86

In der Nacht fand Valentina keinen Schlaf. Das Treffen mit Giampaolo hatte ihren Schuldgefühlen Nahrung gegeben und sie gezwungen, sich den Zweifeln zu stellen, die sie seit ihrer Rückkehr nach Rom umtrieben.

Luca Sileri war ein nekrophil veranlagter Psychopath gewesen. Das ging aus seinem Profil hervor, das erstellt worden war, lang bevor er Jagd auf Frauen und Kinder gemacht hatte, die Ähnlichkeit mit Caravaggios Figuren hatten. Doch dieser letzte Aspekt seiner Psychose ließ sich noch immer nicht erklären. Sileri litt an einer Schizophrenie, die ihn zum Morden trieb, um sich dann an den Leichen zu vergehen. Er fühlte sich zu jungen Frauen hingezogen, und soweit es sich rekonstruieren ließ, hatte es in seinem Leben keine Fälle von Pädophilie gegeben.

Was wollte er mit den Kindern? Und seit wann und warum hatte er diese Caravaggio-Obsession entwickelt?

Vor allem, wo waren die Leichen abgeblieben? Und mit welchen Mitteln und Quellen hatte er seine Opfer ausfindig gemacht?

Da war noch etwas. Während der nach seiner Tötung durchgeführten Durchsuchung hatte man weder Computer noch sonstige elektronische Geräte gefunden. Nur ein altes Smartphone in der Kleidung, die er auf seiner letzten Fahrt getragen hatte. Darin steckte die Telefonkarte eines ausländischen Anbieters. Die Auswertung der Anruflisten hatte ergeben, dass das Gerät rund ein Dutzend Mal benutzt worden war, um sich mit einem Internetprovider mit Sitz in Rumänien zu verbinden. Noch eine Sackgasse, auch wenn sie nach Übereinstimmungen zwischen diesen Kontakten und den Ereignissen suchten. Dennoch ging daraus hervor, dass Sileri gelegentlich via Internet telefoniert und dazu das Handy benutzt hatte. Wen hatte er angerufen?

Vor allem diese Feststellung hatte Valentina an Fosco Agnellis Schilderung erinnert. Als der Junge in Sileris Transporter aufgewacht war und fliehen konnte, hatte es für ihn ausgesehen, als würde der Mann in einer Ecke des Heuschobers beten. Sie hatte nie daran gedacht, dass Sileri womöglich mit jemandem telefoniert hatte. Seinem Profil nach war er ein Soziopath ohne zwischenmenschliche Beziehungen. Doch wenn das Profil irrte? Mit wem war Sileri in Kontakt gewesen?

Giampaolo hatte recht, diese Rekonstruktion hatte zu viele blinde Flecken. Und sie hatte geglaubt, sie könnte sich selbst in die Tasche lügen und sagen, es sei in Ordnung so, Hauptsache, sie hatten den irren Killer zur Strecke gebracht und konnten einen Haken hinter die Ermittlungen machen.

Sie stand auf. Es war zwei Uhr nachts, aber diesem Drang nachzugeben, erschien ihr geboten. Ja, notwendig.

Zu ihrer Überraschung antwortete Fabio nach dem zweiten Klingeln. Seine Stimme klang belegt, aber nicht schläfrig.

»Ja«, sagte er. Er wusste, dass sie es war.

»Du bist verschwunden. Hast nicht auf meine Anrufe reagiert.«

»Jetzt sprechen wir uns doch.«

Noch nie hatte Valentinas Herz so heftig geschlagen. Erst in diesem Moment ging ihr auf, wie sehr er ihr gefehlt hatte. Auch wenn sie ihn nicht deshalb angerufen hatte. Oder vielleicht doch?

»Wie geht es dir, Fabio? Ich meine …«

»Ich weiß, was du meinst. Keine Sorge. Ich komme zurecht.«

Wirklich?, hätte sie am liebsten entgegnet. Und ich? Willst du nicht wissen, wie ich zurechtkomme?

»Können wir uns sehen?«, fragte sie stattdessen. »Ich könnte zu dir kommen, wie wär's morgen?«

Ein langes Schweigen. Dann: »Eigentlich ist mir das nicht so recht.«

»Du willst nicht, oder du kannst nicht? Nur, um zu reden.«

»Worüber möchtest du reden, Valentina? Was möchtest du denn so dringend hören? Verzeih mir, aber egal was es ist, ich kann dir nicht helfen.«

»Deshalb habe ich nicht angerufen ...«, versuchte sie zu erklären.

»Ich habe trotzdem nichts weiter zu sagen«, hielt er sie zurück. »Es ist nicht deine Schuld, wenn es das ist, was dich quält.«

»Eigentlich wollte ich nur ... Oh, verdammt, Fabio, wir haben ihn geschnappt!«, sagte sie voller Stolz und bereute es sofort.

Fabio antwortete nicht. Sie hörte ihn atmen. Dann, als sie schon nicht mehr damit rechnete, sagte er: »Ich hätte sie retten können, Valentina.«

Das war es, was ihn fast umbrachte.

»Das stimmt nicht. Die Untersuchungen ...«

»Ein Meter, Valentina. Nur ein Meter. Dazu vielleicht ein paar Sekunden früher, und ich hätte sie gerettet.«

»Sie hätte nicht überlebt, das weißt du. Der Arzt war eindeutig. Der Zustand war hoffnungslos.«

Aber er hörte ihr nicht zu. »Ich wusste, dass er irgendwo in der Villa war. Ich wusste es. Aber wir waren auf dem Rückzug. Wir waren kurz davor, ihn davonkommen zu lassen.«

»Aber du hast ihn gefunden, Fabio. Er ist nicht davongekommen, und jetzt kann er niemandem mehr schaden. Das allein zählt.«

»Sicher. Stimmt.« Aber es war klar, dass er es nicht so sah. Er schwieg abermals. Sie hätte gern noch weiter mit ihm geredet. Ihm die wichtigste Frage gestellt. Doch dazu blieb keine Zeit, oder vielleicht fehlte ihr der Mut.

»Pass auf dich auf«, sagte Fabio. Und überließ sie der Nacht, die immer noch vor ihr lag.

87

Als Valentina ins Büro ihres Vorgesetzten kam, erhob sich Falcone vom Schreibtisch und ging ihr entgegen. Er gab ihr einen Kuss auf die Wange und ließ sie Platz nehmen. Er lächelte nicht, aber war freundlich, und sofort sprangen in ihr Alarmglocken an.

»Hast du dich erholt?«, fragte er nach ein paar Höflichkeiten, als hätte sie eine lange Krankheit hinter sich.

»Von was?«

Falcone taxierte sie kühl. »Du hast recht, kommen wir sofort zum Punkt«, sagte er in verändertem Ton. »Ist mit dem Sileri-Fall so weit alles erledigt?«

»Inwiefern? Kümmert sich Fazio nicht darum?«

»Fazio ist mit dringenderen Problemen beschäftigt. Die Sileri-Sache muss endgültig abgehakt werden. Noch ein paar letzte Kleinigkeiten, und dann lassen wir die Geschichte hinter uns. Bist du einverstanden?«

»Spielt das eine Rolle?«

Falcone starrte sie an. »Jetzt unternimmst du eine Reise nach Padua.«

»Ich verstehe nicht.«

»Ganz einfach. Wie du weißt, hat die Staatsanwaltschaft Padua die gesamte Zuständigkeit an sich gerissen, weil Sileri in ihrer Gerichtsbarkeit getötet wurde und mutmaßlich von dort aufgebrochen ist, um seine Straftaten zu planen. Es gab eine Kontroverse mit Pisa, das den ersten Mord für sich beansprucht, entschuldige die Ausdrucksweise, und ich glaube, Bologna wollte auch mitmischen. Aber nach Sileris Tod ist die Begeisterung der Staatsanwälte ein wenig abgekühlt. Mit Ausnahme dieses stellvertretenden Staatsanwalts von Padua, der ein bisschen pingelig zu sein scheint. Uns ist es nur recht, wenn die Sache in Padua bleibt. Sie sind dabei, die Akte zu schließen, aber diese junge Nervensäge besteht darauf, mit jemandem zu sprechen, der die Geschichte von Anfang an verfolgt hat. Er sagt, die Sache sei ihm nicht restlos klar, und er müsse sich ein genaues Bild machen. Du hast dich um dieses Gemetzel gekümmert, also …«

»Also schiebst du mir die Arschkarte zu«, konnte sie sich nicht beherrschen zu erwidern.

Falcones Blick wurde hart. Er war bekannt für seine umgängliche Art, doch Valentina wusste aus eigener Erfahrung, dass er gnadenlos war.

»Keiner schiebt dir die Arschkarte zu, Dottoressa Medici«, stellte er brüsk klar. »Aber wir sollten nicht vergessen, dass deine unbedachten Handlungen, allen voran, Costa miteinzubeziehen, uns wiederholt in Schwierigkeiten gebracht haben. Also löffelst du die Suppe aus, an der du mitgekocht hast. Außerdem bist du die Einzige, die in der Sache vollständig Bescheid weiß. Wie dem auch sei, es ist beschlossene Sache.«

Valentina widersprach nicht. Es war sinnlos, sich querzustellen.

»Mit wem fahre ich?«

»Du fährst allein. Du musst keine Ermittlungen anstellen. Du fährst hin, redest mit dem stellvertretenden Staatsanwalt, gehst den Kollegen der mobilen Einheit beim Abschlussbericht zur Hand und kommst wieder. Das sind drei, höchstens vier Tage.«

Es stimmte also. Sie ließen sie hängen. Um eine Arbeit zu tun, die man mit ein paar Telefonaten hätte erledigen können. Etwas sagte ihr, dass sich die Dinge nach ihrer Rückkehr ändern würden. Womöglich lag ihre Versetzung vom SCO in irgendeine Dienststelle im Umland schon in der Schublade bereit.

»Ich könnte Zucca mitnehmen«, sagte sie. »Er kennt den Fall genauso gut wie ich.«

Falcone zuckte mit den Achseln. »Frag ihn. Aber ich glaube, er ist in eine andere Sache involviert. Wie auch immer, klärt ihr das.«

»Ist das alles?«

Falcone sah sie nicht einmal an, als er ihr zu verstehen gab, dass die Unterredung beendet war. Ja, ihre Karriere ging gerade den Bach runter, und Valentina stellte fest, dass es ihr scheißegal war.

88

Angelo Zucca musterte sie mit dem üblichen halb belustigten, halb gelangweilten Blick. Früher war ihr sein gesunder Zynismus ganz lieb gewesen. Heute sah sie die Dinge anders.

»Da wirst du also nach Padua geschickt …«, sagte er. Er stand in Valentinas Bürotür, während sie ihr Zeug in eine Tasche schob, den Terminkalender und den unentbehrlichen Laptop, in dem ihr gesamtes Leben der vergangenen Wochen steckte.

Sie lächelte ihn unterkühlt an. »Falcone meinte, wenn du willst, kannst du mich begleiten. Ich könnte jemanden gebrauchen, der mit mir an dem Fall gearbeitet hat. Zum Austausch.« Sie hätte gern noch gesagt: »Und um nicht ganz allein zu fahren«, tat es aber nicht.

Zucca prustete nervös los. »Nichts für ungut, Dottoressa … Ich denke gar nicht daran.«

Sie starrte ihn an. »Ich könnte es dir befehlen.«

»Oh, das glaube ich nicht. Ich wurde bereits einem anderen Team zugeteilt und bezweifle, dass der Direktor besonders erfreut wäre, wenn ich alles hinschmeißen würde, um dich zu begleiten.« Das freche Grinsen wich nur langsam aus seinem Gesicht.

Valentina sammelte die letzten Unterlagen zusammen, die sie brauchen würde, und stopfte sie in die Umhängetasche. An der Tür blieb sie vor ihm stehen.

»Sag mir nur eines, Angelo, wenn du kannst.«

»Stets zu Diensten.« Er grinste nicht mehr.

»Du hast nie an diese Ermittlungen geglaubt, stimmt's? Ich meine … Costas Vorgehen. All das Stochern im Nebel. Die Gespensterjagd. Der Druck, die sich überschlagenden Ereignisse. Alles zu unbequem, stimmt's? Und du begleitest mich nicht, weil du weißt, dass meine Karriere hier endet. Weil ich mich nicht ans übliche Prozedere gehalten habe. Weil ich einem Outsider vertraut habe, der den Fall am Ende zwar gelöst hat, aber trotzdem ein Outsider geblieben ist. Das ist das eigentliche Vergehen, das man mir nicht verzeihen wird. Und du hast Angst, dass ein bisschen von diesem Pech an deinem Arsch kleben bleibt, richtig?«

Zum ersten Mal wurde die Miene des Polizeiassistenten Angelo Zucca todernst. Nicht besorgt, denn nichts schien ihm etwas anhaben zu können. Aber kurz davor, womöglich echtes Bedauern zu zeigen.

»Tut mir leid, Dottoressa. Du bist in Ordnung. Und dein Freund Costa auch. Aber das ist meine Abteilung, das ist der SCO, und hier fühle ich mich wohl … So, wie es ist. Ich wüsste nicht, was ich täte, wenn sie mich woandershin schickten.«

Valentina nickte. »Ja, mir tut es auch leid.«

Zuccas Grinsen kehrte zurück, als könnte ihn wirklich nichts aus der Ruhe bringen. »Viel Glück, Valentina«, sagte er fröhlich.

Sie warf ihm einen letzten Blick zu. »Glück ist das Letzte, was ich brauche.«

Sie beschloss, mit ihrem Nissan Juke zu fahren, statt einen Dienstwagen oder den Zug zu nehmen. Im Auto würde sie nachdenken können. Und es würde ihr einen kleinen Umweg erlauben. Den hatte sie im Kopf, seit Falcone ihr die Fahrt nach Padua aufgetragen hatte.

Die Reise nach Volterra war angenehm. Der Schnee war seit einer Weile verschwunden, und der Winter zeigte sich milder und angenehmer. Ihr war, als hätte das schlechte Wetter ihre Mörderjagd absichtlich begleitet und als könnte man jetzt, da alles vorüber war, die erste Sonne genießen, die einen ungewöhnlich vorzeitigen Frühling ankündigte.

Sie versuchte, ihre Gedanken in Ordnung zu bringen. Was würde sie zu dem jungen Paduaner Staatsanwalt sagen? Würde sie durchblicken lassen, dass auch ihrer Meinung nach noch ein paar Puzzleteile fehlten? Oder dass man so tun könnte, als würde man die Unstimmigkeiten nicht sehen, um die Akten zu schließen? Wenn sie mit ihren Theorien aus der Deckung käme, würde sie Falcone und die Abteilung nicht glücklich machen. Und obwohl sie inzwischen mit dem SCO im Argen lag, wollte sie sich nicht in irgendeine ungute Gemengelage verstricken, die ihr endgültiges Aus bedeutet hätte.

Auch deshalb brauchte sie Fabio. Trotz der Depression, in die er versunken zu sein schien, würde er die Situation mit Klarblick beurteilen können.

Sie würde ihn dazu bringen, ihr zuzuhören, und er würde ihr helfen und wissen, was zu tun wäre.

Deshalb wollte sie ihn sehen. Es gab keinen anderen Grund, sagte sie sich hundertmal. Keinen anderen.

Als sie in Volterra ankam und vor dem Kommissariat parkte, beschloss sie, hineinzugehen, den Kollegen Hallo zu sagen und sich genauer über Fabios Gesundheitszustand zu informieren.

Ispettore Martini und die anderen begrüßten sie herzlich. Valentina überlegte, dass es in dieser beschaulichen Polizeidienststelle keinen Fall wie diesen mehr geben würde. Das war ein Gutes.

Doch würde er diesen Polizisten unauslöschlich in Erinnerung bleiben.

Ehe sie sich verabschiedete, nahm Martini sie beiseite.

»Haben Sie vor, bei Dottor Costa vorbeizuschauen?«

»Das würde ich gern. Wissen Sie, wie es ihm geht?«

Martini schüttelte den Kopf. »Ziemlich mies. Er will niemanden sehen und … verzeihen Sie … aber ich glaube, er trinkt.«

»Sind Sie sich sicher?«

Martini wurde rot. »Ich würde es Ihnen nicht sagen, wenn ich keine Gewissheit hätte. Er wartet auf seine Versetzung … aber nicht das macht ihn so fertig. Ich glaube, es gibt schwerwiegendere Gründe.«

Martini war einer dieser alten Dorfpolizisten, denen nichts entging. Valentina war sich sicher, dass er die Verschwiegenheit eines echten Bullen besaß und sich um seinen Chef ernste Sorgen machte, wenn er sich so vertraulich an sie wandte.

»Eigentlich erwartet er mich«, log sie.

Der Ispettore wirkte erleichtert. »Ah, gut, könnten Sie ihm die hier mitbringen? Sie ist in seinem Büro geblieben, und weil wir gezwungen sind …« Er zögerte verlegen. Das Wort, das ihm auf der Zunge lag, war »auszuräumen«. Er hielt ihr eine dicke Ledertasche hin. Die berühmte Satteltasche, wie Fabio sie scherzhaft genannt hatte, in der er all seine Notizen zu den Ermittlungen aufbewahrte. Sie nahm sie an sich und versprach Martini, sie ihm persönlich zu geben.

Fabio wohnte ein Stück außerhalb in einer relativ neuen Wohngegend aus zweistöckigen Mehrfamilienhäusern, die von stillen, gesichtslosen Gärten umgeben waren. Aus den nach Westen hinausgehenden Fenstern konnte man das Panorama des Val di Cecina bewundern und in der Ferne sogar das Meer sehen.

Als sie an seine Tür klopfte, ging ihr auf, dass sie nie bei ihm zu

Hause gewesen war. Sie hatten sich im Kommissariat und an den Verbrechensorten gesehen und kennengelernt. Außer der Arbeit hatte es nie etwas zwischen ihnen gegeben. Im Moment war selbst der Gedanke an diesen einzigen, flüchtigen Kuss befremdlich.

Die Tür öffnete sich, und eine ruppig dreinblickende Frau mittleren Alters musterte sie. »Wen suchen Sie?«, fragte sie barsch, während sie sich mühsam einen Mantel überstreifte.

Valentina erspähte das Wohnzimmer hinter ihr, die unscheinbar aussehenden Möbel, das von dicken Vorhängen verursachte Zwielicht.

»Ich bin Valentina«, stellte sie sich vor und verschwieg Nachnamen und Funktion. Die Frau wirkte nicht so, als ließe sie sich von einem Titel oder einem Dienstgrad beeindrucken. »Ich wollte zu Fabio. Ich weiß, dass er niemanden sehen will, aber … Könnten Sie ihm sagen, dass ich nicht gehe, bevor ich ihn gesehen habe?«

Die Frau musterte sie noch einen Augenblick und knöpfte sich schnaufend den kamelhaarfarbenen Wintermantel zu.

»Ja, das werden Sie wohl nicht«, konstatierte sie mit schwerem toskanischem Akzent. Sie deutete in die Wohnung. »Gehen Sie ruhig. Wenn er sauer wird, machen Sie sich nichts draus. Ihm wird ein bisschen Gesellschaft guttun, diesem Stinkstiefel.« Sie hob die Stimme, damit das ganze Haus sie hören konnte.

Dann verabschiedete sie sich, ging ohne ein weiteres Wort davon und ließ eine Spur Jasminparfüm zurück.

Valentina wartete, bis die Frau verschwunden war, und betrat zögernd die Wohnung. Sie hatte gesagt, dass sie nicht gehen würde, ehe sie ihn getroffen hatte, doch plötzlich hatte sie Angst, zurückgewiesen zu werden, nicht zu wissen, wie sie ihm begegnen sollte. Was ich hier tue, ist totaler Schwachsinn, dachte sie. Warum sollte er für mich eine Ausnahme machen, wenn er niemanden sehen will?

Als Fabio in Jeans und T-Shirt aus dem Dunkel auftauchte, sie umarmte und küsste, lösten sich ihre Befürchtungen in Luft auf, und für einen Augenblick erschien die Zukunft klar und strahlend. Es war nur ein Augenblick, denn kaum machte sie sich von ihm los, sah sie in seinen Augen all die Verzweiflung, die Giampaolo D'Avanzo ihr vorausgesagt hatte.

89

»Ich kann dir nicht mehr helfen. Ich dachte, ich hätte meine Lektion gelernt und all das hinter mir gelassen ... aber ich bin wieder mitten hineingestürzt. Es tut mir leid. Wirklich.«

Während er sprach, saß er auf der Sofakante, als wollte er im nächsten Moment die Flucht ergreifen, dauernd fuhr er sich mit den Fingern durchs zu lange, ungekämmte Haar, sein Blick sprang zwischen ihr und dem Fußboden hin und her, war in Wirklichkeit jedoch auf die Gedanken und Erinnerungen geheftet, die ihn quälten. Seine Augen waren wie verloschen.

Dort, wo Sileri ihn wie ein hungriger Werwolf gebissen hatte, trug er einen dicken Halsverband, und wenn er den Kopf drehte, verzog er vor Schmerz das Gesicht. Auf dem Tisch hinter ihm standen mehrere Schachteln Schmerzmittel neben einer Flasche Jack Daniel's und einem leeren Glas. Er schien nicht mehr er selbst zu sein.

Vielleicht hatte sie sich alles nur eingebildet. Valentina hatte geglaubt, ihn zu kennen, gut sogar, auch wenn diese Überzeugung, das wurde ihr jetzt klar, einer sehr kurzen, wiewohl intensiven Zeit geschuldet war. Sie hatte geglaubt, um ihn vor dem Strudel zu retten, in den er hineingeraten war, müsste sie nur den Mut finden, ihm ins Gesicht zu sehen und ihm begreiflich zu machen, wie viel er ihr bedeutete. Wie dumm von mir, sagte sie sich. Erst jetzt wurde ihr das Ausmaß ihres Irrtums bewusst.

Fabio war wirklich ein vom Leben geschlagener Mann. Er war es bereits gewesen, als sie einander begegnet waren. Nur, dass sie es nicht hatte begreifen oder akzeptieren wollen. Zum Teil, weil er seine Verletzungen unter seiner distanzierten Art versteckt hatte. Zum Teil, weil Valentina einen Mann wie Fabio Costa brauchte. Ihre Einbildung hatte den Rest erledigt. Das war die Wahrheit. Und obwohl sie das jetzt verstanden hatte, spürte sie noch immer das Bedürfnis nach ihm. Überraschenderweise begehrte sie ihn sogar noch heftiger als zuvor. Dieses Gefühl erschreckte sie und drängte sie zugleich, nicht lockerzulassen.

Nach dem Kuss an der Tür hatte Fabio wieder dichtgemacht. Als hätte er diese Begrüßung sofort bereut. Er hatte sie eintreten und Platz nehmen lassen, ihr regungslos zugehört und sich in sein inneres Gefängnis verkrochen. Fern und unerreichbar.

Valentina erzählte ihm zunächst stockend, was in den letzten Wochen passiert war, wie sie in den ermüdenden Büroalltag zurückgekehrt war, wie ihr Leben sich verändert hatte. Sie berichtete ihm die wenigen Neuigkeiten zu den Ermittlungen. Sie sprach, ohne Luft zu holen, als fürchtete sie, den Faden zu verlieren oder für immer zu verstummen, wenn sie innehielte. »Glaub mir«, fuhr sie zu seiner gleichgültigen Miene fort, »es gibt noch viele ungelöste Geheimnisse, Unstimmigkeiten, blinde Flecken, und jetzt wollen sie in Padua mit mir sprechen. Das ist vielleicht gut, was meinst du? Da ist jemand, der sich mit der Sache nicht abfinden und ihr ganz auf den Grund gehen will, genau wie wir. Ganz gleich, wie es läuft, ich glaube nicht, dass ich beim SCO bleiben werde. Ich rechne damit, demnächst versetzt zu werden, vielleicht, sobald ich wieder in Rom bin. Ich weiß, dass du auch von hier wegmusst, das tut mir leid. Aber eigentlich ist es doch egal, oder?

Wir wissen, was passiert ist, nicht wahr? Wir wissen, hervorragende Arbeit geleistet zu haben, und zwar zusammen, und wenn du nicht gewesen wärst, wären wir Sileri nie auf die Spur gekommen. Ganz egal, was du denkst oder fühlst oder was ich fühle, du darfst dir an Rosanna Baccis Tod keine Schuld geben. Und ich mir auch nicht. Ebenso wenig wie am Tod irgendeines anderen. Da bin ich mir sicher … Ja, da bin ich mir wirklich sicher, Fabio. Wir kommen da wieder raus. Stärker als zuvor. Und … na ja. So sehe ich das.«

Sie holte Luft. Jetzt fühlte sie sich leer. Sie hatte alles gesagt. Und sie war erschöpft. In der Hoffnung auf eine Reaktion blickte sie ihn an.

Fabio hatte schweigend zugehört, doch es war, als wäre er gar nicht da, als säße er nicht in seiner bescheidenen Wohnung vor ihr auf dem Sofa. Als hätte nichts von dem gerade Gesagten einen Sinn.

Nur, als sie ihm gesagt hatte, dass niemand sich für irgendeinen Toten verantwortlich fühlen müsse, war etwas in seinem Blick aufgeglommen. Allerdings nicht das, was sie erhofft hatte.

Es war Wut.

Doch er sagte noch immer nichts.

»Ich mache mir Sorgen um dich, Fabio«, sagte sie kleinmütig. »Und nicht nur ich, sondern auch die Kollegen im Kommissariat. Sogar Giampaolo hat gesagt, so habe er dich nie erlebt.«

»Giampaolo?«

»Er hängt an dir. Ich weiß, dass er dich angerufen hat.«

Er schüttelte den Kopf. »Daran kann ich mich nicht erinnern. Aber egal.«

»Es ist nicht egal. Du bist den Leuten wichtig. Denen, die dich kennen und wissen, wer du wirklich bist.«

»Und was ändert das?«

»Das sollte dir etwas bedeuten. Es gibt Menschen, die an dich glauben, die wissen, was du getan hast. Wenn du dir wehtust, leiden deine Freunde. *Ich* leide. Tu nicht so, als würdest du das nicht verstehen.«

Scheinbar überrascht sah er sie an. Dann sagte er nur: »Geh, Valentina.«

Es war wie ein Schlag in die Magengrube. Das konnte nicht sein Ernst sein.

»Das kannst du nicht von mir verlangen. So läuft das nicht. Du kannst mir nicht verbieten, dir zu helfen.«

Er wandte sich ab wie ein gescholtenes Kind.

»Hör auf«, hauchte sie. »Ich bitte dich, lass mich dir nahe sein. Du kannst dich nicht ewig schuldig fühlen, Fabio, du hast die Fehler, die du glaubst, gemacht zu haben, nicht gemacht.«

Erneut sah er sie an. »Was weißt du schon von meinen Fehlern?« Jetzt war sein Ton schneidend. »Glaubst du, mich so gut zu kennen? Du weißt nichts über mich.«

»Fabio ...«

»Es war ein Fehler, dich reinzulassen. Geh, bitte.«

Nein. Das wollte er nicht. Diesmal nicht.

»Bitte ...«, wiederholte er inständig.

Sie stand auf, ging zu ihm, kniete sich vor ihn hin. Im schräg hereinsickernden Licht konnte sie sehen, dass seine weit geöffneten Augen auf sie geheftet waren. Doch lag in diesem Blick nicht ein Funken dessen, was Valentina darin zu sehen hoffte.

Trotzdem gestand sie ihm: »Fabio, ich glaube, da ist etwas zwischen uns. Ich weiß nicht, was. Ich wäre dumm, es irgendwie zu benennen. Eigentlich will ich es gar nicht benennen. Aber es ist etwas ... Bedeutendes.«

»Du weißt nicht, was du sagst.«

»Doch, das weiß ich. Mir macht es auch Angst. Aber nichts in meinem Leben habe ich je so sicher gewusst.«

»Geh, Valentina.«

Sie streckte die Hand aus. Sie musste ihn streicheln, die Wärme seiner Haut spüren. Sie berührte sein Gesicht. Seine zitternden Lippen.

Er packte sie am Handgelenk. Nicht hart. Doch er hielt sie zurück.

So hockten sie da, als forderten sie einander heraus.

»Und jetzt sag es«, flüsterte sie kaum hörbar, ihr Handgelenk noch immer in seiner Faust. »Sag, dass du nichts für mich empfindest. Sag, dass du diese Zärtlichkeit zurückweist, weil zwischen uns nichts ist. Dass das, was ich fühle, nichts ist. Sag es mir, und ich werde gehen. Ich werde zu dieser Tür hinausgehen, und du wirst nie mehr etwas von mir hören.«

Fabio blickte zur Tür, als wäre sie schon dort, bereit, sie zu öffnen und für immer aus seinem Leben zu verschwinden.

»Du kennst mich nicht«, sagte er und starrte noch immer auf einen Punkt hinter ihr.

Plötzlich stand er auf, zerrte sie hoch und zog sie, ohne ihr Handgelenk loszulassen, an sich heran. Sein Gesicht war ganz dicht vor ihrem, und zum ersten Mal nahm sie den Whiskygeruch in seinem Atem wahr. Er mischte sich mit dem Duft, den sie bereits kannte und der sie für einen flüchtigen Moment überwältigt hatte, jetzt aber nur noch nach seiner unterdrückten Wut roch.

»Du kennst mich nicht«, wiederholte Fabio langsam.

»Du tust mir weh …«, sagte sie leise.

»Wirklich?« Seine Worte trafen sie wie Pistolenkugeln. »Ich tue dir weh? Mehr hast du nicht zu sagen? Willst du etwas Überraschendes hören? Das Gleiche hat Diana auch gesagt … ›Du tust mir weh.‹ Als gäbe es nur physischen Schmerz. ›Du tust mir weh, lass mich los!« Er brach ab. Senkte den Blick. Raunte mit verzerrten Lippen: »Lass mich los‹, sagte sie, nachdem sie in mein Büro gekommen war und ... mich provoziert hatte. Genau wie du, mit all ihrer Liebe, all ihrer Hingabe und der fixen Idee, mich zu retten.« Er sah ihr wieder in die Augen. »Weißt du, was ich will? Bist du sicher, dass du es wissen willst?«

Valentina machte sich los, und er ließ von ihr ab. Sein Griff hatte einen rötlichen Fleck auf ihrem Handgelenk hinterlassen. Er tat nicht weh, doch innerlich brannte er wie Feuer.

Verloren blickte Fabio sich um. Dann ging er zum Tisch, auf dem die halb volle Flasche Jack Daniel's stand. Er ließ sich schwer aufs Sofa fallen, starrte sie herausfordernd an, goss sich einen großzügigen Schluck ein und führte das Glas an die Lippen. Er zögerte kurz, ohne sie aus den Augen zu lassen. Und trank.

»Nein, das weißt du nicht«, fuhr er fort, nachdem er das Glas geleert hatte. »Du weißt nicht, was ich wirklich will. Und sie wusste es auch nicht. Deshalb kannst du mich nicht retten, Valentina, genau wie ich Rosanna niemals hätte retten können ... oder Diana ... oder wen auch immer. Weil wir einen Dreck voneinander wissen. Einen Dreck.«

Valentina sagte nichts. Sie hörte ihm zu, während jedes einzelne Wort sie durchbohrte. Und sie wusste, dass dieses Geständnis noch nicht zu Ende war.

»Willst du wissen, wie die Dinge gelaufen sind, Valentina? Du bist stark. Kannst du die Wahrheit ertragen?«

Sie schüttelte den Kopf, unfähig, ihn zu unterbrechen.

»Ich habe Diana vergewaltigt.«

Nein, nein, nein.

Am liebsten hätte sie geschrien, doch ihr fehlte der Atem. Sie stand vor ihm, von jeglicher Kraft verlassen. In ihr war nur dieses *Nein.*

Seine Stimme verdüsterte sich, genau wie sein Blick.

Er schenkte sich Whisky nach und trank, diesmal bedächtig. »Oder vielleicht auch nicht«, sagte er dann und starrte sich auf die Finger. »Vielleicht habe ich sie nicht vergewaltigt. Das Problem ist, dass ich es nicht weiß, Valentina. Ich weiß es nicht und frage es mich seit Jahren.«

Tränen begannen, über seine Wangen zu rinnen. Verdutzt fuhr er sich mit der Hand darüber und starrte ungläubig auf seine nassen Finger.

Dann blickte er wieder zu ihr. »Weißt du, was ein Filmriss ist? Ist dir das je passiert? Mir schon. Und glaub mir, das ist äußerst unschön. Es ist, als würde jemand ein Stück von deiner Seele abreißen und es verschlingen.«

Er griff abermals zur Flasche. Betrachtete die bernsteinfarbene Flüssigkeit, als suchte er darin nach dem Stück verlorener Seele. Valentina fühlte sich seltsam ausgeschlossen, zur Zuschauerrolle gezwungen. Fabio sprach nicht mehr mit ihr, sondern mit jemand anderem. Vielleicht mit einem Teil seiner selbst.

»Nicht zu wissen, was du verloren hast, ist wie sterben … Schlimmer noch. Es ist, als würdest du dich nicht wiedererkennen, als wärst du nicht mehr menschlich.«

Er war gar nicht mehr anwesend, sondern zu jenem Nachmittag zurückgekehrt, an dem sich alles verändert hatte.

»Sie war gekommen, weil sie da weitermachen wollte, wo wir aufgehört hatten«, sagte er. »Als wäre es so einfach. Als wäre alles, was vorher passiert war, nie geschehen. Wieso seid ihr euch so sicher, dass man alles mit einem Streich fortwischen kann? Ich weiß, dass das zwischen ihr und mir falsch war, denn wir taten anderen Menschen weh. Das genügte schon. Meiner Frau. Meinem Sohn. Ihr und ihrem Leben. Es war keine richtige Liebe, sondern eine Leidenschaft, die hinreißend begonnen hatte und ungesund geworden war. Und keine Zukunft hatte. Ich wusste, dass es enden musste. Und im Grunde wusste sie es ebenfalls, doch sie konnte sich nicht damit abfinden. Sie war gekommen, um mir das zu sagen. Um mir zu sagen, dass ihr egal sei, was passieren würde. Dass die anderen ihr gleichgültig seien, nur wir beide zählten. Und dass die ganze Welt erfahren sollte, wie sehr ich ihr wehgetan hätte. Was für ein Feigling ich sei …«

Er schaute sie an, als würde ihm ihre Gegenwart erst jetzt wieder bewusst. Oder vielleicht sah er nicht mehr Valentina, sondern das Gespenst von Diana oder was sonst sein vom Alkohol vernebelter Blick und Verstand ihm vorgaukelten.

»Sie war auf mir und küsste mich, und ich erwiderte ihre Küsse. Dann konnten wir uns nicht mehr zurückhalten. In dem Moment wollte ich es auch. Meine guten Vorsätze waren schon wieder vergessen, Diana hatte diese Wirkung auf mich. Wir liebten uns mit der Leidenschaft der letzten Chance. Zumindest glaubte ich das. Dann wurde alles anders. Eben noch flüsterte sie mir zu, dass sie mich wollte, und im nächsten Moment schrie sie, und ich schmeckte ihre blutenden Lippen.« Er brach ab, atmete schwer, sein Blick wurde immer leerer. »Ich weiß wirklich nicht, was passiert ist. Vielleicht sagte sie, hör auf, und ich hörte es nicht. Vielleicht wollte ich es nicht hören. Ich konnte an nichts anderes denken, als sie noch ein letztes Mal mit Haut und Haaren zu lieben. Doch sie rückte von mir ab. In den Augen Entsetzen. Und ich begriff noch immer nicht, warum, was los war. Wie in einem Albtraum sah ich, wie sie nach der Pistole griff … und schoss. Ich glaube nicht, dass sie mich treffen wollte. Aber sie schoss, und das Geräusch hat mich wieder zu mir kommen lassen. In dem Moment ging mir auf, dass ich nicht wusste, was in den letzten Minuten passiert war.«

Er griff erneut nach der Flasche, um sich ein weiteres Mal einzuschenken, hielt jedoch inne, als wäre ihm ein wichtiges Detail eingefallen.

»Wenn eine Frau sagt, man soll aufhören, muss man Folge leisten, richtig? So und nicht anders. Aber ich habe sie nicht gehört. Oder nicht hören wollen, ich weiß es nicht. Doch was ändert das schon. Ich habe sie vergewaltigt, weil ich sie nicht auf Abstand halten konnte … Ich habe sie in diesem Büro und auf diesem Schreibtisch vergewaltigt, weil ich sie glauben ließ, dass sich allein mit Sex alles wieder einrenken ließe.« Er stellte den Whisky wieder ab. Jegliche Trunkenheit war aus seinem Blick verschwunden, da war nur verzweifelte Klarheit. »Ich habe sie vergewaltigt, weil ich am Ende froh war, glimpflich davongekommen zu sein. Während sie in diesen Höllenkreis stürzte. Tag für Tag sah ich sie sterben, ohne etwas zu sagen, froh über den Rückhalt meiner männlichen Kollegen, die sie wie eine Nutte schlechtmachten … Wenn nicht körperlich, so habe ich sie seelisch vergewaltigt. Ich habe sie vergewaltigt, weil ich sie zu dem, was sie tat, gezwungen habe.«

Jetzt war er wieder vollkommen nüchtern. Sein Ton wurde unerbittlich. »Als der Prozess vorbei war, dachte ich, dass sie es verdiente, weil sie versucht hatte, meine Ehe zu zerstören. Und als sie sich vom Dach meines Hauses stürzte … fühlte ich mich für einen winzigen, verfickten Moment erleichtert. Verstehst du jetzt, Valentina? Verstehst du, wer ich bin?« Er lächelte kalt. »Und, willst du jetzt noch immer das Gleiche? Willst du mich retten?«

In seinen Augen glomm ein verzweifelter Funke auf, den sie vielleicht gesehen hätte, wäre sie von seiner Geschichte nicht so entsetzt gewesen.

Fabio senkte den Kopf.

Eine plötzliche Übelkeit krampfte ihren Magen zusammen und stieg ihr die Kehle empor, und wäre nicht nur Galle in ihr gewesen, Galle und Abscheu, hätte sie sich übergeben. Sie zweifelte keine Sekunde an Fabios Geständnis. Während er sprach, hatte sie ihm alles angesehen und begriff nicht, warum sie es nicht längst bemerkt hatte. Fabio Costa hatte seine Geliebte wirklich vergewaltigt und ihren Selbstmord tatenlos mitangesehen. Fabio Costa war schuldig. Und davongekommen. Wie Luca Sileri mit seinem Tod. Das ganze Gerede, nicht gewusst zu haben, dass er aufhören sollte, war die billige Ausrede eines Mannes, der mit dem Rücken an der Wand stand. Die rührselige Beichte eines elenden Vergewaltigers.

Sie gab sich einen Ruck. Ging zum Tisch. Riss eine Hand hoch; der Drang, ihn zu schlagen, ließ sie zittern wie Espenlaub. Sie wollte ihm wehtun. Sie wollte ihn vor Schmerz und Überraschung schreien hören.

Sie schnellte nach vorn. Umklammerte die verdammte Whiskyflasche, riss sie hoch und schleuderte sie gegen die Wand hinter ihm. Selbst das Klirren des berstenden Glases vermochte ihn nicht aus seiner Dumpfheit zu reißen. Während die Splitter über ihm explodierten, hob Fabio nicht einmal den Kopf.

Valentina drehte auf dem Absatz um.

Fabio war nur noch ein Schatten, der sich wie bei einer wegzoomenden Kamerafahrt entfernte und sich im Schwarz der Abblende verlor. Doch nicht er verschwand. Sie war es, die die Flucht ergriff.

90

Das Polizeipräsidium von Padua, ein Gebäude aus Glas und Beton, lag nur wenige Schritte von der Altstadt entfernt. Der Leiter der mobilen Einheit, Gaetano Lomastro, war ein Mann mittleren Alters, der allzu lange im selben Büro verbracht hatte, um dort allzu lange auf seine Beförderung und Versetzung zu warten. Während der Jagd auf Sileri war er im Ausland gewesen und bei seiner Rückkehr in das Chaos gestürzt, das der Stürmung der Villa Zernich gefolgt war. Kein Wunder also, dass er miese Laune hatte.

Valentina war gerade angekommen und versuchte, ihm mit einigermaßen klarem Kopf zu begegnen. Während der Autofahrt war sie von einem einzigen Gedanken besessen gewesen: Fabios Enthüllung hatte sie mit zerstörerischer Wucht getroffen und hallte mit dumpfem, zehrendem Schmerz in ihr nach, den sie in Schach zu halten versuchte. Das war nicht leicht, aber am Ende gelang es ihr. Es war unmöglich, nicht daran zu denken, doch sie konnte ihre Gefühle unterdrücken. Jetzt musste sie sich dem verärgerten, unleidlichen Kollegen widmen, der vor ihr saß und seinen Unwillen kaum zu verbergen vermochte.

»Wo wohnst du?«, fragte er.

»Im Excelsior«, antwortete Valentina. »Scheint ganz angenehm zu sein.«

»Ja, kenne ich. Ist gleich hier um die Ecke … Bequem auf alle Fälle.«

Lomastro ging ein paar Unterlagen durch, und sie wartete geduldig.

»Hör mal, Valentina«, sagte er schließlich, »ich will ganz offen sein. Dieser Jauchekübel hat mich aus heiterem Himmel getroffen, und ich will nicht, dass er mir die Beförderung verhagelt. Ich warte schon eine ganze Weile darauf, dass das Ministerium an mich denkt.«

Valentina nickte.

»Wie auch immer, da ist dieser Staatsanwalt, der sich in den Kopf gesetzt hat, Haarspalterei zu betreiben. Der Abschlussbericht, den er von uns bekommen hat, hat ihm nicht gereicht. Er will genauere Klärungen, er will weitere Ermittlungen. Aber was denn für Ermittlungen, sage ich. Wir haben das Monster, oder? Es ist tot, die Straftat ist damit erloschen, oder nicht? Übrigens, herzlichen Glückwunsch, dass ihr ihn aufgestöbert habt. Ihr wart super.«

»Danke.«

»Aber jetzt müssen wir zusehen, dass dieser stellvertretende Staatsanwalt mal ein bisschen runterkommt.«

Valentina nickte abermals. Lomastro lächelte breit.

»Wunderbar! Falcone hatte mir gesagt, du würdest kooperieren. Sprich, du würdest nicht auf irgendwelchen Nebensächlichkeiten herumreiten. Dann an die Arbeit, würde ich sagen. Ich gebe dir ein eigenes Büro und stelle dir ein paar Beamte zur Verfügung. Hör dir an, was der Staatsanwalt zu sagen hat. Du schmeichelst ihm ein bisschen, führst ein paar der überflüssigen Überprüfungen durch, auf die er so scharf ist, und in ein paar Tagen sind wir mit der Sache durch. In Ordnung, meine Liebe?«

»Aber sicher«, antwortete sie.

91

Das Treffen mit Staatsanwalt Daniele Manin war kurz und herzlich. Valentina stand vor einem blutjungen und womöglich leicht übereifrigen jungen Mann, der jedoch klare Vorstellungen hatte, die sich mit den ihren deckten.

Als Erstes galt es zu verstehen, wie Luca Sileri es geschafft hatte, so lange Zeit unentdeckt zu bleiben. Er war kein gewöhnlicher Straftäter, der auf die Mithilfe der organisierten Kriminalität zählen konnte. Jemand musste ihm falsche Papiere besorgt und ihn mit anderen Mitteln gedeckt haben. Die Tatsache, dass er sich so lange vor dem Gesetz verbergen konnte, war unerhört, und der Staatsanwalt verlangte, der Sache vollständig auf den Grund zu gehen.

Ein weiteres zu lösendes Rätsel war, was er mit seinen vorigen Opfern angestellt hatte. Vorausgesetzt, die Entführung von Esther Kaimbacher und Andrea Venturi und die versuchte Entführung von Fosco Agnelli sowie die Morde an Mariella Masi und Gianni Venturi gingen tatsächlich auf sein Konto. Dass er vollumfänglich und zweifelsfrei für diese Taten verantwortlich war, galt es nämlich noch zu beweisen. Doch die eigentliche Frage lautete, was er mit den Leichen gemacht hatte. Es war unwahrscheinlich, dass die Opfer noch lebten, dennoch musste alles Mögliche unternommen werden, um ihre sterblichen Überreste zu finden.

Valentina fügte der Liste der Unstimmigkeiten des jungen Staatsanwalts nichts hinzu, zum einen, um ihm nicht zu widersprechen, und zum anderen, um den Leitlinien zu folgen, die Lomastro und Falcone ihr so scheinheilig vorgegeben hatten. Dennoch hielt sie daran fest, dass Sileris wahre Beweggründe noch im Dunkeln lagen und dass der Ort, an dem er die Leichen seiner Opfer »behandelte«, noch immer nicht gefunden worden war.

Und das war nicht alles. Wenn an der Theorie der Caravaggio-Doppelgänger etwas dran war, wie hatte der Killer sie ausfindig gemacht? Laut Manna brauchte es für eine solche Recherche leistungsstarke Computer und Programme, die mit komplizierten Algorithmen umgehen konnten. In der Villa Zernich war nichts dergleichen gefunden worden. Kein Gerät, abgesehen von dem bereits ausgewerteten Handy, das zur Kommunikation mit dem Provider genutzt worden war. Sileri selbst schien nicht über das nötige Wissen zu verfügen, um mit einer ausgeklügelten Software umzugehen.

Nein. Valentina war überzeugt, dass sich das eigentliche Labor woanders befand. Sileri war von der Polizeistreife überrascht worden und hatte gnadenlos reagiert. Dieser Zwischenfall hatte seine Pläne durchkreuzt. Er hatte sein Opfer nicht in der geplanten Zeit an den vorgesehenen Ort bringen können, und das hatte ihn in Bedrängnis gebracht. Er hatte es zur Villa Zernich geschafft, wo er sich seit Jahren versteckte, der einzige Ort, an dem er vor lästigen Polizeikontrollen untertauchen konnte, doch Valentina hätte wetten können, dass er eigentlich woandershin unterwegs gewesen war. Irgendwo musste es einen Ort geben, an dem er die Überreste seiner Opfer zusammentrug. Einen dieser finsteren Konservierung – seinem höchsten Ziel – gewidmeten Todesort.

Trotz der wenigen Zeit und der ihr auferlegten Regeln hatte Valentina bereits eine Entscheidung getroffen. Falcone war überzeugt, sie kleingekriegt zu haben, aber er kannte sie schlecht. Sie wollte das Labor finden, in dem Sileri sich der Plastination gewidmet hatte. Den Ort, an dem diese Geschichte von Tod und Kunst ihr Ende finden musste.

Doch sprach sie darüber weder mit dem Staatsanwalt noch mit den Kollegen. Sie verschanzte sich in dem Büro, das Lomastro ihr überlassen hatte, und versuchte, ganz von vorn anzufangen.

Genauso, wie jemand es ihr beigebracht hatte.

92

Schon bei ihrer allerersten Begegnung am Morgen der Blitzaktion hatte Claudio Altieri sie misstrauisch gemacht, und an diesem intuitiven Gefühl hatte sich nichts geändert. An ihn zu denken, war wie der Blick auf ein unscharfes Foto. Auf einen misslungenen Schnappschuss. Doch sie spürte, dass sich hinter diesem verschwommenen Bild etwas Unerfreuliches verbarg. Wäre die Fotografie perfekt gewesen, wäre das Ergebnis noch sehr viel abstoßender ausgefallen.

Ihre Abneigung beruhte offenbar auf Gegenseitigkeit, denn als das Faktotum der Zernichs sie sah, warf er ihr einen vernichtenden Blick zu. Aus diesen blauen Augen sprach eine unterdrückte Wut, die, hätte man ihr freien Lauf gelassen, eine Menge Schaden hätte anrichten können, da war sich Valentina sicher.

Was im Übrigen gut zu dem passte, was sie über ihn herausgefunden hatte.

Die Notwendigkeit, ihn abermals zu vernehmen, obwohl er bereits von den Beamten des mobilen Einsatzkommandos Padua verhört worden war, ergab sich aus Manins ausdrücklicher Anweisung. Er wollte verstehen, warum Sileri mit falscher Identität eingestellt worden war und welche Referenzen er vorzuweisen hatte. Die vorherige Vernehmung Altieris war ein wenig dürftig gewesen. Lomastro hatte ihr den Grund erklärt.

»Der Typ ist mir scheißegal, aber er ist immerhin die rechte Hand von Federico Zernich. Hast du eine Ahnung, wer die Zernichs sind? Ich sag's dir. Diese Familie hat hier in der Gegend großen Einfluss. Sie besitzt die Hälfte der Weinberge in den Euganeischen Hügeln und ist mächtig. Besser gesagt, äußerst mächtig. Außerdem ist Federico Zernich ein Wohltäter. Er hat viel für die Stadt und ihre Bürger getan. Wenn man in Padua herumläuft, findet man gleich mehrere Großbaustellen, an denen sein Name steht. Er lässt Baudenkmäler auf seine Kosten restaurieren, ohne etwas dafür zu verlangen. Und er hat viele mächtige Freunde. Also, mach deine beschissene Ermittlung, aber bitte mit Samthandschuhen.«

Ohne die geringste Absicht, Nachsicht zu üben, hatte Valentina ihre Recherchen zu Altieri vertieft.

Tatsächlich stellte der Mann sich als Überraschung heraus, auch wenn seine Akte ebenso dünn war wie seine Aussage. Altieri war achtundfünfzig Jahre alt, für die er sich gut gehalten hatte, und hatte ein intensives und streckenweise mysteriöses Leben vorzuweisen. Er war bei der Spezialeinheit der Marine gewesen, hatte sich als Privatdetektiv auf Schuldeneintreibung spezialisiert, war Personenschützer gewesen und vor fast dreißig Jahren von Federico Zernich für die Durchführung von Geldtransporten eingestellt worden. Ein Mann der Tat, der schließlich, nachdem Federico Zernich als letzter Spross des uralten Geschlechts übrig geblieben war, zum Verwalter des beträchtlichen Familienvermögens aufgestiegen war. Valentina hatte nicht herausfinden können, wie Zernich und Altieri sich kennengelernt hatten und weshalb der alte Unternehmer beschlossen hatte, diesem Mann so wichtige Aufgaben zu übertragen. Jedenfalls hatte Altieri offenbar in kürzester Zeit sein Vertrauen gewonnen und war zu einer Art rechten Hand geworden. Eines ging eindeutig aus diesem Lebenslauf hervor:

Altieri war nicht dumm und würde sich von einer polizeilichen Vorladung gewiss nicht einschüchtern lassen.

Als er kam, ließ sie ihn eine ganze Weile in dem schäbigen Büro warten, das man ihr zugewiesen hatte. Die Masche war uralt, aber Valentina war sich sicher, dass sie bei Altieri ziehen würde. Er würde wegen der sinnlosen Warterei stinksauer sein. Stattdessen empfing er sie zwar mit fuchsigem Blick, aber mit einem strahlenden falschen Lächeln und einer Höflichkeit, die er offenbar in seiner zweiten Lebenshälfte erlernt hatte.

»Dottoressa, wie schön, Sie wiederzusehen.«

Sie drückten sich flüchtig die Hand.

»Wenn Sie nichts dagegen haben«, hob sie an, »wird der Kollege Piovesan Ihre Erklärungen in Echtzeit protokollieren, dann kommen wir schneller voran.«

Gabriele Piovesan war jung, noch auf Bewährung bei der mobilen Einheit und das Maximum an Hilfe, das Lomastro ihr zugestanden hatte.

»Ich wurde bereits zweimal befragt. Ich weiß nicht, wie ich Ihnen noch behilflich sein kann«, bemerkte der Mann. »Doch wie dem auch sei, ich stehe Ihnen zur Verfügung.« Dann nahm er mit der Miene eines Menschen, der für eine gute Sache zu jedem Opfer bereit ist, vor Valentinas Schreibtisch Platz.

Valentina setzte sich ebenfalls. »Es wird nicht lange dauern, keine Sorge. Wir müssen nur ein paar Punkte klären. Schließlich haben Sie einen polizeilich gesuchten Mann eingestellt, der sich mit falschen Papieren ausgewiesen hat.«

»Haben Sie diese Papiere gesehen? Mir wurde gesagt, sie seien so gut wie perfekt. Die hätten jeden getäuscht.«

»Wer hat Ihnen das gesagt?«

Altieri lächelte breit. »Na ja, ich habe hier bei euch Freunde. Bei meinem Job …«

Valentina nahm die Information aufmerksam zur Kenntnis. Sie durfte nicht vergessen, was Lomastro gesagt hatte: Zernich war ein hohes Tier in der Stadt, und sein Faktotum folglich auch. Die »Freunde bei der Polizei« hatten ihm vermutlich schon gesteckt, weshalb er vorgeladen worden war.

»Ja, perfekt gefälschte Papiere«, gab Valentina scheinbar zerknirscht zu. »Sie könnten kaum besser sein. Glauben Sie, wir sollten den Filz der hiesigen Fälscher durchkämmen? Ich meine, der guten.«

»Das fragen Sie mich? Ich kenne keine. In gewissen Kreisen verkehre ich nicht.«

»Jetzt nicht mehr. Aber früher vielleicht.«

Sein Blick wurde messerscharf. In diesen flüchtigen Momenten konnte man erahnen, aus welchem Holz Altieri wirklich geschnitzt war. »Was wollen Sie damit sagen?«

Valentina tat so, als ginge sie die Unterlagen vor sich durch. »Hier steht, Sie hätten eine Zeit lang als Privatermittler gearbeitet. Und haben sich auch um Personenschutz gekümmert … Alles völlig rechtmäßig natürlich. Aber vielleicht hatten Sie früher ein paar zwielichtige Bekanntschaften. Sie waren schließlich jung. Sagen Sie mir nicht, Sie hätten nie mit dem kriminellen Milieu von Padua zu tun gehabt. Als Ermittler hätten Sie Ihren Job nicht gut machen können, wenn Sie nicht ein paar örtliche Kriminelle gekannt hätten.«

»Ich bin nicht von hier. Ich bin erst wegen der Arbeit für Dottor Zernich hierhergekommen.«

»Und vorher?«

»Habe ich dies und das gemacht, das ist richtig. Alles legal, Dottoressa. Hören Sie, bin ich wirklich deshalb hier?«

»Waren Sie für Dottor Zernich auch als Personenschützer tätig?«

»Nicht wirklich.«

»Wie haben Sie Dottor Zernich kennengelernt?«

»Verzeihung, was hat das mit der Einstellung von Gianluca Simi zu tun?«

»Luca Sileri. Simi ist ein falscher Name.«

»Sileri, Simi. Wie auch immer. Wollten Sie mich nicht über ihn befragen?«

»Warum haben Sie uns nicht sofort gesagt, dass die Krypta vom Haus aus zugänglich war?«

»Wie?« Er wirkte verwirrt. Diese Frage, die nicht das Geringste mit den vorigen zu tun hatte, brachte ihn aus dem Konzept.

»Die Familiengruft. Der Tempel. Als wir in die Villa eingedrungen sind, sagten Sie, er sei versiegelt. Aber Sileri hat ihn seelenruhig benutzt.«

»Das wusste ich nicht. Ich dachte, die Gruft sei noch immer unzugänglich. Offenbar hat er …«

»Waren Sie denn nie in der Villa? Haben Sie die Arbeiten dieses Mannes nie kontrolliert?«

»Ich habe bestimmt nicht in der Kapelle nachgesehen! Mir ging es nur darum, dass das Gebäude in Schuss bleibt.«

»Vertrauten Sie Sileri so sehr, dass Sie nie kontrolliert haben, was er in der Villa trieb? Was machte Sie so sicher? Sie sagten, Sie hätten ihn nicht gut gekannt.«

Altieri kniff die Lider zusammen. Offenbar gelang es ihm, seine Selbstbeherrschung wiederzufinden, denn als er sie öffnete, war er wieder freundlich und gelassen.

»Wie ich schon sagte, Dottoressa. Sileri, oder besser Gianluca Simi, war mir von einer Stellenvermittlung empfohlen worden. Um genau zu sein, von der renommiertesten in der ganzen Provinz. Ich habe mich immer an sie gewandt, wenn ich jemanden einstellen musste, und hatte nie Probleme.«

Valentina warf abermals einen Blick in die Unterlagen, die sie inzwischen in- und auswendig kannte. »Die Zeitarbeitsagentur Anselmi, richtig?«

»Genau.«

»Hier steht, sie gehört einem Unternehmen, dessen Mehrheitsgesellschafter Federico Zernich ist.« Sie blickte ihn an.

»Ja? Kann sein.«

»Wussten Sie das nicht? Sind Sie nicht für die Verwaltung der Zernich-Güter verantwortlich?«

»So einfach ist das nicht. Haben Sie eine Ahnung, wie viele Unternehmen denen gehören?«

Valentina wollte ihm gerade antworten, als eine Stimme sie unterbrach.

»Zu viele, würde ich sagen.«

In der Bürotür stand ein lächelnder alter Herr. Er war groß und hager und trug einen eleganten, aber zu weit gewordenen dunklen Anzug, in dem er wie eine Luxus-Vogelscheuche aussah. Er hatte tintenschwarze Augen, einen leicht verschreckten Gesichtsausdruck, als befände er sich in Gefahr, und stützte sich auf einen Gehstock. Hinter ihm stand eine kräftige Frau in einem blauen Kostüm, die aussah, als würde sie ihn problemlos auffangen, sollte er umkippen.

Altieri sprang eilfertig auf.

»Federico!«

Zernich trat ins Zimmer, gefolgt von der Frau, die seine Pflegerin sein musste. Er warf Valentina ein offenes Lächeln zu und errötete. Offenbar versuchte er, seine große Schüchternheit zu unterdrücken. »Ich bitte vielmals um Entschuldigung, aber als mein Freund nicht auftauchte, fing ich an, mir Sorgen zu machen.«

Unschlüssig, wie sie reagieren sollte, stand Valentina ebenfalls auf. Diese Unterbrechung war völlig unangebracht, aber der alte Herr war ihr instinktiv sympathisch.

Sichtlich verlegen stellte Altieri sie einander vor. »Dottor Zernich, das ist Dottoressa Medici. Dottoressa, dies ist mein Arbeitgeber Federico Zernich.« Es war erstaunlich, wie anders sich das Faktotum plötzlich verhielt. Sein arrogantes Auftreten schien wie weggeblasen.

Zernich streckte die Hand aus, und Valentina zögerte nur einen Wimpernschlag. Dann erwiderte sie die Geste und stellte fest, dass Zernichs Handschlag kräftiger war, als seine Hagerkeit und sein Alter hätten vermuten lassen.

»Können Sie mir verzeihen, Dottoressa?«, wiederholte Zernich. Er hatte eine jugendliche Stimme mit einem leichten dialektalen Einschlag. »Mein Hereinplatzen, meine ich. Übrigens hat mich die Arbeit von euch Ermittlern schon immer fasziniert.«

»Es ist eigentlich nicht gestattet, sich während einer polizeilichen Ermittlung einzuschalten«, sagte Valentina. »Aber natürlich verzeihe ich Ihnen.« Und sie lächelte ihn an. Erstaunt über sich selbst, lächelte sie ihn an. Sein knochiges, runzliges Gesicht begann zu strahlen.

»Sie sind sehr nett ... und schön obendrein. Aber das wurde mir bereits gesagt.«

»Dass ich nett bin? Das würde mich wundern«, witzelte sie, immer verblüffter über ihr Verhalten gegenuber diesem Mann. Zernich war einnehmend, und sie konnte sich seiner Ausstrahlung kaum entziehen.

»Nein, man hat mir gesagt, dass Sie schön sind«, entgegnete er. »Und das sind Sie. Sie nehmen es mir doch nicht übel, dass ich alter Greis Ihnen ein Kompliment mache? Ich weiß, heute muss man vorsichtig damit sein.«

»Kein Problem.«

»Ah, ja.« Er hörte nicht auf, sie anzusehen, auch wenn sein Blick verschwommen schien. »Was sagte ich noch?«

Das Riesenweib hinter ihm beugte sich hinunter und flüsterte ihm wie eine Souffleuse ins Ohr: »Sie sagten, wie schön die Signorina ist.« Sie hatte einen leicht ausländischen Akzent, und das Signorina ließ Valentina abermals lächeln. Die ungewohnte Unterbrechung amüsierte sie.

»Ah, ja!«, sagte Zernich. »Schön für eine Polizeibeamtin. Ich kenne etliche Ihrer Kolleginnen. Sie erinnern mich an jemanden, wissen Sie? Jemanden, den ich vor langer Zeit kennenlernte … Aber an wen? Wer war das noch? Sie hatte langes Haar wie Sie …« Er schüttelte den Kopf, als wollte er die Erinnerungen darin aufrütteln. »Es fällt mir noch ein.«

Valentina fuhr sich automatisch über das dicke, kräftige Haar, das sich trotz des Pferdeschwanzes wie immer kaum bändigen ließ, und bereute die Geste sofort. Es war, als würde der sanfte Blick dieses Alten ihre Hemmungen lösen. Ein jäher Gedanke schoss ihr durch den Kopf. Wie schrecklich musste es für ihn gewesen sein zu erfahren, dass das Haus seiner Familie von Luca Sileris Bösartigkeit verschmutzt worden war? Wie viel Schmerz hatte dieses Monster auch ihm zugefügt?

Sie warf einen Blick zu Altieri hinüber. Er wirkte wie versteinert und inzwischen genervt von Zernichs Auftauchen. Sie meinte, einen einvernehmlichen Blickwechsel zwischen ihm und der Pflegerin zu erhaschen. Vielleicht hielten die beiden den Alten für einen verblödeten Trottel, von wegen Respekt vor dem Arbeitgeber.

»Aber jetzt«, sagte Federico Zernich, »darf ich Ihnen meinen Freund entführen? Oder brauchen Sie ihn hier noch? Ich kann nebenan warten … Meine Hannie wird mir wunderbare Gesellschaft leisten.«

Valentina schaute in die wässrigen Augen der stattlichen Pflegerin, die keinerlei Wohlwollen über die Bemerkung ihres Pfleglings zeigte. Sie trug eine verblüffend harte Miene zur Schau und schien ihre Verachtung nur mühsam zu verbergen. Valentina durchzuckte eine Idee. Altieri und die Pflegerin spielten Theater. Womöglich war das im Umgang mit ihrem reichen Arbeitgeber unerlässlich. Aber vielleicht steckte noch etwas anderes dahinter.

»Sie müssen nicht warten, Dottor Zernich«, beschloss Valentina. »Ich glaube, Sie können jetzt alle gehen. Zumindest vorerst.«

Zernich deutete eine leichte Verbeugung an und verließ mit der Pflegerin an der Seite das Büro.

Claudio Altieri folgte ihnen wortlos.

Valentina starrte auf die Tür, die sich hinter dieser seltsamen Truppe schloss, und hatte das Gefühl, endgültig allein dazusitzen.

93

Ihr Zimmer im Excelsior war klein, aber ebenso gemütlich wie der Rest des in einem Gebäude aus dem achtzehnten Jahrhundert untergebrachten Hotels, das mitten in der Altstadt zwischen einem kleinen, halbrunden Platz und zwei schmalen Gässchen klemmte. Ein begütigender Ort, auch wenn die Behaglichkeit und der Anblick der Bogengänge aus ihrem Fenster ihre Anspannung nicht zu lindern vermochten.

Dies war erst ihre zweite Nacht in Padua, aber schon verspürte sie das dringende Bedürfnis, nach Rom zurückzukehren. Nicht, weil Falcone ihr Druck machte, und auch nicht wegen der tunlichen Zurückhaltung Lomastros, der sie nur zu gern losgeworden wäre. Es lag auch nicht an der Tatsache, dass sie trotz ihres Vorsatzes, sämtliche Unstimmigkeiten aufzuklären, die Sileris Tod hinterlassen hatte, wegen des absoluten Mangels an Anhaltspunkten und neuen Indizien sofort auf Grund gelaufen war. Damit hatte sie gerechnet, als sie entschieden hatte, diesen äußerst schmalen Pfad einzuschlagen. Und ebenso wenig an der leisen Unruhe, die Claudio Altieri in ihr auslöste und die ihren Entschluss, der Rolle dieses rätselhaften Mannes auf den Grund zu gehen, noch zu bestärken vermochte. Ihr ging auf, dass sie sämtliche Widrigkeiten, alle Enttäuschungen und Schmerzen, die ihr in den vergangenen Monaten widerfahren waren, auslöschen wollte. Fabio hatte recht, das Böse zu bekämpfen, war wie ein Tauchgang zum Meeresgrund: Ab einer gewissen Tiefe riskierte man draufzugehen. Er war das beredte Beispiel.

Na bitte. Früher oder später musste der Gedanke an ihn ja kommen. An ihn und sein Geständnis. Das war unvermeidlich. Allerdings hätte sie nicht so früh damit gerechnet.

Sie saß auf dem Bett, umgeben von Akten und Unterlagen, die sie aus dem Präsidium mitgenommen hatte. Sie las hier und da, versuchte, ihre Gedanken zu ordnen, und sammelte ihre Kräfte für den letzten Bericht, der unter die Ermittlungen zu Sileri das Wort Ende setzen würde. Doch schlagartig schoben sich Fabios Stimme und Blick zwischen sie und ihre Arbeit, lenkten sie ab, schleuderten ihr ihre mangelnde Menschenkenntnis ins Gesicht, machten sie fertig, rieben ihr die Erbärmlichkeit unter die Nase, sich in einen Blender verliebt zu haben. In einen Gewalttäter. In einen Vergewaltiger.

Nein. So war Fabio nicht. Das war unmöglich, sie konnte sich nicht so sehr geirrt haben.

Aber was hätte sie machen sollen? Hätte sie ihm glauben sollen, dass er Dianas Zurückweisung einfach nicht gehört hatte? Das war die typische Vergewaltiger-Ausrede. Hätte sie sich einreden sollen, das genügte, um ihn von seiner Schuld freizusprechen? Hatte er sich nicht selbst dafür verdammt, die junge Frau nicht nur vergewaltigt, sondern vor allem im Stich gelassen und gewissermaßen zu dieser extremen Tat bewegt zu haben? Machte ihn nicht allein das zu einem Monster?

Dennoch drängte sie etwas in seiner Stimme und in seinen traurigen Augen, ihm zu glauben. Zu denken, dass er Diana, Filmriss hin oder her, nicht vergewaltigt haben konnte.

Sie hasste sich für ihre Nachsicht, doch wie sie mutterseelenallein in diesem Hotelzimmer saß, stiegen plötzlich all die Momente in ihr auf, in denen sie sich ihm unendlich nah gefühlt hatte. Sie dachte an seine Hände, die unmöglich die eines Vergewaltigers sein konnten, an seinen klaren Blick, seine warme Stimme.

Ihren aufflackernden Erinnerungen hilflos ausgeliefert, drängte sich ein Bild in den Vordergrund. Fabio, der im einsamen Licht der Lampe an seinem Schreibtisch saß und seine kostbaren Notizen in den Laptop aus der unvermeidlichen Tasche tippte. Und dann lächelte er ihr zu und forderte sie auf, sich auf seinen Platz zu setzen.

Fabios Tasche. Die Satteltasche! Der Gedanke traf sie wie ein Blitz aus heiterem Himmel.

Sie war noch im Auto. Sie hatte sie ihm nicht zurückgegeben, und nach dem dramatischen Treffen und der Flucht aus Volterra hatte sie sie vollkommen vergessen.

Wie ärgerlich, dachte sie. Und ihr Herz schlug höher. Denn mit dieser Tasche gab es noch etwas, das sie miteinander verband. Blödsinn. Sie würde sie ihm zurückschicken, sie hatte nicht den Mut, noch einmal zu ihm zu fahren. Dafür würde sie ihn bestimmt nicht wiedersehen. Und so weh es tat, sie hatte nicht die Absicht, ihn überhaupt je wieder zu treffen. Ihr ging auf, dass sie niemals Schlaf finden würde, ohne diese alte, lederne Umhängetasche geholt zu haben. Und sei es nur, weil es unvorsichtig war, Unterlagen über die Sileri-Ermittlungen im Auto zu lassen.

Sie gab sich einen Ruck, zog sich wieder an, ging in die Hotelgarage hinunter, kramte die Tasche aus dem Kofferraum des Nissan Juke und trug sie ins Zimmer hinauf.

Dann zog sie sich wieder aus und schlüpfte unter die Decke. Sie schloss die Augen. Versuchte, den roten Faden ihrer Gedanken an ihn wiederaufzunehmen. Doch der Zauber war verflogen. Vielleicht war es besser so.

Nichts zu machen. Sie schlug die Augen wieder auf. Knipste die Nachttischlampe an.

Fabios Tasche stand auf der Kommode vor dem großen, goldgerahmten Spiegel.

Sie stand auf, huschte fröstelnd über den eisigen Fußboden, packte sie unwirsch, warf sich aufs Bett, öffnete sie und kippte den Inhalt zwischen ihren Beinen aus.

Zwischen Notizheften, Fotos und Unterlagen lag auch Fabios Laptop. Das Ergebnis der mühseligen Ermittlung.

Als sie ihn anschaltete, fragte ein inneres Stimmchen, was sie dort eigentlich finden wollte.

94

Auf dem Laptop waren zahlreiche Ermittlungsunterlagen. Fast alle davon kannte Valentina gut. An den Orten des Verbrechens gemachte Fotos, Scans von Polizeiberichten, Telefonlisten. Es gab auch etliche handschriftliche Notizen, mit denen Fabio die Ergebnisse nach und nach gesammelt, zusammengefasst und geordnet hatte.

Unter den Videodateien erregte eine mit dem Namen *Caravaggios Kreuzigung* ihre Aufmerksamkeit. Das musste das Filmchen sein, auf das Fabio durch den Hinweis eines Freundes aufmerksam geworden war, der vor Jahren bei der mobilen Einheit Verona gearbeitet hatte, und das mit dem Verschwinden eines Obdachlosen zusammenhing. Fabio hatte ihr davon erzählt und sich offenbar eine Kopie beschafft.

Mit einem seltsam flauen Gefühl klickte sie darauf.

Die Datei war die digitale Kopie einer Videokassette, die wiederum von einem Super-8-Streifen gezogen zu sein schien. Die Auflösung war schlecht, und die Farben waren verwaschen. Abgesehen von ein paar rötlichen Reflexen, wirkte es wie eine Schwarz-Weiß-Aufnahme. Die Umrisse waren unscharf, doch was vor sich ging, war deutlich genug zu sehen. Einen Moment lang wünschte Valentina, es wäre nicht so.

Den Hintergrund bildete eine Steinmauer mit einem großen,

dunklen Fenster und niedrigen Sträuchern davor. Davor vier Akteure. Drei Männer trugen eine schwarze Kapuze mit Löchern für die Augen, zwei von ihnen hatten nackte Oberkörper, der dritte trug ein kurzärmliges, kariertes Hemd und über die Knöchel aufgekrempelte Jeans. Der vierte war ein alter Mann, der bis auf ein um die Hüften gewickeltes Laken nackt war. Das magere, fast ausgemergelte Gesicht und der Körper zeigten dunkle Flecken, vielleicht Blutergüsse oder die Spuren einer Krankheit. Der lange, weiße Bart sah nass aus, vielleicht getränkt von seinen Schmerzenstränen. Die drei Kapuzenträger hielten ihn an den Armen fest und präsentierten ihn der Kamera wie eine Jagdtrophäe. Selbst hinter der Maskierung konnte man ihr zufriedenes Grinsen erahnen. Der Kopf des Alten baumelte kraftlos herab. Seine Augen waren winzige, ausdruckslose Kreise.

Plötzlich ein Schnitt und ein Bildwechsel. Jetzt flackerte das Bild heftig. Der Hintergrund war derselbe, nur der Blickwinkel hatte sich geändert. Im Mittelpunkt war ein großes, auf die Seite gelegtes Holzkreuz zu sehen. Vielleicht ein Requisit, wenn auch ein sehr realistisches. An mehreren Stellen war das Holz splitterig. Einen Moment lang fror das Bild ein.

Dann eine Nahaufnahme. Ein Handgelenk des Alten, auf einen Balken des Kreuzes gelegt. Ein dicker Nagel mit viereckigem Kopf wurde mit einem Steinmetzhammer hineingetrieben. Das durchbohrte Fleisch und das dunkel spritzende Blut sahen nicht nach einem Filmtrick aus.

Ein weiterer Einstellungswechsel zeigte das Gesicht des Alten in Nahaufnahme. Er schrie, der weit aufgerissene Mund zeigte seine wenigen Zähne und die geschwollene, dunkle Zunge. Der fehlende Ton ließ seinen Schrei umso heftiger erscheinen.

Eine Abblende, dann das zweite, von einem Nagel durchbohrte Handgelenk. Vermutlich fand der auf diesen Details verharrende Kameramann es besonders faszinierend, wie das Metall die Haut zerriss, durch Knochen und Sehnen drang und sich in das darunterliegende Holz grub.

Diese Szenen waren professionell gedreht. Nichts wurde der Fantasie überlassen. Mit gekonnten Kameraschwenks wurde das Grauen sogar noch gesteigert.

Es folgte eine Naheinstellung mit erstaunlicher Tiefenschärfe, der brüllende Alte war an Händen und Füßen auf das grob gezimmerte Kreuz genagelt worden. Die drei Kapuzenmänner blickten zur Kamera, während der Mann vor ihnen mit dem Tod rang. Dann wuchteten sie das Kreuz mühsam hoch, sodass er mit dem Kopf nach unten hing. Genauso war der heilige Petrus gekreuzigt worden. Das lange Haar des Opfers gehorchte der Schwerkraft und hing zu beiden Seiten des schmerzverzerrten Gesichts herab.

Das Kreuz wurde in ein dafür vorgesehenes Loch am Boden gestellt. Die letzten Einstellungen galten der Hauptfigur. Die Kamera zoomte langsam auf den noch immer aufgerissenen Mund. Der Film endete mit dem zitternden Bild eines weißen Schildes, auf dem in Druckbuchstaben DIE KREUZIGUNG VON CARAVAGGIO stand.

Das Video war keine fünf Minuten lang. Doch Valentina starrte sehr viel länger auf das letzte Standbild. Sie konnte nicht fassen, was sie gerade gesehen hatte. Es war schauderhaft gewesen, diese Todesszene in dem Bewusstsein mitanzusehen, dass sie echt war. Nicht eine Sekunde lang hatte sie geglaubt, sie könnte gespielt gewesen sein, und die damaligen Ermittler hatten wohl denselben Eindruck gehabt. Von wegen Simulation, wie Fabios Freund vermutet und gehofft hatte.

Doch nicht die perverse Widerwärtigkeit trieb sie um. Da war noch etwas anderes, das sie zutiefst verstörte. Ein Detail, das ihr sofort aufgefallen war und ihr den Atem nahm.

Sie bewegte den Mauszeiger auf die Zeitschiene des Videos und spulte ein paar Sekunden bis zu dem Moment zurück, in dem die Einstellung die Steinmauer im Hintergrund aus einer anderen Perspektive zeigte.

Für einen winzigen Augenblick waren die Füße einer Statue zu sehen. Zwei meisterlich aus dem Marmor gemeißelte, unförmige Hufe.

Sie hatte sie schon einmal gesehen.

Es waren die Füße eines mannshohen, steinernen Baphomets. Einer der beiden stummen Wächter, die die Krypta der Villa Zernich flankierten.

95

Durch die kalte Nachtluft zu laufen, tat gut. Das bemerkte sie erst, als sie erschöpft und verschwitzt beschloss, ins Hotel zurückzukehren.

Das hatte sie gebraucht. Nachdem sie das Video gesehen hatte, hatte ein seltsames Gefühl von ihr Besitz ergriffen. Als würde etwas Dunkles, Bleiernes sie umfangen, sie ersticken, ihr den Atem nehmen und in ihre Seele einfallen. Sie hatte sich schmutzig gefühlt. Durch die unbekannten Straßen dieser Stadt zu laufen, war vielleicht nicht die beste Idee. Doch sie hatte nicht gewusst, wie sie dieses gefühlte Leichentuch sonst abschütteln sollte.

Als sie zurückkehrte, hob der Nachtportier nur eine Augenbraue. Womöglich dachte er, es stehe ihm nicht zu, sich zu wundern, wenn dieser Gast es normal fand, nachts um zwei joggen zu gehen. Sie winkte ihm zu und ging auf ihr Zimmer.

Alles hatte sich verändert. Besser gesagt, alles war anders als angenommen. Das Laufen hatte ihr geholfen, einen klaren Kopf zu kriegen.

Nach einer heißen Dusche warf sie sich aufs Bett und schaltete Fabios Computer ein. Neben dem Video gab es noch dazugehörige Dokumente. In Costas Notizen fand sie, wonach sie suchte.

Nachdem der Polizeipräsident von Palermo seinem Freund diese »uralte« Geschichte erzählt hatte, bestand zwar Einigkeit darin, dass Sileri aus Altersgründen nichts mit der Kreuzigung des Landstreichers zu tun haben konnte, doch Costa war der Sache dennoch weiter nachgegangen. Offenbar hatte er ein paar Quellen im Polizeipräsidium von Verona angezapft und sich den Originalfilm besorgt. Dann hatte er noch weiter gegraben und sich die Akte über das Verschwinden des Penners schicken lassen.

Der alte Obdachlose hieß Sebastiano Zorzin und war im Juni 1995 aus einem Nest in der Provinz Verona namens Castagnaro verschwunden. Der Film war im darauffolgenden Januar 1996 bei einer Durchsuchung im Zusammenhang mit einem Pädophilen-Netzwerk entdeckt worden, das sich über halb Italien zog. Er befand sich auf einer der zahlreichen beschlagnahmten Videokassetten, unter denen auch ein paar Snuff-Filme waren, die sich nach eingehender Analyse jedoch als Fakes herausgestellt hatten. Während der Aufnahmen war niemand wirklich ums Leben gekommen. Auf einer dieser Kassetten folgte nach dem Hauptfilm jedoch der Ausschnitt der *Kreuzigung*, der rein zufällig darauf gelandet zu sein schien. Oder den man dort hatte verstecken wollen. Er hatte sofort ganz anders gewirkt als die anderen Filme.

Ein Polizist hatte in dem Mann, der »scheinbar« gekreuzigt wurde, den spurlos verschwundenen Zorzin wiedererkannt. Doch niemand wollte glauben, dass dieser Film echt war. Man beschloss, es handele sich um eine geschmacklose Inszenierung, die zusammen mit dem restlichen Material ins Archiv wanderte, um dort vom Gesetz, aber gewiss nicht von den Männern, die ihn hatten sehen müssen, vergessen zu werden. Schwer vorstellbar, dass der Schmerz, der das Gesicht des Alten verzerrte, während ihm Nägel ins Fleisch getrieben wurden, geschauspielert war. Vermutlich hatten die damaligen Kollegen lieber weggesehen. Aber warum ließ man eine derartige Sache versanden?

Mit Google Maps suchte sie nach Castagnaro und stellte fest, dass es auf der Grenze zur Provinz Padua lag. Nicht weit von Este, wo die Villa Zernich stand. Es war denkbar, dass das riesige Haus als Kulisse für diese Schandtat hergehalten hatte.

Tatsächlich hatte sich an den Fakten nichts geändert. Sie waren immer da gewesen, wenn auch versteckt. Aber ihre Wahrnehmung hatte sich geändert. Plötzlich schien sich zu zeigen, dass sie mit ihren Ermittlungen nur einen winzigen Bruchteil des Geheimnisses gestreift hatten, einen Quadratzentimeter eines sehr viel größeren und entsetzlicheren Mosaiks.

1995 war Luca Sileri sieben Jahre alt gewesen, er konnte nichts mit dem Mord an Sebastiano Zorzin zu tun haben. Dennoch war dieser mit der erklärten Absicht gekreuzigt worden, ein Caravaggio-Gemälde nachzustellen. Das Gleiche sollte Sileri drei Jahrzehnte später machen. An demselben Ort, an dem er sich die letzten Jahre verkrochen hatte.

Valentina öffnete das Gemälde der *Kreuzigung des heiligen Petrus*. Es stammte aus dem Jahr 1601 und hing in der Kirche Santa Maria del Popolo in Rom. Caravaggio zeigte den Moment der Kreuzaufrichtung, und abgesehen von dem geöffneten Mund und dem verlorenen, von entsetzlichem Schmerz erfüllten Blick hatte das Antlitz des Heiligen keinerlei Ähnlichkeit mit dem des armen Sebastiano. Wer diesen Mord begangen hatte, war nicht wie Luca Sileri davon besessen gewesen, die Doppelgänger der gemalten Figuren zu finden. Doch es gab eine Verbindung, die ebenso stark wie beunruhigend war. Luca Sileri hatte nicht allein gehandelt. Jetzt hatte Valentina eine glasklare Antwort vor sich. Vielleicht die einzige Antwort. Und sie hatte sie von Anfang an vor der Nase gehabt.

Es war vier Uhr morgens. Zu früh und zu spät. Sie legte sich hin, starrte für den Rest der Nacht an die Decke und wartete auf den Anbruch des neuen Tages, an dem sie verdammt noch mal richtig loslegen konnte.

ECCE ANCILLA DOMINI

96

Daniele Manin wirkte zu jung für einen Staatsanwalt. Das lag an seinem runden Gesicht mit den weichen Zügen. Womöglich war ihm das bewusst, denn er versuchte, mit einem kurzen Bärtchen gegenzusteuern, das seinem Äußeren und vielleicht auch seinem Charakter eindeutig zum Nachteil gereichte. Um auf Distanz zu bleiben, behandelte er Valentina mit gravitätischer Steifheit, doch das kümmerte sie nicht. Sie war zu sehr damit beschäftigt, ihn als Gegenüber für diese Ermittlungen ernst zu nehmen. Am Stand der Dinge würde sich sowieso nichts ändern: Manin war womöglich nicht auf der Höhe, aber er musste genügen.

»Also, was wollen wir tun?«, sagte der Staatsanwalt zum dritten Mal hinter seinem glänzenden Schreibtisch, der von Prachteditionen sämtlicher Gesetzestexte der Menschheit ummauert war wie ein Bollwerk gegen das Chaos des wirklichen Lebens. »Warum ist Ihr Abschlussbericht noch nicht fertig?«

Valentina versuchte, sich ihren Frust nicht anmerken zu lassen. »Dottore, was Sie vor sich haben, ist ein vorläufiges Schreiben. Mit konkreten Anfragen. Wie ich schon sagte, es gibt zu viele Auffälligkeiten, die es zu überprüfen, und zu viele Lücken, die es zu schließen gilt. Und ich brauche Zeit, um alles zusammenzufügen. Sie wollen doch nicht, dass der Ermittlungsrichter verlangt, noch einmal von vorn anzufangen?«

Bei der Staatsanwaltschaft war das immer ein gutes Argument. Akten, für die man die Archivierung beantragt hatte, von einem Richter zurückzubekommen, weil Details vernachlässigt worden waren, war für einen stellvertretenden Staatsanwalt nie besonders angenehm. Also hörte Manin ihr abermals zu.

Valentina führte die zu überprüfenden Punkte auf, die sie in dem Schreiben aufgelistet hatte. Sie begann bei dem Video, das den Tod des alten Landstreichers zu zeigen schien.

Aus Costas wertvollen Notizen war hervorgegangen, dass die berüchtigte Videokassette, die bei der Razzia gegen Pädophile, an der Polizisten aus zahlreichen nördlichen Provinzen, darunter Padua, Vicenza und Verona, beteiligt gewesen waren, im Haus des üblichen netten Nachbarn beschlagnahmt worden war. Er hieß Rodolfo Morganti, war Allgemeinarzt in einem Dorf im Hinterland von Vicenza, hatte eine Frau, zwei heranwachsende Kinder und ein allem Anschein nach mustergültiges Leben. In seinem Arbeitszimmer hatte man tausendzweihundert versteckte Videokassetten pornografischen Inhalts gefunden, größtenteils Amateurvideos von sexuellen Handlungen an teils sehr kleinen Kindern und Tieren. Morganti war das typische Beispiel des Kinderschänders, der sich allein aus Angst, erwischt zu werden, darauf beschränkte, pornografisches Material zu kaufen und weiterzugeben, ohne seine Fantasien in die Tat umzusetzen. Unter der bürgerlichen Fassade hielt er seine Triebe in Schach und gab sich damit zufrieden, sich an den Taten anderer aufzugeilen. Er erinnerte an Marchesi und sein »ich gucke nur«.

Die Verteidigung hatte dennoch die These vertreten, dass Morgantis Verhalten im Grunde harmlos gewesen sei. Die Familie, allen voran die Ehefrau, hatten sich dieser Sichtweise scheinbar angeschlossen. Nach einem wachsweichen Verfahren war der nicht vorbestrafte Morganti zu einer läppischen Strafe verurteilt worden. Er hatte keinen einzigen Tag im Gefängnis verbracht und wieder bei seiner Familie gelebt. Wenn auch gewiss nicht glücklich.

Valentina hatte herausgefunden, dass Morganti vor einigen Jahren bei einem Autounfall ums Leben gekommen war. Manche mutmaßten, er habe sich umgebracht. Seine Frau, die trotz der Ermittlungsergebnisse bei ihm geblieben war, hatte erklärt, ihr Rodolfo hätte sich niemals das Leben genommen, vielmehr habe der Unfallverlauf bei ihr einige Zweifel geweckt. Wenige Monate später war auch sie gestorben. Diesmal schien Selbstmord außer Frage zu stehen, hatte man sie doch in der Garage ihres Hauses mit aufgeschnittenen Pulsadern in ihrem Ford Fiesta gefunden, in den ein an den laufenden Motor angeschlossener Gummischlauch das Kohlenmonoxid einleitete. Es waren weder Abschiedsbriefe noch Erklärungen gefunden worden. Die gerade volljährig gewordenen Kinder arbeiteten im Ausland und waren nicht einmal zur Bestattung der Mutter zurückgekommen. Ein Detail, das auf die tatsächliche Situation der Ex-Familie Morganti ein vielsagendes Licht warf.

Das Video mit der Kreuzigung war eines der zahlreichen, von Morganti gesammelten Grauen und kam, da es keine Beweise für die Echtheit des Filmes gab, nur am Rande des Prozesses vor. Außerdem konnte oder wollte der Mann nicht sagen, von wem er es bekommen hatte. Die Kassette war im Jahr zuvor auf dem Schwarzmarkt gekauft worden, aber Morganti erinnerte sich nicht, wer von seinen zahlreichen Kontakten sie ihm beschafft hatte. Die Ermittler, die Dutzende andere Filme mit Kindern gefunden hatten, waren an diesem Video nicht sonderlich interessiert und gingen der Sache nicht weiter nach.

Hier endeten die Informationen, die Valentina über diesen Fall hatte in Erfahrung bringen können und nun Manin darlegte.

Sie zeigte Manin auch das Video. Der Staatsanwalt starrte auf den Computerbildschirm und rang sichtlich um Fassung. Doch je weiter der Film fortschritt, desto glasiger wurde sein Blick, und sein Gesicht nahm einen beängstigenden Grauton an. Valentina fürchtete schon, er würde sich übergeben.

Als der Schriftzug DIE KREUZIGUNG VON CARAVAGGIO auftauchte, räusperte sich Manin mit gezwungener Gelassenheit.

»Und über diese Episode …«, hob er an, doch seine Stimme versagte. Er hüstelte abermals, schluckte und setzte noch einmal mit normalerer Stimme an. »Also … über diese Sache haben wir keine weiteren Erkenntnisse?«

»Nichts Brauchbares. Nur die damalige Meldung der Polizei Verona über Zorzins Verschwinden. Aber genau das ist der Punkt. Niemand konnte damals eine Verbindung herstellen. Niemand hätte die Villa Zernich als den Ort ausmachen können, an dem der Obdachlose getötet worden war, geschweige denn, ihn mit anderen Verbrechen in Verbindung bringen können.«

Das stimmte nicht ganz. Jemand hatte irgendwie geahnt, dass es eine Verbindung gab. In der Akte, die sie gefunden hatte, befand sich außer dem Fax aus Vicenza und zwei vergilbten Zeitungsausschnitten aus dem Lokalteil des *Gazzettino* über Zorzins Verschwinden auch die interne Meldung über die Durchsuchungen von 1996. Zu Valentinas Verblüffung hatte jemand die beiden Fälle miteinander in Verbindung gebracht, auch wenn im Fax nur die Verdächtigen aufgeführt waren, die während der Razzia ins Netz gegangen waren. Kein Hinweis auf den Inhalt des beschlagnahmten Materials und vor allem nicht auf die Videokassette mit Zorzins Tötung. Wer die Dokumente zu den beiden Fällen in eine Akte gelegt hatte, hatte einen Zusammenhang gesehen, allerdings keinen Grund genannt. Vielleicht war es auch nur Zufall. Doch das verschwieg sie Manin, um ihm das Leben nicht noch schwerer und den Kopf nicht wuschig zu machen, wie ein Freund von ihr zu sagen pflegte.

Denn sie brauchte Manin.

Valentina wusste, dass niemand die Absicht hatte, in dieser Angelegenheit weiter zu ermitteln. Erst recht nicht die Polizei Padua. Die Wahrscheinlichkeit, von den Kollegen Unterstützung zu bekommen, war gleich null. Die einzige Möglichkeit bestand darin, den jungen Staatsanwalt zu überzeugen, sodass er sie damit betraute, der Angelegenheit nachzugehen und sie mit den Sileri-Ermittlungen zusammenzubringen. Mit einer justizbehördlichen Vollmacht könnte niemand sie von den Ermittlungen abziehen, und die Abteilung müsste ihr die notwendigen Kräfte und Mittel zur Verfügung stellen. Für sie wäre es das Ende ihrer Karriere, denn wenn sie mit der Sache durch wäre, würden sie sie dafür bluten lassen. Doch das kümmerte sie nicht. Besser gesagt, nicht mehr.

Diese Geschichte aus Blut und Folter war ihr unter die Haut und in den Kopf gekrochen. Sie würde nie mehr zum gewohnten Leben zurückkehren können, wenn sie nicht wenigstens versuchte zu begreifen, was sich hinter dieser unsinnigen Mordserie verbarg.

Sie musste nur Manin herumkriegen, der den Zusammenhang zwischen dem Video, Sileri und der Villa Zernich noch immer nicht verstand.

Valentina sprach mit ihm, als müsste sie einen kleinen Jungen überreden.

»Luca Sileri war ein Mörder mit eindeutig nekrophilen Neigungen«, erklärte sie. »Das hat der Mord an Teresa Franceschi in Rom gezeigt. Aber diese krankhafte Störung und sein psychologisches Profil haben nichts mit Kunst oder mit einer Obsession für Caravaggio zu tun. Selbst bei Sileris Interesse für die Plastination ging es nicht darum, die Leichen in künstlerische Posen zu bringen, sondern sie zu konservieren, um an ihnen für möglichst lange Zeit sexuelle Praktiken durchführen zu können. Die Suche nach brauchbaren Kandidaten für die Nachstellung von Caravaggio-Gemälden passt nicht zu seinem Profil. Aber es könnte zu dem von jemand anderem passen.«

»Wollen Sie damit sagen, es gibt noch einen Serienmörder?«, fragte Manin entsetzt.

»Ich weiß nicht, ob er ein Mörder ist, aber zweifellos ein Psychopath, oder vielleicht ist es auch mehr als einer. Wie in diesem Film. Menschen, die von Mordlust getrieben werden, um mit den Leichen ihrer Opfer Kunstwerke nachzustellen. Ein organisierter und feinsinniger Psychopath der Ästhetik. Ohne Mitgefühl und Reue, genau wie Sileri, der allerdings bestimmt zwanghafter und gewalttätiger war.«

»Wie kann das sein? Tut mir leid, aber eine solche Hypothese erscheint mir unglaubwürdig.«

Valentina beugte sich vor, und trotz der schützenden Gesetzestexte wich der Staatsanwalt unmerklich zurück.

»Überlegen Sie doch mal. Dieser Unbekannte muss Sileri kontaktiert haben, nachdem Teresa Franceschi gefunden wurde und er geflohen ist. Womöglich hat er in der Zeitung von Sileris Ärger gelesen und beschlossen, sich seine Erfahrung in der Leichenkonservierung und seine kranke Psyche zunutze zu machen. Er hat ihn aufgespürt und ihm eine Abmachung vorgeschlagen, eine Art Geschäftspartnerschaft. Aus unterschiedlichen Gründen, aber mit demselben Ziel.«

»Aber die Beweise ... Wo sind die Beweise?«, murmelte Manin.

»Da ist zunächst einmal die Aufnahme von Sebastiano Zorzins Kreuzigung. Sie belegt, dass der Unbekannte bereits vor etlichen Jahren aktiv war. Und dass das Theater, in dem er sich bewegte, dasselbe ist, in dem wir Sileri aufgespürt haben: die Villa Zernich. Dort wurde der Film gedreht.«

»Ja, das ist allerdings beunruhigend … Aber wir reden hier von einer Villa aus dem sechzehnten Jahrhundert, in der wer weiß wie viele Menschen ein und aus gegangen sind.«

»Ich rede nicht von der Villa«, sagte Valentina eisig.

Manin schaute sie verdutzt an. »Wovon reden Sie dann?«

»Ich rede von Claudio Altieri.«

Der Staatsanwalt wirkte bestürzt. »Das müssen Sie mir erklären«, sagte er.

»Ich weiß noch nicht, wie Altieri in diese Angelegenheit verstrickt ist. Aber es gibt zahlreiche Anhaltspunkte, die mich zu dem Schluss kommen lassen, dass er von Anfang an mit drinsteckte. In diesem Bericht steht alles drin.«

In dem Protokoll, das Valentina dem Staatsanwalt übergeben hatte, war Claudio Altieri ausführlich beschrieben. Sie hatte auch eine alte Akte über ihn ausgegraben, die niemand im Präsidium ihr gegenüber erwähnt hatte.

Sie fasste ihre Ergebnisse für Manin zusammen.

Ehe Altieri zum Militär gegangen war, wurde zweimal wegen sexueller Gewalt gegen ihn ermittelt. Er wurde nie verurteilt, weil die Frauen, die ihn angezeigt hatten, die Klage zurückzogen hatten und die Verfahren eingestellt worden waren.

1995 arbeitete Altieri bereits für die Zernichs. Nicht nur das: Damals wohnte er in der Palladio-Villa. Valentina hätte wetten können, dass er in demselben Taubenhaus gelebt hatte, in das sich Sileri Jahre später flüchtete.

»Altieri hatte die Möglichkeit, die Villa Zernich zu benutzen. Zumindest muss er gewusst haben, was sich dort abspielte. Und Altieri war der Mann, der Sileri das Haus zur Verfügung stellte. Er hat das Monster dorthin gebracht, in Ihre Provinz, Dottor Manin. Und bei Altieri müssen wir anfangen.«

97

Als sie das Büro des Staatsanwalts verließ, hatte Valentina bekommen, was sie wollte. Die Befugnis, die Handys sowie die geschäftlichen und privaten Festnetztelefone von Claudio Altieri abzuhören. Die Befugnis, seinen Porsche mit einer Wanze zu versehen. Sie hatte die Genehmigung, sein Leben zu durchleuchten.

Als sie mit den neuen Anweisungen zur mobilen Einheit zurückkehrte, brach die Hölle los. Damit hatte sie gerechnet, und es war ihr egal. Die Vollmacht des Staatsanwalts war *ad personam*. Valentina hatte von Manin gefordert, sie mit den Ermittlungen zu betrauen. »Sollte die Sache schieflaufen, können Sie mir persönlich die Schuld am Debakel geben«, hatte sie mit treuherzigem Lächeln gesagt. »Und Ihre Beziehung zur mobilen Einheit wird nicht in Mitleidenschaft gezogen.«

Lomastro ging in die Luft, und für einen Moment fürchtete sie, er könnte auf sie losgehen. Doch ihm waren die Hände gebunden, eine gerichtsbehördliche Anordnung war unanfechtbar. Er musste ihr die Mittel und Geräte für die Telefonüberwachung zur Verfügung stellen. Er würde ihr das Leben schwer machen, aber nicht einmal das kratzte sie.

Zwei Minuten, nachdem sie Lomastros Büro verlassen hatte, hatte das Telefon geklingelt. Falcone rief sie sofort an. Er war eisig und kurz. Er wusste, dass es ihm kaum möglich war, ihr die Angelegenheit zu entziehen.

»Du musstest offenbar das letzte Wort haben«, sagte er. »Na schön. Tu, was du nicht lassen kannst. Aber jetzt bist du wirklich allein. Wenn die Sache rauskommt und du scheiterst, werden die Medien und die Öffentlichkeit dir an die Gurgel springen. Und wir werden nicht da sein, um dir zu helfen. Die Abteilung wird sich von dir distanzieren. Du wirst ohne unser Sicherheitsnetz klarkommen müssen.«

Valentina war zu allem bereit.

»Giuseppe, ich war schon immer allein. Nur, dass du nie den Mut hattest, es mir klipp und klar zu sagen.«

»Die Befugnis deines Staatsanwalts gilt nicht ewig«, fuhr er fort, als hätte er sie nicht gehört. »Den Wechsel nach Padua kriegst du bezahlt. Aber das war's dann auch. Und wenn du fertig bist, brauchst du dir nicht die Mühe zu machen, hierher zurückzukommen. Wir lassen dich wissen, wohin du versetzt wirst.« Dann legte er auf.

Als Valentina an ihren Schreibtisch zurückkehrte, stand der Beamte Piovesan bereits diensteifrig lächelnd da und erwartete sie.

»Und, Dottoressa, machen wir uns an die Arbeit?«, fragte er.

Sie empfand Mitleid mit ihm und seiner Begeisterung.

98

Er antwortete nach dem zweiten Klingeln. Damit hatte sie nicht gerechnet, sonst hätte sie womöglich nicht angerufen. Fabios Stimme ließ sie erschaudern.

»Valentina?«

Fast hätte sie wieder aufgelegt. Sie wusste nicht einmal, warum sie mit ihm am Telefon war. Er war ein abgeschlossenes Kapitel. Er *musste* es sein.

»Ja«, sagte sie tonlos.

Sie konnte ihn atmen hören. Eine Frage explodierte in ihrem Kopf. War es derselbe Atem, den Diana Marini auf ihrem Gesicht gespürt hatte, während er sie vergewaltigte? Sie wusste es nicht.

Sie überwand ihr Zaudern und fragte: »Wie geht es dir?«

Sie meinte, einen Seufzer der Erleichterung zu hören.

»Ich hätte nicht gedacht, dass du mich noch einmal anrufst. Ich glaubte, ich würde nie wieder was von dir hören.«

»Das dachte ich auch.«

Aber hier bin ich. Weiß der Geier, warum. Hier bin ich.

»Bist du in Rom?« Er klang zurückhaltend, aber versöhnlich. Valentina spürte, dass sie kurz davor war einzuknicken.

»Nein. Ich bin noch in Padua.«

Frag mich nicht, warum. Ich weiß selbst nicht, was ich hier tue.

»Warum?«, fragte Fabio, und jetzt klang seine Stimme klarer. Vielleicht lag ein Hauch Besorgnis darin.

»Das kannst du dir doch denken. Die Geschichte, die wir Sileri auf den Leib geschneidert haben, passt nicht. Zu viele Lücken. Zu viele Fragen.«

»Sie haben dich machen lassen? Sie haben dir erlaubt, weiter an dem Fall zu arbeiten?«

Sie hätte ihm die Wahrheit sagen können. Sie hätte ihm sagen können, warum sie ihn anrief, trotz seines Geständnisses und obwohl er nicht der Mensch war, für den sie ihn gehalten hatte. Sie hätte zugeben müssen, dass sie ihn brauchte, dass sie sich einsam und nackt und wehrlos fühlte. Und das nicht nur wegen der Ermittlung. Sie hätte ihm sagen sollen, dass sie ihn vermisste und dass es ihr egal war, dass er sich mit einer so entsetzlichen Schuld befleckt hatte.

»Ich musste ein bisschen kämpfen … Aber es gibt Neuigkeiten.«

Er zögerte. »Was für Neuigkeiten?«

Sie begann zu erzählen. Sie fing bei dem Kreuzigungsfilm an, den sie auf dem Computer in seiner Satteltasche gefunden hatte. Redete von dem Detail der Villa Zernich, das sie in den Aufnahmen wiedererkannt hatte. Von Claudio Altieris früheren Vergehen und von ihrem Verdacht gegen ihn. Von der Entscheidung, das Faktotum genauer unter die Lupe zu nehmen.

»Das Umfeld hier macht es mir nicht gerade leicht«, sagte sie. »Im Gegenteil, es ist mir eindeutig feindlich gesinnt.«

»Sprichst du von der mobilen Einheit?«

»Auch, ja. Aber in Rom haben sie ebenfalls schon den Stab über mich gebrochen. Falcone kann es gar nicht abwarten, dass alles vorbei ist, um mich irgendwo zu verscharren und zu vergessen.«

»Verstehe …«

»Ich versuche, mich nicht unterkriegen zu lassen, Fabio. Aber das ist nicht leicht. Sie haben mir ein tüchtiges Kerlchen zur Seite gestellt … Der Ärmste, sie werden ihm das Leben zur Hölle machen, sobald ich verschwunden bin. Tatsache ist, dass alle gegen mich sind. Zernich ist hier ein mächtiger Mann, und gegen seine rechte Hand zu ermitteln, bereitet vielen Bauchschmerzen.« Sie verstummte kurz. »Ich traue niemandem, Fabio. Ich habe sogar sämtliche Ermittlungsdateien auf einen Stick kopiert und ihn versteckt.«

»Wenn du dich nicht sicher fühlst, hau ab.« Es lag ein Nachdruck in seiner Stimme, der sie freute. Doch war es nicht das, was sie hören wollte.

»Ich bin allein«, sagte sie noch einmal.

Er holte tief Luft. »Ich würde gern …«, hob er an und brach ab.

Valentina seufzte. »Deshalb hatte ich das Bedürfnis, mit dir zu sprechen«, sagte sie. Machte eine Pause. Zauderte. »Ich bin allein … und würde mir so sehr wünschen, dass du hier bei mir wärst«, haspelte sie in einem Atemzug hervor und biss sich ungläubig auf die Lippe. Scheiße, sie benahm sich wie ein verknallter Backfisch.

»Ich wäre dir keine Hilfe, das sagte ich doch schon.«

»Ja, das sagtest du schon.« Sie fühlte sich leer.

»Tut mir leid, Valentina. Ich weiß nicht, was ich tun soll. Ich weiß nicht, was du wirklich willst. Ich weiß nicht, welche Hilfe ich dir geben könnte. Wenn du Trost brauchst, den habe ich nicht einmal mehr für mich.«

»Ja, ich weiß. Ich weiß! Es ist nur …« Doch sie fand die Worte nicht.

Er war es, der das ihr endlos erscheinende Schweigen brach. »Es tut mir leid«, sagte er noch einmal. »Ich kann dir nichts geben. Ich nicht. Und das weißt du. Besser als jeder sonst.«

»Schwachsinn! Das ist kompletter Schwachsinn!« Plötzlich war sie wütend. Mehr noch. Sie war fuchsteufelswild. Zornig auf sich selbst, weil sie schwach geworden war. Zornig auf ihn, weil er sie erst angelogen hatte und dann ehrlich gewesen war. Er war nicht der perfekte Mann, na und? Er hatte entsetzliche Dinge getan, na und? Vielleicht zahlte er für das, was er getan, und für das, was er nicht getan hatte. Vielleicht zahlte er zu viel oder zu wenig. Na und? Was scherte es sie? Es war ihr scheißegal. Sie wollte sich beschützt fühlen. Sie wollte ihn in diesem Kampf gegen die Windmühlen an ihrer Seite. Fabio war in all diesem Grauen der Lichtblick gewesen. Die einzige Wärme. Warum sollte sie darauf verzichten? Warum sollte sie für Dinge bezahlen, die Jahre zurücklagen?

»Valentina …«, hob er an.

Sie legte auf. Griff erneut zum Telefon. Schaltete es aus. Warf es von sich. Und die Dunkelheit, die Fabios Stimme für wenige Momente vertrieben hatte, kehrte zurück und senkte sich auf sie herab.

99

Claudio Altieri war ein Mann in Topform und mit einem intensiven, wenn auch nicht sonderlich abwechslungsreichen Leben. Er wohnte im obersten Stock eines Renaissancegebäudes im Zentrum von Padua, das der Familie Zernich gehörte; tatsächlich in einer der kleinsten Wohnungen. Er schien weder Liebesverhältnisse noch enge Freunde zu haben, sondern unterhielt ausschließlich geschäftliche Beziehungen. Augenscheinlich pflegte er weder Leidenschaften noch Hobbys. Er trank nicht und nahm keine Drogen, und wenn doch, wusste er es sehr gut zu verbergen.

Er verbrachte die Abende zu Hause. Morgens verließ er um Punkt halb acht das Haus und startete seinen langen Arbeitstag. Bis dreizehn Uhr saß er im Büro der Zernich-Stiftung, wo er sich um die Geschäfte des alten Federico kümmerte und die Interessen seiner Gesellschaften pflegte. Jeden Tag gönnte er sich ein schnelles, einsames Mittagessen in derselben Trattoria an der Ecke des Prato della Valle, normalerweise am üblichen Tisch vor einem großen Fenster, von dem aus er den riesigen, elliptischen Platz mit seinen Marmorstatuen bewundern konnte, die sich im Wasser des ringsum fließenden Kanals spiegelten. Den Rest des Nachmittags war er zwischen den Weinbergen und den landwirtschaftlichen Betrieben der Familie Zernich in den umliegenden Hügeln unterwegs. Abends kehrte er in seine Wohnung zurück, wo er ein Essen zu sich nahm, das er in einem seiner zwei oder drei Lieblings-restaurants bestellte.

Im Zeitraum der Überwachung war er kein einziges Mal in der Villa Zernich, die keinen Hausmeister mehr hatte. Und auch die Kontakte zu seinem Arbeitgeber beschränkten sich auf kurze Tele-fonate. Zernich schien ihm blind zu vertrauen.

»Das ist der Beweis, dass er sich am Ort des Verbrechens nicht blicken lassen will«, hatte Gabriele Piovesan vermutet, und Valentina hatte seinen Versuch, ihr Vertrauen zu wecken, zu würdigen gewusst. Der Junge war ihr zur Seite gestellt worden, weil Lomastro nicht anders konnte, aber er hatte nicht seinen besten Mann gewählt. Sie hielt Piovesan zugute, dass er sich immerhin bemühte, ein wenig Begeisterung an den Tag zu legen, im Gegen-satz zum Rest der Truppe, die an der Überwachung und dem Ab-hören der Telefonate beteiligt war. Niemand von ihnen hatte sich mit dieser unbequemen Polizistin verbrüdert, die aus Rom ange-rauscht war und glaubte, ihnen sagen zu können, wie sie ihre Ar-beit zu machen hätten. Von den unerlässlichen Begegnungen ab-gesehen, hatte bis auf Piovesan niemand Anstalten gemacht, sich ein wenig zu öffnen. Lomastro musste seine Leute ordentlich ein-genordet haben. Sie erfüllten ihre Aufgaben mechanisch und hü-teten sich davor, sich mit Ideen und Vorschlägen in die Ermittlun-gen einzubringen, wie es normalerweise üblich war.

Unterdessen benahm sich Altieri weiterhin vorbildlich, und obwohl Valentina beharrlich in seiner Vergangenheit herumsto-cherte, konnte sie nichts finden, das ihn mit Sileri in Verbindung brachte.

Abgesehen von Sileri selbst.

Immerhin hatte Altieri ihn eingestellt und die herrliche Pal-ladio-Villa seiner Obhut überlassen. Altieri hatte gewissermaßen zugelassen, dass dieser Irre in der Familiengruft ein zusammengeschustertes Labor für seine makabren Experimente einrichtete. Altieri hatte ihm den Weg für seine tödlichen Expeditionen geebnet.

Irgendwie musste Altieri darin verwickelt sein. Sie musste nur dranbleiben, durfte nicht lockerlassen, zumindest, solange man sie ließ. Doch die Frist, die Manin der Ermittlung gesetzt hatte, rückte immer näher.

Das Abhörkabuff der mobilen Einheit war, wie bei solchen Räumlichkeiten üblich, mit Computern und Überwachungsapparaten vollgestopft. Zurzeit gab es nicht viel zu tun, und die einzigen Beamten mit Kopfhörern waren mit ihrem Fall beschäftigt.

Jeden Abend ging Valentina dort vorbei, um mitzuhören. Die Gruppe hatte die Aufgabe, sämtliche Aufnahmen festzuhalten, doch sie wollte Claudio Altieri selbst hören, um in das Leben und vielleicht in den Kopf dieses Mannes vorzudringen. Ihn zu verstehen und seinen Schwachpunkt zu finden. Und vor allem traute sie den anderen Zuhörern nicht. Dass er mit einigen Polizisten in Kontakt stand, hatte er selbst zugegeben. Die Vorsicht riet ihr, die Augen offen zu halten.

Altieris Telefonate betrafen ausschließlich die Arbeit. Seine wahre Persönlichkeit verschwamm in unterkühlten, geschäftlichen Gesprächen. Worte, die Valentina Tag für Tag berichteten, was Altieri tat, aber nicht, wer er war.

Es war, als hätte dieser Mann, obwohl er seit Jahren in Padua lebte, keinerlei Beziehungen. Das erschien ihr unmöglich. Mit jedem weiteren Tag festigte sich ihre Überzeugung, dass Altieri etwas verheimlichte. Seine Bekanntschaften, seine Freundschaften, die Beziehungen, die er im Laufe der Zeit unweigerlich geknüpft haben musste. Das hielt sie dran. Wenn Altieri sich so viel Mühe gab, um durchsichtig und nichtssagend zu erscheinen, musste es in seinem Leben einen Winkel geben, in dem er all seine Geheimnisse versteckte. Valentina musste diesen Ort finden und die Tür öffnen.

An dem Abend hatte das Faktotum sich mit der Beendigung seiner Runde zu den Weinbaubetrieben der Zernich-Gruppe mehr Zeit gelassen als üblich. Er kehrte gerade mit seinem Cayenne aus den Euganeischen Hügeln zurück und pfiff die Lieder im Radio mit. Als Valentina sich hinsetzte und die Kopfhörer aufsetzte, summte er ein Stück von Lucio Battisti. Er traf sogar den Ton.

Der Beamte neben Valentina, der ebenfalls zuhörte, machte ihr ein Zeichen. »Wo Sie jetzt da sind, Dottoressa, darf ich eine kleine Kaffeepause machen?« Valentina nickte und blieb allein zurück.

Sie und Claudio Altieri. Nur beleuchtet vom LED-Licht ihrer jeweiligen elektronischen Geräte.

Die Abhörakustik in der Fahrerkabine war perfekt. Doch da Altieri fast immer allein war, hatte diese Lauschaktion so gut wie nichts gebracht.

Im Auto klingelte ein Handy. Valentina konnte es deutlich hören, doch keines der Abhörgeräte zeigte es an. Wenn das klingelnde Handy eines der kontrollierten gewesen wäre, hätte das entsprechende rote Lämpchen aufleuchten und die Aufnahme anzeigen müssen. Auf Altieri waren drei Handys registriert, die alle abgehört wurden.

Dennoch klingelte ein Handy in seiner Fahrerkabine, das nicht dazugehörte. Als Altieri ranging, konnte Valentina ihn nur über die Wanze hören.

Die Stimme des Mannes war kalt und hastig. Er flüsterte fast, und Valentina musste die Lautstärke ihrer Kopfhörer ganz aufdrehen. Die Worte klangen verzerrt, aber verständlich.

»Hallo.«

Valentina konnte den Anrufer nicht hören, nur Altieris Antworten.

»Ja. Das wusste ich schon. Danke.«

Pause.

»Die ist eine blöde Schlampe, was soll ich dir sagen?«

Pause.

»Besser, sie weiß es nicht. Wir belassen es dabei.«

Noch eine Pause.

»Nein, nein. Darum müsst ihr euch kümmern. Wenn ich das mache … Besser nicht, glaub mir. Ich meine, besser für sie.« Er lachte hämisch.

Kurz darauf wurde die Musik lauter, und Altieri fing wieder an, fröhlich mitzusingen: *Una donna per amico.*

Als der Beamte wiederkam, war Valentina aufgestanden und erwartete ihn bereits.

»Was gibt's, Dottoressa? Irgendwas Neues?«

»Altieri hat noch ein Handy.«

Der Polizist blickte sie wortlos an. Dann setzte er sich langsam auf seinen Platz und griff nach den Kopfhörern.

»Haben Sie gehört, was ich gesagt habe?«

»Ja, aber … äh … nicht, dass ich wüsste …«

Sie blickte ihn an. Kalte, beißende Wut stieg in ihr auf.

»Sind Sie sich sicher? Niemand von euch hat mitgekriegt, dass Altieri mit einem weiteren Handy unterwegs ist, von dem wir nichts wissen? Er hat es gerade benutzt … Ich habe es über die Wanze gehört.«

Der Beamte hantierte mit der Computertastatur herum. Die Icons der Gespräche mit den Audiosignalen blinkten auf dem Monitor.

»Aber … das kann er noch nicht lange haben. Das muss neu sein.«

»Sicher? Dann müssen wir ja nur ein paar Gespräche zurückspulen, und dann wissen wir's, was meinen Sie?«

»Na, dann gehen Sie doch zum Chef und reden mit ihm! Ich weiß von nichts. Schließlich bin ich mit diesem Altieri nicht verheiratet!«

Der Mann setzte die Kopfhörer auf und starrte demonstrativ auf den Bildschirm.

100

Lomastro reagierte noch lapidarer. »Was hast du erwartet? Den roten Teppich? Dein Altieri hat ein weiteres Handy. Na und? Das hättest du doch mitkriegen müssen. Schließlich bist du diejenige, die in dem Schuppen das Sagen hat!«

Valentina stand vor seinem Schreibtisch. Sie spürte, dass die Wut in ihrem Bauch kurz vorm Platzen war, und das wollte sie nicht. Die Situation durfte ihr nicht entgleiten. Auch wenn sie diesem laschen Polizisten am liebsten an die Gurgel gesprungen wäre und ihm all ihre Verachtung ins Gesicht gespien hätte. Aber was hätte das gebracht?

»Deine Beamten führen die Abhöraktion durch. Ich verlasse mich auf sie, weil mir nichts anderes übrig bleibt. Wenn sie bemerkt haben, dass Altieri ein Handy besitzt, von dem wir bis dahin nichts wussten, hätten sie mir umgehend Bescheid sagen müssen, dann hätten wir es anzapfen können. Wenn sie mir Dinge verheimlichen, komme ich nicht weiter.«

»Dein Problem, wenn du deine Arbeit nicht auf die Reihe kriegst.«

»Wirklich?« Valentina stützte sich mit beiden Händen auf Lomastros blitzsauberen Schreibtisch und beugte sich vor. Der Mann zuckte leicht zusammen und wich instinktiv zurück.

»Tja, dann sage ich dir jetzt was, das ganz allein dein Problem ist«, zischte sie zentimeterdicht vor Lomastros bleichem Gesicht. »Es gibt jemanden, der Altieri über unsere Lauschaktion informiert. Und das ist einer deiner verlässlichen Mitarbeiter.«

Lomastro glotzte sie an. Dann bekam er sich wieder in den Griff.

»Das ist eine sehr, sehr gefährliche Anschuldigung …«, sagte er mit herausforderndem Blick.

»Wirklich?«

»Valentina, überspann den Bogen nicht. Wir wissen beide, wie die Dinge liegen. In Rom können sie es gar nicht abwarten, dass diese absurde Ermittlung endlich ein Ende hat, um dich in irgendeiner Amtsstube in der Provinz zu versenken … Und langsam habe ich auch die Nase voll. Ich habe dir jede Hilfe zur Verfügung gestellt, die du brauchtest.«

»Wenn jemand von deiner Hilfe profitiert, dann offenbar nicht ich.«

»So eine unverschämte Unterstellung. Das geht zu weit!«

Er stand auf, doch es gelang ihm nicht, sie zu überragen. Valentina rührte sich nicht, und Lomastro blieb unschlüssig hinter dem Schreibtisch stehen.

»Jemand hat mit Altieri geredet«, sagte sie.

»Hast du Beweise?«

Ja, hätte sie ihm gern gesagt. Altieris Gespräch am Geistertelefon war eindeutig gewesen.

Die ist eine blöde Schlampe, was soll ich dir sagen?

Er redete von ihr, von ihrer Ermittlung. Der Ton des Mannes, als er sagte, es sei besser, wenn er sich nicht darum kümmerte, hatte ihr Gänsehaut bereitet. Und das war nicht alles. Altieri war schlau. Wenn man ihn gewarnt hatte, dass sein Porsche abgehört wurde, wusste er, dass Valentina diese Unterhaltung mitanhören würde. Er wusste es. Und hatte kein Geheimnis daraus gemacht.

Das war eine Botschaft an sie.

In dieser Stimme hatte Valentina denselben eisigen Hauch wahrgenommen wie in dem Blick, mit dem der Mann ihr am Morgen der Razzia nachgesehen hatte. Claudio Altieri war gefährlich und unberechenbar. Jemand hatte ihm gesteckt, dass die leitende Kommissarin Valentina Medici ihm auf der Spur war. Und das schien ihn nicht sonderlich zu erschrecken. Im Gegenteil.

Doch tatsächlich hatte sie keine Beweise. Sie hatte gar nichts. Und Lomastro wusste das. Womöglich war er es, der Altieri gewarnt hatte. Schließlich hatte er ihr geraten, vorsichtig zu sein. Er hatte ihr lang und breit erklärt, wie gut und wichtig Federico Zernich für diese Stadt war. Und kam es nicht einer Belästigung des bedeutenden Mannes gleich, wenn man seinem ausführenden Arm in die Quere kam?

»Und?«, bohrte Lomastro, der in ihrem Zögern seinen Sieg witterte. »Hast du Beweise für deine Behauptung? Denn nach deinen lächerlichen Anschuldigungen muss ich dich melden, weißt du. Es ist nicht angenehm, sich sagen zu lassen, dass die eigenen Mitarbeiter nicht vertrauenswürdig sind. Es ist meine Aufgabe, das zu verhindern. Niemand darf die Ehrlichkeit der Mitarbeiter infrage stellen.«

»Ich bin nicht ›niemand‹«, fiel sie ihm ins Wort. »Ich bin die Schlampe, von der dein Freund spricht. Denk daran, wenn ihr wieder voneinander hört.«

101

Es war wieder kalt geworden. Der Himmel war so dunkel und schwer, dass alle mit neuem Schneetreiben rechneten, obwohl der Februar vor der Tür stand. Die übliche Schlechtwetterfront aus Nordeuropa, an die man in dieser Gegend gewöhnt war.

Als Valentina das Präsidium verließ, staunte sie über das seltsame Licht in den Straßen. Ein milchiger Schimmer unter tintenschwarzem Dunkel. Das lag an den Straßenlaternen, die, wie ihr auffiel, aus irgendeinem Grund noch nicht eingeschaltet waren.

Sie rückte die Tasche über der Schulter zurecht und machte sich auf den Weg ins Hotel. Die ganze Stadt wirkte allzu still. Ihre Schritte hallten durch die Straße.

Sie brauchte diesen abendlichen Spaziergang. Er half, die Wut zu besänftigen, die noch immer in ihr schwelte, und den richtigen Abstand zu Lomastros Schäbigkeit und seinen kindischen Intrigen zu bekommen. Und er würde ihr helfen, eine wiewohl schwierige Entscheidung zu fällen.

Die Ermittlung war beeinträchtigt. Man hatte Altieri gesteckt, dass die Polizei ihn auf dem Kieker hatte, und er war nicht dumm. Das hatte er ihr zu verstehen gegeben. Wenn es bis dahin schwer gewesen war, Anhaltspunkte zu finden, die Valentinas These stützten, war es jetzt unmöglich. Ihr blieb nur noch, einen möglichst ausführlichen Bericht zu verfassen und ihn der Staatsanwaltschaft zu übermitteln. Sie würde die Archivierung des Falls beantragen, aber zumindest hätte sie einen deutlichen Schlusspunkt gesetzt. Ihre Vermutungen über Altieri und das, was sich vor Jahren in der Villa Zernich abgespielt hatte, wären dann schwarz auf weiß festgehalten, und sollten irgendwann fähigere Ermittler den Fall wieder aufrollen, hätten sie etwas in der Hand, womit sie anfangen konnten.

Denn Valentinas größte Furcht war, dass diese Geschichte nicht zu Ende war. Wenn Sileri nicht als Einzeltäter gehandelt hatte, dann war wer immer ihm geholfen hatte genauso gefährlich wie er. Man musste nur abwarten, und beim nächsten Opfer würde das Räderwerk der Ermittlungen zwangsläufig wieder anspringen.

Nur eines war sicher: Wenn das Grauen wieder losginge, wäre sie woanders.

Sie merkte nicht, dass sie an der Gasse vorbeigelaufen war, die zum Hotel führte. Die eigentümliche Dunkelheit zwang sie zu vorsichtigen Schritten. War es möglich, dass der Stromausfall die gesamte Innenstadt betraf? Und niemand beschwerte sich? Nicht einmal das Geräusch von Sirenen oder Verkehrslärm war zu hören. Sie bewegte sich wie in einer schalldichten Blase.

Verwirrt machte sie kehrt. In diesem Teil der Stadt sahen die Gassen alle gleich aus, mit ihrem von den Jahrhunderten glatt geschliffenen Kopfsteinpflaster, den niedrigen Fenstern und den Bogengängen, unter denen sich die abendlichen Schatten fingen. Wo zum Teufel war die Via dell'Arco? Sie war sich sicher, nur wenige Meter an ihr vorbeigelaufen zu sein, aber jetzt fand sie sie nicht mehr. Es war, als hätte jemand oder etwas die Straßen und Gebäude durcheinandergewürfelt, um ihr die Rückkehr ins Hotel zu erschweren. Oder unmöglich zu machen.

Etwas streifte ihren Nacken, ein kälterer Lufthauch. Sie fuhr herum. Hinter ihr lagen nur die menschenleere Straße und die Dunkelheit, die sich unter den Arkaden verdichtete. Niemand war zu sehen. Nichts rührte sich. Dennoch ließ dieser Luftzug im Nacken sie an eine bösartige, unsichtbare Präsenz denken, die ihr bereits seit einer Weile folgte und beschlossen hatte, ihr noch ein wenig näher zu kommen.

Als sie wieder nach vorn blickte, erhaschte sie gerade noch einen Schemen, der wenige Meter weiter vorn hastig in einem Bogengang verschwand. Keine sich öffnende oder schließende Tür war zu hören. Wer immer sich dort verbarg, war noch da und wartete auf sie. Instinktiv fuhr ihre Hand zum Gürtel, nur um festzustellen, dass sie unbewaffnet war. Sie hatte die Pistole in einer Schublade im Büro gelassen, wie so häufig, wenn sie viel am Schreibtisch saß.

Sie starrte in die Finsternis und versuchte, jede noch so kleine Regung wahrzunehmen. Vielleicht habe ich eine zu lebhafte Fantasie, dachte sie, vielleicht sollte ich jetzt wirklich einen endgültigen Schlussstrich unter diese Geschichte ziehen.

Sie setzte sich wieder in Bewegung. Auf der linken Seite tauchte plötzlich die Via dell'Arco auf. Ein kurzes Stück Straße, an dessen Ende die Schilder ihres Hotels leuchteten, als wären sie die einzige Lichtquelle im ganzen Ort. Sie kam sich lächerlich vor und atmete trotzdem erleichtert auf.

Während sie auf den Hoteleingang zusteuerte, zwang sie sich, sich nicht umzudrehen, als sie hinter sich hastige Schritte näher kommen hörte. Fast spürte sie schon eine eisige Hand an ihrem Hals. Eilig durchquerte sie die Lobby, stieg die Treppe hinauf und erreichte ihr Zimmer. Als sie die Zimmerkarte in das magnetische Schloss steckte und feststellte, dass die Tür bereits offen war, begriff sie, dass etwas nicht stimmte. So vorsichtig wie möglich trat sie ein und bereute es abermals, nicht bewaffnet zu sein.

Eine Nachttischlampe neben dem Kopfende des Bettes verbreitete ihr spärliches Licht. Doch es war hell genug, um das zerwühlte Bett und die aufgerissenen Schubladen zu erkennen.

Jemand war in ihrem Zimmer gewesen und hatte alles auf den Kopf gestellt.

102

»Das war bestimmt ein Dieb. Haben Sie die Spurensicherung gerufen?«

Halb verdutzt, halb fasziniert blickte Piovesan sie an. Er war der Einzige, der noch mit ihr redete und ihr zuhörte, und Valentina schämte sich ein wenig für das, was sie über ihn dachte. Er war ein schlichtes Gemüt, ein anständiger Kerl. Und es war nicht in Ordnung, ihn in diese Geschichte hineinzuziehen. Sie würde verschwinden, und den wehrlosen Piovesan in den Fängen von Lomastro und den anderen Falken der mobilen Einheit zu wissen, war kein schöner Gedanke. Also beschloss sie, die Sache herunterzuspielen, und verfluchte sich dafür, ihm von dem nächtlichen Einbruch erzählt zu haben.

»Ich glaube nicht, dass die Fingerabdrücke hinterlassen haben. Und sie haben sowieso nichts mitgehen lassen.« Sie musste an den einzigen wichtigen Gegenstand denken, auf den es diese seltsamen Diebe abgesehen haben mochten: den Laptop, doch den trug sie immer bei sich. Fabios Laptop hatte sie zur Sicherheit ins Büro gebracht und in die einzige Schublade geschlossen, die man ihr zugestanden hatte. Wenn derjenige, der in ihr Zimmer eingedrungen war, es auf ihren oder Fabios Laptop abgesehen hatte, wäre die Sache wirklich besorgniserregend. Sie musste eine Alternative finden.

»Haben Sie es dem Chef gesagt?«, fragte Piovesan, der noch immer unschlüssig in der Bürotür stand.

»Nein. Wieso sollte ich? Das ist wirklich nicht der Rede wert. Kleine Langfinger. Ich weiß gar nicht, warum ich dir davon erzählt habe.«

Genau, warum hatte sie? Vielleicht, weil sie es leid war, sich einsam zu fühlen. Ihr fehlten die Menschen, denen sie sich sonst anvertraute. Verdammt, sogar die sarkastischen Kommentare von diesem Schlitzohr Angelo Zucca fehlten ihr. Sie fühlte sich schutzlos.

Piovesan trollte sich verdutzt, und Valentina starrte leer auf den Computerbildschirm. Darauf der nunmehr fertig zurechtgefeilte Abschlussbericht für Manin. Schon bald würde sie den Fall Sileri für immer schließen, im Guten oder im Schlechten, und alles hinter sich lassen. Die Erleichterung, die sie bei diesem Gedanken empfand, war der Beweis für ihre heftige Niederlage, die sie dennoch völlig kaltließ.

Inzwischen war ihr alles egal. Der Zwischenfall des vorigen Abends war der entscheidende Tropfen gewesen. Der Hotelbesitzer hatte ihr versichert, so etwas sei noch nie vorgekommen, es sei ihm schleierhaft, wie jemand sich Zutritt zu ihrem Zimmer verschaffen konnte, ohne den Alarm auszulösen. Valentina ahnte, dass nicht irgendein kleiner Dieb in ihrem Zimmer gewesen war, behielt ihren Verdacht jedoch für sich. Vielleicht hatte all das nichts mit ihren Ermittlungen zu tun, aber ihre Furcht war echt. Sie kam sich feige vor, doch ihre Entscheidung stand fest.

Ich kann so nicht weitermachen. Ich will keine Angst mehr haben. Ich will weg. Ich habe getan, was ich konnte.

Immer noch tauchte das Bild von Fabio wie ein anklagender Geist vor ihr auf, an dem sich ihre Wut entlud. Er war der Letzte, an dem sie sich ein Beispiel nehmen konnte.

Jedenfalls war sie fast fertig. Die Abhöraktion war beendet. Die dürftigen Mitschriften von Claudio Altieris wenigen Unterhaltungen waren versiegelt und würden bald an die Staatsanwaltschaft gehen, wo man sie zusammen mit Millionen anderer Unterlagen und Beweisstücke begraben würde. Verdrängt und vergessen wie die gesamte Ermittlung.

Unter den Akten, die sich auf ihrem Schreibtisch stapelten, lag noch die vergilbte Mappe mit der Aufschrift VERMISSTENANZEIGE ANDERE PROVINZ. Sie enthielt die Unterlagen aus dem Polizeipräsidium Verona zum gekreuzigten Obdachlosen Sebastiano Zorzin. Damals, als schriftliche Kommunikation noch auf Papier stattfand, hatte die mobile Einheit von Verona ein Fax an sämtliche Präsidien herausgeschickt, mit der Aufforderung, »an der Suche mitzuwirken«. Die Meldung enthielt ein Foto des Verschwundenen, das jedoch kaum mehr als ein unkenntlicher schwarzer Fleck war, sowie die notwendigen Hinweise zu seiner Identifikation. Eher ein bürokratisches Pflichtprogramm denn ein ernsthafter Versuch, ihn zu finden, doch so wollten es die Vorschriften.

Daraufhin hatte das Polizeipräsidium Padua ordnungsgemäß eine Akte angelegt, die dann bis zum üblichen Begräbnis im Archiv über Monate unangetastet auf dem Schreibtisch irgendeines Beamten liegen geblieben war. Zudem gab es in diesem Fall keinerlei Verbindung zu Orten oder Personen in der Provinz Padua, und selbst ein motivierter Ermittler hätte nicht gewusst, wo er anfangen sollte.

Eher aus Sorgfalt denn aus Hoffnung, etwas Nützliches darin zu finden, hatte Valentina die Akte wieder ausgegraben. Doch es war anders gekommen. Darauf hatte sie auch Manin hingewiesen, als er sich erkundigt hatte, ob man dem Verschwinden des Landstreichers nachgegangen sei.

Valentina erinnerte sich noch an die Überraschung, in dieser schmalen Akte den Hinweis auf den Pädophilenring zu entdecken, der zur Auffindung der berüchtigten Videokassette geführt hatte. Tatsächlich war es seltsam, dass derjenige, der für diese Unterlagen verantwortlich war, zwei scheinbar unzusammenhängende Vorfälle miteinander in Verbindung gebracht hatte: Zorzins Verschwinden und das Video. Damals hatte niemand das vorausahnen können, es sei denn, er hatte den Film gesehen und kannte den alten Penner und seine Geschichte.

Das mochte ein Zufall sein. Einer dieser blinden Flecken, die immer blind bleiben würden. Zumindest für sie.

Sie wollte die Papiere der alten Akte gerade zu den anderen legen, als ihr auffiel, dass auf einem der beiden beigefügten Zeitungsausschnitte über Zorzins Verschwinden etwas an den Rand gekritzelt war. Mit der Zeit verblichene Tintenspuren, die man ins Licht halten musste, um sie zu entziffern.

Sie legte den Ausschnitt auf die Tischplatte und zog die Schreibtischlampe ganz nah heran. Die mit Füller geschriebenen Buchstaben wurden sichtbar wie Zeichen auf einem beschlagenen Fenster.

NICHT ERSTES MAL. SIEHE MORD ALBANESI-BORDONI. 1970.

Sie starrte auf den Ausschnitt, der jederzeit aus der alten Akte hätte rutschen können. Auf die kaum noch lesbare Schrift. Die zu einem undeutlichen Grau verblichene Tinte. Sie sprach die Worte laut vor sich hin, um sicherzugehen, dass sie richtig las.

NICHT ERSTES MAL.
1970.
MORD.

103

Auf einen am 11. November 1970 beim Notruf eingegangenen anonymen Hinweis war eine Streife der mobilen Einheit nach Tombelle geschickt worden, ein weltverlorener Flecken unweit des Flusses Brenta. In einem verlassenen Landhaus wurden die Leichen des zweiundzwanzigjährigen Drogenabhängigen Marco Albanesi und der dreißigjährigen Prostituierten Linda Bordoni gefunden, beide aus Padua. Beiden war die Kehle durchgeschnitten worden, womöglich mit derselben Klinge und von derselben Person. Ein präziser Schnitt von links nach rechts.

Doch das Ungewöhnliche an dem Mord war die Position der beiden Leichen.

Marco und Linda standen aufrecht, gehalten von Seilen und Haken, mit denen sie an einem grob zusammengezimmerten Holzgerüst befestigt waren, das an einer Wand lehnte. Der Mörder hatte sie so positioniert, dass die beiden Leichen sich zu umarmen schienen, die Hände des einen hinter der Taille der anderen verschränkt, die Gesichter in einem obszönen Todeskuss aneinandergedrückt. Um ihre Köpfe und Gesichter hatte man zwei Laken drapiert, sodass sich ihr Kuss durch den Stoff vollzog.

Die Inszenierung war plump, aber evokativ. Der Mörder hatte Seile mit Eisenhaken an den Enden benutzt, die bis zu den Knochen ins Fleisch geschlagen waren. Das Ergebnis des makabren

Bildes sollte laut den Ermittlern an das berühmte Magritte-Gemälde *Die Liebenden* erinnern. Doch war es von dessen romantischer Magie himmelweit entfernt.

Bei der Autopsie wurde festgestellt, dass den beiden ein starkes Betäubungsmittel verabreicht worden war, ehe man ihnen die Kehle durchgeschnitten hatte. Sämtliche weitere Verletzungen waren ihnen post mortem zugefügt worden.

Die Ermittlungen sondierten das Drogenmilieu und die Unterwelt der Prostitution, kamen jedoch zu keinem Ergebnis. Unglaublicherweise drang über das Detail der Pose so gut wie nichts nach außen. Nur eine Lokalzeitung wagte den Vergleich mit dem Werk von Magritte und brachte die Möglichkeit eines psychopathisch motivierten Mordes ins Spiel, doch dabei blieb es. Der Fall wurde sofort als Mord zweiter Klasse abgestempelt. Der Tod eines Drogenabhängigen und einer Nutte ging weder den Bullen noch der Öffentlichkeit besonders nah. Außerdem gab es keine vergleichbaren Verbrechen.

Für Valentina war es nicht schwierig gewesen, den Fall zu identifizieren, auf den sich dieser Satz am Rand des Zeitungsausschnitts bezog. 1970 hatte es nur zwei Morde in der Provinz Padua gegeben, und die Umstände des Albanesi-Bordoni-Mordes waren zu ungewöhnlich, um sie nicht mit der Kreuzigung des Landstreichers in Verbindung zu bringen. Nur, dass es für den Mord an dem Alten keinen einzigen Beweis gab. Und zwischen den beiden Fällen lagen fünfundzwanzig Jahre.

Weitere fünfundzwanzig Jahre mussten vergehen, bis Luca Sileri anfing, Frauen und Kinder zu töten, die Figuren aus der Kunst ähnelten. Valentina war fassungslos. Der Zeitungsausschnitt mit dieser in zögerlichen Buchstaben verfassten Randnotiz stellte alles wieder infrage.

Sie blickte Piovesan an, der die Akte über den Doppelmord von 1970 aus dem Archiv gefischt hatte.

»Gibt es noch mehr?«, fragte sie.

Der junge Mann errötete wie fast jedes Mal, wenn Valentina ihn ansprach. »Das zu finden, war schon schwierig genug, Dottoressa. Solche alten Akten werden nie digitalisiert, die landen im Lager, um dort zu verschimmeln, nehme ich an. Sie haben ja keine Ahnung, was in diesem Höllenloch alles herumliegt.« Offenbar glaubte er, sich zu sehr aus dem Fenster gelehnt zu haben, denn er verstummte abrupt.

Tatsächlich arbeitete sich die nunmehr seit Jahren laufende Digitalisierung der Polizeiarchive von vorne nach hinten durch, doch ganz gleich, wie weit man in der Zeit zurückging, der Prozess schien einfach kein Ende zu nehmen. Zahlreiche Akten aus den Sechziger- und Siebzigerjahren wurden entweder geschreddert oder waren dazu verdammt, auf ewig in düsteren Kellern vor sich hin zu modern und als Rattenfutter herzuhalten.

Allerdings war es seltsam, dass dies die einzigen Unterlagen zu dem Verbrechen waren. Sämtliche Schriftstücke des Ermittlungsverfahrens waren vorhanden, von den Eröffnungspapieren bis zu den Obduktionsergebnissen und den ersten Untersuchungen der damaligen mobilen Einheit. Doch es fehlten die Schlussfolgerungen. Es fehlten die gerichtlichen Vollmachten, und es gab keinen Abschlussbericht, kein Protokoll, das die während der Ermittlungen gemachten Fortschritte festhielt. Es war, als hätte sich niemand dafür interessiert, den Mörder von Marco Albanesi und Linda Bordoni zu finden. Weder die Staatsanwälte noch die Polizisten, die zu Ermittlungen verpflichtet waren. Nicht einmal die Presse hatte sich der Sache ernsthaft angenommen. Dabei handelte sich um ein ziemlich eigenartiges Verbrechen.

Die andere Vermutung war, jemand hatte die wichtigsten Dokumente verschwinden lassen. Aber Valentina war noch nicht bereit, diese Möglichkeit in Erwägung zu ziehen.

»Tu mir einen letzten Gefallen, Piovesan«, sagte sie zu dem jungen Beamten, der fast Habachtstellung einnahm. »Such mir alles heraus, was du über Albanesi und Bordoni finden kannst. Noch lebende Angehörige, Freunde, was auch immer. Und es wäre auch nützlich zu wissen, wer für die Akte zuständig war. In diesen Protokollen tauchen zwar ein paar Namen auf, aber ich müsste wissen, wer die Ermittlungen geleitet hat.«

»Das wird nicht leicht, Dottoressa.«

»Deshalb wende ich mich an dich«, sagte sie und lächelte.

Der junge Mann errötete abermals. »Ich werde mein Möglichstes tun. Verlassen Sie sich darauf.«

Piovesan verschwand, und sie vertiefte sich erneut in die dürftige Arbeit von 1970. Das Einzige, was ihr professionell erschien, waren die am Fundort gemachten Fotos. Sie wusste, dass die eisernen Tatort-Regeln damals so gut wie nie eingehalten wurden. Zum einen, weil es das strenge Protokoll, an das man sich heute halten musste, noch nicht gab, und zum anderen, weil man sich der Bedeutung wissenschaftlicher Daten weniger bewusst war. Am Fundort des Mordopfers hatten sich Polizisten, Reporter, Staatsanwälte, Ärzte und Sanitäter versammelt, und kaum jemand hielt sich an die einfachsten Vorsichtsmaßnahmen. Wenn die Spurensicherung eintraf, sofern sie denn jemand rechtzeitig gerufen hatte, war der Tatort fast immer kontaminiert. Das einzig Nützliche, was man noch machen konnte, waren möglichst viele Fotos.

Sie vertiefte sich in die Bilder von Marco und Linda, die trotz der Spuren der Zeit und der schlechten Abzüge noch immer schauderhaft waren. In das Spektakel ihrer nicht in Liebe, sondern durch Schlaufen und Metzgerhaken aneinandergeklammerten Körper. In das Entsetzen auf den Gesichtern der Polizisten, das die Aufnahme des Fotografen eingefangen hatte. Und dann in das Grauen der Nahaufnahmen von den verwesenden Gesichtern der Opfer, den noch feuchten Augen.

Eine Stunde später kehrte Piovesan zurück. Als er hereinkam, hatte Valentina noch die Fotos des Mordes vor sich. Sie blickte ihn an. Wartete.

Piovesan war hocherfreut, ihr das Ergebnis seiner Recherche mitteilen zu können.

»Ich habe einen Namen gefunden, Dottoressa.«

Valentina lächelte. Und Gabriele Piovesans Herz zog sich in unerklärlicher, schmerzlicher Sehnsucht zusammen.

104

Zwei Tage später wählte Valentina in der Nacht Fabios Nummer und war froh, als die Mailbox ansprang. Sie wollte nicht mit ihm sprechen, musste ihn aber dennoch irgendwie erreichen. Ihm diese Nachricht hinterlassen. Es war wichtig.

Als sie auflegte, tat sich in ihr ein Abgrund auf, in den sie Herz und Seele hinabschleuderte. Und ihr war, als würde dieses tiefe Loch sie verschlucken, als zöge die darin herrschende Finsternis sie zu sich hinab. Sie wehrte sich nicht, sondern ließ zu, dass die Bedrängnis sie überwältigte, die Tentakel der Angst sie niederdrückten. Denn nur wenn sie sich der Angst öffnete und ihr in die Augen sah, würde sie sie bekämpfen können.

Danach legte sich alles. Sie konnte sogar ruhig schlafen. Ein Schlaf ohne Träume. Und ohne Albträume. Zum ersten Mal.

Sie war beinahe glücklich.

Der nächste Morgen würde so oder so entscheidend sein.

WILLKOMMEN ZUR VERNICHTUNG

105

Eben noch war da das wattige, schützende Dunkel, in dem die Wirkung des Alkohols fortdauerte. Eine Umarmung, die die Erinnerungen nahm und einen ins Nichts lullte.

Gleich darauf das heftige, gnadenlose Einbrechen der Farben. Zuerst ein Feuerrot, dann ein loderndes Orange, das eine heftige Migräne ankündigte. Er hätte nicht gedacht, dass es so schmerzhaft sein könnte, die eigenen geschlossenen Lider anzustarren. Also öffnete er sie.

Die Sonne brach durch die soeben geöffneten Fensterläden. Mit der gewohnten Miene eines Nazi-Offiziers stand seine Haushälterin Monica über ihm.

Er versuchte zu protestieren, brachte jedoch nur ein unverständliches Gurgeln hervor. Die Frau packte seinen großen Zeh und schüttelte ihn.

»Warum bringen Sie sich nicht um? Dann muss ich Ihnen wenigstens nicht mehr dreimal die Woche die Wohnung putzen.«

Er hätte gern gesagt, dass ihm der Mut dazu fehlte und ihr dieses Glück nie zuteilwerden würde, beschränkte sich aber auf ein weiteres Grunzen.

»Warum duschen Sie nicht und gehen ein bisschen raus?«, fuhr Monica fort und begann, mit der eindeutigen Absicht, aufzuräumen, durch das Zimmer zu wieseln. Costa dachte, dass es nicht in

Ordnung war, dass sie wie eine Furie in sein Schlafzimmer platzte, dann ging ihm auf, dass er sich im Wohnzimmer befand, halb liegend auf dem Sofa, halb nackt und verfroren. Er konnte sich nicht einmal erinnern, seit wann er in diesem Zustand war, obschon die Flasche Jack Daniel's, die leer auf dem Teppich lag, einen Hinweis gab.

Er setzte sich auf, den berstenden Kopf in den Händen, in den Ohren Monicas Stimme, die erstaunlicherweise sanfter wurde und sagte, sie habe ihm einen anständigen Kaffee gekocht.

»Hoffentlich mehrere Liter«, murmelte er, doch auch diesmal hätte er nicht auf die Verständlichkeit seiner Worte gewettet.

Die letzten Wochen waren eine zähe, endlose Reise durch einen schlammigen Strudel gewesen, der seine Qualen gelindert und seinen Verstand ausradiert hatte. Ein höllischer Abstieg, den er sich selbst zugefügt hatte, im festen Glauben, nie mehr daraus aufzutauchen. Und dann, an diesem Morgen, packten ihn ein dreister Sonnenstrahl und die unausstehliche Monica beim Kragen (besser gesagt, beim großen Zeh) und zerrten ihn, noch längst nicht nüchtern und übel mitgenommen, zurück an die Oberfläche. Und vielleicht in Sicherheit. Vielleicht. Warum? Was hatte sich in der Nacht geändert?

Dann erinnerte er sich an etwas. An einen Traum. Vielleicht mehrere. Aneinandergereihte Bruchstücke, manchmal wirr, manchmal klar. Und immer war da sie, Valentina. Traurig, lachelnd, wütend, enttäuscht, glücklich. Immer sie, die nach ihm rief. Ihn um Hilfe bat.

Valentina.

Der Gedanke machte ihn vollends wach. Er linderte zwar nicht den Kopfschmerz, der eher noch unerträglicher wurde und ihn fast aufjaulen ließ, aber er gab ihm neue Energie. Vor allem einen Drang nach Klarheit. Er wollte mit ihr sprechen, sie um Verzeihung bitten. Ihr erklären, dass sie recht gehabt hatte, dass er nicht so war, wie er sie hatte glauben machen wollen. In der Hoffnung, dass sie ihn anhören würde. In der Gewissheit, dass sie nichts davon hören wollte.

Und im Bewusstsein, dass er schnell sein musste, denn er spürte, dass ihn schon bald eine weitere Welle von Nihilismus erfassen und zurück in den Abgrund reißen würde. Und das nächste Mal könnte das letzte Mal sein.

Das Handy war schon seit langer Zeit tot, doch als er es mühsam an die Ladeschnur gesteckt hatte, informierten ihn mehrere Pieptöne, dass eine Menge Nachrichten auf ihn warteten. Darunter auch ein Dutzend Sprachnachrichten.

Er ging die Liste durch, versuchte, den Blick auf diese neue Welt scharf zu stellen, die zwar schön, aber entsetzlich hell daherkam, und löschte sämtliche Nachrichten bis auf eine, die ihm das Herz bis zum Hals schlagen ließ. Valentina. Tatsächlich. Vor zwei Tagen.

Er wählte die Mailbox an, und Valentinas Stimme drang in seinen Kopf, melodiös wie immer, wenn auch mit einer leisen Erregung, die ihn vom ersten bis zum letzten Wort in Bangnis versetzte.

»Ciao, Fabio. Entschuldige meine Nachricht ... Entschuldige die Uhrzeit, auch wenn ich nicht weiß, wann du das abhörst ... Entschuldigung für alles. Vielleicht ist das Quatsch, vielleicht bist du derjenige, der sich bei mir entschuldigen müsste. Aber das ist mir egal. Auch das, was du getan hast oder getan zu haben glaubst. Bist du ein Monster, oder bin ich es? Ist jetzt völlig unwichtig. Ich muss dir nur ein paar Dinge sagen ... Und weil du nicht rangehst und ich nicht direkt mit dir sprechen kann, muss ich dich wenigstens wissen lassen, dass alles gut ist, auch wenn ich es hier nicht leicht habe, weil ich allein bin und weil du recht hattest: Sie werden mich ordentlich bluten lassen. Aber Tatsache ist, dass ich an einem Wendepunkt bin. Wirklich, Fabio ... Ich glaube, ich weiß jetzt, wer und wie ... Und es ist alles so entsetzlich und erschütternd, dass man mir kaum glauben wird. Aber du schon. Du bist der Erste, der es verstehen wird. Weil du mich kennst, weil ich dir immer alles gesagt habe. Zum Beispiel bist du der Einzige, der weiß, dass ich für Caravaggio nie etwas übrighatte, schon bevor diese Geschichte losging. Aber das ist nebensächlich. Ich würde dich jetzt so gern bei mir haben. Nicht aus Angst. Sondern weil ich diese Sache mit dir teilen möchte. Wie gesagt, es ist mir wurst, was zwischen dir und dem Rest der Welt vorgefallen ist. Ich weiß, wer du bist. Ich weiß, was du bist. Und sollte ich mich irren, zahle ich die Rechnung. Ich möchte dich noch einmal an meiner Seite …«

Pause. Im Hintergrund das Klingeln eines Festnetztelefons. Valentina fuhr fort: »Ich muss Schluss machen. Ich habe es fast geschafft, weißt du. Noch ein paar Überprüfungen. Jemand, der mir alles erzählen kann. Und dann ist es vorbei. Dann ist es wirklich vorbei … Ich werde dich überraschen.«

Noch eine Pause, länger diesmal. Als hätte sie noch etwas sagen wollen. Aber dann war die Nachricht zu Ende.

Costa starrte lange auf das Display, als wartete er darauf, dass das Handy noch einmal piepte. Nicht wegen einer Sprachnachricht, sondern wegen eines richtigen Anrufs. Valentina, die ihn anrief und ihm sagte, dass alles in Ordnung sei, sie habe das Rätsel gelöst.

Das Handy klingelte nicht.

Monica kam mit dem Kaffee, der ihm immerhin die Kraft gab, Valentina zurückzurufen, um ihr zu sagen, dass er zu ihr kommen würde, egal, wo sie war. Dass sie die Dinge gemeinsam in Ordnung bringen würden.

Valentina ging nicht ran. Er versuchte es noch einmal und noch einmal, mit einer bleiernen Ahnung im Herzen, doch das änderte nichts. Ihr Telefon war abgeschaltet. Nicht einmal die Mailbox sprang an.

106

Am Telefon machte Loris Manna aus seiner Überraschung keinen Hehl, aber er schien sich zu freuen.

»Dottore! Wie schön, von Ihnen zu hören. In Volterra konnten wir uns nicht einmal richtig voneinander verabschieden. Es geht Ihnen wieder gut, oder?«

Costa war nicht sicher, ob er sich auf die körperlichen Verletzungen oder die tieferen Wunden bezog, die ihn für eine Weile in der Versenkung hatten verschwinden lassen. Jedenfalls beschloss er, ehrlich zu sein. Schließlich hatte er Loris angerufen, weil er ihm der Verlässlichste des römischen Teams zu sein schien.

»Wenn du den Körper meinst, habe ich keine Probleme mehr, Loris. Ich bin genesen, die Wunden sind fast vollständig verheilt, und jetzt warte ich nur auf meine Versetzung. Wenn es gut läuft.«

»Ja, ich habe davon gehört. Man wird Sie teuer dafür bezahlen lassen, was? Das tut mir leid.«

»Ist mir egal. Ernsthaft. Wir sind allesamt Soldaten und gehen dorthin, wo man uns hinschickt. Ich rufe dich wegen etwas anderem an, Loris. Es geht um Valentina. Ich habe versucht, sie anzurufen, aber das Handy ist immer abgeschaltet. Ich weiß, dass sie in Padua war, um die Ermittlungen abzuschließen, und ich wollte von ihr hören, wie es gelaufen ist.«

Loris' Schweigen verriet ihm, dass etwas nicht in Ordnung war.

»Loris, bist du noch dran?«

»Ja, aber ich bin im Büro und … Wir machen es so. Ich rufe Sie in fünf Minuten zurück, okay?«

Costa legte auf, und eine bange Sorge stieg in ihm auf. Loris hatte befangen geklungen. Oder vielleicht wurde Costa langsam paranoid.

Zehn Minuten später rief Loris zurück. Costa, der mit dem Handy in der Hand sitzen geblieben war, ging sofort ran.

»Was ist los, Loris?«

»Ich weiß nicht, wie ich es sagen soll, aber … Dottoressa Medici ist verschwunden.«

»Was redest du da?«

»Hier lässt keiner was raus. Ich glaube sogar, sie reden es absichtlich klein. Es heißt, sie hätte sich ein paar Tage Auszeit genommen, aber seit vergangener Woche hat niemand mehr etwas von ihr gehört. Beim SCO hat sie sich nicht blicken lassen, und sie ist auch nicht zu Hause in Rom.«

»Aber vor ein paar Tagen war sie doch noch in Padua … Was sagen die vom Präsidium?«

»Hier scheint sich niemand dafür zu interessieren, also habe ich dort angerufen. Mir wurde gesagt, sie habe ihre Arbeit beendet und sei letzten Freitag aufgebrochen, um zurück nach Rom zu fahren.«

Costa verschlug es die Sprache. Eine eisige Woge erfasste ihn. Er spürte das brennende Verlangen nach dem Knock-out des Alkohols, doch er kämpfte es nieder.

Seine Vorahnung hatte sich schmerzhaft bewahrheitet. Valentina war verschwunden, und niemand scherte sich darum.

»Was, glauben Sie, ist passiert?«, fragte Loris in sein alarmiertes Schweigen hinein. Seine Stimme zitterte kaum merklich.

Costa hatte bereits eine Entscheidung getroffen.

»Loris, ich brauche dich.«

»Sicher, ich bin ganz Ohr. Was soll ich tun?«

»Mir würden sie nichts sagen. Kratz sämtliche Informationen zusammen, die du kriegen kannst. Versuch herauszufinden, in welchem Hotel Valentina in Padua gewohnt hat. Und ich muss auch wissen, an was sie gearbeitet hat. Sie sagte mir, sie wolle einige Punkte vertiefen, aber viel mehr weiß ich nicht ... Und horch bei ihren Freunden in Rom nach, vielleicht hat sie jemanden angerufen. Ich weiß nicht einmal, ob sie Familie hat.«

»Ich glaube, sie ist allein, genau wie Sie, Dottore. Huch, Verzeihung ...«

Das Fettnäpfchen ließ Costa bitter lächeln. Loris hatte recht, er und Valentina waren allein. Er aus eigener Schuld. Und sie?

Loris versuchte, seinen Schnitzer auszumerzen. »Ich meine, ganz konkret. Als der Direktor sie nach Padua geschickt hat, durfte sie niemanden mitnehmen. Erinnern Sie sich an Angelo Zucca? Er meinte, er fühle sich ein bisschen mies, weil sie ihn gebeten hatte, sie zu begleiten, und er abgelehnt hat. Und wenn Zucca Reue bekundet, bedeutet das, dass Valentina wirklich in der Klemme sitzt.«

»Genau das bereitet mir Sorgen. Mach dich an die Arbeit, Loris.«

»Ich tue mein Bestes und sage Ihnen Bescheid. Da wäre noch etwas.«

»Ich höre.« Er rechnete mit weiteren Hiobsbotschaften.

»Als wir nach Rom zurückbeordert wurden, glaubten wir alle, mit Sileris Tod wäre die Sache beendet. Tatsächlich haben sie mich gleich an andere Ermittlungen gesetzt. Aber ... erinnern Sie sich an diese seltsam kryptischen Unterhaltungen, die wir im Darknet gefunden haben?«

»Der Chat, in dem die Caravaggio-Gemälde erwähnt wurden? Das Netz, in das Guido Marchesi verstrickt war ... Klar erinnere ich mich.«

»Nach allem, was passiert ist, hatte ich keine Gelegenheit mehr, mit Ihnen darüber zu sprechen.«

»Loris, tust du mir einen Gefallen?«

»Ja?«, erwiderte Manna zögerlich.

»Bitte duz mich. Dann würde ich mich wohler fühlen.«

»Oh, tja, na klar. Na klar, wieso nicht? Danke.«

»Gern geschehen. Erzähl weiter.«

»Also, wie ich Ihnen ... dir gerade sagte, nachdem wir dieses Zeug aus dem Darknet gefischt hatten, habe ich das FBI kontaktiert. Die Cyber Division, um genau zu sein. Ich hatte ihnen sämtliche Informationen zu dem abgefangenen Chat gegeben. Und sie haben sich an die Arbeit gemacht ... Ich vermute, sie haben Undercover-Agenten eingesetzt. In diesem Punkt sind deren Vorschriften sehr viel großzügiger als unsere.«

»Und?«

»Und gerade gestern hat mich der Ermittler David Minetti angerufen. Netter Kerl, aber äußerst pragmatisch. Sie konnten sich in ein paar dieser Chats einschmuggeln und haben einen der User abgefangen. Diesen Nightgaunt, der sich nach der *Ekstase des heiligen Franziskus* erkundigt hatte. Sie verfolgen ihn schon seit geraumer Zeit im Netz, weil sie ihn für einen kriminellen Soziopathen halten und eine eventuelle Bluttat verhindern wollen. Außerdem gibt es ein paar Neuigkeiten, die uns unmittelbar betreffen. Die erste lautet, dass die Nachricht von Sileris Tod durchs Netz gegangen ist und kommentiert wurde. Sileri hat auch Fans. Und in einigen dieser Communities scheint es zu brodeln ...«

»Inwiefern?«

»Es geht um eine Challenge … Eine Art Wettstreit des Grauens, und häufig ist von Italien die Rede.«

»Kapiere ich nicht.«

»Die Kollegen vom FBI auch nicht. Minetti meinte, er werde mir sämtliche Chat-Transkripts schicken. Und er wird mich über die Entwicklungen auf dem Laufenden halten. Vielleicht hat es nichts damit zu tun, aber …«

Unter anderen Umständen hätte Costa über diesen dünnen Zusammenhang ernsthaft nachgedacht und sämtliche Folgerungen sorgfältig abgewogen. Und zweifellos musste man die Information im Kopf behalten. Doch sie ging ihn nichts an. Nicht jetzt. Er hatte nicht die Absicht, weiter zu Verbrechen zu ermitteln, die sich an Caravaggio oder sonst einem verfluchten Maler inspirierten. Er wollte nur Valentina wiederfinden.

Er bedankte sich bei Loris, legte auf und starrte die Wand an. Dort hing ein Druck von *Der Garten der Lüste* von Hieronymus Bosch, den er vor Jahren geschenkt bekommen hatte. Von Caravaggio himmelweit entfernt. Nur fantastische Wesen und Allegorien. Seltsame Ungeheuer, aber kein Gesicht, dem man auf der Straße begegnen würde. Kein Rätsel, das es zu lösen galt, von Boschs flämischem Symbolismus abgesehen.

Der Koffer stand geöffnet unter dem großen Bild, bereit, gepackt zu werden.

Eine halbe Stunde später trat Costa aufs Gas, während die Sonne sich warm auf der Windschutzscheibe spiegelte. Er ließ das Radio abgeschaltet. Nur seine Gedanken begleiteten ihn, und die waren laut genug.

107

Trotz des hochtrabenden Namens und der protzigen Fassade war das Hotel Excelsior, in dem Valentina gewohnt hatte, ein niveauvolles, familiengeführtes Gasthaus. Costa traf in der Abenddämmerung ein und bekam problemlos ein Zimmer. Nachdem er den Koffer ausgepackt und sich frisch gemacht hatte, ging er hinunter und sprach mit dem Besitzer. Er hieß Rubatto, war ein gebürtiger Paduaner, der für seine fünfzig Jahre recht mitgenommen aussah, und hielt gern ein kleines Schwätzchen mit seinen Gästen.

Als Costa ihm sagte, er sei stellvertretender Polizeipräsident, und ihn nach der Kollegin Valentina Medici fragte, leuchteten Rubattos Augen auf.

»Die Dottoressa! Ein wunderbarer Gast, immer freundlich und aufmerksam. Und so schön!«, sagte er und musterte ihn, als wollte er dahinterkommen, ob zwischen Fabio und Valentina mehr als eine Freundschaft bestand.

»Wir wollten uns hier treffen«, gestand er in verschwörerischem Ton und bestätigte den klatschhaften Verdacht des Hoteliers, »aber wie es aussieht, hat sie nicht auf mich gewartet.« Er machte ein zerknirschtes Gesicht.

Rubatto war fast gerührt. »Ah, aber sie kommt wieder, die Dottoressa kommt wieder, wissen Sie.«

»Hat sie Ihnen das gesagt?«

»Nein, das sagten Ihre Kollegen, als sie ihr Gepäck geholt haben.«

»Das Gepäck? Das heißt, sie hat es nicht mitgenommen?«

»Ich glaube, sie ist nur mit der Tasche weg. Das Gepäck hat sie im Zimmer gelassen. Aber sie hat für den ganzen Monat bezahlt, also kommt sie zurück.« In seiner Stimme lag die felsenfeste Überzeugung eines ahnungslosen Menschen. »Ihre Kollegen vom Präsidium haben mir das bestätigt.« Er lächelte verschmitzt und fühlte sich gebauchpinselt, dass die Polizei diese Information mit ihm teilte.

Costa dachte nach und versuchte, sich seine Beunruhigung nicht anmerken zu lassen. »Ja, meine Kollegen. Haben sie Ihnen ihre Namen genannt?«

»Eigentlich habe ich nur mit einem gesprochen, der andere hat draußen gewartet. Aber er hat mir nicht gesagt, wie er heißt, er hat mir nur die Marke gezeigt. Er hat das Gepäck aus dem Zimmer geholt und sagte, die Dottoressa müsse wegen einer dringenden Angelegenheit weg, komme aber wieder.« Zum ersten Mal veränderte sich seine Miene. »Gibt es ein Problem?« Sein Vertrauen in das, was vorgefallen war, begann zu bröckeln.

»Gar nicht. Ich wollte nur wissen, wer der Kollege ist, der Valentinas Gepäck geholt hat, um mich bei ihm zu bedanken.«

»Ah, verstehe. Ich hoffe nur, dass die Dottoressa nicht wegen der Sache wegmusste, die letzte Woche passiert ist ...«

»Was meinen Sie?«

Auf Rubattos Gesicht zeigten sich Verlegenheit und aufrichtiges Bedauern. »Oh, das ist in diesem Hotel noch nie vorgekommen. In all den Jahren nicht. Jemand ist in das Zimmer der Dottoressa eingedrungen und wollte sie bestehlen. Zum Glück befanden sich dort keine Wertgegenstände, aber sie war trotzdem verärgert. Wie auch nicht, das Zimmer war völlig auf den Kopf gestellt.«

Costa dachte nach. An der Geschichte mit den Kollegen, die Valentinas Gepäck abgeholt hatten, war etwas faul. Und auch die Sache mit dem Einbruch stank.

»In welchem Zimmer wohnte Dottoressa Medici?«

»In der 16, auf demselben Stockwerk wie Sie. Aber keine Sorge, wir haben das Magnetschloss überprüft. Es ist alles in Ordnung. So etwas wird keiner mehr wagen.«

Costa blickte auf die Uhr und deutete ein Gähnen an. »Es ist spät, die Fahrt war lang. Ich gehe auf mein Zimmer.«

Rubatto lehnte sich über den Tresen.

»Haben Sie denn eine Ahnung, wann genau die Dottoressa zurückkommt?«, fragte er. »Sie ist eine so nette Frau!«

»Bald. Sehr bald«, versicherte Costa. Und hoffte, dass seine Worte nicht so falsch klangen, wie er sie empfand.

108

Die Tür von Zimmer 16 aufzubrechen, war kein großes Ding. Das hatte ihm ein Georgier beigebracht, den er vor ein paar Jahren nach einer Reihe von Diebstählen in Volterra und Umgebung verhaftet hatte. Er gehörte zu einer gut organisierten Bande und wusste praktisch jedes Schloss zu knacken, ohne es zu beschädigen, ob mechanisch oder magnetisch. Der Dieb hatte ihm seine Geheimnisse im Tausch für ein gutes Wort beim Richter anvertraut.

Man brauchte nur ein bisschen Geduld. Die Tatsache, dass auf der ersten Etage des Excelsior zurzeit keine weiteren Gäste logierten, spielte ihm in die Hände.

Als er in das dunkle Zimmer trat, überkam ihn das Gefühl, Valentina wäre noch da. Er meinte, ihren Duft wahrzunehmen, den unverwechselbaren Geruch ihrer Haut. Aber das war unmöglich. Vermutlich war das Zimmer nicht weitergegeben worden, nachdem sie abgereist war – *verschwunden, vergiss das nicht, Valentina ist verschwunden* –, doch man hatte es geputzt und aufgeräumt. Dennoch und selbst, nachdem er sich vergewissert hatte, dass die Rollläden gut verschlossen waren, und er eine schummrige Nachttischlampe angeknipst hatte, ließ ihn das Gefühl nicht ganz los. Valentina war dort gewesen, hatte in diesem Bett geschlafen, war barfuß über diesen Fußboden gelaufen, hatte aus diesem Fenster gesehen. Sie hatte überall ihre Spuren hinterlassen, während sie ihre Mörderjagd allein fortsetzte und ihren Hals riskierte, nachdem alle sie im Stich gelassen hatten. Er eingeschlossen.

Er blieb in der Mitte des Zimmers stehen. Wieso war er hier?

Der Hotelier hatte keinen Zweifel gelassen. Valentina war weggefahren, und jemand hatte ihr Gepäck abgeholt. Warum? Das Polizeipräsidium Padua hatte den SCO in Kenntnis gesetzt, dass Valentina ihren Auftrag beendet hatte und nach Rom zurückgekehrt war. Aber wer hatte sich dann um ihr Gepäck gekümmert? Waren es wirklich Polizisten gewesen? Das war kein übliches Vorgehen. Es sah so aus, als hätte es jemand sehr eilig gehabt, sämtliche Spuren von ihr und ihren derzeitigen Ermittlungen verschwinden zu lassen.

In Costa regte sich der Verdacht, dass ihr etwas Ernstes zugestoßen war.

Die Nachricht, die sie ihm auf der Mailbox hinterlassen hatte, war eindeutig gewesen: Sie traute den Leuten nicht, mit denen sie es zu tun hatte, und fürchtete, ihre Entdeckungen könnten sie in Schwierigkeiten bringen. Und sie hatte gerade einen versuchten Diebstahl in ihrem Hotelzimmer erlebt. Was suchten die Eindringlinge? Geld? Nein, ausgeschlossen. Die Informationen, die sie zusammengetragen hatte?

Ich glaube, ich weiß jetzt, wer und wie … Und es ist alles so entsetzlich und erschütternd.

Valentina speicherte ihre Daten in ihrem Laptop, den sie ständig bei sich zu haben schien und der zusammen mit ihr oder ihrem Gepäck verschwunden sein durfte. Und während er noch im Whisky gedümpelt und sich in seinen erbärmlichen Schuldgefühlen gesuhlt hatte, hatte sie ihm in ihrem Anruf klarzumachen versucht, wie allein sie war. Offenbar hatte der Einbruch sie restlos davon überzeugt und sie vorsichtiger werden lassen. So, wie er sie kannte, hatte sie dafür gesorgt, ihre Geheimnisse besser zu schützen.

Aber sicher, jetzt erinnerte er sich! Während des Telefonats hatte Valentina noch etwas gesagt. Sie hatte ihn wissen lassen wollen, dass sie die wichtigsten Files ihrer Ermittlung auf einen USB-Stick gespeichert und diesen versteckt hatte. Sie ahnte, dass ihr etwas zustoßen könnte, und wollte sichergehen, dass er wusste, wonach er suchen musste. Wie konnte er das bloß vergessen? Er hatte die Antwort bereits gehabt.

Auch für diesen beschämenden Lapsus würde er bezahlen. Aber jetzt musste er loslegen.

Ein Stick also. Klein und leicht zu verstecken. Aber wo?

Er blickte sich um. Wenn sie ihn in diesem Zimmer gelassen hatte, musste sie einen sicheren Platz gefunden haben, der dennoch erreichbar war. Einen Ort, den niemand kannte außer ihr. Oder ihm.

Die Einheit bestand aus einem kleinen Eingangsflur, dem Schlafzimmer und einem großen, behaglichen Bad. Die Einrichtung war schlicht und elegant. Wenige hochwertige Möbel, ein paar essenzielle Gegenstände. Kaum Verstecke, nichts, was ihn instinktiv anzog. Er suchte überall. Er hob die Sessel hoch und schaute unter jedes bewegliche Objekt, Lampen, Bilder. Er durchsuchte jeden Schrankwinkel und unter dem Bett, tat alles, was man während einer Durchsuchung tat, ließ selbst die unmöglichsten Ecken nicht aus. Er versuchte, sich in Valentina hineinzuversetzen. Doch das Einzige, was ihm am Ende in den Sinn kam, war, dass das von ihr bewohnte Zimmer zweifellos der am wenigsten geschützte Ort war.

Als er das Zimmer verließ, war er nicht mehr ganz so überzeugt, dass Valentina eventuelle Informationen in Sicherheit gebracht hatte. Vielleicht war es übertrieben zu glauben, sie habe ein unfassliches Geheimnis verbergen müssen. Vielleicht war die ganze Sache verdammt viel banaler.

Doch dort, vor der Tür Nummer 16, die er gerade geschlossen hatte, regte sich in ihm ein Gedanke. Ein weiteres Detail, das er vernachlässigte. Eine Kleinigkeit, die ihm keine Ruhe ließ und die er dennoch nicht zu fassen bekam.

Der Flur endete an der Treppe, die zu einer Seite ins obere Stockwerk hinauf- und zur anderen in die Lobby hinunterführte. Das gedämpfte Licht mehrerer Jugendstillampen und die dekorativen Bilder an den Wänden hüllten den Korridor in einen wattigen, künstlichen Frieden.

Da war etwas, das Valentina in ihrer Nachricht gesagt hatte. Etwas, das er nicht recht verstanden und dem er keine Bedeutung beigemessen hatte. Wie bei der Erwähnung des USB-Sticks. Doch jetzt erinnerte er sich an den Satz, denn er hatte die Nachricht ein Dutzend Mal gehört. Und plötzlich begriff er.

Du bist der Einzige, der weiß, dass ich für Caravaggio nie etwas übrighatte.

Einmal, als sie über Sileris Taten sprachen, hatte Valentina gesagt, dass sie Caravaggios Malerei nicht sonderlich mochte. Abstrakte, weniger konkrete Kunst war ihr lieber.

Ich mag Maler wie Chagall oder Modigliani.

Costa konnte sich glasklar daran erinnern.

Vielleicht übertrieb er. Womöglich war diese Anspielung auf Caravaggio völlig unwichtig oder eben nicht, denn immerhin hatte Caravaggios Kunst dem Grauen dieser Morde den Takt geschlagen.

Doch etwas in Valentinas Stimme ließ ihn eine andere Erklärung vermuten. Sofern er nicht vollkommen paranoid geworden war, lag eine versteckte Bedeutung darin.

Sie mochte Caravaggio nicht. Ihr gefiel Modigliani.

Er musste nicht lange nachdenken. Die an den Flurwänden hängenden Bilder waren Reproduktionen berühmter Gemälde in eleganten goldenen Rahmen. Italienische Künstler. De Chirico, Carrà. Es gab auch einen Modigliani. Ein bernsteinfarbenes Frauengesicht mit dem typischen langen Hals und magnetischen orientalischen Augen.

Er griff sich das Bild, nahm es von der Wand und drehte es um. In einen Spalt zwischen Holzrahmen und bedruckter Leinwand war sorgsam ein kleiner, schwarzer Gegenstand hineingeschoben.

Costa schloss den Stick in die Faust, den Valentina dort versteckt hatte, ehe sie verschwand.

109

Als Sileri getötet und das Team von Volterra aufgelöst worden war, weil die Jagd ein Ende gefunden hatte und man endlich nach Hause zurückkehren und versuchen konnte, die ganze Sache zu vergessen, hatte Loris erleichtert aufgeatmet. Keine Gesichter verschwundener und womöglich hingemetzelter Personen mehr. Keine Angst mehr, ob man es rechtzeitig schaffte, ein Leben zu retten. Nur Routine und Algorithmen und ein Arbeitstrott, der seinem friedfertigen Gemüt eher entsprach.

Dann hatte Costa angerufen. Und jetzt spulte das Band auf unverhoffte und besorgniserregende Weise zurück. Deshalb brauchte er einen zweiten Blick.

»Du willst wissen, was ich davon halte?«, fragte Giampaolo und beugte sich prüfend über die Leinwand. Das Monokel, das er verwendete, um die Details des Bildes zu begutachten, ließ ihn aussehen wie ein seltsames Tier.

»Valentina verschwindet«, sagte Loris, »oder vielleicht will sie einfach nicht gefunden werden. Costa ruft mich an und vermutet etwas Schreckliches … Aber er ist wohl nicht immer bei klarem Verstand, ich habe gehört, er hat angefangen zu trinken. Und dann diese Hinweise aus dem Darknet … Wie auch immer, ich bin nur Analyst. Ich glaube nicht, dass ich für all das hier das Zeug habe.«

»Wer hat das schon?«, gab D'Avanzo nachdenklich zurück.

Sie standen in der Galleria Borghese, in einem der Säle im Untergeschoss, in dem das Museum seine nicht gezeigten Werke aufbewahrte. D'Avanzo gehörte zum Wissenschaftsgremium der Einrichtung und wurde bei Kunstwerken zweifelhafter Zuordnung häufig nach seiner Meinung gefragt.

Das Positive an diesem Besuch war, dass Loris, um seinen Freund zu treffen, fast im Laufschritt Räume von solch vielfältiger, eindrücklicher und machtvoller Schönheit durchquert hatte, dass ihm fast schwindelig geworden und zum ersten Mal eine Ahnung gekommen war, was es bedeutete, vom Stendhal-Syndrom befallen zu werden.

D'Avanzo stand in der Ecke eines riesigen, von großen Oberlichtern spärlich beleuchteten Lagers, das mit Hunderten, in hölzerne Rahmen unterschiedlichster Größe gespannten Gemälden vollgestopft war. Der Kunstkenner untersuchte gerade ein mannshohes Bild, das im Licht einer blauen Lampe an einer Wand lehnte und Loris an ein Caravaggio-Gemälde erinnerte. Es zeigte einen nackten Alten mit weißem, wallendem Bart, der sich über einen Schreibtisch beugte, die Hand in den haarlosen Nacken gelegt. Sein flüchtiger Blick huschte von den Dingen auf dem Tisch (ein Globus, ein Pergament und eine Schreibfeder) zum Betrachter. Der Effekt war beunruhigend, als würde der Alte einen beobachten und nicht umgekehrt. Loris bekam Gänsehaut.

»Ich glaube, von Bartolomeo del Crescenzi … vielleicht …«, sagte Giampaolo, der den neugierigen Blick des Freundes bemerkt hatte. »Mit richtigem Namen Bartolomeo Cavarozzi. Und, ja, falls du dich das fragst, er ist ein Zeitgenosse von Michelangelo Merisi und gehört derselben Schule an. Aber bestimmt fallen dir die Unterschiede auf, oder?«

»Ich glaube schon«, sagte Loris, als säße er in einer Prüfung. »Es hat nicht die gleiche Kraft wie Caravaggio. Das Gesicht des Alten ist nicht so … realistisch. Licht und Schatten sind jedoch ähnlich, und ich finde es leicht verstörend. Wäre es von Caravaggio, würde es mir Angst einjagen.«

D'Avanzo richtete sich zufrieden auf, als wäre Loris sein Schüler. »Du bist ja ein richtiger Experte. Ich sehe, dass mein Unterricht dir nützlich war.«

Loris warf ihm ein spöttisches Schmunzeln zu.

»Ich weiß noch nicht, ob es echt ist«, erklärte der Professor und wandte sich wieder dem Bild zu. »Hier stellt er den heiligen Hieronymus nachdenklich dar. Caravaggio malte eine ähnliche Szene, erinnerst du dich? Aber Sileri hätte keine Zweifel gehabt, welches Bild er verwenden sollte, um einen Doppelgänger zu finden. Keiner malt so realistisch wie Caravaggio.«

Die beiden wechselten einen vielsagenden Blick. Zwischen ihnen herrschte der unauslöschliche Einklang von Menschen, die gemeinsam durch die Hölle gegangen waren.

»Am Ende hatten wir recht«, sagte D'Avanzo. »Es war ausschließlich Caravaggio. Kein anderer Maler. Seine Wirklichkeitsnähe war so stark, dass ein Irrer, der seine Bilder nachstellen wollte, nichts Besseres hätte finden können. Und weißt du, wohin uns das führt?«

Das Gemälde des heiligen Hieronymus im Rücken, blickte D'Avanzo Loris an.

»Diese ganze Sache kann nicht mit Luca Sileri zu Ende sein«, antwortete der Ermittler.

»Ganz genau. Um die Gesichter von Millionen von Menschen im Internet oder im Web, wie ihr Jünger der Wissenschaft und des Fortschritts es nennt, oder in irgendeiner anderen modernen Teufelei zu finden, braucht es Mittel, Geld, Planung. Das hast du selbst gesagt. Aber Sileri war nur ein gewalttätiger, perverser Psychopath, der nicht einmal wusste, wer Caravaggio war, bevor …«

»Jemand es ihm gesagt hat«, beendete Loris den Satz.

»Sein psychologisches Profil bestätigt das. Hinter Sileri muss jemand anders stecken. Und ich glaube, dass Valentina herausgefunden hat, wer. Übrigens habe ich vor rund zehn Tagen mit ihr gesprochen.«

Loris erschauderte. Vielleicht lag es an der kalten Zugluft in diesem Raum. Vielleicht an den Augen von Dutzenden Gemälden, die aus den Schutzrahmen spähten und nur auf sie beide gerichtet zu sein schienen. Oder vielleicht an der Vorstellung, dass Valentina Medici den in Sileris Schatten lauernden Monstern ganz allein die Stirn hatte bieten müssen und von ihnen bezwungen worden war, weil er, Costa und alle anderen sie im Stich gelassen hatten.

»Du hast mit ihr gesprochen?«, fragte er und betrachtete wieder den heiligen Hieronymus, der, genau wie die anderen Figuren, die sich auf den dunklen Leinwänden regten, nicht aufhörte, sie zu beobachten.

»Ich hatte schon vor ihrer Abfahrt aus Rom mit ihr gesprochen und hatte ihre Angst nicht bemerkt … Aber in unserem letzten Telefonat erschien mir das, was sie nicht sagte, wichtiger als das, was sie mir sagte.«

»Das, was sie nicht sagte?«

»Sie hat zum Beispiel nicht von Fabio gesprochen. Ich wusste, dass sie auf dem Weg nach Padua bei ihm vorbeifahren wollte, das hatte sie mir vor ihrer Abfahrt gesagt. Außerdem hat sie mir nichts über ihre Ermittlungen erzählt, ob sie vorankam, ob sie stecken geblieben war … Nichts. Trotzdem hatte ich die ganze Zeit das Gefühl, dass sie mir etwas mitteilen wollte. Mir das Herz ausschütten, sich etwas von der Seele reden vielleicht, ich weiß es nicht. Aber sie hat es nicht getan, und ich Feigling habe nicht nachgehakt. Ich habe sie nicht gefragt, ob sie etwas braucht. Ich … hatte Angst, wieder in diese tödliche, quälende Geschichte hineingezogen zu werden. Dabei hatte ich sie gedrängt, nicht aufzugeben, die Sache nicht in der Luft hängen zu lassen.«

»Ja, das haben wir alle getan«, gab Loris zu. »Wir haben sie hängen lassen.« Herausfordernd starrte er in die glasigen Augen des heiligen Hieronymus. *Ja, wir sind schwach und feige. Na und?* »Und was hat sie dir am Ende erzählt?«

»Wir haben über anderes geredet ... Nichtigkeiten, um noch ein bisschen zu plaudern. Aber bevor sie auflegte, gestand sie mir, dass sie sich allein fühle. Umzingelt. Ich fragte sie, ob es dort nicht jemanden gebe, der ihr zur Hand gehe. Sie sagte, sie traue nur einem jungen Beamten, den das Leben und die anderen Bullen noch nicht verdorben hätten. Und sie fügte hinzu, sollten wir sie brauchen und nicht erreichen können, müssten wir uns an diesen Burschen wenden. In dem Moment fand ich daran nichts komisch. Aber jetzt, wo du hier bist ... ist das etwas anderes, oder?«

»Wie heißt der Polizist? Erinnerst du dich?«

»Ich habe es mir aufgeschrieben. Warte, ich hole meine Notizen.«

Er ließ Loris mit Hieronymus allein, der die wild in seinem Kopf umherschwirrenden Gedanken zu durchschauen schien.

Loris teilte seinem Büro mit, er werde sich wegen dringender Familienangelegenheiten eine Woche Resturlaub nehmen, und brach am nächsten Morgen auf.

Costa empfing ihn vor dem kleinen Hotel, in dem er wohnte und ihm ein Zimmer reserviert hatte. Er drückte ihm nur die Hand und dankte ihm, so schnell gekommen zu sein. Loris bemerkte, wie blass und ungepflegt er aussah. Er schien nicht mehr derselbe Mensch zu sein, den er in Volterra kennengelernt hatte.

»Geht es dir gut?«, fragte er.

»Der Hals tut noch ein bisschen weh … Abgesehen davon geht es mir gut.«

Das stimmte nicht. Und beide wussten es.

»Mach es dir in deinem Zimmer bequem«, sagte Costa, »und später kommst du zu mir, und ich bringe dich auf den Stand der Dinge.«

»Dann erklärst du mir auch, wie ich dir hier helfen kann. Mir ist nämlich noch nicht ganz klar, was eigentlich los ist.«

Costa zeigte ein trauriges Lächeln. »Und darum bin ich dir dankbar. Weil du hier bist, ohne zu wissen, was los ist. Valentina hatte recht, was dich angeht. Jetzt ruh dich aus, mach dich frisch. Ich warte in meinem Zimmer auf dich.«

Unter anderen Umständen hätte Loris eine frotzelnde Antwort parat gehabt. Doch hatte er in Costas Gesicht echte Verzweiflung gelesen. Und allmählich fing er an, sie ebenfalls zu spüren.

110

Der Zwischenstopp im Granduca, einem kleinen Café unweit der Universität, war die einzige Gewohnheit, auf die der Polizist Gabriele Piovesan niemals verzichtet hätte. Die Bar hatte zwei Besonderheiten, die sie für seinen Gaumen und seine Augen unwiderstehlich machten: die göttlichen Croissants, die dort gebacken wurden, und die Abwesenheit seiner Kollegen. Die Bars und Restaurants rund um das Polizeipräsidium wurden hauptsächlich von Polizisten und Polizistinnen frequentiert, und obwohl Piovesan ein geselliger Typ war, brauchte er vor Dienstantritt einen Moment für sich, in dem er niemanden traf, der über nichts anderes reden konnte als über die Arbeit, das berüchtigte schlechte Image der Polizei und – je nach Alter – die heiß ersehnte Pensionierung. Sowieso war dieses letzte Thema für ihn ewig weit weg und unbegreiflich.

Das vornehmlich von Studenten besuchte Granduca war zu seiner Verschnaufpause geworden, ehe er sich den Dingen stellte, die der Tag für ihn bereithielt. In letzter Zeit waren sie nicht sonderlich berauschend gewesen.

Deshalb hatte er, als der Mann auf ihn zukam und sich erkundigte, ob er der Beamte Piovesan von der mobilen Einheit sei, äußerst genervt reagiert. Entgegen seiner angeborenen Höflichkeit und Freundlichkeit antwortete er barsch: »Wer will das wissen?«

Der Mann, ein großer, dunkler Typ, zeigte seine Marke. »Ich bin Vicequestore Fabio Costa. Und ich würde gern mit Ihnen reden.«

»Dottor Costa! Sie hier? In Padua?«

»Kennen Sie mich?«

»Nein. Nicht persönlich. Aber Dottoressa Medici hat mir viel von Ihnen erzählt. Und ich habe ein paar Ihrer Berichte zum Fall Sileri gelesen … Ich fühle mich wirklich geehrt!«

»Warten Sie erst mal ab. Über Valentina will ich nämlich mit Ihnen sprechen.«

Etwas im Verhalten des Vicequestore beunruhigte ihn. Piovesan hielt sich nicht für sonderlich intuitiv, doch in dem Moment hatte er eine echte Erleuchtung. Dottoressa Medici steckte in Schwierigkeiten, in ernsten Schwierigkeiten.

»Können wir uns kurz hinsetzen?«, fragte Costa und deutete auf ein Tischchen im hinteren Bereich der Bar.

Während Costa beim Kellner einen Kaffee bestellte, musterte Piovesan ihn neugierig. Als ihre Blicke sich trafen, gab er sich einen Ruck. »Dottore, darf ich Sie fragen, wie Sie mich gefunden haben? Ich meine, es weiß so gut wie niemand, dass ich morgens hierherkomme, um zu frühstücken.« Er biss sich verlegen auf die Lippe.

Costa gab ihm eine überraschende Antwort. »Verzeihen Sie. Wir haben Sie beschattet.«

»Sie haben mich …? Wer, wir? Wie, beschattet? Was ist denn los, Dottore?« Sein Cappuccino wurde kalt, und der Appetit auf das Croissant war ihm vergangen.

»Ehrlich gesagt weiß ich das noch nicht«, sagte Costa. »Aber soweit ich weiß, hat Valentina Ihnen ein gewisses Vertrauen entgegengebracht. Deshalb bin ich hier. Wussten Sie, dass sie verschwunden ist?«

Piovesan blickte sich um. Diese Unterhaltung begann, beunruhigend zu werden.

»Verschwunden? Inwiefern? Ich habe gehört, dass sie nach Rom zurückgefahren ist ... Allerdings kam es mir komisch vor, dass sie sich nicht mal von mir verabschiedet hat.« Er wurde rot. »Ich meine, nicht, dass sie das hätte tun müssen, aber ... Na ja, es tat mir leid, dass ich sie im Präsidium nicht mehr gesehen habe ...« Er brach ab. Er sagte jetzt besser nichts mehr.

Costa schien seine Verlegenheit nicht zu bemerken. »Genau das beunruhigt mich, Piovesan. Valentina hat sich bei niemandem mehr gemeldet. Sie ist von einem Tag auf den anderen verschwunden. Und das Schlimmste ist, dass offenbar niemand nach ihr sucht.«

»Ich ... das verstehe ich noch nicht.«

Costa sah ihn aufmerksam an. Das Gespür, das Piovesan nicht zu besitzen glaubte, übertraf sich heute selbst: Es signalisierte ihm, dass der Vicequestore ihn unter die Lupe nahm. Ihn in dieser Bar abzufangen, war eine Annäherung, ein Vorfühlen. Costa wollte wissen, wie vertrauenswürdig er war. Aus welchem Grund, war ihm noch nicht klar, aber immerhin hatte Costa mit Valentina Medici bei dieser Ermittlung zusammengearbeitet, und soweit er wusste, war er ein harter Hund. Offenbar wollte er etwas von ihm. Fragte sich nur, was.

»Ich habe Grund zu der Befürchtung, dass ihr etwas zugestoßen ist«, bestätigte Costa schließlich. »Etwas, das sie daran hindert, uns zu kontaktieren. Und um sie zu finden, brauche ich Ihre Hilfe.«

Die Sache schien wirklich ernst zu sein. Und vertrackt. Aber Piovesan hatte sich entschieden. »Was kann ich für Sie tun?«

Costa nickte, offenbar erleichtert über sein Angebot. »Valentina war dabei, die Ermittlungen über Luca Sileris Verbrechen abzuschließen«, sagte er nach einer Pause. »Sie haben in dieser letzten

Phase mit der Dottoressa zusammengearbeitet. Das weiß ich, weil Valentina uns das sagte, ehe sie verschwand. Fragen Sie mich nicht nach den Einzelheiten, das ist ein bisschen kompliziert. Jedenfalls sind außer Dottoressa Medici auch ihr Gepäck und der Laptop verschwunden, auf dem sie den Verlauf der Ermittlungen festhielt. Doch etwas konnten wir retten. Einen USB-Stick mit Notizen und einigen Berichten. Fragmente. Darunter ein paar Anmerkungen zu Ihrer Arbeit, Piovesan. Offenbar hielt Valentina große Stücke auf Sie.«

Piovesan wurde rot und versuchte gar nicht erst, es zu verbergen. Er freute sich, dass dieser Mann wusste, dass Dottoressa Medici ihn für einen guten Polizisten hielt. Auch wenn er nicht glaubte, besonders hilfreich gewesen zu sein.

»Sie hatte ja nicht viele Alternativen«, wiegelte er ab. »Bei der mobilen Einheit haben sie sie praktisch geschnitten. Dottor Lomastro schien sie einfach nicht verknusen zu können.«

Costa schien nachzudenken. »Ich kenne Lomastro. Der denkt nur an seine Karriere. Womöglich war er genervt, dass Valentina an der Tragfähigkeit des Indiziengebäudes im Fall Sileri zweifelte. Aber wenn er so reagiert hat, hatte er Anweisungen aus Rom. Auch beim SCO wollten sie einen Schlussstrich unter die Sache ziehen.«

»Tatsächlich hat die Dottoressa stark bezweifelt, dass der Mann allein gehandelt hat«, räumte Piovesan ein. »Doch trotz einer fast einmonatigen Abhöraktion haben wir nichts gefunden.«

»Der Verdacht gegen Claudio Altieri?«

»Woher wissen Sie das?« Dann kam er darauf. »Ah, der Stick. Hat sie wirklich alles aufgeschrieben?«

»Wie gesagt, wir haben nur Bruchstücke. Es gibt ein detailliertes Protokoll zu Altieri, vielleicht hat sie damit bei eurer Staatsanwaltschaft die Wiedereröffnung des Falls beantragt. Aber viel mehr auch nicht.«

Piovesan wusste, dass das mehr als genug war. Costa schien es genauso zu gehen. Der junge Polizist erinnerte sich, dass Valentina ihm gesagt hatte, Costa sei auf den Film des gekreuzigten Penners gestoßen, aber zu dem Zeitpunkt habe niemand viel darauf gegeben. Das war womöglich ein wiewohl verständlicher Fehler gewesen. Zwar kam Sileri für diesen alten Mordfall nicht infrage, aber die Tatsache, dass dieser Anhaltspunkt unterschätzt worden war, und Piovesans auf Touren gekommenes Gespür sagten ihm, dass Costa sich auch dafür schuldig fühlte.

»Über Altieri habt ihr also nichts weiter herausgefunden«, sagte er jetzt. »Aber Valentina muss auf etwas Neues gestoßen sein. Das hat sie mir in einer Sprachnachricht gesagt. Leider habe ich sie zu spät abgehört.« Wieder dieser zerknirschte Schatten in seinem Gesicht.

»Ja, etwas ist tatsächlich …« Piovesan hielt inne. Die Sache war ihm noch nicht ganz geheuer. Ein bisschen Vorsicht würde nicht schaden.

»Hören Sie«, sagte er, »Sie reden noch immer im Plural. Ihr habt mich beschattet, ihr habt herausgefunden, ihr habt festgestellt … Darf ich fragen, wen es außer Ihnen noch gibt?«

Costa schüttelte unschlüssig den Kopf. »Mir wäre es lieber, Sie aus all dem möglichst rauszuhalten, Piovesan. Ich breche eine Million Regeln und vermutlich etliche Paragrafen des Strafgesetzbuches. Ganz bestimmt ein paar Dutzend Vorschriften unserer Polizeiordnung. Sie sind ein tüchtiger Polizist, aber stehen noch ganz am Anfang und haben noch einige Berufsjahre vor sich. Je weniger Sie damit zu tun haben, desto besser.«

»Verstehe …« Aber er verstand es nicht. Und vor allem war er nicht einverstanden. »Wir machen es so. Sie erzählen mir alles, und ich entscheide, was ich tue. Ich bin zwar jung und habe noch nicht viel Erfahrung, aber ich bin Polizist. Und wenn es eine Entscheidung zu treffen gibt, egal ob richtig oder falsch, würde ich sie gern selbst treffen.« Am liebsten hätte er noch gesagt: »Außerdem ist Dottoressa Medici eine Freundin.« Doch er sagte es nicht.

Costa überlegte. »Klingt vernünftig. Wollen wir nicht Du sagen? Ich werde ehrlich mit dir sein, und du entscheidest, inwiefern du uns helfen willst.« Er zögerte kurz. »Nur noch eine dringende Bitte: Diese Unterhaltung bleibt unter uns. Das ist besser für dich und noch besser für Valentina. Ganz gleich, was ihr zugestoßen ist, wir müssen schnell sein, aber vor allem darf niemand wissen, dass ich hier bin. Wenn wir handeln müssen, dann allein und heimlich. Einverstanden?«

Das war er. Und er stellte fest, dass ihm das, was ihm widerfahren könnte, keine Angst machte. Auch wenn etwas in ihm zur Vorsicht mahnte. Denn diese Angelegenheit schien verdammt gefährlich zu werden.

III

Festzustellen, dass er ganz nah dran gewesen war und von Anfang an recht gehabt hatte, war kein Trost. Im Gegenteil, es machte seine Verantwortung noch größer. Es lag an seiner Gleichgültigkeit, dass Valentina jetzt in Gefahr war. Weil er nicht rechtzeitig begriffen hatte, was los war. Weil er die ganze Sache ins Rollen gebracht hatte. Weil er sie alleingelassen hatte.

Die werden mich dafür bluten lassen.

Wo war sie? Ihr Schweigen war entsetzlich. Der Gedanke, dass ihr etwas zugestoßen war, ließ ihm keine Ruhe. Wer könnte ihr etwas antun? Vermutungen und Verdächtigungen kreiselten in seinem Kopf. Und eine quälende Vorstellung, die in seinem Herzen gekeimt war und mit jedem Moment wuchs und immer konkreter wurde, eine Vision, der er weder Gewicht noch Form geben wollte, die aber dennoch da war und ihn entsetzte.

Sileri war tot. Valentina war überzeugt, dass er nicht allein gehandelt hatte. Und wenn derjenige, der hinter dem grinsenden Mann steckte, auch sie erwischt hatte?

Der Einbruch in das Hotelzimmer, ihr jähes Verschwinden, das fortgebrachte Gepäck, alles führte in eine Richtung. Die unbequeme Polizistin, die gegen alles und jeden dort weitergrub, woran man besser nicht rührte, und davon abgehalten werden musste.

Manna hatte Valentinas Stick untersucht. Neben dem Schreiben für die Staatsanwaltschaft Padua und ein paar nicht besonders wichtigen lesbaren Notizen gab es verschlüsselte Dateien, die der Techniker crackte. Offenbar hatte Valentina gewusst, dass Costa sich damit an Loris wenden würde, sie mussten also wichtig sein. Tatsächlich brauchte der dafür nicht lang.

Unter den entschlüsselten Dateien waren die Geschichte des verschwundenen Obdachlosen und einige Notizen, in denen Valentina darlegte, dass der Kreuzigungsfilm in der Villa Zernich gedreht worden war. Diese Ansicht hatte sie auch in dem Bericht für Manin vertreten, mit dem sie die Überwachung von Altieris Telefonen erwirkt hatte. Doch die Abhöraktion hatte sich als Schlag ins Wasser erwiesen, und Valentina schrieb das Scheitern einem Nachrichtenleck zu. In ihren Augen war das der Beweis, dass Altieri von den führenden Köpfen des Präsidiums geschützt wurde.

Abgesehen von den Zweifeln an der Redlichkeit einiger Polizisten, war die Entdeckung, dass die Villa Zernich die Bühne jenes makabren Mordes von vor fast dreißig Jahren gewesen war, von größter Bedeutung. Doch sie hatte ein weiteres Loch in Costas Herz gerissen: Er war es gewesen, der sie auf diese Fährte gebracht hatte. Ohne sie zu begleiten.

Tatsache ist, dass ich an einem Wendepunkt bin.

Ich glaube, ich weiß es jetzt.

Ich hätte dich gern bei mir.

Der Rest war klar. Und Claudio Altieri war die Spur, die es zu verfolgen galt.

Da war noch etwas, das Costa beunruhigte. Er rief Ispettore Martini in Volterra an und erfuhr, was passiert war.

Aus Valentinas Notizen ging hervor, dass sie an die Datei mit dem Kreuzigungsfilm gekommen war. Das war bestimmt nicht einfach gewesen, es sei denn, sie war auf die Kopie gestoßen, die Costa sich auf die Information des palermischen Kollegen hin verschafft hatte. Der Anruf bei Martini bestätigte ihm, dass Valentina den Ispettore in Volterra besucht und Fabios Satteltasche mit dessen Laptop mitgenommen hatte, mit dem Versprechen, sie ihrem Besitzer zurückzugeben. Das war nicht passiert, vermutlich wegen des dramatischen Endes ihrer letzten Begegnung. Kein Wunder, dass Valentina vergessen hatte, ihm die Tasche und den Computer zurückzugeben. Aber es bedeutete, dass denen, die Valentinas Gepäck mitgenommen hatten, auch Costas Sachen in die Hände gefallen waren. Damit hatten sie sämtliche Spuren ihrer Sileri-Ermittlungen und der Caravaggio-Verbrechen verschwinden lassen.

Um sicherzugehen, rief er Piovesan an.

»Ich nehme an, Dottoressa Medici hat Unterlagen im Büro aufbewahrt. Weißt du, ob sie noch dort sind?«

Piovesan seufzte. »Das wollte ich dir schon heute Morgen sagen. Nachdem die Dottoressa gefahren war … oder zumindest glaubte ich, sie sei gefahren …, wurden ihre Sachen aus dem Büro geholt. Sie hatte nur einen Schreibtisch, aber sie haben fast alles rausgeräumt. Sie haben die Schublade aufgeschlossen, und ich glaube, auch einen Laptop mitgenommen.«

Dass Valentinas Schublade mit einem Schlüssel geöffnet worden war, konnte gar nichts bedeuten oder einen üblen Verdacht aufkommen lassen.

»Wer war das?«, fragte er. »Kollegen von der mobilen Einheit? Lomastro?«

Piovesan schien zu zögern. »Ehrlich gesagt habe ich die vorher noch nie gesehen … Zwei Männer. Aber klar, ich dachte, das seien Leute von uns. Sie kamen am helllichten Vormittag seelenruhig ins Büro spaziert …« In seinen Worten schwang Zweifel mit.

Costa bedankte sich. Sie würden sich später sehen.

Also war auch sein Computer verschwunden. Mitgenommen.

Den Kreuzigungsfilm zu finden, war jetzt von entscheidender Wichtigkeit.

Auch diesmal erwies sich Piovesan als nützlich, Valentina hatte sich nicht in ihm geirrt. Am selben Abend kam er wie versprochen ins Hotel und übergab Costa und Loris eine CD. Er sagte, darauf sei das Video der Kreuzigung, das Valentina auf Costas Laptop gefunden habe. Sicherheitshalber hatte sie mehrere Kopien davon gebrannt und Piovesan eine zur Aufbewahrung gegeben.

»Die Dottoressa meinte, dieser Film enthält die Erklärung für alles, irgendwie«, sagte der junge Mann. »Ich habe ihn mehrmals gesehen. Er ist echt übel.«

Während Loris die CD in seinen Computer schob, sagte Piovesan noch etwas.

»Sie hat sich auch sehr für einen alten Zeitungsartikel interessiert, den hat sie aus einer Akte gefischt, die anscheinend nichts mit dem Sileri-Fall zu tun hatte. Es war die Meldung über einen Penner, der in einer anderen Provinz verschwunden war. Ich glaube, bei Verona. Ich habe sie gefragt, was es mit dieser Geschichte auf sich habe, doch sie blieb vage. Aber ab dem Moment verhielt sie sich irgendwie anders. Als fühlte sie sich plötzlich unwohl. Ich dachte, das hätte etwas mit ihrer Ausgrenzung zu tun. Ich konnte nicht so oft da sein, wie ich wollte. Häufig wurde ich für andere Einsätze abgezogen, und die arme Dottoressa Medici musste mit ihren Ermittlungen praktisch allein weitermachen. Auch die Abhöraktion war eine Katastrophe. Die Mitschriften kamen zu spät oder waren lückenhaft.«

»Erzähl mir von diesem Zeitungsausschnitt«, sagte Costa und musste sich beherrschen, um die Fäuste nicht noch fester zu ballen.

»Na ja, da war nicht nur der«, sagte Piovesan und starrte auf Costas Hände, als spürte er dessen unterdrückte Wut. »In der Akte lag auch die Meldung einer Razzia von 1996 gegen eine Gruppe von Pädophilen. Ich weiß nicht, was das mit dem Rest zu tun hatte. Erst später wurde mir klar, dass das alles mit dem Film zusammenhing ... Jedenfalls glaube ich, die Dottoressa war der Ansicht, dass der Alte in dem Video der verschwundene Penner ist, von dem in dem Zeitungsartikel von 1995 die Rede war. In der Meldung von 1996 ging es hingegen darum, wie man auf den Film gestoßen war. Ich weiß noch, dass die Dottoressa mich bat herauszufinden, wer für die Akte zuständig gewesen war. Mir kam das seltsam vor, aber Valentina ... die Dottoressa hielt es für wichtig.«

Es konnte nicht anders sein. Valentina hatte einen neuen Zusammenhang zwischen Sileris Morden und dem Video gefunden, abgesehen von der Villa Zernich. Das war der Startpunkt. Aber bis wohin war sie gekommen? Da war noch mehr. Und Piovesan bestätigte das.

»Hast du den Namen rausgekriegt?«, fragte Costa.

»Ja, er hieß Caruso. Ein alter Maresciallo oder Ispettore, der heute in Rente ist. Derselbe, der sich um den Mord von 1970 gekümmert hatte.«

Costa und Manna wechselten einen Blick.

»Welcher Mord?«, fragten sie wie aus einem Mund.

II2

Das Video, das er sah, war die x-te Kopie der x-ten Kopie. Das Original musste ein alter Super-8-Film sein. Das Ergebnis war nicht berauschend. Trotzdem hatte Loris Manna grenzenloses Vertrauen in den technischen Fortschritt und vor allem in seine Fähigkeit, ihn sich zunutze zu machen. Deshalb besaß er stets die aktuellste Software und die neuesten Programme und brachte seine technologischen Waffen immer auf den letzten Stand.

Er überlegte, ein paar Filter über die Bilder zu legen, die zum hundertsten Mal über den Monitor seines Laptops flimmerten. Ihm war eine Idee gekommen, doch er wollte bei Costa keine falschen Hoffnungen wecken oder sich in hochfliegende Fantasien versteigen. Lieber probierte er vorher aus, ob er etwas Brauchbares herausholen konnte.

Er startete das Programm, als ein Signalton ihn auf den Eingang einer wichtigen E-Mail hinwies. Absender war das FBI.

Er öffnete die Mail, las sie, und sein Herz schlug ihm bis zum Hals. Begleitet von einem seltsamen Geschmack. Metallisch. Faulig.

Er musste die Nachricht noch zweimal lesen. Dann wählte er die Nummer.

Als er zehn Minuten später in Costas Zimmer rannte, saß der

gerade über Valentinas Unterlagen, um sie zum hundertsten Mal durchzugehen.

Sie warteten darauf, dass Piovesan ihnen die Akte brachte, auf die Valentina ihre letzten Recherchen konzentriert hatte. Dort würden sie auch den Hinweis auf den Mord von 1970 finden. Leider erinnerte sich Piovesan nicht mehr genau an die Einzelheiten. Er hatte keine Gelegenheit gehabt, die Dokumente zu lesen, und Valentina war gleich darauf verschwunden. Doch er erinnerte sich an den Namen des Maresciallo, der mit dem Fall befasst gewesen war, der berühmte Caruso, derselbe Mann, der zwischen 1995 und 1996 die Informationen zu Sebastiano Zorzin in besagte Akte gelegt hatte.

Als Loris ins Zimmer platzte, blickte Costa mit vor Müdigkeit geröteten Augen auf.

»Das musst du dir ansehen!«, sagte der Techniker und hielt ihm seinen Laptop hin.

Trotz der nüchternen, bürokratischen Sprache des Federal Bureau konnte der Bericht, den David Minetti per Mail geschickt hatte, das Grauen der geschilderten Tatsachen nicht verhehlen.

Zwei Tage zuvor war in Boulder, Colorado, eine ganze Familie hingemetzelt worden. Das Verbrechen hatte sich in Glenwood Grove zugetragen, einem friedlichen Wohnviertel im Norden der Stadt. Ein Anruf bei der Notrufnummer 911 hatte die Polizei in den O'Neal Cir Nummer 3 250 geschickt, zu einem der für die Gegend typischen großen Kolonialhäuser aus Backstein und Holz. Im weißen Schnee vor dem Eingang waren leuchtend rote Spuren zu sehen, die sich von der Tür bis zur Straße zogen und dort verschwanden.

Drinnen warteten Alfred und Nora Jonnessy und ihr fünfjähriger Sohn Jonathan darauf, dass der Gerichtsmediziner ihre Wunden zählte. Sie waren mit Dutzenden Messerhieben ermordet worden. Alle waren vom Hals abwärts verletzt, womöglich hatten die Jonnessys noch in ihren Betten gelegen, denn die Laken und Matratzen waren blutdurchtränkt. Doch die Leichen waren wieder angezogen und – das war das Überraschende – hinarrangiert worden, als verbrächte die Familie einen entspannten Tag daheim. Als die Beamten eintraten, hatten sie die drei Leichen im Wohnzimmer vorgefunden. Alfred Jonnessy saß in einem Sessel, der vermutlich sein Lieblingssessel gewesen war. Der Kopf war nach vorn geneigt, der Körper mit einem Seil an die Rückenlehne gebunden, seine nun blinden Augen schienen die auf den Knien liegende Zeitung zu lesen, die mit Klammern an seinen Händen befestigt war. In ihrem Bericht hielt die Polizei peinlich genau fest, dass es sich um den auf der Sportseite aufgeschlagenen *Colorado Daily* handelte.

Nora Jonnessy saß auf dem zweiten Sessel ihrem toten Mann gegenüber. Womöglich sollte sie einen gelangweilten Eindruck erwecken, oder vielleicht hörte sie imaginäre Musik, denn auch ihr Kopf war nach vorn geneigt, jedoch sacht in die rechte Hand gestützt, der Ellenbogen ruhte auf der Armlehne. Besah man sie aus der Nähe, stellte man fest, dass die rechte Wange mit Zwirn an die Hand genäht war, damit der Kopf nicht herunterrutschte, und der Ellenbogen und Arm, die ihn scheinbar stützten, mit einem Holzbrett, Hammer und Nägeln am Sessel befestigt worden waren.

Zu Noras Füßen hockte der kleine Jonathan im Schneidersitz in einer Lache aus Blut und organischen Flüssigkeiten, der Oberkörper nach vorn gebeugt, die Hände um einen kleinen Feuerwehrwagen gelegt. Bei ihm schien sich der Mörder weniger Mühe gegeben zu haben. Er wies nur drei Verletzungen am Hals auf. Womöglich war er als Erster getötet worden, während die Eltern noch schliefen.

Dann verlor sich der Polizeibericht in Dutzenden Details, die vielleicht eines Tages wieder nützlich werden würden, aber wie aus perverser Schaulust aufgeführt waren. Von vornherein schien klar zu sein, dass der Mörder eine Menge Zeit investiert hatte, um diese Szene zu arrangieren. Alles wirkte organisiert und sorgfältig vorbereitet. Auch das Seil und die Hilfsmittel, um die Leichen der Jonnessys zu fixieren, waren mitgebracht worden. Nichts hatte man dem Zufall überlassen.

David Minetti setzte Loris Manna außerdem in Kenntnis, dass der Täter soeben vom FBI festgenommen worden war. Man hatte ihn in einem Hotel außerhalb von Boulder gefasst. Er hatte Blutspuren der Opfer unter den Fingernägeln und war noch im Besitz einiger Werkzeuge, die sich mit den am Tatort verwendeten deckten. Er hieß Randolph Collins, stammte aus New York, war vierzig Jahre alt und hatte mehrere Vorstrafen wegen Sexualdelikten. Er stand in keinerlei Verhältnis zu den Jonnessys.

Doch das Interessante war die Methode, mit der sie ihn ausfindig gemacht und aufgespürt hatten.

Collins war die Identität, die sich hinter dem Nicknamen Nightgaunt verbarg, derselbe, den sie aus dem Chat des Darknet gefischt hatten, weil er auf die Werke Caravaggios anspielte. Loris' Verdacht, dass Nightgaunt und die anderen User, mit denen er in Kontakt stand, über etwas Illegales sprachen, war voll und ganz bestätigt worden. Derselbe Nickname war in einem anderen Chat aufgetaucht, in dem es um die Organisation und den An- und Verkauf von Snuff-Filmen ging.

Seit geraumer Zeit schienen solche Amateurfilme, von denen man lange nur gerüchteweise gehört hatte, aus den unterirdischen Kanälen der Kriminalität wieder an die Oberfläche zu drängen. Das FBI hatte ein paar Undercover-Agenten in einige Darknet-Kreise einschleusen können, die dort Handel trieben.

Eines der Subjekte, die das Bureau im Laufe dieses Abstiegs in die Hölle auf dem Radar hatte, war besagter Randolph Collins, auf den die amerikanischen Beamten auch dank des Hinweises der italienischen Kollegen gekommen waren. Nach einigen Chats eines Undercover-Agenten mit dem ominösen Nightgaunt war es den Analysten der Cyber Division gelungen, die IP-Adresse des verwendeten Computers herauszufinden, der in den Büroräumen des Unternehmens stand, für das Collins arbeitete. Obwohl Randolph Collins offiziell noch keine Straftat begangen hatte, hatten sie ab dem Moment angefangen, seine Ortswechsel zu überwachen.

Leider waren sie zu spät gekommen. Collins war Handelsreisender, und sie hatten nicht damit gerechnet, dass er so schnell vom Wort zur Tat schreiten würde. Bis dahin hatte der Mann Datingseiten besucht, kinderpornografisches Material ausgetauscht und sich damit gebrüstet, er könnte jemanden töten. Nicht einmal die Profiler des FBI hatten sich vorstellen können, was er im Schilde führte und wie weit sein Entschluss bereits gediehen war. Sowieso war es unmöglich, den Mann rund um die Uhr im Auge zu behalten, und die Observierung beschränkte sich auf eine Fernkontrolle anhand seiner Kreditkarten und Anruflisten.

Als man von den Morden in Boulder erfuhr, hatte der mit der Überwachung von Collins' Ortswechseln betraute Beamte die Kollegen vor Ort verständigt. Die Agenten des FBI hatten in kürzester Zeit einen Durchsuchungsbefehl erwirkt und waren in das Hotelzimmer eingedrungen. Die Indizien, die ihn mit dem dreifachen Mord zusammenbrachten, waren zahlreich und eindeutig, und Minetti war sich sicher, dass Collins angeklagt werden würde. Kaum hatte man ihn verhaftet, hatte er sich in vollkommenes Schweigen gehüllt.

Die Ermittler hatten große Mühe, das Motiv des Verbrechens zu ergründen. Es reichte nicht zu sagen, dass Collins ein Psychopath war, man musste dahinterkommen, warum er ausgerechnet diese Personen auf diese Art getötet hatte.

Minettis letzte Anmerkung war noch beunruhigender.

Beim Betrachten der am Ort des Verbrechens gemachten Fotos hatte der Beamte eine gewisse Ähnlichkeit zwischen der Anordnung der Leichen und einem berühmten Gemälde Edward Hoppers mit dem Titel *Room in New York* festgestellt. Natürlich war ihm diese Assoziation wegen der Ereignisse in Italien und der an Caravaggio inspirierten Morde gekommen.

Costa las zu Ende und blickte Loris an, der ebenso erschüttert schien.

»Abgesehen von der Ähnlichkeit mit dem Hopper-Bild, wieso bist du so sicher, dass es einen Zusammenhang mit unserem Fall gibt?«

»Da ist noch mehr. Ich habe Minetti angerufen. Bei denen muss es vier Uhr morgens gewesen sein, aber er ist trotzdem rangegangen. Ich glaube, er war sogar noch wach. Nicht glücklich, aber wach …«

»Und?«

»Er war noch in Boulder. Er sagt, auf Collins' Computer wurde eine Menge interessantes Material gefunden. Es braucht Wochen, um es zu entschlüsseln, aber er ist sich seiner Theorie ziemlich sicher. Collins gehört nicht nur zu einem versteckten Netzwerk von *Snuff-Movie*-Fans. Laut Minetti ist Nightgaunt Mitglied eines noch geheimeren und dunkleren Zirkels. Ein Netz gefährlicher Soziopathen, die sich für etwas zusammengetan haben, das bisher noch Rätsel aufgibt. In Collins' Computer wurde ein bedeutendes Ereignis erwähnt, etwas, dessen man sich als würdig erweisen muss.«

Während er redete, wurde sein Blick ebenso fieberhaft wie seine Stimme.

»Verstehst du?«, fuhr er fort. »Collins hat sein Verbrechen begangen, um an einer Art Wettstreit teilzunehmen. An einer Challenge, die ihn mit etwas noch Entsetzlicherem und Unsagbarem auszeichnen würde.«

»Ich kann dir nicht folgen.«

Loris fing an, nervös im Zimmer auf und ab zu tigern. Dann blieb er stehen, riss dem Freund seinen Laptop aus den Händen und fing an, in den Dateien herumzusuchen. »Erinnerst du dich an diese Chats, die ich mit D'Avanzo abgefangen hatte? In denen Nightgaunt, also Collins, mit jemandem in Italien chattete?«

Costa musste nicht antworten, denn Loris drehte ihm den Computer hin. Auf dem Bildschirm war der Chat zwischen Nightgaunt und Paperino zu sehen.

Nach der Anspielung auf ein Caravaggio-Werk wechselten die beiden ein paar scheinbar unverständliche Sätze.

NIGHTGAUNT@: Wir müssen uns noch über die Bezahlung einig werden.
PAPERINO@: Wie gesagt: drei. Zwei große und ein kleiner. Zusammen. Wenn du mich überraschen willst, gibt mir ein Zitat.
NIGHTGAUNT@: Ich habe sie schon gefunden. Starke Sache. Muss noch organisiert werden.

Zwei große und ein kleiner.

»Er spricht von der Familie in Boulder«, sagte Costa tonlos. Das Fass des Grauens, das sie zu leeren versuchten, schien ohne Boden zu sein.

»Verstehst du jetzt?«, fragte Loris, der noch bleicher war als sonst.

»Und wo ist die Verbindung mit Sileri und Altieri?«, überlegte Costa laut. Doch er hatte die Frage noch nicht ausgesprochen, da sah er sie, die Verbindung. Nur, dass er es nicht glauben wollte.

»Laut Minetti«, sagte Loris, »hat Collins sein Todesspektakel zu jemandes Gunsten umgesetzt. Auf dem Spiel stand das Erreichen eines anderen Levels. Eine höhere Stufe in diesem Psychopathenkartell. Der Beweis befand sich in einem der Koffer, die man in seinem Hotelzimmer entdeckte.«

»Was für ein Beweis?«

»Ein Flugticket nach Mailand. Collins wollte nach Italien reisen, um seinen Preis entgegenzunehmen.«

113

Im verregneten Morgengrauen kam Piovesan ins Hotel, unter dem Arm die Akte, die Valentinas ganze Aufmerksamkeit gebannt hatte.

Als er sie in Costas Zimmer, das inzwischen als Büro fungierte, aus dem Anorak zog, gab es an der Umtriebigkeit des Jungen für Fabio und Loris keinen Zweifel mehr. Es war ohnehin eine schwere Straftat, Akten aus dem Polizeipräsidium zu entfernen. Es unter diesen Umständen und in dem herrschenden Klima zu tun, war reinster Wagemut.

Während Costa die wenigen Blätter in Augenschein nahm, bestätigte Piovesan den Namen des für die Akte zuständigen Polizisten.

»Wir hatten Glück«, sagte er. »Sie ist von 1996 und wurde nie digitalisiert. Damals war es üblich, den Namen desjenigen, der eine Akte entlieh, mit dem Datum der Entnahme und dem der Rückgabe auf einer Karteikarte einzutragen. Ein bisschen wie in einer Bibliothek. Der Karteikasten mit den Karten ist vor rund zehn Jahren im Lager gelandet, aber ich konnte ihn finden. Die fragliche Akte wurde nur einmal zur Einsicht angefragt, nämlich Ende 1996. Die Unterschrift ist fast nicht entzifferbar, aber Dottoressa Medici hat es geschafft. Der Name lautet D. Caruso. Der Domenico Caruso, von dem ich euch schon erzählt habe, ein alter Maresciallo, der seit einer ganzen Weile in Rente ist. Im Jahr 2000 ist er aus dem Dienst ausgeschieden. Leider wird er inzwischen wohl gestorben sein.«

Costa blickte von den Unterlagen in seiner Hand auf.

»Und dieser Zeitungsausschnitt, von dem du gesprochen hast?«

Piovesan nickte. »Das sind die Worte, die die Dottoressa auf Trab gebracht haben.« Er deutete auf die kaum lesbaren Buchstaben auf dem vergilbten Papier.

Costa las sie laut vor: »Nicht erstes Mal. Siehe Mord Albanesi-Bordoni. 1970.« Er blickte Loris an, der sofort anfing, auf der Computertastatur herumzutippen. Nach einem kurzen Moment runzelte er die Stirn.

»Im Netz finde ich nur eine knappe Meldung in den Provinzblättern. Doppelmord. Marco Albanesi und Linda Bordoni. Es scheint sich um einen Mord mit Selbstmord gehandelt zu haben ...« Er hob den Kopf und sah Piovesan an. »Was hat das mit uns zu tun?«

Piovesan schüttelte den Kopf. »Nein, nein, das ist nicht richtig. Von wegen Selbstmord. Es gab eine dickere Akte, die wir ausgegraben hatten und mit der sich die Dottoressa eingehend befasst hat. Wie gesagt, ich weiß nicht viel darüber. Aber der Tod dieser beiden armen Menschen war auf keinen Fall ein Mord mit Selbstmord!« Er erzählte, was er noch wusste und was Valentina ihm gesagt hatte. Die beiden mit Messerstichen getöteten jungen Leute, die mit Seilen und Haken aneinandergebundenen Leichen, fast wie eine Kunstinstallation. Laut Experten nach einem Bild von René Magritte. Und dann die hastigen und oberflächlichen Ermittlungen. Kein Schuldiger. Über allem ein seltsames Schweigen. »Die Dottoressa war überzeugt, dass in der Akte entscheidende Unterlagen fehlten«, schloss Piovesan.

Costa und Manna blickten sich an. Das brachte den Fall von 1970 in Zusammenhang mit Luca Sileris Taten und mit den Morden von Boulder. Ein roter Faden verband Fälle, die sich zu unterschiedlichen Zeiten und an unterschiedlichen Orten ereignet hatten. Vor diesem Hintergrund verlor Sileris Figur an Gewicht, wurde fast nebensächlich. Er stand nicht allein im Rampenlicht. Es gab noch andere. Und das schon seit langer Zeit.

»Wir müssen uns diese Akte besorgen, auch wenn sie unvollständig ist«, sagte Costa. »Gabriele, ich weiß, du hast bereits viel getan, aber …«

Piovesan schüttelte den Kopf. »Ja. Daran habe ich bereits gedacht. Aber die Akte ist verschwunden.«

»Was soll das heißen, verschwunden?«

»Futsch. Aus dem Archiv geht hervor, dass Dottoressa Medici sie an ihren Platz zurückgelegt hat. Aber sie ist nicht da. Und die Unterschrift der Dottoressa auf dem Rückgabeschein … Na ja, sie sieht nicht aus wie ihre, aber beschwören kann ich das nicht.«

Eine weitere wichtige Spur hatte sich verflüchtigt. Und dafür hatte jemand gesorgt. Costas Wut legte sich nicht, sondern verkroch sich in einen Winkel seines Herzens, um im richtigen Moment wieder hervorzubrechen und zu tun, was nötig wäre. Fürs Erste wich sie kalter Entschlossenheit.

»Valentina hat mir eine Nachricht hinterlassen, in der sie sagte, an einem Wendepunkt zu sein«, sagte Costa nachdenklich. Manna und Piovesan sahen ihn schweigend an. »Sie sagte, sie sei kurz vor einer Entdeckung. Sie habe jemanden gefunden, der erzählen könnte, wie die Dinge gelaufen sind.«

Und dann ist es vorbei. Dann ist es wirklich vorbei …

Er sah Piovesan an. »Dieser Caruso, der Maresciallo … Bist du sicher, dass er tot ist?«

»Nein. Nicht wirklich, aber jemand hat es mir gesagt.« Der Zweifel ließ ihn erröten. »Einer aus Lomastros Gruppe.«

»Wie alt wäre er heute?«, fragte Manna.

Piovesan zuckte mit den Schultern. »Siebzig, achtzig?«

»Loris, können wir es versuchen?«

Manna machte sich bereits am Computer zu schaffen. »Ich schaue als Erstes in der Liste der Kollegen im Ruhestand nach. Dann gehe ich in die standesamtlichen Archive der Provinz ... Dazu brauche ich ein bisschen.«

»Ist das legal?«, fragte Piovesan.

»Hm, mehr oder weniger.«

»Mehr? Oder weniger?«

Doch der Informatiker war bereits in den Mäandern seiner digitalen Recherchen verschwunden.

Piovesan wandte sich an Costa, der aufgestanden war und aus dem Fenster starrte. Der Regen hatte sich in weißes Schneetreiben verwandelt, das eine Wetterverschlechterung ankündigte.

»Was kann ich noch tun?«, fragte er.

Costa drehte sich zu ihm um.

»Wir müssen in die Gänge kommen und die verlorene Zeit wettmachen«, sagte er. »Und wenn du willst, bist du dabei.«

114

Die Zernich-Stiftung hatte ihren Sitz in einem Renaissance-Palast am Corso Milano auf der Rückseite des Teatro Verdi. Das einzige Privileg, das sich Claudio Altieri zu gönnen schien, bestand darin, seinen dicken Porsche Cayenne hinter dem Gebäude auf einem der beiden ausgewiesenen Parkplätze abzustellen. Der andere Platz war für Federico Zernich reserviert, doch seit der betagte Unternehmer nicht mehr mobil war, blieb das blaue Rechteck fast immer leer.

Theoretisch hätte es riskant sein können, einen GPS-Sender auf offener Straße zu installieren. Es gab keine Privatwohnungen, aus deren Fenstern jemand hinausschauen konnte, aber wegen des Durchfahrtsverkehrs war das Viertel dennoch recht belebt. Man hätte leicht auffliegen können. Doch die Zeit drängte. Costa betonte immer wieder, wie dringend sie Valentina finden mussten, und sie konnten ihre Zeit nicht mit riskanten Observierungen im Auto verplempern, in der Hoffnung auf den richtigen Moment, um den Sender unter Altieris Auto anzubringen. Zu Hause parkte der Mann seinen SUV in der Garage, und ihm bei seinen Fahrten übers Land zu folgen, hätte sie zu sichtbar gemacht. Also beschlossen sie, es dort zu tun.

Sie hatten Glück. Der Schneeregen des Vortages hatte sich in stetiges Schneetreiben verwandelt, das die meisten Menschen wegen der Kälte zu Hause hielt. Piovesan stand an der Ecke des Corso Milano Schmiere, und Costa kümmerte sich um die Installation des Senders.

Es war ein einfacher Apparat mit Magnetbefestigung, ausgestattet mit einer recht leistungsstarken Batterie, die jedoch, wie alle Geräte, die nicht an den Strom des Fahrzeugs angeschlossen waren, früher oder später schlappmachen würde. Costa hatte Loris angerufen und ihn gebeten, ein paar Alternativen mitzubringen, aber natürlich hatten sie sich zufriedengeben müssen.

Costa strich an Altieris Auto entlang, vergewisserte sich, dass niemand zu sehen war, und hockte sich rasch hin. Der Magnet des GPS heftete sich sofort unter die hintere Stoßstange. Das Gerät war unsichtbar, es sei denn, der Porsche landete auf einer Hebebühne, und sollte es keine extremen Erschütterungen geben, war es sehr unwahrscheinlich, dass er abfiel. Als Costa zu Piovesan auf die Straße ging, huschten die Augen des jungen Mannes hin und her.

»Ganz ruhig, niemand hat uns gesehen«, versuchte Costa, ihn zu beschwichtigen.

»Ich riskiere verdammt viel, Dottore.«

»Ich weiß. Und ich sage dir noch mal, ich würde es dir nicht übel nehmen, wenn du jetzt aussteigen wolltest. Du hast mehr als genug getan. Valentina wäre dir dankbar.«

Er schwieg. Ihr Name hatte einen Schatten auf beide fallen lassen.

»Jetzt hänge ich mit drin«, sagte Piovesan und versuchte zu lächeln. »Ich habe mir ein paar Tage Urlaub genommen.« Er blickte zur Fassade des Palazzos, in dem sich der ahnungslose Claudio Altieri um die Geschäfte der Familie Zernich kümmerte. Es war kaum vorstellbar, dass dieser Mann, so wenig geheuer er einem auch sein mochte, in grausame Morde verwickelt sein sollte. Dennoch spürte Piovesan, dass er der Sache vertrauen musste: Costa besaß eine Überzeugungskraft, der man sich unmöglich entziehen konnte. Außerdem waren es Freunde von Valentina. »Und was machen wir jetzt?«, fragte er.

»Wir müssen Altieri verfolgen und sehen, wo er uns hinführt. Wenn er wirklich sicher ist, nicht abgehört zu werden – und seine Freundschaften im Polizeipräsidium sollten ihn beruhigt haben –, könnte er einen Fehler machen.« Aber Costa wusste, dass es so einfach nicht war. Dazu brauchte es schon eine gehörige Portion Glück.

Das Handy klingelte. »Das ist Loris«, sagte er. Er hörte sich an, was der Techniker zu sagen hatte, und schaute Piovesan an.

»Caruso lebt«, sagte er dann.

Das hatte er gehofft. Maresciallo Caruso war womöglich die letzte Person, die Valentina gesehen hatte. Das war die Spur, die sie in ihrer Nachricht angedeutet hatte.

Aber Loris Manna hatte noch eine Neuigkeit.

115

Seine Liebe zum Film hatte ihn auf die Idee gebracht. Nicht zuletzt wegen seiner filmischen Vorstellungskraft war er zu einem Polizisten mit Technikfimmel geworden. In diesem Fall war *Blade Runner* schuld, obwohl der Trick auch in anderen berühmten Streifen zum Einsatz kam. Es ging darum, dass Spiegel und Glasscheiben reflektierten. Das war kein Geheimnis.

Bei der ersten Sichtung des Kreuzigungs-Videos war ihm dieser Gedanke sofort durch den Kopf geschossen, doch das Entsetzen über das, was dem Alten widerfuhr, hatte ihn verdrängt. Aus beruflicher Pflicht hatte er das Video allerdings viele Male sehen müssen, und schon bald hatte die Idee wieder in ihm rumort. Bis er beschlossen hatte, es zu versuchen.

Der Hintergrund, vor dem die drei vermummten Männer den Penner gefoltert hatten, war zweifellos die Villa Zernich. Die Mauer einer der loggienartigen Remisen, der östlichen vermutlich, war gut zu erkennen, und ebenso ein Stück Wand des übrigen Gebäudes. Auch ein Teil eines großen Fensters war zu sehen, das auf den herrlichen Palladiogarten hinausging. Vergrößerte man diesen winzigen Ausschnitt, entdeckte man auf dem Fensterglas einen Schatten.

Vielleicht von einem Möbelstück. Oder es war nur ein Fleck auf dem Film. Eine Delle im Glas, ein Kratzer. Es konnte alles Mögliche sein. Auch die Spiegelung eines Menschen, der dem Schauspiel gegenüberstand.

Vielleicht war es der vierte Mann, der die Kamera bediente, um das Leiden des heiligen Petrus zu filmen. Der geheime Regisseur des Grauens.

Manna beschloss, der Sache auf den Grund zu gehen, ohne Costa einzuweihen. Er mochte keine falschen Hoffnungen wecken. Und er war sich nicht sicher, ob seine Säuberungs- und Filterprogramme etwas Brauchbares zustande brächten. Doch es kam etwas dabei heraus. Nicht viel mehr als ein Gespenst. Aber im Glas spiegelte sich eindeutig eine menschliche Figur, die mit der Kamera hantierte. Das Gesicht war teilweise dahinter verborgen und wegen der schlechten Filmqualität nicht zu erkennen. Doch irgendwann, wegen einer Lichtveränderung oder weil sich der Kameramann bewegte oder eine Wolke vorüberzog, wurde die Spiegelung deutlicher. In dem Moment hatte der Mann sein Gesicht bewegt und aus dem Schattenkegel der Kamera treten lassen. Nur für einen Wimpernschlag. Doch er genügte. Er lächelte. Der von Nägeln durchbohrte Alte starb vor seinen Augen, und er lächelte.

»Erkennt man das Gesicht?«, fragte Costa am Telefon.

»Ja. Nicht gut, aber es ist zu erkennen …« Loris klang atemlos. »Ich habe es mit den Fotos verglichen, die ich finden konnte. Das Internet ist voll mit Bildern von ihm. Sicher, es sind dreißig Jahre vergangen, er hat sich ganz schön verändert, und die Qualität ist, wie gesagt, nicht besonders. Es ist nur eine Spiegelung in einer Fensterscheibe. Aber ich würde sagen, er ist es.«

»Wer? Altieri?«

»Altieri muss einer der drei Kapuzenkerle sein. Er ist nun mal seine rechte Hand, sein Handlanger, nicht wahr?«

Costa nickte. Ja. Das klang logisch. Zwingend geradezu.

»Zernich.«

116

Er wohnte in Piove di Sacco, einem großen Dorf auf halbem Weg zwischen Padua und der Lagune von Venedig, in einer der zahlreichen Gegenden im Osten, die noch nicht Meer und nicht mehr Land waren und in denen zu leben unmöglich schien, wenn man nicht dort geboren war. Das schmucklose, einstöckige Häuschen stand an einer Landstraße, die aus dem Nichts zu kommen und wieder darin zu verschwinden schien, gesäumt von einem weiteren Dutzend identischer, gesichtsloser, kaum unterscheidbarer Häuser. Die einzige Besonderheit dieses Ortes war ein mehrere Hundert Jahre alter Glockenturm, der auf der gegenüberliegenden Straßenseite aufragte. Er gehörte zu einem Sprengel, der von dem Bau des Asphaltbandes überrumpelt worden war und inzwischen aufgehört hatte, Gott in seinen Mauern willkommen zu heißen.

Costa parkte den Wagen auf dem schmalen Streifen vor Domenico Carusos Haus, möglichst dicht am Zaun, um nicht halb auf der Straße zu stehen, auf der im Minutentakt Autos und Lkw vorbeischossen, ohne sich um die kümmerliche Wohnsiedlung zu scheren. Ihre Geschwindigkeit steigerte den Verkehrslärm, und zweifellos war der Wert der Häuser seit dem Bau dieser unnötigen Verkehrsader in den Keller gegangen. Ein paar Minuten lang blieb Costa im Auto sitzen und versuchte, sich den Mann vorzustellen, der allein in diesem Haus lebte, das eher zur Verbüßung einer Strafe denn für den wohlverdienten Ruhestand geeignet schien.

Er musste mehrmals klopfen, ehe Maresciallo Caruso öffnete.

Im Halbschatten sah er sehr viel jünger aus als achtzig. Dann wurde klar, weshalb. Carusos glatte, glänzende Haut war nicht seiner Rüstigkeit, sondern vermutlich einer Cortisontherapie geschuldet. Auf den zweiten Blick wirkte er aufgedunsen. Die kleinen, schwarzen Augen verschwanden zwischen Hautwülsten, und Gespinste feiner Äderchen zeichneten Landkarten von Schmerz und Resignation auf sein Gesicht.

»Wer sind Sie?«, fragte er kurzatmig und feindselig. »Ich erwarte niemanden.«

Costa zeigte ihm seine Marke, die der Alte misstrauisch beäugte.

»Von denen habe ich schon einige gesehen«, sagte er. »Das heißt gar nichts.«

»Mein Name ist Fabio Costa. Ich muss mit Ihnen sprechen. Ich werde Ihnen nicht viel Zeit rauben.«

»Interessiert mich nicht. Lassen Sie mich in Ruhe.«

»Nur fünf Minuten. Ich würde mit Ihnen gern über einen Fall sprechen, mit dem Sie vor vielen Jahren befasst waren.«

Caruso blieb reglos in der Tür stehen. »Ich bin schon zu lange pensioniert, Dottor Costa. Und die Erinnerung funktioniert nicht mehr so wie früher. Es tut mir leid, aber ich kann Ihnen nicht helfen.« Er wollte die Tür schließen, aber Costa legte eine Hand dagegen und hinderte ihn daran.

»Ich bin alt und krank. Lassen Sie mich gefälligst in Ruhe!« Sein scharfer Ton ließ Costa den einstigen harten Bullen erahnen. In dem aufgeschwemmten Körper verbarg sich noch immer eine Polizistenseele.

»Das werde ich, Maresciallo, ich werde Sie in Ruhe lassen,

wenn Sie so gütig sind, mir zuzuhören. Sie haben eine Kollegin von mir kennengelernt, Dottoressa Valentina Medici. Ich weiß, dass sie bei Ihnen gewesen ist, und jetzt ist sie verschwunden. Und zwar wegen etwas, das Sie ihr verraten haben. Deshalb werden Sie jetzt ein bisschen Zeit für mich übrig haben ... so oder so.«

Er bluffte. Er hatte nicht den kleinsten Beweis, dass Valentina Caruso wirklich getroffen hatte. Aber der Alte wurde starr und erwog offenbar seine Optionen. Schließlich trat er resigniert zur Seite.

»Kommen Sie rein. Aber schnell, Herrgott noch mal!«

Als die Tür sich hinter ihnen geschlossen hatte, wurden Carusos Augen zu schwarzen Scheinwerfern. Seine Stimme zitterte, während er sagte: »Es tut mir leid wegen Ihrer Kollegin. Aber ich hatte ihr gesagt, dass es gefährlich ist. Und wenn Sie hier sind, dann bedeutet das, dass sie tot ist.«

117

Der Mietwagen war ein unbequemer Dacia Sandero, dessen Heizung sich weigerte, ihren Dienst zu tun. Während Manna auf dem Beifahrersitz ein Foto nach dem anderen knipste und sich nicht daran zu stören schien, fürchtete Piovesan am Steuer, die Finger könnten ihm im nächsten Moment abfrieren.

»Hast du nicht geprüft, ob alles richtig funktioniert?«, fragte er den Ermittler. »Man erfriert hier drin!«

Manna begutachtete die letzten Aufnahmen auf dem Display seiner Nikon. »Ich wollte ein Auto, das nicht auffällt, und da kam nur dieser infrage. Er sollte eigentlich gewartet werden, aber wir brauchten ihn sofort, oder nicht?«

»Keine Ahnung. Das kommt mir alles wie Zeitverschwendung vor.«

»Seit wann bist du bei der mobilen Einheit?«

»Eigentlich bin ich nur auf Probe und warte darauf, ob ich bleiben kann oder nicht … seit fünf Monaten.«

»Und vorher?«

»Verwaltung. Aber ich wollte Polizist werden und kein Sesselfurzer.«

»Jedenfalls bist du zu jung. Du musst noch ein bisschen die Regeln lernen. Observationen sind langweilig und können Tage dauern. Daran gewöhnst du dich besser, wenn du diesen Job machen willst.«

Piovesan war nicht überzeugt. Seit Tagesanbruch folgten sie Altieri, und es war noch immer nichts passiert. Genau wie in den Wochen zuvor, als Valentina sein Telefon abgehört hatte. Gewiss, jetzt schien die Sache leichter zu sein. Es war denkbar, dass Altieri sich nun sicherer fühlte und sich frei bewegte. Mit dem GPS konnten sie ihn davonfahren lassen, wenn zu viel Verkehr war oder sie auf einer einsamen Landstraße riskierten, entdeckt zu werden. Und obwohl Piovesan Costa und Manna das gleiche uneingeschränkte Vertrauen entgegenbrachte wie Valentina, dachte er hin und wieder, dass dieses Unterfangen eine Sackgasse war. Vielleicht hatte Lomastro im Grunde recht: Der Fall Sileri war mit dem Tod des Mörders gelaufen.

»Wo fährt er denn jetzt hin? Ist es nicht Zeit für seine übliche Runde?« Loris überprüfte das Sendersignal auf dem Tablet. Der Pfeil, der Altieris Auto anzeigte, hatte soeben die Stiftung verlassen und bewegte sich Richtung Norden, obwohl der Mann um diese Zeit für gewöhnlich zu seiner üblichen Kontrollrunde in die Euganeischen Hügel fuhr.

Piovesan warf einen Blick auf den Bildschirm und änderte die Richtung, um Altieri zu folgen. Vielleicht war er zu vorschnell gewesen. Zum ersten Mal wich ihr Zielobjekt von seiner Routine ab.

Schon bald blieb das Signal stehen.

»Wo ist er?«, fragte Loris.

»Dort«, sagte Piovesan, bremste ab und deutete auf den dunklen Porsche, der unweit vor ihnen auf einem Behindertenparkplatz an der Umfriedungsmauer einer riesigen Villa parkte. Gegenüber dem Gebäude, versteckt hinter den Bäumen eines fraglos wunderschönen Gartens, floss die Brenta friedlich vor sich hin, und weniger als hundert Meter entfernt lagen die Giardini dell'Arena, der Park, den jeder Paduaner kannte.

Piovesan parkte den Dacia möglichst unauffällig am Straßenrand.

»Das ist das Haus von Federico Zernich«, sagte er.

Zernich.

Costa war eindeutig gewesen. »Alles führt uns zu ihm, zu Federico Zernich. Ob das in dieser Fensterscheibe gespiegelte Gesicht wirklich seins ist, ändert nicht mehr viel. Valentina muss über andere Wege auf ihn gekommen sein, aber wenn wir davon ausgehen, dass er hinter den Verbrechen steckt, ergibt alles einen Sinn, alles passt zusammen: das Verbrechen von 1970, der Tod des Landstreichers, auch Sileris Morde. Aber wir müssen ihn mit handfesten Beweisen festnageln. Und als Erstes müssen wir Valentina finden.«

In dem Moment stieg Altieri aus dem Auto, ging auf das große Tor zu, das sich langsam vor ihm öffnete, und war im nächsten Moment dahinter verschwunden.

»Warum ist er nicht mit dem Auto reingefahren?«, fragte Piovesan.

»Wer weiß? Warten wir ab, was passiert.«

Sie mussten sich nicht lang gedulden. Zehn Minuten später öffnete sich das Tor abermals. Altieri tauchte wieder auf, begleitet von einer stämmigen Frau mittleren Alters in einem farblosen Kostüm. Auch auf diese Entfernung fielen ihre dichten Augenbrauen auf.

»Zernichs Pflegerin«, bemerkte Piovesan. »Ich habe sie gesehen, als sie ihn aufs Präsidium begleitet hat. Sie heißt Hannie Janssen, Holländerin, glaube ich, oder Belgierin. Sie arbeitet seit rund zehn Jahren für Zernich, seit er sich nicht mehr selbst versorgen kann.«

Loris schoss eine Salve Fotos.

Altieri blieb stehen und redete ein paar Minuten mit der Frau, dann kehrte er zu seinem Auto zurück. Die Aufmerksamkeit der Frau auf der anderen Straßenseite schien sich auf sie zu richten. Ihre Augen waren geweitet wie die eines Beute witternden Tieres. Einen winzigen Moment lang sah es aus, als hätte sie sie entdeckt. Dann wandte Hannie Janssen den Blick ab und verschwand abermals hinter dem hohen Tor, das sich hinter ihr schloss.

Altieris Cayenne setzte sich wieder in Bewegung, und sie hängten sich an ihn dran.

»Sieht nicht so aus, als wollte er heute die Stadt verlassen«, meinte Piovesan und starrte auf die Rücklichter des Porsche. »Glaubst du, es ist was im Gange?«

»Ich weiß es nicht. Ich hoffe es. Ich will, dass diese Geschichte endet.«

»Dass sie gut endet, ja, das will ich auch.«

118

Der Alte setzte sich auf ein Sofa undefinierbarer Farbe. In dem Zimmer war nur sein rasselnder Atem zu hören. Seine Augen waren auf den Eindringling geheftet.

Costa blickte sich um. An einem Tisch an der Wand, der mit einem grünen Tischtuch bedeckt war, standen mehrere Polsterstühle. Ungefragt griff sich Costa einen, stellte ihn vor Caruso hin und setzte sich ebenfalls.

»Warum haben Sie das gesagt?«

»Warum habe ich was gesagt?«

»Dass meine Kollegin tot sein könnte.«

»Was wollen Sie von mir?«, krächzte Caruso asthmatisch.

»Nur die Wahrheit, Maresciallo … die Sie meiner Freundin eröffnet haben. Sonst nichts.«

»Ich bin nicht mehr Maresciallo. So hat mich schon ewig niemand mehr genannt.«

»Sie waren Polizist. Das bleibt man für immer.«

»Ja?«

»So heißt es.«

Der Alte schien darüber nachzudenken. »Wenn ich ein guter Gastgeber wäre, müsste ich Ihnen was zu trinken anbieten«, sagte er zwischen zwei Atemzügen. »Vielleicht einen Kaffee. Aber ich habe nichts da. Ich will nur, dass Sie wieder verschwinden.«

»Ich werde gehen, sobald Sie mir alles gesagt haben, was Sie wissen.«

»Ich habe nichts zu sagen. Mein Gedächtnis hat sich verabschiedet.«

»Das nehme ich Ihnen nicht ab.«

»Glauben Sie doch, was Sie wollen. Ich möchte nur, dass Sie mich in Ruhe lassen.« Seine Stimme zitterte. Er flehte fast.

»Meine Freundin war hier bei Ihnen. Es ging um etwas Wichtiges.«

»Ihre Freundin war auf dem Holzweg …« Er biss sich auf die Lippe, als wollte er sich am Weiterreden hindern. »Lassen Sie mich.«

»Warum glauben Sie, dass sie tot ist?«

Seit Caruso diese Voraussage gemacht hatte, glitt Costas Verstand in ungewollte Richtungen ab. Und mit dieser Frage, die er nie hätte stellen wollen, ging ihm zum ersten Mal auf, dass dies die einzige entsetzliche Wahrheit zu sein schien, derer er sicher sein konnte. Valentina war tot. Jeder kleinste Vorfall der vergangenen Tage führte zu dieser Antwort.

»Ich weiß nichts über Ihre Freundin«, röchelte Caruso.

Costa spürte die in einen Winkel seiner Seele verbannte Wut aufwallen. Um ihr ein wenig Luft zu machen, beugte er sich zu Caruso.

»Wie viele Menschen haben Sie im Laufe Ihrer Karriere vernommen, Maresciallo?«

»Was meinen Sie?«

»Ich wette, viele. Genau wie ich. Und wie viele haben Ihnen ihre Vergehen gestanden?«

Caruso antwortete nicht.

»Ich wette, Sie sind ein guter Polizist. Aber das bin ich auch. Und wie Sie habe ich gelernt zu erkennen, wenn jemand lügt, und ihn zum Reden zu bringen. Das hat nichts mit Instinkt zu tun, sondern mit Erfahrung. Hören Sie also auf, mir Scheiße zu erzählen. Beleidigen Sie meine Intelligenz nicht, Kollege.«

Er war Carusos Gesicht so nah, dass der Alte seinen mühsam gezügelten Zorn riechen konnte. Der ehemalige Maresciallo erstarrte. Seine Stimme wurde flehentlich.

»Aber ich weiß wirklich nicht, was mit Ihrer Freundin passiert ist«, sagte er. Costas Miene verhärtete sich noch mehr. »Ich lüge nicht, das schwöre ich. Nur weiß ich nicht, wozu die fähig sind. Vor vielen Jahren haben sie das Gleiche mit mir gemacht. Und daran hat sich nichts geändert. Im Gegenteil, es ist noch schlimmer geworden.«

»Wovon reden Sie?«

Caruso schüttelte den Kopf. Als er weitersprach, schien er eher mit sich selbst zu reden. »Aber ich habe sie gewarnt, ich habe ihr gesagt, dass diese Leute gefährlich sind. Mächtige Leute. Ich konnte damals nichts gegen sie tun und kann es jetzt auch nicht. Doch das ist nicht meine Schuld … Sie haben recht. Ich war ein guter Polizist. Ich war ein verflixt guter Polizist. Aber was hätte ich gegen sie tun sollen?«

Seine Augen waren feucht. Costa hätte nicht zu sagen vermocht, ob aus Selbstmitleid oder aus Wut. Doch von der Furchtlosigkeit, die ihn sein ganzes Leben ausgezeichnet haben musste, war nichts mehr übrig. Seine unterdrückten Tränen rührten Costa nicht, sie widerten ihn an. Dennoch beschloss er, einen anderen Ton anzuschlagen.

»Wovon reden Sie, Caruso? Wer ist so mächtig? Wer hat Sie bedroht?«

Der Blick des Alten blitzte abermals auf, aber diesmal nicht nur aus Angst. Auch in ihm schwelte unterdrückter Zorn. Vielleicht war er es, der ihn am Leben hielt.

Er kniff die Lippen zusammen wie ein Kind.

Costa wollte Zernichs Namen nicht nennen. Nicht als Erster. Er musste aus dem Mund des ehemaligen Polizisten kommen. Doch die Zeit drängte.

Er packte Carusos Handgelenk und spürte, wie zerbrechlich es war. Knochen, die er ohne Weiteres hätte brechen können. Sein Zorn legte sich. Verpuffte. Der Anflug von Scham, den er empfand, wurde von der Überzeugung verdrängt, dass dieser Mann der entscheidende Schlüssel war. Und dass er ihm kostbare Zeit stahl.

Der Alte knetete sich die Hände und machte noch mehr dicht.

Entnervt schüttelte Costa den Kopf. »Helfen Sie mir, Caruso. Sagen Sie mir, was Sie Valentina gesagt haben. Wenn meine Freundin in Gefahr ist, geben Sie mir die Chance, sie zu retten. Retten Sie sie, Caruso … Es liegt in Ihrer Hand!«

Etwas schien sich in dem Alten zu rühren. Seine Miene veränderte sich. Doch er sagte noch immer nichts.

»Sie hat Sie nach dem Mord von 1970 gefragt, richtig?«, bohrte Costa und klammerte sich an diesen Anhaltspunkt. »Die beiden ermordeten jungen Leute in … Tombelle. Ich habe recht, nicht wahr?«

Abermals kam Leben in das Gesicht des Ex-Maresciallo. Wieder ließ sich erahnen, wie er früher einmal ausgesehen hatte.

»Mein Gedächtnis ist nicht sonderlich gut«, sagte er langsam. »Aber …«

»Aber?«

»Aber der Mord an diesen armen Teufeln, die Art, wie sie zugerichtet waren …« Er brach ab. Starrte ins Leere. Holte Luft. »Es stimmt. Ich war dort.«

119

»Hast du nicht den Eindruck, er fährt anders als sonst?«

Piovesan kam es nicht so vor. Seit Altieri Zernichs Haus verlassen hatte, kurvte er schon eine halbe Stunde scheinbar ziellos durch die Stadt. Der glänzende Porsche war im frühnachmittäglichen Verkehr nicht zu übersehen, doch auch wenn sie weit hinter ihm blieben, um nicht bemerkt zu werden, blinkte das Pünktchen auf Mannas Tablet unablässig und beschrieb immer weitere Kreise. Aus dem Zentrum hinaus. Ins Zentrum hinein.

»Er hat kein Ziel«, gab Piovesan zu. »Aber zu sagen, sein Fahrstil sei anders als sonst …«

»Aber das ist er. Es sind nur Winzigkeiten, aber trotzdem. Vielleicht haben wir Schwein, mein Freund. Altieri hat etwas vor. Und er fährt im Kreis, um sicherzugehen, dass niemand ihm folgt. Lass ihn fahren … Er soll sich sicher fühlen.«

Der junge Polizist zweifelte noch immer an Mannas Theorie. Er hätte dessen Begeisterung gern geteilt, aber es gelang ihm nicht. Vielleicht war er für diesen Job nicht gemacht. Vielleicht war es ein Fehler gewesen, die Amtsstube zu verlassen und sich der mobilen Einheit anzuschließen. Erlasse und Verordnungen, das war sein Brot.

Altieri bewegte sich noch immer innerhalb des Stadtrings. Er hatte ein zweites Mal angehalten, bei einem alten Turm, der sich an der Gabelung zweier Kanäle erhob und in ein glänzendes Baugerüst gezwängt war. Er hatte den Wagen an der Mündung einer Gasse geparkt, die auf das Bauwerk zuführte. Auf einem Schild waren Restaurierungsarbeiten ausgewiesen.

»Die Sternwarte«, hatte Piovesan bemerkt. »Eines der historischen Baudenkmäler, die die Zernich-Stiftung restaurieren lässt. Eines von vielen.« Er hatte Manna angesehen, als suchte er Bestätigung, dass der alte Herr in diese Geschichte verwickelt war. Der Wohltäter von Padua.

Nach kaum fünf Minuten war Altieri zum Auto zurückgekehrt, augenscheinlich hatte er die Baustelle kontrolliert, auf der gerade nichts los zu sein schien. Dann hatte er seine scheinbar ziellose Fahrt fortgesetzt.

Doch jetzt zeigte der rote Pfeil an, dass Altieri abermals angehalten hatte. Laut GPS war er rund zweihundert Meter vor ihnen.

»Da ist er«, rief Manna. »Fahr vorbei, los, nicht stehen bleiben!«

Auch Piovesan hatte ihn gesehen. Der Porsche stand an der Straße. Ein Vorstadtviertel. Große Mehrfamilienhäuser, wenige Leute auf der Straße. Altieri betrat einen Internet-Point. Ehe er darin verschwand, blickte er sich um.

Dieses Verhalten war überraschend und unmissverständlich: Altieri vergewisserte sich, dass niemand ihm folgte.

Rund zwanzig Meter weiter vorn stoppte Piovesan den Sandero. In den Außenspiegeln konnten sie den Ladeneingang gefahrlos im Auge behalten. Sie mussten vorsichtig sein. Ihr Auto war unauffällig, aber sie folgten ihm bereits seit dem Morgen. Und dieser Mann war nicht blöd. Offenbar wusste Manna den abgelegenen Parkplatz zu schätzen, denn er warf Piovesan ein anerkennendes Lächeln zu, der sich allmählich wie ein richtiger Bulle fühlte.

Eine halbe Stunde später kam Altieri wieder heraus. Er schaute sich abermals flüchtig um und setzte sich ans Steuer.

»Traust du dir zu, allein weiterzumachen?«, fragte Manna und blickte aus dem Fenster. Piovesan wollte etwas sagen, doch der andere kam ihm zuvor: »Klar traust du dir das zu.«

Ohne eine Antwort abzuwarten, schlüpfte er aus dem Wagen, überquerte die Straße und verschwand im Internet-Point.

Mit offenem Mund saß Piovesan da. Starrte auf den leeren Beifahrersitz, auf dem nur noch Mannas Tablet lag. Er klappte den Mund wieder zu und blickte sich um.

»Klar, sicher doch! Geh ruhig!«, sagte er laut.

Das Tablet fing wieder an zu blinken, und sein Puls ging ein wenig heftiger.

Altieris Cayenne entfernte sich. Piovesan bog vorsichtig auf die Straße und machte sich an die erste eigene Verfolgung seines Lebens.

120

»Ich war dreißig Jahre alt und hatte schon alles Mögliche gesehen. Damals war es nicht wie heute, wo man das Büro kaum verlassen muss, um Karriere zu machen. Damals war man von morgens bis abends auf der Straße, kannte die Stadt samt den Ratten, die darin wohnten, wie seine eigene Westentasche, wie sein eigen Fleisch und Blut. Man verdiente sich seine Sporen, wie es bei uns hieß. Aber so etwas war mir noch nie untergekommen. Weder mir noch meinen Kollegen. Das reinste Grauen, Dottore …«

Der schwindende Nachmittag und die dicken Vorhänge ließen Domenico Carusos Wohnzimmer noch düsterer und bedrückender erscheinen. Die wachsende Dunkelheit und seine schnarrende, vom röchelnden Atem durchsetzte Stimme taten das Ihrige, um Costa in jenes regenreiche Jahr 1970 zu katapultieren, in dem alles seinen Anfang genommen zu haben schien.

»Ich kannte die beiden jungen Leute. Marco Albanesi stammte aus guter Familie und war schon lange amphetaminabhängig. Damals war das die am meisten verbreitete Droge, wissen Sie. Lange vor Heroin. Er war zweiundzwanzig, aber er hätte sowieso nicht lange gelebt, so sehr hatte ihn der Dreck zerstört, den er sich in die Adern spritzte. Mindestens einmal pro Woche kreuzte sein Vater bei uns auf und flehte uns an, ihn zu retten oder zu verhaften. Aber was sollten wir machen? Man hätte ihm sehr viel früher helfen müssen. Ich sage es nicht gern, aber dieser Junge war wie viele andere seiner Generation verloren. Linda war eine Prostituierte. Sie war wohl ein paar Jahre älter als Marco. Ich lernte sie kennen, als sie auf den Strich ging. Sie schien nie etwas anderes gemacht zu haben. Sie kam nicht aus Padua, aber hatte sich dort niedergelassen. Sie war harmlos, auch wenn sie in diesem widerwärtigen Umfeld lebte. Abgesehen davon, waren die beiden nette junge Leute. Sie hatten nur Pech, wenn Sie verstehen, was ich meine, Dottore. Aber so ein Ende hatten sie bestimmt nicht verdient.«

Caruso erinnerte sich an jedes Detail, als hätte man die Leichen gerade erst entdeckt.

»Sie umarmten einander. Sein Kopf lehnte an ihrem. Wären die beiden schmuddeligen Tücher nicht gewesen, mit denen sie umwickelt waren, hätten sich ihre Lippen berührt. Ein entsetzlicher Anblick, glauben Sie mir. Und ich hatte schon so einige Tote gesehen …« Er machte eine Pause. In seiner Stimme lag etwas Wässriges, als schmeckte er der Bitterkeit dieser Erinnerung nach.

»Jemandem war die Ähnlichkeit mit einem berühmten Bild aufgefallen, *Die Liebenden* von Magritte. Ich kannte mich mit Kunst nicht aus, daran hat sich nichts geändert, aber ich habe Bilder von dem Gemälde gesehen. Überhaupt darauf zu kommen, diese abstoßende Inszenierung wäre damit vergleichbar, sagte einiges über die verdrehte Mentalität mancher Journalisten. Aber tatsächlich war dies einer der Ansatzpunkte unserer Ermittlungen … Ein Mörder, der sich an Kunstwerken inspirierte. Eine absurde Idee. Damals sprach noch niemand von Serienkillern oder so was. Wir wussten nicht, was ein Serienmörder ist. Darauf waren wir nicht vorbereitet.«

Ihm entfuhr ein Schluchzer.

»Und eure Ermittlungen führten zu nichts?«, fragte Costa behutsam, um den dünnen Erinnerungsfaden nicht zu zerreißen.

»Ermittlungen? Es gab keine Ermittlungen. Wir haben zwar was gemacht, aber wenig. Niemand hatte Interesse daran, den Mörder zweier Außenseiter zu finden, außerdem gab es nicht viele Spuren, denen man hätte nachgehen können.«

»Wie kann das sein? Die Freunde, die Bekanntschaften … Ein Fixer und eine Nutte … Allein aus dem Drogenmilieu und dem Kreis der Freier hattet ihr bestimmt Dutzende Namen zu überprüfen.«

»Ja, die übliche Routine.« Seine Stimme wurde kräftiger. Wieder konnte Costa den Maresciallo von früher erahnen. Ab und zu stiegen Bruchstücke seiner Persönlichkeit wie Blasen in einem Weiher an die Oberfläche. »Es ist nicht so, als hätten wir keine Verdächtigen gehabt. Und ob wir die hatten. Besser gesagt, ich hatte ihn. Einen einzigen. Einen einzigen Schuldigen. Ich war fast zufällig darauf gekommen. Aber als ich damit herausrückte, ist etwas passiert …«

Plötzlich waren nicht mehr nur sie beide in diesem von Schatten und Erinnerungen erfüllten Zimmer. Da war noch jemand. Lautlos. Lauschend. Die beiden Liebenden waren dort bei ihnen und warteten seit einem halben Jahrhundert auf dieses Geständnis.

»Wer?« Doch Costa wusste es bereits. In seinem Herzen wusste er es.

»Federico Zernich«, murmelte Caruso kaum hörbar. »Alle wussten, wer Federico Zernich wirklich war. Aber nur ich hielt ihn für einen verdammten Mörder. Und das kam mich teuer zu stehen. Es kostete mich alles.«

121

1970 war Federico Zernich erst zweiundzwanzig, genauso alt wie Marco Albanesi, mit dem er als Kind befreundet gewesen war. Caruso hatte es gewagt, auf eigene Faust ein paar Nachforschungen anzustellen, nachdem Zernich, genau wie andere junge Leute aus dem Umfeld, von ein paar gelangweilten und schluderigen Beamten der mobilen Einheit vernommen worden war. Seine Antworten waren nicht überzeugend gewesen. Das mussten sie auch nicht sein. Federico konnte sich sicher sein, dass niemand gegen ihn ermitteln würde. Niemand hätte es gewagt. Warum sich die Mühe machen und sich ein halbwegs wasserdichtes Alibi beschaffen?

Aber der Maresciallo hatte mehr wissen wollen.

So hatte er herausgefunden, dass Federico Zernich allem Anschein zum Trotz keine einfache Kindheit gehabt hatte. Sein Vater Nicola war gefühlskalt, seinem Sohn gegenüber vollkommen gleichgültig und fast immer abwesend. Wenn er nicht arbeitete, vertrieb er sich die Zeit mit Edelnutten. Selbst vor seiner Frau, der magersüchtigen, kalten Marta, machte er aus seiner Leidenschaft für bezahlten Sex keinen Hehl. Sie wiederum pflegte nur eine Liebe: die für die Kunst, der sie sich Vollzeit widmete. Sie hatte eine der wichtigsten Gemäldesammlungen Norditaliens aufgebaut. Es hieß, sie sei eher von den Künstlern begeistert als von deren Kunst, doch das war womöglich nur ein übles Gerücht, weil sie attraktiv war und aus ihren täglichen Begegnungen mit den von ihr geförderten Künstlern kein Geheimnis machte.

Federico war allein aufgewachsen, in der Obhut von Kindermädchen und Hausangestellten, die mit ihrer Abneigung gegen den Jungen, der sich bereits in zartem Alter recht eigentümlich benahm, nicht hinterm Berg hielten. Zunächst schien sein Hang zur Gewalt nur eine Facette seines zunehmend schwierigen Charakters zu sein. Doch überstieg die Grausamkeit, die er an den Tag legte, den üblichen kindlichen Mangel an Mitgefühl bei Weitem. Eines der früheren Kindermädchen, die Caruso hatte ausfindig machen können, hatte ihm gestanden, der junge Federico Zernich pflege eine krankhafte Leidenschaft für den Tod. Sie habe ihn mehrmals schlafend in der Familiengruft der Villa gefunden, in Gesellschaft von toten Tieren, die er an die Brust drückte. Hunde, Katzen, einmal eine fette Ratte, die er höchstwahrscheinlich eigenhändig getötet hatte. Als die Frau versucht hatte, mit den Zernichs darüber zu sprechen, war sie auf der Stelle entlassen worden. Natürlich hatte die Zeugin Caruso klargemacht, dass sie sich weigern würde, jedwede diesbezügliche Aussage zu Protokoll zu geben. Die Zernichs waren zu mächtig, als dass man ungestraft schlecht über sie sprechen konnte.

In seiner Jugend hatte Federico mehr Interesse für ein ausschweifendes Leben denn für die Familienunternehmen gezeigt, die er einmal erben sollte. Caruso hatte alte Polizeiprotokolle ausgegraben, in denen es um nächtliche Spritztouren mit seinen Freunden ging, die häufig in sinnloser Gewalt endeten. In mindestens zwei Fällen war der gerade volljährige Junge wegen Misshandlung von Prostituierten angezeigt worden. Eine von ihnen landete wegen mehrerer Schnittverletzungen im Krankenhaus. Der Angreifer hatte sich laut Befund einen Spaß daraus gemacht, ihrem Unterleib zahlreiche Schnitte zuzufügen, um einen stilisierten Phallus nachzuzeichnen.

Dennoch wurde gegen den jungen Mann nie Anklage erhoben. Die Prostituierten hatten ihre im ersten Moment gemachten Anzeigen nicht bekräftigt, und abgesehen von ihren Aussagen, gab es gegen den Jungen keine Beweise. Es passierte nichts, weder in diesem Fall noch zu anderen Gelegenheiten. Jedes Mal bezahlte der Vater, der weder Lust noch Zeit hatte, sich mit den Umtrieben seines Sohnes die Hände schmutzig zu machen, schweigend die Opfer und die Ermittler. Manche behaupteten, auch ein paar Richter stünden auf seiner Gehaltsliste. Von der Polizei ganz zu schweigen. Schließlich handelte es sich um die Zernichs, die ganze Stadt gehörte ihnen.

Also wagte es niemand, Federico Zernichs Alibi für den mutmaßlichen Tag des Mordes an Marco Albanesi und Linda Bordoni zu überprüfen, obwohl es zahlreiche Hinweise gab, dass er mit beiden Umgang gepflegt hatte. Jemand behauptete sogar, sie am Abend vor ihrem Verschwinden zusammen gesehen zu haben. Angeblich ein unglaubwürdiger Zeuge, der nicht weiter in Betracht gezogen wurde. Das Schicksal der Ermittlung zum Doppelmord von Tombelle war praktisch besiegelt. Der Fall wurde schon bald archiviert, und niemand hatte etwas dagegen einzuwenden.

»Aber ich habe es am Anfang versucht«, sagte Caruso. »Ich weiß nicht genau, warum. Vielleicht kam es mir ungerecht vor, dass der Tod dieser beiden armen Teufel ungestraft blieb. Vielleicht tat ich einfach nur meine Arbeit. Aber ich wusste, dass es ein harter Kampf werden würde. Also sprach ich zuerst mit dem Kollegen, mit dem ich zusammenarbeitete. Franco, er hieß Franco Galati …« Er sah Costa an, doch sein Blick durchforschte die Erinnerungen. »Er war mein Partner. Sie wissen, wovon ich rede, oder?«

Ja, Costa wusste es. Das war früher gängige Praxis gewesen.

Die Polizisten gingen zu zweit auf Streife, ermittelten, saßen stundenlang auf der Lauer, riskierten ihr Leben. Die auf Dienstanweisung gebildeten Paare blieben fast immer dieselben und mündeten häufig in unerschütterliche Freundschaften. Bei der Polizei war ein Partner etwas Bedeutendes und geradezu Heiliges. Manchmal war man einander näher als der Ehefrau oder dem eigenen Bruder.

»Gut«, fuhr Caruso fort, »wenn Sie wissen, was ich meine, wissen Sie auch, wie wichtig mir die Meinung meines Partners war. Es war undenkbar, dass ich einen Verdacht wie den gegen Zernich nicht mit ihm teilte. Doch zum ersten Mal waren wir nicht einer Meinung. Franco beschloss, mir bei der Ermittlung nicht zu helfen. Er sagte, ich hätte mich verrannt, und es gebe so viel anderes zu tun, dass es keinen Sinn habe, mit dieser Geschichte Zeit zu verplempern. Wie dem auch sei, er war der Erste, der mich davon abbringen wollte. Und natürlich war er bei der Entdeckung der beiden Leichen auch dabei gewesen. Ich weiß, manchmal hat man einen unterschiedlichen Blick auf die Dinge. Selten, aber es kommt vor. Und normalerweise hätte ich auf seinen Ratschlag gehört. Aber diese Sache konnte ich nicht hinnehmen. Ich war von meinem Verdacht gegen Zernich dermaßen überzeugt, dass ich – entgegen Francos Rat – mit meinem damaligen Vorgesetzten sprach. Natürlich wollte der davon nichts hören. Er war genauso ein Feigling wie alle anderen. Also beschloss ich, direkt mit dem Ermittlungsrichter zu sprechen, der mit dem Fall betraut war.« Er verstummte abermals, und diesmal ließ er sich mehr Zeit, ehe er fortfuhr. Costa konnte förmlich sehen, wie sein Gedächtnis arbeitete. Es rekonstruierte einen der entscheidendsten Momente seines Lebens. Wer weiß, ob Valentina es genauso empfunden hatte.

»An dem Morgen, als ich einen Termin beim Richter hatte«, fuhr Caruso fort, »wurden wir dringend zum Dienst einberufen. Nicht nur wir, sondern das gesamte Präsidium. Vor der Uni hatte es Studentenausschreitungen gegeben. Damals war es egal, ob man bei der mobilen Einheit oder bei der Fremdenpolizei oder sonst wo Dienst tat. Es hatte bereits die ersten Proteste und Straßenkrawalle gegeben, und ich versichere Ihnen, die hatten nichts mit diesen weinerlichen Demos von heute zu tun. Der Terrorismus wurde vor unseren Augen geboren, und Padua stand im Fadenkreuz. Wir alle waren an dieser Front im Einsatz, nicht nur die politische, auch wir von der mobilen Einheit. Jedenfalls, als wir an dem Tag vor Ort eintrafen, war das Einsatzkommando bereits da … Die Abteilung Padua war immer eine der effizientesten. Wir vom Präsidium kontrollierten die Außengrenzen des Univiertels. Doch ein Demonstrationszug brach durch die ersten Barrikaden und stürmte auf uns zu.« Er holte Luft. Schien ein Schaudern zu unterdrücken. »Ich war mit Franco zusammen, wie immer. Aber kurz darauf brach um uns das Chaos los. Es herrschte völliges Durcheinander. Es war wie in einer Schlacht, zwischen Rauchbomben und Molotowcocktails, die auf uns niederregneten. Dann hat jemand geschossen. Mehrmals. Und ich wurde getroffen. Eine einzige Kugel. In diese Schulter.«

Unaufgefordert knöpfte Caruso sich das karierte Hemd auf und zeigte ihm eine kleine Narbe auf der Höhe des Schlüsselbeins.

»Sehen Sie? Ich lüge nicht. Ein einziger Schuss. Das erste und letzte Mal, dass ich im Dienst verwundet wurde. Ich ging zu Boden, wurde jedoch nicht ohnmächtig. Ich spürte nicht einmal den Schmerz, oder vielleicht doch, wer weiß das schon? Jedenfalls war ich noch am Leben. Als ich ins Krankenhaus gebracht wurde, sagten die Ärzte, alles sei gut gegangen, der Knochen habe die Kugel aufgehalten. Doch ich war über einen Monat dienstunfähig. Und dieser Ermittlungsrichter hat bestimmt nicht gewartet, bis ich entlassen wurde. Er hat die Ermittlung ordnungsgemäß archiviert. Zernich wurde nicht einmal zu den Verdächtigen gezählt. Rückblickend hätte ich womöglich nicht viel ausrichten können, aber ich hätte es versuchen können.«

»Aber das haben Sie nicht«, sagte Costa. »Es versucht, meine ich.«

In Carusos Blick trat ein seltsames Leuchten. »Nein. Ich habe nicht mehr nach Beweisen gesucht, um Federico Zernichs Schuld zu belegen. Und wissen Sie, warum? Wissen Sie, was mich hat begreifen lassen, dass ich dieses Monster niemals vor Gericht bringen würde?«

Costa ahnte es bereits. Caruso las die Antwort in seinem Blick.

»Sie wissen es, nicht wahr? Sie sind clever. Mir wurde alles klar, als ich noch im Krankenhaus war und mit den Ärzten sprach. Sie erklärten mir, dass die Kugel nicht aus dem Demonstrationszug abgefeuert worden war, sondern von hinten. Von dort, wo unsere Leute standen.«

Er schwieg erneut. In der abermaligen Stille musste Costa sein Urteil über den alten Maresciallo revidieren. Dieser musterte ihn jetzt, als wollte er sich klar darüber werden, was wirklich von diesem Beamten zu halten war, der, wie Valentina, in sein Haus gekommen war und ihn gezwungen hatte, eine Vergangenheit wiederaufleben zu lassen, die er am liebsten vergessen wollte.

»Begreifen Sie jetzt, warum ich aufgehört habe zu graben?«

»Ihr Kollege. Ihr Partner …«, murmelte Costa.

»Sehr gut, Dottore. Mein Partner … Himmel, mein Bruder! Am Ende kam ich per Zufall dahinter … oder vielleicht nicht. Vielleicht hatte er es nie vor mir verbergen wollen. Es war, als er mich im Krankenhaus besuchen kam. Ich konnte es in seinen Augen lesen. In seinem Schweigen. In seiner Befangenheit. Er brachte es nicht einmal fertig, mich anzusehen. Ich wollte es nicht glauben. Aber als ich ihn nach dem Warum fragte, in der Hoffnung, er würde sagen, ich läge falsch oder es sei ein unglückliches Versehen gewesen, verständlich in all dem Chaos … sagte er mir einfach nur, dass seine Frau einen Tumor habe. Ein Hirnkarzinom. Einen Krebs, gegen den man nur mit sehr kostspieligen Behandlungen eine vage Chance hat. Und wissen Sie, wer die Behandlung bezahlen würde? Wer es ihm und seiner Frau erlaubte, sich an diese Hoffnung zu klammern?«

Costa nickte. Die Unfasslichkeit dessen, was Caruso ihm gestand, verschlug ihm die Sprache.

»Ich weiß, ich habe keine wirkliche Entschuldigung dafür, von Zernich abgelassen zu haben«, sagte Caruso. »Und es ist nicht so, als hätte mich diese Kugel so sehr verschreckt, weil ich nie damit gerechnet hatte, im Dienst zu sterben, im Gegenteil. Oder weil mein Bruder auf mich geschossen hat. Der mir übrigens unter Tränen schwor, dass er mich nicht töten, sondern nur aus dem Verkehr ziehen sollte. Nein. Ich war verschreckt, weil ich begriffen hatte, wie viel Macht Zernich besaß und mit welcher Inbrunst er sie nutzte. Ich hatte begriffen, wie dieses Monster tickt. Er würde sich nicht damit begnügen, mich direkt zu treffen, er würde dazu die Menschen missbrauchen, die ich liebte. Jeder, der mir nahestand, wäre in Gefahr. Freunde, Angehörige, jeder. Ich spreche nicht von körperlicher Gefahr. Zernich hatte Francos Seele verdorben. Er hatte sie zerstört. Und das alles, weil ich nicht lockerlassen und recht behalten wollte.«

Er schwieg. Die Stille war noch bleierner als zuvor.

»Und danach?«, fragte Costa. »Was ist danach passiert?«

Caruso blickte ihn wieder an. Er schien ein wenig erleichtert zu sein.

»Nichts«, antwortete er. »Die Akte wurde geschlossen, und das war's. Was sollte denn noch passieren? Ein Drogenabhängiger und eine Nutte. Wen juckte das? Und ich habe wieder das gemacht, was ich wirklich gut konnte, den Bullen geben. Natürlich nicht mehr mit demselben Partner, aber das war mir auch recht. Ich bin noch hier, sehen Sie? Quicklebendig ... wenn auch nicht mehr lange, fürchte ich.«

»Und Zernich?«

»Tja, Zernich ... Nun ja, nach dem Mord an den beiden jungen Leuten und der schauderhaften Inszenierung ist er verschwunden. Jahrelang ließ er sich nicht mehr blicken. Bestimmt nicht aus Reue oder Angst. Ich glaube, wer auch immer Bescheid wusste, hatte dafür gesorgt, dass der Junge gefahrlos abtauchen konnte. Zumindest, bis die Wogen sich glätteten. Wer weiß, vielleicht fürchteten sie, dass irgendein anderer Maresciallo Caruso daherkäme, der mutiger und ehrlicher wäre als ich und die Aufgabe, für die er bezahlt wurde, zu Ende brächte.« Er lächelte bitter. »Ein paar Jahre später kamen seine Eltern bei einem Autounfall ums Leben. Nichts Verdächtiges, auch wenn es merkwürdig war, dass sie zusammen im Jaguar des Alten saßen. Seit Jahren hatten die beiden so gut wie nichts mehr miteinander am Hut. Aber so war es, fragen Sie nicht weiter. Niemand hat Vermutungen angestellt, wie ich sie jetzt in Ihrem Gesicht lese. Und ich habe mich davor gehütet, die Nase hineinzustecken. Ich hatte schon genug abgekriegt.«

Er reckte das Kinn, als wollte er Costa zum Widerspruch herausfordern.

»Aber nach ihrem Tod ist Federico wieder aus der Versenkung aufgetaucht«, fuhr er fort. »Er war erwachsen geworden und schien nicht mehr der verderbte Junge zu sein, der in Luxuskarren herumflitzte und Nutten nachstellte. Er war ein Mann geworden, ein Unternehmer, der das Zeug besaß, die Zügel des väterlichen Imperiums in die Hand zu nehmen und es hervorragend zu leiten. Sogar ein Wohltäter war er. Makellos wie ein frisch aus der Reinigung gekommener Anzug hat er sich der Stadt von seiner besten Seite gezeigt. Clever, nicht wahr? Er hatte sie alle an der Nase herumgeführt. Auch mich, denn für einen kurzen Moment dachte ich – Gott vergebe mir –, dass es vielleicht richtig gewesen war, seiner Verwicklung in den Doppelmord nicht weiter nachzugehen.«

»Aber dann kam die Geschichte mit dem Landstreicher«, schaltete sich Costa ein.

»Ganz genau. Fünfundzwanzig Jahre später ordnete die Bezirksstaatsanwaltschaft Verona eine Reihe von Durchsuchungen an. Es handelte sich um eine große Ermittlung gegen eine Pädophilen-Bande. Die vergriffen sich an Kindern, verstehen Sie? Und verkauften Videokassetten mit abscheulichen, grauenvollen Szenen ... Ein paar von den Scheißkerlen haben wir hochgenommen, aber bei denen zu Hause haben wir so gut wie nichts gefunden. Ein paar Fotos, nichts Relevantes. Besser so. Aber dann habe ich von einem Video erfahren, das während der Aktion beschlagnahmt worden war, ich weiß nicht mehr, wo, und darauf war die Kreuzigung eines alten Mannes zu sehen. Damals gab es für solche Videos noch keine Bezeichnung, aber manche sprachen von Snuff-Filmen ... Keine Ahnung, wie man das ausspricht. Als ich dieses Video gesehen habe, hat etwas in mir klick gemacht.«

Caruso nickte grimmig. Vor Costa saß jetzt der wahre Maresciallo Caruso, der jahrelang bei der mobilen Einheit gedient hatte. Ein echter Bulle, der wusste, was er tat.

»Mir ist die Meldung von dem Obdachlosen eingefallen, der ein Jahr zuvor aus einem Flecken hier in der Nähe, zwischen Padua und Verona, verschwunden war. Da hat etwas in meinem Kopf geklingelt. Ist Ihnen das je passiert? Wenn Sie ein guter Polizist sind, wissen Sie, wovon ich spreche. Das ist nicht Instinkt. Es ist eine Verknüpfung zwischen dem, was wir im Hirn abgespeichert, und dem, was wir vor der Nase haben. Alles fällt einem wieder ein.«

Costa wusste, was er meinte.

»Hin und wieder kommt das vor«, sagte der pensionierte Maresciallo. »Ich habe mir die Einzelheiten zu diesem Verschwinden besorgt. Es gab nur ein Fax mit den Angaben zu dem Mann, das Foto und einen Zeitungsartikel darüber. Ich habe eins und eins zusammengezählt. Die Geschichte des Verschwindens und der Film der Kreuzigung. Der Alte konnte derselbe sein. Ich habe ein bisschen nachgeforscht. Und begriffen. Das war kein Theater, der arme Kerl war wirklich ans Kreuz genagelt worden. Nur ein Mann konnte zu so etwas fähig sein: Federico Zernich. Und wissen Sie, was das Schlimmste war? Dass ich selbst damals, nachdem ich herausgefunden hatte, dass dieses Schwein nie aufgehört hatte, zu foltern und zu töten, nichts unternahm. Nichts, verstehen Sie? Denn ich hatte Angst, dass man mir nicht glauben würde. Dass ich nicht die Kraft hätte, ihn aufzuhalten. Dass mich eine weitere Kugel erwischen würde, und diesmal vielleicht nicht an der Schulter. Dass irgendein anderer mir nahestehender Mensch dazu gebracht würde, mich und sich selbst zu verraten. Und am Ende war es das nicht wert. Wer war denn schon von diesem Wahnsinnigen ermordet worden? Ein Penner, ein Fixer und eine Nutte. Und ich hatte nicht den kleinsten Beweis.«

In der Dunkelheit, die das Zimmer inzwischen in Beschlag genommen hatte, bemerkte Costa, dass Caruso wieder zu weinen begonnen hatte. Jetzt fand er ihn nicht mehr abstoßend, doch er hatte keine tröstenden Worte. Er konnte diesen Mann nicht trösten, denn er hatte recht: Er war schuldig. Schuldig wie all jene, die diesem Mörder freie Hand gelassen hatten, seinen Perversionen, seinem Blutdurst und seiner Leidenschaft für den Schmerz zu frönen.

»Hätten wir ihn aufgehalten, hätten wir viele Leben gerettet«, bestätigte Caruso mit gebrochener Stimme. »Stattdessen haben wir nichts unternommen. Ich habe nichts unternommen …«

Ohne aufzublicken, sagte er in der Haustür die letzten Worte: »Ihre Freundin war erschüttert, als sie ging. Aber auch entschlossen. Ich Feigling sagte ihr nur, sie solle sich in Acht nehmen. Zernich war damals mächtig, und er ist es noch, obwohl er alt und krank ist. Und er ist nicht allein, ist es nie gewesen. Es gibt noch andere. Nicht nur Leute, die ihn decken, weil er einflussreich ist. Ich glaube, es gibt jemanden, der seine kranken Leidenschaften teilt. Aber ich habe keine Beweise. Habe nie welche gehabt. Und wenn ich Ihnen jetzt erzählt habe, was ich weiß, dann nur, weil ich nichts mehr zu verlieren habe. Ich habe keine Freunde mehr. Keine Zukunft. Nichts.« Während er die Tür schloss und in den Schatten zurückkehrte, in dem er lebte, schob er nach: »Ich hoffe nur, dass Ihre Freundin am Ende auch ein bisschen feige war.«

Doch beide wussten, dass Valentina nicht so war.

Nachdem er sich verabschiedet hatte, kam Costa nicht umhin, diesen Besuch mit dem Treffen zu vergleichen, das er mit Sileris Freundin Loredana Talischer gehabt hatte. Sie und der alte Maresciallo. Zwei so unterschiedliche und doch in einem ähnlichen Schicksal vereinte Menschen. Beide haderten mit einem Leben, das von der Begegnung mit dem Bösen verdüstert war. Beide versanken in Einsamkeit und in dem Bewusstsein, nichts unternommen zu haben, um sich selbst und die anderen vor der Bösartigkeit zu retten, der sie in die Augen geblickt hatten und der sie sich hätten entgegenstellen können.

Das Auto verschlang die Straße, die ihn zurück nach Padua brachte. Ein Teil seines Bewusstseins starrte auf das von den Scheinwerfern beleuchtete Asphaltband, ein anderer Teil ließ Carusos Worte Revue passieren. Valentina hatte recht. Die Lösung lag direkt vor ihren Augen. Doch man musste wissen, wie man sie zu fassen bekam.

123

»Er fährt stadtauswärts. Was soll ich tun?«

Loris Manna starrte auf den Computerbildschirm, und auf seiner Zunge lag ein seltsamer Geschmack nach Erde und Salz. Was er sah, ergab einen Sinn. Und es machte ihm Angst.

»Also?« Gabriele Piovesans Stimme in den Handykopfhörern hatte einen inständigen Beiklang. »Was soll ich machen?«

»Bleib an ihm dran«, antwortete Manna abwesend, den Blick auf das geheftet, was er vor sich auf dem Monitor hatte. Ohne eine Antwort abzuwarten, legte er auf. Er musste über das, was er herausgefunden hatte, nachdenken.

Der Internet-Point hatte sechs Plätze, die bis auf seinen alle unbesetzt waren. Der Pakistaner am Tresen hatte leicht den Mund verzogen, als Loris sich ausgewiesen und gefragt hatte, wo der Mann, der gerade gegangen war, gesessen hatte.

»Ich halte mich an die Vorschriften und zahle meine Steuern!«, hob der Inhaber an, und Loris entgegnete, dass seine Steuern ihm schnuppe seien und er nur denselben Computer benutzen wolle wie der Typ. Der Mann hatte ihn ohne ein weiteres Wort zum Platz begleitet.

Es war nicht leicht, die von Altieri besuchten Webseiten wiederherzustellen, aber Loris kannte ein paar Tricks von einem Anonymous-Hacker, der im Jahr zuvor bei einer Razzia verhaftet worden war. Die Tipps, die er im Tausch für ein gutes Wort beim Richter bekommen hatte, funktionierten, und nach wenigen Klicks surfte Loris auf denselben Seiten wie zuvor Zernichs Lakai. Die Genugtuung währte nicht lang und wich der Verstörung.

Piovesans Anruf hatte ihn nur kurz abgelenkt. Doch jetzt, als er ihn in Verbindung mit dem brachte, was er soeben herausgefunden hatte, ergab alles einen Sinn. Einen unausweichlichen Sinn. Sie mussten sich beeilen.

Er rief Piovesan zurück und mahnte ihn, Altieris Auto nicht aus dem Blick zu verlieren.

»Er ist von der Umgehungsstraße abgefahren und nimmt gerade die 47 … Wir verlassen das Veneto … fahren Richtung Trentino!«, sagte der junge Polizist alarmiert.

»Bleib bloß an ihm dran! Aber halt Abstand. Wir stoßen so bald wie möglich zu dir.«

»Ihr stoßt zu mir? Wer? Wann? Was geht hier ab, Loris?«

»Nicht lockerlassen, ich ruf dich später wieder an. Nicht lockerlassen!«

Er legte auf und wählte Costas Nummer, der sofort ranging, als hielte er das Handy bereits in der Hand.

»Caruso hat es bestätigt«, sagte Costa sofort. »Es war immer Zernich!«

»Ich wusste es! Das Spiegelbild in der Scheibe war wirklich er. Himmel, Fabio … seit wann treibt dieser Psychopath sein Unwesen?«

»Länger, als du denken kannst. Der mordet seit fünfzig Jahren, Loris, und ich fürchte, er ist nicht allein. Ist es nie gewesen.«

»Ich glaube, Altieri war heute bei Zernich, um mit ihm zu reden«, sagte Manna. »Wir haben ihn bis zum Haus des Alten verfolgt. Jetzt hat er die Stadt verlassen. Piovesan ist an ihm dran. Aber da ist etwas, das du wissen, besser gesagt, sehen musst.«

»Sag mir, wo du bist. Ich bin gerade wieder ins Hotel gekommen, aber schon auf dem Sprung. Ich hole dich ab, und dann fahren wir zu dem Jungen.«

»Ich schicke dir meinen Standort aufs Handy. Und … Fabio?« Ein leichtes Zögern.

»Ja?«

»Wenn sie Valentina etwas angetan haben …«

»Ich weiß«, unterbrach Costa ihn zornig. »Ich weiß.«

124

Vor dem Hinausgehen kontrollierte er die Beretta.

Mit dem lauwarmen Stahl zu hantieren, fühlte sich beinahe gut an. Er hatte Waffen nie gemocht und hielt sie lediglich für notwendiges Werkzeug, ein letztes Mittel. Die 9 mm mit doppelreihigem Magazin mit sich herumzuschleppen, hatte ihn immer gestört. Jetzt empfand er das Bedürfnis, sie in der Hand zu haben. Er stellte sich vor, sie auf Altieri zu richten. Auf den alten Zernich. Er würde sie brauchen, um Valentina zu retten.

Oder um sie zu rächen.

Er versuchte, den Gedanken zu verdrängen. Steckte die Waffe in den Gürtel unter dem schwarzen Pullover, schlüpfte in eine Winterjacke und verließ das Zimmer. Ihm war, als würde er sehr viel mehr als eine Hoteltür hinter sich schließen. Er ließ ein ganzes Leben hinter sich. Ein von entsetzlichen und unverzeihlichen Fehlern gezeichnetes Leben. Doch jetzt schenkte es ihm eine letzte, unverhoffte Chance.

Als er zu seinem alten Volvo kam, sah er zwei Männer. Sie machten keinerlei Anstalten, sich zu verstecken. In der kalten Abendluft standen sie neben dem Wagen und warteten offenbar auf ihn.

Als er näher kam, erkannte er Gaetano Lomastro. Der Mann

kam ihm mit einem so offensichtlich falschen Lächeln entgegen, dass es absurd war.

»Fabio Costa! Dann hat man mich doch richtig informiert … Wie geht's, alter Freund?«

Er hielt ihm die Hand hin, ohne den Handschuh auszuziehen, seine Brille war leicht beschlagen. Der durchtrainierte, junge Polizist, der hinter ihm stand, rührte sich nicht und verzog keine Miene.

»Lomastro«, sagte Costa bedächtig. »Bist du wegen mir hier?«

»Na ja, ich wollte wissen, ob es stimmt, dass du in Padua bist. Man hat es mir gesagt, aber das kam mir komisch vor. Ich wusste gar nicht, dass du hier … was eigentlich? Freunde hast? Verwandte?«

Costa musterte ihn. »Tatsächlich wollte ich hier eine Freundin besuchen. Aber keiner weiß, wo sie abgeblieben ist. Valentina Medici. Du kennst sie, oder?«

Lomastros Lächeln blieb unverändert. Unverdrossen redete er weiter. »Hübsches Mädel … und eine hervorragende Polizistin, im Ernst. Aber sie ist schon vor einer ganzen Weile zurück nach Rom. Hat deine Freundin dir nicht gesagt, dass sie mit ihrer Arbeit hier fertig war?«

»Ich habe schon eine Weile nichts mehr von ihr gehört. Vielleicht meine Schuld.«

»Tja, vielleicht. Frauen wollen verwöhnt werden, Fabio. Das weißt du doch, oder? Man muss sie verwöhnen und darf sie nie enttäuschen. Niemals.«

»Also hast du sie nicht mehr gesehen?«

»Wie gesagt, hier war sie mit ihrer Arbeit fertig. Und ehrlich gesagt, mein Freund, ist es mir ziemlich wurst, was die Medici in ihrer Freizeit treibt. Wenn sie nicht nach Rom zurückgefahren ist, fickt sie vielleicht irgendwo jemanden … Soll sie doch, oder?« Er blinzelte ihm zu.

Costa zuckte fast unmerklich, und Lomastro hob schützend die Hand vors Gesicht und drehte den Kopf zur Seite. Dann lachte er nervös.

Costa riss sich zusammen, doch etwas war ihm offenbar anzumerken. Das emotionale Gefängnis, in das er seine Wut verbannt hatte, begann zu bröckeln. Der junge Polizist hinter Lomastro ballte die Fäuste.

»Valentina ist eine Freundin von mir«, sagte Costa gelassen. »Vielleicht solltest du etwas mehr Respekt zeigen, Lomastro.«

Lomastro ließ jede falsche Herzlichkeit fahren. »Dann reden wir mal Klartext«, sagte er. »Mir ist Valentina scheißegal. Wenn ich hier in der Kälte auf dich gewartet habe, dann bestimmt nicht, um Nettigkeiten auszutauschen, sondern um dir Ärger zu ersparen.«

»Aber sicher doch. Ihr seht aus wie zwei Scharfschützen, die auf ihr Ziel warten.«

»Mach dich nur lustig. Deine Valentina ist nicht nur mir und ein paar ehrenwerten Herren dieser Stadt auf den Sack gegangen. Sie hat die halbe Abteilung gegen sich aufgebracht. Wusstest du, dass sie in Rom stinksauer auf sie sind? Auch auf dich übrigens, aber daran bist du ja gewöhnt, oder? Zwischen einem Fick und einem assistierten Selbstmord …«

Er verpasste ihm einen einzigen, knappen Faustschlag auf den linken Wangenknochen, aber in diesem Hieb lag all die Wut der vergangenen Tage. Lomastro ging ohne einen Mucks zu Boden wie eine von den Fäden geschnittene Marionette.

Der andere Polizist trat auf Costa zu, der ihm ins Gesicht grinste. Was er tat, hatte etwas Befreiendes.

»Wenn du willst, verpasse ich dir auch eine. Würde mich freuen. Würde mich wirklich freuen.«

Der Beamte blieb verdutzt stehen. Noch immer beschränkte sich seine Kraftprotzerei auf das Öffnen und Schließen der Fäuste. Es war offensichtlich, dass er seine Möglichkeiten abwägte und beschloss, eine Prügelei zu vermeiden. Stattdessen beugte er sich über Lomastro, der sich noch immer ungläubig das Gesicht massierte.

»Du bist am Arsch, Costa …«, zischte er und spuckte blutigen Speichel auf den eisverkrusteten Straßenbelag. »Du bist am Arsch. Du hast keine Ahnung, in was für eine Geschichte du da hineingeraten bist. Gar keine …«

Auch Costa beugte sich dicht zu Lomastro hinunter, der blass wurde und verstummte. Der Polizist, der seinen Chef stützte, plusterte sich angriffslustig auf. Costa würdigte ihn keines Blickes. Wie Tuaregs vor einem unsichtbaren Lagerfeuer kauerten die drei auf dem Asphalt.

»Nein. *Du* bist am Arsch«, sagte Costa und betrachtete die roten Tröpfchen an Lomastros zitterndem Kinn. »Schon bald wirst du nicht nur für deine Feigheit zahlen, sondern für all jene, die nichts hören, nichts sehen und nichts wissen wollten … Du wirst für jedes Opfer dieser Geschichte zahlen. Auch für die, die dran glauben mussten, ehe du hier warst, um auf deinem Posten zu verschimmeln. Und bete, dass Valentina nicht darunter ist. Denn dann zahlst du direkt bei mir.«

Er richtete sich auf, warf den beiden Männern einen letzten Blick zu und ging zu seinem Auto.

Als er losfuhr, zeigte ihm der Rückspiegel den noch immer auf dem Boden sitzenden Lomastro, der ihm entgeistert und ungläubig nachstarrte.

125

Die Lichter der Stadt waren bereits seit einer Weile verschwunden, und ein langes Asphaltband ließ erahnen, dass die Reise gerade erst begonnen hatte. Rund hundert Kilometer weiter vorn hielt Gabriele Piovesan sie auf dem Laufenden, obschon Loris sein Handy mit dem GPS an Altieris Wagen verbunden hatte und das Signal verfolgen konnte. Sie wussten nicht, was Federico Zernichs Faktotum vorhatte, doch im Lichte dessen, was sie soeben herausgefunden hatten, ließ der plötzliche Aufbruch auf etwas Wichtiges schließen.

Loris, der neben Costa saß, redete in einem fort. Was er zu sagen hatte, rechtfertigte seinen Redefluss, in dem dennoch ein leicht durchgedrehter Unterton lag.

»Altieri ist einem geheimen Chat beigetreten«, erzählte er und bemühte sich, einigermaßen ruhig zu bleiben. »Und er hat eine Unterhaltung unter dem Nickname Paperino begonnen! Erinnerst du dich? Dasselbe Pseudonym, mit dem Randolph Collins in Kontakt getreten ist. Collins ließ sich Nightgaunt nennen und hat sich mit Paperino über Caravaggio ausgetauscht.«

»Wenn Altieri Paperino ist«, meinte Costa, »dann hat er Collins zum Massaker von Boulder gedrängt.«

Drei.

Zwei große und ein kleiner.

Wenn du mich überraschen willst, gib mir ein Zitat.

Das Zitat war das Hopper-Bild.

»Ganz genau! Das war eine Prüfung. Darauf war eine Art Preis ausgesetzt, etwas, das mit Caravaggio und seinen Werken zu tun hat. Das ist der Grund, warum Minetti nach Italien kommt.«

»Aber Collins wurde verhaftet. Mit wem hat Altieri dann gechattet?«

»Offenbar mit jemand anderem.« Loris' Ton verdüsterte sich. »Ich konnte den Chat finden, den er benutzt hat. Ich war nur ein paar Sekunden drin, ehe die IP-Adresse geändert und ich rausgeschmissen wurde. Aber ich konnte ein Bruchstück einer anderen laufenden Unterhaltung lesen. Da war ein Typ oder eine Frau, keine Ahnung. Das Pseudonym lautet Jeronymous. Er brüstete sich damit, gerade Zugang zu etwas namens ›Vernichtung‹ bekommen zu haben und schon auf gepackten Koffern zu sitzen. Der Mistkerl konnte kaum noch an sich halten, während sein Gesprächspartner ihm erzählte, er habe seine Eltern noch nicht umbringen können … Diese beschissenen Psychopathen nehmen an einer Art Lotterie teil. Sie morden, um in das Privileg einer Einladung zur Vernichtung zu kommen, was auch immer das ist … Und Altieri zieht die Nummern aus dem Sack!«

Nach diesem letzten Chat, überlegte Costa, hat sich Altieri auf den Weg gemacht. Es mochte Zufall sein, doch etwas ließ ihn vermuten, dass ein Zusammenhang bestand.

Er erzählte Loris von seinem Treffen mit Caruso.

»Das ergibt alles Sinn«, wiederholte Manna. »Zernich ist ein steinreicher, kranker Psychopath, der seit seiner Kindheit zwanghaft tötet. Altieri ist sein Handlanger, nicht nur bei seinen Weinbaugeschäften, sondern auch bei seinen dreckigen Angelegenheiten. Altieri stellt Sileri ein, weil er *weiß*, wer er ist, was er getan hat und tun könnte … Und genau so einen braucht er. Sileri ist ge-

nauso irre wie Zernich, und offenbar hatten beide denselben ver-
brecherischen Plan. Auch wenn es da noch immer was gibt, was
ich nicht begreife.«

»Ja, es gibt noch einiges zu klären.«

Costa versuchte, sich auf die Straße und die nächsten Schritte
zu konzentrieren. In Gedanken hatte er Loris' Analyse bereits angestellt. Mit demselben Ergebnis.

Federico Zernich hatte zwei Leidenschaften: den Tod und die
Kunst. Einem ersten psychologischen Profil nach entsprach die
Persönlichkeit des Alten einem zwanghaften Ritualmörder ohne
sexuelle Motivation. Die Verwicklung in den Mord an dem drogenabhängigen Freund und der Prostituierten, die Art, wie die Leichen arrangiert worden waren, der Eifer, den dieses Grauen vor-
aussetzte, alles führte zu ihm. Wäre der junge Spross damals gefasst worden, hätte Sileri vielleicht nicht die Möglichkeit gehabt,
weiter zu morden.

Im Laufe der letzten fünfzig Jahre mussten etliche Menschen
den psychotischen Trieben Zernichs zum Opfer gefallen sein. Der
einzige Unterschied zu seinem ersten Mord war die Vorsicht, die
er sich angewöhnt hatte. Würden sie mit ihrem jetzigen Wissens-
stand in die richtige Richtung graben, würden sie das unerklärliche Verschwinden von vielen weiteren Personen aufklären können, davon war Costa überzeugt. Das Verschwinden und die Kreuzigung von Sebastiano Zorzin waren weitere Belege für dieses
unsichtbare Schlachten.

1995 hatte Altieri bereits für Zernich gearbeitet. Womöglich
war er einer der drei Kapuzenträger gewesen, während der Chef
Zorzins Todeskampf gefilmt hatte. Die Gegenwart der anderen
beiden bedeutete, dass Zernich und Altieri nicht allein handelten.
Offenbar gab es eine kleine Gruppe, die derselben Mordlust
frönte. Vielleicht bestand die Mission, der sich Zernich verschrie-

ben hatte, nicht allein darin, seine eigenen Triebe zu befriedigen, sondern sie zu teilen. Vielleicht vefolgte er auf eine verquere Weise das, was seine Mutter getan hatte. Die Frau hatte erfolglose oder noch unbekannte Künstler um sich geschart und sie in ihrem Schaffen und ihren Talenten bestärkt. Federico Zernich tat das Gleiche mit einer ganz anderen Künstlerbande. Wie der Meister der Werkstatt, in der Caravaggio seine Lehrzeit absolviert hatte, hatte Zernich das Talent derer gefördert und beflügelt, die für ihre Werke nicht Leinwand oder Marmor, sondern Fleisch und Blut verwendeten.

Sileri war anders als der betagte Unternehmer. Einzig die Nekrophilie hatte ihm Befriedigung verschafft. Er war ein triebhafter Gewalttäter, der sich mit Chemie gut auskannte, und die Entdeckung der Plastination musste eine Erleuchtung für ihn gewesen sein: die Körper toter Frauen besitzen und deren unliebsame Verwesung aufhalten. Er war einfallsreich und wahnsinnig genug gewesen, um den chemischen Prozess zu vervollkommnen und die Entfleischung der Leichen zu umgehen. Er brauchte lediglich einen sicheren Ort, um seine Experimente durchzuführen, und das richtige Equipment. Das Zeug war teuer. Der Versuch mit Teresa Franceschis Leiche war schiefgegangen, weil er nicht über das richtige Werkzeug verfügt hatte.

Zernich hatte ihm besorgt, was er brauchte. Als Sileri nach der Entdeckung des Mordes an Teresa geflohen war, hatten Zernich oder Altieri davon Wind bekommen. Ein Nekrophiler, der versucht hatte, die Leiche seines Opfers zu plastinieren. Der perfekte Kandidat. Altieri war ein ehemaliger Schnüffler und wusste, wie man sich im kriminellen Dickicht bewegen musste. Auf manchen dunklen Bahnen reisen Informationen schneller. Offenbar hatte er Sileri vor der Polizei ausfindig gemacht und ihm Schutz und Deckung angeboten. Sie hatten ihn als Hausmeister der Villa Zernich eingestellt, ihm die Möglichkeit gegeben, seine Experimente fortzusetzen und die Frucht seines Wahnsinns schranken- und folgenlos zu genießen. Wie hätte er ablehnen sollen?

Sileri war kein Ästhet, er interessierte sich nicht für Kunst. Dieses Detail hatte von Anfang an Rätsel aufgegeben und Valentina dazu gebracht, die Ermittlungen fortzusetzen. Kunst war Zernichs Obsession. Die Abmachung zwischen ihnen musste für beide von Vorteil sein. Opfer finden, die den Figuren aus Caravaggios Bildern glichen und an denen Sileri seine Technik verfeinern konnte. D'Avanzo mochte recht haben, wenn er sagte, die von Michelangelo Merisi gemalten Figuren seien für diesen widerwärtigen Zweck am geeignetsten.

Aber Sileri hatte einen Fehler begangen, er hatte Fosco Agnelli entwischen lassen und sie schließlich zur Villa Zernich geführt. Die Tarnung, hinter der sich der Alte jahrelang versteckt hatte, hatte Risse bekommen. Und all das dank Valentina, die nie lockergelassen hatte. Nicht einmal, als sie alleingelassen worden war.

Der Gedanke an sie bohrte sich wie ein glühendes Eisen in Costas Herz und Verstand. Aus diesem Schmerz musste er schöpfen, um bis zum Ende durchzuhalten, statt sich von Schuldgefühlen zerfressen zu lassen. Dafür wäre später noch Zeit. Auf dem Gebiet kannte er sich aus.

Am Straßenrand lag wieder Schnee. Die weißen Verwehungen warfen das Licht der Autoscheinwerfer zurück.

»Wo fährt der bloß hin?«, fragte Manna zum zehnten Mal.

»Zur Vernichtung«, antwortete Costa. »Wohin sonst?«

126

Er hatte anhalten müssen, um Schneeketten aufzuziehen. Doch allmählich kam ihm die Befürchtung, der Wagen könnte für diese improvisierte Verfolgung nicht länger geeignet sein. Seit mindestens zwei Stunden hatte er Padua hinter sich gelassen, und hier im Trentino fiel der Schnee wieder dichter. Als waschechter Veneter war Piovesan an heftige Niederschläge gewöhnt, doch die Angst, Fehler zu machen, hielt ihn in ständiger Anspannung. Manna und Dottor Costa waren auf dem Weg zu ihm, auch wenn mehrere dem Unwetter geschuldete Staus sie auf der Höhe von Bassano del Grappa aufhielten. Doch schon bald wären sie wieder zusammen, und er würde sich nicht mehr so allein fühlen. Das GPS tat seine Arbeit, und er war dem Ziel am nächsten. Bis jetzt hatte es keine Probleme gegeben, abgesehen von den verdammten Ketten, die er obendrein im dichten Schneegestöber hatte aufziehen müssen.

Als er von der Bundesstraße abfuhr und Schilder die Landstraße zur Seepromenade von Molveno auswiesen, begann er, sich über die Straßenhaftung des Sandero Sorgen zu machen. Nervös saß er am Steuer und konnte die roten Rücklichter von Altieris Cayenne nicht mehr sehen, auch wenn das Satellitensignal sich stetig bewegte und ihm versicherte, dass sein Ziel noch immer vor ihm war. Aber er war allein im absoluten Nichts, und das war beunruhigend.

Vielleicht war es richtig gewesen, sich auf dieses Abenteuer einzulassen. Auf jeden Fall würde es ihm zeigen, ob er für diesen Job gemacht war. Auch wenn die Vorstellung, an seinen bequemen Schreibtisch zurückzukehren, ihm in diesem Moment alles andere als deprimierend erschien.

Das GPS-Signal wechselte plötzlich die Richtung, verließ die gestrichelte Linie, die die Straße entlang des Tals anzeigte, und verlagerte sich ostwärts. Auf dem Bildschirm des Tablets war dieses Gebiet ein großer, weißer Fleck ohne Ortsangaben. Das Nichts.

Piovesan musste verlangsamen, um die Abzweigung nicht zu verpassen, die Altieri unversehens genommen hatte und die auf der digitalen Landkarte nicht angezeigt wurde. Durch die Wand aus wirbelnden Schneeflocken, an der sich das Licht seiner Scheinwerfer brach, war sie kaum zu sehen. Vorsichtig bog er ab und fand sich auf einer engen, gewundenen Straße wieder, die in die Berge führte. Er hoffte, dass Manna und Costa das Signal nicht verlieren würden, denn sonst würde es schwierig werden, ihnen den Weg zu erklären. Er hatte keine Ahnung, wo genau er sich befand, und fühlte sich entsetzlich einsam und schutzlos.

Die Straße führte stetig bergan. Links hinter den Bäumen ließen sich das Tal und die Umrisse eines schmalen, dunklen Sees erahnen, hier und da getüpfelt von den Lichtern einzelner Häuser, die weit weg erschienen wie eine ferne Galaxie. Jenseits der Wasserzunge erhob sich ein mächtiges, verschneites Bergmassiv. Rechts war nur die Wand der Dolomiten zu sehen, die auf ihn noch nie so nah und bedrohlich gewirkt hatte.

Fast hätte er wieder Loris angerufen, um seine Stimme zu hören und sich zu versichern, dass sie ihm folgten. Doch er verkniff es sich. Er wollte seine Angst nicht zeigen. Ihr letztes Gespräch war kaum zwanzig Minuten her. Schon bald würden sie bei ihm sein.

Eine Schneebö zwang ihn, die Scheibenwischer zu beschleunigen. Die Sicht wurde immer schlechter, sein Herzschlag immer heftiger.

Da bemerkte er weiter vorn, im vom unheimlichen Weiß der Flocken gefleckten Dunkel, zwei reglose rote Lichter am Straßenrand. Ein schneller Blick aufs Tablet bestätigte ihm, dass Altieri angehalten hatte.

Sofort fuhr er seitlich heran, stellte die Scheinwerfer aus und hoffte, dass Altieri ihn nicht bemerkt hatte. Ihm war klar, dass er nicht nur für Altieri, sondern auch für jeden anderen hinter ihm auftauchenden Wagen unsichtbar war, der ihn in der Dunkelheit voll erwischt hätte.

Es verging ein langer Augenblick. Noch immer starrte er in den Rückspiegel, um nach sich nähernden Autos Ausschau zu halten. Er wusste nicht, was er tun sollte, und diese Pause wurde immer gefährlicher. Er hatte gerade beschlossen, dass es zu riskant war, im Dunkeln stehen zu bleiben, und wollte den Motor starten und weiterfahren, als er sah, dass die roten Lichter des Cayenne verschwunden waren. Auch das GPS-Signal war verschwunden.

Altieri und sein Wagen hatten sich in Luft aufgelöst.

127

Piovesans Stimme verriet seine Erregung. »Er ist futsch!«, schrie er.

»Was soll das heißen?«, fragte Manna, der bereits bemerkt hatte, dass das GPS-Signal verloschen war. Er wandte sich an Costa. »Wir haben ihn verloren. Piovesan sagt, er sei futsch, was auch immer das heißen soll!«

»Ich stehe an einer kleinen Straße, die in die Berge führt, aber sie ist mit einer Schranke verschlossen«, schrie Piovesan weiter.

»Bist du noch immer auf der Hauptstraße?«

»Nein. Ihr müsst die Abzweigung nach Molveno nehmen. Die Abzweigung nach Molveno!«

»Sag ihm, er soll ruhig bleiben«, sagte Costa und trat aufs Gas. »Wir sind gleich da. Und er soll vorsichtig sein.«

»Ich hab's gehört, ich hab's gehört«, schrie Piovesan. Dann riss die Verbindung ab.

Costa beschleunigte noch mehr, die Straße schien endlich vollkommen frei zu sein. Sie mussten Piovesan so schnell wie möglich einholen.

»Wie lange noch?«, fragte er Manna, der auf sein Handy starrte, als könnte das GPS-Signal wie durch Zauberhand wiederauftauchen.

»Ich glaube, er hat rund dreißig Kilometer vor uns angehalten. Aber ich verstehe nicht, wieso wir das Signal verloren haben.«

»Er ist in den Bergen. Womöglich ist der Satellitenempfang gestört.«

»Vielleicht.«

Tatsächlich waren sie von den schwarzen Schemen der Dolomiten umgeben. Sie kamen durch Bergdörfer, die sich an die imposanten Steilhänge klammerten, und je weiter sie fuhren, desto dichter schien sich die wilde Natur um sie zu drängen. Womöglich empfand Loris das Gleiche. Er war verstummt und blickte starr geradeaus.

»Sollten wir jemanden anrufen?«, fragte er unvermittelt.

»Wen meinst du?«

Manna sah ihn mit seltsamer Miene an. »Wie, wen? Fabio, wir sind kurz davor, uns in ein Schlangennest zu begeben, und haben keine Ahnung, was uns erwartet. Dort oben sind Leute ohne Skrupel und mit allen möglichen Mitteln. Die haben mehr Leute umgebracht als sämtliche italienischen Serienmörder in den vergangenen dreißig Jahren. Glaubst du nicht, wir könnten ein bisschen Hilfe brauchen?«

Costa schüttelte den Kopf. »Noch nicht, Loris. Zuerst müssen wir sicher sein, dass Altieri aus den von uns vermuteten Gründen unterwegs ist. Um Hilfe bitten müssen wir noch früh genug.« Doch sicher war er sich nicht. Und vielleicht war es zu spät. Für Valentina. Für ihn. Für alles.

Manna musterte ihn einen Moment. Dann wandte er sich wieder dem Handy zu, auf dem das Signal von Altieris Auto endgültig verschwunden zu sein schien.

Nach einer weiteren halben Stunde bogen sie auf die von Piovesan genommene Straße ab. Wie die Schlange, die sich um den Baum der Erkenntnis windet, schlängelte sie sich den Berg hinauf. Wenige Minuten später tauchte der Sandero im Scheinwerferlicht auf. Er stand in einer Haltebucht unterhalb der Felswand am Fahrbahnrand. Als Costa den Volvo stoppte, sprang Piovesan aus dem Auto, die gereckte Pistole auf sie gerichtet.

»Himmel! Ihr seid es!«

Langsam ließ er die Waffe sinken. Nicht nur vor Kälte zitternd, stand er vor ihnen im Schnee.

Hinter ihm war der Anfang eines Weges zu erkennen, der direkt auf die Bergflanke zuführte. Womöglich ein seit Jahrzehnten nicht mehr genutzter Saumpfad zu den höher gelegenen Almen. Doch er war breit genug für einen kleinen Lieferwagen. Die Zufahrt war durch eine dicke, verrostete Schranke versperrt.

Costa und Manna stiegen aus und gingen zu Piovesan. Jenseits der Schranke war das Ende des Weges nicht auszumachen.

Piovesan deutete in die Dunkelheit. »Da muss er reingefahren sein. Auf dieser Höhe habe ich die Rücklichter verschwinden sehen. Dort sind auch noch Reifenspuren im Schnee.«

»Lasst uns versuchen, ob die Schranke sich bewegt.«

Costa und Manna stemmten sich auf den alten Schlagbaum, und die Schranke hob sich unter ihrem Gegengewicht.

»Altieri ist hier langgefahren«, schloss Fabio. »Ist das GPS-Signal noch immer tot?«

Der Techniker blickte auf sein Handy. »Ja. Verdammt, auch das Telefon ist tot.«

Sie kontrollierten ihre Smartphones.

»Hier ist kein Netz«, rief Piovesan überrascht. »Aber vorhin hatte ich noch welches, ich habe euch angerufen …«

Costa spähte vor sich auf den Weg, der sich in der Dunkelheit verlor. Der hohe Schnee war wie eine Warnung, nicht weiterzufahren.

»Ich glaube nicht, dass es am Netz liegt«, sagte er.

»Wie meinst du das?«

Er blickte Manna an. »Störsender. Die halten sämtliche Signale ab.«

Loris überlegte. Die Vorstellung, jemand könnte einen Apparat benutzen, um jedes Signal zu blockieren, war nicht abwegig. Ihr Ziel konnte also nicht weit sein.

»Das ist möglich«, gab er zu. »Das Handy hatte bis eben noch Empfang. Sie müssen den Jammer gerade eingeschaltet haben. Und ich wette, wenn wir uns von dieser Abzweigung entfernen und auf der Landstraße weiterfahren würden, hätten wir wieder ein Funksignal.«

»Was bedeutet das?«, fragte Piovesan und klapperte vor Kälte und Aufregung mit den Zähnen.

Costa und Manna wechselten einen Blick. »Dass wir angekommen sind«, sagte Costa. Er deutete auf den Sandero. »Gabriele, park ihn so, dass man ihn von dem Sträßchen aus nicht sieht. Wir fahren mit meinem weiter.«

Hastig und ohne ein Wort folgte Piovesan der Anweisung. Dann stiegen alle drei in den Volvo und bogen vorsichtig in den Weg ein, der geradewegs ins Unbekannte führte.

128

Am linken Wegrand fielen die Scheinwerfer auf ein altes, windschiefes und unlesbares Schild. Ein Pfeil unter einem verwitterten Schriftzug gab die Richtung zu welchem Ort auch immer an, der sie am Ende dieser Reise erwartete. Mit einiger Mühe entzifferten sie die Lettern und stellten fest, dass sie auf dem Weg nach Sant'Andrea waren.

»Wo zum Scheißdreck sind wir?«, murmelte Manna, der vornübergebeugt durch die Windschutzscheibe spähte.

»Aber klar«, rief Piovesan. »Valentina äh, Dottoressa Medici hatte mich ein paar Recherchen zu Zernichs Besitz durchführen lassen. Immobilien, Beteiligungen, Gesellschaften und dergleichen. Diese Familie besitzt eine Menge … Aber diesen Namen habe ich schon einmal gehört. Sant'Andrea … ich glaube, das war ein Hotel.«

»Hier oben?«, fragte Manna ungläubig. Piovesan zuckte mit den Achseln.

Nach einer weiteren Minute, die allen wie eine Ewigkeit erschien, wurde der Weg plötzlich breiter, und nach der letzten Kurve tauchte das soeben von Piovesan erwähnte Gebäude auf.

Einige Hundert Meter weiter vorn ragte es vor ihnen auf. Die Straße führte leicht bergan darauf zu. Zu beiden Seiten reihten sich nackte, vereiste Bäume, die nur der Schnee in der Nacht sichtbar machte. Die Mündung der Zufahrt war von zwei hohen Säulen flankiert, womöglich die Pfosten eines Tors, das es schon lange nicht mehr gab.

Soweit sie erkennen konnten, war das Gebäude riesig, rechteckig und mindestens drei Stockwerke hoch. Dutzende schmale, blinde Fenster durchbrachen die Mauern. Protzige, schwarze Bögen und Türme ließen es noch düsterer erscheinen. Es sah aus wie ein seit Jahrzehnten verwaistes Gefängnis. Doch einsam zwischen den verschneiten Gipfeln, musste es eine andere Funktion gehabt haben.

Das war jetzt unwichtig, dachte Costa. Denn als er die letzte Kurve genommen hatte und der wuchtige Bau vor ihnen aufgetaucht war, waren ihm sofort zwei alarmierende Details aufgefallen.

Altieris Cayenne parkte seitlich der Zufahrt. Und auf einer der Säulen blinkte das rote Auge einer Überwachungskamera.

Sofort schaltete Costa die Scheinwerfer aus und riss den Wagen seitlich hinter eine Schneeverwehung.

»Ein Hotel, hier? Warum?«, fragte Piovesan und beugte sich vom Rücksitz nach vorn.

»Ich weiß es nicht«, sagte Costa. »Vielleicht war die Straße früher sehr viel besser ...«

»Schon möglich«, pflichtete Loris ihm bei. »Jedenfalls sieht es aus, als wäre es schon seit einer Ewigkeit verlassen.«

»Abgesehen von der Videokamera ...«, sagte Costa und deutete darauf.

»Und dem Störsender ...«

»Ganz gleich, was dieser Ort ist«, sagte Costa, »sie setzen alles daran, ihn versteckt zu halten und vor Fremden zu schützen. Mir schwant, dass wir drinnen ein paar Antworten finden werden.«

Vielleicht auch Valentina, hätte er gern hinzugefügt. Und wer weiß, wen oder was noch.

»Also, was machen wir?«

Costa hatte sich bereits etwas überlegt. »Folgendes«, sagte er in das schützende Halbdunkel des Autos hinein. »Gabriele, du kehrst zu Fuß zum Sandero zurück. Dann gehst du weiter, und sobald du wieder ein Handysignal hast, rufst du Hilfe. Loris und ich versuchen hineinzugehen.«

»Warum wartet ihr nicht auf die Verstärkung?«, fragte Piovesan. »Wir wissen nicht, was dadrin ist.«

Costa schüttelte den Kopf. »Eben weil wir es nicht wissen. Ich muss herausfinden, was dort vor sich geht. Valentina oder andere Opfer von Zernich und Altieri könnten in Gefahr sein.«

Die anderen beiden sagten nichts. Costa spürte, dass keiner der beiden glaubte, Valentina oder sonst jemanden noch lebend in diesem höllenschwarzen Bau zu finden. Doch er hatte nicht vor zu warten. Diesmal nicht. Nicht noch einmal. Rosannas Tod hatte ihm gereicht.

Schließlich nickte Piovesan. »In Ordnung. Aber ich komme mit, Dottore.«

»Was redest du da für einen Scheiß?«, fragte Manna, der seine Pistole kontrollierte.

Piovesan rang sich ein ebenso ehrliches wie unsicheres Lächeln ab. »Ich sage nur, was richtig ist. Was glaubt ihr, wie lange ich brauchen würde, um jemanden zu überzeugen, hierherzukommen und uns zu helfen? Ich? Ein der mobilen Einheit zugestellter Verwaltungsbeamter des Polizeipräsidiums Padua? Einer, der, wie es bei mir zu Hause so schön heißt, die Koffer noch am Bahnhof stehen hat? Ich wüsste nicht mal, wen ich anrufen soll. Wen denn? Lomastro?« Er deutete auf Manna. »Aber du bist altgedienter Inspektor des SCO. Der Direktor kennt und schätzt dich. Du weißt, wen du anrufen musst, und warst von Anfang an in diesen Fall involviert. Du weißt, was zu tun ist.«

Er schwieg. Manna wollte etwas einwenden, aber Costa hielt ihn mit einer Handbewegung zurück.

»Er hat recht«, sagte er. »Bei dir stehen die Chancen, Hilfe aufzutreiben, sehr viel besser. Und das vor allem schnell.«

Manna öffnete den Mund. Schloss ihn wieder. Dem gab es kaum etwas hinzuzufügen.

»Ich habe noch keine Polizeierfahrung machen können«, gab Piovesan zu, »aber dort drin kann ich nützlich sein, Dottore. Glaub mir.«

In Costas Kopf glomm eines der Neonschilder auf, die seinen Weg seit geraumer Zeit in bedrohliches Licht tauchten. Diesmal stand darauf: *Na bitte, jetzt opferst du einen weiteren Menschen. Es blinkte und blinkte.*

Arschlecken, dachte er. Dieser Junge verdient eine angemessene Antwort.

»Na schön«, sagte er. »So machen wir es.«

Sie stiegen aus dem Volvo. In dem Moment hörte es auf zu schneien. Sie nahmen es als gutes Vorzeichen.

»Seid bloß vorsichtig dadrin«, sagte Manna, der von der Lösung kein bisschen überzeugt war.

»Und du beeil dich. Und sei überzeugend.«

Sie drückten einander die Hand. Dann machte sich Manna auf den Rückweg und verschwand hinter der ersten Kurve.

129

Es sah tatsächlich aus wie ein verlassenes Fort. Die geschwärzten Ziegelmauern, die vernagelten Fenster. Die erdrückende, vom Klangtrichter der umliegenden Berge verstärkte Stille. Das Ende der mit Dolomitstein gepflasterten Zufahrt, in die die Autos mit den Jahren zwei Rinnen gegraben hatten. Dahinter ein weiter Vorplatz und dann das Haupttor und mehrere große Fenster, von denen nur noch die Metallrahmen übrig waren.

Ein Sanatorium, das war dieser Ort gewesen. So stand es auf einem angelaufenen Bronzeschild. SANATORIUM SANT'ANDREA DI MOLVENO. Vielleicht ein Kurhaus für Reiche in den Zwanzigerjahren des letzten Jahrhunderts, eingezwängt zwischen schroffe Berge unweit des gleichnamigen Sees.

Als sie den Namen lasen, nickte Piovesan. »Laut meinen Recherchen schien es nur eines der zahlreichen Investitionsobjekte von Federico Zernichs Vater Nicola zu sein.«

Costa konnte sich denken, weshalb Valentina Piovesan mit diesen Überprüfungen beauftragt hatte. Das Ende, das Sileri seinen Opfern bereitet hatte, hatte ihr keine Ruhe gelassen, und natürlich hatte sie sich gefragt, wohin er die Leichen gebracht hatte. Wo plastinierte er sie? Als sie Zernich mit dieser Geschichte in Verbindung gebracht hatte, lag die Vermutung nahe, dass das berüchtigte Labor sich in einem seiner Objekte befand. Vielleicht war das, was sie vor sich hatten, die Antwort.

Doch die Frage, auf die sie sich konzentrieren mussten, lautete: Wo war Claudio Altieri abgeblieben?

Sie waren an einer Ecke des Vorplatzes stehen geblieben, in der sich früher einmal ein üppiger Garten befunden haben musste, von dem nur noch ein Rechteck vereister, unter Gestrüpp und Schnee begrabener Erde übrig war. Ein optimaler toter Winkel, um zu überlegen, wie sie in das Gebäude gelangen konnten. Die Kamera hatte scheinbar alles im Blick.

Costa überlegte noch, als sich das schwarze Eingangstor öffnete und Altieri herauskam. Er war in eine dicke Winterjacke gehüllt und trug eine Mütze, doch er war es eindeutig.

Er umrundete das Gebäude und verschwand hinter der Mauer. Costa legte Piovesan eine Hand auf die Schulter und suchte seinen Blick. Der Junge hielt die Beretta in den unbehandschuhten Händen und zitterte immer heftiger.

Nach ein paar Sekunden hörten sie schweres Motorgeräusch. Altieri tauchte am Steuer eines schwarz glänzenden Land Rover auf und bog in die Zufahrt ein. Wenige Augenblicke später war er in einer wirbelnden Schneewolke verschwunden.

Das war der Moment, auf den sie gewartet hatten.

Sie huschten zum Eingangstor, das noch immer geöffnet war, stellten sich zu beiden Seiten auf und spähten hinein. Auf dem Türsturz war eine weitere rot blinkende Kamera montiert.

Costa machte Piovesan mit der flachen Hand ein Zeichen. Warte.

Dann schob er sich an die Gebäudeecke und achtete darauf, nicht in das Sichtfeld der Kamera zu geraten. Er hoffte, dass das elektronische Auge nicht über einen Weitwinkel verfügte. Ehe sie eintraten, musste er sichergehen, dass nach Altieris Verschwinden niemand sonst dort war.

Er spähte um die Mauerkante. Hinter dem Tor lag ein großer Parkplatz. Darauf nur Altieris Wagen. Die einzigen Reifenspuren im Schnee waren die des Cayennes und des Land Rovers, mit dem Altieri gerade verschwunden war. Folglich durfte sich niemand sonst in dieser Festung befinden.

Er kehrte zurück und wechselte einen letzten einvernehmlichen Blick mit Piovesan. Dann gingen sie hinein.

130

Der Aufbau der Festung war einfach, aber zweckmäßig. Hinter dem Eingang öffnete sich eine riesige, halbrunde Halle. Gegenüber führte ein weiter Treppenaufgang in die oberen Stockwerke. Beidseits der Treppe zogen sich zwei breite, umlaufende Flure durch das gesamte Sanatorium. An einem Flur lagen mehrere Zimmer, vom anderen gingen große, leere Fenster auf einen Kreuzgang hinaus, der ebenso verfallen war wie der Rest. In der Mitte des alten Gartens ein vereister Brunnen und einige Sitzbänke aus Granit. Das Innere des dreistöckigen Gebäudes war um die zentrale Halle angeordnet. In der Dunkelheit ließen sich Dutzende Zimmer erahnen, leer und still wie Gräber.

Costa und Piovesan blieben in der Halle stehen, die einst offenbar als Lobby und Empfang gedient hatte. Davon zeugte ein Tresen zwischen dem Eingang und der großen Treppe.

Sie lauschten. Nur ein unablässiges Tropfen und das Echo des Windes waren zu hören, der durch die kaputten Fenster pfiff.

»Das scheint völlig verlassen zu sein«, flüsterte Piovesan, doch Costa legte den Finger an die Lippen. Die Kameras, die er außen entdeckt hatte, ließen auf einen Überwachungsraum schließen, auf etwas, das man zu verbergen versuchte. Und auf jemanden, der alles im Blick hatte.

Er ließ den Jungen nur ungern allein, der schon verängstigt genug aussah, doch sie mussten Zeit sparen. Er beugte sich zu ihm und flüsterte ihm hastig ins Ohr.

»Hör mir ganz genau zu. Wir wissen nicht, was sich hier drin befindet, also äußerste Vorsicht. Wir fangen unten an. Schnell und lautlos, aber vor allem vorsichtig. Du nimmst den rechten Flur, ich den linken. Wenn es so ist, wie ich vermute, treffen die beiden Flure auf der anderen Seite wieder zusammen, und dort dürfte eine weitere, ähnliche Treppe sein. Wir steigen ein Stockwerk höher, gleiches Prozedere, Flur für Flur, Zimmer für Zimmer. Wenn ich mich irren sollte und das die einzige Treppe ist, kehren wir um und machen von hier aus weiter. Alles klar? Bist du bereit?«

Piovesan nickte. Nickte. Und nickte. Dann holte er tief Luft und sagte ein tonloses, nur mit den Lippen geformtes »Ja«.

»Halt die Waffe immer im Anschlag. Wenn du auf ein Hindernis, einen Schatten oder sonst was triffst, zähl bis drei. Denk nach. Nichts überstürzen. Geh erst zum nächsten Raum über, wenn du sicher bist, jeden Winkel kontrolliert zu haben. Und schrei, wenn du Hilfe brauchst. Schrei, wenn du in Schwierigkeiten steckst. In Ordnung?«

»Ja.«

Costa musterte Piovesans angespanntes Gesicht. »Ich kann dir nicht versprechen, dass alles glattgeht«, sagte er, »aber ich weiß, dass du deine Sache gut machen wirst. Du bist ein großartiger Polizist. Glaub mir.«

Piovesan nickte abermals.

»Auf geht's.«

131

Wie vermutet war das Erdgeschoss dem Gemeinschaftsleben des Sanatoriums vorbehalten. Mehr noch als ein Kurhaus musste es eine Art Luxushotel gewesen sein. Costa durchquerte große Salons, in denen noch immer ramponierte Sessel und Kaffeetische herumstanden, und kleinere Räume, in denen vermutlich die leichteren und schwereren Gebrechen der Gäste behandelt worden waren. Es gab Liegen und Separees und geräumige Glasschränke, die früher voller Arzneien, Heilkräutern und Galenika gewesen sein mussten. Er stieß auch auf einen Speisesaal, in dem zu seiner Überraschung mehrere eingedeckte Tische standen. Doch auf allem lag eine dicke Staubschicht, die sich mit der Zeit in ein zähes, dunkles, nach fauligem Schimmel riechendes Leichentuch verwandelt hatte.

An diesem Ort gab es keine Gespenster. Er selbst war ein Gespenst.

Schon bald hatte Costa die andere Seite erreicht. Wie erwartet, führte eine baugleiche Treppe nach oben. Von Piovesan keine Spur. Offenbar hielt er sich gewissenhaft an seine Anweisungen und tat keinen weiteren Schritt, ehe er nicht jeden Winkel des Flurs überprüft hatte. Aber Costa hatte es eilig.

Kein menschlicher Laut war zu hören, das Sanatorium schien völlig verwaist zu sein. Doch die drängende Eile, die ihn erfasst hatte, ließ ihm keine Ruhe. Er glaubte nicht, dass Valentina wirklich irgendwo hier war, um gerettet zu werden und ihn von seinen Schuldgefühlen zu befreien. Doch er würde so handeln, als wäre sie es.

Die Pistole im Anschlag, wandte er sich der Treppe zu, bereit, auf die winzigste Regung zu reagieren.

Er war die Stufen halb hinaufgestiegen, als er ein kaum wahrnehmbares Geräusch hörte. Ein Flügelschlagen. Ein Trappeln. Es kam aus dem oberen Stockwerk.

Er verharrte ein paar Sekunden. Das Geräusch wiederholte sich. Es klang wie huschende Pfoten oder kurzes Klopfen. Da war jemand. Jemand oder etwas bewegte sich dort.

Er erreichte den ersten Stock und horchte. Das Geräusch kam von links.

Entlang der Flure, die wie im Erdgeschoss das gesamte Gebäude umliefen, reihten sich rund zwanzig Türen. Aus einem Zimmer am Ende des linken Flurs sickerte Licht.

Costa schlich langsam darauf zu.

Etwas durchquerte den Lichtstrahl. Einmal. Zweimal.

Jetzt konnte er nur noch das Geräusch seines Blutes hören. Ein dumpfes Rauschen, das jeden anderen Laut überlagerte.

Valentina flüsterte.

Diana flüsterte.

Er erreichte die geöffnete Zimmertür und blickte hinein.

Ein Mann saß in der Mitte eines nackten Raumes auf einem roten Sessel. Er war dunkel gekleidet und hielt ein gefülltes Sektglas in der Hand. Sonst war niemand dort.

»Und wer zum Teufel bist du?«, fragte Costa.

132

Das Fenster in seinem Rücken war mit schlecht vernagelten Brettern verrammelt. Die Verwahrlosung des Zimmers stand in scharfem Kontrast zu der gepflegten Erscheinung des Mannes. Er mochte um die sechzig Jahre alt sein, die von einem üppigen Leben zeugten. Das Gesicht war faltenlos glatt. Eine Brille mit schmalem Goldrand. Das weiße, duftige Haar stand wie ein Heiligenschein um seinen Kopf. Seidenhemd, schwarzes Jackett und schwarze Hose. In seiner Hand ein Sektglas, das er bei Costas Eintreten an die Lippen führte und daran nippte.

»Ciao«, sagte er lächelnd. Er blickte auf die Pistole, die ihn nicht einzuschüchtern schien. »*Sprichst du Deutsch?*«

Costa starrte ihn an, ohne die Beretta sinken zu lassen. »Nein«, sagte er.

»Oh. Dann spreche ich Italienisch. In Ordnung, ja? Oder ist Englisch besser?« Sein Akzent war harsch und weich zugleich. Er lächelte noch immer, als wären sie auf einer Party und würden sich gerade kennenlernen.

»Wer bist du?«, wiederholte Costa verwirrt.

»Ein Gast ... Wie du, nehme ich an ... Nein?«

Ein Gast. Einer, der zu Zernichs Challenge eingeladen war. Was hatte er getan, um hier oben zu sitzen? Welche Prüfung hatte er bestanden?

Der Mann deutete mit dem Glas auf die Pistole. »Kannst du die runternehmen?«

Costa tat es. Er fühlte sich leer. Wie vielen anderen Mördern war das Privileg zuteilgeworden, hier zu sein?

»Warten wir zusammen auf den Hausherrn?«, fragte der Deutsche jetzt leicht verunsichert.

Costa hob abermals die Pistole und richtete sie auf ihn.

»Wenn du meine Sprache verstehst, dann knie dich hin und leg die Hände hinter den Kopf«, sagte er langsam und deutlich.

Das Lächeln des Mannes verschwand vollständig. Das Glas in seiner Hand zitterte.

»Nein! Warum?«, zischte er. »Ich habe getan, was ich sollte. Das, was abgemacht war …«

»Auf die Knie!«

Der Deutsche verstummte. Stand vorsichtig auf.

»Auf die Knie«, wiederholte Costa.

»Nein«, entgegnete der Mann. »Jetzt verstehe ich …« Von freundlichem Getue keine Spur mehr. Ein dunkler Schleier legte sich über sein Gesicht. Der gleiche, den Costa auch in Sileris Blick gesehen hatte.

»*Ich tötete* … entschuldige … Ich habe … getötet … um das hier zu bekommen!«

»Und ich töte dich, wenn du dich nicht hinkniest!«

Der Mund des Deutschen zuckte. Seine Zunge fuhr über die Lippen.

»Willst du … *schauen*?«, fragte er unvermittelt. Seine Hand glitt in die Jacketttasche. Er zog sie blitzschnell wieder hervor. Wirbelnd flogen die Fotografien zu Boden und verteilten sich wie frische Blütenblätter um seine Füße. Rund ein Dutzend Schnappschüsse. Hastige Aufnahmen, verblichene Farben.

Costa bückte sich, um die Fotos aufzusammeln. Mit zitternder

Hand las er sie auf, während die andere Hand die Pistole zitternd auf den Unbekannten gerichtet hielt.

Er erhob sich wieder. Den Blick halb auf den Mann, halb auf die Fotos gerichtet.

Ein Junge und ein Mädchen. Vielleicht Geschwister. Sie konnten höchstens fünf Jahre alt sein, doch wegen des Blutes ließ sich das nicht genau sagen.

Die Kälte, die ihn durchdrang, hatte etwas Unnatürliches und überaus Wohltuendes zugleich. So präsentiert dir der Tod seine Rechnung, dachte er. Mit dieser Kälte in der Seele, die den tiefsten und schwärzesten Abgrund vorwegnimmt und dich tröstet.

Der Deutsche sprach leise. »Willst du wissen, wie? Ob sie ... gelitten haben? Wie sehr sie geschrien haben? Ja?«

Der Finger auf dem Abzug erhöhte den Druck. Eine Sekunde würde genügen, um dieses abscheuliche Wesen von der Erdoberfläche zu tilgen.

Er hörte ihn von hinten kommen. Schnell, aber nicht gerade lautlos. Costa schalt sich einen Idioten, nicht auf Nummer sicher gegangen zu sein, er stand mit dem Rücken zur Tür und hatte sich ablenken lassen. Solche Fehler kommen einen teuer zu stehen.

133

Er wurde nicht ohnmächtig, doch als der Schlag auf den Kopf ihn zu Boden gehen ließ, verlor er die Kontrolle. Die Pistole glitt ihm aus den Händen. Er nahm weitere Geräusche wahr. Den Schmerz in der Nase, die auf den Boden schlug. Den Geschmack von Blut und Staub im Mund. Noch mehr Schmerz im Rücken, auf den ihn ein, zwei, drei Schläge trafen. Dann Tritte in die Seite, in die Rippen. Der aussetzende Atem. Die sich mit einem seltsamen Sog entleerenden Lungen.

Er versuchte, sich auf den Rücken zu drehen. Schaffte es und begriff, dass das ein weiterer Fehler gewesen war. Der schwere Stiefel traf ihn mitten ins Gesicht. Durch die Nase schoss ein gleißender Blitz, der jeden Gedanken auslöschte.

Durch den blutigen Schleier, der seinen Blick vernebelte, konnte er Claudio Altieri ausmachen, der sich noch immer an ihm austobte. Und trotz des Dröhnens, das ihm das Hirn zerfetzte, konnte er hören, was er sagte. Er schien zu flüstern, doch vermutlich brüllte er.

»Ich kapier's nicht. Wirklich nicht. Was hast du nicht begriffen? Hey! Was hast du nicht begriffen?«

Noch mehr Tritte. Bösartig, heftig, wutentbrannt. Jeder Treffer ein flüchtig aufzuckendes Licht. Jeder Schmerz ein weiterer

Schleier Dunkelheit. Und diese Worte, die in seinem Kopf dröhnten. »*Was hast du nicht begriffen?*«

Costa machte sich aufs Sterben gefasst. Voller Wut, weil er es nicht einmal geschafft hatte, Valentina zu retten. Aber auch mit einer gewissen Erleichterung.

Altieris Gesicht näherte sich seinem nunmehr verschwindend kleinen Sichtfeld. Seine Augen und sein Mund wurden riesig. Er brüllte noch immer. Es klang, als plärrte er einen Kinderreim. »*Was hast du nicht begriffen, was hast du nicht kapiert?*«

Er spuckte ihm ins Gesicht. Seine Spucke fühlte sich an wie brennende Säure.

Kurz darauf ertönte ein Krachen über ihnen, und Altieris Gesicht löste sich auf. Der warme Regen, der auf Costas Stirn landete, hatte einen unverwechselbaren Geruch. Es war das Blut des Mannes, der ihn umbringen wollte, und es wusch dessen giftigen Speichel fort.

Mühsam hob Costa den Kopf. Der Deutsche schrie. Ein seltsamer, gellender, fast weiblicher Schrei. Gabriele Piovesan hielt die Pistole auf ihn gerichtet.

Erschieß ihn, betete Costa.

Piovesan schoss.

134

Der fistelige Schrei war verklungen.

Aber die andere Stimme kam von irgendwo anders, von irgendeinem Punkt auf der Oberfläche des Planeten Erde. Doch sie musste sehr weit weg sein, denn sie war schwach und hatte einen elektrischen Beiklang, als käme sie durch ein Mikrofon.

»Claudio … Claudio …«

Er schlug die Augen auf. Zu seiner Verwunderung lag er nicht mehr auf dem Boden. Sein Kopf ruhte auf einem Kissen, sein Rücken lehnte an etwas Weichem. In den Augen spürte er den Staub des Sesselstoffes. Jahrzehntealter Staub, der nach Verfall und enttäuschten Hoffnungen schmeckte.

Er versuchte, sich aufzurichten, und das Universum explodierte. Der Kopf schmerzte. Die Nase schmerzte höllisch. Der Brustkorb schmerzte. Alles schmerzte. Doch immerhin war er am Leben.

Er blickte sich um.

Piovesan saß auf einem Sessel, der genauso aussah wie der, in dem er lag. Genauer gesagt, saß er dort, wo der Deutsche kurz zuvor noch seinen Sekt genippt hatte. Jetzt kauerte der Unbekannte tot zu seinen Füßen.

Der junge Polizist hielt noch immer die Pistole in der Hand.

Entgeistert und erschöpft starrte er ihn an. Reglos saß er da, die Beretta im Schoß, als könnte er es nicht fassen, dort zu sein.

Costa wusste, was los war. Piovesan stand unter Schock. Er hatte gerade zwei Männer erschossen. Sosehr diese Unmenschen es verdient hatten, war das eine Erfahrung, die er niemandem wünschte. Dennoch hielt der Junge sich wacker. In seinem Zustand war es schon verwunderlich, dass es ihm gelungen war, sich um ihn zu kümmern und ihn auf den zweiten Sessel zu hieven.

Claudio Altieri lag ein Stück weiter weg auf dem Rücken. Offenbar hatte ihn der Schuss, der ihm die Schädeldecke weggerissen hatte, drei Meter weit fortgeschleudert. Er trug noch immer die schneenasse Winterjacke. Aus einer Tasche ragte das Funkgerät, das hin und wieder »*Claudio … Claudio … Claudio …*« krächzte.

»Wer ist das?«, brachte Costa heraus und stellte fest, dass ihm auch der Mund wehtat. Kiefer, Zähne, alles. Altieri hatte sich ordentlich an ihm ausgetobt, ehe Piovesan ihn gestoppt hatte.

Der Junge starrte ihn weiter an.

»Wer ist das am Funkgerät?« Er wusste, dass Piovesan noch immer im Reich der Albträume war. Er brauchte einen Ruck, um ihn in die Wirklichkeit zurückzuholen. »Gabriele!«

Piovesans Augen weiteten sich. »Das geht schon ein paar Minuten so«, sagte er schließlich mit belegter Stimme. »Aber Claudio kann nicht mehr antworten … weil er tot ist … Ich habe ihn umgebracht …« Seine Stimme brach.

»Und das ist gut so. Dir blieb nichts anderes übrig … Du hast mich gerettet, Gabriele. Schreib dir das hinter die Ohren. Und jetzt müssen wir weitermachen, unser Job ist noch nicht erledigt.« Es blieb nicht mehr viel Zeit.

Die Botschaft schien angekommen zu sein. In Piovesan kehrte ein Funken Leben zurück.

»Ich glaube, das ist der alte Zernich«, sagte er mit klarerer Stimme. »Ich habe sie zusammen ankommen sehen.«

»Zusammen?« Costa versuchte, sich hochzurappeln. Ein heftiger Schwindel ließ ihn fast zusammenbrechen. Piovesan sprang aus dem Sessel und fing ihn auf. Sie stützten einander wie zwei Betrunkene, dann fand Costa sein Gleichgewicht wieder. Er musterte den jungen Mann. Der Junge hatte es wirklich drauf. Und er hatte sich schnell wieder gefangen. Costa hatte richtiggelegen: Er würde ein hervorragender Bulle werden.

»Danke, es geht schon. Erzähl mir von Altieri und Zernich. Wie konnte er so schnell hier sein?«

»Ich glaube, er war schon hier in der Nähe. Als Altieri in seinem Haus war, ehe er die Stadt verließ, haben wir den Alten nicht gesehen, nur seine Pflegerin.«

»Also ist Altieri ihn abholen gefahren?«

»Womöglich. Nachdem Altieri weg war, habe ich meine Runde gemacht, genau wie Sie gesagt haben«, erklärte Piovesan. »Von einem Fenster aus habe ich die sich nähernden Lichter gesehen. Altieri kam mit dem Land Rover schon wieder zurück. Er parkte direkt vor dem Eingang. Sie sind beide ausgestiegen. Er hat dem Alten zur Tür geholfen. Ich habe mich versteckt. Altieri und Zernich sind direkt zu einer Tür hinter der Treppe gegangen. Zernich ging rein, und Altieri kehrte nach draußen zum Auto zurück. Ich habe den Moment genutzt, um Zernich nachzuspähen, der eine Treppe hinunterging. Unten war Licht. Ich wäre ja hinterher, aber da kam Altieri zurück. Ich habe mich wieder versteckt, und er kam hier rauf. Ich bin ihm so schnell wie möglich nach und …«

Er musste nichts weiter sagen. Die beiden Toten waren das beredte Zeugnis dessen, was dann passiert war.

»Du hast getan, was du tun musstest, und du hast es gut gemacht«, wiederholte Costa und hoffte, der Gedanke würde dem

Jungen begreiflich werden, auch wenn er wusste, dass es noch lange dauern würde, bis er mit den Konsequenzen seines Handelns leben konnte.

»Da bin ich mir nicht so sicher, Dottore …«

Costa betrachtete Altieris Leiche. Er bückte sich – noch immer schwankend, aber der Schwindel hatte nachgelassen – und zog das Funkgerät aus der Jackentasche. Es musste auf einen Kanal eingestellt sein, der nicht vom Störsender blockiert wurde, denn Zernich rief noch immer nach seinem Faktotum. »*Claudio?*«

Vielleicht war er im Untergeschoss, in das Piovesan ihn hatte hinuntergehen sehen, und wartete auf seinen Handlanger.

Das Funkgerät schwieg einen Moment, nur ein Knistern war zu hören. Als die Stimme erneut erklang, hatte sich ihr Tonfall verändert.

»*… Costa? …*«

Costa starrte auf das Gerät in seiner Hand und unterdrückte ein Schaudern. Plötzlich fühlte es sich warm und lebendig an.

»*Fabio Costa?*«, fuhr die Stimme belustigt fort. »*Dottor Fabio Costa … sind Sie das an Claudios Funkgerät?*«

Costa und Piovesan blickten sich um. Es waren keine Kameras zu sehen, doch das musste nichts heißen.

»*Dottor Costa? Sie könnten mir jetzt ruhig antworten.*«

Costa drückte die PTT-Taste. Zernich hatte recht. Inzwischen blieb ihm nichts anderes übrig.

»Wissen Sie, warum wir hier sind?«

Ein elektrisches Knistern. »*Ich denke schon.*« Pause. »*Und ich vermute, mein Mitarbeiter …*« Er beendete den Satz nicht.

Der Moment der Abrechnung war gekommen. Costa drückte abermals die PTT-Taste.

»Zernich, ich komme, um dich zu schnappen.«

Die Antwort ließ nicht auf sich warten. »*Äußerst melodramatisch. Aber ja, natürlich. Sie sind herzlich willkommen. Ich erwarte Sie.*«

Das Knistern brach ab. Zernich hatte sein Funkgerät abgestellt.

135

Obwohl der wummernde Schmerz in der Nase und der Geschmack von Blut seine Wahrnehmung trübten, war der Geruch das Erste, was seine schlimmsten Ahnungen bestätigte. Eine Mischung aus Formalin und Plastik. Doch darunter ein schwächerer und unverwechselbarer Gestank. Der Gestank des Todes.

Na bitte. Wir sind da. Hier beginnt die Galerie des Grauens.

Er warf Piovesan hinter sich einen Blick zu, der die Beretta krampfhaft umklammert hielt. Er hatte aufgehört zu zittern, aber das Weiß in seinen Augen leuchtete. Er hatte den Schock, zwei Männer getötet zu haben, noch nicht überwunden, und jetzt führte Costa ihn in die Hölle. Hatte er das Recht dazu? Piovesan war zwar ein Polizist, aber nicht einmal ein gewiefter Bulle hätte zu Gesicht bekommen sollen, was sie erwartete.

Die Stufen führten ins Untergeschoss des Gebäudes. An einer Wand am Eingang hatte Costa einen alten Grundriss bemerkt, auf dem die Gästebereiche des Sanatoriums markiert waren. Laut des ausgeblichenen Plans war das Untergeschoss nicht näher genannten Heilbehandlungen vorbehalten. Offenbar war Zernich der Auffassung, dieser Bereich sei für seine Installationen besonders geeignet.

Als Costa den Fuß der Treppe erreichte, fiel ihm außer dem Geruch die Beleuchtung auf. Sie stammte von alten Halogenlampen, die, durch Metallgitter geschützt, an der steinernen Decke hingen und mit so großem Abstand installiert waren, dass sie das Dunkel nicht richtig zu erhellen vermochten. Oder vielleicht war der Effekt milchiger Lichtinseln in der Tintenschwärze Absicht.

Der Keller war ein großer, offener Raum, unterbrochen von dicken, eckigen Stützstreben, die in parallelen Reihen verliefen und für Schatten und versteckte Winkel sorgten.

Seitlich gingen mehrere Flure ab, an denen sich zahlreiche Zimmer erahnen ließen. Einige Türen standen offen, denn das matte Flimmern bunter Lichter war zu sehen.

Insgesamt wirkte der Keller eher wie ein riesiger Darkroom denn wie eine ehemalige Heilanstalt.

Costa ahnte, was sie in diesen Zimmern finden würden. Doch jetzt, da der Moment gekommen war, sich der Wahrheit zu stellen, verließ ihn der Mut. Für einen kurzen Augenblick war er versucht, umzukehren und die Sache anderen zu überlassen.

Wieder war es der brennende Gedanke an Valentina, der ihn anspornte. Wenn er es bis hierher geschafft hatte, dann für sie. Das war er ihr schuldig. Und abgesehen von ihr … Nein, er würde nicht kehrtmachen.

Er drehte sich zu Piovesan um. »Du bleibst hier und hältst mir den Rücken frei«, raunte er.

Piovesans Augen weiteten sich noch mehr. Doch er protestierte nicht, sondern wirkte eher erleichtert. Er nickte.

Costa nickte. Holte tief Luft. Setzte sich in Bewegung.

136

Die dicken, eckigen Säulen beschränkten und beherrschten den Raum. Während Costa langsam voranschlich, wurde er gewahr, dass die Wände nicht nackt waren. An den grauen Flächen hingen Dutzende Gesichter. Die Säulen waren vollständig davon bedeckt.

Fotos. Kleine und große, in Farbe oder Schwarz-Weiß. Einige stammten offensichtlich aus dem Internet, andere sahen aus wie bei heimlichen Beschattungen gemachte Schnappschüsse. Geklaute Fotos von Männern und Frauen jeden Alters, von Kindern und Alten, sorgfältig und lückenlos nebeneinandergeklebt. Ein seltsamer, schauderhafter Anblick. Während er den Gesichterwald durchquerte und den Ort mit gereckter Pistole inspizierte, hatte Costa das Gefühl, als würden ihm sämtliche Blicke folgen und ihn beobachten. Es hätte ihn nicht gewundert, wenn er sie hätte wispern hören.

Er verdrängte die Vorstellung, all diese Gesichter könnten den Opfern Zernichs und seiner Getreuen gehören. Nicht einmal der finsterste Wahnsinn hätte es auf so viele Morde gebracht. Viele dieser Gesichter waren vermutlich nur hypothetische Qual. Potenzielle, verfehlte Ziele. Sie konnten nicht *alle* tot sein.

Er vermutete, dass diese Ausstellung von Augen, Mündern und Nasen für ihren Schöpfer eine Art Vorgeschmack auf das Spektakel war. Ein Vorspiel, das Zernichs außerordentliche Fähigkeit demonstrieren sollte, seine Gäste zu verblüffen.

Doch jetzt durfte er sich nicht von Spekulationen oder Vermutungen ablenken lassen. Es wäre später noch Zeit, alles zu verstehen. Selbst das Entsetzlichste.

Denn nun war das Grauen gekommen. Es erwartete ihn am Ende des Raumes, in den er gerade hineinblickte und der in intensives, grünes Licht getaucht war.

Er hatte Esther Kaimbacher gefunden, das im vorigen Jahr von Sileri in Bologna entführte Mädchen.

Auf den ersten Blick schienen es Schaufensterpuppen zu sein. Das Licht zweier von unten strahlender Lampen malte Schatten auf die Gesichter, die ihnen eine gespenstische Starre verliehen. Die junge Frau stand, bekleidet mit einer weißen Bluse und einem altertümlichen braunen Rock. Der Mann war nackt, lag auf einem von geronnenem Blut durchtränkten Bett, das Gesicht nach oben gedreht, der Mund in einem stummen Schrei geöffnet. Sie waren gekonnt arrangiert, wie im jähen Tun gebannt. Die eine Hand der Frau packte das Haar des Mannes, die andere schnitt ihm mit einem großen Messer den Kopf ab. Die Klinge hatte den Hals halb durchtrennt und stieß gegen den Halswirbel, der weiß aus dem zerfetzten Fleisch hervorschimmerte. Alles war ausdrucksstark und vollkommen.

Es fehlte die dritte Figur. In *Judith und Holofernes* erfolgte die Tötung in Gegenwart einer alten Frau, die ein Tuch bereithielt, um den abgetrennten Kopf darin einzuwickeln. Dennoch war die Darstellung der anderen Protagonisten perfekt.

Doch es waren keine Schaufensterpuppen. Judith war zweifellos Esther Kaimbacher. Costa hatte das Foto der Studentin eingehend betrachtet. Der kunstvoll nachempfundene Ausdruck auf dem Gesicht ihrer Leiche war der gleiche, der einst vom Objektiv eines Fotoapparates eingefangen worden war. Jetzt war sie nur noch ein Stück Fleisch und Knochen, genau wie der nackte Mann auf dem Bett. Vielleicht würden sie eines Tages auch seinen Namen, das Datum und den Ort seines Verschwindens herausfinden und einen weiteren ungelösten Fall abschließen, der auf dem Schreibtisch irgendeines Ermittlers in Vergessenheit geraten war. Dann würde ein Polizeibeamter sein Ende den Angehörigen mitteilen können, die die Hoffnung auf eine Antwort gewiss schon verloren hatten.

Esther war an ein schwarz lackiertes Holzgestell genagelt, das mit dem Hintergrund verschmolz und die Illusion hervorrief, der Körper stünde von selbst. Die Beleuchtung verstärkte den Eindruck. Erst beim Nähertreten sah man die fadendünnen, aber kräftigen Metalldrähte, die den Körper wie ein unsichtbares, schimmerndes Spinnennetz an den Holzstreben fixierten. Abgesehen von den Stellen, an denen der Draht das Fleisch durchbohrte, wirkte Esthers alias Judiths Haut seidig glatt und makellos, von einer Blässe, die nicht erahnen ließ, dass Silikon ihr Blut ersetzt hatte. Offensichtlich hatte Zernich seit seinem ersten »künstlerischen« Mord, bei dem die Leichen von Marco Albanesi und Linda Bordoni stümperhaft zusammengebunden waren und vor den Augen von Maresciallo Caruso verwesten, riesige Fortschritte gemacht.

Doch aus der Nähe zeigte der Tod wieder sein wahres Gesicht.

Luca Sileri war es nicht gelungen, ein effizientes Mittel gegen die sich auflösende Haut der plastinierten Leichen zu finden. Die Epidermis der Opfer schälte sich ab, und man hatte ihre Züge mittels einer eingespritzten oder aufgetragenen und mit Makeup überdeckten Substanz nachmodelliert. Womöglich war dafür das gleiche Silikon verwendet worden, mit dem man die Leichen ausgestopft hatte. Das Ergebnis war eindrucksvoll und schauderhaft zugleich. Abgesehen von der oberflächlichen Übermalung, vermochten nicht einmal die gekonnt gesetzten Lichter die kalte Leere der Augen zu kaschieren, die winzigen Risse, die die Lippen und Haut überzogen, die leichte Staubschicht, die auf den Gesichtern lag. Ihn durchzuckte die Idee, dass es aufwendig sein musste, diese Illusion aufrechtzuerhalten. Vielleicht gab es jemanden, der dafür zuständig war, Esthers Gesicht und das der anderen hin und wieder abzustauben wie ausgestellten Nippes, und bei diesem Gedanken wurde ihm übel. Er musste die Augen schließen, um sich wieder zu fassen.

Ein kalter Luftzug im Nacken ließ ihn herumfahren, mit weit aufgerissenen Augen und der Pistole im Anschlag lotete er das schummrige Dunkel in seinem Rücken aus.

Es war niemand da. Doch Federico Zernich war hier unten irgendwo und genoss die von ihm erschaffenen Gräuel. Bereit, die zahlenden Gäste zu empfangen.

Ihn als Erstes.

Seine Wut erledigte den Rest. Er schob alle Vorsicht beiseite und schrie: »Zernich, wolltest du mich hier haben? Denn ich bin da!«

Die überraschend kräftige, helle Stimme des Alten schallte aus einem nicht allzu entfernten Teil des Kellers zu ihm herüber.

»*Dottor Costa, ich habe Sie erwartet. Ich verstecke mich nicht.*«

Costa verließ den Raum mit *Judith und Holofernes* und wurde vom Licht einer Taschenlampe geblendet, die vor ihm aufbrannte. Ruckartig duckte er sich, rechnete mit einem Schuss und dann mit dem Schmerz und hielt die Waffe gereckt. »Mach das Licht aus!«, rief er.

Kein Schuss. Zernich gehorchte, ein mattes, von den farbigen Lichtern aus den geöffneten Türen geflecktes Dunkel kehrte zurück.

In jedem dieser Zimmer befand sich ein Diorama des Todes.

Vorsichtig bewegte er sich auf die Stelle zu, an der sich Zernich befinden musste, und obwohl er versuchte, sich nicht von seinem Ziel ablenken zu lassen, konnte er nicht umhin, flüchtige Blicke in die Räume zu werfen, an denen er vorüberkam. Einige waren kleine Kammern mit einem einzigen Zugang, andere waren Säle, verbunden mit weiteren Zimmern oder Fluren und Gelassen, die an ein riesiges unterirdisches Labyrinth denken ließen. Alle erfüllten denselben Zweck.

Hineinzuschauen, war womöglich ein Fehler.

Die Leichen waren von Seilen und Riemenscheiben, Gurten und Gestellen gehalten, mit grauenerregender Sorgfalt angeordnet und hergerichtet, überhaucht von den Farbfiltern der ringsum aufgestellten Scheinwerfer. Hier ein Stahlblau. Dort ein Blutrot. Jede Szene wurde von einer anderen Farbe beherrscht.

Die Eindrücke waren nicht so flüchtig, wie er es sich gewünscht hätte, und er wusste, dass sie ihn für immer verfolgen würden.

Aus einer Art Mauernische lächelte ihn ein ungefähr fünfzehnjähriger Junge mit zur Seite geneigtem Kopf an. Er war nackt, und über seinen Schultern spreizte sich ein schwarzes Flügelpaar, das ihm womöglich in den Rücken gerammt worden war wie ein Bauteil in ein Plastikspielzeug. Ein Bein lag auf einem Stuhl, in einer Hand hielt er einen Cellobogen. Zu seinen Füßen lagen mehrere Streichinstrumente und Notenblätter. Fabio erinnerte sich nicht an den Titel des Bildes. Vielleicht hatte ihn der Teenager, der für diese Szene geopfert worden war, ebenso wenig gewusst.

In einem größeren Raum stützte ein Greis mit langem, weißem Bart, die nackte Magerkeit teils von einem großen, roten Tuch verhüllt, den rechten Arm sacht auf einen Tisch, eine Schreibfeder in der Hand, während die andere ein Buch hielt, in dem er zu lesen schien. Tatsächlich konnten diese Augen nichts mehr sehen. Weder die Worte auf dem Papier noch Costa, der ihn entsetzt anstarrte. Auf den kahlen Schädel war eine Art Heiligenschein aus Draht genagelt. Um diese Requisite zu befestigen, hatten sie den Schädelknochen durchbohren müssen.

»Das ist mein *Heiliger Hieronymus beim Schreiben*«, bemerkte Zernich in der schützenden Dunkelheit hinter der Installation. »Gefällt er Ihnen? Ihn mag ich am liebsten. Die Ähnlichkeit ist so verblüffend. Ergebnis einer jahrelangen Suche.«

Seine Stimme kam aus unmittelbarer Nähe des einbalsamierten Greises. Ohne zu antworten, betrat Costa das Zimmer. Er streifte den roten Stoff, der den Körper des unwissenden Hieronymus-Darstellers bedeckte. Das Rascheln klang wie ein verzweifeltes Wispern, wie ein Hauch staubigen Lebens, das die erlittene Schändung beklagte.

Im Hintergrund war ein zweiter Ausgang zu erkennen, der in einen schmalen Gang führte. Dort schimmerte ebenfalls Licht, vielleicht eine weitere Station des Kreuzweges, dem Costa folgte. Dort drin musste Zernich sein. Womöglich wechselte er seine Position und ging ihm nach und nach voraus, um ihn zu einem kompletten Rundgang durch seine Schau zu zwingen.

Costa umklammerte die Beretta noch fester. Seine schwitzenden Handflächen machten den Griff rutschig, doch er wagte nicht, sie abzuwischen. Er musste die Schusslinie beibehalten, durfte die Konzentration nicht verlieren. An nichts anderes denken außer an das, was ihn jenseits dieser letzten Tür erwartete.

Doch das war schwierig.

Er trat über die Schwelle. Blickte hinein.

Zernich saß da, lächelte und streichelte den Kopf einer seiner Kreationen. Unter seinen Händen, die mit dunklen Locken spielten, war das traurige und reglose Gesicht von Andrea Venturi zu erkennen.

137

Es hatte wieder angefangen zu schneien. Und Piovesan hatte recht, der Mietwagen war scheiße. Die Heizung funktionierte nicht, und obendrein zog es eisig durch alle Ritzen. Fast rechnete er damit, Schneeflocken durch das Auto wirbeln zu sehen. Loris Manna begann ernsthaft in Betracht zu ziehen, dass er erfrieren könnte.

Es waren fast zwei Stunden vergangen, seit er Falcone hatte überreden können, den Rettungstrupp loszuschicken. Nach Drohungen und gutem Zureden hatte der Chef endlich die Dringlichkeit und den Ernst der Situation begriffen. Zugegeben: Wenn Falcone die Zügel in die Hand nahm, setzte sich die Kavallerie in Bewegung. Er hatte Loris aufgetragen, sich nicht von der Stelle zu rühren, und ihm kurz darauf mitgeteilt, dass eine Taskforce unterwegs sei. Er musste sich mit ihr in Verbindung setzen und sie an den richtigen Ort lotsen.

Bis zum Eintreffen der Verstärkung dauerte es also nicht mehr lang. Ein Team der Zentralen Operativen Sicherheitseinheit NOCS war im Helikopter von Rom aus gestartet, und eine Spezialeinheit kam aus Venedig. Man musste nur Geduld haben. Hoffen, warten und versuchen, nicht zu erfrieren.

Aber Loris wusste, dass er nicht mehr lange warten würde. Die Vorstellung von Costa und Piovesan dort drinnen, allein, ließ ihn schier verrückt werden.

Gleich nachdem er mit Falcone gesprochen und ihn überzeugt hatte, dass in diesem alten, zwischen die Dolomiten geklemmten Kasten etwas Entsetzliches vor sich ging, war Manna zum Startpunkt zurückgekehrt. Er hatte den Sandero am Anfang der Straße zum Sanatorium Sant'Andrea geparkt, wo das Handysignal noch funktionierte. Mit klappernden Zähnen hatte er am Steuer gewartet, während sein Herz ihn drängte, hineinzustürmen und seinen Freunden zu helfen, und der Kopf ihm riet, das Eintreffen der Spezialeinheiten abzuwarten. Im Grunde war das Costas Plan. Also keine sinnlose Kurzschlusshandlung.

Doch je mehr Zeit verging, desto düsterer wurden die Szenarien in seinem Kopf. Costa war ein fähiger Polizist, der sich zu helfen wusste, aber Piovesan war jung und unerfahren. Und in diesem architektonischen Monstrum konnten Gefahren lauern, die sie sich nicht im Entferntesten vorgestellt hatten. Zernich und Altieri waren zwei skrupellose Psychopathen, die bereits gezeigt hatten, wozu sie fähig waren.

Kaum war die zweite Stunde abgelaufen, beschloss Loris, nicht länger zu warten. Er stieg aus dem Auto, ließ den Motor und die Standblinker als Signal für die eintreffenden Kollegen laufen und schickte Falcone eine Nachricht, um ihn zu informieren, dass er auf dem Weg ins Gebäude sei. Dann nahm er den Weg, den er mit Costa und Piovesan gegangen war und der ihm jetzt, in dieser bedrückend tintenschwarzen Nacht, noch tückischer erschien.

Er war rund hundert Meter gegangen, mit zusammengepressten Lippen, um die unerträglich eisigen Böen nicht zu schlucken, als das Licht zweier Scheinwerfer ihn überrumpelte und sich nackt und schutzlos fühlen ließ. Er konnte sich gerade noch seitlich in eine frische, beißend kalte Schneewehe werfen, als Altieris Porsche Cayenne schlitternd an ihm vorüberfuhr und hinter der Kurve verschwand, die er gerade hinter sich gelassen hatte. Der vom Wagen aufgewirbelte Eisstaub ging wie ein Schneesturm über ihm nieder. Mannas Herz begann wild zu schlagen. Er hatte nicht gesehen, wer am Steuer saß, aber diese überstürzte Flucht verhieß nichts Gutes. Er konnte niemandem Bescheid geben, das Auto zu stoppen, denn die Signale waren noch immer blockiert. Es wäre unmöglich gewesen, den Sandero rechtzeitig zu erreichen, um Altieris schnellen Wagen einzuholen.

Außerdem waren Fabio und Gabriele dort drinnen und warteten auf Hilfe.

Den Kopf voller düsterer Gedanken, begann er strauchelnd Richtung Sanatorium zu spurten.

138

»Wussten Sie, dass Caravaggio sich in den Figuren seiner Bilder gern selbst porträtierte? Aber sicher wussten Sie das. Sie haben sich schlaugemacht. Sie sind ein Mann, der auf Details achtet. Genau wie ich.«

Die Leichen der vier Jungen, die *Die Musiker* darstellten, waren sorgfältig in der Mitte des Zimmers angeordnet, sodass man sie von allen Seiten bewundern konnte. Ein dreidimensionales Eintauchen in Caravaggios Meisterwerk. Einer der Jungen war von hinten zu sehen, während er die Notenblätter in seinen Händen studierte. Zwei blickten Costa an und hielten ihre Saiteninstrumente, ein Vierter blieb im Hintergrund, ein wenig abseits von den anderen. Sie trugen die gleichen Tuniken und Beiwerke wie auf dem Gemälde. Die Szene war bis ins kleinste Detail nachempfunden, Geste für Geste, Falte für Falte. Das elfenbeinfarbene Licht versuchte, das Chiaroscuro des Bildes zu imitieren. Der düstere Hintergrund des Raumes regte die Fantasie an.

In einen langen, schwarzen Mantel gehüllt, mit weißen Locken, die sich matt im Nacken kräuselten, saß Zernich zwischen den Jungen, als wäre er Teil des von ihm nachgebildeten Kunstwerks. Er befand sich rechts von Andrea Venturi, der die Hauptrolle übernommen hatte, und ließ die Finger durch dessen Locken gleiten, mit einer Zärtlichkeit, die Costas Übelkeit verstärkte. Ein irrer Greis auf dem Gipfel seines Wahnsinns, umgeben von den Leichen von vier Kindern, die ermordet worden waren, um seine Fantasie zu nähren.

Und er genoss es. Er genoss es weidlich und freute sich an Costas angewidertem Gesicht. Er zehrte von diesem Moment wie ein Dämon von den Qualen anderer.

In Costa vibrierte eine dumpfe Wut, die er nur allzu gut kannte. Er spürte sie und versuchte, sie zu bändigen. Es war noch nicht so weit.

»Überflüssig zu sagen, dass er in dieser Installation die Hauptfigur ist«, fuhr Zernich mit der größten Selbstverständlichkeit fort und betrachtete Andrea Venturis starres Gesicht. »Ihn mag ich am liebsten. Vielleicht, weil er mir die Gelegenheit gab, Sie kennenzulernen, Dottor Costa. Und Ihre Valentina ...«

Costa presste die Zähne zusammen. Er sagte nichts.

Zernich nahm seine Reaktion zur Kenntnis.

»Dieses Kerlchen haben wir in Neapel gefunden, aber das wissen Sie bestimmt.«

Neben Andrea Venturi war von hinten Salvatore Esposto zu sehen, auf den der Alte mit einer weichen Handbewegung zeigte.

»Ihm hingegen«, sagte er und deutete auf den dritten Jungen, »der ein bisschen im Hintergrund bleibt, hat der Maler seine eigenen Züge verliehen. Unsere Aufgabe bestand also darin, einen Doppelgänger des überragenden Caravaggio zu finden. Eine begeisternde Suche, die wir erfolgreich abschließen konnten. Ist dieses Spiel der Zitate nicht erregend? Würden sich die Eltern dieses Jungen nicht geehrt fühlen, wenn sie es wüssten und gebildet genug wären, es zu verstehen, was ich allerdings bezweifle? Oder der Junge selbst, wäre er nicht stolz gewesen, Teil dieses prächtigen, unglaublichen Spektakels zu sein? Obendrein in der Rolle des unerreichbaren Caravaggio!«

Zu der vierten Leiche, dem kleinen Jungen, der Amor verkörperte, sagte er nichts, er war ein zu vernachlässigendes Detail. Genau wie das Leben dieser Kinder. Eine Nebensächlichkeit.

Vier tote Jungen. Nur von zweien kannte Costa Namen und Geschichten. Von den anderen blieb nur der Auftritt in dieser abscheulichen Pantomime. Es spielte keine Rolle mehr, wer sie waren und wo sie gelebt hatten. Es spielte keine Rolle mehr, wer um sie geweint hatte. Es spielte auch keine Rolle mehr zu wissen, wann sie ihren Familien entrissen worden waren. Eine lange Liste von Trauer und sinnlosem Schmerz, das war dieser Ort. Man hätte ein steinernes Herz und einen eisernen Magen besitzen müssen, um ihre Identität festzustellen, herauszufinden, wer dieser Junge war, der das Pech hatte, Michelangelo Merisi ähnlich zu sehen. Und dieser Alte sprach über sie wie über die Bauteile eines Spielzeuges.

»Diese Jungen hatten alle einen Namen und ein Leben«, stieß Fabio hervor und versuchte, seine Wut zurückzuhalten. »Vielleicht war dir das egal ... Aber der, dessen Haare du streichelst, heißt Andrea Venturi. Sein Vater ist von deinem Freund Luca Sileri niedergemetzelt worden.«

Zernich blieb ungerührt und betrachtete Andreas Gesicht. »Ich weiß, dass Sie Ihre Hausaufgaben gemacht haben, Dottor Costa. Daran hatte ich keine Zweifel. Ehrlich gesagt, sind die Namen mir ziemlich egal. Aber ich nehme an, Sie müssen eine Art Buch über die ... wie heißt das bei euch noch ... Opfer führen.«

»Es waren Kinder, bevor sie ...«, murmelte Costa.

Zum ersten Mal blickte Zernich auf und sah ihn an. Vielleicht passte es ihm nicht, die Augen von seinen Meisterwerken losreißen zu müssen, denn seine Stimme wurde scharf.

»Möchten Sie mir etwas sagen, Dottor Costa?«

»Nur, dass du hiermit am Ende bist.«

»Also haben Sie bereits alles entschieden? Sie wissen, wie die Sache ausgeht?«

»Ich weiß nicht, was passieren wird. Aber ich weiß, dass du für jede Träne zahlen wirst, die du auf dem Gewissen hast.«

»Das soll mir wohl Angst machen.«

Costa schüttelte ungerührt den Kopf. »Glaub, was du willst. Du bist nur ein armes Schwein, auch wenn du dich für eine Art Künstler des Todes hältst.«

Zernich strich über die Armlehne des Stuhls. »Behandeln Sie mich nicht wie einen Trottel oder einen Niemand, Dottor Costa.« Er starrte ihn an, und in seinen Augen lag dasselbe unendliche Nichts wie in Sileris Blick, ehe er getötet worden war. »Ich bin nicht eines von den schwarz-weißen Fahndungsfotos, mit denen Sie es normalerweise zu tun haben. Ich bin aus ganz anderem Holz gemacht. Wie die Werke, die ich ausstelle.«

»Die Werke? Das waren Menschen.«

»Ja, Kinder, junge Leute, Alte ... Na und, jetzt sind sie es noch immer und für immer. Sehen Sie nicht die Energie, die sie verbindet, sie von ihrem tödlichen Schicksal befreit und sie lebendiger macht, als sie es je waren? Wissen Sie, warum ich mich für Caravaggio entschieden habe?«

Costa blieb keine Zeit zu antworten.

Das schräge Scheinwerferlicht ließ Zernichs Lächeln aufblitzen. »*Ich borge mir Körper und Gegenstände und male sie, um mich des Zaubers zu gemahnen, der das Gleichgewicht des Universums regelt ... und meine Seele erfüllt der einzige Klang, der mich zu Gott führt ...* Diese Kinder, die jungen Frauen, die Sie nicht retten konnten, sogar der Alte, der den heiligen Hieronymus verkörpert, sie alle hatten eine einmalige Chance: Gott ein wenig näher zu kommen. Dafür sollten sie mir dankbar sein.«

»Du bist nur ein durchgedrehter Mörder, genau wie Sileri.«

»Nein.« Zernich fuhr leicht pikiert mit der Hand durch die Luft. »Sie werfen mich noch immer mit ihm in einen Topf. Der arme Luca war ein bestialisches, grobes und impulsives Geschöpf, das keine Ahnung hatte, welche Verantwortung auf ihm ruhte oder was wir erschufen.«

Costa bemerkte, dass er die Hand mit der Pistole ein paar Zentimeter hatte sinken lassen. Nicht nur wegen der Schmerzen, die von Altieris Schlägen rührten. Die Erschöpfung, das Grauen und Zernichs hypnotische Stimme lenkten ihn ab. Mit einem Ruck richtete er die Beretta wieder auf sein Ziel. Zernich zuckte leicht zusammen. Der winzige Schreck, der ihn durchfuhr, machte Costa wieder Mut. All die Prahlerei, und dann hatte er Schiss zu sterben wie jeder andere.

»Sileri hat getan, was ihm aufgetragen wurde«, sagte er müde. »Ihr seid beide Monster. Einer wie der andere.«

Der Alte hatte aufgehört, Andreas Haar zu streicheln. In dem Moment fiel Costa auf, dass an der Position des Jungen irgendetwas nicht stimmte. Es war offensichtlich, dass die Plastination bei ihm und Salvatore Esposto verkürzt durchgeführt worden war. Es hätte sehr viel mehr Zeit gebraucht, um das Verfahren mit dem Silikon zum Abschluss zu bringen. Das bedeutete, begriff er schaudernd, dass Andreas Leiche noch im Verwesungszustand war. Und Zernich tändelte seelenruhig und zufrieden mit ihm herum.

»Sie verwechseln noch immer das Werkzeug mit dem Künstler, der es gebraucht«, sagte der Alte verärgert. »Nein, noch schlimmer. Sie betrachten den Pinsel und lassen den Pinselstrich außer Acht, den Duktus. Sie sehen das Werk in seiner Gesamtheit nicht. Das enttäuscht mich. Und beleidigt mich. Ehrlich gesagt, beleidigt mich Ihr mangelnder Respekt … Dabei sollen Sie doch nur begreifen …«

Er war verrückt. Dem gab es nichts hinzuzufügen. Der Instinkt und die Wut, die Costa seit allzu langer Zeit unterdrückte, drängten ihn, die Bestie zu töten. Sie war gefährlich und tückisch und hätte ihm nichts Neues mehr zu sagen. Doch er wusste, dass es, wenn er seinen Zorn zügelte, eine wenn auch entfernte Chance gab, etwas über Valentina herauszufinden.

»Ist das denn wirklich so schwer zu akzeptieren?«, sagte Zernich und klang dabei aufrichtig, fast arglos. »Um auf Ihre Fragen zu antworten: Natürlich hätte ich all das nicht allein machen können. Sileri ein einfaches Werkzeug? Nein, tatsächlich wäre es undankbar von mir, ihn so zu nennen. Er besaß eine gewisse Genialität, die jedoch nur ich für einen höheren Zweck zu fördern und zu verfeinern verstand. Diese Meisterwerke würden ohne ihn und seine wissenschaftlichen Fähigkeiten nicht existieren. Man musste ihm nur die Gelegenheit geben. Und das habe ich getan. Allein hätte er es nicht weit gebracht. Er hätte weiter willkürlich gemordet, um seine Lust zu befriedigen, ohne Ziel und ohne Plan. Und am Ende seines unkultivierten Treibens hätte man ihn geschnappt.«

»Oder ausgeschaltet.«

Der Alte sagte nichts. Seine knochigen Finger begannen erneut, den Hals, die Schultern, den plastinierten Körper des Jungen zu streicheln. Die Fleischskulptur wankte und schien kurz davor, zu Boden zu gehen und zu zerfallen.

»Ich habe ihm einen Sinn gegeben«, sagte Zernich schließlich. »Und ihnen allen auch.« Er machte eine ausholende Handbewegung, die alle Toten miteinschloss. »Ich habe ihnen ein Ziel gegeben. Die Ewigkeit der Kunst.«

»Ach, wirklich?«, knurrte Costa. »Das glaubst du? Diese armen Leichen sind für dich Kunst? Leblose Puppen, die irgendein Psychopath mit unkontrollierbaren Trieben schmücken kann? Das ist der Tod, Zernich. Das ist Verwesung. Siehst du das nicht? Du bist ein blutrünstiger, gewissenloser Mensch, der seine Folterlust rechtfertigen will. Du bist einer der vielen, die mir untergekommen sind und jetzt in Gefängniszellen vermodern, deren Fenster zu klein sind, um hinauszusehen.«

Ein verärgerter Unterton ließ Zernichs Stimme heiser klingen. »Du kannst doch nicht so blind sein! Kunst ist Macht, Fabio. Absolute Macht über das Leben ... und über seinen Zwilling, den Tod. Kunst steht über allem und allen. Glaubst du, Caravaggio hatte Skrupel, als er seine Gegner in Roms Gassen tötete? Glaubst du, es kümmerte ihn, als er diese Meisterwerke erschuf, die wir noch heute bewundern?« Er lächelte, leicht kurzatmig von der Inbrunst seiner letzten Sätze. »Vielleicht hat deine Freundin Valentina das verstanden, weißt du. Sie hätte mehr Achtung vor mir und meinem Werk gehabt.«

Costas Blut gefror. Der Sturm, der in ihm tobte, erstarb auf der Stelle. Es war, als triebe er inmitten eines schwarzen, reglosen und unendlichen Ozeans und wartete auf die Monsterwelle, die ihn hinwegfegen würde.

»Valentina«, sagte er. »Wo ist sie?«

Zernich verzog das Gesicht.

»Nach all dem, was ich dir zu erklären versucht habe, ist es das, worüber du reden willst? Über deine Freundin?«

»Sag mir, was mit ihr passiert ist.«

Der Alte entspannte sich. Er wirkte fast glücklich. »Valentina Medici«, sagte er, als ließe er den Klang des Namens auf seiner Zunge zergehen. »Schöne Frau. Tatsächlich habe ich sie kennengelernt. Sehr gut sogar, wenn auch unter nicht besonders angenehmen Umständen. Eine Gelegenheit, die ich jedoch zu nutzen wusste ... Ich war ihr sympathisch, weißt du.«

»Sag mir nur, wo sie ist.« Er wiederholte die Frage, matt, erschöpft und immer angstvoller. »Sag mir, wo sie ist, und ich lasse dich laufen.« Er hätte es getan. Um Valentina zu retten, hätte er ihm erlaubt zu fliehen.

»Das ist alles? Keine weiteren Fragen zu dem, was ich getan habe, oder zu den Menschen, die mir halfen? Zu Komplizen oder Beweisen? Alles dreht sich nur um sie. Dir reicht es zu wissen, wo Valentina ist und ob es ihr gut geht.«

»Ja.«

»Aber ich bin nur ein Mörder, oder nicht? Was hätte ich also mit ihr anfangen sollen? Das frage ich dich. Und wenn ich sie getötet hätte? Oder wenn ich sie hätte töten lassen? Würdest du es trotzdem wissen wollen?«

Seine Lippen waren trocken. Die Stimme nur ein Atemhauch. »Ja.«

»Du willst sie retten. Anders als die andere ... Wie hieß sie noch? Ach ja, Diana. Diana Marini war dein erstes Opfer, richtig?«

Costas Sichtfeld verdunkelte sich. Es war, als zöge sich alles um ihn zusammen. Vielleicht war es nur ein Albtraum. Dianas Name in Zernichs Mund.

»Überrascht?«, sagte der Alte keck. »Ich informiere mich nun einmal. Besser gesagt, ich werde informiert. Ich wollte dich kennenlernen, Fabio. Dich verstehen. Und es ist nicht schwer zu begreifen, warum du so sehr an Valentina hängst ... Sie erinnert dich an Diana, stimmt's?«

»Wehe, du sagst noch ein Wort ...«

»Warum nicht? Erträgst du die Wahrheit nicht? Dabei ist es doch dein Beruf, die Wahrheit herauszufinden. Egal, wie sie aussieht.«

»Halt die Klappe.«

»Du willst wissen, was mit Valentina ist? Ob ich sie ... plastiniert habe?« Er lächelte wieder. Ein perfektes Gebiss. Ein sympathischer, fröhlicher Zug um die Lippen. Unverhohlene Freude. »Valentina war wirklich schön. Engelsgleich. Das sagte ich ihr auch, als wir uns begegneten. Schön wie das Porträt eines Präraffaeliten. Wie ein Gemälde von Dante Gabriel Rossetti. Aber inzwischen haben wir das Herz und die Augen Caravaggios, und von ihm würde ich nicht abweichen wollen.«

Sie *war* schön. Das hatte er gesagt.

»Im Grunde … geht es nur darum, eine Wahl zu treffen.«

Costa bog den Zeigefinger, um abzudrücken, ihn auszulöschen.

Der Schrei hinter ihm kam ihm zuvor. Die Zeit begann, wieder zu fließen. Instinktiv drehte er sich um.

Die Dunkelheit des Kellers wurde von drei hintereinander folgenden, gleißend hellen Explosionen zerrissen. Sie erleuchteten das Halbdunkel und übertönten den Schmerzensschrei, in dem er Piovesans Stimme erkannte. Ehe er reagieren konnte, fuhr ihm eine flüssige Feuerklinge durch Schulter und Brust. Mit einem Geräusch berstender Knochen, das ihn mehr überraschte als der Klingenstoß, brach er auf die Knie.

Doch er verlor keine Zeit. Ein Teil von ihm blieb hellwach und befähigte ihn, sich auf die Seite zu rollen, umzudrehen und aufs Geratewohl zwei schnelle Schüsse abzufeuern.

Zernich hatte die Gelegenheit genutzt: Nachdem er ihn niedergestochen hatte, war er schneller geflohen, als sein körperlicher Zustand und sein Alter es hätten vermuten lassen. Offenbar hatte er unter dem Mantel einen Dolch oder ein Messer versteckt. Und kaum war Costa abgelenkt gewesen, hatte er davon Gebrauch gemacht. Costa versuchte, die Verletzung einzuschätzen. Sie schien nicht lebensbedrohlich zu sein, oder vielleicht war es nur der Schock, der ihn keinen Schmerz fühlen und ihn wach bleiben ließ. Warmes Blut durchweichte sein Hemd und die Jacke auf der Höhe des Schulterblatts. Er biss die Zähne zusammen und betete, nicht das Bewusstsein zu verlieren.

Er konnte sich wieder auf die Füße rappeln. Im Kopf ein Dröhnen, das ihn taumeln ließ. Doch er fiel nicht. Er musste dem Alten folgen, weit konnte er nicht gekommen sein. Es sei denn, da war noch jemand. Derselbe oder dieselben, die Piovesan angegriffen hatten.

An der Treppe, wo er seinen Kollegen als Wache zurückgelassen hatte, rührte sich nichts mehr. In der Dunkelheit hing nur ein bläulicher Dunst von den Schüssen der 9 mm, die Gabriele abgegeben hatte, ehe er angegriffen worden war. Costa hoffte, dass er noch am Leben war, denn er konnte sich nicht um ihn kümmern. Nicht jetzt.

Die düsteren Eingeweide des Gebäudes hatten den wahnsinnigen Alten verschluckt und schützten ihn. Dort hinten, jenseits einer der Türen, die sich zu weiteren Abgründen auftaten, versuchte das Monster, sich zu verstecken.

Costa tauchte in die fatale Dunkelheit, um Federico Zernich zu finden.

Und zu töten.

139

Der erste Pistolenschuss überraschte ihn. Die nächsten beiden versetzten ihn in Panik. In dem Trichter, in dem sich das graue Gebäude erhob, umgeben von den Felswänden der Dolomiten, die in der Dunkelheit wie aus Ebenholz schienen, verstärkte sich der Hall der Schüsse und verlor sich mit metallischem Echo in der Ferne.

Sein Atem stockte. Er wartete noch einen Moment, zehn Meter vom Eingang entfernt, wo er sich zur Beobachtung im Schnee zusammengekauert hatte, um zu begreifen, woher die Schüsse kamen. Schon der Anblick des Land Rovers auf dem Vorplatz erschreckte ihn. Die Fahrertür war weit geöffnet, als hätte der Fahrer keine Zeit gehabt, sie zu schließen. Als hätte ihn etwas in das Gebäude gerufen. Eindringlinge, die es auszuschalten galt. Ganz zu schweigen von demjenigen, der mit Altieris Porsche geflohen war.

Er blickte zu der Kurve hinter sich zurück, die zur Landstraße führte. Dort sollten die Fahrzeuge der Einsatzteams auftauchen. Aber es war niemand zu sehen. Noch nicht.

Zu viel Zeit. Und diese Schüsse. Schließlich sagte ihm sein Herz, was er tun sollte.

Er zog die Beretta aus dem Halfter am Rücken. Lud die Waffe durch und schob die erste der fünfzehn Kugeln in den Lauf. Das metallische Geräusch weckte Erinnerungen an seine Zeit als Straßenpolizist, als er seinen Hintern noch nicht auf einem Stuhl vor einem Computer geparkt hatte. Seit einer Ewigkeit hatte er keine Waffe mehr mit der Absicht in der Hand gehalten, sie wirklich zu benutzen.

Gut. Es musste sein.

Er rannte zum Eingang, in geduckter Haltung, obwohl er wusste, wie sinnlos das war. In der Dunkelheit hinter den blinden Fenstern über ihm hätte sonst wer lauern können. Egal, wie er sich benahm, er war ein leichtes Ziel.

Niemand schoss auf ihn.

Als er das kurze, tief verschneite Straßenstück hinter sich gebracht hatte, stellte er fest, dass die Eingangstür nur angelehnt war. Von drinnen war kein Geräusch zu hören, abgesehen vom leichten Seufzen des Windes, der durch den Türspalt zog und zu den Decken des Gebäudes emporwirbelte.

Er reckte die Waffe, umfasste sie mit beiden Händen. Schob den Türflügel mit dem Pistolenlauf auf.

Ein blendendes Lichtbündel traf ihn. Der Zeigefinger der rechten Hand zuckte auf dem Abzug. Doch das Licht war hinter ihm.

Er drehte sich um. Vier schwarze Geländefahrzeuge ohne Kennzeichen schlitterten mit bereits geöffneten Türen über den Schnee, und die Männer der NOCS sprangen heraus. Die auf den Wagendächern angebrachten Scheinwerfer ließen die Fassade des Gebäudes taghell erstrahlen und noch gespenstischer erscheinen.

Während Mannas Herz sich weitete, die beklemmende Angst abschüttelte und er den Beamten ein Zeichen machte, sich zu beeilen, schallte ein weiterer Pistolenschuss ins Freie. Ein einziger.

Ohne weitere Zeit zu verlieren, stürmte er hinein.

Kurz darauf drangen die anderen in Federico Zernichs Allerheiligstes ein.

Sie hatten sich aufgeteilt, um jeden Winkel zu inspizieren, doch das Gebäude war riesig, und sie wussten, dass sie Zeit brauchen würden. Erst nach einer Weile ging ihnen auf, dass das Sanatorium Sant'Andrea di Molveno verlassen und verwahrlost war. Die Männer, die in die oberen Stockwerke vorgedrungen waren, stießen dennoch auf höchst komfortabel eingerichtete Gästezimmer und im obersten Stock auf eine Art Regiezimmer mit Monitoren, die mit einem Netz von Überwachungskameras verbunden waren. Sämtliche Kameras waren eingeschaltet, doch niemand überwachte sie.

Im Erdgeschoss entdeckten sie eine funktionierende Küche und eine Speisekammer voller Lebensmittel und Proviant, mit denen eine kleine Gruppe mehrere Wochen hätte überleben können. Es gab sogar einen Salon mit einem Satellitenfernseher, einem Billardtisch und einer bestens ausgestatteten Bibliothek. Nichts schien dem Zufall überlassen worden zu sein.

Dann entdeckten sie die Leichen im ersten Stock.

Manna betrat das Zimmer vor allen anderen. Das weiche Licht einer einzigen Lampe genügte, um die Szene zu erhellen. Ein Mann kauerte vor einem Sessel, als wäre er darin eingeschlafen und zu Boden gesackt. Die in seinem speckigen, schlaffen Gesicht eingesunkenen Augen waren in empörter Überraschung aufgerissen. Sein Anzug schien eine Maßanfertigung zu sein, doch er war so voller Blut, dass es schwer war, seine Farbe festzustellen.

Die zweite Leiche lag unweit entfernt, und Manna erkannte Claudio Altieri, obwohl der Schuss ihm die Schädeldecke weggerissen hatte.

Beim Anblick der Toten wurde er vollends von der Panik übermannt, die die beiden Schüsse in Zernichs Höllenreich in ihm geweckt hatten. Wenn Costa und Piovesan gezwungen gewesen waren, diese beiden Männer zu töten, musste die Situation wirklich ernst sein. Und wem gehörte das Blut dort auf dem Boden, weit weg von den beiden Leichen?

Er hatte keine Zeit, weitere Vermutungen anzustellen. Jemand schrie am Fuß der Treppe. Ein Beamter in schwarzem Overall und Sturmhaube tauchte in der Tür auf.

»Ispettore, wir haben jemanden gefunden.«

140

Obwohl er übel zugerichtet war, empfing der Polizeibeamte Gabriele Piovesan die Einsatztruppe mit gut sichtbar erhobenen Händen. Er hatte eine Wunde am Hinterkopf, viel Blut verloren und sagte, er sei eine Weile bewusstlos gewesen, aber es gehe ihm alles in allem gut.

Als Manna zu ihm kam, saß der Junge noch am Boden, den Rücken gegen die Wand gelehnt, und antwortete auf die Fragen eines Polizeiarztes, der an der Stürmung teilgenommen hatte. Kaum sah er ihn, stand er trotz der Einwände des Mediziners auf und umarmte ihn mit schmerzverzogenem Gesicht. Manna spürte, wie der Junge die Schluchzer unterdrückte.

»Costa ist dort unten«, sagte er. »Ich sollte ihn schützen, aber ich habe es nicht geschafft. Jemand hat mich von hinten niedergeschlagen, Loris, aber ehe ich bewusstlos wurde, habe ich eine Gestalt gesehen ... Nur ein flüchtiger Schatten ... Und ich schoss, schoss noch einmal. Mein Gott, Loris, ich will das nicht mehr. Ich will niemanden mehr töten.« Er begann zu weinen, und Manna blieb nichts anderes übrig, als ihn zu umarmen, während der Junge seinen Tränen freien Lauf ließ. Er würde später erfahren, was sich tatsächlich abgespielt hatte. Jetzt musste er Costa finden. *Dort unten.*

Er bat den Arzt, sich um den Jungen zu kümmern, dann stellte er sich Zernichs Wahnsinn.

Vor ihm und den anderen Beamten, die den Keller mit gereckten Waffen durchkämmten, eröffnete sich das höllische Szenario, mit dem Manna gerechnet hatte. Meter für Meter, Zimmer für Zimmer, entdeckten die Polizisten im hin und her gleitenden Licht ihrer Halogen-Taschenlampen das Museum des Grauens, das der alte Zernich eingerichtet hatte und das sie nun dazu verdammte, diese Szenen in sämtlichen Albträumen ihres restlichen Lebens unendliche Male aufs Neue zu durchleben.

Während Manna ins Dunkel vordrang, das allmählich farbigen Lichtern wich, die sichtbar machten, was sich in den Räumen befand, hörte sein Verstand auf zu funktionieren. Es war, als wäre ein in den Synapsen seines Hirns installierter Abwehrmechanismus angesprungen, der ihn daran hinderte zu erkennen, was seine Augen sahen. Diese grotesken Puppen, die Szenen eines Malergenies von vor vierhundert Jahren mimten, waren nie lebendige Wesen gewesen. Das war unmöglich, wo lag also das Problem. Da war keine Menschlichkeit in ihren glasigen Augen, in den gewollten Posen, den gezierten Gesten. Das war alles nicht echt. Ein Spiel, so unbegreiflich es auch sein mochte. Luca Sileri, Claudio Altieri, Federico Zernich waren nur ausgebuffte Schwindler. Niemand auf der Welt hätte etwas so Ungeheuerliches ersinnen können. Also konnte er weiterhin ruhig schlafen.

Dann betrat er den letzten Raum. Die Männer des Einsatzteams hinter ihm blieben erschöpft und wie gelähmt stehen, Dutzende Male hatten sie mit Gräueltaten und Gefahren fertigwerden müssen, aber niemals hätten sie sich etwas Derartiges vorstellen können.

Genau wie Piovesan hockte Costa am Boden. Rücken und Kopf lehnten an einer von Feuchtigkeit und Schimmel zerfressenen

Mauer. Er hatte die Beine von sich gestreckt, in seinem Gesicht Verletzungen und frisches Blut. Vor ihm lag das Labor, aus dem die Albträume hinter ihnen hervorgegangen waren. Alles war wie erwartet. Metallwannen. Instrumente und miteinander verbundene Schläuche. Ein beißender Geruch nach Chemikalien. Blasse Flecken auf Edelstahloberflächen, die an einen Operationssaal oder an Autopsien erinnerten.

Und dann war da Zernich. Er saß Costa gegenüber auf einem Metallstuhl, womöglich weil er zu gebrechlich war, um ebenfalls auf dem Boden zu sitzen. Nur, dass es keinen Unterschied gemacht hätte, denn der Alte war tot. Sein lichtloser Blick starrte ins Leere, der immer größer werdende Blutfleck auf Höhe des Herzens ließ keine Zweifel.

Die Waffe lag auf dem Boden zwischen Fabio Costa und Zernichs Leiche. Manna schob sie sacht mit dem Fuß zur Seite. Ein automatischer Bullenreflex. Zernich würde sie nicht mehr ergreifen und auf sie richten können. Der Hahn war noch gespannt. Ein leichter Druck hätte genügt, um einen weiteren Schuss losgehen zu lassen.

Ohne etwas zu sagen, hockte er sich neben Costa.

Die Augen des Freundes waren verloschen. Oder vielleicht blickten sie zu einem Punkt außerhalb dieses Blickfeldes, weit weg von all dem. In seiner Reglosigkeit erkannte Manna für einen flüchtigen, aber entsetzlichen Augenblick die perfekte, grausame Vollendung von Zernichs Plan. Wie die plastinierten Statuen Dutzender Opfer, die diese Pinakothek des Todes schmückten, zeigte Fabio Costas versteinerter Blick den Triumph des kranken Willens dieses Mörders. Es war, als wäre er selbst bei lebendigem Leib zu einer von Zernichs Kreaturen geworden. Ein Kunstwerk aus Fleisch, Blut und Verzweiflung. Alles war dort, rings um sie versammelt.

Zernichs Leiche. Das Grauen dieser Parodie des Todes. Aber von Valentina keine Spur.

Darauf waren Costas aufgerissene Augen gerichtet. Auf ihre Abwesenheit. Auf das Bewusstsein, sie verloren zu haben. Für immer.

Manna musterte ihn. Er vermochte sich nicht vorzustellen, was hinter diesem Blick vor sich ging.

Dann füllte sich der Raum. Jemand bellte Befehle. Costa ließ sich verarzten.

Als sie das Gebäude verließen, hatte es aufgehört zu schneien, und im kalten Licht des grauenden Tages, typisch für diesen Winkel der Welt, begann alles heller und klarer zu werden.

SCHATTEN DER HÖLLE

141

»Es geht nur darum, eine Wahl zu treffen.«

Der leicht musikalische Tonfall, die angenehme Stimme.

»Tun wir das, Fabio?«

Federico Zernich lächelt ihn an. Fordert ihn heraus.

Geräusche. Absätze, die in hypnotischem Takt über den Boden klappern. Die quietschenden Räder eines Etagenwagens. Klingelndes Glas.

Die stechende Kälte, die ihm übers Gesicht streicht und die Neuigkeit verkündet: Er lebt. Der Schmerz beherrscht jede Faser seines Körpers, doch er lebt.

Costa öffnete die Augen und erblickte ein Weiß, das nur zu der Zimmerdecke eines Krankenhauses gehören konnte. Links von sich erahnte er einen Tropfständer, auf der anderen Seite ein Fenster, durch das ein kalter Luftzug hereinwehte.

Er senkte den Blick. Ja, ein Krankenzimmer, klein, aber gut ausgestattet. Da war nur er im einzigen Bett. Und eine Krankenschwester, die ihn geduldig im Auge behielt, ihre kastanienbraunen Locken drängten unter der Stoffhaube hervor.

»Wo …?«, hob er an.

»Krankenhaus San Camillo in Trient«, antwortete die Frau sogleich, als hätte sie mit der Frage gerechnet. »Abteilung für Allgemeinchirurgie. Ich habe das Fenster geöffnet, um frische Luft hereinzulassen. Stört es Sie?«

»Nein, gar nicht.« Auch wenn die Kälte ihm die vergangenen Stunden ins Gedächtnis rief. Den Schnee von Sant'Andrea. Die Eiseskälte, die in Federico Zernichs Reich herrschte.

Es geht nur darum, eine Wahl zu treffen, wiederholte die Stimme des Alten in seinem Kopf. Welche Wahl?

Die Krankenschwester überprüfte den Tropf. »Jetzt, wo Sie wach sind, kann ich Ihnen Schmerzmittel geben.«

Das Angebot ließ den Schmerz wieder auflodern, der seinen Körper beherrschte. Sein Kopf platzte, er spürte sein geschwollenes Gesicht, spitze Pfeile schienen sich in seinen Rücken zu bohren. Die Tritte, mit denen sich Altieri an ihm ausgetobt hatte, waren noch mehr als gegenwärtig, und er erinnerte sich an den Klingenhieb, den Zernich ihm zugefügt hatte, kaum hatte er ihm den Rücken zugewandt. Es war keine schwere Verletzung, doch sie tat höllisch weh.

»Erst einmal keine Schmerzmittel«, sagte er. »Wie viel Uhr ist es?«

»Fast Mittag. Sie haben sechs Stunden geschlafen. Und wenn Sie mich fragen, sollten Sie das auch weiterhin tun. Ihre Wunden wurden genäht und versorgt, doch für genauere Informationen müssen Sie auf den Arzt warten. Er wird nicht sofort bei Ihnen sein, sondern erst gegen Abend.«

Eine Uhr an der weißen Wand gegenüber bestätigte: Es war elf Uhr. Im ersten Morgengrauen hatte man ihn aus der Hölle des Sanatoriums von Molveno geholt. Mehr erinnerte er nicht. Doch sechs Stunden Bewusstlosigkeit waren zu viele. Sechs verlorene Stunden, sechs Stunden weniger, um zu begreifen, wo Valentina war. Ob sie noch eine Chance hatte.

Oder wo ihre Leiche versteckt war.

Das hatte ihn schließlich wieder zu Bewusstsein kommen lassen. Die Folter, die von Zernichs letzten Äußerungen und den Albträumen seines unruhigen Schlafs ausging. Die Gewissheit, dass Valentina getötet und ihre Schönheit zu einer der Gräulichkeiten verunstaltet worden war, die das alte Monster »Kunstwerke« nannte. Und zugleich der irrationale Gedanke, noch eine Chance zu haben.

Wir machen sie zurecht wie ein Werk von Caravaggio.

Sie auch.

Es geht nur darum, eine Wahl zu treffen.

Costa hatte nicht verstanden, was es zu wählen galt. Und am Ende hatte er die Unwissenheit gewählt, seine Waffe auf Federico Zernich gerichtet und die Hoffnung, Valentina zu finden, für immer vernichtet.

142

Als Loris in der Tür auftauchte, hatte Fabio die Bestätigung, dass auch der Freund nicht unversehrt aus der zurückliegenden Nacht hervorgegangen war. Die Male in seinem Gesicht waren nicht nur der Müdigkeit geschuldet. Und es kostete ihn solche Mühe, zu ihm ans Bett zu kommen und sich neben ihn zu setzen, dass man meinte, er würde gleich in sich zusammenbrechen. Er sah aus wie ein alter Mann.

Doch er lächelte ihn an, auch wenn nicht ein Funken Fröhlichkeit darin lag. Es war immerhin ein Versuch.

»Ist ›Wie geht es dir?‹ eine blöde Frage?«, hob Manna an.

»Ich dachte, es würde mir dreckig gehen. Dann habe ich dich reinkommen sehen …«

Loris' unbeholfenes Grinsen wurde ein bisschen breiter, er nickte. »Ja, sehr gut, bewahr dir ein bisschen Ironie. Du wirst sie brauchen.«

Sie schwiegen einen Moment. Die Krankenschwester mit den widerspenstigen Locken kam herein und warf Loris einen strafenden Blick zu.

»Ich weiß, ich weiß«, wiegelte er ab. »Ich habe die Erlaubnis vom Arzt erhalten, gegen das Versprechen, nicht länger als fünf Minuten zu bleiben.«

»Das will ich Ihnen auch raten«, sagte sie. Dann bemerkte sie sein erschöpftes Gesicht. »Sind Sie auch von der Polizei?«, fragte sie. »Waren Sie heute Nacht … *dort unten?*«

Als Antwort senkte Loris nur leicht den Kopf. Offenbar genügte ihr das, denn sie verließ ohne ein weiteres Wort das Zimmer. Was im Sanatorium Sant'Andrea passiert war, hatte sich herumgesprochen. Was dort gefunden worden war. Die Leichen. Das Grauen. Das Ende des Mannes, der für all das verantwortlich war.

Als die Frau die Tür hinter sich zugezogen hatte, schien wieder Leben in Loris zu kommen.

»Ich habe wirklich nur fünf Minuten. Und wir müssen uns eine Menge sagen.«

Fabio hob den Kopf nicht vom Kissen. Er war völlig erschöpft, sosehr er sich auch bemühte, wieder zu Kräften zu kommen. Fünf Minuten erschienen ihm fast zu viel.

»Ihr seid hereingekommen und habt gesehen, was ich gesehen habe«, sagte er. »Ich glaube, viel mehr gibt es nicht zu sagen.«

»So läuft das nicht, das weißt du. Fürs Erste haben die Ärzte eine Art Schutzwall um dich errichtet. Und dass ich mit dir reden darf, ist eine absolute Ausnahme. Aber bald wird hier der Führungsstab in Kriegsmontur einreiten, und dann kann dich auch das Krankenhaus nicht mehr retten. Du musst einen Haufen Fragen beantworten. Ganz vorn steht die Staatsanwaltschaft, die sofort Antworten will, und die Führungsspitzen des SCO aus Rom sind schon da … Ganz zu schweigen von dem, was in den Medien los ist.«

Fabio schloss die Augen. »Sollen sie reden, Loris. Was passieren musste, ist passiert.«

Doch er wusste, was der Freund meinte. Die Ermittlung war alles andere als abgeschlossen. Und vor allem wollten alle Erklärungen, wie Zernich und Altieri getötet worden waren. Warum es so weit gekommen war, warum es nicht möglich gewesen war, sie der Justiz zu überstellen. Wegen der Tötung Altieris und des Deutschen würden sie sich auf den armen Gabriele Piovesan stürzen. Doch Zernichs Ende war seine Angelegenheit. Und wie bei Sileri würden sie ihn fragen, warum er nicht versucht hatte, die Sache auf eine andere Art zu Ende zu bringen. Warum er nicht davon abgesehen hatte, den für diese Morde Verantwortlichen an Ort und Stelle zu richten. Warum er nicht auf die Verstärkung gewartet hatte, bevor er den unumkehrbaren Schritt vollzog.

Und er würde antworten können. Erklären können. Wenn es denn noch eine Rolle spielen würde. Und wenn sie die Zeit gehabt hätten.

»Bring du mich lieber auf den neuesten Stand«, sagte er. »Meine Version ist immer die gleiche.«

Loris überlegte. »Sie stellen diesen höllischen Ort auf den Kopf, drehen jeden Stein um … und die schauderhaften Überraschungen nehmen kein Ende.« Er warf einen Blick aus dem Fenster. Der Himmel verdüsterte sich, und die Stimmung im Zimmer wechselte. »Bis jetzt wurden rund zwanzig Leichen gefunden. Alle mit der uns bekannten Technik plastiniert und nach den wahnsinnigen Plänen von Zernich und seinen Anhängern arrangiert. Nur ein paar Leichen waren noch in der … Vorbereitungsphase.« Bei den letzten Worten versagte ihm die Stimme. Es erschien alles so irrwitzig. »Sie wurden in einem der innenliegenden Räume entdeckt. Bereits nach der Mode des siebzehnten Jahrhunderts eingekleidet, aber noch nicht an den verdammten Metallgerüsten befestigt.«

Fabio erinnerte sich an den Raum, in dem Esther als Judith einem armen Unbekannten, der in den Augen der Psychopathen Holofernes verkörperte, den Kopf abschnitt. Es fehlte die Alte mit dem Tuch. Eine Unvollkommenheit, die Zernich nicht hätte durchgehen lassen. Womöglich wartete die dafür vorgesehene Leiche in diesem Raum auf ihren ruhmreichen Auftritt.

»Dieser Ort ist riesig, es wird lange brauchen, um alles zu erkunden«, fuhr Loris fort. »Auch die Wohnsitze von Altieri und Zernich werden durchsucht. Die Beamten haben sich auf seinen gesamten Besitz verteilt. Da kommt eine Menge Material zum Vorschein, und wir sind noch ganz am Anfang. Aber vor allem konzentrieren sie sich auf Hannie Janssen.«

Zernichs Pflegerin. Bestimmt war sie mehr als eine Hausangestellte. Ihre Gegenwart an der Seite des Alten war kein Zufall.

»Hat man sie gefunden?«

Loris verzog betrübt das Gesicht. »Verschwunden. Weißt du, was? Ich glaube, sie war dort unten, bei der Vernichtung. Offenbar hat sie Piovesan eins übergezogen und sich dann in Luft aufgelöst. Die ist uns um Haaresbreite entwischt.«

»Das kannst du nicht genau wissen.« Aber Costa hatte das gleiche Gefühl.

»Doch, kann ich. Auf dem Rückweg zu euch bin ich jemandem begegnet, der sich mit Altieris Auto davongemacht hat, ehe die Kavallerie kam. Himmel, dieser Porsche hat mich fast überfahren. Ich dachte, am Steuer säße Altieri … Aber es war diese Frau, ich weiß es.«

Fabio sah seinen Freund an. Er hatte vergessen, wie sehr Loris sich reingehängt hatte. Und wie viel er für ihn riskiert hatte.

»Erzähl mir, was sie über die Janssen herausgefunden haben«, sagte er und verdrängte das erdrückende Schuldgefühl.

»Sie ist Holländerin, aber das wussten wir schon. Aus Scheveningen, einem Viertel von Den Haag an der Nordsee. Offenbar hat sie keine Vorstrafen, genauere Informationen von Interpol stehen noch aus. Man weiß, dass sie vor Jahren bei Zernich auftauchte und nie von seiner Seite gewichen ist. Ein richtiger Schatten, noch mehr als Altieri. Und mit einer wichtigen Aufgabe, wie es scheint. In einem der von ihr bewohnten Zimmer in Zernichs Anwesen wurden die Computer mit der Software gefunden, um die Gesichter der Caravaggio-Figuren zu analysieren und eine Suche nach Doppelgängern im Netz zu starten. Jemand hat versucht, den Speicher des Servers zu löschen, aber ein paar Daten konnten gerettet werden. Sie haben mich sogar gebeten, ihnen zur Hand zu gehen. Aber bevor ich nach Padua zurückkehre, wollte ich bei dir vorbeischauen. Mich erwartet ein Haufen Arbeit.« Dennoch war er froh, etwas tun zu können. Im Grunde hatten sie die Geschichte ins Rollen gebracht. Es war richtig, dass einer von ihnen bis zum Ende dabeiblieb.

»Also haben sie die berühmte Basis gefunden, nach der Valentina gesucht hat«, murmelte Fabio. Der Gedanke versetzte ihm einen schmerzhaften Stich.

»Ganz genau.« Loris schwieg ebenfalls. Valentinas Abwesenheit lastete auf allen. »Verdammt, Fabio, soweit ich weiß, hat diese Frau ein geradezu mönchisches Leben geführt. In ihren zwei Zimmern gibt es weder Bücher noch Fernseher oder Radio, nichts, um sich abzulenken. Nur ein Einzelbett, einen kleinen Kühlschrank voller Mineralwasserflaschen und drei fette Computer mit Internetanschluss, auf denen die Bilder von Hunderten Menschen aus der ganzen Welt gespeichert sind, die nichts anderes verbrochen haben, als Caravaggio-Figuren ähnlich zu sehen.« Er schüttelte den Kopf, als könnte er es noch immer nicht fassen. »Es gibt noch eine Menge zu tun und Tausende Dateien zu sichten, ehe man einen Schlussstrich ziehen kann.«

»Aber die Janssen ist entwischt«, konstatierte Fabio, den im Augenblick nicht interessierte, was sich auf diesen Computern befand. Er stellte sich ganz andere Fragen.

»Sie suchen sie überall. Flughäfen, Bahnhöfe … Und an den Grenzen wissen sie auch Bescheid. Sie werden sie finden.« Er verstummte abermals. Dann kam wieder Leben in ihn. »Ah, auch David Minetti hat seine finale Operation gestartet.«

Er erklärte, dass das FBI unmittelbar nach den Entdeckungen im ehemaligen Sanatorium in Italien das Netz zugezogen hatte, das es seit geraumer Zeit um die Subjekte gesponnen hatte, die im Darknet mit Altieri in Kontakt standen. Außer in den USA hatte es in mindestens fünf europäischen Ländern Durchsuchungen gegeben. Einige Personen waren verhaftet worden, und man hatte reichlich auszuwertendes Material sichergestellt. Kinderpornografische Videos und Fotos. Und die berüchtigten Snuff-Filme. Das Netzwerk, dem Zernich angehört hatte, war kein Hirngespinst der Ermittler. Anscheinend gab es tatsächlich eine Art geheime Verbindungen zwischen Männern und Frauen, die sich der Folter bis hin zum Genussmord verschrieben hatten. Doch es war zu früh, um das Ausmaß und die Reichweite dieser Organisation festzustellen.

Die Krankenschwester schaute zur Tür herein. Obwohl sie lächelte, war sie unerbittlich.

»Die fünf Minuten sind um. Genau jetzt.«

Loris nickte, die Frau verstand und ließ sie allein.

»Noch eine letzte Sache«, sagte Loris und senkte die Stimme. »Nicht, dass das einen Unterschied macht, aber ich glaube, du solltest es wissen. Zernich war krank.«

Fabio sah ihn fragend an.

»Nicht in dem Sinn«, sagte Loris, »er war wirklich krank. Magenkrebs im Endstadium. Es fehlt noch die abschließende Bestätigung der behandelnden Ärzte, aber einige in seinem Haus gefundene Unterlagen sind diesbezüglich ziemlich eindeutig.«

Fabio dachte nach. Die Neuigkeit überraschte ihn. Aber sie ergab Sinn. Plötzlich lag die Erklärung jener letzten Stunden auf der Hand. Der Sinn von Zernichs letzten Worten. Sein grausames Spiel.

Schon in der Nacht zuvor war ihm ein Gedanke gekommen, den er jedoch nicht mit Loris teilen konnte. Zumindest nicht sofort. Plötzlich wollte er nur noch allein sein.

Doch der Freund, der neben ihm stand, konnte sich nicht zum Gehen durchringen. Etwas spannte ihn auf die Folter. Und schließlich konnte er sich nicht länger zurückhalten.

»Fabio ... als du allein mit ihm warst, hat er dir etwas über ... über Valentina gesagt?«

Das hatte er ihn bereits an diesem Morgen gleich nach der Hölle von Sant'Andrea gefragt.

Costa war gerade in der Lobby des Gebäudes auf die Trage gelegt worden, der Arzt hatte die Blutung an der Schulter gestoppt und sie sorgfältig verbunden, bis der Rettungswagen eintraf. Als Manna aus dem Keller aufgetaucht und zu ihm gekommen war, hatten sie kaum mehr als ein paar Worte wechseln können.

»Ich werde nicht sterben«, hatte Costa ihn beruhigt. Dann hatte er sich an die Schultern des Freundes gelehnt und ihm zugeflüstert: »Aber bitte bring mich von hier weg.«

Manna hatte jemanden überredet, Costa ins nächste Krankenhaus zu bringen, ohne auf den Rettungswagen zu warten. Während sie ihm unter dem blauen Blinklicht ins Auto halfen, hatte Manna den Mut gefunden, ihren Namen mit den Lippen zu formen.

Valentina?

Costa hatte den Kopf geschüttelt.

Genau wie jetzt. Dieser Zweifel war es, der ihn quälte.

»Vielleicht, wenn er am Leben geblieben wäre ...«, sagte er. Er streckte eine Hand aus und ergriff Loris' Handgelenk. »Glaubst du, Zernich hätte uns zu ihr bringen können? Glaubst du, sie lebt noch und ist irgendwo versteckt, und ich habe unsere letzte Chance verspielt?«

Loris antwortete sofort, wenn auch mit Mühe.

»Nein, Fabio. Ich glaube nicht, dass sie noch am Leben ist. Das glaubt niemand.«

»Das würde nichts ändern, weißt du.«

»Und ob es etwas ändert. Wir wussten von Anfang an, wie unwahrscheinlich es war, dass Valentina …« Er konnte den Satz nicht beenden.

»Wir wussten gar nichts. Und mit Zernichs Tod werden wir es nie wissen.«

»Du hast ihn aus Notwehr getötet, wenn du das meinst. Dieser Mann hat auf dich eingestochen.«

»Es ist passiert, weil er es so wollte«, fiel Fabio ihm kalt ins Wort. »Er ist tot, weil er es verdient hat, ja. Ich bin ihm gefolgt, und als er vor mir stand, habe ich ihn hingerichtet.«

Loris warf einen alarmierten Blick über die Schulter zur offenen Tür. »Lieber Gott, Fabio, was zum Teufel redest du da? Wenn dich jemand hört …«

»Ist mir egal. Das ist es nicht, was mich quält. Aber ich will eine Antwort auf meine Frage. Hätte ich ihn nicht getötet, glaubst du, er hätte uns zu ihr geführt?«

»Ich weiß es nicht …«, sagte Loris.

»Habe ich Valentina umgebracht? Sag mir nur das, Loris, habe ich sie umgebracht?«

Loris antwortete nicht. Und schließlich waren die fünf Minuten wirklich vorüber.

143

Unablässig hallte ihm diese Frage durch den Kopf und zerfraß ihm die Seele.

Habe ich Valentina umgebracht?

Und wieder.

Habe ich sie umgebracht, wie ich Diana umgebracht habe? Und Zernich wusste es?

Ehe Loris ihn allein ließ, hatte er sich das Versprechen geben lassen, dass er bei den Leuten vom SCO Druck machen würde. Er musst sich sicher sein können, dass sie endlich begreifen würden, dass Dottoressa Medici nicht freiwillig verschwunden war. Sie mussten alles in Bewegung setzen, um eine Erklärung für ihr Verschwinden zu finden. Das hatte sie verdient.

Auch wenn es nichts ändern würde. Valentina war tot, es konnte nicht anders sein. Zernich hatte es ihm so gut wie eindeutig gesagt.

Sie war wirklich schön. Wie das Porträt eines Präraffaeliten.

Oder vielleicht nicht? Diese Unsicherheit brachte ihn um. Etwas stimmte nicht, etwas drückte und hämmerte und kratzte in seinem Inneren. Eine Idee, die sich aus dem Dunkel lösen wollte.

Und wenn Valentina doch …?

Nein. Er durfte sich von der Hoffnung nicht täuschen lassen.

Er selbst hatte sie umgebracht. Mit seinem Tod hatte Federico Zernich diese verdammte Partie gewonnen.

144

»Beachtlich, nicht wahr?«

Zernich sitzt wieder vor ihm, zusammengesunken auf dem Metallstuhl an der weißen Wand. In den zitternden Händen das lange Messer, mit dem er ihn angegriffen hat. Die Klinge ist halb auf ihn gerichtet, als könnte er sie noch einmal benutzen. Zwischen ihnen ein OP-Tisch ohne Befestigungsgurte: Er ist nicht für lebende Körper vorgesehen. Auf der metallisch glänzenden Oberfläche spiegelt sich verzerrt und in die Länge gezogen das Gesicht des Alten, und in diesem Spiegelbild erkennt Costa die wahre Natur seiner Seele. Verzerrt. Stählern. Rostfrei. Wie das übrige Labor, in dem er ihn endlich eingeholt hat. Zwei weiße, aseptische Räume. Die jetzt leeren Plastinationswannen, in denen Dutzende Körper behandelt wurden. Die Instrumente, die Pumpen, um die Leichen mit Silikon zu füllen. Die Theaterkulissen, vor denen Zernich sein Spektakel inszeniert. Die Fabrik all dieser Leiber.

Zernich atmet schwer. Er hat nichts mehr von dem erfolgreichen Unternehmer. Sein Alter ist schmerzlich und elend wie jeder Verfall. Aus der Nähe gesehen, ist sein Gesicht genauso wie die seiner Opfer. Falsch und verstaubt.

»Luca hat das Problem nie zu lösen vermocht«, fährt der Alte fort. »Gewisse Behandlungsmethoden verträgt die Haut nicht. Also musste ich entgegenwirken. Aber das Ergebnis ist dennoch grandios, gib es zu. Wie die Künstler, die uns inspirieren, imitieren wir das Leben mit toter Materie. Blutlose Leichen und ein bisschen Silikon, um sie lebendig erscheinen zu lassen. Kräftige Pigmente gegen die grau werdende Haut. Ein paar Rädchen, um Bewegung zu simulieren. Wie Caravaggio mit Farbe und Pinsel ... Sein Werk ist gewaltig, aber ein paar Splitter davon findest du hier.«

Er deutet vor sich, um sein ganzes Wunderwerk miteinzuschließen. Im Blick einen Funken aufrichtiger Liebe.

»Beachtlich, nicht wahr?«, wiederholt er. »Sag Ja. Sag, dass du es verstehst, dass du erkennst, dass ich etwas ... Großartiges geschaffen habe. Enttäusch mich nicht. Ich habe Energie und Herzblut in dich gesteckt.«

Was er sagt, ergibt keinen Sinn. Jetzt ist Zernich wirklich allein. Die Maske ist ihm aus dem Gesicht gerutscht.

Costa sieht ihn an, die Waffe noch immer erhoben, der Schmerz im Rücken ergreift den ganzen Körper und drängt ihn, etwas zu tun, dieses Spiel um Zeit zu beenden.

Etwas in seinem Gesicht beunruhigt den Alten offenbar. Costa sieht es seinen Augen an, die beim Klang seiner eigenen Worte verlöschen.

»Willst du die Frau wirklich retten?«, fragt er unvermittelt und lässt das Geschwafel über die Großartigkeit seiner Mission beiseite. Jetzt nur erbärmliche, fühllose Verhandlungen.

»Willst du wenigstens wissen, ob sie noch lebt?«

Costa antwortet nicht. Er kennt solche wie Zernich. Er spannt ihn nur auf die Folter, um ihn leiden zu lassen.

»Willst du wissen, wo sie ist? Vielleicht unter den Sternen des Firmaments, denen sie so sehr ähnelt ... Oder vielleicht in die Tiefe gestürzt wie Diana ...«

»Halt den Mund!«

»Ich habe nur die Lektion des großen Malers in die Tat umgesetzt, Fabio. Nicht das Leben beseelt und inspiriert die Kunst. Es ist genau umgekehrt.«

»Halt den Mund.«

»Wie ich dir schon sagte ... Kunst ist Macht. Macht über das Leben und über seinen Zwilling, den Tod.«

»Ruhe!«

»Ich werde es dir sagen«, raunt Zernich. »Aber ... schließen wir einen Pakt, Fabio?«

Nein, denkt Costa. Ich mache bei deinem schauderhaften Spiel nicht mit. Ich folge deinen gewundenen, trügerischen Pfaden nicht, damit du dich daran ergötzt. Ich verhelfe dir nicht zu deinem großen Auftritt, denn genau das willst du. Ich werde mich nicht auf einen Pakt mit dem Teufel einlassen. Das bin ich deinen Opfern schuldig. Und auch Valentina. Sie sähe es genauso.

»Ein Pakt, Fabio«, wiederholt er lächelnd. Er nennt ihn Fabio. »Eine Abmachung. Die einzige, die du eingehen kannst.«

Und entgegen all den Stimmen, die in ihm aufschreien, antwortet Costa: »Was für ein Pakt?« Und schon hat er verloren. Doch wenn es auch nur eine Chance gibt ...

Zernich deutet mit dem Kinn auf ihn. Auf die Beretta, die Costa immer mühsamer umklammert.

»Entledige dich deiner nutzlosen Waffen, Fabio. Du brauchst sie nicht, um Valentina zu retten.«

»Was?« Er versteht nicht.

»Deine Liebe genügt, Fabio. Genau das würde sie wollen. Gib mir deine Pistole.«

Nein.

»Nein.«

Zernich streckt die Hand aus, auch wenn sie ins Leere greift. Er scheint auf seinem Stuhl festgenagelt zu sein. »Gib sie mir, Fabio.

Ich werde nicht auf dich schießen. Vertrau mir. Und Valentina ...
sie würde es so wollen. Sie hatte alles verstanden.«

»Nein«, wiederholt er. Doch er lässt die Pistole um den Zeigefinger rotieren, sodass der Knauf auf Zernich zeigt, und hält sie
ihm hin. Er weiß, dass er sterben wird. Er weiß, dass dieses Monster niemals einen Pakt einhalten wird. Aber er kann nicht anders.
Und während der greise Mörder sich vorbeugt und nach der Pistole greift, fühlt Costa sich erleichtert. Er hat getan, was er tun
musste. Für Valentina. Für sie alle.

Zernich sieht ihn an. Lächelt. Nimmt die Waffe gekonnt in die
Hand. Und wiederholt dieselben Worte, die in Costas Kopf herumschwirren, als hätte er sie gelesen. Als wären sie beide gleich.

»Ich habe getan, was ich tun musste«, sagt er. »Du nicht. Du
hast noch einen Weg vor dir. Wie gesagt, ich habe so viel in dich
investiert. Enttäusch mich nicht.«

Dann drückt Zernich sich den Pistolenlauf gegen die Brust, auf
der Höhe des Herzens, und drückt ab.

Costa schreit.

Der Rückstoß lässt Zernichs Kopf heftig gegen die Wand prallen, auf der ein Blutfleck zurückbleibt. Dann sitzt er reglos da, die
glasigen Augen auf ihn gerichtet.

Valentina ist tot, denkt Costa. Jetzt ist sie es wirklich.

145

Warum also denkt er noch immer an eine Chance? Wieso will er sich nicht damit abfinden, zugelassen zu haben, dass dieser Mann sich umbrachte und ihm diese Möglichkeit nahm?

Zernich hatte gewonnen, er hatte erreicht, was er wollte. Sein höchstes Ziel war nicht die Macht gewesen, die Meisterwerke eines seit Jahrhunderten toten Malers mit dem Fleisch und Blut Unschuldiger nachzubilden, sondern die Zurückgebliebenen in tödliche Qualen zu stürzen. Die Angehörigen der Opfer. Ihn. Valentina.

Wann würde er aufhören zu glauben, Valentina hätte überlebt? Warum brachte er es nicht fertig, sich die Absolution zu erteilen und zu akzeptieren, dass er sie in dem Moment verloren hatte, als sie verschwand? Womöglich von Altieri getötet. Oder von irgendeinem anderen Schergen Zernichs, da der Alte inzwischen zu schwach und krank war, um es allein zu tun.

Der vom Krebs zerfressene Zernich hatte die Kraft gehabt, diese letzte Schandtat zu begehen. Seinen Plan zu vollenden.

Ich sollte das Gleiche tun, dachte Fabio. Mich umbringen. Den Kreis schließen. Dann würde ich sie nicht enttäuschen. Diana. Valentina. Alle.

Ich habe so viel in dich investiert.

Enttäusch mich nicht.

Durch das Fenster sah er schwarze Wolken, die sich zusammenballten. Sobald sie sich über ihm geschlossen hätten, würden sie das fahle Tageslicht für immer verschwinden lassen und die Welt in noch tiefere Finsternis stürzen.

Die Zeit verrann. Er musste sich beeilen. Verstehen. Handeln. Ehe das Licht verlosch.

Er setzte sich auf. Der Tropfständer klirrte gegen die Bettkante. Fabio blickte zur geschlossenen Tür und rechnete damit, die Krankenschwester hereinstürzen zu sehen. Doch es kam niemand.

Vermutlich heute noch oder morgen früh kommen sie, um dich zu befragen, hatte Loris gesagt, ehe er ging. *Hör zu. Dein Volvo steht unten. Ich habe ihn dir bringen lassen, damit du ihn hast, wenn du entlassen wirst. Ich werde in den nächsten Stunden eine Menge um die Ohren haben.*

Wer weiß, warum ihm diese nette Geste jetzt einfiel. Vielleicht wollte Loris, dass er abhaute? Vielleicht wusste er Dinge, die Costa nicht wusste.

Nein. Hirngespinste. Das lag an den Schmerzmitteln. Er hatte nicht darum gebeten, er wollte klar bleiben, aber wer weiß, was man ihm in diese Glasflasche getan hatte, aus der unbekannte Substanzen in seinen Körper tröpfelten.

Was hatte Zernich gesagt, ehe er sich erschoss? Ein Wust wirrer Sätze. Kranker Aberwitz, der vielleicht trotzdem einen Sinn enthielt. Es war an ihm, ihn zu erkennen.

Ich habe getan, was ich tun musste. Du nicht. Du hast noch einen Weg vor dir.

Dann hatte er sich ins Herz geschossen.

Costa streckte die Hand aus. Griff sich den Schlauch, der unter seiner Haut verschwand. Zog mit einem Ruck daran und hatte das Gefühl, sich das Fleisch wegzureißen. Er biss die Zähne zusammen, um nicht aufzuschreien, während die Nadel Blut auf das Laken tropfte. Er warf sie fort und stand auf.

Schwankend wie ein Betrunkener, tappte er zum Fenster, mit weichen Knien, als hätte er sie seit Jahren nicht gebraucht. Er legte die Stirn gegen das kalte Glas, der Schauder vertrieb die Mattigkeit.

Draußen schoben sich die Wolken über das letzte Stück Blau. Unter ihm ein karges Panorama. Schneeflächen. Weit hinten die Stadt, trübe Lichter im dichten Dunst.

Schnell. Er musste sich beeilen.

Wo war Valentina?

Vielleicht zwischen den Sternen des Firmaments, hatte Zernich gesagt.

Oder vielleicht schon in die Tiefe gestürzt wie Diana.

Jetzt wurde es ihm klar. Allzu klar.

Zwischen den Sternen oder in der Tiefe.

Zernich hatte in ihn investiert. Informationen. Aber wann? Wann hatte er erfahren, dass Costa gegen ihn ermittelte? Denn wenn es so war, änderte das alles. Die Zeiten, die Absichten, alles könnte ganz anders gewesen sein.

Sie waren hinters Licht geführt worden. Sie hatten geglaubt, endlich die Jäger zu sein, doch so war es nie gewesen. Zernich wusste das. Zernich wartete auf sie.

Vor seinem inneren Auge drückte der alte Serienmörder wieder auf den Abzug und wiederholte: »Nicht das Leben beseelt und inspiriert die Kunst. Es ist genau umgekehrt.«

Und in dem Moment begriff Costa.

146

Wenn ihn sein Anruf überraschte, ließ er es sich nicht anmerken. Seine überschwängliche Stimme klang allenfalls verdutzt.

»Fabio! Du lieber Himmel, wie geht's dir? Von wo rufst du an?«

Der besorgte Unterton rührte Costa. Einen Moment lang konnte er nicht antworten. Giampaolo D'Avanzo war der Einzige, der seine Zweifel zu zerstreuen vermochte, doch ihm ging auf, dass er nicht einmal wusste, wo er anfangen sollte. Abermals kam ihm seine Hypothese haltlos vor. Offenbar hatte die Verzweiflung seinen Verstand gelenkt.

»Fabio …?«

Nicht zögern. Lass ihn nicht dafür sorgen, dass du es dir anders überlegst.

»Ich brauche dich, Giampaolo.«

»Klar, gerne doch. Was kann ich für dich tun? Loris sagte mir, die Begegnung mit … diesen Monstern … hat dich ziemlich übel zugerichtet.«

Ihn durchfuhr ein stechender Schmerz zwischen Rücken und Brustkorb und erinnerte ihn daran, wie recht D'Avanzo hatte.

»Ich bin im Krankenhaus. In Trient … Aber mir geht's gut. Jetzt brauche ich mal wieder deinen Rat.«

Am anderen Ende der Leitung folgte angespannte Stille. Es schien, als hielte D'Avanzo die Luft an.

»Schieß los.« Nur ein Anflug von Zweifel.

»Ich stelle mir ein Caravaggio-Gemälde vor …«, sagte Costa.

»Noch immer er, was? Langsam fange ich an, ihn zu hassen.«

Wir haben das Herz und die Augen Caravaggios, hatte Zernich gesagt. Von ihm würde ich nicht abweichen.

Und wieso hätte es anders sein sollen? Also mussten sie wieder bei Caravaggio anfangen.

»Da ist einer, der … *herabstürzt*, glaube ich«, fuhr Costa fort. »Jemand, der von oben hinunterfällt. Vielleicht eine Frau?«

D'Avanzo atmete laut. Offenbar dachte er nach. Über das geheimnisvolle Bild. Oder darüber, dass Costa verrückt geworden war.

»Eine Frau, die fällt … Nein, da kommt mir nichts in den Sinn. Gib mir weitere Einzelheiten, Fabio … Ist das noch einer von Zernichs heiß geliebten Gräueln?«

»Ich weiß es nicht. Wie gesagt, es ist nur eine Idee. Ich versuche …«

»In Ordnung. In Ordnung. Lass mich nachdenken … stürzen, fallen …«

Wie Diana, hätte Costa gern hinzugefügt. Denn Zernich hatte Recherchen über ihn angestellt, über Diana und sein Verhältnis zu Valentina. Zernich reichte es nicht zu gewinnen: Er musste es auf die Spitze treiben.

»Niederstürzen, ja?«, wiederholte D'Avanzo. Dann folgte wieder Schweigen. »Tatsächlich gibt es Bilder Caravaggios, die, wie soll ich sagen, einen vertikalen Aufbau aufweisen …«, sagte er schließlich. »Aber es handelt sich um fliegende Engel, nicht um Frauen … Sie stammen aus der neapolitanischen Zeit. Es sind Gemälde, die kurz vor dem Tod des Malers entstanden sind.«

»Beschreib sie mir.«

»Das, was mir einfällt, heißt *Die sieben Werke der Barmherzigkeit*.

Die Figuren im unteren Teil stehen in einer neapolitanischen Gasse und symbolisieren die Tugenden. Sie bilden eine kleine Menschenmenge. Jede Figur ist im Begriff, etwas zu tun. Oben ist ein Engel, der auf sie herabzustürzen scheint. Er erstrahlt in einem düsteren Licht. Neben ihm, ebenfalls im dunklen Himmel schwebend, Maria und das Jesuskind ... Ein sehr eindrückliches Werk.«

Costa dachte fieberhaft nach. Seine Vermutung war völlig aus der Luft gegriffen und vielleicht tatsächlich nur aus der Verzweiflung geboren. Und dennoch, je mehr er darüber nachdachte, desto sicherer war er sich, dass Zernich ihm den letzten Akt seines Todestheaters widmen wollte. Wenn Costa recht hatte, musste ihm die Idee, Valentina in eine Caravaggio-Installation miteinzubeziehen, in den letzten Tagen gekommen sein. In dem Fall hatten der Mörder und seine Komplizen wenig Zeit gehabt, um diesen Plan zu Ende zu bringen. Sie hatten improvisieren müssen, zumindest teilweise. Angefangen bei der Tatsache, dass Valentina keiner Caravaggio-Figur ähnlich sah. Aber ein Engel ... ja, Valentinas Schönheit war mit der androgynen Anmut einer Engelsfigur vergleichbar.

Nicht das Leben beseelt und inspiriert die Kunst.

Zernich hatte einen Hang zur Perfektion. Trotz der Eile wäre er vom nachzubildenden Original nicht abgewichen. Und für das Bild, das D'Avanzo beschrieb, brauchte man zu viele Personen. Wo hätte er so viele Opfer für diese letzte Zurschaustellung seiner Macht hernehmen sollen? Das war selbst für ihn unmöglich.

»Zu viele Figuren, zu kompliziert«, murmelte er.

»Was meinst du damit?«, fragte D'Avanzo, jetzt ehrlich alarmiert. »Dann stimmt es also. Wir reden hier über eine weitere inszenierte Gräueltat dieses irren Psychopathen, richtig?«

»Gibt es noch ein anderes Bild mit einem fliegenden Engel, Giampaolo?«

Das Zögern des Freundes dauerte nur wenige Sekunden, und seine Stimme machte aus seinem Widerwillen keinen Hehl.

»Tatsächlich gibt es noch ein Gemälde. Nur zwei Protagonisten. Ein Engel. Und die schwangere Maria …«

Es wurde bereits dunkel, als er das Krankenhaus verließ. Der Volvo stand auf dem von Loris genannten Parkplatz. Niemand konnte ihn von der Idee abbringen, dass der Freund seinen Aufbruch vielleicht unbewusst vorausgeahnt hatte. Die Vorstellung, dass Valentina irgendwo war und darauf wartete, von ihnen gerettet zu werden, saß so tief, dass ihnen der Gedanke unmöglich war, die Ereignisse in Sant'Andrea könnten das Ende ihrer Jagd gewesen sein. Oder vielleicht machte er sich etwas vor. Denn Valentina zu retten, bedeutete, sich selbst zu retten.

Der stechende Schmerz in seinem Rücken wollte nicht nachlassen, und es bestand die Gefahr, dass sich die Wunde wieder öffnete. Sein Kopf hämmerte noch immer, Nase und Kiefer waren geschwollen, auch wenn der Schmerz zu einem dumpfen und einigermaßen erträglichen Pulsen abgeebbt war. Doch die Straßenbeleuchtung und das Weiß ringsum taten gut. Sich zu bewegen, war das Beste, das er tun konnte. Auch wenn er noch kein genaues Ziel hatte.

D'Avanzo hatte *Die Verkündigung*, die in Caravaggios letzter Lebensphase entstanden war, eingehend beschrieben. Ein in mehrfacher Hinsicht erstaunliches Werk.

»Es gibt nur zwei Figuren«, hatte der Freund erklärt. »Den Engel und Maria. Im Unterschied zur üblichen Ikonografie steht oder kniet der Engel nicht vor der Madonna, sondern schwebt über ihr. Eine für die damalige Zeit ungewöhnliche Entscheidung, aber Caravaggio liebte es zu überraschen. Es scheint fast, als würde die Kreatur auf die Frau niederstürzen. Eine Hand des Engels ist vorgestreckt, wie um den Sturz abzufangen, wir sehen ihn im letzten Moment seiner Herabkunft, kurz bevor er Maria berührt. Oder zu Boden kracht.« Er machte eine Pause. »Das Gesicht des Engels ist nicht gut zu sehen … Es könnte jedem gehören, auch einer Frau.«

Vielleicht hatte Giampaolo verstanden, vielleicht auch nicht. Doch das von ihm beschriebene Werk war perfekt. Das ist es, sagte sich Costa. Das ist das Bild, in das er Valentina eingefügt hat.

Wenn es so war, war sie bereits tot.

Aber in jener fatalen Nacht hatte Zernich etwas anderes gesagt. Etwas, das ihn und seine Rolle in dieser letzten, grotesken Darstellung betraf.

Vielleicht gab es noch eine Hoffnung.

Er musste den Ort finden, an dem Zernich oder jemand an seiner statt diesen letzten blutigen Scherz in Szene gesetzt hatte.

Während er sich auf den Weg zurück nach Padua machte, schloss sich die Wolkendecke über ihm endgültig. Das Dunkel wurde dichter, und kurz darauf begann es zu regnen.

»Dottore, Fabio, wie geht es dir?«

Die Freisprechanlage des Autos ließ Piovesans Stimme leicht verzerrt klingen. Oder vielleicht war es die Unsicherheit.

»Gut. Und dir?«

»Man schlägt sich durch, nicht wahr?« Eine von Donnergeräusch überlagerte Pause. Offenkundig regnete es auch in Padua. »Aber warst du nicht im Krankenhaus?«

Costa umklammerte das Lenkrad fester. Er hasste sich dafür, diesen Jungen abermals mit hineinzuziehen, nur wenige Stunden nach dem, was passiert war. Piovesan war Polizist, aber das, was er im Keller der Vernichtung erlebt hatte, war selbst für diesen Beruf einmalig. Außerdem hatte er zwei Menschen getötet, und so legitim die Taten auch waren, würden sie eine Untersuchung, mehrere Vernehmungen und einen Druck nach sich ziehen, der selbst erfahreneren Bullen zusetzte.

»Ich bin ausgebrochen«, antwortete er, was der Wahrheit ziemlich nahekam. »Tut mir leid, Gabriele. Du müsstest dich genauso erholen wie ich, aber …«

Piovesan zögerte keine Sekunde.

»Ich höre, Dottore.«

Costa nickte. Genau das hatte er erwartet.

»Wo bist du gerade?«

»Ich bin gerade aus dem Präsidium raus und gehe endlich nach Hause. Nachdem ich verarztet und zurück nach Padua gebracht wurde, habe ich den ganzen Tag damit zugebracht, Fragen zu beantworten. Und es ist noch nicht vorbei. Morgen will mich ein Staatsanwalt befragen.« Die Verunsicherung kehrte zurück. »Ich weiß nicht, wie lange ich das noch durchhalte.«

»Das tut mir leid«, sagte Costa noch einmal.

Piovesan wirkte überrascht. »Das muss es nicht. Sag das nicht. Ich würde das, was ich getan habe, tausendmal wieder tun! Ich bin froh, dass du dich auf mich verlassen hast. Nur dass ... Na ja, ich habe das Gefühl, als wären wir jetzt die Bösen.«

»So ist es nicht, glaub mir.« Er hätte gern noch etwas Tröstendes gesagt, Piovesan hatte es verdient. Aber das war nicht der richtige Moment. Costa brauchte ihn jetzt, ehe er in Padua eintraf, ehe diese Nacht vorüber war. Obwohl er wusste, wie müde Piovesan war und wie viel es ihm abverlangte, ihm ein weiteres Mal zu helfen. Aber es gab keine andere Möglichkeit. Manna zu fragen, wäre zu kompliziert gewesen. Das SCO hatte ihn in die Auswertung von Hannie Janssens Computer eingespannt, und womöglich wurde er streng überwacht. Hätte er herausgefunden, was Costa vorhatte, hätte er alles getan, um an seiner Seite zu sein, und wertvolle Zeit verloren.

Piovesan und seine blinde Ergebenheit waren seine letzte Chance. Seine einzige Chance.

Er atmete tief durch. »Hör zu, Gabriele. Ich habe nicht viel Zeit. Aber es gibt ein paar Zweifel, die ich loswerden muss.«

»Das hat noch immer mit Dottoressa Medici zu tun, stimmt's?«, fragte Piovesan, während ein Blitz am Horizont die Straße für einen Wimpernschlag in taghelles Licht tauchte.

Costa musste nicht antworten.

»Wie ich dir bei unserer ersten Begegnung sagte«, fügte der Junge entschieden hinzu, »ich stehe zu deiner Verfügung.«

149

Möglichst unbemerkt kehrte Piovesan ins Präsidium zurück. Wegen der vorzeitigen Dunkelheit, des strömenden Regens und des hektischen Kommens und Gehens der Kollegen konnte er vollkommen unbeobachtet durch den Haupteingang schlüpfen. Er ging am Büro des Direktors und am Sekretariat vorbei, wo es von Kollegen wimmelte, die nach Costas Entdeckungen in Arbeit erstickten. Niemand achtete auf ihn, sie hatten anderes zu tun.

Lomastro war dringend nach Rom gerufen worden und hatte das Team im heillosen Chaos zurückgelassen. Jemand in den Führungsetagen wollte über die Leitung der Ermittlungen ins Bild gesetzt werden. Ein Beamter der kriminalpolizeilichen Abteilung hatte Lomastros Platz übernommen und war mit einem Dutzend Mitarbeitern angerückt, die nun die Büros belagerten und sich dicketaten. Niemand von ihnen kannte Piovesan.

Er schlüpfte in das zum Glück leere Zimmer, das er mit Valentina geteilt hatte, setzte sich in der triefnassen Jacke an den Schreibtisch und schaltete den mit dem Intranet verbundenen Computer ein. Seine Augen brannten, sein ganzer Körper schmerzte, er war völlig fertig, doch seine Finger flogen über die Tastatur.

Gleich die erste Recherche führte zu einem interessanten Ergebnis, das ihn erschaudern ließ.

Vor zwei Tagen war ein siebzehnjähriges Mädchen aus der Provinz als vermisst gemeldet worden. Sie hieß Adele Donati, war auf die schiefe Bahn geraten und wohnte in einer Resozialisierungseinrichtung für Drogenabhängige. An sich war an ihrem Verschwinden nichts Besonderes. Es kam häufig vor, dass Mädchen oder Jungen aus betreuten Wohnprojekten oder Heimen verschwanden. Doch trotz ihrer schwierigen Geschichte war Adele noch nie abgehauen. Laut der Vermisstenanzeige des Heimleiters befand sie sich bereits auf einem guten Weg zurück ins Leben und hängte sich rein. Auch wenn man bei Drogenabhängigen nie sicher sein konnte.

Zwei Abende zuvor war sie nicht zurückgekehrt, und jetzt leuchtete die Vermisstenanzeige auf Piovesans Bildschirm. Adele Donati war von der Dunkelheit verschluckt worden.

Vielleicht hatte sie nichts damit zu tun. Vielleicht war es Zufall. Aber Costa war unmissverständlich gewesen. Er hatte ihm aufgetragen, als Erstes zu prüfen, ob in den vergangenen Tagen eine junge Frau verschwunden war, nicht älter als zwanzig oder fünfundzwanzig. Er sollte in Padua und Umgebung suchen. Laut Costa war es möglich, dass die Frau eine Prostituierte oder eine verkrachte Existenz war, deren Verschwinden nicht weiter auffallen würde.

Während er Adele Donatis Foto betrachtete, ein eigentlich sanftes, vom holperigen Start ins Leben bereits verhärtetes Gesicht, begann Piovesans Herz, heftiger zu schlagen. Vor zwei Tagen hatte er mit Manna und Costa Altieri verfolgt. Praktisch zeitgleich hatte sich das Mädchen in Luft aufgelöst. Wenn aber Zernich oder seine Entourage für ihr Verschwinden verantwortlich war, hätten sie während der Beschattung nicht etwas bemerken müssen? Hatte es einen Hinweis gegeben, den sie übersehen hatten, ein Detail, das dieses weitere abscheuliche Verbrechen verriet?

Adele Donati, siebzehn Jahre alt, die das Pech hatte, in dieses letzte, fatale Aufzucken des Bösen zu geraten, auf das sie offenbar erfolglos Jagd gemacht hatten, wenn noch immer Menschen starben.

Er schob den Gedanken beiseite, der ihn noch elender machte, druckte sämtliche Ergebnisse aus, derer er habhaft werden konnte, und widmete sich Costas zweiter und vielleicht noch wichtigerer Bitte.

Er hatte sehr angespannt geklungen, als er ihn am Telefon fragte, ob unter Zernichs Immobilien ein Haus oder eine Konstruktion sei, die hoch genug wäre, um sich davon tödlich in die Tiefe zu stürzen.

»In die Tiefe stürzen?«

»Das haben sie vor, Gabriele. Sie wollen einen Menschen töten, indem sie ihn von einem Gebäude werfen, das hoch genug ist, um ihn dabei draufgehen zu lassen. Hoch genug, um jede Hoffnung auszuschließen. Aber es muss ein Gebäude sein, zu dem Zernich und seine Anhänger problemlos Zugang haben, um ihre Inszenierung ungestört in die Tat umzusetzen.«

Gabriele begriff nicht, wie so etwas möglich sein sollte. Zernich und Altieri waren tot. Die Janssen irgendwo auf der Flucht. Das Morden war vorbei. Die Geschichte zu Ende. Und in diesem Augenblick wurde so gut wie alles, was Federico Zernich und seiner Familie gehörte, von der Polizei auf den Kopf gestellt. Er verstand, worauf Costa hinauswollte, doch es erschien ihm unmöglich, dass es einen solchen Ort gab. Vielleicht drehte der Vicequestore tatsächlich langsam durch.

Doch er hatte ihm versprochen, der Sache nachzugehen.

Allerdings meinte er sich an fast alles zu erinnern, was Zernich oder seinen Unternehmen gehörte, und eine solche Immobilie war nicht darunter. Na schön, er hatte das ehemalige Sanatorium von

Molveno vergessen. Aber ein Gebäude wie das von Costa beschriebene wäre ihm nicht entfallen.

Zur Sicherheit sah er noch einmal nach. Er besaß eine Kopie der Dateien mit den für Valentina angestellten Nachforschungen, als sie zu Altieri ermittelte. Das Material war bereits an die Männer der mobilen Einheit gegangen, aber Piovesan war gegenwärtig genug gewesen, ein Back-up zu erstellen.

Er fand die Liste der Besitztümer der Zernich-Stiftung und hatte in wenigen Sekunden die Bestätigung: Es gab kein Bauwerk, das Costas Beschreibung entsprach. Bei einigen konnte man zwar ziemlich sicher sein, dass ein Mensch einen Sturz vom Dach nicht überleben würde, aber sie waren für Bewohner, Angestellte oder Besucher zugänglich.

Er rief Costa an. Dessen Enttäuschung war nicht zu überhören.

»Vielleicht ist der Ort, den wir suchen, nicht hier in Padua«, überlegte Piovesan.

»Er könnte überall sein. Oder gar nicht existieren. Aber Zernich wollte mich genau hier … Und er hätte weder Zeit noch Gelegenheit gehabt, sich weit fortzubewegen.«

»Wovon redest du?« Etwas in Costas Tonfall begann ihm Angst zu machen. Vielleicht hätte er seiner Bitte nicht nachkommen sollen.

»Ich weiß es nicht, Gabriele. Offenbar habe ich alles vermasselt. Vielleicht mache ich mir nur was vor.«

»Du redest noch immer von Dottoressa Medici, richtig?«

Costa antwortete nicht. Nur sein Atem war zu hören.

»Das verschwundene Mädchen?«, fragte Piovesan unvermittelt, weil er Costas Verzweiflung spürte. »Du glaubst, sie ist Zernichs letztes Opfer, oder? Glaubst du, sie könnte noch am Leben sein?«

»Ich weiß gar nichts mehr …« Durchs Telefon war der prasselnde Regen zu hören. Es war, als stünde Costa völlig schutzlos im

Zentrum des Gewitters. »Ich bin fast in Padua«, sagte er wie zu sich selbst. »Entschuldige, dass ich deine Zeit geraubt habe … Werde gesund.«

»Warte!«

Piovesan umklammerte das Handy. Er wurde den Gedanken nicht los, dass Adele Donati just in der Zeit entführt worden war, als sie Altieri auf den Fersen waren. Wenn all das Teil eines Plans war und wenn es in den letzten achtundvierzig Stunden passiert war, hätten sie es bemerken müssen. Im Zuge dieses Gedankens rekapitulierte er die Verfolgung von Zernichs Faktotum. Das GPS-Signal, das die Bewegungen des Porsche anzeigte. Dieser unbegreifliche Zickzackkurs durch Padua, als würde Altieri sie an der Nase herumführen. Als wäre das ziellose Herumkurven Absicht.

»Was ist?«, fragte Costa.

»Vielleicht habe ich noch nicht ganz verstanden, worauf du hinauswillst. Aber glaubst du wirklich, Zernich und … die anderen … wussten, dass wir ihnen gefolgt sind?«

Costa schwieg einen Moment. »Ja. Gut möglich.«

»Das ergibt keinen Sinn.«

»Für einen wie Zernich schon. Wusstest du, dass er sterbenskrank war? Krebs im Endstadium.«

»Ja, das habe ich gehört.«

»Dieser Mann wusste, dass es mit ihm bald vorbei sein würde. Doch sein Werk musste über seinen Tod hinausgehen. Er wollte nicht überleben … sondern verblüffen. Mit Tod und Schmerz. Zernich war ein echter Showman. Er war davon besessen, seine Macht über andere in Szene zu setzen.«

»Was hat das mit dem zu tun, worum du mich gebeten hast?«

»Da ist etwas Unvollendetes in seinem Werk. Valentina ist sein letzter Pinselstrich. Vielleicht hat er das ganz zum Schluss entschieden, als ihm klar wurde, dass sie kurz davor stand, alles aufzudecken. Wie auch immer, er beschloss, seine letzte Illusion zu erschaffen. Und ich soll Teil davon sein. Ich kann es dir jetzt nicht erklären, aber ich soll Teil davon sein.«

Endlich fiel bei Piovesan der Groschen. »Also ist es etwas, das jetzt passieren soll.«

»Ja.«

»Dann gibt es einen Ort.« Das Bild war glasklar vor seinem inneren Auge aufgetaucht. »Wenn Altieri wusste, dass wir ihm folgten, musste er alles geplant haben. Jeden Halt. Jeden Ortswechsel jenes Tages.«

»Das heißt?«

»Mir ist einer seiner Stopps eingefallen. Er hat ein paar Minuten bei einer Baustelle haltgemacht. Weißt du, was wir nicht bedacht haben? Die Gebäude, die Zernich zwar nicht gehörten, zu denen er aber exklusiven Zugang hatte, zumindest vorübergehend. Zernich ist … war ein Wohltäter, erinnerst du dich? Seine Stiftung kümmert sich um die Restaurierung alter Gebäude, Baudenkmäler der Stadtgeschichte. Eines davon gehört zu den ältesten Bauwerken Paduas. Es ist ein wahres Symbol. Und ein Turm. Man nennt ihn Torlonga. Oder Sternwarte. In früheren Zeiten war er ein Ort für Folter und Tod.«

150

Der einzige Überrest einer mittelalterlichen Festung war einst ein Kerker gewesen, ehe man ihn vor mehreren Hundert Jahren in eine Sternwarte umgewandelt hatte. Der Wechsel von Hölle zu Himmel war typisch für die Paduaner, hatte Piovesan erklärt. Dies machte ihn zu dem perfekten Ort für Federico Zernichs Pläne.

Unter dem tobenden Gewitter ragte er hoch in die Nacht, forderte die zuckenden Blitze heraus und überschattete schwarz und stumm den Fluss, der sich zu seinen Füßen in zwei Läufe teilte, die von Norden und Osten gen Stadt flossen. Er bestand aus einem rechteckigen Fundament, war von Zinnen und Strebepfeilern umkränzt und gipfelte in zwei Türmchen, die einst zur Beobachtung des Himmels gedient hatten. Die Landzunge, auf der er stand, war nur von einer Seite über ein Brückchen und einen sorgfältig begrünten kleinen Vorplatz zugänglich, der jetzt im Regenguss unterging. Eingezwängt zwischen dem Fluss und den Vorstadthäusern, wirkte er wie ein Riss in der Zeit, wie ein jäher Sprung in die Vergangenheit.

Unter dem ohrenbetäubenden Rauschen des Regens, der auf das Autodach prasselte, beugte Costa sich vor und versuchte, durch die von den hektischen Scheibenwischern vergeblich bekämpfte Wasserwand etwas zu erkennen. Die Spitze der alten Sternwarte ließ sich nur erahnen. Laut den Informationen, die Piovesan ihm aufs Smartphone schickte, war der Torlonga fast fünfzig Meter hoch und seit einigen Wochen wegen der mit freundlicher Unterstützung der Zernich-Stiftung durchgeführten Restaurierungsarbeiten für Museumsangestellte und Besucher gesperrt. In der letzten Woche war die Baustelle wegen der Unwetter still geblieben. Am kommenden Montag sollten die Arbeiten wieder aufgenommen werden.

Womöglich hatte sich Zernich ausgemalt, dass die Entdeckung seines letzten Meisterwerkes, sofern Costa seine Anweisungen nicht befolgte und nicht rechtzeitig eintraf, den Ersten vergönnt gewesen wäre, die Zutritt zu dem mittelalterlichen Turm hatten, nämlich den Bauarbeitern. So oder so wäre es ein seinem Wahnsinn würdiger Abgang gewesen.

Doch nun war Costa dort, wo der Alte ihn haben wollte. Es gab keinen anderen Weg, Valentinas Schicksal zu klären. Und seines: Inzwischen ließen sie sich nicht mehr voneinander trennen.

Er stieg aus dem Auto und überquerte im dichten, gleichförmigen Rauschen des Wassers über und unter ihm die kleine Brücke. Es war stockfinster, die Wasserwand verschluckte die Lichter der Straßenlaternen und des abendlichen Verkehrs. Obwohl es noch recht früh war, hatte das Gewitter diesem ausklingenden Samstag eine völlig verwaiste Stadt überlassen. Während er sich dem Bauwerk näherte, tobte der vom Regen der vergangenen Stunden angeschwollene Fluss unter der Brücke dahin. Er blickte empor und stellte sich das Ende eines Menschen vor, der von der Turmspitze herabstürzte. Entweder würde er auf den alten Steinen zerschellen oder von den dunklen Stromschnellen verschluckt werden. Unmöglich, einen solchen Sturz zu überleben.

Diana war unter einem wolkenlosen, heiteren Abendhimmel gestorben. Aber er hatte sie dennoch nicht retten können.

Plötzlich erschien ihm Valentinas Schicksal unausweichlich.

Er blieb vor dem steinernen Bogen mit dem schmiedeeisernen alten Tor stehen. Die Ostseite des mächtigen Turms schmiegte sich an die Fassade einer Burg, deren Zugang sich laut Piovesans Erklärungen auf der gegenüberliegenden, durch hohe, dicke Mauern abgetrennten Seite befand. Der einzige Punkt, von dem aus man die Sternwarte betreten konnte, war der, an dem er sich befand.

Ihm kam der Gedanke, dass man sich in dem eben durchquerten kreisförmigen Garten ideal verstecken konnte. Wohin diese Scharade führen sollte, war noch immer nicht klar. Hannie Janssen war weiterhin flüchtig, und die Großartigkeit von Zernichs Vernichtungsspektakel ließ vermuten, dass er noch weitere Komplizen hatte. Costa war nicht einmal bewaffnet, die Pistole hatte man ihm auf dem Weg ins Krankenhaus abgenommen.

Das macht keinen Unterschied mehr, dachte er. Inzwischen muss ich nur noch gegen Gespenster kämpfen.

Ein jäher Stich im Rücken erinnerte ihn daran, dass sich die Messerverletzung jederzeit wieder öffnen konnte. Doch ihm blieb nichts anderes übrig, als die Zähne zusammenzubeißen und weiterzumachen.

Ein dickes Vorhängeschloss und eine Kette verriegelten das Tor. Das Metall war eiskalt und nass, es anzufassen fast schmerzhaft. Er musste sich nicht überlegen, wie es zu knacken war, denn der Haken glitt sofort zur Seite. Man hatte es für ihn offen gelassen.

Costa verlor keine weitere Zeit und trat ein.

151

Ein hohes Backsteingewölbe schützte einen Teil des Eingangs vor dem Regen. Zwei Holzportale links und rechts gewährten Zugang zu den Sälen, gegenüber führte eine Steintreppe in die oberen Stockwerke. Am Ende, jenseits des Treppenlaufs, ging ein Rundbogen in den offenen, vom Regen gepeitschten Innenhof hinaus. Abgesehen von ein paar Bauwerkzeugen und einem Gerüst, das die rechte Wand halb verdeckte, wies nichts auf die laufenden Restaurierungsarbeiten hin. Wären diese wenigen Gegenstände nicht gewesen, hätte man tatsächlich meinen können, in der Zeit zurückgereist zu sein. Die Schönheit und Faszination längst vergangener Jahrhunderte waren samt ihrer düstersten Schatten in diesem Gebäude lebendig geblieben.

Das Licht eines Blitzes, der unmittelbarer und heftiger niederging als die vorangegangenen und vom Krachen des Einschlags begleitet wurde, beleuchtete die Marmortafel über dem Tor zu Costas Linken. Die Inschrift war auf Latein, doch der eifrige Piovesan hatte sie ihm während seiner Fahrt durch die Stadt bereits feierlich übersetzt, als wäre sie für diesen Moment von Bedeutung.

Dieser Turm, der einst in die Schatten der Hölle führte, öffnet nun den Weg zu den Gestirnen.

Tatsächlich passte das perfekt zu der Situation. Zernich hatte ihn gefragt, ob er glaubte, dass Valentina bereits zwischen den

Sternen des Firmaments sei. Jetzt erschien der Bezug zum Observatorium geradezu banal und ebenso düster.

Ein zweiter Blitz flammte auf.

Sein weißes Licht ließ etwas aufleuchten. Gleich hinter dem Bogen zum Hof. Ein regloser Schemen.

Das gleißende Flackern verlosch und hinterließ den Umriss des Schattens auf Costas Netzhaut. Sonst war da nur noch das Dröhnen des Regens. Und das Rauschen seines Blutes in den Ohren, das kam und ging. Kam und ging.

152

Manna hatte sein altes Zimmer behalten, mit dem einzigen Unterschied, dass das Hotel jetzt fast ausschließlich von den Kollegen in Beschlag genommen war, die aus Rom gekommen waren, um die Ermittlungen abzuschließen. Die Nachricht von der Vernichtung in Sant'Andrea war nicht nur um die Welt gegangen. Sie hatte eine Menge gerichtlichen Staub aufgewirbelt, und jetzt rissen sich die verschiedenen Staatsanwaltschaften um den Fall. Nun ging es darum, all diesen Toten Namen zu geben und die Umstände ihrer Entführung zu klären, um Beweise gegen die Verdächtigen wie auch zu eventuellen Mittätern zu finden. Eine Riesenarbeit, für die es Dutzende Ermittler brauchte.

Dann war da die verschwundene Kollegin, die es zu suchen galt, auch wenn viele in der Abteilung noch immer überzeugt waren, dass sich die leitende Kommissarin Valentina Medici freiwillig aus dem Staub gemacht hatte, weil sie den Stress der komplizierten Ermittlungen nicht mehr ertrug. Niemand schien viel darauf zu geben, dass das Museum des Grauens allein durch Valentinas Arbeit und ihre Opfer entdeckt worden war.

Loris hatte mit dem Gedanken gespielt, das ganze System zum Teufel zu jagen und nach Hause zu fahren, angewidert von der Borniertheit und Gefühlskälte. Aber es waren nicht alle so. Die Kollegen der mobilen Einheit Padua hängten sich mächtig rein, vielleicht, weil sie nicht mehr unter der Fuchtel dieses Idioten Lomastro standen, und viele Polizisten des SCO kannten und schätzten Valentina und wussten, wie die Dinge gelaufen waren. Außerdem gab es die moralische Pflicht, den Opfern dieser Psychopathen zu Gerechtigkeit zu verhelfen.

Doch vor allem für Valentina und Fabio hatte sich Loris kopfüber in die ihm zugewiesene Arbeit gestürzt. Und er empfand wieder eine gewisse Leidenschaft für diese Ermittlung, von der er geglaubt hatte, sie sei mit Sant'Andrea zu Ende gewesen. Er wollte den Dingen auf den Grund gehen, dieses Gewürm aufdecken und eine Antwort auf sämtliche Fragen finden.

Insbesondere darauf, welche Rollen die holländische Pflegerin und Altieri bei Zernichs Untaten gespielt hatten. Alles deutete darauf hin, dass die Frau an der Suche nach den Opfern aktiv beteiligt gewesen war. Die Computer, auf denen laut Auswertung Vergleiche zwischen Caravaggios Figuren und ihren potenziellen Ebenbildern vorgenommen worden waren, hatten in ihrer Wohnung gestanden. Aus den teils beschädigten Dateien, die Manna und ein paar Techniker der Internetpolizei Rom wiederherzustellen versuchten, ließ sich ein weitreichendes und beunruhigendes kriminelles Muster rekonstruieren. Anscheinend hatte Hannie Janssen die Kontakte mit den weltweit verstreuten Usern des Darknet gepflegt. Vielleicht fungierte das Pseudonym »Paperino«, das Altieri im Internet-Point verwendet hatte, als Markenzeichen der gesamten Verbrecherbande oder als Profil, das er und die Frau je nach Bedarf teilten. Und vielleicht war unter Paperinos Auslandskontakten jemand, der Janssen bei ihrer Flucht half. Es galt, ein paar E-Mail-Adressen zu überprüfen, und daran arbeitete Manna gerade.

Er war soeben in sein Zimmer zurückgekehrt, um zu duschen und sich ein paar Stunden Pause zu gönnen, ehe er sich wieder an die Recherche setzte. Die Nacht würde lang und anstrengend werden, zumal er kein Auge zugetan hatte, seit er mit Costa und Piovesan nach Sant'Andrea aufgebrochen war. Doch aufzuhören, kam ihm wie eine unverzeihliche Sünde vor. Wie immer hielt ihn die Vorstellung, dass ihm weniger Zeit blieb als nötig, in einem angstvollen Klammergriff. Zwar mussten sie diesmal niemanden retten, aber eine gefährliche Frau fassen.

Trotz seiner Vorsätze glitt er schon bald in einen unruhigen Halbschlaf und bemerkte das sachte Klopfen an der Tür nicht gleich. Als das Pochen entschiedener wurde und ihn weckte, sprang er verwirrt vom Bett und öffnete.

Gabriele Piovesan sah furchtbar aus. Als Manna ihn das letzte Mal gesehen hatte, blutete er am Kopf und stand unter Schock. Jetzt verrieten seine Blässe und der verstörte Blick, dass es ihm noch dreckiger ging.

»Gabriele! Was machst du hier? Um diese Uhrzeit!«

Piovesan trat wortlos ein, setzte sich auf den Rand des ungemachten Bettes und starrte auf den Fußboden.

Loris schloss die Tür und sah ihn unschlüssig an.

»Du solltest zu Hause sein und dich ausruhen«, sagte er vorsichtig. »Das sollten wir alle.«

Gabriele sah ihn an. »Ja, das hat Costa auch gesagt.«

»Du hast mit Fabio gesprochen?«

»Er hat mich angerufen.«

Etwas in seiner Stimme versetzte Loris in Alarmbereitschaft.

»Was hat er gesagt?«

Piovesan blickte ihn an, als sähe er ihn erst jetzt. Er zog das Handy aus der Tasche und hielt es ihm hin.

»Ist egal. Schau dir das hier an«, sagte er.

Loris griff verdutzt nach dem Handy. Auf dem Display leuchtete die Meldung einer Onlinezeitung. Es schien eine Kurzmeldung der letzten Stunde zu sein. Er las und spürte, wie sich der Boden unter seinen Füßen auftat.

Piovesan nickte und starrte ins Leere. »Ein Verkehrsunfall, steht da. Von wegen!«

Die Nachricht war nur wenige Zeilen lang. Ein alter Mann war von einem flüchtigen Fahrer erfasst worden. Er war auf der Stelle tot gewesen. Die Tragödie hatte sich in der tiefsten paduanischen Provinz ereignet, auf der Höhe von Piove di Sacco, wenige Kilometer von der Lagune von Venedig. Der Verstorbene war ein ehemaliger Maresciallo der Polizei, Domenico Caruso.

Es gab zwei Fotos. Die Fassade eines Kirchleins, davor ein zugedeckter Körper auf dem Asphalt. Und das lächelnde Gesicht eines jungen Caruso in Uniform.

»Da steht nicht viel«, sagte Manna und starrte noch immer auf die beiden Fotos, auf Domenico Carusos Leichentuch, das selbst auf dem unscharfen Schnappschuss fleckig vor Blut erschien, und dieses Gesicht, in dem Zweifel und Reue noch keine Spuren hinterlassen hatten. »Es heißt, nach dem Fahrer werde gesucht. Er hat ihn voll erwischt, als er auf dem Rückweg nach Hause die Straße überquerte.«

»Sie haben ihn umgebracht, Loris«, sagte Piovesan bebend. Seine Blässe war wie durch Zauber verschwunden, als hätte er die heilenden Kräfte der Wut entdeckt. »Sie haben ihn umgebracht.«

»Wer denn? Und warum? Das, was Caruso zu sagen hatte, hat er Fabio gesagt.«

»Vielleicht nicht. Vielleicht war da noch mehr. Diese Geschichte ist noch nicht vorbei.«

Manna gab ihm das Handy wieder. Piovesan steckte es in die Tasche zurück und starrte wieder auf den Fußboden. Da war noch etwas, das der Junge nicht sagte. Vielleicht etwas, das Costa ihm gesagt und das ihn verängstigt hatte. Aber was? Hatte es womöglich mit der verdammten fixen Idee zu tun, er sei für Valentinas Tod verantwortlich, weil er Zernich erschossen hatte? Und inwiefern war Piovesan davon betroffen? Obwohl ein Anruf genügt hätte, war er persönlich zu ihm gekommen, um ihm von Carusos Tod zu erzählen.

»Gabriele … was ist los?«, fragte er.

Endlich blickte Piovesan zu ihm auf.

»Ich fürchte, ich habe Scheiße gebaut, Loris«, murmelte er.

153

Der Hof war in fast vollständige Dunkelheit getaucht, die das Unwetter noch verstärkte. Nur das Flackern der Blitze erhellte ihn hier und da.

Costa blieb kurz am Rand dieses Raums unter freiem Himmel stehen. Rechts erhob sich das Gebäude, in dem die Verwaltungsräume des Museums und die dazugehörige Bibliothek untergebracht waren. Links die Ziegelwand der Burg, zu der der Turm ursprünglich gehört hatte. Genau über ihm ragte die Sternwarte in die Finsternis und in den sintflutartigen Regen, der ihn daran hinderte emporzublicken.

In der Mitte des Hofes harrte der Schemen, der seine Aufmerksamkeit auf sich gezogen hatte. Eine Madonna, was sonst? Das letzte Opfer von Federico Zernichs Wahn. Adele Donati als die tragische Maria Caravaggios, gehüllt in einen blauen Umhang, mit einem braunen Schleier über dem Kopf. Wie zusammengesunken kauerte sie da, mit geneigter Stirn und durchnässtem Haar, das ihr ins Gesicht fiel.

Wohl wissend, dass er schutzlos war und im Freien ein leichtes Ziel abgab, stürzte er zu ihr, kniete sich hin, schob den vom Regen schweren Stoff zur Seite und hob ihren Kopf. Ihre Hände waren gefaltet und mit einem Strick zusammengebunden, den er unter dem dunklen Schleier zunächst nicht gesehen hatte. Die gebückte

Haltung war einem grob zusammengezimmerten und in den Boden gerammten Holzgestell in Form eines Y geschuldet, auf dem das Mädchen lehnte. Doch wegen des hastigen Aufbaus oder des Regens hatte die Konstruktion nicht gehalten, und der Körper war vornübergesunken, sodass die Stirn fast den Boden berührte. Als er ihren Kopf anhob und ihr das Haar aus dem Gesicht strich, sah er die glasigen Augen und die durchscheinende Haut. Das genügte, um zu begreifen, dass sie tot war.

Er ließ sie behutsam zu Boden gleiten und legte sie auf die Seite. Man hatte ihren Körper keinerlei Behandlung unterzogen, weder der Plastination noch sonst einem Kunstkniff, um sie zumindest äußerlich intakt erscheinen zu lassen. Sie war nur eine stümperhafte Nachbildung von Zernichs grausigen Werken.

Ringsum sammelte sich der Regen in kleinen Sturzbächen, die strudelnd in den Abflussgittern im Boden verschwanden. Das Wasser hatte eine Farbe, die auch in der Dunkelheit unverkennbar war. Die Farbe von Blut.

Adele Donati war in großer Eile zurechtgemacht worden. Womöglich hatte ihr Herz vor wenigen Stunden noch geschlagen. Das verrieten das Blut, das sie noch immer verlor, und die noch nicht eingetretene Totenstarre. Costa ging auf, dass das Mädchen nur für seine Augen ermordet worden war. Für diese makabre und dilettantische Inszenierung.

Doch damit war es noch nicht zu Ende, oder? Es fehlte der letzte Pinselstrich. Der Gedanke jagte ihm einen panischen Schauder durch die Glieder.

Von einer Vorahnung ergriffen, hob er ruckartig den Kopf und sah sie. Sie hing im dunkelvioletten Himmelsrechteck. Die beiden Flügel spreizten sich in einem unmöglichen Flug. Das weiße Gewand blähte sich im Sturz. Die ausgebreiteten Arme waren vorgestreckt, als wollten sie den Aufprall abfangen. Oder der Jungfrau die göttliche Botschaft verkünden.

Ein eingefrorener Augenblick. Wie in einem Caravaggio-Gemälde.

Costa schrie, doch sein Schrei verlor sich im Krachen eines weiteren, entsetzlichen Blitzes. Sein Mund füllte sich mit Regenwasser, eisig und schal. Instinktiv riss er einen Arm hoch, nicht um sich zu schützen, sondern um den unnatürlichen Flug des letzten Opfers aufzuhalten.

Mit einem schauderhaften Geräusch krachte der Körper vor ihm auf die Steine. Federico Zernichs letztes Werk.

154

Während er sich dem auf dem Pflaster hingestreckten Körper näherte, fühlte er sich leer. Es war alles zwecklos gewesen. Mehr noch: endgültig.

Als er die gespreizten Arme, die verdrehten Glieder, die im Aufprall zerbrochenen Plastikflügel erreichte, begriff er, dass alles Trug war. Falsches Plastik.

Das dort auf dem Boden war nicht Valentina, sondern eine Puppe aus Kautschuk und Draht, die getreue, aber leblose Nachbildung eines menschlichen Körpers. Sogar die aufgeklebte Perücke auf dem Polyesterkopf ahmte Valentinas prächtige Mähne nach.

Aber das ist sie nicht. Das ist sie nicht.

Dann blickte er abermals empor, und an der Ecke der Sternwarte, von der der Engel herabgestürzt war, sah er ein Gesicht aufschimmern. Es starrte auf ihn hinunter wie ein Entomologe auf Insekten in einem Terrarium.

Das Gesicht verschwand, doch sein Eindruck blieb.

Costa wandte sich der Treppe zu, die nach oben führte. Laut Piovesans Auskunft war das der einzige Weg auf den Turm, hinauf zu den Sternen. Er wusste, wer ihn auf der Spitze des Gebäudes erwartete. Aber das war jetzt egal.

Ist sie abgestürzt oder noch dort oben zwischen den Sternen?

Er rannte die Treppe hinauf. Ließ Adeles Leiche und die abstoßende, geschmacklose Puppe hinter sich. Er wusste, dass es noch nicht vorbei war. Er hatte Valentina noch nicht gefunden. Das finale Spektakel fand dort oben statt. *Zwischen den Sternen.*

Während er durchgefroren und voll wirrer Gedanken zwei Stufen auf einmal nahm, kam er nicht umhin zu begreifen, was Zernich mit ihm machte. Der Psychopath hatte sich genauestens über ihn informiert, er wusste alles über ihn. Er wusste, dass er auch an jenem Tag zwei Stufen auf einmal genommen hatte, weil Diana die Fahrstuhltür im obersten Stock extra offen gelassen hatte. Und wie damals war sein Herz ein Eisblock, weil er wusste, was vor sich ging. Wie damals wollte ein Teil von ihm anhalten, aufgeben, weil er wusste, dass er es niemals rechtzeitig schaffen würde. Und vielleicht war es das, worauf das kranke Hirn des Mörders spekuliert hatte. Er zwang ihn, das Unausweichliche zu akzeptieren, und verdammte ihn dazu, die Last eines weiteren Todes auf sich zu nehmen. Oder sich ebenfalls in die Leere zu stürzen, wie Diana, wie Valentina, und das Ganze so oder so zu beenden.

Enttäusch mich nicht.

Nein. Nicht bei Valentina. Nicht noch einmal. Zernichs Fehler war es zu glauben, dass der, der die Turmtreppe hinaufrannte, derselbe Fabio Costa von damals war. Dass er sich kein bisschen geändert hatte. Doch so war es nicht. Zu viel Zeit war vergangen. Zu viele Tote. Zu viele falsche Entscheidungen.

Er hatte keine Ahnung, was ihn dort oben erwartete. Aber in diesem Moment beschloss er, dass Valentina am Leben war. Und dass er sie retten würde.

Mit dieser unsinnigen Hoffnung im Herzen stürmte er durch eine Loggia und dunkle Räume mit astronomischen Instrumenten und alten Inschriften, öffnete Türen und rannte weitere Treppen empor, folgte dem einzigen möglichen Weg, der für ihn vorgezeichnet schien, bis er das Zimmer in der Turmspitze erreichte.

Er überblickte es in wenigen Sekunden, mehr brauchte es nicht. Der nahezu achteckige Raum hatte große Bleiglasfenster, die sich mit rechteckigen Säulen abwechselten. Fresken aus dem achtzehnten Jahrhundert stellten auf jeder Säule die berühmtesten Astronomen der Geschichte dar. In der vom Gewitter durchflirrten Finsternis waren nur alte, eindimensionale Gesichter zu sehen, die ihn wie empört ob dieser Störung anstarrten. Ein großes Messingteleskop in der Mitte warf das Licht der Blitze zurück. Die Turmspitze war von einer umlaufenden Terrasse umgeben. Hinter den schachbrettartig aufgeteilten Fenstern war das Panorama der ganzen Stadt zu erahnen. In der Ferne erhoben sich die schwarzen Silhouetten der Berge. Ein atemberaubender Anblick, hätte er die Zeit gehabt, ihn zu bewundern.

Über ihm stellte die bemalte Decke einen Sternenhimmel dar.

Er blickte sich um. Der Raum schien verwaist zu sein, aber eines der großen Fenster stand offen und klapperte im Wind. Eisige Regenböen wehten herein.

Zwei Pendeluhren schlugen gleichzeitig zwei Uhr, und ihr Tönen ging in einer weiteren Blitzsalve unter.

Dort draußen war etwas.

Valentina. Mach, dass sie es ist.

Doch er rührte sich nicht. Trotz des Chaos in seinem Kopf und der fiebrigen Erregung versuchte er, wie ein Polizist zu denken. Jemand hatte diese Szene vorbereitet. Altieri musste auf Zernichs Geheiß die gröbste Arbeit erledigt haben. Vermutlich hatte er sich um Adele Donatis Entführung gekümmert und sie in diesen Turm gebracht, obwohl sie ihm auf den Fersen gewesen waren.

Ein wenig Zeit hatten sie schließlich gehabt. Costa hatte darüber nachgedacht. Als sie nach Padua gekommen waren, erst er und dann Manna, war Zernich offenbar über ihre Anwesenheit unterrichtet worden. Vielleicht, als sie Piovesan kontaktiert hatten und aus der Deckung gekommen waren. Der junge Polizist war Valentinas letzter Mitarbeiter gewesen, und ein scharfer und umsichtiger Verstand wie Zernichs hätte nichts dem Zufall überlassen. Nicht umsonst war er dem Gesetz jahrelang durch die Lappen gegangen. Womöglich war der Junge irgendwie beschattet worden. Als sie den GPS-Sender an Altieris Auto angebracht und mit der Verfolgung begonnen hatten, hatte Zernich seinen krönenden Plan offenbar bereits im Kopf und angefangen, ihn in die Tat umzusetzen. Ab da waren nur achtundvierzig Stunden vergangen, bis Altieri sie offensichtlich mit Absicht nach Sant'Andrea gelotst hatte.

Doch jetzt war das Faktotum tot, genau wie Zernich. Jemand anders brachte den Plan zu Ende. Vielleicht Hannie Janssen oder jemand, den sie noch nicht kannten.

Doch wer immer es war, er musste dort sein, und das nicht allzu versteckt. Er hatte von oben zu ihm herabgesehen und die Engelspuppe hinuntergeworfen. Er oder sie war dort draußen und erwartete ihn. Costa musste vorsichtig sein. Das war er sich und Valentina schuldig.

Er näherte sich der geöffneten Fenstertür. Riss sie weit auf. Wind und Regen schlugen ihm entgegen. Er trat in die Dunkelheit hinaus und stand auf dem Turm. Fünfzig Meter über der Stadt und dem unablässig steigenden Fluss.

155

Seine Vorsicht verging im gnadenlos niederprasselnden Regen.

Er hatte Valentina gefunden.

Wäre das Unwetter nicht gewesen, wäre Zernichs Voraussage perfekt gewesen. Sie war ein Engel zwischen den Sternen.

Die umlaufende Turmterrasse war quadratisch, Valentina hing jenseits der westlichen Ecke. Der Flaschenzug, an dem sie befestigt war, schien nicht dafür gemacht, ihr Gewicht lange zu halten. Sie musste eben erst daran aufgehängt worden sein. Der Fuß der Halterung war fest an der niedrigen Mauer verankert, die den gefliesten Terrassenboden vom Nichts trennte. Der Ausleger, an dem sie hing, reckte sich mehrere Meter über den Rand, heftig geschüttelt von den tobenden Elementen.

Und sie war ... trotz des qualvollen Anblicks suchte Costa nach dem richtigen Wort ... sie war reglos. Leer. Scheinbar ohne einen Hauch Leben.

Sie trug ein langes, weißes Gewand wie die gefallene Puppe, die ihr Schicksal vorwegzunehmen schien. Sie triefte vor Regen, der sie womöglich noch schwerer machte und in die Tiefe zog. Die nackten Arme waren über den Kopf gereckt, die Handgelenke am Haken des Flaschenzugs festgebunden. Der Kopf war nach vorn gekippt, das Haar hing ihr ins Gesicht. Doch sie war es eindeutig.

Ein jäher Windstoß ließ sie noch heftiger schwanken. Ihre

nackten Füße zuckten über der Tiefe, doch vielleicht war das nur Einbildung, ausgelöst durch das Flackern der Blitze. Dennoch gab dieser Anschein von Lebendigkeit Fabio einen Ruck, er stürzte zu ihr und glitt auf den rutschigen Fliesen aus.

Sie lebt, schrie es in seinem Kopf. *Sie lebt.*

Er stoppte an der Brüstung, gerade noch rechtzeitig, um vom Schwung seines Laufs nicht vornüberzukippen. Unter ihm lag die Landzunge, auf der sich der Turm erhob, ein paar Meter weiter vorn brodelte das schwarze Wasser des Flusses. Nein. Ins Wasser zu stürzen, war unmöglich. Ihr Ende würde das steinerne Pflaster sein.

Aus der Nähe war Valentina nur ein lebloses, triefnasses Bündel. Diese im Nichts hängende Marionette hatte nichts mit ihr gemein. Ihre Bewegung war eine dem Wind und den Regenböen geschuldete Illusion.

Plötzlich tauchte Diana neben ihm auf. Ohne innezuhalten oder ihn anzusehen, ging sie an ihm vorbei und sprang.

Fassungslos sah er sie in der Dunkelheit verschwinden, abermals verschluckt von ihrem grausamen Sturz.

Nein. Mit Valentina würde das nicht passieren. Nicht noch einmal. Er musste sich nur bewegen. Den verdammten Ausleger des Flaschenzuges erreichen und ihn zurück auf die Terrasse drehen. Sofort.

Er kletterte auf die Brüstung, um die mit Schraubzwingen und Winkelstreben fixierte Schwenkvorrichtung zu inspizieren. Er musste eine Möglichkeit finden, den Ausleger zu sich zu ziehen.

Er konnte gerade noch den aus dem Dunkel auftauchenden Schatten hinter sich erhaschen.

Der Stoß war heftig und unerwartet. Costa verlor den Halt.

Und fiel.

156

Ein Sekundenbruchteil, ein Wimpernschlag.

Doch seine Gedanken waren glasklar. Er wusste, dass er tödlich auf dem Boden aufschlagen würde. Und Valentina wäre dem Schicksal überlassen, das ein Monster für sie vorgesehen hatte.

Er wusste, dass er sich an sie klammern würde, an diesen Metallarm, an dem sie hing. Und er würde sie mit sich in die Tiefe reißen, ins bittere Ende.

Er wusste, dass sie beide im Nichts hängen würden. Eine unendlich kleine Chance zu überleben. Aber dennoch eine Chance.

Der Augenblick verging. Nachdem er jeden Halt auf der Brüstung verloren hatte, warf Fabio sich ins Leere und bekam das Seil zu fassen, an dem Valentina baumelte. Er umklammerte es mit aller Kraft, trotz der nassen Hände und der durchdringenden Kälte. Es rutschte weg, er fasste nach, pendelte mit ihr über einem fünfzig Meter tiefen Abgrund, und ihm war, als würde Zernich die Klinge abermals in seine Schulter bohren. Er spürte, wie heißes Blut seine Haut benetzte. Die Wundnaht war gerissen. Dennoch gelang es ihm, mit einer Hand das Seil zu umklammern, das sie an den Flaschenzug band, und mit der anderen ihren Körper zu stützen. Er war eiskalt. Ohne ein Lebenszeichen.

Instinktiv blickte er zu der Brüstung zurück und sah sie. Hannie Janssen. Ein ovales, ausdrucksloses Gesicht, dunkles, nasses Haar, das am Schädel klebte, die runden Augen auf sie geheftet.

Sie rührte sich nicht. Sagte nichts. Dann schien eine schwarze Regenbö sie mit sich fortzutragen.

Fabio und Valentina blieben allein, schwebend im Dunkel, wie Caravaggios Engel, die über dem Elend der Menschen kreisen.

Es ist vorbei.

Die Erkenntnis ließ ihn erstaunlich gelassen. Es war nicht Resignation, sondern das Bewusstsein, alles getan zu haben, was in seiner Macht stand. Er würde sich nicht mehr lange halten können, und es war unmöglich, die Turmbrüstung zu erreichen.

Sein Griff lockerte sich. Er besaß nicht mehr die Kraft, sich an sie zu klammern. Der Metallarm drohte jeden Moment zu brechen.

Lass los. Lass sie los.

Ihr Gesicht war nur wenige Zentimeter von seinem entfernt, wie damals, als er sie geküsst hatte. Doch es war weiß, reglos, die Haut kalt, die Augen geschlossen. Da war keine Regung, keine Wärme in diesem starren Körper.

Ich möchte dich noch einmal an meiner Seite.

Das hatte sie ihm in ihrer letzten Nachricht gesagt. Wenigstens war er jetzt hier, ganz dicht bei ihr.

»Valentina …«, murmelte er, ehe er losließ. »Valentina …«

Sie antwortete nicht. Sie war nicht mehr da. Sie war nicht mehr bei ihm.

Ein Windstoß, begleitet von einem Regenschwall, ließ sie noch heftiger schwanken. Die Brüstung war so weit weg, und er war so müde.

Diana fiel. Valentina fiel. Er würde ihnen folgen.

Lass los. Lass geschehen, was von Anfang an geschehen sollte.

Wut zuckte in ihm auf. Er hatte keine Angst zu sterben. Doch er ertrug die Vorstellung nicht, dass Zernich gewonnen hatte und das gewünschte Finale bekam.

Er rückte noch dichter an Valentinas Gesicht heran. Suchte ihre eiskalten Lippen, fand sie.

Sie öffnete die ihren.

Dann Schreie. Dunkelheit. Hände, die sie packten. Und alles drehte sich. Alles stürzte nieder.

157

Die Tropfen waren Eiskristalle, Himmelssplitter, die aufglimmten, ehe sie auf seinem Gesicht zerbarsten. Ihnen entgegenzusehen, war ein ebenso ergreifender wie schmerzhafter Anblick.

Ihre bohrende Kälte verriet ihm, dass er am Leben war.

Er hob den Kopf, und jemand drückte ihn nieder.

»Nicht sofort. Warte.«

Eine vertraute Stimme. Eine besorgte Stimme, die er kannte und die ihn rührte.

Loris Manna beugte sich über ihn. Vielleicht waren da ein paar Tränen in seinem Gesicht, die sich mit dem Regen mischten. Das Gewitter peitschte noch immer auf sie nieder und hielt sie auf der Terrasse fest.

»Wie …?«, hob er an, aber Loris schüttelte den Kopf.

»Nicht jetzt«, sagte er. »Nicht jetzt.«

Aber »nicht jetzt« war keine Antwort. Nein. *Jetzt* war der Moment. *Jetzt* musste er Bescheid wissen. Kein anderer Moment war von Bedeutung.

Wieder hob er den Kopf, schlug Loris' Hilfe aus und stützte sich auf die Ellenbogen. Das Unwetter machte keine Anstalten nachzulassen, auch wenn sich weit weg, in Richtung Berge, ein fahler Schimmer abzeichnete. Ein neuer Tag, der die Schatten endlich wieder vertreiben würde.

Zumindest für eine Weile.

Er blinzelte nach rechts. Zusammengekauert auf dem Terrassenboden, hielt Gabriele Piovesan Valentinas Körper auf den Knien. Ihr regloser Kopf war zurückgelehnt, das Gesicht endlich vom langen Haar befreit, das der Junge beiseitegeschoben hatte. Und selbst in dieser Totenblässe war sie schön. Sie war, wie Zernich gesagt hatte: engelsgleich.

Fabios Herz stürzte in die Hölle. Er starrte Loris an, suchte in seinen Augen nach der Wahrheit, ganz gleich, wie sie lautete. Selbst, wenn sie ihn vernichten würde.

»Valentina …?«, murmelte er. Er hatte nicht die Kraft, noch mehr zu sagen.

Loris senkte den Blick nicht. Hielt dem seinen stand.

Dann verzog er die Lippen zu einem Lächeln.

Anmerkungen des Autors

Von Anfang an kam es mir beim Schreiben dieses Romans darauf an, mich bei der Schilderung einer strafrechtlichen Ermittlung möglichst nah an die Wirklichkeit zu halten. Es ging mir darum, nicht nur das polizeiliche Vorgehen korrekt wiederzugeben, sondern auch die Gedanken, Gerüche und Geschmäcker, die Zweifel, Ängste und heftigen Emotionen dieses nicht immer angenehmen Abenteuers, auf das sich ein Ermittlerteam einlassen muss, um einen Verbrecher zu fassen. Zumal, wenn es sich um einen Serienmörder handelt.

Angesichts meiner eigenen Geschichte war diese Nähe zur Wahrheit unvermeidlich. Ich habe den größten Teil meines Lebens bei der Kriminalpolizei verbracht, und es wäre unmöglich gewesen, einen solchen Roman zu schreiben, ohne auf diese berufliche Erfahrung zurückzugreifen. Andere Krimi- oder Thrillerautoren (nicht alle) arbeiten sich mit beachtlichem Aufwand in die Materie ein, um bei der Beschreibung eines rechtlichen Verfahrens oder einer Ermittlungstechnik keine Fehler zu machen oder sich in dem komplizierten Geflecht institutioneller Zuständigkeiten zurechtzufinden: Polizeipräsidenten, leitende Staatsanwälte, Richter, Kommissare, einfache Polizisten und so weiter und so fort. Mitunter wurde ich um Ratschläge und Stellungnahmen gebeten, die ich natürlich liebend gern gegeben habe.

Ich muss niemanden darum bitten. Ich weiß diese Dinge. Viele habe ich selbst getan, andere habe ich zu spüren bekommen. In dieser Hinsicht also besteht mein einziges Verdienst darin zu wissen, wovon ich rede, und anders wäre mir das Schreiben auch gar nicht möglich gewesen. Meine Sorge, womöglich Blödsinn zu verzapfen, betrifft alle anderen Bereiche des menschlichen Wissens, und so habe ich das getan, was alle Schriftsteller tun, und mich auf meine Berater, Freunde und Lektoren verlassen.

Von kleinen, der Dramaturgie geschuldeten Abweichungen abgesehen, habe ich mich zu beschreiben bemüht, wie sich eine derart komplexe Ermittlungstätigkeit tatsächlich abspielen würde. Angefangen bei der Rolle einer Abteilung, die in Romanen, Filmen und Fernsehserien zwar häufig vorkommt, aber kaum bekannt ist: der Zentrale Operationsdienst der Staatspolizei SCO. Vielleicht bin ich stellenweise ein wenig grob mit ihm umgesprungen, doch tatsächlich bleibt er die wichtigste und wertvollste Ermittlungsbehörde der italienischen Polizei.

Die Aufgabe des um 1990 vom großen Polizeichef Antonio Manganelli in Anlehnung an das FBI gegründeten SCO besteht vor allem darin, die regional unterschiedlich gehandhabten Aktivitäten der mobilen Einheiten in puncto organisierte Kriminalität, Rauschgifthandel, Mord sowie sonstiger Verbrechen zu koordinieren und die Zusammenarbeit verschiedener Ermittlungsstrukturen aufeinander abzustimmen. Bei Entführungen, sogenannten *cold cases* oder bei verdeckten Tätigkeiten war und ist die Arbeit des SCO unverzichtbar. Er schickt seine Ermittler und Analysten dorthin, wo sie gebraucht werden, und dient als Vorbild für Polizeibehörden in der ganzen Welt, mit denen er eng vernetzt zusammenarbeitet. Seine Beamten standen Falcone und Borsellino bei ihren Ermittlungen zur Seite, um nur ein Beispiel zu nennen.

Die Hauptfiguren dieses Romans, Valentina Medici und Fabio

Costa, sind somit das Inbild zahlreicher SCO-Polizisten, nicht nur wegen ihrer Methoden und ihrer Professionalität, sondern vor allem wegen ihrer Hingabe und Opferbereitschaft. Auch in dieser Hinsicht habe ich versucht, ihnen ein möglichst authentisches Gepräge zu geben. Beim SCO zu arbeiten, ist weder leicht noch schmerzfrei, und das Privatleben, Familie inbegriffen, landet häufig ganz unten auf der Liste. *Verzeih, Liebling, aber der Dienst hat Vorrang.* Dieser Satz gehört bei den Jungs vom SCO zum Standardrepertoire, mit allem, was psychisch und menschlich daraus folgt. Auch darüber konnte ich aus erster Hand schreiben, hatte ich doch das Glück, rund sechs Jahre lang beim SCO zu arbeiten. Ich habe am eigenen Leib erfahren, wie hart und dennoch unbezahlbar dieser immersive, totale Einsatz ist. Es versteht sich von selbst, dass dieser Roman zum Teil auch meinen ehemaligen Kollegen gewidmet ist.

Zum Schluss noch ein paar Worte zu Caravaggio, einer weiteren wichtigen Figur dieser Geschichte. Meine Liebe zur Kunst habe ich von meinem Vater geerbt, einem Gymnasiallehrer alten Schlags mit einem Faible für Malerei, der unser Haus mit Büchern und Bildern und dem Geruch seiner Ölfarben füllte, der bis heute meine Erinnerungen durchdringt. Allerdings bin ich kein Experte, und um Michelangelo Merisis Werke und ihre Wirkung auf die menschlichen Seelen (auch die schwarzen) zu beschreiben, habe ich eine umfangreiche Bibliografie konsultiert, allen voran das großartige und unübertroffene *Caravaggio. Das vollständige Werk* von Sebastian Schütze (Taschen). Während ich mich in die Meisterwerke des Künstlers und vor allem in deren Geschichte vertieft habe (kein Caravaggio-Gemälde, hinter dem nicht eine außergewöhnliche und beeindruckende Erzählung steht, die allein einen Roman wert wäre), verspürte ich zuweilen eine der Angst nicht unähnliche Verstörung, die meine Fantasie anregte. Und ich begriff, wie recht diejenigen haben, die behaupten, von den Ausdrucksmitteln des Menschen komme die Malerei dem Geheimnis der Grenze zwischen Leben und Tod am nächsten. Unter den Künstlern der Vergangenheit gibt es keinen, der dies besser heraufzubeschwören und zu ergründen vermochte als Caravaggio. Um es mit den Worten des Kunstkritikers Vittorio Sgarbi zu sagen: »Caravaggio zwingt uns, den Blick für eine leibhaftige Menschlichkeit zu öffnen, die nach Blut und Speichel riecht. Und genau deshalb fasziniert, erschüttert und verändert er uns.«

Danksagungen

Einigen gilt mein herzlicher Dank, denn einen Roman zu schreiben, ist nie ein einsames Abenteuer.

Allen voran danke ich der rücksichtsvollen und messerscharfen Carmen Prestia. Nicht nur für das, was sie als meine Literaturagentin geleistet hat, sondern dafür, buchstäblich in meine Geschichte eingetaucht zu sein, mich zuerst gehasst, mir dann ihre Freundschaft geschenkt und mich stets zu noch Höherem angespornt zu haben. Ohne sie wäre ich nicht so weit gekommen. Darüber hinaus danke ich all den »Mädchen« von Alferj & Prestia, ein großartiges und äußerst gewissenhaftes Team.

Danke an Giuseppe Strazzeri und Fabrizio Cocco, die sofort an meine Geschichte geglaubt und mich vor allem überzeugt haben, selbst daran zu glauben. Giuseppe hat mir höflich und bereitwillig den richtigen Weg gezeigt, und Fabrizio ist der hartnäckigste, unermüdlichste, gnadenloseste und klügste Lektor, der mir je begegnet ist. Dank an Antonio Moro, dessen Skalpell schärfer ist als das eines Pathologen.

Danke an das ganze Team des Longanesi-Verlages, der diesen Roman aufgenommen und umhegt und mich mit seiner Fürsorge überrascht hat.

Danke allen Freunden, die meine Lust zu schreiben über die Jahre unterstützt haben und ohne die ich es nie bis hierher geschafft hätte: Gianfranco de Turris, Luigi de Pascalis und Nicola Verde, die mich nie im Stich gelassen haben. Und dem Rest der römischen Truppe »alter« Schriftsteller, von Roberto Genovesi bis Errico Passaro und Gabriele Marconi. Jeder von ihnen hat mich ertragen, wenn die Nacht erst halb vorüber und ihr Ende nicht abzusehen war.

Danke an den besonderen Andrea Cotti, für den ich stets nicht nur ein Freund, sondern ein echter Schriftsteller war und der mir immer zur Seite stand, und an die wunderbare Gaja Cenciarelli, die mich aufrichtete, wenn ich am Boden war, und mich in den Hintern trat, wenn es nottat. Ich habe euch sehr lieb.

An Loredana Bianchini für ihre wertvollen Informationen über die Plastination und für ihre Zuneigung sowie an Luigi Contardo für die medizinische Beratung.

An Alessandro Castiglione, meinen ersten Leser, ohne den es mir unmöglich gewesen wäre, mich auf dieses Projekt zu konzentrieren.

Danke an meine Familie, die mich unterstützt hat, an Debora, die Kinder und meinen Bruder Gabriele, der stets bereit war, mir zu helfen.

An die wichtigsten Protagonisten dieses Abenteuers, die Buchhändler, denen wir unsere Geschichten anvertrauen, damit sie sie in die Welt hinausschicken.

Und an alle jene, die diese Seiten gelesen haben und lesen werden, wie hoffentlich auch die kommenden.

Wer schuldig ist, entkommt nicht

Im Feld wird die Leiche eines jungen Mädchens gefunden. Die 16-Jährige Larissa wurde erdrosselt. Durch eine DNA-Analyse gerät ein abgelehnter afghanischer Asylbewerber, der erst zu einer Haftstrafe verurteilt, aber nach einer Haftbeschwerde auf freien Fuß gesetzt wurde, ins Visier der Polizei. Er kann untertauchen, bevor Pia und Bodenstein mit dem Mann sprechen können.

Auf einer Landstraße im Hintertaunus wird nachts ein Mann von einem Auto erfasst und getötet. Sein Körper ist übersät mit Bisswunden, sein Gesicht entstellt. Der Mann hatte bei einem illegalen Autorennen eine schwangere Frau getötet. Wovor ist er geflohen und wer hat ihn so zugerichtet?

Pia und Bodenstein stoßen auf immer mehr rätselhafte Todes- und Vermisstenfälle und auf eine Parallele zum Mordfall Larissa. Ohne es zu ahnen, steuern sie auf eine Katastrophe zu.

Nele Neuhaus
Monster
Kriminalroman

Hardcover mit Schutzumschlag
Auch als E-Book erhältlich
www.ullstein.de

ullstein

Ein schockierendes Verbrechen – und alle werden es sehen

Die 16-jährige Lena Palmer verschwindet spurlos. Drei Tage später taucht sie in einem verstörend brutalen Video wieder auf, welches in atemberaubendem Tempo viral geht.

BKA-Kommissarin Yasira Saad soll Lena finden und die Täter identifizieren. Ihr bleibt wenig Zeit, denn schon gibt es erste gewalttätige Demonstrationen in deutschen Städten. Eine rechtsradikale Gruppierung namens »Aktiver Heimatschutz« gewinnt rasant an Zulauf. Kann Yasira die Täter verhaften, bevor der Lynchmob zuschlägt und der Rechtsstaat zu wanken beginnt?

Marc-Uwe Kling
VIEWS
Roman

Hardcover
Auch als E-Book erhältlich
www.ullstein.de

ullstein

»›Blutmond‹ hat alles, was man von einem Thriller von Jo Nesbø erwartet. Perfekte Unterhaltung.« Dagbladet

Harry Hole hat alle Brücken hinter sich abgebrochen. In Los Angeles trinkt er sich als einer der zahllosen Gestrandeten fast zu Tode. In Oslo werden zur selben Zeit zwei junge Frauen ermordet. Kommissarin Katrine Bratt fordert Harry Hole vergeblich an, denn bei der Polizei interessiert sich niemand mehr für den Spezialisten für Mordserien. Der tatverdächtige Immobilienmakler jedoch bietet Hole ein Vermögen, damit er privat für ihn ermittelt. Hole sucht sich ein Team, bestehend aus einem Kokain-dealenden Schulfreund, einem korrupten Polizisten und einem schwer an Krebs erkrankten Psychologen. Die Zeit läuft, während über Oslo ein Blutmond aufzieht.

Jo Nesbø
Blutmond
Harry Hole ermittelt

Aus dem Norwegischen von Günther Frauenlob
Taschenbuch
Auch als E-Book erhältlich
www.ullstein.de

ullstein